你说南境有星辰

Brave Stars Never Fall

微凉维夏 著

上

浙江文艺出版社
Zhejiang Literature & Art Publishing House

图书在版编目（CIP）数据

你说南境有星辰 / 微凉维夏著 . — 杭州：浙江文艺出版社 , 2020.7

ISBN 978-7-5339-6142-8

Ⅰ . ①你… Ⅱ . ①微… Ⅲ . ①长篇小说—中国—当代 Ⅳ . ① I247.5

中国版本图书馆 CIP 数据核字 (2020) 第 104897 号

你说南境有星辰

微凉维夏　著

责任编辑　瞿昌林
装帧设计　小茜设计

出版发行　浙江文艺出版社
地　　址　杭州市体育场路 347 号　　邮编 310006
网　　址　www.zjwycbs.cn
经　　销　浙江省新华书店集团有限公司
印　　刷　三河市嘉科万达彩色印刷有限公司
开　　本　710 毫米 ×1000 毫米　1/16
字　　数　721 千字
印　　张　35
版　　次　2020 年 7 月第 1 版
印　　次　2020 年 7 月第 1 次印刷
书　　号　ISBN 978-7-5339-6142-8
定　　价　75.00 元（全二册）

版权所有　违者必究

（如有印刷质量问题，请寄承印单位调换）

Contents 目录

- 001 -　Chapter 01 ／相识
- 008 -　Chapter 02 ／挟持
- 015 -　Chapter 03 ／妖孽
- 023 -　Chapter 04 ／吃货的共鸣
- 033 -　Chapter 05 ／认亲
- 042 -　Chapter 06 ／比贫穷更可怕的
- 049 -　Chapter 07 ／同居生活
- 056 -　Chapter 08 ／十项全能的死穴
- 064 -　Chapter 09 ／于衿羽
- 071 -　Chapter 10 ／林斐然背后的男人
- 078 -　Chapter 11 ／神秘女友
- 085 -　Chapter 12 ／信任危机
- 093 -　Chapter 13 ／王德正
- 102 -　Chapter 14 ／教育的意义
- 109 -　Chapter 15 ／暧昧

- 117 - Chapter 16 / 返校

- 125 - Chapter 17 / 他的善良

- 133 - Chapter 18 / 我是网红

- 140 - Chapter 19 / 相信我们

- 146 - Chapter 20 / 绯闻

- 153 - Chapter 21 / 水边棚屋

- 161 - Chapter 22 / 大概是个好人

- 169 - Chapter 23 / 我想要个丫头

- 176 - Chapter 24 / 拥抱

- 184 - Chapter 25 / 轻而易举的人生

- 193 - Chapter 26 / 孟阿婆的巴兰

- 199 - Chapter 27 / 疑点

- 205 - Chapter 28 / 发芽的种子

- 213 - Chapter 29 / 迷雾重重

- 222 - Chapter 30 / 我回来了

- 231 - Chapter 31 / 失踪

- 237 - Chapter 32 / 犯罪嫌疑人

- 245 - Chapter 33 / 看不透的陶金

- 251 - Chapter 34 / 警察这个职业

- 259 - Chapter 35 / 神秘男人

- 265 - Chapter 36 / 无间双龙

- 275 - Chapter 37 / 真实身份

- 284 - Chapter 38 / 在劫难逃

- 291 - Chapter 39 / 扛不住就好

- 298 - Chapter 40 / 形势危急

- 303 - Chapter 41 / 心字成灰

- 309 - Chapter 42 / 传递信息

- 317 - Chapter 43 / 身陷囹圄

- 324 - Chapter 44 / 温暖的光

- 331 - Chapter 45 / 爆炸

- 338 - Chapter 46 / 这样也好

- 345 - Chapter 47 / 不一样的月光

- 351 - Chapter 48 / 伤

- 357 - Chapter 49 / 分开

- 364 - Chapter 50 / 报仇

- 371 - Chapter 51 / 思念

- 378 - Chapter 52 / 似是故人来

- 386 - Chapter 53 / 小偷破局

- 392 - Chapter 54 / 决裂

- 399 - Chapter 55 / 地图

- 405 - Chapter 56 / 人间蒸发

- 411 - Chapter 57 / 至亲至疏

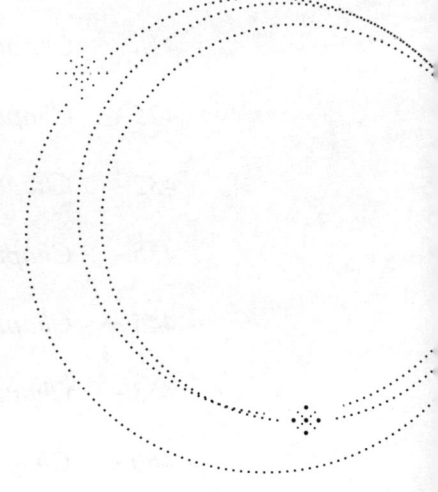

- 418 - **Chapter 58** / 出国

- 425 - **Chapter 59** / 七星斗柜

- 432 - **Chapter 60** / 孤独深海

- 438 - **Chapter 61** / **MORS**

- 445 - **Chapter 62** / 你的世界里只能有我

- 453 - **Chapter 63** / 死亡和睡眠

- 460 - **Chapter 64** / 长夏

- 467 - **Chapter 65** / 时光长

- 474 - **Chapter 66** / 戏精

- 480 - **Chapter 67** / 好久不见

- 486 - **Chapter 68** / 杜瓦·木也

- 493 - **Chapter 69** / 谢谢你

- 499 - **Chapter 70** / 落网

- 504 - **Chapter 71** / 营救

- 511 - **Chapter 72** / 命运无常

- 519 - **Chapter 73** / 重逢

- 525 - **Chapter 74** / 燎原

- 533 - **Chapter 75** / 鹰嘴岩

- 541 - **Chapter 76** / 终章

- 549 - **尾声**

Chapter 01
相识

"没接到！没接到！接到人我肯定会打给你。你还要问几遍？"

童彦伟第六个电话打过来的时候，童欢正蹲在校门边的榕树下，捧着一把胭脂果，和学生吃得不亦乐乎。

七小的这棵几个孩子拉手都抱不拢的老榕树已经不知长了多少年，虬根盘地，荫浓如盖，丛密的枝丫生机勃勃地铺展开，笼住了小半个操场，垂下一蓬蓬龙钟老人般的长须，阳光透照处细尘飞舞，藏着老镇子一寸寸旧去的光阴。

夏天的时候，童欢常带着孩子们到树下上课，赶着骡子牛车、叮叮当当而来的小贩也爱在此坐上一会儿，歇歇凉再走，连小卖部那只又懒又馋的老猫都翻着柔软的白肚皮，抵着一枝裸露在外的粗壮树根，睡得四仰八叉。

"三三，"电话那头的人亲昵地喊着童欢的小名，耐心地哄着，"你去接一下吧，导航到你们镇上完全没用了。"

"亲爱的堂哥，下午开始放假，学生还没走完我怎么走？路长在嘴上，导航找不到，嘴巴还不晓得问吗？老乡听不懂七小，就比画大榕树！只此一家，别无分店。"童欢拍拍老榕树粗壮的树干，漫不经心地敷衍着，"而且你照片都没有，我上哪儿找人？万一我走了，他又过来了呢？"

"找他哪儿需要用照片！你只要在路上看到个长得特别好看，而且跟你那旮旯格格不入的人，一准是了！再和他说上几句话，觉得非常想砍人的话，那绝对没错！"

"童彦伟，你那嘴别说火车了，航空母舰都能跑，你以为把人往帅了说我就会飞奔而去？信你个鬼！什么大人物偏往我们这穷乡僻壤跑，让你这么小心翼翼伺候着？你人就在留市，要伺候自己过来候着。"

"不说什么大人物不大人物，人家是伦敦理工学院最年轻的教授，搞物理的科学家！咱这不是没文化嘛？仰慕！纯属仰慕！"

"哎哟喂，你上哪儿认识这么牛的人？"

"早说了是打游戏认识的，多少年出生入死的感情。"

"哦！人家一国外科学家，和你个小刑警组队打游戏，你菜得经常连衿羽都玩不过，他还不离不弃，你猜我信不信？你肯定是被人骗了。"

于衿羽是童欢的死党，标准的白富美，不知道哪根筋抽了居然在几年前就喜欢上了童彦伟这个小警察，而且至今没有追到手，各种被嫌弃。

果然童彦伟选择性跳过了令他眉尖抽动的名字，继续说道："我好歹当了这么多年警察，这点眼力都没有？苏睿那家伙就算不是科学家，随便当个职业玩家都能秒杀我全部家当，而且我俩一块儿打游戏都打了十几年了，我有啥值得他这样放长线钓大鱼的？三三，你只要看到他就晓得，苏睿的气场绝不是装得出的，全身上下都低调地写着'高帅富'……"

童欢听得直翻白眼，忽然伸手抓住了一双朝她脚边那扎果子里偷偷伸来的小黑手："嘿！豆子！敢拿我的鬼眼睛！彦伟，不跟你说了，挂了呀！"

揪住"小贼"后，童欢将整把胭脂果都丢进怀里，飞快地蹿上了树，冲学生笑得得意扬扬，继续开吃。

胭脂果是西南这边的特产，因汁如胭脂而得名，不过当地人一般叫它"鬼眼睛"。熟透了的"鬼眼睛"黑里透亮，皮薄如纸，剥开咬下去，殷红的果汁清甜微酸，极为爽口，吃得人口舌生津、欲罢不能。只是鬼眼睛的汁颜色极像鲜血，咬开的果子还自带爆浆效果，所以吃相难免"画风清奇"。

苏睿忍受了一路的颠簸风尘，被导航带着在驴车逆行、狗猫乱窜、小贩占道的乡道上兜了三圈，通晓多国语言也挽救不了他面对Y省土话的无能为力，问路七次，只有一次勉强听懂还被指错方向。

终于，循着放学的学生和老榕树醒目的树冠，他找到了好友口中"除了镇政府以外条件最好的"昔云镇第七小学，抬头看到了一排醒目的身影。

一个看上去非常年轻的女孩子，带了三个年龄不一的萝卜头，齐刷刷蹲在与围墙齐平的老榕树树杈上吃着什么。

女孩的短发张牙舞爪地支着，穿了件褪色的茄皮紫长袖文化衫，印着粉红色"爱心100"字样，肥大的豆绿色布裤子旧得卷边挂丝，还滴了两块明显的污渍，腰间别着超大号的柠檬黄水壶，加上用在树下的鲑鱼红胶质拖鞋——苏睿从没见过一个女生可以打扮得如此可怕，以至于看着她调色盘似的身影，能产生生理性的不适。

而她扬起脸，和孩子比赛把嘴里的核吐进树下的垃圾篓时，能清楚地看到她"血盆大口"里的牙齿染得鲜红，沾满果汁的指头随手抹过淌"血"的嘴角，半边脸颊都留下红痕，点缀着饱受蹂躏的果肉残渣。苏睿简直痛恨起自己的绝佳视力。

他眯起眼，不想再摧残自己的眼睛和心理。

六月下旬，地处西南边境的昔云镇虽然海拔近千米，晚上起风时还得穿外套，可因为近来白天出现了反常高温，加之雨水多，正午的暑气带着地面的湿气蒸腾上来，混着地面污渍和植被的气息，汇成了一股难以言说的味道。

苏睿开了近五个小时的长途车，一小时前因为找不到正规的能加95号汽油的加油站，为了节约油，他把空调关了。人在闷热高温之下，体温调节机制会迅速出现障碍——上午这一路他一共喝了四瓶水，却没有一点便意，能感觉自己的舌头开始肿胀——这是体内初步缺水的信号，他需要到阴凉处休息。

手机适时响了起来。

"童彦伟！是，我找到学校了。"

"见着我妹了吗？"

"看见了。"

"你放心，我妹开朗又热情，人见人爱，你们一定会相处愉快的。"

苏睿从鼻腔里哼出一口长气，嫌恶地看着女孩站起来，脏手在树干上随意一抹，又在屁股上拍了两拍，笑眯眯地把身边一个缺牙的小男孩"丢"到提着被褥的家长手中，又以豪迈的蹲姿继续开吃。

开朗热情？人见人爱？童彦伟的中文应该是外国老师教的。再想想平常从来都不修边幅的好友，苏睿只能说，这一家子的审美都出现了严重偏差，而眼前的童欢尤其出类拔萃。

"是哪个憨狗日的，老子上个厕所，把我车胎给扎喽！"

停在外侧先苏睿一步到的奥迪车主忽然爆出一声怒骂，吸引了所有人的视线。苏睿探头扫了扫那辆与周边贫困乡镇景象完全不搭的锃亮奥迪A4L，以及穿着完全走暴发户路线的光头车主，再听他骂了一两分钟，眉头一皱，再次拨通了童彦伟的电话。

"童彦伟，有情况，你先过来，接Dirac的事晚点再说。"

童欢从树上翻了下来，头疼地看着班上最有钱的家长"胡老虎"胡益民在校门口指天指地地骂人，干瘦的校工兼厨师王叔站在车子一侧，话都没法接一句。

盈城是整个德漂州除了首府留市以外的第二大城市，因为地处边陲，又与翡国依着哲龙山接壤，本来就是贫富差距巨大的地方，多的是因为赌玉、走私甚至毒品一夜暴富或者倾家荡产的家庭。隶属盈城的昔云镇因为交通不便，还时常有逃窜过来的翡国难民，是周边出了名的穷乱小镇，但凡家里有点钱或者有心的，基本都跑到留市、盈城去谋生了，所以七小的学生家境中下的居多，不少学生是连杂费都凑不齐的穷娃娃。

胡老虎五年前离家去翡国，几年杳无音信，去年秋天携巨款归来，说是做玉石生意发了财。这人有一切暴发户的恶习，对几年不见的独子小虎倒是千依百顺。胡小虎不爱读书，又喜欢童欢，这学期死乞白赖、撒泼打滚地没同意父母转校的提议，于是胡家这辆新买的奥迪A4L成了七小一景。

只要胡老虎抽得出空，放学时必踩着点来炫一遍，每每开得尘土飞扬，堵住大半个校门，不知惹过多少白眼，今儿到底还是被人给扎了胎。童欢心里暗爽，又觉得对小虎子不厚道，只能耐着性子劝胡老虎：

"小虎爸爸，大中午的，孩子都累了，我们先帮你把备胎换上回家？"

胡老虎大口喝着水，然后挥挥手，金表和嵌着大块翡翠的金戒指在阳光下熠熠生辉，闪闪发亮的大光头直晃人眼睛，语气又凶又怪异："非揪出来是哪个臭×搞老子的车，哪个搞的哪个给我整好。"

和父亲同款光头，虎头虎脑的胡小虎从车上跑下来，拉着童欢的手，脸上写满"又来了"的无奈表情，摘着她另一个手里的胭脂果往嘴里塞。

"会不会是碾过玻璃瓶或者钉子扎破的呢？小虎爸爸，就算找出来是谁，你也要先换胎才能开回家吧。"

胡老虎其实挺瞧不上童欢这个外省来的小青年，但是他宝贝儿子喜欢得不得了，所以对着老师，他还是收敛了几分，怪腔怪调地说道：

"童老师，不是我不给你面子，我车胎都是专门换了的，原装的备胎规格不符，我已经打电话让店里的人再送个同款的胎过来……"

胡老虎开始噼里啪啦给童欢科普自己花了大价钱专换的轮胎，但是他叙述不清、逻辑混乱，童欢长叹一口气，不明白热衷于标榜自己财大气粗的胡老虎今天为什么非跟一个胎过不去，通共不过七八分钟的车程，小一码的备胎也足够开回家，何苦在酷日下晒着。

"豁口三厘米左右，斜角，贴近轮毂，左侧橡胶向内凹陷，右侧钢圈有向外挤压痕迹，这是尖头的锥状物自斜向大力戳下后，为了扩大缝隙，左右撬压后产生的缺口。"

不知何时，车边站了一个穿着宽角衬衣的高个男子，低头在看瘪掉的轮胎，他背后汗湿了一大片，头发略乱，袖口挽了三圈，折痕齐整得像熨出来的。拜热衷于迷英伦帅哥的死党衿羽所赐，童欢认得将男子身形修饰得肩宽腰窄的衬衣，是传说中的"温莎领"。

在昔云居然能看到温莎领，真是神奇！童欢心中暗笑，这人整个儿与昔云太格格不入，是那种踩在校门边的泥巴上，你都觉得他会嫌鞋脏的格格不入……咦——

童欢心中忽然一动，才要开口，胡老虎的大嗓门先吆喝上了："看！我就说明摆着是有人使坏。"

"小虎爸爸，你别急着下定论，也不排除开来的路上不小心划的吧？"

陌生男子凉凉一笑，语带嘲讽："你初中物理不及格，杠杆原理总该知道。尖锐物划过轮胎，痕迹一定是典型的线条型，而只有工具进行杠杆作用时，豁口两边才会显示出完全相反的受力方向，你觉得什么东西能自带杠杆作用，撬完还自己蹦走？"

童欢被他尖刻的话堵得一愣，荒唐的是，作为天然理科渣，她初中物理真是总在及格线下，于是有种莫名其妙就被掀了老底的郁闷。

"就算物理不及格，基本常识也被狗吃了吗？如果是开车时的刮擦，受力面其一是与地面接触的外圈，其二是侧向擦划痕迹，作案工具如果能自己找到轮毂缝隙用力扎上去，再撬两下，我倒挺想见识见识。"

一瞬间，童欢满脑子回荡的全是童彦伟那句"你再和他说上几句话，觉得非常想砍人"，很好，她现在特别想砍人！

她咬牙切齿地试着喊了一声："苏睿？"

"嗯？"

男子抬起头，一刹那，四周仿佛安静了。

那是张好看到令人呼吸一窒的脸，长眉飞鬓，漆黑的深目仿佛雨后泛滥的桃花春水，眼尾还带了点微微上挑的勾人弧度，仿佛要将人吸卷进去，一管希腊雕像般的鼻梁又直又挺，中和了面孔里模棱两可的精致，完全不显女气。他看起来很累，却气势不减，斜着修长的腿，半歪着身子，有种漫不经心的慵懒，越发赏心悦目，连他身后一丛坠红流翠的三角梅都模糊成了背景。

童欢半晌才吐出一口长气，怪不得她家那位亲爱的堂哥说不用照片，她从没见过一个男的可以标致成这样，也没亲眼见过现实生活里，有人竟然能把白衬衣穿得自带追光效果！

苏睿挑了挑眉，倒是习惯了自己这张脸带来的惊叹。

胡老虎更是直白，啧啧嘴，嘀咕了一句："奶奶的，一个老爷们儿长得比婆娘还好看。"

话音刚落，就被那双斜飞的桃花眼一扫，胡老虎觉得后背一凛，在对方强大的气场下，竟唯唯诺诺没敢再出声。

对于帅哥，一般人的宽容度总是高很多的，何况童欢这种颜控，她诚恳地笑着，伸手想表示一下欢迎："苏睿是吧，你好，我是童欢。"

"我知道。"

苏睿皱着好看的眉峰，抽出一张纸巾放在了她悬空的手上，童欢一愣，看到自己指尖残留的果汁，尴尬地笑了笑，擦起手来，试图讲点轻松的话缓和一下气氛："彦伟给你看过我照片？他有没有选好看一点的？"

"不用照片。"

童欢嬉笑着继续打哈哈："也是，我们学校年轻貌美的女老师只有我了。"

苏睿嘴角一抽，克制自己不要冷笑："你刘海落着白灰，眼神总习惯性覆盖大片区域，腰上的长水壶几乎喝空，嘴角干裂，可见需要长时间地对一群人说话。"

童欢摸了摸开裂起皮的嘴唇，苏睿的视线顺势落在了她的手上。

"右手指茧有粉笔渍，"——还和果汁混成了十分恶心的颜色，苏睿迅速移开了受创的眼睛，扫了扫她全身，"皮肤晒得和本地人差不多，不过手表移动时露出的小截皮肤底色是白的，手臂、小腹和腿部是常运动的人才练得出的线条，而不是劳作出来的结实，骨架也比当地人纤细。穿着搞活动赠送的文化衫，塑料杯和拖鞋像是十元店标配，却戴过万的豪雅……"

"什么！这表这么贵？"

苏睿被她忽然拔高的嗓音刺得耳膜发疼，眉头皱得更深了："童小姐，你应该知道，打断别人说话很不礼貌吧。"

你才小姐，你全家都小姐！长得好就了不起吗？

童欢狠狠地翻了个白眼，在心里默念了三遍"这货对童彦伟很重要"，硬咽下了喉间一口气："是，福尔摩苏，您继续……"

苏睿忍受了她明显带着嘲讽意味的绰号，作为一个典型的强迫症，他一旦开口就会把自己的分析说完，于是也忍住了转身的冲动："豪雅显然不符合你的消费习惯，而且虽然是运动款，式样却偏老成，应该是富裕的长辈中和了你的喜好赠送的。所以，你就是童彦伟口中那个'家境优越，放弃了Z省重点小学肥差，跑来西南支教的堂妹'。"

童欢摸着老爹送的手表，心里又是服气，又是硌硬。童彦伟从哪里找来这么个人，还要在她这里住两个月！长得再好都没用啊，她怀疑自己会被气死。

"不过我觉得以你的形象，童彦伟选好看点的照片恐怕有困难。"

有一瞬间，童欢觉得自己的头顶开始冒烟了，现在她完全不怀疑，如果自己和这个姓苏的待两个月，童彦伟只能去她坟头烧香了。

罪魁祸首却转过身，对着身后的人凉凉地说："轮胎受损是人为，报警吧。"

向来不把七小这些老弱妇孺放在眼里的胡老虎一听苏睿条理清晰的分析，心里敲起了小鼓，听到要报警，猛退了半步，抵着车，一反方才恶狠狠骂人的凶相，连连摆手："不消喽！一个胎才千把块钱，报警浪费时间。"

"纯报复性扎胎，肯定会选柔软的橡胶部分，动手快又容易。这个人倒像是想把胎撬离轮毂，从里面找什么东西。这位先生，你说呢？"

苏睿看向胡老虎的目光变得锐利，似笑非笑的脸惊人地好看。胡老虎的背后冒出了冷汗，干笑着挠了挠手臂："车胎里能找什么？"

他倒也光明磊落，自己拿着手机就往豁口里照："我们这里靠边境线，饭可以乱吃，藏东西的话可不能乱讲，都看看，里头可什么都没有。"

苏睿分明长着张"我向来懒得管闲事"的脸，却异常热心地再抽了张纸，擦了擦奥迪的后备厢按钮："换胎吧。"

胡老虎蒲扇般的手掌拍了过来，按住了后备厢上："备胎规格不一样，开起来发飘。"

"我帮你看看。"

苏睿微微一笑,眉目生辉,饶是正在生着气的童欢,也因为他芝兰玉树般的笑容眼前一迷,胡老虎下意识地松开了手,苏睿飞快地打开了后备厢,掀开盖板拎出了备胎。

"老子说不换,你是要整哪样?"

胡老虎的脸色狰狞起来,腿抵在了备胎上,嘴唇翕动着,像是下一秒就要扑上去揍人。

Chapter 02
挟持

夏初的躁蝉疯狂地叫着,青石围墙上垂下一簇簇的藤蔓,苏睿就站在车尾处绿藤投下的那一小方阴凉里,神色淡然的脸被光影切割,有种静水流深的摄人气势,他的脚轻轻踩在了胎上。

"这位先生,备胎轮毂上会不会也有划痕?安全起见,还是检查一下吧。"

他微笑着,仿佛是友善的,胡老虎却完全不买账,大声吼道:

"老子不消查!虎子过来,我们回家。"

胡老虎用力钳住备胎,想往车上甩,苏睿的脚加了几成力。小虎子看到爸爸凶神恶煞的样子,有点怕,小心地扯了扯他的衣角,又被胡老虎甩开。

"125/70R19,韩泰。童欢,上网搜参数。"

"搜……搜什么参数?"童欢茫然地瞪着眼,后知后觉发现气氛不对头了,在苏睿冷冷扫过来的眼风里,乖乖掏出手机开始搜型号。

胡老虎色厉内荏地挥起了拳头:"你他妈的找打吗?老子不换胎干你卵事!"

苏睿仍然笑着,踩着轮胎的脚却用上了十足力气:"只是担心行车安全。"

"你个憨狗日的,管闲事别管太宽。"

"这位先生,我觉得你还是别急着骂脏话,先检查胎比较好。"

"老子凭什么让你查?你是警察?敢动我东西我告得你跳脚!"

因为情绪太激动,胡老虎用力过猛下,轮胎滚了出去,正好滚到了树下看热闹看得正起劲的水果贩子跟前。

苏睿大步走了过去,而胡老虎却被儿子缠着,迟了几步。

"小哥,借你秤用用行吗?"

卖水果的小哥忽然从吃瓜观众变成了群演,热情地直点头:"用,随便用!"

苏睿把胎往秤上一放,扫一眼数字:"秤准吗?"

水果小哥深深感觉自己的职业道德受到了侮辱,用力拍了拍胸口:"我阿夏哥卖水果卖了快六年，十里八乡谁不知道我从不缺斤少两？错半两，我这筐酸杷都送你。"

"童欢，查出来了吗？"

举着手机正和移动信号较劲的童欢哭笑不得："大哥，没人告诉你，我们乡里手机想上网是要碰人品的吗？"

胡老虎摆脱了被吓到的小虎子，冲上前来，一把将苏睿掀开，他五短身材，却是满身结实的肌肉，胳膊上棱棱地凸起两大块，全攒着以前干力气活练出的蛮力。没有防备的苏睿一个趔趄差点被掀翻在地，胡老虎已经一手抓着轮胎，一手扯过躲在童欢背后的儿子，快速往车边去了。

苏睿拍拍手臂蹭上的灰，快走几步，挡在了胡老虎正前方："205毫米宽的固特异御乘毛重9.7公斤，这位先生，你19寸非全尺寸的备胎，125毫米宽却有10.4公斤，是不是贪心了点？"

他的面色完全冷了下来，说到"贪心"二字，清澈的眼眸直视对方，看得胡老虎心中一凛。

"我不知道你在说什么，我要回去了。"

"不懂没关系。我虽然没权利破坏你的东西，但车上有胎压监测器，正常轮胎胎压在0.2到0.25之间，如果有人贪心地加塞了几公斤'杂物'在轮毂和皮胎夹层中间，那胎压会降到0.18以下。童欢，开我后备厢拿……"

被父亲越拽越紧，也被父亲阴沉沉脸色吓到的胡小虎忽然大哭起来："三三老师，我好怕，哇——"

苏睿听到"三三"二字，额角一跳，童欢想去抱抱胡小虎，被他一把拉到了身后。她身材娇小，干脆将苏睿的背当成了遮掩板，踮起脚，在他耳边用极轻的声音飞快地说了几个字："已经报警了。"

因为担心被胡老虎听到，她凑得很近，吐出的气全喷在苏睿的脖子上，软软的、热乎乎的，将苏睿颈后的汗毛一根根酥麻麻地唤了起来。苏睿有洁癖，平日里鲜少与人贴近，一时间恍惚了两秒神，才偏过头露出一丝不易察觉的微笑，压低声音说道："还不算太蠢。"

童欢被他眉梢眼底那抹笑意晃晕了眼，觉得自己作为一个彻头彻尾的颜控已经无可救药了，"不算太蠢"难道不是贬义吗？还是来自一个五分钟前刚被她在肚子里从头骂到脚的人口中，她为什么有种被表扬了的飘飘然？可是凑近了看苏睿的笑，简直是活色生香，她觉得靠这张脸，她就已经原谅他了。

"那你可不可以再长点记性，赶紧去我车里把胎压监测仪取下来？"

靠！

再次被鄙视了记忆力的童欢无语地冲苏睿的背比了个中指，去苏睿那辆虽然很脏，却依然写着"我绝不是便宜货色"的吉普车上翻起来。

暑气蒸腾,大哭的儿子让胡老虎十分焦躁,苏睿理智地选择了先劝慰孩子,就在汗流浃背的童欢刚找到工具时,车外对峙的两人忽然发生了状况——终于得到重视的小虎打蛇上棍,一屁股坐在地上,拳打脚踢地打滚耍赖,不料恰好踢飞了父亲抵在身后的车胎,苏睿去格挡的那一刻,情绪越来越紧绷的胡老虎暴起,掐着苏睿的脖子将人按在了车门上,双眼通红地怒吼道:

"说了别动老子的东西,你他妈的听不懂人话吗?"

伴随着后脑勺被撞击的剧痛,苏睿的喉间像被一把铁钩卡住了,胸口承受了重压,身体完全没法动弹,胡老虎虽然比他足足矮了大半个头,出手却俨然是个练家子,而且手劲凶猛得出乎意料,苏睿伸长了脖子也吸不进一口空气,几近窒息,脸很快憋得通红。

"小虎爸爸,你冷静点。"

童欢从车里飞快地蹿了出来,一边抱起吓傻的胡小虎,一边轻言细语地安抚两眼赤红、血脉偾张的胡父。

"少他妈的废话,把胎给我捡起来,放车上去!虎子,过来!"

"好,我给你捡,你先冷静一点,把手劲松松,本来只是个误会,别真闹出大事来呢。"

童欢刻意放缓的声音柔柔的,带着点娇俏的吴侬软语乡音,听得人特别熨帖,胡老虎渐渐平复下来。苏睿自他略微松懈的手指间获得了喘息,缺氧而眩晕的大脑回神的那一刻,正对上童欢因为紧张而瞪圆的大眼。

他想起小时候家里曾经养过的一只猫,目光炯炯的,像时刻在发光。只是后来被挠过一次后,苏睿就讨厌上了猫,忽然对上双猫一样的大眼,再看一眼她花里胡哨的脸,他再次转开了视线,偏偏小动作扯动了脖子,胡老虎以为他想逃,又用力将人钳制住。

"我现在就把车胎给你放回后备厢。"童欢努力保持温和的笑容,不理冲她翻白眼的苏睿,将车胎物归原处。胡老虎明显松懈下来,童欢放下了紧紧搂住自己脖子的胡小虎,推了推他的背:"虎子,去,喊爸爸回家。"

可是小虎子对记事前就出了远门的爸爸原本就不亲,这几个月好不容易哄好了,今天胡老虎的凶狠模样又把儿子给吓坏,他反身抱住童欢的大腿,都不敢直视父亲的眼睛。

"小虎爸爸,你看,别吓着孩子。"

童欢温柔地抱住了胡小虎,摸着他的脑袋低声哄着他去劝爸爸。一直围观的老乡看事情越闹越大,纷纷围拢上来劝诫。

"对呀,胡益民,你手劲大,别给细皮嫩肉的城里人整坏喽。"

"没啥事就算屎。"

"就是,为了个胎不值得。"

校工王叔看城里帅哥的脸已经憋得发紫，生怕在学校门口出大事，想上前帮忙，却被胡老虎推开。苏睿趁他去推人，手劲变轻那一霎，用朋友教的防身招数以巧劲去掰胡老虎的中指，下一秒就被扭住了胳膊反压在了车门上，那张迷惑人心的脸都被玻璃挤得变了形。

"别动！"

虽然手臂和后背剧痛难耐，好歹咽喉处得到了解放，他的眼睛在人群里飞快地扫视了一遍，定在某处几秒，才收回了视线。

"胡先生，你不是军人，但受过正统的训练，身手不错，是缅甸拳吧？"

童欢奇怪地发现，已经处于这样狼狈境地的苏睿，嘴角还浮现出一抹诡谲笑容，是猫抓了老鼠在逗着玩的笑容，仿佛被控于指掌间的不是他，而是胡老虎。

胡老虎用手肘抵住他的背，力道千钧：" 少废话。"

"你知道自己的行为已经属于挟持的范畴吗？只要我想告你，就不是你花几个钱能解决的事，而你使力在我身上留下的每一处伤痕，都会成为证据。"

胡老虎的手不由自主松了三分："我只是惩戒乱动我私人物品的人。"

"惩戒就不该由私人来做！如果人人都能施以私刑，还要法制做什么？"苏睿厉声喝道，"故意伤害罪，处三年以下有期徒刑、拘役或者管制，故意伤害罪致人重伤的，处三年以上十年以下有期徒刑，需要我往更严重的程度上说吗？还是我刚才的行为再继续下去，会导致你产生更严重的量刑，所以你宁可冒险钳制我，也要制止我的下一步？"

苏睿正颜厉色，语速越来越快，在他掷地有声的诘问中，胡老虎的光头上都冒出了豆大的汗珠，他原本就脾气暴躁、有勇无谋，虽然车上有违禁品，但没把童欢等人当一回事，发现有人动了宝贝车子就发难，没想到横插出苏睿这么一号人物，还立刻联想到了真正有问题的备胎，一时慌神才将人制住，想拿回轮胎赶紧回家，事后无非被当作打架斗殴事件处理。在苏睿的刻意引导下，他忽然成了非法挟持者，现在骑虎难下，只得干脆用胳膊肘压在苏睿的后颈上，阻止他发声。

童欢看着本来已经被自己说动的人又渐渐激动起来，忍不住冲苏睿翻了个白眼，没想到苏睿冲她这个方向递了个极其不耐的眼神，童欢还神奇地读懂了那个眼神里写着"还不动手"几个字。

动手？怎么动？

"天！小虎爸爸，这城里来的小白脸皮娇肉嫩的，你可得轻点。"

童欢一惊一乍地喊着，脚下却拖着树袋熊般的小虎子，不着痕迹地往两人跟前又进了一步，忽然听见身后有人扑哧笑了出来。她扭头，想看看谁这么没有同情心，看热闹完全不嫌事大，却听见背后的人含着笑意，飞快地说了一句话：

"尖叫，抱着小孩往左边跑。"

童欢一愣,陌生的男声低沉厚重,有股让人信赖的力量。她脑筋飞快地转了几圈后,明白过来刚才苏睿不耐烦的眼神怕是丢给她身后那个人的,她果断抱起了小虎子,大声尖叫着朝左边跑去。

突然的变故让胡老虎也愣住了,下意识望向被抱走的儿子,就在他走神的一刹那,有一柄小刀飞向了胡老虎的脸颊,在他反射性偏头去躲的瞬间,人群中蹿出了一个人,疾速踢向了他的腹部要害,胡老虎躲过了飞刀,没挡得住拳脚,只听见"喀"的一声,腿骨剧痛中,对方碗口大的拳头兜头打来,他只能松开苏睿全力迎战,而苏睿默契地缩低脖子躲过拳风,瞬间钻到了来人身后。

胡老虎对于自己的身手绝对自信,莫说普通人,就是两三个普通警察也不是他的对手,可是两人拳头相抵,他立刻感觉到了巨大的压力,好在对方完全不恋战,扯着苏睿就退出了战圈道:"得罪了。"

抱着虎子又跑回来的童欢这才看清,方才在她身后笑出声的是个身材健硕的中年男子,皮肤黝黑,方脸,厚唇,长相称不上帅,却大气刚毅,有双豹子般凌厉的眼睛,是那种站在他身边就特别有安全感的人。他与颀长挺拔的苏睿站在一起,妈呀!童欢觉得自己的眼睛直冒粉红泡泡。怪不得在被人挟持的情况下,苏睿还敢不怕死地一再激怒胡老虎,原来是有底牌没翻。

胡老虎不顾小虎子的哭叫,一把夺过了儿子,与此同时远处响起了警笛声。胡老虎的脸色骤变,狠下心抱着儿子上车,却发现插在车上的钥匙不知所终,他脸色铁青地跳下了车。

苏睿唇角微扬,冲童欢点点头:"还算蠢得有救,知道拔钥匙。"

"你怎么知道是我?"童欢诧异地瞪大了眼,继而撇撇嘴,她多机灵,在去苏睿车里取胎压监测仪前,顺路爬进奥迪拔了车钥匙,都来不及嘚瑟就被点破了。

"因为我有脑子。"

童欢用鼻子哼了一声,觉得与苏睿见面一小时不到,她已经快翻够一年的白眼量了。她决定不再理他,甜笑着转向中年男子:"高手,你好,我是童欢。"

她晶亮的眼睛里满是崇拜,陆翊坤浑身一震,眼神忽地飘远像是想起了什么,半晌才回神点头,伸出了手:"我是陆翊坤,苏的朋友。"

童欢握住了对方厚实的大掌,用力摇了两下:"能叫你陆哥吗?"

"当然可以。"

陆翊坤望着她的目光特别温柔,甚至过于亲昵地揉了揉她茸茸的短发,揉完了他才发觉自己的行为对于初次见面的女孩子来说不恰当,好在童欢的注意力完全不在他的小动作上。

"陆哥,你身手比我堂哥还要漂亮。"

苏睿捏着快要断掉的肩颈，冷哼："你之前起码有三次机会救我都没有抓住，还要靠女人和孩子帮忙，我还以为你准备看戏看到天荒地老。"

陆翊坤哈哈笑着："难得看你这么狼狈，好戏当然要看够。"

童欢捧着自己的脸，已经完全沉浸在饱览二人的世界里，看得两眼放精光。苏睿最看不来女人对着自己发花痴，而且还是这样毫不掩饰地死盯着看。

"没有人告诉你，盯着人看很没有礼貌吗？"

童欢朝上吹了口气，将翘翘的刘海吹得飞起，不屑地"切"了一声："我从小到大的礼貌都告诉我，别人救了自己一定要第一时间道谢，而不是挑剔。"

两人虽然斗着嘴，却默契地分头堵住了奥迪车一前一后，正面自然留给了身手不凡的陆翊坤。相较于三人的悠闲，胡老虎呼吸急促犹如困兽，他脸色忽白忽青，额头的青筋都暴了出来，哪怕只是脚下挪动一小步，对面的陆翊坤都跟着动了身形——他不是外行，一眼就能看出那不起眼的比画却是最稳妥的防御起手式，精准地罩向他计划逃脱的方向。

打斗、枪声对于毗邻毒品重地翡国的昔云镇的老百姓来说，并不是太陌生的事，围观群众察觉到危险，已经纷纷退开到远处，胆小怕事的更是跑了，校工王叔赶紧把余下几个孩子领进了校园。

胡小虎虽然不知道发生了什么事，但察觉到了父亲的恐慌，停止了哭闹，抱住胡老虎的脖子，小声抽泣着说："爸爸，我怕……"

抱着儿子小小的身子，听着越来越近的警笛声，胡老虎抵住身后的车，脸上渐渐显出疯狂的表情，他粗暴地在儿子背上猛拍了几下："不怕，我儿子不能熊。"

他选择了站在车头显然能力最弱的童欢，搏命扑出，而早有准备的陆翊坤也朝着同一方向挥出了拳头，守在车尾的苏睿丝毫不怀疑老友的能力，干脆弯腰去研究轮胎，忽然瞳孔一缩，大喊道："有雷！快跑！"

苏睿猛地冲过来将胡家父子撞开，胡老虎显然没有料到他会在背后主动出击，被倾尽全力的一撞撞得整个人扑了出去，手中的胡小虎也不慎被撞飞。原本冲向童欢的陆翊坤接到苏睿的眼神，果断接住胡小虎迅速跑开，而苏睿继续冲向车头，将童欢整个搂在怀中，就地滚远。

童欢眼看着陆翊坤耍杂技般接住虎子就跑，完全没明白发生了什么，就突兀地落入了一个滚烫的怀抱，带着轻微的汗味，还有午后太阳的热度，整个裹住了她，接着下一秒就是天旋地转的翻滚。

她本能地抱紧了苏睿以求安全，感觉到他一只手护住了自己的头，另一只手恪守礼节地横在她腰间。童欢刚要开口，轰天震地一声巨响，奥迪车爆炸了，接着又是一声，是苏睿的吉普车遭了池鱼之殃，炙热的火浪将两人又掀翻几个滚，浓烟自身后滚滚涌来，而她被苏睿紧紧地箍在怀里护住了。

在两耳的轰响中，童欢清晰地感受到苏睿紧贴着自己身体的紧绷肌肉，看到他弧线漂亮的嘴唇近在咫尺，湿热的呼吸喷落在她额头，那双桃花眼折射着碎光，粲然如星，又深沉如夜。

童欢的脸突然就不合时宜且史无前例地全红了。

Chapter 03
妖孽

妖孽！这就是妖孽啊！

童欢确定自己对苏睿完全不来电，依然被他凑得太近的脸给闪晕了眼，她想做几个深呼吸，赶紧把脸上的温度退下去，偏偏两人身体紧贴着，呼吸哪怕重一点，她都能感觉到自己的胸脯顶上了他的胸膛。

随着呛鼻的气味涌来，童欢的脑袋逐渐恢复了清醒，她焦急地探头去看，地上四散着燃烧的汽车碎片，万幸学生都被王叔带进了学校，而车辆停放的地方离校区还有数米，扎实的青石墙经受住了考验，虽然留下一些破损与焦痕。陆翊坤抱着小虎子躲到了大石头后，苏睿的暴喝避免了原本就已躲远的百姓误伤，只有胡益民一人因为离爆炸区域太近，被震晕了趴在地上。

童欢隐约听见了惊呼、哭叫，声音却像隔了一层膜，更多的是蜂鸣般的回响，她甩甩头，耳朵仍然犹如陷进了重重迷雾，听不真切。

确认安全后，苏睿飞快地站了起来，果断地将怀里的人推开，他以为会看到张吓蒙了的脸，就算泪流满面都不稀奇，却看见她眨巴着清亮亮的眼睛，左右晃着脑袋，不知在干啥，配着花猫般的脸，十分幼稚。

苏睿拍打着身上的灰尘，再看着灰头土脸的童欢，到底没忍住，从兜里掏出了纸巾，用力把她脸上的果汁印和新沾的尘土给擦了："怎么了？"

"啊？"童欢站起来，仍然摇头晃脑，想甩去耳朵里的硌硬感。

"闭嘴，捏鼻子，再慢慢鼓气。"

"你说什么？"童欢侧着耳朵，像聋了般大喊道。

苏睿无语地横了她一眼，捏住鼻子，对着她轻轻吹了口气。清爽的气息扑面而来，吹散了弥漫在鼻端的烟尘，童欢有种被神话故事里妖精下蛊的感觉，乖乖跟着他做了一样的动作。随着气流缓缓鼓动，耳膜一震，喧嚣的声音潮水般涌了进来。

"嘿！哥们儿，真神！"

"气压骤变导致的咽鼓管闭合,产生了内外压力差,吹气是为了平衡鼓膜两侧压强,这和飞机上打个哈欠能舒缓耳疼是一个道理,再严重的话就要考虑进高压氧舱了,"苏睿走到胡老虎跟前,踢了踢,转头又是漠然到欠揍的脸,冲童欢强调了一句,"中学生都懂。"

怎么会有人每次都靠脸狂刷分,然后又瞬间被嘴全败光?童欢满脑子的自动弹幕:"颜值高,任性""他帅他有理",想起苏睿到底刚救了自己,不然只怕关那个什么高压舱都是轻的,只能冲着他背虚踢了两下,赶紧朝虎子跑过去。

警察赶到的时候,苏睿正黑着脸,蹲在地上隔着纸巾拨拉胡老虎。

"怎么样?"陆翊坤也蹲了下来,仔细看了看。

"只是被气浪震晕过去了。"

"东西炸的炸、烧的烧,还和你的车子混在一起,取证困难很大。"

"他自己身上全都是证据,"苏睿将纸巾丢进了垃圾篓,不屑地说,"是个'溜冰'的,具体等警察来了确认。"

"溜冰?"童欢把震得半晕的胡小虎送到学校对面的卫生所,走过来就听到爆炸性消息,她来盈城已经三年,自然听得懂这样的行话,"小虎爸爸这么壮,每天看起来还挺精神呀。"

童欢到当地教书已经是第三个年头,盈城作为德漂州的毒品重灾区和中转枢纽,她在这边见过不少吸食冰毒的人,大多眼神涣散、脸色蜡黄、干瘦,成日昏昏欲睡。

"他个性张扬,衣饰华丽,喜欢炫耀,早早把车开到校门前,上完厕所却已经走在最后,是排泄不畅。驾驶座边扔了好几个空水瓶,之前和你说话的时候也一直在喝水,还不停挠痒,口渴、皮肤瘙痒、脾气暴躁、排便不畅都是长期服用高浓度毒品会产生的症状。手指发黄皲裂、红眼、鼻翼有腐蚀性伤疤,人过中年却满脸痘,应该是吸食含有酸性物质的合成毒品——还需要我继续说下去吗?"

苏睿轻飘飘瞄了童欢一眼,童欢确定,自己的智商又一次受到了鄙视。

等众人随民警到派出所录口供时,苏睿才明白童彦伟真的没有骗自己。他一路行来,看到最像样的房子就是七小,当时还以为是没进入昔云镇中心,结果堂堂一个镇子的派出所竟然是排老砖房,刷着上白下蓝的漆,还灰扑扑地失了原色。院子前坪铺着条不足三米宽的水泥道,两边棕黑的泥地大刺刺敞着,几日前的雨和出来的稀泥印下了杂乱的脚印和车辙,被暴晒的日光烤干,缀着几根杂草,一排没上锁的旧单车,简直惨过二十世纪八十年代的小所。

因为发生了爆炸,所里出动了八名警员去现场,只余下两个经验丰富的老队员给大家分批做笔录。

咿咿呀呀摇晃着的老吊扇完全解不了暑,房间里又不通风,每个人都热得汗如雨下。

童欢看到四十几岁的干警张路还穿着制服，热得跟从水里捞出来似的，却把唯一的落地扇对着他们，只能忍着。

镇派出所设备旧，打印机坏了都没来得及修，所以笔录是真笔录，张路写得满头大汗，陆翊坤对事情前半段一无所知，据他说自己抵达七小就已经看见苏睿和胡益民在对峙，提供不了多少信息。

"我最大的疑问是，谁把爆炸物放到了胡老虎的车底？"陆翊坤皱着眉头在回想，"我本人有从军经历，对这一类高危物品很敏感，不是我托大，在我眼皮子底下放置爆炸物，我还完全没有察觉到，一定是大行家。"

除此之外，陆翊坤的确也没有什么可说的，不过他属于不动声色坐着，也绝不会被忽视的人，话虽然不多，但只言片语已经将自己能提供的有效信息表述清楚。

而苏大少爷自进门被热气一扑，就自顾自搬了把高背椅坐在了办公室后门的风口，拿着笔在纸上不知涂抹些什么，完全是"朕在凉快谁敢烦我"的架势，童欢只能作为全程目击者开始作答。

"除了你们仨、胡家父子、王叔和学生，还有谁在场？"

童欢撑着头想了一下，好像回忆得很艰难。看她半晌不作答，苏睿对她的智商也没有什么信心，决定配合一下警察，童欢却忽然掰着手指开口了：

"刚开始有十一个人，高年级的三个家长，来歇凉的夏奶奶和刘奶奶，以及刘奶奶的小孙子，还有卖水果的阿夏哥，一个穿红色上衣灰裤子的大姐，背的孩子大概两岁，孩子穿的红底紫花衣，胳膊上有块很醒目的青色胎记。"

原本漫不经心听着的苏睿渐渐挺直了背，看着那个蓬头垢面的家伙跟开了挂似的，开始回述现场，他想起喜欢卖关子的童彦伟曾经挤眉弄眼地冲自己说："我家小堂妹有个特长，尤其适合你，去了你就知道。"

他回头和同样瞪大眼的陆翊坤对视了一眼，手一摊，表示自己同样惊讶和不知情。

"后来苏睿和胡老虎起冲突后，对街小卖部的王姐，隔壁五金店的两口子，还有卢家三个孩子都过来看热闹，不过动手后，背孩子的大姐、夏奶奶、刘奶奶，还有五金店夫妻都回去了，卢家两个小的也被他们拉走了，大的不肯回。有一对经过的傣族夫妻也在边上看了一会儿，爆炸后就没看见了。"

张路滴的汗把纸都打湿了，他一面擦一面喊道："小童，你慢点，我记不过来。"

童欢眨眨眼，有点小得意，嘻嘻笑着伸出根手指绞着头顶的一撮卷发玩，等张警官写完后才放慢了语速继续说："最奇怪的是一对情侣，女孩年纪小，长头发，白裙子，牛仔色帆布鞋，左脸颊有颗痣，手里拿着盈城州民一中的高二教材，还引得我多看了两眼。男的和我年龄差不多，灰衣服灰裤子，像工作服，高瘦，基本背对着我，相貌我没看清楚，他们在我上最后一节课快结束的时候就来了，一直坐在那里说话，离开是在苏睿被挟持以后。"

童欢说完,又歪着头想了一会儿,确定没有遗漏了,才表示自己说完了。

张路赞赏地冲她点点头,才转头问两位男士:"关于现场人员,你们还有什么要补充的吗?"

陆翊坤摇头,冲童欢比了个拇指,童欢向来对自己几乎过目不忘的记忆力引以为豪,眉飞色舞地扬起了下巴,打着小响指扭动起来。

"我有很多要补充。"

苏睿面如寒玉,说"很多"二字时,还故意加重了声音,童欢嘚瑟的舞蹈顿时卡在了一个扭曲的姿势上。

"我建议先重点调查那对穿着傣族衣服的夫妻。男的手腕上戴了四串手链,身高一米七五左右,体形偏胖,后颈有道三指宽的疤,佩有短刀。女的穿筒裙、大襟短衫,束围腰,不到一米六,皮肤黝黑,走路外八。两人都肌肉结实、下盘稳固,爆炸前准确找到了安全的遮蔽处,也没有表现出正常的惊慌。"

苏睿把手中的纸递给了张路,那是两幅人物面部速写,寥寥数笔准确地描绘出了夫妻俩的相貌特征。张路神色古怪地看了苏睿一眼,果断搁下了笔,迅速走到门外给同事打了通电话,回到办公室,忍不住打量起苏睿,他没想到这个看起来很金贵,还颇有点端架子的城里帅哥对德漂州的风俗如此了解。

德漂的傣族男子基本不佩戴饰品,已婚妇女穿筒裙和对襟短衫,未婚姑娘才是大襟短衫,束绣花围腰,不过一般配长裤,所以这对装束混乱的夫妻确实可疑。

"红衣服大姐是带小孩到卫生所看病的,孩子重咳嗽,她在歇凉时不停地去试孩子额温、喂水,应该是发烧,去卫生所查记录就能找到人。小情侣男方穿的工作服,指甲、裤脚有辣椒油渍,应该是在附近麻辣食品加工的作坊上班,偷偷翘班出来见女友,所以两人不敢走远,只能到树下坐坐。"

之前还得意扬扬的童欢现在觉得脸上火辣辣的,却还在嘴硬:"也许那对夫妇是游客,或者外地过来探亲,所以把衣服穿错了呢?小情侣就算偷偷翘班,也可以在附近逛,为什么大热天一定要在树下干坐?"

"你记忆力强,就好好回想一下:会买当地服饰的游客,为什么经过昔云镇最著名的大榕树都不留影,甚至照片都没拍,只是看热闹?那个男孩清瘦,脸色明显营养不良,衣服陈旧,还有补过的痕迹,经济条件差,请不起小女友吃吃喝喝,于是选择在树下聊天,有什么问题?"

张路看童欢被质问得哑口无言,轻咳一声:"那个,我觉得小童已经非常厉害了,要是每次办案都能碰到像你们这样的群众,我们要省多少力气。"

苏睿却并没有顺着张警官的话让童欢下台阶,目光严肃到显得有点居高临下:"如果只能复述不懂分析，就只叙述事实，不要妄加揣测，不负责任的推测会浪费警方人力物力，甚至导致错案冤案。"

这下连陆翊坤也站起来打圆场了："好了，苏，也没有那么严重，小童毕竟不是专业人士，只是说出自己的看法，警方会做进一步判断的。"

"案无大小，只有真假对错，推演需要绝对严谨，任何细节都不该被忽视，这不是你炫技的地方，自作聪明比一无所知和愚蠢更可怕。"

苏睿隔着一张办公桌，身体逼迫性地向童欢倾斜。他眉目精致，面上却没有一丝温度，说出来的每一个字都冒着寒意，像冰刃般削过童欢的耳膜，一直往心窝里扎。童欢一直觉得自己是个挺厚颜的人，却被他几句话训得脸上火辣辣的，心里翻江倒海，有委屈，有尴尬，更多的是愧疚。

眼前这个人，虽然咄咄逼人，但说的每个字都是对的，她的确是看不来他那副拿腔作调、自命不凡的样子，故意显摆自己的好记性，想镇镇场子来个下马威，结果……

不过童欢有个很大的优点，就是爽快！明白自己不对了，她挠挠脑袋，坦率地道起了歉："对不起，我错了。"

苏睿训完话，已经做好怼她蛮不讲理的准备，这下愣住了，他不怕对手牙尖嘴利，也完全不吃女人眼泪那套，却被童欢的完全不按牌理出牌给打败了，望着那双清水般的眼睛里满满的诚恳，他一肚子的训诫硬生生又吞了回去，两人一时对望着，陷入沉默。

头顶的吊扇转得一步三喘，灯光被分解得忽明忽暗。苏睿抚着额头，忽然笑了出来：童彦伟这个表妹虽然形象恶劣，倒也有可取之处。

"能知道错，还不算无药可救。"

童欢看着他凛若冰霜的脸一点点融化，一点点发光，用力拍拍自己脸颊，喉间叽里咕噜、念念有词。

"小丫头，说什么呢？"

陆翊坤也笑着揉了揉她的头，他着实喜欢这姑娘，第一眼起就有特殊的亲近感。

"警告我自己，不能被美色所惑。"

童欢捏着小拳头，用力挥了挥，一句话说得苏睿脸又黑了半截，陆翊坤哈哈大笑起来。

接下来的笔录做得异常顺利，童欢跟录像机似的，几乎是把自己看到的现场完整复述了一遍，加上苏睿的补充，张路足足写满十页纸，陆翊坤完全闲得嘴都不用张。

抹完额头上的汗，张路把纸递给了返回后门处吹风的苏睿："小苏对吧？你和陆先生看看，还有什么要补充的没？"

方块字突兀地出现在眼前，苏睿条件反射地闭上了眼。陆翊坤伸手将纸接了过去："抱歉，我朋友是国外长大的，不认识汉字。"

"切！ABC，香蕉人！"

童欢终于抓到了苏睿的缺点，大声嘲笑起来。

苏睿站起了身，不咸不淡地说："不是所有国外出生的都是ABC，我在英国长大，想骂人先搞清楚背景，别不懂装懂。"

"哼！BBC！"

"你思考问题如果能有你骂人一半的反应速度，也不会那么秀智商下限。"

童欢几乎是用尽了洪荒之力才把到嘴的脏话给咽了下去，她到底没忘记爆炸时，是苏睿奋不顾身扑上来救了自己，作为一个恩怨分明的人，她怎么也不好转头就对救命恩人飙脏话。

走出派出所，已经临近黄昏。

暮色四合，红日挨着山头摇摇欲坠，天边几抹绯霞，路边几盏早亮的灯，新起的风携余晖而来，拂散了白天的暑气，乍吹过人胳膊，开始凉飕飕的。

"三三！"

"汪汪！"

一人一狗分别扑了上来，童欢被抱了个满怀，苏睿抱了满怀。

童彦伟是典型的南方人，瘦挑身材，皮肤怎么也晒不黑，一头可以和童欢草窝媲美的乱发挡住了半张脸，不笑的时候嘴角也带着点笑意，他穿着万年不变的格子衬衣，松松垮垮的深蓝牛仔裤，看上去比实际年龄要小很多，像个刚出大学，啥都不懂，什么都没有的小青年。

"好家伙！苏教授，我人还没到，先给我送礼了啊。"

彦伟搂着宝贝妹妹，给了苏睿一拳，却换来苏睿怀里那毛茸茸的一团喉间"嘀嘀"的低吼，苏睿看到朋友心情也不错，揉了揉怀里躁动的大家伙，语气罕见地温柔：

"It's OK, Dirac, he's my friend."

童欢这才看清楚和彦伟同步冲上来的是只长毛飘逸的阿富汗猎犬，就是之前在网上被炒得火热，据说能进六星级的贵妇狗，长脸杏眼，被毛全黑，胸口和腿部有两圈金毛，柔顺的"发丝"自带沙宣垂坠效果，看起来俊美又优雅。

童欢热情地上前，想揉一揉它看上去手感就会特别好的"长发"："哇，看起来好有范啊，就是名字听起来怪怪的，什么滴啦滴答的？这么热的天披着一身皮草热不热？是不是该剪短一点？"

而对着苏睿又是亲脸又是摇尾，差点把人扑倒在地的Dirac昂着头，脖子一偏，错开了她抚摸的手。童欢发誓，那一秒她在一条狗的眼睛里看到了不屑。

与此同时，苏睿特有的不咸不淡带着点懒洋洋实则是嘲讽的嗓音响起："不懂，起码要会藏拙。Paul Dirac，31岁就获得了诺贝尔物理奖的天才，量子电动力学创始人，将数学逻辑和物理理论的美用最优雅纯粹的方式展示给了世人，威斯敏斯特大教堂地碑上都刻有他的狄克拉方程，但凡有那么一点物理常识就不会说出这样无知的话。还有，Dirac不喜欢被人摸头，尤其是智商不如自己的人。"

靠！真是什么人养什么狗！

童欢怒火中烧地瞪向童彦伟。

看！你给我整来的什么人！

童彦伟缩着脖子，连连作揖告饶。

几个人互相简单地介绍了一下，童欢才知道陆翊坤居然是做户外用品的，而且生意还做得挺大，连她家那边挺出名的户外俱乐部都是他的连锁产业，这两年正在德溧州这边和朋友合作开拓西南市场，并增设了荒野求生课程，恰好被苏睿抓了壮丁。

"怎么了，小丫头？好像很不相信的样子。"

"你看起来不像商人呀，说军人我倒信。"

有些人眉眼间的犀利是压不住的，哪怕看起来和和气气的，可目光一沉，就是层层剥皮、去肉透骨的尖锐。

"三三，陆哥的人生传奇着呢，我都还没来得及听苏睿详说，你可以让他慢慢讲给你听。"

再次听见好友喊了童欢小名的苏睿冷笑出声："三？居然有人拿来做名字？最小的费马素数，最轻的金属锂的原子序数，汉字里说三脚猫、三心二意、三灾六难，三，哼！"

童彦伟感觉被自己强按住肩膀的妹妹已经快要暴起了，只能哀求地望向好友，希望他嘴下留情。苏睿却唯恐童欢还不够生气，像完全没看到他眼神般，轻轻一拊掌，笑得色若春晓。

"是了，物理常识都没有的人，数字上也不能太强求。"

童欢气极反笑，觉得自己大概会成为第一个被救当天就拿刀捅死救命恩人的人。

"看在你刚救了我的分上，我不和你斗嘴皮子了。"

"难为你居然还记得。"

作为从小记忆超群的标杆，童欢在一天之内被同一个人连续鄙视了记忆力，脑袋一热，再次顶上了："从来没有人会笑我的记忆力，你才像鱼，记忆只有七秒！"

"斯特尔特大学陆地水域研究所早就证明，鱼能够记住猎食对象类型数月，而在遭遇捕食及攻击后能对同类型生物躲避长达一年以上。居然有人会相信鱼记忆只有七秒这种谬论，愚昧。"

像是为了配合主人的满面鄙夷，端坐在苏睿身边八面威风的 Dirac 从鼻端哼出一口长气，还甩了甩飞扬的"发丝"。

童欢为了自己不被气到英年早逝，回过头望着看热闹看得正起劲的陆翊坤，干脆地转移了话题："陆哥，我请你们吃饭吧。派出所旁边有家新开的如意小馆，听说味道非常好。"

　　童彦伟赶紧附和道："对对对，咱们一饭泯恩仇。"

　　"希望你找的那家味道不错。"陆翊坤安抚地拍拍童欢的背，厚实的大掌连同稳重的声音都显得很有说服力，"苏什么都穷讲究，唯独为了美食可以去坐路边摊。"

Chapter 04
吃货的共鸣

　　陆翊坤说是那样说，却没料到童欢真把大家带到了一个类似路边摊的小店。不足二十平方米的门面挤满炊具，大帆布搭成的棚子从房檐长长地伸出去，泛着常年使用过后的油光，里面摆了七八张齐膝的四方木桌，客人坐得满满当当。当地人点几盘小菜，配着手抓的簸箕饭吃得正酣，还有人完全不理夜间的凉意，赤着胳膊斗酒斗得热火朝天，吵得比菜市场还喧闹嘈杂。

　　Dirac 在车门开后只扫了一眼，就收回了已经抬起的前爪，然后慢悠悠地趴回后座。事实上，作为一条狗，它经历了国际托运、隔离，又被转手给童彦伟这种完全不知"讲究"为何物的人照顾了好几天，此刻它是凭着意志力才递出一个"你们随意"的眼神。

　　它是一条有格调的狗！并且是像主人一样有着非凡意志力的狗！Dirac 默默地捂住了自己的鼻子，也盖住了眼底的幽怨。

　　童欢眼疾手快地抢到一桌刚结了账的位子，招呼大家坐下。一米八几的苏、陆两人窝在折叠竹椅上，长腿无处安放；健壮的陆翊坤更是坐得小竹椅呻吟连连，他甚至不敢放松了坐实，怕椅子散架。

　　如果不是看着显然爆棚的生意，苏睿会掉头就走，可是作为一个饕客，他深谙街巷出美食的道理，为了尝试正宗的盈城菜式，他的胃强迫他坐了下来。

　　好在如意小馆桌椅不新，却收拾得很干净。老板娘是傈僳族人，年过三十，皮肤浅棕，大嘴长眼高颧骨，不是正统的美人，但天然粗生的五官融合出一种张扬放肆的野性美，身段是熟透了的丰腴，整个人如同 Y 省的米椒般，呛口却火辣，她扭着腰走到桌边，背后就黏了一串醉汉们毫不掩饰的垂涎目光。

　　苏睿开始担心，这家店并不值得他忍受如此糟糕的环境，生意好仅仅是因为店主的外貌。

　　"帅哥，想吃点啥？"老板娘腰软软地往桌边水泥桩上一歪，眉目含情。

　　"哟！老板娘，看城里帅哥长得白嫩，亲自招呼啊！"

隔壁桌的大汉嚷嚷起来，赢得同伴的附和：

"我们来扔个单子叫自己写菜，帅哥屁股还没坐热呢，你就贴上去了？"

"怪我们自己脸皮长得不争气啊！"

在众人的哄笑中，老板娘叉腰骂了起来："放你娘的狗屁，他们一看就是新客，我不招呼放人干坐着？早说过老娘心里有人，随你来什么帅哥都看不上！"她一把爽利生脆的嗓子，骂起人来像唱山歌，这一骂骂得童欢对她的好感度噌噌往上涨。

"老板娘，是古老师介绍我来的，说你家的酸竹汤、小锅酒焖鸡是一绝，其他你看着再弄两个菜吧。"

一身软肉的老板娘立刻站直了身体，感觉居高临下不好，干脆半蹲在了桌边："你也是七小的老师？"

"对，我姓童，童欢，叫我小童吧。"

老板娘把手往围裙上擦了擦，笑得露出两排雪白的牙齿："童老师，我汉名是林斐然。"

"斐然成章，好名字呀，那我叫你斐然姐？"

对于会做菜的人，童欢特别自来熟，托着腮，一派天真可爱，哄得林斐然捂着嘴笑得春风满怀："我大字不识几个，名字是朋友帮忙想的，你们是学问人，喊我姐姐太抬举了。"

"哪能？我最崇拜会下厨的人，你家店子才开个把月就热火成这样，我早就想来了。"

"那敢情好，今天大姐给你做几个拿手菜，保证你吃完回去还想着。"

"我要小锅酒焖鸡还有酸竹汤，其他你看着上呗。哎，听古老师说你家的酸木瓜煮鱼味道才好，可惜我木瓜过敏，不能吃。"

林斐然扬扬眉："木瓜还有过敏的呀？"

"对呀，会长一下巴一脖子的疹子，厉害的时候还可能喘不过气来。"

"那我一会儿把锅再洗干净点。"

"斐然姐，你真好！"

童欢听得直冒星星眼，被林斐然拉着去菜架上点菜去了，瞅两人那热乎劲，不知道的还以为是多年的老朋友，看得陆翊坤叹为观止。

"兄弟，你家小妹是个人才呀！"

"我早说过了，三……她人见人爱，花见花开。"童彦伟意有所指地冲苏睿挤挤眼，换来对方偌大一个白眼。

"明天以前你再给我找个合适的住处。"

童彦伟直接扑倒在桌子上边捶边喊："苏教授，苏大神，您放眼看看，昔云镇除了第七小学你上哪儿找个够干净，我们又能放心说话、放东西的地方，住一个来月？"

觉得童欢颇合眼缘的陆翊坤也撑着下巴助攻:"苏,德溧州我熟悉,盈城周边乡镇的招待所绝对是一言难尽,蚊子臭虫都算客气,你别再挑了。"

"对对对,苏大教授,我给您拖了宜家新买的床,一会儿就给您老人家组装上,您老的床上用品我也寄到昆市带过来了,连 Dirac 的窝和装食物的车载冰箱我都原封不动地打包好,您就看在小的尽心尽力伺候您一人一狗的分上,高抬贵手,啊不,轻点贵颌吧。"

"宜家?"

"苏少爷,我们小屁民买个拼装家具,选宜家很不错了,"就这还多亏了于衿羽指点兼下单运货,作为可怜的工薪阶层,他真的尽力了,"您总不能指望我把您上海公寓的床都背过来吧?"

陆翊坤同情地看着恨不得跪倒在地的童彦伟:"他不常住的屋子,都摆 Hans J.Wegner 的 The Chair,看不上宜家不稀奇。不过苏睿,你怎么会忽然到昔云来?我到现在都不敢相信。"

所以在接到电话后,他才二话不说从留市赶了过来,也万幸赶了过来。

苏公子下巴微抬,语气里罕见地露出点无奈:

"问他。"

童彦伟低眉顺眼里有点小得意:"打了个小赌,我侥幸赢了,他过来帮我点忙,小忙而已。"

"什么赌?你居然能赢他?"陆翊坤说完觉得好像有点歧视的意思,赶紧道歉,"对不起,我只是——你知道,苏是个怪物。"

对于陆翊坤的定义,童彦伟感同身受,连忙点头:"我懂我懂,是我有点小技术,胜之不武,胜之不武。"

苏睿冷哼一声:"还知道自己胜之不武。"

"胜之不武也是胜。"

苏睿正要发作,被童彦伟没皮没脸地抱住了手臂,一边摇一边带着哭腔地说:"苏少爷,您老人家帮我这一次,我以后打撸啊撸和农药保证不拖后腿,但凡再做一次猪队友,我就退出全服。"

忍住满身的鸡皮疙瘩,苏睿抽出一张纸盖在童彦伟不知几天没洗的油头上,用力推开。

"你还忘记了一件事。"

"什么事?你尽管说,但凡小的能做到的,赴汤蹈火,在所不辞……"

童彦伟唱作俱佳地表着决心,被苏睿一句话堵得声都不敢出——

"我开来的车炸没了。"

空气一时凝固了,过了良久,童彦伟才磕磕巴巴地答道:"我早说过,这边路况不好,开辆便宜点的车。"

"那已经是我家在国内最便宜的车。"

万恶的土豪啊！童彦伟泪流满面，然而莫说是苏大少爷今天被炸上天的吉普，哪怕是开辆捷达，依彦伟买张床还要刷信用卡的悲伤财政状况来看，依然是没啥用，他戚戚然挠着爪子，一副可怜相。

"求土豪不炫富。"

"我只是在陈述事实。"苏睿的脸虽然还绷着，但眼底已经有藏不住的笑意，就像雪后初晴的天，有遮不住的光。

点完菜回来的童欢正好将这一幕看得清清楚楚，不禁叹服，在自家堂哥跟前，苏睿霸气十足呀，她最喜欢这种转换自如的百变气质了！

看童彦伟已经快倒在苏睿的脚边，她整了整神色，走过去很严肃地踢了他一脚："童警官，捡一下你碎一地的节操，还有，我没答应让他住校。"

"妹呀，他今天炸掉的车保守估计四十万起，不知道保险能赔得上不，你哥连底裤都凑上也不够呀！"

童欢神乎其神地一秒钟换上了张阳光明媚的脸，很是谄媚地拉住了苏睿的手："那啥，苏教授是吧，听说你来这边需要一个地方落脚，我们学校恰好还空了一间房，就在我宿舍隔壁，保证是七小最宽敞明亮的屋子，全昔云镇也找不出更干净整洁的了，而且坐北朝南、冬暖夏凉，出门有小卖部、卫生所，各种摊贩随时在榕树下歇脚，购物方便，全镇唯一的公交车校外两百米处发车。洗澡有太阳能热水器，现代化厕所步行十米，我本人兼职昔云镇免费活体 GPS 加导游，包管你住得宾至如归，比回家还要温暖舒适。"

童彦伟感动地盖住了童欢的手："妹，够意思！"

"必须的！咱俩谁跟谁？不看你和我共一个奶奶，就冲我家小羽毛也得拉你一把。"

看童彦伟一听衿羽的名字就下意识打了个冷战，童欢再次替好友不值，她家小羽毛当初身为中文系系花，富二代，也不知着了什么魔，偏偏看上童彦伟这个无可救药的宅男，而且还是单相思！追她的人围绕师大能排七个圈，结果一个童彦伟，她追了 N 年还在奋斗，天理何在！

一直在旁看好戏的陆翊坤忍不住笑出了声，他发现童家这对兄妹是双活宝，天生逗乐，就帮了句腔："好了，苏睿，你去镇上走一圈就知道，小童他们给的建议是靠谱的，你就将就一下吧。"

抽不出手，被童欢汗津津的掌心再次贴出满身鸡皮疙瘩的苏睿像避瘟疫般跳了起来："你们够了！"

"哥，他这算是同意还是不同意？"

"管他，咱就当他同意了。"

说罢，童彦伟拉着老妹坐回饭桌，摆好碗筷，兄妹俩神同步等开饭的乖宝宝相逗得陆翊坤快笑出眼泪来，苏睿的嫌弃脸自然也摆不下去，颇为无奈地坐了下来。

陆翊坤自十六年前认识苏睿，他就已经是个很不好靠近的孩子，因为隔着六七岁的年龄差，也因为彼此初次见面时的特殊情形，陆翊坤在苏睿的生活里更多的是大哥的定位，而在苏睿人生当中能称为朋友的人简直凤毛麟角。

他这些年偶尔听苏睿提到过这个童彦伟，只当是苏睿玩游戏时组队的搭档，眼下苏睿待他看似嫌弃实则亲近的态度已经表明，他很看重这个人。以往大家猜测，能和苏睿做朋友的理所当然会是高智商天才，万万没想到他能在吊儿郎当的童彦伟跟前完全卸下了心防，陆翊坤觉得，如果苏睿双亲看到这一幕，一定会像他一样，感慨万千。

"父亲名下的再生能源公司和我们实验室有一个联合资助项目，我过来考察，顺便帮他看个案子。"苏睿简单地和陆翊坤解释了一下。

"小童是警察？"

因为苏睿偶尔提起童彦伟都是和游戏有关，陆翊坤也是第一次知道他的职业。

"我们片区有几起儿童失踪案，追线索追到了盈城，据说昔云这边有接头人。"

童欢撇撇嘴："他不是学物理的吗？"

"人聪明搁哪儿都聪明，你哥我以前多少案子碰到瓶颈都是靠他醍醐灌顶，连队长都说我这几年跟打通了任督二脉似的，他哪知道我是遇上了隐世高手！"

童欢压低声嘀咕着："挂羊头卖狗肉。"

童彦伟挥手给小堂妹比了个四，童欢一想起在七小门口炸没了的吉普车，虽然法律层面上和童彦伟扯不上关系，但自家到底还是理亏。土豪的钱也是钱，四十万起呀，够盖大半个学校了，而且……童欢眼珠子骨碌骨碌转着，明显打起了小算盘。

之前修围墙补屋顶，还有建操场，她已经把身边的亲友敲诈了个遍，童先生和安女士更是表示，除非她回家，否则家里所有人都不会再赞助一分钱。本来下午听到老爹淘汰破烂般的态度丢来的表居然值一两万，她还准备把表卖了，修整一下学校春季暴雨后濒临崩溃的电路，大不了回家被童先生揍一顿！

如果，土豪在学校里住上两个月，是不是能和孩子们培养点感情，这样学校的电路修整就有着落了，电压稳定后还能装上孩子们期待已久的投影仪，运气好的话再配两台电脑？

想到这里，亲爱的童老师当机立断，决定把姿态再放低一点，笑得山花烂漫地跟几人科普起昔云这个全省有名的贫困乡镇。

说话间，老板娘林斐然端菜上桌："来，先试试我的酸竹汤开胃，鸡还得煨一会儿啊！"

她热情地给每人添上了用料很足的酸汤，到苏睿时，他伸手示意自己来，林斐然笑嘻嘻地把碗递给了他:"帅哥还不好意思呀!"

童欢想,苏睿怕是看不来林斐然肆意调笑的作风,担心他又说出难听的话,没想到苏睿客气地摇了摇头,还道了声谢。

切,装模作样,最后还不是看脸,对着美女态度多和蔼!

童欢故意痞气十足地抖着腿,端起碗才要喝,却被苏睿一筷子敲在膝盖上:"难看。"

她想回句"关你屁事",苏睿已经皱着眉毛接着说:"影响我食欲。"说罢,把敲了她腿的筷子放下,又换了一双。

哼!她平时也不抖腿的啦!!只有故作嚣张或者气人时才这样,被他冷着眼一瞅,好像她多low似的!

童欢水汪汪的眼朝堂哥望去,又是委屈又是憋屈,望得童彦伟额头直冒虚汗,眼前这两人怎么总是天雷勾地火,烧的却不是干柴烈火,总让人担心下一秒就会核弹爆炸。

"吃饭,吃饭,老板娘手艺真不错。"

陆翊坤伸筷子打起了圆场,感动得彦伟两眼泪汪汪,连声附和:"来来来,快吃饭。"

童欢和苏睿同时夹了一筷子,只是一个是毫不秀气一大口,一个是斯斯文文几小根,切得薄薄的酸笋往嘴里一放,两人又同步端碗喝了勺汤,童欢两眼亮晶晶地拉住了林斐然的手,才要开口,坐在右侧的苏睿凉凉地来了句:"把嘴里的吃完再说话,会喷别人身上!"

童欢在心里默念了三遍"四十万,投影仪",扯着脖子和着气咽下嘴里的食物,直摇林斐然的手:"斐然姐,真的超好吃!"

她来德漂三年,知道这边口味都是酸辣为主,可时间长了难免被酸得腻歪,林斐然拿来做汤底的酸笋是她来这边后吃到的酸度最恰当的一家,难得的是腌菜居然都留下了笋的鲜味,汤更是清爽到她有种背景音乐自配《中华小当家》,然后转圈圈的感觉。

童欢是典型的娃娃脸,圆溜溜的大眼睛,满头呆毛乱飞,崇拜的眼神把林斐然逗得乐呵呵地:"喜欢吃,我给你装一罐带回去,拌着做凉菜都好。"

"斐然姐,我太爱你了!"

看童欢油着嘴扑到林斐然身上,乐得直跺脚,苏睿长叹一口气,他真的要在这个女人,不,这个完全不算女人的家伙隔壁住两个月吗?

"你们先吃,我炒完菜再来陪你们。"

童欢连忙点头:"你忙你忙!"

她坐下三下五除二搞定了一碗酸竹汤,再盛时看到苏睿夹着一筷子酸笋在研究,他这样的人坐在路边摊都自成一派气度,眉似墨,面如玉,犀利起来仿佛能将人心看穿的眼睛认真地盯着一截腌笋,着实有点反差萌。

"这是哲龙山里长的青笋,春末夏初的时候挖出来,春软密封,放到水下滴淋,发酵后再取出来晾干，要做汤的时候抓一把，简单又方便。不过斐然姐这个酸笋可能是放到山上去用高山泉淋的，所以味道特别鲜，盐和发酵的时间也把控得恰到好处。"

"小丫头嘴巴挺厉害呀！"

陆翊坤伸出拇指表扬，彦伟搭腔。

"她从小就是条大厨舌头，吃啥都能说得头头是道。"

陆翊坤指着苏睿对童彦伟说："巧了，那儿有条皇帝舌。"

果然，苏睿听完又认真尝了一口："竹筒是新竹，还有芭蕉叶的清香。"

"可以呀！没想到你看起来矫情，嘴巴挺厉害，这边做酸笋都是拿芭蕉叶封口的。"说起吃来，童欢浑身是劲，恰好林斐然又上了小锅酒焖鸡，因为实在忙不过来，招呼两句又回灶边了。

童欢呼哧呼哧装了一大碗看似普通的焖全鸡，那鸡焖得骨头都酥了，酒香四溢，连陆翊坤都吃得连呼过瘾，童彦伟更是满嘴油光，唯独苏睿端着碗安安静静的，完全另一种画风。

"哥，苏大教授坐这种地方跟吃大餐厅似的，不别扭吗？"

"别被他表象骗了，苏大少爷吃相好看归好看，速度可不比咱慢。"

童欢再一细瞧，可不是吗！悄无声息地一碗就下去了，哎哟喂，她最爱的鸡翅！童欢半路拦截，果然她的筷子才挨着鸡翅膀，苏睿一副"上面还有你口水"的见鬼模样，果断放弃。

心满意足地吸着鸡翅，童欢心情大好，友善地给三人科普起来："酒焖鸡是用姜蒜爆炒到鸡肉金黄，放上满罐的烧酒煨出来的，仔鸡是大火煨十分钟，保证肉质鲜嫩，这种老母鸡得小火慢慢煨，酒精挥发了不会醉人，烧酒的味道却完全渗透到骨头里去了！"

一直努力制造话题的童彦伟赶紧接话："没什么咸味的清汤，怎么还这么香？"

苏睿仔细品了品："因为没放盐，是用野花椒煨出来的原味。云贵川的野花椒由于地理特殊，味道独特，还提鲜，余味才带出点辛辣，更刺激食欲。但用量一定要精准，多了会夺主，少了鸡肉会油。"

童欢连连点头："而且这边鸡多是走地鸡，皮肉紧致，几斤烧酒才煨出这么一小锅精华，汤当然香浓，几颗枸杞也是点睛妙笔。"

没想到瞧着邋里邋遢的童欢居然是个真食客，苏睿倒是高看她一眼，可眼见她直接上手捧着鸡翅啃的光景，又赶紧错开了眼，然后发出总结陈词：

"老板娘的厨艺开这种小店，屈才了。"

"我也觉得。哎，早知道这么好吃，我该在开张的第一时间就来的。"

陆翊坤在吃上向来很粗糙，对他来说，东西只分好不好吃，味道好就大刀阔斧地吃，不好就将就着凑合，看一直不对盘的两人忽然聊上了，还聊得头头是道，也是称奇。

"我就说两个吃货,应该有的聊呀,这画面才对嘛!"

童彦伟喝完汤,打着饱嗝感叹道,结果下一秒就见苏睿紧皱眉头呵斥:"你用手抓吃的就够了,吃完还要舔手指!"

童欢一听,故意摇头晃脑地将手指吸得吱吱响,哼!就喜欢他看她不顺眼,又拿她没办法的样子!

唯恐天下不乱的陆翊坤还来掺一脚:"我倒觉得看她吃饭特别香,带着我都能多吃一份。"

"是吧?好多人都说喜欢看我吃饭,觉得菜都变好吃了。"

眼见着小堂妹更嘚瑟上了,童彦伟赶紧又比了个四,然后做个抹脖子的动作,童欢再吧嗒两声,才放下手指,夹了块新上的烤猪肉,蘸着蘸水放进口里,然后被皮酥肉嫩的口感征服了。

"快试试这个小耳猪,这边高山猪是散养的,脂肪低,肉特别有弹性,和养在圈里吃了睡睡了吃的大肥猪完全不同。斐然姐刚告诉我,这是她用香料腌一天后吊在炭火上慢慢烤出来的,因为准备工作时间长,每周不定期限量供应两天,是她家店里最贵的一道菜了。不过这手艺,哇!不要太好吃!不用蘸酱干吃都不腻!"

苏睿不得不承认,童欢在吃上是有心得的,而且是能开美食专栏的水准。

"腌制的时候加了泡椒,很有特色!"

"小米椒,Y省特产,刚来的时候泡米椒拌点凉菜我都能吃一大碗饭。"

于是一餐饭在两个吃货现场直播的《舌尖上的中国》背景音里一扫而空。酒足饭饱,童欢摸着圆滚滚的肚子,终于想起车上还有一只傲娇的狗。

"那个,滴克还是滴答呀,不下来真是亏了,要给它打包吗?"

"它叫 Dirac,而且它只吃我做的东西。"

童欢背过身,照着苏睿板脸的样子撇嘴无声学舌了两句,强忍住比中指的冲动,站起身来伸了个大懒腰。她的T恤很宽松,因为伸懒腰的动作太大,露出了一截蜜色的腰,正对着端坐的苏睿,在她周身凌乱的颜色里,那一段肌肤柔腻的漂亮线条还是闪进了他立即掉转的目光里。

付账时,林斐然先是不肯收钱,好说歹说打了折,又装了满满一大罐酸笋给童欢,童欢抱着瓶子有点不好意思,又不舍得要,苏睿对老板娘的手艺意犹未尽,最后是他道谢后开口让童欢收下。

等到林斐然去招呼别的客人了,苏睿才笃定地说:"她孩子会到你班上读书,做家长的表示一下心意,你收了她反而踏实。"

童欢诧异地望着他:"你们什么时候聊这么多?"

"没聊。"

"那你怎么知道她有孩子，还要到我班上读书？"

"我有眼睛看。"

很显然，苏睿的潜台词是她眼瞎，不过好在还有两个人陪她瞎，看那两人习以为常的表情，大概在他跟前做个睁眼瞎也不奇怪。

童彦伟不想再卷入炮火，拉着陆翊坤去取车了。童欢这个人很不愿意动脑，偏偏有事想不通又老惦记，只能谦顺地问道："苏教授，能洗耳恭听您解释一下吗？"

苏睿判断自己大概需要在当地待两个月，以老板娘的手艺，他估计会成为常客，那么童欢作为老板娘示好的对象，他就勉强满足一下愚人的好奇心吧。

"门面的灯光偏暗，在门口最亮那盏灯下面摆了整家店唯一的高椅子，那个高度是给孩子用的，桌面垫了防油渍的塑胶垫，适合孩子读书写字，你仔细看，垫边还沾了点橡皮擦擦完的泥。桌椅都在亮光下，肯定是晚上用得多，所以是写作业，比照椅子的高度，幼儿园也没什么作业，只能是小学。她认识你们学校的古老师，一听说你姓童就正襟危坐收敛了做派，还有擦手的细节，而你恰好带低年级，作为将孩子学业看得很重的家长，对你格外热情不稀奇。"

"我怎么觉得你对斐然姐印象不错？看人家漂亮呀？"

童欢当然很喜欢林斐然，但是像苏睿这种连她抖下腿、舔个手指都讨厌的人，怎么会对乍接触有点轻浮的林斐然客客气气的？

"单亲妈妈，辛苦抚养孩子，供他读书，没有靠长相走捷径，自食其力，练了一手好厨艺，我自然尊重。"

"你怎么知道是单亲？"这人是算命的吗？

"别拿那种看算命的眼神看我！"

"靠！牛×呀！不是算命难道会读心？"

"你一个女孩子，口头禅怎么靠来靠去？'靠'最初是从'操'变来的，模拟的是男性性交动作，'×'更是代指女性生殖器官，你为什么喜欢把两性生殖挂在嘴边？"

童欢瞠目结舌，看着很污的词语不断从他唇形漂亮、色泽光润的嘴巴里吐出来，还保持着一脸云淡风轻探讨的表情，傻了。

"那个……你还是跟我解释单亲的问题吧。"

苏睿发现和笨人沟通实在辛苦，鉴于已经开了头，还是答了下去："新店，却没有重新装修，忙得团团转还不请帮工，是缺钱。她的手很粗，关节肿大，是常干重活，当着所有客人的面不亮已婚身份，却宣称自己心里有人，只能是单亲。不过她说的有人是真的，而且那个人还不好惹，所以来吃饭的嘴上占便宜，却没人敢真揩油。身后有个有势力的男人，自己依然靠手艺赚辛苦钱，不容易。"

听得一愣一愣的童欢摸着下巴,若有所思。

怪不得一开始斐然姐靠在他旁边,他居然没有嫌恶地弹开。

这人好像也没看上去那么糟糕……

Chapter 05
认亲

童彦伟把看上去好说话的陆翊坤拉上,是因为他已经受够了苏睿那条精过人的狗,果然,等得不耐烦的 Dirac 已经将他车后座两个抱枕蹂躏得不成形,看见他开门作势就要扑。

"Sit, Dirac."

陆翊坤的指令简单,却有力度。作为一条有原则也有眼色的狗,Dirac 很清楚挑衅这个人高马大的汉子从来都没有好结果,嘴里不甘地咿呜两声坐下了。童彦伟舒了口气,佩服地直冲陆翊坤行礼。

"陆哥,你晚上睡哪儿?"

"如果派出所那边不需要我的话,一会儿等苏安顿好,我就回去了。"

"这边山路多,开夜车不安全,要不和我在帐篷里凑合一下?"

为了给大少爷运东西,童彦伟搞了辆皮卡,还从衿羽那里拿了整套的露营装备,心想,万一苏大爷实在看不上七小的房间,他只能把人哄到帐篷里凑合一两晚——可拆分的睡袋睡两个人不成问题,再慢慢忽悠。

"这点山路不算什么。"

"我听苏睿说你当过雇佣兵,还救过他的命,有空我得向你请教一下。"

陆翊坤惊奇地站直了,目光锐利似箭,将童彦伟浑身上下戳了一遍,戳得童彦伟把自己刚才那句话翻来覆去想了 N 次,怎么也想不通自己说错了什么,陆翊坤面色又和善了:

"苏和你说的?"

十六年前,他所属的雇佣兵小队接了单活,解救两名被绑架的华裔,救下来的那个是苏睿,而另一名人质却因伤势过重在送往医院的途中去世了。那段经历给苏睿造成了严重的心理障碍,做了将近一年的专业疏导后才勉强恢复,自此绑架事件在苏家是禁忌,陆翊坤没想到苏睿会主动和别人提及。

"之前他帮我破一个绑架案的时候,简单说过一点。"

"你知道他阅读……"陆翊坤比着手势,有点把握不住提及往事的深度,童彦伟看来并不了解详情,但考虑到苏睿要与兄妹俩朝夕共处,他还是决定问清楚情况。

"你是指他有中文阅读障碍?第一次组队打游戏,我就发现他能语音却看不了中文,一开始以为是华裔没有学汉字,后来才知道他有这个毛病。所以我特意安排他和三三住一起,我家三三啊那可几乎是过目不忘,正好弥补苏睿的问题,谁知道他们完全不对盘。"

童彦伟无奈地耸耸肩。

"也不一定,我经常看苏把别人搞得羞愤交加,倒很少见他气急败坏,你家小堂妹有点意思。"

"只要他别把三三掐死,或者三三被他逼疯跑来掐死我,我就阿弥陀佛了。"

正说着,那边两个人不知道一路争执着什么走过来了。

"你家滴答肯定饿了,石板粑粑连油都不用的,吃不坏它。"

"它只吃我做的饭,它也不叫滴答,Dirac,D-i-r-a-c!你自恃的好记性又被狗吃了?"

苏睿对着童欢摆出了张"你是傻子吗"的脸,只是那点鄙夷融在他360°无死角的颜上,尤其在月薄云青的夜色里,别有味道。

长得太犯规!童欢只能感叹,也懒得去计较了。

"不想记那么拗口的名字,入乡随俗,到了中国就该有个接地气的名儿,没听老人说过贱名好养活吗?而且我跟你说,斐然姐烙饼的时候,我特意让她在面浆里加了红薯。我妈养的马尔济斯,土鸡蛋和肋排都吃腻了,可每次我一蒸红薯,它恨不得把红薯皮渣渣都舔了!你相信我,没有不喜欢吃红薯的狗!"

"Dirac不吃乱七八糟的东西。"

"放心,斐然姐的手艺你又不是没领教过,她做的饼怎么能是乱七八糟的东西?不信你试试。"

童欢掰了一小块烤得热烘烘、两面金黄的烙饼,飞快地塞进了苏睿嘴中,在他欲吐的一瞬间,沾着芝麻松脆的皮已经先一步在舌尖融化。

苏睿听说过Y省这边拿来当锅的石板,火烧不坏,水浇不裂,架在火塘上烙饼,连油都不用放。所以口中的饼没有一丝腻味,却层层起酥,再嚼下去,红薯的清甜、细腻的芝麻香,全渗在酥皮里,口感好到即使他眼前晃过了童欢和着粉笔灰、果汁的手指,晃过童欢舔手舔得吱吱响的画面,依然没吐出来。

"有洁癖的吃货,不还是个吃货!"

童欢做了个鬼脸,趁机把饼抛给了"滴答"。

"Dirac不吃别人的喂食,你还丢垫子上,它绝对不会……"

苏睿的声音戛然而止,傲娇到他妈都伺候不了的Dirac低头嗅了两下车垫上的饼后,试探地咬了一口，然后直接趴下叼起一整个石板粑粑开吃。

"你看！我就说没有不爱吃红薯的狗！"

因为过于震惊，苏睿都没来得及阻止童欢拿过饼的手摸上 Dirac 顺滑的毛，而 Dirac 闻了闻她另一只手上的饼，鼻子喷了两声气，竟然也随她了。

宽敞的副驾驶座让给了大块头的陆翊坤，苏睿只能痛苦地坐在后座，看着童欢沿路掰烙饼掰得饼渣碎了一后座，而他那条没出息的狗吃到最后，已经直接扑到她手臂上去了。

他越是面沉如水，前头看好戏的两人就越是憋笑憋到内伤，忽然苏睿猛地喊了句"停车"。童彦伟头大地踩住了刹车，以为小堂妹终于把苏教授给惹孬毛了。在不能共存的前提下，他是不是只能冒着被童欢杀了的危险把她哄下车？感觉也是不可能完成的任务啊。

"看清楚。"

在苏睿近乎蔑视的声音里，三人半晌才明白过来他的意思，顺着他指向窗外的手指，看到前方左街一个店铺门口，有个背着竹篓的小青年在拉老式卷闸门。

"认出来了吗？"苏睿问。

两个老爷们儿一脸茫然，童欢却不情愿地点点头。

因为正在灯下，看得出小伙子非常瘦，偏肥的工作服挂在嶙峋的瘦骨上，风一吹，肋骨都隐约可见，背篓像要陷进骨架里。洗到褪色的工作服上有一些辣椒油的印渍，腋下还有两处修补痕迹，不过缝补的人水平很高，不细看看不出，他的裤脚吊在了脚踝上方，左腿边缝脱了线，裂了道两寸长的口子。昔云多雨水，夜里又降温如秋，他却穿着一双旧得脱胶的凉鞋，右脚的鞋扣甚至是一条搓出来的细麻绳，时不时跺两下，像在取暖。

"看清楚他的衣着细节，和门上的字。"

童欢很不甘心地拉着童彦伟跳下车，跑到那个写着"孟阿婆火烧辣子酱工坊"的招牌旁，拍了拍小伙子的肩膀。

"嘿，帅哥。"

她不知该怎么称呼，老土地喊了声帅哥，没料到男孩回头那张脸竟然真是帅的，浓眉大眼，因为过于瘦削，双颊凹陷，还有点北欧男模的味道，只是气质土了点，衣着也太潦倒。

面对面看着，两人才发现他比她之前以为的年纪要小，可能才十八九岁，只是因为瘦又累，脸上有着不符年龄的沧桑感，远看，面相会老成许多。

"你是……"

童欢按住了彦伟取出工作证的手："我是七小的童老师，下午我在榕树那里上课，你带着女朋友一直坐在旁边吧？"

男孩的脸一下子涨得通红："不是女朋友，小伊她家里管得严，不能……不能乱说的。"

童彦伟看了一眼他的背篓，里面用旧矿泉水瓶装了两大瓶水，还有几个辣椒一个小瓜，他到底做了六七年警察，板起脸来还挺像回事："出事后怎么不去录口供？"

"我……小伊来看我，童老师，我，老板娘不在，我偷偷出来的！"他激动地掐住了童欢的手腕，掐得她半条胳膊都麻了。

"痛痛痛！"

他慌忙又松开了，急得满头大汗，那憨憨的模样要让两人再说他是犯罪嫌疑人，真是没法想象。

彦伟的语气也和缓下来："别急。你是翘班？"

男孩连忙点头。

"偷偷交了女朋友，不能叫家里知道？"

他垂下了头，喏喏地念叨着："不是女朋友。"

"你叫什么名字？"

"康山，健……康的康，大山的山。"

"小伊全名呢？住哪儿？"

男孩脸又涨红了，不再吭声。

"放心，我保证啥都不会跟你们家里说，只是你俩下午也在案发现场，需要排除嫌疑。"

男孩飞快地看了看彦伟，又看了看很诚恳的童欢："你们不是警察吧？"

童欢眉毛一扬："哟，难道要我告诉警察找你们家人？"

"不！不能说！小伊爸爸会把她关起来！"

彦伟故作严肃地点点头："那说吧。"

"她叫王伊纹，在盈……住盈城，我……小伊来看我，就走到那里坐了坐。童老师，你相信我，不干我和她的事。"

"抬起头来看人。"

康山睁大了眼，却不敢直视童彦伟锋利的目光，只能无辜又无助地望着童欢。他的眸子是浅棕色，带着天然的愁意，还有冗繁生活的重压。童欢在他的目光里感觉自己兄妹俩仿佛仗势欺人的坏蛋，赶紧安慰地拍了拍他肩膀，却因为个头太矮，像是长臂猿要吊上杆一样，姿势尴尬又好笑，完全没有安抚力。

童彦伟一笑，气氛倒是立刻松弛下来："好吧，我先相信你。"

"那小伊……"

"信你自然就信她，不会惊动她家里人的。"

"谢谢，谢谢。"

童欢又补充道："你要想到什么了，就来告诉我，我住七小里头。"

"好。"

康山锁好门连忙跑了，童欢失望地回到车上，对着苏睿戏谑的目光狠狠地把脸甩向一边，继续调戏滴答。四人一狗好不容易回到学校，走进童欢口中"宽敞明亮"的大房间，方才还劲头十足的童彦伟背后又不由自主地淌起了冷汗。

由于学校只有童欢一个女老师，所以她来后，校长把盖在学生宿舍旁边的三间小平房拨了一间给她住。这里原本计划是做图书室、电脑房，建好后，后续资源几年都没到位，还是三三来后众筹了图书室，又置办了一台电脑在里头，最靠边那间一直是闲置的。

之后童欢联系亲爹给学校筹建厕所和澡堂的时候，童爸爸出于私心又给女儿在宿舍旁边加盖了一个小卫生间，解决了洗漱上厕所的问题。

童欢所谓的大房间，就是她隔壁闲置的空屋子，几十平方米的房间仅仅装了两个长灯管，勉强照亮灯管附近十平方米的范围，还因为电压不稳，忽明忽暗。

三扇木格窗别说窗帘，有两扇连玻璃都没有，飕飕往里灌风，空荡荡的屋里只放了套童欢不知从哪里翻出来的旧课桌椅权当写字台，一个孤零零拖着长尾巴的插线板，还有刚搬下车的Dirac的"豪宅"。

好在童欢还把教室大致打扫干净了，Dirac对开阔的空间倒很满意，巡视了一圈，坐回自己窝里先歇下了。

"我还没来得及收拾。"

童欢有点尴尬地搓着手。她本来是烦童彦伟没事找事，非得让她帮忙安置朋友，故意敷衍了事，期待对方一看掉头就走。现在，想想校门外炸出来的那一团黑坑，再想想学校坑爹的电路和孩子们期待的投影仪，她脑子飞快地搜索自己杂货铺一样的房间，思忖着还有没有能布置房间的东西。

"我哥把床装好以后会好很多的，我再找找窗帘啊，明天咱们再去买点柜子、桌椅啥的。"

因为宿舍原本计划是做电教室的，两间屋子中间有扇门连着，她飞快地从自己房间搬来两条凳子。苏睿扫了一眼凳面上不知何物的陈年旧渍，从皮卡上取来一张营地折叠椅，坐在Dirac身边，用密齿梳给它梳掉在毛内的饼渣。

"他准备就这样坐着，看我们做？"

童欢张大嘴，回头看着彦伟，轻轻松松扛了一肩重物进来的陆翊坤朗声大笑：

"小丫头，习惯就好。"

"所以，你们都习惯了？"

"姑奶奶，他能坐下没走，已经很给面子了。"童彦伟推着童欢回房，"你先找点工具来。"

"你们这些忠犬！你们这些受虐狂！"童欢义愤填膺地去找工具了，回来发现苏睿在楼道电箱旁不知道捣鼓啥，当他们丁零哐啷装床装得忙不过来的时候，苏睿又找陆翊坤要什么热轧什么硅，最神奇的是陆翊坤车上还真的有，还给了他一堆童欢看起来完全摸不着头脑的工具。

"他要干吗？"

童欢偷偷拉了拉陆翊坤的衣袖问，她的手是老人口中常说的"有福手"，肉肉的，指甲又圆又光，陆翊坤看着那两根胖乎乎的手指头，一时呆住了。

"陆哥！"

童欢又扯了扯他，陆翊坤才回过神来，他厚实的肌肉绷得紧紧的，像在压抑着什么。气势强悍的人忽然沉默，空气里都会有凝滞感，童欢一脸茫然，对着光端详自己的小肉手，每一根手指都被光透出粉色轮廓，像没长大的孩子。

"我是不是做错什么了？"

"傻三三，陆哥以前当雇佣兵的，那都是些兵王，可能不喜欢别人碰自己吧。"

"我不是那个意思。"陆翊坤干脆放下了螺丝起子，坐在半成品的床沿上，静默片刻，神情里竟透出悲伤来，"我有个妹妹，以前也总喜欢这样扯我衣袖……童丫头，你俩长得像，五官都像。"

一样的大眼睛，一样的圆脸，永远不服帖的乱发，说起话来叽里呱啦，笑起来甜沁沁的，他的小妹个子还那么小，有什么事就扯住他的衣袖晃呀晃，永远都在当他的小尾巴。

童家兄妹俩自然听懂了他省略的意思。童欢听到有人和自己长得像，心里直痒痒，却不敢再问，怪不得她总觉得陆翊坤对第一次见面的她和气得不正常，原来是在透过自己看故人。

倒是陆翊坤自己先释然一笑："你们不用这样，我妹妹都走了二十几年，我那时候还小，再伤感也有限，只是今天忽然看到童欢有点感叹罢了。"

"那你以后就把我当你妹子，我拿你当哥！"

陆翊坤人到中年，年轻时东奔西闯糅进五官里的戾气都被时光磨合，有时候会特别怀念少年时的温存，今天骤然间见到童欢，心神就恍惚过，现在听她说着哥，好一会儿才哑着嗓子说："你再叫我一声哥。"

"哥！"

她喊得干脆又利落，笑容特别明亮，明亮到能扫荡陆翊坤心中的暗角，他的眼睛沉沉的，像压着暗涌的深海，被岁月拉低的眼角线条都被她喊得软化了，铁汉柔情总是特别让人动容，童欢干脆抱住了他手臂，变着花样喊出一串哥来。

陆翊坤大笑着揉了揉她的头发："好！我这人亲情缘薄，孑然一身惯了，今天倒认了个妹子！"

他从身上掏出把匕首，递给童欢："今天来得急，身上没什么好东西，这把匕首先送你。"

短巧的户撒匕首,缅甸红刀鞘,背厚刃薄,泛着暗青色的光泽,线条极为流畅的刀锋隔着两指距离都渗寒。Y省这边很多少数民族居民都贴身带刀,童欢这几年见过不少好货,知道这不是凡品。

"我不能收。"

"给你就爽快点拿着,我喜欢收集刀具,下回到我家去,我给你找把更好的!"

童欢听他说不缺,这才收下了:"可是我没东西送你呀。"

陆翊坤轻轻地抱了抱她,语气格外温柔:"你已经送了。"

作为血亲的真堂哥,童彦伟都没听童欢正儿八经喊过几声哥哥,看着两人亲近的样子,他很有点不是滋味,只能说陆翊坤人格魅力太大。

不过听那边那位爷说,陆兄身手非凡,不知道三三认了哥,能不能帮忙说话让他取取经,要能学点真本事,这妹子卖了也不白卖。

认亲大会落幕,三人继续干活时,才发现一直跳着玩的灯不晃了,童彦伟第一个反应过来:"看吧,三三,苏教授坐那儿都是能发挥作用的,哎,人呢?"

"他干的?"

童欢不信邪,跑回隔壁自己屋里,把电压锅和电磁炉都插上,咦——居然没跳闸!她又蹿回大教室,看到苏睿已经大摇大摆坐回了那张营地椅,两条长腿悠闲地叠着,把旧教室的一角坐出了咖啡雅座的视觉效果来。

"电路你修好的?"

"灯闪得我头晕。"苏睿用湿巾仔细擦着艺术家般修长的手,连指甲缝都没放过,"你们电箱从来没扫过吗?脏得落不下手。"

那你不还是下手了?童欢无声地吐槽完,觉得自己也开始习惯苏睿的调调,这人如果能把嘴堵上,其实还凑合。

苏睿看向陆翊坤:"你的热轧硅钢片不是0.05厚的,做稳压器的铁芯不够好,我找到一个半报废了的稳压器,改装了顶两天。"

"我下回过来给你带。"

"不用,我不是电工。"

童欢背对着苏睿,朝陆翊坤狂点头,用口型说着"要",陆翊坤无声地冲她比了个"OK"的手势。

苏睿看了看"眉来眼去"的两人,又扫了一眼童欢别在腰边的匕首,问道:"你俩认上亲了?"

"算命的,你开天眼了?"

苏睿嗤笑一声:"陆翊坤今天看你眼神就古古怪怪,他这把'山鬼',当兵的时候就常带在身边，居然到了你手上，你们别告诉我，是那种你和他妹长得像就认了亲的狗血事。"

本来多温情的场面，被苏睿这一说倒像是狗血电视剧了，童欢已经懒得和他辩，干脆换话题："陆哥，你还当过兵呀？"

"年轻的时候不懂事，为了钱当过一段时间雇佣兵。"

在普通人眼里，雇佣兵这种介于灰色地带的身份总是充满神秘感的，童欢两眼直放光："怪不得今天一招就把胡老虎搞定了。"

童彦伟也连忙接口："陆哥，你有空也指点指点我。"

坐在一旁的苏睿又凉凉地开始泼冷水："我劝你别找他学，他所谓百试不爽的防身招式，今天完全不管用。"

"一个大老爷们儿，被人制住没有一点还手之力，还好意思怪别人？"童欢做了个"鄙视你"的手势。

"在身手完全不对等的情况下，我不会做无谓的抵抗。"

"你不反抗是对的，胡益民的身手不是普通路数，如果激烈抵抗，他可能失手重伤你。"陆翊坤看两人又要怼上，只能一人给个大枣，"今天如果不是童欢抱走了小虎子，我也不能确保毫发无损地救你出来。"

童欢感叹地看着陆翊坤救了人还被挑刺，明明看起来该是头豹子，却乐呵呵地成了大猫，袒着柔软的肚皮让人踩，不过他越是这样，苏睿也下不去脚狠踩了，脸上恹恹的，懒得再说。

他晚餐吃狠了，从陆翊坤车上找到了紫砂杯和熟茶，泡到第二泡，茶汤微带棕红，卷叶舒展，他皱着眉头晃了晃，有普洱茶即若离的醇香。

"这么好的茶叶，你就一个杯子泡到底，糟蹋！"

童欢的眼睛都离不开他握杯的手指，看起来比紫砂杯釉色还要光润。转头再看看童彦伟，她不禁翻了个白眼。

彦伟正和被批牛嚼牡丹的陆翊坤合力架床板，接收到童欢的歧视，莫名其妙，只想赶紧拾掇完屋子，离开这个是非之地。好在除了大少爷，剩下三个人都是麻利的主，装好床后，彦伟从童欢的收藏里找到两卷藏族氆氇，大卷的铺在床边做地毡，小的剪了盖上旧课桌和木凳，配着用图钉按紧的扎染布充当临时防蚊纱窗，看起来还挺有民族风情。

"怎么样？"

挂上两盏营地灯增亮，童彦伟拍拍手，觉得自己挺有艺术细胞，就不去心疼要童欢那两卷氆氇时被讹掉的几张老人头了。

"不伦不类。"苏睿只觉得他们这一通忙乱，搞得个故弄玄虚，胡乱堆砌，完全没有美感。

"苏大爷,您先将就一下,有什么需求我就是网购也需要时间到货呀!"

童欢贱兮兮地凑了过去:"你其实是怕一个人住大空屋吧?要不我的房间给你住,我俩换?"

比起她堆得快没处落脚的宿舍,童欢觉得被童彦伟捯饬过后的屋子看起来好多了,尤其是那套从上海背过来,所谓优质埃及长绒棉的意大利床上用品,手粗一点都怕挂了丝,看着好想躺上去打几个滚呀!

苏睿去检查电路时,透过两屋相连的木门被动参观了她的房间,看到了比她杂乱无章的穿着更狼藉的室内,冷着脸答道:"你房间就能睡个猪!"

童欢想起之前他说自己把生殖器官挂嘴上的话,硬生生把到嘴的一个"靠"字给咽了下去。

Chapter 06
比贫穷更可怕的

简单话别几句,陆翊坤当晚还是赶回德漂州首府留市去了,他开着外形粗犷的越野车走得很是潇洒,皎空孤月照着没有路灯的暗路,车头灯一直亮到山边,才慢慢没入长夜深林。

童欢对这个刚认的哥哥有点依依不舍。

童彦伟已经扯了睡袋往毡毯上一铺,准备睡觉,被苏睿一脚踢开:"洗澡、洗头、刷牙。"

"大哥,我带着你家这条不肯再坐飞机的狗,从上海开到昆市开了两天,昆市取了东西又是十二个小时,然后给你装床整屋,眼睛都要粘住了!"

苏睿抓到的重点完全不是童彦伟所预期的:"照你的惰性,我有理由相信,你这三天都没洗澡,别和我待一间房里。"

"三……童欢都那么大了,大夏天我和她睡一个屋不方便呀!"

"去住招待所。"

"沾了虫子白天传给你?"

"去洗!"

童彦伟默默地做着深呼吸,然后站了起来,老老实实去拿自己的洗漱用品,走到门边看到明目张胆偷听,听得眉飞色舞的童欢,她手一摊:"不用管我,你们继续。"

她那一脸暧昧不清的样子,让苏睿有了不良联想:"现在有个奇葩的物种叫腐女,你不会恰好是吧?"

"假洋鬼子中文学得不错呀,连'奇葩''腐女'都知道。"

"把你脑海里那些龌龊的东西给我停掉。"

"你管我怎么YY!"

"会恶心到我。"

童彦伟摸摸头,飞快地逃离了战场,余下两人正针锋相对着,Dirac忽然踱着悠闲的步伐走到两人跟前，然后把嘴里叼着的饭盆往苏睿脚边一放，还亲昵地蹭了蹭他的腿。

"好萌啊！你还没吃饱？"

苏睿看了一眼时间："它每天定时三餐，一定是童彦伟下午没喂。"所以才会饿得连石板粑粑都当宝贝。

"那怎么办？我这里没狗粮，要不我去食堂看看还有没有剩下的饭和蔬菜汤，给它拌一碗？"

苏睿被自己脑补出来的他家以气质著称的 Dirac 埋首蔬菜汤饭的画面激得打了个冷战，果断拒绝。

然后童欢看着他弯腰从屋角的家用车载两用小冰箱里掏出了一些食物："还剩四袋银鳕，一袋牛排，吃完这点，Dirac，你挑食的毛病得改改了，德漂州这边不一定能补到适合你口味的货。"

切——说得那么金贵，不知道晚上快坐到她身上来咬红薯饼的狗是谁？等等，他什么时候用上冰箱的？难道说他去修电路压根不是好心，而是为了这个囤狗粮的冰箱？

"滴答啊，明天我再去斐然姐那儿给你买一叠饼囤着？"

显然，这个让苏睿太阳穴直抽的名字对于 Dirac 来说，只是晚上那个女人一面喂它好吃的饼，一面在嘴里重复念叨过的字眼而已，也就是说，这两个字基本等于吃的，还是好吃的。更显然，时常全球到处跑的苏睿完全低估了，哪怕是交给自家物流公司照料的爱狗初次出国远游经受的"磨砺"，何况在 Dirac 的眼中，童欢还被主人同意了"同车同房"，这是"朋友"的信号。

它敏锐地抓住了"饼"这个关键词，偏头想了想，决定容忍她口中与自己名字发音很近的新称呼，还倨傲地用鼻子在她摸上头的手背上嗅了两下，勉强表示友好。

身后传来了吱吱的油响，童欢看到苏睿神奇地从露营的装备里摸出了一个汽炉和迷你平底锅，文火慢慢融着从冰箱里取出的小块黄油，他往莹白的鳕鱼肉上抹了几粒海盐，Dirac 飞奔而至，飘逸的"长发"在空中划出美妙的弧线，用前爪把盐盒又往前推了一点。

"No。"

Dirac 锲而不舍，又推了推，漂亮的杏眼波光粼粼。

"No！"

Dirac 垂下头片刻，跑到冰箱前用爪子扒开了门，叼出一袋贝肉，放到苏睿手边，又叼来小瓶白葡萄酒，然后乖巧地坐好。

苏睿轻声笑了，笑得如同梦醒后熹微的晨光，晃得童欢眼发直，他揉了揉 Dirac 的脑袋："你倒是会讲条件。"

他换了小巧的奶锅，取一捧贝肉，略做翻炒，喷白葡萄酒，再加入鲜奶增稠，在半碗奶白的汤汁熬出前，童欢的嗅觉就开始被空气里弥漫的带着咸甜的清香勾搭着。

浓汤熬好后，苏睿把平底锅烧热，放上了三片鳕鱼肉，嫩白的鱼肉很快煎出淡淡的焦黄，翻面香煎之后撒上黑胡椒，即刻出锅。

在童欢带着期盼的目光中，Dirac 叼来了饭盆，她正考虑自己要不要去找盆子，就看到苏睿把三大块鱼肉全放进了 Dirac 的碗里，然后浇上了浓汤。

什么世道！人不如狗啊！童欢泪流满面地走出了教室，命令自己把那一盆色香味俱全的狗粮抛在脑后。

童彦伟冲完澡回来冷得浑身直起鸡皮，看见童欢坐在台阶上，揪着石头缝里钻出来的草玩，往常阳光明媚的面孔有点落寞不快。

"咋了，三三？"

彦伟坐下来，摸了摸她的头，童欢靠上了他的肩膀。

"在想小虎子，他下午被妈妈接回去了，我有点想去看他，又不敢去。"

"这件事你是当事人，还是适当避嫌的好。"

"我觉得我就算去了，也会被虎子妈妈拿扫帚打出来。"

胡小虎的妈妈李红单亲一样把孩子拉扯大，性子早被磨得彪悍泼辣。七小很多孩子是从山上寨子里来的，学费国家免了，吃住学校贴不起，镇上的孩子一般选择每个月交七十块生活费，而小虎子以前却是和山里那些孩子一样，交三十，剩下的背米、洋芋和柴火过来抵。李红每学期都把柴火交得足足的，还会超那么两担。

"胡老虎回来了，李姐终于过上点好日子，还隔三岔五给学校送牛奶和米面，所以胡老虎再招摇，我想想李姐有多不容易，还是想加倍对小虎子好。现在……我总感觉我害了虎子家。"

"傻丫头，对就是对，错就是错，胡益民的事背后猫腻大着呢！你不能光看虎子一家。毒品是远比穷恐怖的东西，穷可以有出路，可毒品一旦沾上了，你明知道所有的坏处，还是会一条路走到黑。"

"毒品这个东西，来钱太快，诱惑太多，一不小心就会丧失底线吧。"

"比贫穷更可怕的是，为了摆脱贫穷的不择手段。"童彦伟揉了揉小堂妹毛扎扎的头发，"德漂州毒品走私泛滥，你老在这边待着，小叔和婶怎么能放心？"

"彦伟，不是我不回，我离不开呀！总和你们说昔云镇穷，可是下面的乡寨穷成什么样你想象不到。镇上但凡家里条件好一点的，孩子起码都送去盈城上学了，七小的学生里每月能把七十块生活费按时按点交出来的，都算家境好的。我刚来的时候，这边寄宿生好多都吃不饱饭，早上高年级的帮王叔生火、切菜，匆匆忙忙煮上一锅稠稀饭，啃两个大洋芋就算。中饭，镇上的孩子带点吃的，寄宿生为了省钱都是免了的，上到下午最后一节课，我永远会听见他们肚子咕咕在叫。晚上两块巴掌大的肉要熬一桶蔬菜汤，配上馒头、红薯，每人碗里一两条肉丝，寄宿生不知道吃得多满足。"

"现在吃饭问题不是解决了吗？我记得前年你陪着校长前前后后跑了几个月，把学校的免费早餐搞定了。"

"对呀，早餐搞定的时候，好多寄宿孩子都哭了，三块钱的牛奶加面包，是他们吃过最好的东西，然后王叔做了下调整，学校食堂才正式供上三餐饭。"

"你号召大家捐了课桌、黑板，连我和衿羽的同事都参与进来了，微博、微信几次搞众筹，拜托大家帮你转发、推广，还受了好多质疑的声音。现在新操场、厨房和厕所建好了，连太阳能热水器都安了五台，孩子们的寝室也翻新了，你已经做得够多。"

童欢用手指着暗夜里只看得见轮廓的校区："十一年前拨款建校的时候，七小盖得很扎实，可是这么多年下来，处处毛病，百废待兴。你看，这个学校跟我自己孩子似的，一点点翻新重建，我有感情了呢。"

"你总不能在这里耗一辈子吧？现在你年轻，以后结婚生孩子呢？叔和婶老了呢？"

"校长跟我说，以前支教的那些老师，兴致勃勃来了，热热闹闹几个月又走了，可是剩下来的孩子怎么办？善始要善终。学校每月才给王叔开三百的工资，有一百五还是我不要的补贴，你以为他是因为缺钱才留在这里吗？王叔大儿子现在在留市买了房子，等着接他去享清福。学校后面那一大片菜地全是王叔种了补贴寄宿孩子伙食的，他说他家三个孩子都是七小读出去的，他能多陪一年就一年，我也这么想，我能多待一年，多带一批孩子算一批。"

"问题是这些小孩子并没有多爱学习，你自己和衿羽不也抱怨过很多次吗？"

"是，我刚来的时候，以为会看到很多求知若渴的眼神，结果被打击坏了，调皮捣蛋的多，上一上不肯来的常有，一学期下来考试不及格的一堆，但这不是他们的错。因为他们意识不到学习有多重要，他们身边的很多人包括父母，都在给他们灌输，读书没用，还不如去打工去'运货'来钱快，所以我才要从低年级开始带，我的学生可以不爱学习，但没有坏孩子。"

"三三……"

"彦伟，你能不当警察吗？你瞒得住衿羽，瞒得过我吗？你做的不是普通的刑警，你现在是缉毒队的。"

童彦伟的背忽然僵了，许久才轻轻叹了口气。

"我家小羽毛那么好，你到现在还不肯和她在一起，真的是嫌她家太有钱，齐大非偶吗？大伯说，每次你手机关机打不通了，婶就知道你出任务了，整晚整晚都睡不着，要等你回信息了才敢合眼。你为什么还要当警察？"

"有些事总要有人来做，我恰好选了，就要做下去。"

"对呀，这个地方总需要能留得下来的老师，我来了，就不能随便走。"

"别告诉袊羽。"

"好。"

在月光如水的阶前,兄妹俩肩并着肩,头靠着头,静静地听夏虫唱歌。童彦伟瘦削的身影和童欢缩起来小小的一团像黑白画面里的剪影,单薄得不可思议,却又坚韧得不可击倒。

苏睿端着茶,看着童家两个"傻子",摸了摸已经餍足的爱犬。

"不许欺负童彦伟,听见没?"

Dirac 呦呜几声,伏倒在他脚边。

童彦伟连续熬了几天,完全撑不住了,很快钻进睡袋睡得四仰八叉。睡眠质量从来为负数的苏睿新换了环境,还是如此简陋的环境,毫不意外地失眠了。待平时不怎么打鼾的童彦伟可能因为疲劳过度"唱起了歌",他吐了两口浊气,见室外风清月朗,干脆带着 Dirac 去校园散步。

昔云镇第七小学的整体格局与绝大部分乡镇学校差不多,唯独在新铺了水泥的操场后有一大片颇具规模的菜地,分畦种植的蔬菜长得很是水灵,连田埂的缝隙和贴着围墙的不规则拐角都没有浪费,或插了葱蒜,或用竹条、细木棍搭了粗糙的架子,爬藤上结着花坠着未成形的小瓜。

Dirac 觉得很新鲜,四处嗅嗅,抬脚要去探秘,忽然被一声暴喝止住:"滴答,住脚!"

夜色恬淡,树影婆娑,苏睿看着被自己一手带大、以气质高贵著称的 Dirac 就这样欣然接受了新名字,收回前爪,转身,居然还冲来人几不可见地摇了一下尾巴。

"滴答乖。"

滴答闻了闻她手中并没有食物后,高傲地偏头躲过了她摸过来的手。

"滴答,这里面种的是学生的口粮,你不许搞破坏!"童欢伸手小心地拨开了一些土,露出地里才两指大的小红薯,"看见没?这一片就是你晚上吃过的红薯饼原料,那边是洋芋……"

对她擅自勾搭自家宠物行为不满的苏睿自恃风度,向后退开一步,不经意低头,看到她趿着拖鞋一路走来脚后跟和小腿肚甩上的泥点,不堪忍受地仰头望天。他蒙着寒霜的脸映着月光,像泛冷光的薄胎釉瓷,带着超越性别的美色。

赏了美色的童欢眼珠子骨碌碌一转,挑眉问道:"无所不知的福尔摩苏,您老认得这是些什么菜吗?"

苏睿原本写满冷漠的脸瞬间僵住了,事实上除了极易辨认的葱蒜、生菜与黄瓜,其他青翠的菜叶对他来说都是生客,他没有料到自己猝不及防被将了一军,那神仙般的范儿瞬间裂了,姿态又一时落不下来,矛盾得五官都不知如何安置,干脆叫上 Dirac 欲走。

"你等等……"

憋笑憋得很辛苦的童欢拉住了他的衣袖，被苏睿仿佛会沾上病毒般秒甩掉，她干脆拉住了滴答背上一撮毛，惹得大狗不满地回头吼了一声。

"我只是想和你说声谢谢，白天……白天……那个啥……"

想起躺在他身下怀中的一幕，童欢的耳根不受控制地红了，她用力掐了掐自己。

童三三，争点气，知道的明白她是被美色所惑，不知道的还当她少女怀春，若是叫人误会了才糟糕，就眼前这人恶劣的性格，再英雄救美个十次，她也决计不会情迷啊！

做了几个深呼吸，童欢才诚心诚意地弯腰道谢："下午谢谢你救了我。"

"我以为你不知道我是你救命恩人。"

苏睿的眉梢眼底全是奚落，全然没有因为她放低身段就收敛。

童欢捏了捏拳头："我忍。"

"什么？"

"我说谢谢，而且我之前对彦伟要安排人来住有意见，房子确实准备不足，明天一定好好给你捯饬，你有什么要求也尽管说，只要这镇子上能办得到的，我都争取满足。"

她说得如此坦率，苏睿倒不好再多说了，想起她晚上和彦伟聊的话，语气缓和两分："碰到爆炸，你表现算镇定了。"

女孩子遇见这种事，尖叫大哭都正常，他虽然讨厌但能理解，所以童欢白天的表现他其实是给及格分的。

"世面见多啦，盈城沿线乡镇很多和翡国接壤，一年到头总能听几回枪声的，克钦和政府军一交火，我们这边都听得见炮声，还不时能看到逃过来的难民。我记得我第一次在勐嘎村碰到打枪，就那种自制的土火枪，吓成木头，晚上回来抱着被子哭了两个小时。"

苏睿看着神奇地、单方面就这样聊上的童欢熟练地扯了几把菜，又挖出一堆土豆，居然就撩起衣服下摆，大大咧咧地露出腰腹，把菜连土兜住。

"碰上边防突击检查，一个看起来很老实的大叔，就在我前面，景颇长刀你知道吧？这么长……抽出来就砍，我差点没跳到我后面那个大姐身上。还有一次……"

童欢一面絮絮叨叨着自己的历险记，一面往墙边走，那儿有个半人高的大缸，蓄着用竹竿自山上接下来的细流，半弯荡开的月在水面悠悠晃着，一把手柄满是油泥的塑料舀子漂浮在水面上，还豁了条大口子。她连冲菜带洗手只舀了三舀子，就又用还沾着湿泥的衣服兜了菜往厨房去，苏睿觉得自己额头都在跳。

"你洗完了？"

"顺手冲一下，明早王叔会再弄的，而且我们自己种的菜连农药都没打，干净得很！"童欢忽然回头冲他眨眨眼，"我本来以为我说几句你就会不耐烦，绷着脸走了，结果你居然一路听过来了。"

在不赶时间的情况下，苏睿秉承着自身的教养，很少在别人兴致勃勃说到一半，就以离开的方式来打断对方的叙述，当然苏教授更常做的是，靠一张嘴顿时堵得人哑口无言。只是童欢的行为简直在洗刷他的认知，人往往是这样，越不能接受的行为，越会试图探知底线，在童欢说出"干净"二字后，苏大教授觉得自己生平第一次有了咆哮的冲动，几乎是从牙缝里挤出了六个字：

"只是基本礼貌。"

童欢像是察觉不到他濒临爆炸的情绪，也听不出嘲讽，笑眯眯地伸出了手："所以，不管怎么样，苏睿，欢迎你到七小来。"

总的来说，童欢是个很不记仇的人，特别是对着一张秀色可餐的脸，所以她笑得眉眼弯弯。那明晃晃的笑容，哪怕是挂在一个浑身乱糟糟的人脸上，也依然是不讨厌的。

苏睿盯着她指甲缝和指间的泥，眉尖突突地跳了三跳，终于还是从兜里掏了张纸盖在了她手上：

"打扰了。"

Chapter 07
同居生活

　　第二天清早，睡意蒙眬的童彦伟接到一通急电，说是拐卖案翡国接头人岩路在昆市出现，他赶紧起床，饭都没吃就跑了。

　　学生放假，老师自然也回家，因为前一天的爆炸案，留在学校陪童欢值夜的王叔做了早饭，帮忙给苏睿的房间装了玻璃后，也去留市看儿子了。

　　童欢从集市买了式样质朴却还有点野趣的竹编桌椅，当然是向苏睿报了账的。陆翊坤人虽没到，却差人前后送了两大车东西过来。苏睿又自淘了些物件，用一个大号的置物架将两人房间相连的破木门堵得严严实实，偌大一个校园，两人的半同居生活就此开始。

　　三观不合的人还要朝夕相对，总是难免事故频发，遗憾的是苏睿衣食住行都需要童欢引路，而童欢每每看到围墙上的炸坑，想想那烟消云散的几十万，就把自己的下限又往后挪一挪。所以哪怕隔日"福尔摩苏"就变成了"算命的"，两人还是很快在互嘲互讽中形成了较为稳定的相处模式。

　　譬如，童欢拐着已经勉强接受"滴答"这个中文名的 Dirac 去溜圈兼嘚瑟，滴答凭借一身拉风的毛赚得无数回头率。鉴于她回程会带点炸洋芋、撒丕，苏睿也就容许了。

　　譬如，苏睿嘴虽然狠了点，但掏钱付账倒是从不含糊，为两人穿街走巷试吃各种美食奠定了强有力的基础。童欢吃人嘴软，逢饭点，态度自然又亲善了两分。

　　譬如，作为长期失眠的人，苏睿有时到凌晨才能入睡，奈何隔着几乎没有隔音效果的墙，某人起床必是擂鼓敲锣的场面，连带着她浇水时唱的那点破歌，苏睿睁眼在床上硬躺着也听过就算。

　　譬如，作为新时代的人，苏睿竟然不喜欢看电子文档，所有的邮件、资料都喜欢打印出来再看。他睡得晚，有时候到半夜，隔壁的打印机还在吱吱叫唤，跟魔音绕耳似的不消停。

　　又譬如童欢吃得太多，用手机外放跳燃脂操，隔壁居然用音质绝佳的蓝牙音响听起了古典乐。童欢后来也改为打篮球来消耗填积的食物。

还譬如他乐此不疲地在夜里和滴答玩抛球或者飞盘的游戏，十之五六是假装丢出去实则藏起来，还吹嘘自己的手法是专业级别，每每骗得滴答满院子汪汪叫着找球，最后不爽地上蹿下跳搞破坏，当主人的还得收拾。

周日，童欢照惯例准备在床上睡到天荒地老，谁知六点刚过就听见了笃笃的敲门声，三声一次，礼节性稍候了一会儿，又是三声，节奏之均匀，声音之通透，堪比僧敲木鱼。

前一晚看剧看到三点的童欢呻吟几声，打个挺跳起来，冲到了门口："算命的，一大早又干吗？"

苏睿刚举起的手指正巧停在她额前三厘米，见她一头鸟窝，眼角"不明杂物"，嘴角"不明液体"，倏地缩回了手，又带着 Dirac 往后退了一大步。

"蓬头垢面，去洗漱。"

童欢被晨间冷风吹得打了个哆嗦："神经病！"

此刻穿戴整齐，一袭风衣几多潇洒的苏睿看着她拿来当睡衣的长 T 恤才刚能盖住屁股，错开视线。

"早，滴答！"她试图偷袭去揉 Dirac 的头，不出所料，再次失败，手一挥，拿了窗台上的漱口杯往水龙头处去，"滴答，姐姐一会儿带你去吃好吃的。"

苏睿扫过她堪堪挂在大腿根部的 T 恤下摆，两条线条漂亮的腿在冷风里一览无余："等等，你就穿成这样？"

童欢低头看一眼，打着哈欠把 T 恤一掀，露出里面的运动短裤，还嘚瑟地扭了两下屁股："放心，不会走光。"

苏睿嫌弃得鼻子都要哼出冷气："谁不放心？"

"当然是你！不然干吗喊住我？"

"你没听说过什么叫蓬头垢面、仪容不整？"

"所以我现在要去解决我的蓬头垢面、仪容不整啊！你是礼仪全书吗？一个大老爷们儿每天光计较这些，娘不娘？"

童欢翻着白眼走了，浑然不觉自己踩到了雷点。苏睿幼年气势尚未修成，不足以支撑过于精致的五官时，常被当成漂亮的小姑娘，还常被同学取笑，所以才打小练出了冷脸和毒舌，生平最恨被人说娘。

当然，中国有句老话讲得好，君子报仇，十年不晚。

哼着歌，打着水的童欢莫名觉得颈后一寒。

"说吧，一大早把我叫起来有何指教？"

童欢是一个生活作息还算规律的人。上课期间，周一到周五，六点起床，沿大路跑一圈步回来，她煮粥水平虽然一般，但也可以帮王叔打下手。白天上课，傍晚在操场打球，晚上九点左右去孩子宿舍看看，菜地摘点西红柿、豆角，早餐备用，然后在操场小跑二十分钟，洗澡睡觉。到周末，晚上她就会看看碟打打游戏，然后第二天纵容自己赖床到十一点。现在虽是假期，她还是维持了作息规律，因而对周日六点刚过就被人喊醒很是不满。

"我在菜圃等你。"

听他说话语气很严肃，童欢想起他其实是被童彦伟叫过来帮忙破案的，每天还高深莫测地四处查看兼吃遍昔云，昨天甚至主动提出要进山，她以为终于找到了什么线索，胡乱抹了两把脸赶紧跑了过去。

昔云的早晚温差很大，盛夏日头将出未出时，是一日里最舒服的时间，天边初霞金红，枝头鸟鸣，微风拂面，长梗的菜叶上蒙着层薄霜，滴答紧紧盯着两只飞舞的小黄蝶，恨不能扑进地里去撒一场欢。

苏睿蹲在田间垄上，露水打湿了鞋面，他看菜叶的神色像在欣赏艺术品，眉眼里含着碧水远山。

罪过！罪过啊！

"大仙，是发现什么了吗？"

"臭菜，拉丁学名 Acacia Pennata(L.) Willd，中文学名羽叶金合欢，口感鲜嫩，可以煮鱼、煎鸡蛋。阿瓦芫荽，拉丁学名 Eryngium Foetidum L.，中文学名刺芹，多用作香料，凉拌、热炒、入汤都可以。刺五加，拉丁学名 Acanthopanax trifoliatus(L.) Merr，中文学名白簕，微苦，焯后凉拌或者拌蘸水吃，清热降火……"

苏睿的声音很清淡，与他过于抢眼的五官糅合出一种奇异的魅惑力，尤其那双微微上挑琉璃般的眼，总让童欢一不留神就看迷了，所以听他字正腔圆将一整片田的蔬菜连中文带拉丁学名介绍完，她才回过神来。

"所以——你清早把我叫起来，就为了报复我前几天说你不认识菜？"童欢不敢置信地，慢慢张圆了嘴。

"不是。"

童欢拍拍胸脯："我就说，人不能无聊到这个地步。"

"之前每天六点被你吵醒，今天让你感受一下这个时间被叫醒的滋味而已。"

昨天早上，苏睿看她平常六点准时会响的闹钟没动静，就猜她周末会晚起，晚上又听她啃着红薯条吧唧着嘴，看剧笑得像个白痴一直到半夜，今早他听闹钟又没响，反正还没睡着，干脆起身敲门。

童欢目瞪口呆，望着那个一脸贵族范的家伙，却做着比三岁小孩还幼稚的事，滴答像是为了配合主人，还甩了甩飞扬的毛，仰首"汪"了一声，童欢气得手都在抖，直接拨通了童彦伟的电话。

"你今天不把那个王八蛋给我弄走，我不保证晚上会不会背菜刀去砍人！"

电话那头的人并没有像前几天一样好言相哄，童彦伟的声音透着浓浓的疲倦："三三，你和苏睿在一起？那把电话给他一下。"

童欢吐了两口大气，还是顾全大局地把手机丢给了施施然坐在石凳上玩狗的苏睿："算命的，彦伟找你。"

苏睿用两根手指捏住了电话，放到耳边："什么事？"

"胡益民醒了，尿检、血检都是阴性。"

苏睿的眉头皱了起来，再次肯定："他吸毒。"

"是，龚队临走前看过他一眼也这么说，但检测都是阴性，家里也没有搜出任何与毒品有关的东西，一点痕迹都没有。你们俩的车停得太近，爆炸后取证难度非常大，而他仗着受伤，完全不配合调查，反而闹着要报案，说车子莫名被炸，还说你们偷了他的车钥匙，钥匙上还确实有三——童欢的指纹。"

再问了一些细节，苏睿挂了电话，仍然站在那里陷入沉思，手指无意识地抚摸着Dirac的头。童欢羡慕地看着他修竹般的手指穿过滴答油润的黑毛，而滴答只是更为温驯地将自己的头往他掌心蹭去。

"那个……"童欢小声问道。

"没有人告诉你，别人思考的时候最好不要打扰？"

苏睿飞来眼刀，童欢一凛，再次细声细气地问："我手机可不可以先还我？"

苏睿将因为失神快要从指尖滑落的手机随手一抛，若不是童欢运动神经敏捷，只怕已经砸在地上，她捧着手机嘟嘟囔囔着："切，你的礼仪呢？"

"自己没有的东西，就不要指望别人给了。还有一件事，你知道洗漱包括梳头吗？你有没有哪怕一丝女人的自觉？"

童欢能感觉有一丛烟打头顶喷出来，她把肉乎乎的爪子捏得噼里啪啦响，到底没敢打扰已经又陷入自己世界的福尔摩苏。

为了安抚自己，童欢骑车去江边老店吃了碗正宗的过手米线，大片鲜肉炭烤到七成熟，立马混着新炙出来吱吱作响的油切碎，上好白豌豆研磨的稀豆粉，杨梅水酿制的酸水，浇着花生碎、肉皮、猪肝的盖帽，配红辣子、白芝麻、绿芫荽，绕一手德漂特有的紫红米做的米线，香软糯滑地在唇齿间嚼开，酸辣得神清气爽。

吃货是很容易自我治愈的，所以临走之前，童欢本着以德报怨的高尚情操，还是给苏睿打包了一份带回去。等她骑着张校长那辆铃铛都没有却全身上下哐当响的单车晃回学校，发现大半个小时过去了，连滴答都在操场边自己挠起草籽玩，苏睿居然还在后院临风独坐摆pose。

童欢好整以暇地看着他宽肩修腰、翘臀长腿的背影，不得不承认，苏睿从上到下都像精心雕琢的艺术品，坐都能坐成一道风景。

这种五官浓墨重彩，气质清冷薄淡，个性恶毒刻薄的矛盾体，真是永远让她在"这人长得太他妈的好看""这人其实还凑合"和"这王八蛋怎么还不去死"中徘徊。

"喂！我给你带了过手米线，就前天我们特意去江边吃结果卖完了的那家，你最好趁肉还热着吃，不然凉了太油。"

苏睿不要说谢谢，连眼角余光都没施舍一抹，倒是滴答跑了过来，童欢把打包盒让它一叼："滴答乖，给你主人送回家去，一会儿要不要陪我一起改作业呀？我还有三个班的日记没看呢！"

滴答摇着尾巴和她一道走了，身后石头一样的苏睿忽然动了："我和你一起。"

啊？童欢愣住。

一起啥？

一起吃？一起改作业？

等苏睿提着打包盒，站在童欢要靠踢开脚边纸箱才能跳进去坐的茶几边，她依然傻呆呆地："你……你这是准备要在我这儿吃？"

向来连过她房门都要闭眼的苏睿竟然点了点头，童欢尴尬地用手将铺了一桌的日记本扫出小片空地，又从沙发后的书山里艰难地抽出一条小板凳："你坐我的沙发，还是坐板凳？"

苏睿扫了一眼几乎看不出原色的沙发，还有落着尘的板凳，以及染了各种不知名液体的茶几，默默地退了出去："我吃完就过来。"

啊！是要帮她改作业？难道这几天她都看走了眼，苏睿其实是个面冷心热的好人？

"哎，记得给我早餐费，十块。"

苏睿停在门口，轻掀嘴角："我记得前天经过的时候，你说米线三块。"

童欢一滞，暗骂一句算命的狗记性，继而笑得贱兮兮："你看我这么大老远特意跑过去给你买早餐，请我吃不过分吧？"

"哦？看来你吃了两大碗还不止。"

"三块是二两的，五块是三两加肉，我还没加你送餐费呢！"童欢自己也理不直气不壮，赶紧把头埋进学生作业里假装要开始干活，"说得好像我讹你钱一样。这么个大土豪，偏偏和我计较这点小钱？"

"我只是没有当冤大头的兴趣。"

"我请你！今早我请你，行了吧！小气！"

童欢撇着嘴，翻开了日记，那副市侩的嘴脸看得苏睿嘴角又想抽搐，明明家境富裕，怎么会养成这么小家子气的性格？太可怕了，他摇着头回隔壁去了。

童欢原本以为陪她看日记是苏睿在说笑，结果十分钟后，苏睿让 Dirac 在门口坐好，再次进入了房间。

"把虎子的日记，还有他班上的，都读给我听一下。"

"你不会自己看？"童欢冲他翻了个大白眼，在他冷漠的目光里想起来，"哦，对了，有个BBC只会说不会写。"

童欢嘲笑完，还是把二年级那一堆日记都翻了出来，显然苏睿是在帮彦伟找证据，她只好乖乖做个阅读器。

在七小这种学习氛围很不好的地方，童欢总是努力让孩子们能多点学习的兴趣，同时也为了了解小朋友的情况，教会拼音以后，她就自掏腰包买了笔记本，鼓励大家记日记。一两句话也好，涂鸦也行，形式不拘，长度不限，也不强迫每天都记，孩子们发现原来发发家里的牢骚，讲讲和谁闹了不愉快，说说去河边山上捞的东西，也会得到老师表扬的，有了动力，大家越写越多，童欢只能等着放假慢慢看。

可看是一回事，把小朋友那些童言稚语读出来又是一回事，很快苏睿打断了她：

"你不需要纠正语法错误，怎么写就怎么读。还有，不要凭你自己的判断做筛选，所有的都读。"

"是是是，真相可能保留在看起来不起眼的事物中嘛。"

苏睿的眉头略微挑起，嘴角挂了抹似有似无的笑："看福尔摩斯了？"

童欢抱了抱拳："怪不得彦伟叫你大神，厉害！那天在派出所受教后，我开始做功课，在啃《福尔摩斯全集》，还准备用暑假扫完所有的名侦探剧集，如果网络给力的话。"

她两手托着腮，完全是一副卖萌求表扬的姿态，苏睿却视而不见："不会有用。"

只会在半夜三点还看得捂嘴蠢笑或者低声惊呼，吵到他岌岌可危的睡眠。

"你管我！不过说起来我还有个问题，福尔摩斯说侦探不会把工作方法讲得太多，否则会让人得出大侦探也不过是个平常人物的结论，怎么感觉你还挺好为人师？"

换句话说，穷嘚瑟。

"不是我爱解释，而是你们太不具备思考的能力，"苏睿漠然一笑，"你在书里没有看到另一句，和没有思想的愚人更难相处？"

童欢艰难地咽下了到嘴的"靠"字，得到了苏睿轻轻一点头：

"没想到说过你一次，你倒改掉了一个脏话口头禅，知错能改，勉强算有救。"

童欢发现自己已经学会在极度的愤怒中返璞归真，反而能瞬间心平气和地打开日记，充当合格的阅读器了。

一开始，童欢顾忌着"高级矫情分子"苏睿在，还端坐着读，慢慢人就瘫进了沙发，慢慢腿也盘了上去，再翻了两页，她脚习惯性一伸，正好舒舒服服地架在茶几上，也恰好压在苏睿整理的本子上。

"我记得，这是你吃饭的地方。"

苏睿狠狠地瞪了那双脚指头都舒展开的脚丫子一眼。

"我改作业、做手工都在这上面，没见我这小房子连书桌都没有吗？"

"你把脚放在吃饭的桌子上？"

"对呀，有问题吗？"

苏睿确定，对面这个女人是真心觉得会放碗筷的桌子放一双脚完全不是问题，他后面的话都懒得浪费力气说了。

童欢这才发现，在她读诸如"今天我和妈妈买了个鸭，他爱gēn我家鸡打架"和"我jué得jiājiā是班上最好看的女hái，三三老师长pàng了"之类读得风中凌乱时，苏睿已经将日记本全都按学号整齐地垛好，连小朋友卷边的页角都一一压平，她久不见天日的凌乱茶几居然已经清出了一大半。

"其实，你有强迫症对不对？那是什么感觉？"

苏睿瞟了她一眼，眼带讥讽："我只是不喜欢杂乱。"

"我这是乱中有序，别看我房间乱，哪个东西在哪里我门儿清，你收了我才找不到。"

"你有记忆方面的天赋，"童欢诧异地看着第一次对自己发表了正面评价的苏睿，心想后面肯定没好话，果然他顿了顿，接着说，"读基本靠背的文科，都只考上了Z省师范大学，平常还把记忆力用在了这种低级的事情上，暴殄天物。"

"你管我！"童欢故意抖着脚丫子，继续往下读，"妈妈说等明年怀了弟弟，我就要保护弟弟，但是我比jiào喜欢妹妹，要jiājiā那么piào亮的妹妹……"

"停。"

Chapter 08
十项全能的死穴

苏睿的手轻轻拍打着本子，童欢发现他思考的时候有摸点啥拍点啥的习惯，偏偏滴答给他拍却不让她摸头，好想摸……童欢哀怨地看了看已经趴在门口的滴答，它正用前爪拍地上的小虫玩得不亦乐乎，瞧瞧，之前还高冷的滴答越来越接地气了，怎么狗主人就没点进步呢？

"小虎子说胡益民是哪天回来的？"

童欢撑着头想了想："去年十一月二十号写的'前天爸爸回来了'，所以是十八号回的。"

"哪一篇说胡益民要出远门？还有抱怨胡益民剃了光头，太爱睡觉的。"

童欢翻开日记，准确迅速地找到了信息："三月九号说爸爸要出门，会给他带礼物。四月十七号，写给嘉嘉、小豆子带爸爸买回来的好吃的，但没写具体哪天回的。二十六号说爸爸剃了光头，看起来更凶了，而且每天都在睡觉，不帮妈妈干活，吃饭妈妈也不让叫。五月份还提过一次不喜欢爸爸天天睡懒觉。"

苏睿深深地看了童欢一眼，他不得不承认彦伟说得没错，她的记忆特长对他的确有用。

"最近一次提到剃头发呢？"

"六月十号，虎子妈妈给父子俩剃了一样的光头。"

"给童彦伟打电话，让他去胡益民家拿剃发器，里面一定有胡益民的头发残留，能验出阳性。"

童欢听他语气急切，揣着满腹疑问飞快地拨通了童彦伟的电话，果然童彦伟第一时间通知同事去胡家取样后，又来电话把她的问题都问了出来。

"胡益民和妻子计划备孕，所以戒掉了毒品。"

"备孕？"

"对，他三月份躲在外面过的急性脱瘾期，你通过他身份证，看能否查到三月胡益民长待的城市，然后重点查当地能买到戒毒和边缘药品的人。他戒毒回家后才剃的光头，避免毛发检验露底，而且到五月还在渴睡，服用冰毒的人戒毒期嗜睡不想吃，这些特征你比我清楚。"

"昔云因为条件有限，一般是做基本的尿检和唾液检，而且他又是光头，是我们疏忽了，没有取体毛送检。"

"以你的智商，疏忽了也不稀奇。"

"苏大教授，我开着免提呢，给留点颜面吧！今晚忙完我就过去，还得继续查拐卖案。"

"不要睡我屋里，吵。"

"苏教授，你看啊，我妹统共就整理出那么一间屋，我不和你睡，和谁睡？"童彦伟狡黠地怪腔怪调说道，"苏苏，我想睡你呢。"

苏睿面不改色直接按掉电话，然后看到童欢一副求知若渴的表情望着自己，模样特别乖巧。大概低头看作业嫌刘海会遮眼睛，她用一个黑发箍将头发全梳拢上去了，难得干干净净一张脸。

与大大咧咧性子不搭的是，童欢在长相上是典型的南方软妹子，又圆又大的笑眼，眼下有笑起来仿佛细月牙般的卧蚕，软软的脸颊满是少女气息，两道弯弯的眉，润嘟嘟的红唇，显得甜糯又清爽，竟是不难看的。

"血液和尿液中的毒品成分，一般停止吸食一星期以上就会完全分解，但随血液循环会有微量的毒品成分进入发囊周围的毛细血管，并伴随头发生长渗入发丝，考古学家通过检测头发里的成分，连印加木乃伊都能测出服用过可卡因，何况胡益民才戒毒不到四个月。"

童欢虽然觉得太嘚瑟的人不宜多做夸奖，但还是心悦诚服地比了个拇指："看日记都能看出线索，你牛！"

苏睿认认真真地又将她上下打量一番，忽然说道："你这样好看多了。"

被他那双敛尽了天光水色的眼凝望着，又义正词严地表扬了外貌，童欢猝不及防地被撩了一把，感觉脸颊忽然有点像火烧。

"原来不管多牛的人，还是会看脸呀。"

"只是为了避免视觉上的摧残，觉得需要鼓励你往正确方向改进。"

童欢觉得自己的中指跃跃欲试想出面挑衅，但感觉一旦比出来，他可能会用他特有的漫不经心的调调说，一个女孩子为什么要用手指去模拟男性的生殖器官？那她还不如一头撞死。

事实上，老童家因为祖上生意一大家族全自东北迁至南方，只有作为老幺的童欢爸爸找了个南方老婆，还生出了家族里唯一的女娃娃，所以童欢从小是在一堆操着东北口音的堂兄弟里长大的，才通身没养出点女生气来。

不过女孩子到底是女孩子，虽然也骂得了粗口，但她自问还不能泰然自若地与苏睿就人体特定器官展开争执，以至于每每想开骂都觉得魄力不够，导致后继无力。

"懒得和你斗嘴！不过苏教授，你既然都帮我整理日记本了，为什么只整理二年级的？"

"二年级写的学号，三年级写了名字。"

童欢了悟地点头："忘记你不认识汉字了，不过三年级也写了学号啊。"

"我有中文阅读障碍，看不了中文。"

苏睿的语气太过平静，好像说的是今天忘记吃饭这种普通事，童欢花了三秒，才消化掉他的话，虽然觉得不厚道，还是忍不住幸灾乐祸起来。

"老天爷果然是公平的，堂堂大教授居然看不了中文，哈哈哈哈，原来你也有死穴。"

苏睿忽然垂下的长睫毛盖住了眼底的秘密，也掩盖了随往事而来的怅然，只是脸上显出拒人千里之外的冷漠来，童欢再没有眼色，也知道自己说错话了。

事实上，因为陆翊坤口中那桩意外，苏睿在获救的最初阶段是完全看不了中文的，甚至连唐人街的门店招牌都会导致他出现晕眩，经过长期的治疗，他才能做到几个汉字能勉强过眼，大篇的阅读能力再也没有恢复。

空气一时陷入了令人尴尬的沉默，好在 Dirac 忽然警觉地立了起来，威风凛凛地冲校门方向吠了一声，很快两人听见了大卡车开进学校的声音。

"小童，小童，快出来。"

"张校长？"

童欢听声音像是校长张春山，他不是上周去腾冲看刚出生的孙子了吗？她惊讶地跑了出去，果然看见老校长正站在教学楼前抹着汗。

"校长，你怎么回来了？不是要等小孙子满月了才回吗？"

"我婆娘留在那里管，昨天有个留市的大老板给我打电话，说学校围墙旧嘞，想找人过来修一下，问可不可以把门前的泥地也一起铺成水泥，还要给教室重新铺电路，我在腾冲哪里还待得住，紧赶着回来了。现在车子都开进来了，说是先砌墙铺路，明天水电工就来。"

张春山笑得眼珠都不见了，永远扣到第一颗的衬衣扣子也激动地解了，紧紧拉住了童欢的手："小童啊，是不是你联系的人？你也不提前告诉我，我……"老校长说着说着眼眶就红了，"你为娃娃做了这么多，我都不知道该说什么了。"

童欢张大着嘴，也是一副天上掉馅饼的表情，昨天她还对着围墙上的破损和地上的大黑坑发愁呢，想着过一阵开学了该怎么办，真是瞌睡有人送枕头，留市的大老板……

她回头看去，苏睿点点头："陆翊坤。"

童欢捏着拳头做了个"给力"的姿势："这种哥哥简直想要一打，太让人感动了。"

张春山这才看到童欢身后那不似凡品的一人一狗，乐呵呵地问道："这位是？"

童欢赶紧介绍道："校长，这就是我之前和你说的童彦伟的朋友，过来办点事，借住两个月。"

"哦！你好你好。"

张校长下意识搓了搓手，然后热情地伸了出去，他粗糙的手上布满皱纹和厚厚的老茧，老树皮般的皮肤撑在硬实的骨架上，关节隆隆地鼓着，因为常年抽劣质的卷烟，指甲被熏得黑黄开裂，还有洗不净的粉笔渍。

童欢想起刚见面，苏睿两次送到她手上的纸巾，暗地里捏了把汗。

结果苏睿竟然露出了还算客气的微笑，握住了张春山的手："张校长你好，我姓苏，苏睿，这段时间麻烦你们了。"

他那样一张脸，但凡挂上点笑容，都极具迷惑性，哪怕只是轻轻握了一下手就放开，张校长依然乐呵呵地直摆头。

"不麻烦，一点都不麻烦，就是学校住宿条件不好，小地方也没什么好的招待你们。等会儿我让我丫头给你们送点腊肉过来，还有我自己家种的甜玉米。老王放假了，小童只会烧个稀饭，蒸点土豆、红薯，你们烧火的时候把玉米放灶里烤着吃，甜得很。"

童欢两眼放光："校长，还要点上回那个小芋头。"

"鬼丫头！"

童欢吐吐舌头，缩到苏睿身后去了。

张校长上下打量着苏睿："小苏在哪儿高就啊？"

苏睿还没开口，童欢赶紧接口了："他就是教书的。"

"哎哟，那还和小童是同行，同行好！"张校长直冲童欢点头，"小童是好姑娘，好姑娘啊，留在这里是我们对不住她，也谢谢你们平时的支持。"

显然，张春山在"朋友"二字上多想了，毕竟在老人家的想法里，这么好看的男人，山长水远过来，孤男寡女住在学校里，哪能是一般的情分？至于童彦伟不过是个托词。

"校长，你误会了，我和他几天前才第一次见面，彦伟忙完这两天也会过来的。"

童彦伟之前曾经和衿羽过来送了书桌、冬衣，和校长见过好几回，张春山才将信将疑，可看着苏睿一表人才，还是禁不住又夸了夸童欢："我们小童好，样样好。"

童欢窘迫地捂住了脸，她二十五岁还没有男朋友，在昔云镇已经属于高龄待嫁女了。张校长一面担心她恋爱结婚会回家，一面又担心她一拖再拖最后嫁不出去，两相矛盾之下，往往还是推销她占了上风。

待和张春山去见了施工的几个师傅，果然是陆翊坤找来的人。童欢和领队的师傅确定了具体的动工方案，回到屋里已经日上三竿，热出一身大汗。

"这天气，早晚冻死，中午热死。"

童欢愤愤不平地看着苏睿坐在房门边的阴凉处，靠着大躺椅悠哉地喝着茶，Dirac趴在他脚边，吃着她赠送的红薯条当磨牙零嘴，满足得尾巴一扫一扫的。

"谢谢你刚才对校长那么客气，居然没有洁癖爆发。"

"我分得清不爱干净和干粗重活的区别。"

"哎，你这人说话能不夹刀弄枪吗？不怼人会死吗？"

苏睿慢腾腾斜了她一眼，斜得那叫一个芝兰玉树、朗月入怀："你整洁一点会死吗？"

"你看看陆哥，看看别人的人品，多体贴细心。都说近朱者赤，你怎么不能跟着红一点？"

"你就住我隔壁房间，屋子怎么没学着干净一点？"

在苏睿的身后，阳光透过收拢的灰色遮光帘，打在细绒地毯上，同色系的桌布、靠垫装饰着藤编的小圆桌和靠背椅，置物架上摆着胎质薄透、釉质润泽的茶具和餐具，以及一把纯银小水壶。浅灰淡咖啡色的间隔条纹落地帘盖住了黑板方向的整面旧墙，摆着造型极简的落地灯和挂衣架，衣物分门别类挂着，一个原木的大工作台代替了童欢之前胡乱翻出来的旧课桌，按高低、封面颜色摆放的书籍、电脑、音箱井然有序。

虽然一眼望去完全是性冷淡风，但对于苏睿能在短短几日就把一间旧教室捯饬成这样，童欢是膜拜的。

当然也是土豪兜里的钱厚实，镇上顺丰的小哥已经来得话都不想说了，更别提陆翊坤差不多隔日就会派人送来一车东西，还附赠替他打洞挂帘的工人，连去年才建的厕所、浴室都被他出钱找人打扫得光可鉴人，放上了雅致的香薰。

再想想一墙之隔自己的"狗窝"，童欢哑口无言，只能掉头就走。

童彦伟赶到七小的时候，已经是半夜，他累得浑身像被坦克碾过，也没有去吵醒童欢，径直推开教室门，被改头换面的室内惊得以为自己走错了地方，还好万年失眠的苏睿还在看书，彦伟直接扑倒在地毯上。

被吵醒的Dirac过来嗅了嗅，发现他身上味道尚可，再想想主人的态度，又趴回窝里去了。

"我怕被你俩嫌，来之前特意洗头洗澡换了衣服。"

"以后保持。"

"主要不想大半夜被你赶出去。"彦伟抱着小睡袋环顾四周，不得不承认自己买的床已经成为房间里最掉格的大件，"偶像，不如你自己再运张床过来，这床给我睡？"

"你们兄妹俩在不要脸这件事情上，还真是有异曲同工之妙。"

"我家三三又做什么了？"

"今天刚问我走之前，会不会把东西都留下。"

童彦伟拍腿大笑："很好，这很像三三的做派。"

苏睿眉头紧锁："如果不是知道她具体家境，我都怀疑她是从小穷怕了。"

"三三是被这个穷怕了的学校搞疯魔了。"

"换个名字。"

彦伟知道他讨厌"三"这个数字，耸耸肩："你俩都住一块儿了，就该知道和她一起你避不开'三'字的。她常用密码是3333，选东西喜欢选第三个，在童家这一辈恰好排行老三，太多'三'了。"

"注意你的措辞，我们从来没有住一块儿。"

"还没磨合完？"

"不存在磨合。"苏睿合上书，忽然正色的脸庞在灯光下有动人心魄的俊美，"你的案子查到哪一步了？"

童彦伟也收起了嬉皮笑脸："已经确定，一月七号王家巷拖上车的许琼玉，十四号中心医院迷倒的宋晓礼，还有二月十二号在T市汽车站失踪的双胞胎，都是外来务工家庭，最后都是由月初在留市抓到的甘晓梅夫妻转手。案子最大的不合理是，人口拐卖一般会更倾向于男孩，而且是低龄、不具备长期记忆和寻求帮助能力的幼儿，而甘晓梅夫妇却多是选择九到十二岁的女孩，据他们解释是为了卖去翡国给人当老婆或者卖淫。"

"我早就说过，这个解释不合理。贩卖男婴和拐带大龄女童相比，显然利润更高，风险更小。而且甘晓梅夫妇看中的女孩，基本都是家境贫穷、五官娟秀，但出钱买老婆的家庭适合传宗接代的年龄、身材才是最重要的选择条件，卖淫更会选择十四到十六岁的女孩。"苏睿低头在纸上写下新的信息，抬头问道，"接头人那边有没有新的线索？"

"我们也这么认为，但甘晓梅夫妇坚持这是翡国中介人的要求和说辞，他们只是照做，同时也会接手对方从翡国带来的年轻女孩卖到北方农村去给人做老婆。据甘晓梅夫妇交代，对方联络人虽然不固定，但都是这个人，岩路的手下。"

童彦伟翻出手机里的照片给苏睿看，岩路是典型的翡国人相貌，棕肤、塌鼻、厚唇，颧骨略高，属于打过十次照面，丢在人群里依然会被淹没的路人脸。

"岩路为人很谨慎，难得他居然亲自到Y省这边来，怕是有大动作。因为甘晓梅这边的货源稳定，素质高，双方长期合作很愉快，所以我们收到岩路会来Y省的消息后，让甘晓梅提出想尽地主之谊来钓鱼，但那家伙太警醒，跑了。你先别骂，岩路跑了，给他开车的黄钟抓着了，是昔云镇的人，跟的老大叫陶金。"童彦伟别有深意地停了下来。

"陶金？"苏睿轻轻摩挲着手中的笔，"陶金……"

忽然自隔壁传来童欢的大喊："哎呀，妈呀！陶金不是斐然姐喜欢的那个大黑个吗？"

苏睿无语地瞪着童彦伟："你记得你说过，住这里最紧要的是说话安全。"

"偷听"的那位接话接得无比大方："本来就安全，因为你隔壁除了厕所就是我呀，只是我的床正挨着墙，而且中间隔的是道漏风木门，当然听得见……"

"何况你还长着狗耳朵！"

"童彦伟，你再说一句，我现在就打电话给于衿羽。"

"我说你貌美如花，耳聪目明。"

"童彦伟，你个受虐狂！"

"没睡就过来。你认识陶金？"

苏睿摸了摸鼻子，听着啪嗒啪嗒的拖鞋声由远及近，不出所料，童大小姐又是一件长度尴尬的大 T 恤，被夜风吹得哆哆嗦嗦地冲进来，精准地扑到了她想了很久的地毯上，舒服的触感让她直叹息。

"别碰我被子。"

童欢准备扯被子来披的手顿住，不舍地摸了摸苏睿那套传说中的 Frette，手甩吧甩吧缩了回来，踢一脚童彦伟："帮我回房间拿床毯子来，冻死了。"

"凭什么？"

"凭我有斐然姐心上人的第一手资料，凭门口小卖店王姐是昔云镇八卦中心，没有她八卦不出的闲话，而恰好我作为她儿子曾经的老师，又没有从她嘴里听不到的事。"

"童大小姐，您是要衿羽寄给你的空调被呢，还是床上那床薄棉被？"

"当然是我亲亲小羽毛寄过来的盖被。"

童欢四仰八叉地躺在地毯上，划水一般扇动着手脚，在短绒毛上捋出一垄一垄深浅不一的灰，像一幅素描的铅笔画，被两条晒成淡棕色的腿扫出了流动的亮色，苏睿的目光被动地再次落在了她玫红色的运动短裤上。

他咳了一声："别把我的伞碰倒了，才用了五年，这边我买不到。"

都用了五年了还当个宝一样，童欢"切"了一声，却忍不住细看了看那把被苏睿随意靠在桌边的长柄伞，黑色、木柄，只是伞面看起来比尼龙的要高级一点，呃，好像手柄细看也圆润流畅了一点，呃……

鉴于上次她为了吐槽苏睿放在厕所的香薰，拍照发给衿羽，结果被科普居然是出自 Francis Kurkdjian 大师之手后，童欢已经对苏睿经手的东西时刻保持敬畏之心。与童欢家境只算宽裕，小有富余不同，于衿羽那是货真价实的富二代，本人又在时尚杂志上班，基本上大牌她扫一眼就不会认错。

于是，童欢默默地把伞拍给了夜猫子衿羽，最近她都蹭苏睿非常给力的无线网，很快死党带着一连串惊叹号的回复就跳了出来：

天啦！三三，这是SAB家的伞！Swaine Adeney Brigg！！！最便宜的都人民币两千起！！！你隔壁这是住了什么人？不显山不显水的全是顶级货，这种人怎么会住在那里！！！

童欢光速缩回了自己挨在伞边的脚，吓得脚指头都要痉挛了。她动作太大，引得Dirac以为她是要逗自己玩，扑上来要舔她的脚指头，却撞得伞一歪，她大叫一声扑上去扶住了伞柄，趴的姿势那叫一个五体投地，那叫一个难看，还撞得叠在工作桌边缘的一沓图纸哗啦盖她一身。

土豪！万恶的土豪啊！两三千块一把伞摆在他们七小旧教室里，会不会太过分了？童欢扶正了伞，暗自吐槽着。因为被苏睿的生活用品规格吓到，她连图纸都不敢大力掀开，小心地按编号排序，抬头正对上苏睿似笑非笑的脸，尴尬地挠了挠脑袋，转移话题。

"呃，这画的什么？看上去像拿太阳能烧过滤水。"

苏睿眉一挑，虽然颇有点技术含量的装置被她概括得这么粗糙，话却是对的。

"不错，居然看懂了。"

"我陪志愿者去山里做过调研，看到过类似的图纸。昔云虽然依山傍水，但Y省现在水枯得厉害，有些山寨已经打不出活水，老居民雨季用水缸储水，旱季不得不到水源地去打水，饮用水不洁导致很多疾病蔓延。不过后来他们说设备制作成本尤其是维护成本比较高，而这边山区没有通水电的居住地分布都太零散……"

她随意翻了两页，虽然英文十之七八看不懂，但是显然苏睿图纸上的设备看起来更高端，换而言之，在昔云的实用性几乎没有，就没太大兴趣了，恰好衿羽的微信又发过来了：

我怎么看到角落里有彦伟的鞋？

童欢举着手机仔细一看，果然在自己拍的照片左下角看得到童彦伟的破球鞋，她无语地擦了擦额头上并不存在的汗。

宝贝儿，你是侦探吗？

你那个壕邻居肯定不会穿361，而且彦伟的鞋左脚后跟总磨得厉害些，怎么认不出？我还有十天年假，不管老大给我批几天，我明天就过去。

童欢汗颜地抬头，谁以后再说她家小羽毛傻白甜，她可不承认了，这家伙碰上和彦伟有关的东西简直跟探照灯似的。

看到彦伟拿着衿羽送的空调被，笑眯眯地走进来，童欢头疼地想，如果知道衿羽过来，她家这位堂哥会不会掉头就跑？

Chapter 09
于衿羽

童欢知道陶金,是因为在尝过林斐然的手艺以后,她已经化身脑残粉。昔云镇地方小,傍晚散步有时她也走到如意小馆去溜一圈,给滴答再带两个石板粑粑回来。

前一日,童欢逛集市经过店里,看见林斐然终于请了个三十出头的女人打下手,自己在非饭点能透口气,童欢走过去想闲扯两句,却见林斐然坐在一个又黑又高的壮汉桌边聊天。

虽然往常林斐然也常同店里的老少爷们儿调笑两句,童欢却没见过她笑得那样温柔,好像对面那个人哪怕是块石头,她只要望着他也很满足。当然以林斐然火辣的性格,也不会一直坐在那里当小白花,看她夹着菜往大黑个嘴里送,腰软得那叫一个柔若无骨,胸前高耸的乳房绵软得能晃晕人眼。

偏偏大黑个完全不解风情,竟是看都不看她一眼,手一推:"你这样,我怎么吃?"

"怎么?还嫌我碍事了?"

林斐然脆生生地啐他,大黑个不哄也不恼,拍拍她的肩膀:"你自己也吃点。"

"不饿。"

"那再去给我弄盘肉来,多带点皮的。"

"哟!还真把我当厨娘用了!"她嘴里嫌弃着,却还是起了身,在走了一步后忽然又俯身趴在大黑个背上,慢慢地,哈着气,在他耳朵尖上咬了一口,"没良心的!我好用的地方多着呢……"

那媚眼如丝的模样,看得童欢耳朵都直烧,大黑个却很坐得住,挣开了林斐然的贴近。在转身那一瞬,童欢看到了斐然姐眼里的失落。

童欢有点尴尬地对着林斐然招招手,林斐然倒是立刻笑着上前拉住了她的手:"小童老师来啦。"

"都说了叫我小童就行。"

"老师就是老师,你昨天给我拿的书真好,等我家乐平从阿亚家(奶奶家)回来,我就领她上门去谢你。"

"小事，有啥谢的！"童欢挽住林斐然眨眨眼，"斐然姐，那是谁呀？"

"你姐我的心上人，陶金，怎么样？"

林斐然说得坦荡荡，一双长眼笑得宝光流转，听她口气，陶金像是很有来头的人物，不过童欢对非教育战线上的人并不了解，绕到正面偷偷打量起来。

陶金皮肤黝黑，剃着短到接近光脑壳的平头，眉骨高耸，眼睛深凹着，鹰钩鼻，面相极为严厉，背有点驼，身材却很魁梧，是那种看一眼就知道很不好惹的人。察觉到童欢的视线，他一眼瞪过来，童欢就觉得有两把大砍刀霍霍劈来，吓得往林斐然身后一躲，想起苏半仙说斐然姐身后有个势力大的男人，啧啧两声：

"看起来好有老大的气势啊！"

林斐然完全不惧他凶恶的眼神，嗔怒道："这是小童老师，大城市来我们七小支教的大学生，都待了三年了，多不容易！你敢吓她！"

陶金一听是老师，皱着眉头点了下头，倒也算打了个招呼。昔云镇这种穷地方向来留不住好老师，特别是正儿八经师范学校毕业的大学生，童欢在这边一待三年，确实难能可贵。

林斐然冲他抛了个媚眼，这才拉着童欢往里走："当老师的看人就是准！陶金在盈城开了个酒店，还有个车队，管着一大帮小弟，昔云这边更是他们的老地盘，不然我一个寡妇在这么乱的地方开店，哪里能安生？"

"可是……"

童欢想，那不就是个混混头子吗？但看斐然姐爱意满满的样子，她没好说出来。

"小童老师，我知道你想说什么。我不瞒你，也瞒不住你，我这人口碑不好，等我乐平上学了，总会有人嚼舌根给你听。我一个前夫是送货被抓到，逮进去要坐二十年；一个前夫为了筹毒资，亲生女儿和老婆都卖，最后死在了白面上。"总是神采奕奕的林斐然露出了颓然，脸上显出了岁月的痕迹，"我这样的女人，昔云镇上不少见，但一般的男人也不敢要我，我三十好几了，没想一个人孤零零过下去，还是想找个男人疼我。其实男人只要对我好，对我乐平好，他做猪做狗，只要不碰那玩意儿，我都不嫌。"

傈僳族女人几嫁是常事，童欢是听说过的，听林斐然这么说，她倒是有些敬佩她的心态了："斐然姐，我看他好像对你……"

"对我不怎么样，对吧？小童老师，这就是你年轻人不懂了，他这样闷骚的男人老娘看多了！你放心，但凡我有心，就不怕他无意。你别看陶金凶巴巴的，我和乐平都是他救回来的，有他镇着，我那个死鬼前夫才不敢不离婚，连我和我乐平的汉语名字都是他起的，你第一次见我就说好听呢。"

夸起心上人来，林斐然是眉飞色舞，童欢又偷偷看了大口吃着菜的陶金一眼，倒是看不出他那样凶悍的人，能起出"林斐然"和"林乐平"这样文气的名字，印象瞬间再深刻三分。

于是，在苏睿那间已经安逸过星级酒店的房间里，童欢吧啦吧啦把两天前发生的事巨细无遗地说了一遍，其间童彦伟还顶着苏睿的眼风给她倒了一杯茶，被她牛嚼牡丹般咕嘟吞了，又要了一杯。

看童欢穿着葱绿色大T恤，裹着一床被子，窝在他地毯上讲得口沫横飞，苏睿忽然走神想到她刚才露出来的玫红色运动短裤，再次被她惊世骇俗的配色给吓到，尤其是她刚才扑到他脚边扶伞的样子，简直像只四脚蛤蟆。如果告诉她这个地毯能买两把她刚才飞身去扶的伞，她会不会一面嚷嚷着他炫富，一面吓得坐都不敢坐，跳起来把水洒一地？

水泼一地到底比口沫横飞的破坏性要大一点，苏睿决定忍住算了，只是再想起她刚才狼狈到有点搞笑的模样，他的嘴角轻轻弯了起来。

童欢正说得口渴，喝茶的空当，恰好看到苏睿懒懒地靠着椅背，嘴角噙笑的样子，他因为失眠严重，眼下泛着青，面上原来有种沉沉的郁色，这一笑，却像溪边雪初初消融，枝头叶将将打开，忽地，就春水初生、春林初盛、春色撩人了。

"三三，明天我们去吃如意小馆！"

童彦伟的声音打破了这一刻的迷咒，童欢丢脸地发现，自己居然被一个男人的笑迷花了眼，简直想捂着脸泪奔回房。古时候那些神魔鬼怪的故事里，夜间出来诱惑人的妖精大概就长这样，才能引得人身不由己飞蛾扑火吧？

"那我可不可以告诉斐然姐，陶金可能……唉，一定是不能说的。"

"亏你知道。"苏睿端起了茶杯，却忽然被按住了胳膊。

"都失眠了，少喝点茶吧。"

童欢的手心热乎乎的，像一簇火熨在苏睿微凉的皮肤上，有一股发腻的暖意直接顺着他手臂漫延开，连同她含着关心的呵斥，都陌生得让他居然没有在第一时间甩开她的手。

深知苏睿讨厌与人肢体接触的童彦伟也傻眼了，不过很快童欢就撇着嘴说："别装×，BBC懂什么中国文化？没事还泡茶，白白害得自己睡不着。"

苏睿用力拍掉了她的手："普洱是后发酵，尤其是熟普冲泡，有益睡眠。还有，我虽然在英国长大，但我母亲是张派青衣，我父亲作为华裔一直迷恋中国文化，显然，我比牛饮好茶的你要懂中国文化得多。"

童欢揉着被他拍红的手背，恨不得呸他一身。

童彦伟头痛地看着再次针锋相对的两人，觉得刚才那貌似暧昧的一幕，怕是忽然打开方式错乱了："苏大爷、童大姐，咱们能不能回到正题上来？"

他这一说，童欢又愁上了："拐卖人口并不比贩毒好到哪里去呀，斐然姐怎么办？"

"三三，你什么都不能说。"

"我知道，可是……彦伟，我总觉得，会给人起名叫斐然成章的，不像是坏人。"哪怕陶金看上去完全不像个好人。

"李商隐被批'无行'，严嵩还是一代书法家，什么叫觉得？主观误人！"

"你这算不算隐形回击我刚才说你对中国文化不熟悉？"

"我才没那么幼稚！"

连趴在地毯边的 Dirac 都看不下去，默默用前爪捂住了脸。童彦伟悲伤地发现一不留神自己就被忽略了存在，连连拱手："二位！二位！"

童欢偷偷冲苏睿比了个"鄙视你"的手势，看向彦伟："还记不记得咱们小时候，看仓库的赵爷爷看起来特别凶，脸上还有道骇人的疤，带条大狼狗，阴沉沉地，从来没有见他笑过？"

彦伟连忙点头："当然记得。那时候家里一群天不怕地不怕的小魔王，每回被家长威胁抓到仓库去和老赵头住，就老实了。"

"其实有一回我躲在仓库后面玩冲天炮，冲进他攒的纸箱子里起了火，又怕被爸妈骂还试图去救火，差点被烧着了的纸箱压住，是赵爷爷顶着被烧伤的危险把我救了出来，还扑灭了火。我吓得直哆嗦，结果他只是没收了我的冲天炮，都没和家里告状。"

"怪不得你后来都胆大包天喊他老赵头，有时候还去找他家大狼狗玩。"

"所以从那以后我总觉得，很多人都是面恶心善。"

苏睿忽然打断了两人的对话，嗤之以鼻："又是'觉得'，女人为什么总靠直觉来做判断？"

"算命的，你不怼我不舒服吗？"

"我觉得……我们不如讨论一下明天去如意吃什么吧。"

苏睿这样一个做派、气质都偏西化的人，被喊出了算命的诨名，努力打圆场的童彦伟一面觉得自己一个头五个大，只能靠吃来转移话题，一面不由自主地幻想起苏睿挂着两撇胡子，拿着布褂子，戴着瞎子款圆眼镜的标准半仙打扮，拍着腿偷笑起来。

而童欢想起自己刚把衿羽招了过来，决定卖彦伟一个面子，不和苏睿计较了。

看到唇枪舌剑的两人终于偃旗息鼓，童彦伟才长吐一口气，忙里偷闲掏出手机点开了游戏，推推苏睿："大教授，来两局游戏不？"

"不是一个级别的，不能组队。"

彦伟眼珠子一瞪："你什么级别……卧槽！你不是才玩两天吗？怎么就王者了！"

"这种程度的游戏，两天足够了。"

童彦伟耍赖地把手机一丢，抢过苏睿的手机不撒手："我的妈，127 连胜，大教授，你还是不是人啊！我不管，你帮我练号，你的先借我玩。"

"我不玩人妖号。"

"别价,人妖号多有意思,喊声对面小哥哥,让我一点点嘛!人家打不赢,老是抓我,嘤嘤嘤,别人就痿了!"

童欢立刻举手:"我做证,为了坐实自己女生号,我还代他开麦发过声,然后全组跟打了鸡血一样,一打完全是加好友的。"

"变声器也很好用啊。"

一想到苏睿捏捏扭扭拿腔作调的样子,童彦伟明知道不可能,还是爽到大笑出声,干脆学人妖号常用语一连串太监声的"小哥哥"去磨苏睿,看得童欢直起鸡皮疙瘩地跑了。

第二日,童彦伟出门了一天,到傍晚才回来。三人一狗准备去如意小馆打牙祭兼打听,才走到校门,一个拉着行李箱的姑娘远远地挥着手,穿过黄昏简陋的街道和满是泥沙的施工地,白天鹅般翩然而至。

童彦伟冲出卖亲人的堂妹投去悲愤的目光。

"不干我事,我绝对没有告密。"童欢佯作无辜地眨巴眨巴眼,然后大叫一声冲女孩奔去,"骗子,中午问你到哪儿了,你还说要在昆明休整一天!"

"给你们个惊喜嘛。"

"宝贝,想死我了。"

衿羽捂着粉嘟嘟的嘴吃吃直笑:"你是想我箱子里的五芳斋、永康食果,还有我妈做的肉酱、小黄鱼了吧。"

"都想,都想。"

童欢接过行李箱,懂味地把好友往彦伟身边一推:"去去去,见你的彦哥去。"

衿羽顺水推舟地勾住了童彦伟的手臂,挽得他全身僵硬,她却笑得一派天真而满足。

"衿羽,你怎么来了?"

"昨天三三给我发照片,我看见你的鞋啦。"

童欢赶紧三指朝天:"天地良心,我真的只是为了拍那把伞,追爱中的女人都是大侦探,我有什么办法?"

于衿羽笑眯眯地靠着童彦伟的肩,忽然看见了抱着手站在一旁看戏的苏睿,她夸张地倒抽了一口冷气,一双妙目瞪得溜圆,只是她容貌俏丽又娇憨,如此浮夸的表情做起来也不显得讨嫌。

"亲亲小羽毛,你确定自己要在彦伟跟前看男人看呆?"

衿羽捶了死党一拳:"臭三三,你只说你邻居长得好,可没告诉我长得这么好!"

童三三冲她挤眉弄眼:"怎么样?要不要变变心,放弃我老童家那块顽石?"

其实衿羽若是和苏睿站一块儿,男的俊女的俏,全身上下都是无一不熨帖无一不精致，高帅富配白富美，简直完美。

于衿羽傲娇地一抬下巴："那怎么可能？他哪有我彦哥好看？"

虽然童欢很不喜欢苏睿，也很想摸摸"情人眼里出西施"的衿羽有没有烧糊涂，问一句，你是不是瞎？不过于衿羽很快又被旁边的 Dirac 吸走了目光。

"天啦！阿富汗猎犬！还是纯种的铁包金！"

对于衿羽伸来的手，Dirac 一如既往地躲开了，还冲她叫了一声，于衿羽被它吓了一跳，做了个鬼脸，挽了好友，招呼心上人拉箱子，雄赳赳地往校园里走。

"我听说阿富汗猎犬看着贵气，其实智商在犬类里排在末尾，那个苏睿不是特别聪明吗？为什么要养条笨狗？"

于衿羽自小家境优越，被呵护着长大，过得顺风顺水，本身又不是特别机灵的性子，所以说起话来直白又无所顾忌。彦伟飞快地捂住了她的嘴，心虚地冲苏教授那边看去，好在离得远了，还有门口修围墙施工的声音，对方没听见。

"姑奶奶，你别一来就得罪人。"

衿羽眨着眼，嘟着嘴亲了亲童彦伟盖在自己嘴唇上的掌心，亲得彦伟心尖一颤，飞快地松开了。

童欢习惯了两人的打情骂俏，只是装作打了个冷战，说："那位苏教授据说睚眦必报，你还是别说他狗笨的好，而且那狗都快成精了，可看不出来哪儿笨。"

"大概狗随主人吧，彦哥都说你邻居高智商，养出来的狗也聪明了。"

"对，童彦伟他就算说屁是香的，你也找得出理由来替他解释。"

待于衿羽放下行李洗了澡，多雨的昔云下起了急雨，雨点又大又密，校园里的瓦檐、水缸都被敲得啪啪作响，闷雷隆隆地在头顶翻涌着，四下里顷刻间灰茫茫一片，街上的人呼啦一阵全散了，只余下几句被淋湿的咒骂还在雨里飘摇。

因为当地的雨通常来得快去得也快，遇上了大多找个屋檐躲上一两刻钟就好，所以童欢压根没买过雨伞。偏偏苏睿已经先去如意小馆点菜了，童彦伟在走廊上急得团团转，他实在没有胆子放苏教授一个人在如意只搭了块大帆布的棚子下雨打风吹，几次要往雨里冲都被衿羽拉住了，最后衿羽干脆想了个笨办法，跳到他背上，树袋熊般挂住。

刚刚沐浴后的清香，还有柔软的身躯打散了童彦伟的执拗，他扒着于衿羽的手臂，叹气："你先下来。"

"不要！你太会开溜。"

"再不过去，苏睿等下会杀了我。"

于衿羽的腿干脆完全盘到了他腰上，侧头看着满脸"你们随意"的童欢："三三，拿你芳邻高逼格的 SAB 用一下呗，正好让我听一下，传说中开伞时就像踩在初雪上咯吱咯吱的声音。"

"三千块，搞坏你赔？反正昔云的雨下不了多久，特别是夏天。"

衿羽啧了一声："确实贵了点。彦哥，你是拿伞，还是让他等？"

童彦伟一面掰着衿羽的腿，一面权衡，狠下心来："拿！几十万的车子都炸了，还不敢碰把伞？"

于衿羽"吧嗒"在他脸上啄了一口："我最喜欢你有魄力！没事，弄坏了我帮你赔。"

没眼看的童欢直接开门去取伞，还好苏睿并没有换锁，她顺利地打开了教室门，将伞拿在手里的时候，她还掂了掂。再贵不就是把遮雨的伞？除了看上去有质感一点，漂亮一点，好在哪儿？用把伞都用得这么矫情！

不过有童彦伟顶着，童欢才不介意感受一下土豪的做派，看三千块的雨伞能不能在头顶打出朵花来。

就在童欢欲走的那一霎，苏睿连着电脑的传真机忽然开始自动打印，清脆的印刷声引得她下意识看了一眼。

纸上已经打出了一个外国美女的上半张脸，而英语考两次才擦边过了四级的童欢在扫过旁边密密麻麻的单词时，鬼使神差地看到了"marijuana"。

marijuana？

自从确定童彦伟在缉毒大队后，童欢就看了许多相关的资料，而昔云镇更遍地都是禁毒宣传，所以单词储备量没过三千的童欢恰好认识这个颇为偏门的词。

marijuana——大麻。

Chapter 10
林斐然背后的男人

　　凭借着有限的英文能力，童欢粗略地扫了扫已经打印出了两张的传真，证件照里都能看得出是个美人的外国女子好像涉及携带大麻，还有律师、入境、法律等词语，童欢心知偷拍不对，还是掏出手机把传真拍了下来，又按打印次序摆好，然后拿着伞跑了出去。

　　三个人共着一把伞往如意小馆走，于衿羽借口刚洗完头不能淋湿，整个人快贴到童彦伟身上去，还以担心他感冒为由不许他让出伞来。往日若是这种情景，童欢一定要唯恐天下不乱地煽风点火，可想着手机里的传真照，她心思早跑远了。

　　"三三！三三！"

　　"啊？"

　　衿羽笑呵呵地拍着闺密的肩头："怎么了？想什么想得出神？"

　　"有点事想不通。彦伟，苏睿有女朋友吗？"

　　"怎么？你看上他了？"

　　"我看上他？怎么可能！"童欢怪叫一声，差点没跳起。

　　"那你怎么魂不守舍地，还忽然问起这个？"

　　童欢想想自己方才很low的偷拍行为，把到嘴的疑问又咽了下去，反正有她家小羽毛被爹妈砸钱请私教培养出来的英文高手在，还是晚上找她看了再说。

　　"我就是好奇他那么装×又龟毛的人，怎么找女朋友！"

　　衿羽很不赞同地摇头，实话实说："他长那么好，什么都不做，也会有一堆女的前赴后继往上扑呀，何况彦哥还说他是富二代，自己又是名校教授。"

　　"对苏睿有意思的人应该挺多，女朋友我倒是没听他提过，基本上他身边没什么女人的痕迹。"

　　三个人正说着，雨慢慢停了，终于解脱了的童彦伟收起了伞，借机与衿羽拉开了距离，于衿羽也不恼，笑嘻嘻地看着彦伟越走越快的步伐。

童欢嫌恶地看着她痴迷的目光:"你到底看上彦伟哪儿了,还能一迷迷这么多年?是不是越得不到就越想要,变成执念了?"

"你不懂。"

"我确实不懂他到底哪里值得你这么百折不挠。"

衿羽甜甜地抱住了好友的胳膊:"我恨不得所有人都看不出他哪儿好,这样就没人和我抢他了。"

"你这是被下了降头啊。"

"反正你的堂嫂我做定了。"

看着衿羽踌躇满志的笑脸,童欢忽然有点悲伤,被这么漂亮又执着的姑娘追了六年,石头都焐热了,童彦伟怎么可能无动于衷?只是衿羽越美好,他越不舍得破坏她没有风雨的世界,缉毒警的家属确实不适合她这种傻傻的小天真当。

走到如意小馆,大家正乱糟糟地把挤到帆布棚下的桌椅往外挪,地上积了一摊摊污水,浸着泥,踏进去就溅人一脚。搬动间,横七竖八的条凳、竹椅相互碰撞,棚上的雨水汇成一股会忽然自低矮处倾泻而下,被溅到的人骂骂咧咧,厨房吱吱地热油烹炒,加上林斐然拉长了嗓子大声给客人道歉或致谢的声音,店里乱成了一锅粥。

唯独在L形灶台的边角,立着一人一狗,好像跟这混乱的一切没有关系,一个负着手在看林斐然收集晾晒的坛坛罐罐调料,还不时饶有兴致地用勺子沾一点迎光端详,一个昂首挺胸立着已经入定,仿佛一蓬染着金边的黑色火焰被定格在灶边。

"三三,你邻居活脱脱王尔德笔下的道林·格雷,五官美得犯罪。"

"嗯,嘴也臭得犯罪。"

正说着,苏睿抬头不咸不淡地扫了一眼童欢藏到身后去的伞:"把备用钥匙交出来。"

童欢还想驳辩,在他仿佛能穿透人心的注视下越来越心虚,嘟嘟囔囔着解下了钥匙:"你怎么知道不是彦伟拿他钥匙开的门?"

"童彦伟不会未经过我允许,小偷小摸去拿我的伞。"

童欢差点就炸了,明明就是童彦伟点的头,瞧那护短的样!

可到底是她理亏,只能硬生生把哽到喉咙的气又囫囵吞了下去。

林斐然新请的服务员三十来岁,手脚很麻利,看得出在家是把干活好手,但是不怎么爱说话。童欢他们坐在那里吃了两个小时,也只听见她应过两声"好",同端个菜过来都要抽空噼里啪啦说上几句的林斐然形成鲜明对比。

因为衿羽的到来和大雨的耽误,也是几人有意拖延,到其他客人上菜都上得差不多了,林斐然才撑着腰过来坐下。

她这种人精,端了几轮菜早看出衿羽喜欢童彦伟,她端着酒,几句夹荤带素的话把于衿羽逗得满脸通红，害童彦伟又多喝了两杯，这才捏着于衿羽绯红的脸，冲童欢说："哪儿来的这么水灵的小姑娘，太招人疼了。"

"我闺密，真闺密。斐然姐，你就别逗她了，她人实诚，一会儿把他俩都灌醉我可抬不回去。"至于在一旁喝着白水的那位大爷，童欢可不敢指望他能搭把手。

"酒怎么样？陶金从山上找到的师傅，景颇古方，这次特意带了点给我，我想做成店里的招牌，就是不知道会不会贵了。"

童彦伟咂巴着嘴："好喝，就是太烈。"

上酒时尝了一口的苏睿倒开了尊口："酒很好，但不适合你这个店的定位。"

"陶金也说，来我这里的都是图大排档便宜又口味重的小老百姓，酒是好，定价贵了卖不开，拿过来纯粹是给我店里添点彩头。"

彦伟拉着大家来，就是为了打听陶金，听林斐然自己提起来了，赶紧顺着她的话往下说："我在盈城听人说过陶金陶老大，是老板娘你家那口子？"

显然"你家那口子"取悦了林斐然，她笑着又给彦伟倒上了酒："他可不是我家的，盈城那么大的酒店开着，只是来昔云，偶尔抽空到我这里坐坐。"

"那老板娘你怎么不去盈城？"

"在他跟前就靠他吃饭了，我自己有手有脚，还有好手艺，不消靠他。"林斐然语气豁达得很，"他身边哪会少女人？我也不去凑那个热闹，女人还是靠自己靠得住！你看我的小馆子才开不到俩月，生意也算红火吧。刚开业是他弟兄找人捧了场，后面可实打实是靠自己手艺拉的回头客，我争取早点儿换大铺面，到时候把我阿妈从山上接下来，带着乐平在这里安安生生过日子。至于陶金，他们车队三两天就往昔云跑，他总会往我这里来的。"

林斐然开这如意小馆，完全是自己一肩挑起来的。店子门脸小，外头只有八张桌子，除了快火炒的素菜，其他大部分在开餐前已经是半成品，汤水、烤肉更是先做好了的，现在生意稳定下来了，还比预想的红火，林斐然有扩张的打算，想趁热打铁，做出点名堂来。

童彦伟在桌下踢了踢童欢，童欢虽然不愿意套林斐然的话，可被踢得没办法了，还是捧着也喝得有点晕乎的脑袋说："斐然姐，你给我说说你怎么认识他的吧，感觉好传奇呀。"

林斐然把掉下的刘海撩到耳后，面上有些落寞，又有点恍惚："有什么传奇？我前夫吸白面吸得没钱了，把我们母女都卖了，那个拐子恰好用了他弟兄的车，陶金生意虽然有灰色地带，但一不碰粉二不拐人，手底下的人坏了他的规矩，他亲自追上来逮，就顺便把我们娘俩救了。"

童欢还要再说点什么，忽然又来了一桌客七八个人，林斐然赶紧迎了去，留下一脸懵懂的童家兄妹，而不知状况的于衿羽却满眼直冒星星，陶醉地说："好浪漫，好像拍电影。"

她还要伸手去摸酒,童彦伟只能把她脑袋往腿上一按:"别喝了,快睡。"

于衿羽嘴里嘀咕两声,被彦伟拍着拍着就拍睡了,兄妹俩目光炯炯齐刷刷地看向苏睿。

"算命的,你觉得斐然姐说的是真的吗?"

"苏教授,我感觉是真的,不像故意讲给我们听。"

为了说话方便,他们特意选了最远的桌子,悄声讨论。

苏睿拍着 Dirac 的头,略微沉吟,点了点头:"应该是真的。"

童欢陡然松了一口大气,豪爽地将杯中的酒一口干了:"我就知道斐然姐不会骗我。"她并没发觉,不知不觉间,自己对于苏睿的所有判断已经深信不疑。

"会不会老板娘说的是她以为的真相,其实是陶金在拐卖途中看上了她,装好人把她放了?"

苏睿指了指一直默默在忙碌的服务员:"她也是傈僳族的,被陶金救了,带过来给林斐然帮忙的。"

"你问的?"

童欢说完就后悔了,果不其然,苏睿嘲讽地笑了笑:"我有眼看。"

"对对对,大仙,我们有眼无珠,是盲的,您老请指点。"

在需要解惑的时候,童欢是不介意自贬的,何况她那么喜欢林斐然,恨不得连她喜欢的人都是好的。

"林斐然和她交流用的家乡话,但她能听懂一点汉语,几乎不会说,对与客人的任何交流都下意识躲避。这边少数民族汉化程度高,她之前是生活在很闭塞的地区,才会语言不通。而且她性格内向怯弱,不会贸然出来打工,应该是被卖了,才接触到汉语。"苏睿示意大家看她做事的细节,"她别的都是右手顺,唯独端汤、提重物用的是左手,脊背弯得不自然,洗碗起身时都是用左手先扶墙,再弓着腰撑起来,这是因为右手和背上还有旧伤,没有痊愈。而且她上菜都下意识选择女的座位边,抗拒和男人对视,更别提开口,之前全是男客那桌,从头到尾都是林斐然自己去招呼的,所以她在被卖后可能遭遇了暴力,因此对男人产生了抵触。"

"天哪,算命的,你对三十几岁的大姐观察都这么仔细呀。"

"如意小馆生意这么好,林斐然一直没舍得请人,即使要找,也不会找个汉语都说不利索而且内向的,这不符合做生意的需求,但凡有一点脑子的人都会对她产生疑问。"

童家兄妹沉默地对视一眼,显然,他们又一次被划入了"无脑户"。

"那怎么确定她是陶金送过来的呢?"

"她和陶金同步出现,刚才林斐然和我们说话的时候,她过来收了一次盘子,听见陶金的名字，又放慢脚步偷看两眼，可见她对这个名字很敏感。店里这么忙，洗碗的抹布她也拧干了依次序折叠搭在水龙头上，收餐盘会按大小规格来放，而且不垒高，以免摔破，端热汤宁可绕远也不从两桌中间经过，是个做事很小心的人，为什么会对一个关联不大的名字表现出明显的关注？何况彦伟说过陶金为人谨慎，他虽然与林斐然有旧，也不会因为人老实就随便往这里带。所以最大的可能是，他对这个女人有恩，并且知根知底能放心，也因为她的经历和林斐然有相似之处，一直不舍得请人的林斐然才把她留了下来。"

彦伟谨慎地把声音放得更轻，轻到只有他身边的苏睿勉强能听清，却显得有些焦急："那照你这么说，陶金就不是岩路的接头人，一号的线索断了？"

看到"一号"两个字的口型，童欢的手骤然抖了一下，引来苏睿余光一瞥，她干笑着举起杯子一饮而尽，掩饰了心中的震惊。

同样低声说话的苏睿却泰然自若："陶金不是，不代表他手下人不是，他开着酒店赌场，生客进出频繁不会引人怀疑，车队一直往返边境，却不碰白不拐人，这么大块肥肉一定有人想接手去做更高利润的事。剩下的回去再说吧，这里不是谈话的地方。"

童欢强忍着心中的惊涛骇浪，恭恭敬敬地提着苏睿三千块的 Brigg，跟在昂首阔步的滴答身后，童彦伟万般无奈地背起了已经睡得人事不省的于衿羽。

夜风吹动头顶铅灰色的云层，树枝簌簌投下游移的暗影，几片叶、些许废纸废袋打着卷"刺啦"拖地而去。苏睿穿了件看上去颇有些年份的橄榄色薄风衣，貌似随意的款式，细看肩领、褶皱、收口却细节考究，极衬他细腰长腿的好身材，走在积着水裂了口的水泥路上，依然不知多潇洒写意。

童欢努力甩开满脑子的胡思乱想，随口吐槽：

"我怎么感觉自己像你家菲佣？"

"我家不用菲佣。"

童欢偷偷冲苏睿的背做了个鬼脸："对，您家都是打着领带穿燕尾服的管家，懂服饰搭配，会筹备晚宴。"

"还懂五国语言，能保养古董名画，会品鉴红酒雪茄，从 SAS……英国特种空勤团退役，飞机坦克都能开。"

他如同叙述的平淡语气一时震慑了童欢，以至于她听到后半截，才咬着手指问道："你开玩笑的吧？真的假的？"

"假的。"

淡淡的两个字从苏睿弧度优美的嘴唇里吐出来，不带一丝波澜，童欢愣了三秒才反应过来，下意识提着伞就抽了过去。

"三三，住手！"

勾着童彦伟脖子，一直幸福地在装晕的于衿羽一声暴喝，伟大地暴露了自己，险险阻止了死党犯错。

"不提 Brigg 的价格，他身上那件风衣可是 Barbour，虽然春秋薄款两三千也能买到，但号称能穿一辈子的 Barbour 打蜡风衣是不能水洗的，要专业的衣蜡伺候。Barbour 家衣蜡 50 刀起，而且国内没的卖，一般买他家风衣都会送回店里去保养。"

被土豪之气瞬间搞蔫的童欢苦着脸回头，正看到衿羽用腿死死圈住了童彦伟的腰，借着酒劲磨蹭着他的背："彦哥，我不是装，头晕得厉害，走不动。"

"衿羽，别闹了。"

童欢想起童彦伟是把那尊"大佛"请过来的罪魁祸首，满腔怒火连着之前被吓到的惊惶喷薄而出，理直气壮出起了馊主意："宝贝，彦伟要放你下来，你可以抱他的腿哭喊他对你始乱终弃，小镇子最爱看这种热闹，包管五分钟就给你凑一堆上来。"

衿羽偏着头，两眼直放光："有用吗？"

童彦伟拔高音量："童三三！"

童欢眉头一挑："哎！伟哥，叫我干吗！"

童彦伟把牙磨得吱吱响："你知道我最讨厌别人叫我这个！"

"你不是总嫌我从来不好好喊哥吗？一次喊个够啊，伟哥，伟哥，伟哥！"

童欢气彦伟气得正爽，一直走在前面的苏睿忽然停下了脚步："Viagra 俗称伟哥，是 Pfizer 公司研发的治疗男性勃起功能障碍的药物，你……"

"我作为一个女的，为什么会把治疗男性勃起功能障碍的药物挂在嘴边，还大声喊叫，对吧？姐乐意，姐喜欢！"童欢打断他的话，摆出表情包里抠鼻的样子，笑得嘴一歪，"不好意思，鉴于还需要和你共处一段时间，本人脸皮已经回炉改造，加厚了两层，这种吐槽对我已经不管用了。"

苏睿讥笑："看来我还应该表扬你追求进步？"

童欢手一摊："欢迎表扬。还有，对于你如此热心维护伟哥的行为，我还是很欣慰的。"哪怕童彦伟的正牌 CP 是她的亲亲小羽毛。

"把你脑袋里那些脏东西给我丢了。"

"偏不！滴答，走，姐姐带你跑步醒酒去。"

童欢大笑着招呼 Dirac 狂奔起来，一身运动服非红非橙，颜色极不周正，在夜色里跳跃着，像簇安分不下来的火。苏睿觉得有童彦伟打底，自己开始适应她肆无忌惮的笑声，她粗鄙的玩笑，还有永远糟糕的衣品，他甚至开始好奇，怎么会有人在有如此出色记忆力的前提下，把自己的生活打理得一塌糊涂，却又没心没肺地快活着？

就像最初的最初，他在游戏里刚认识童彦伟时，也不过是好奇什么样的猪队友可以永远找死，却永远死得那么乐呵。

童家这兄妹俩的身上有种类似的仿佛野草般蓬勃旺盛的生机，粗糙却无比真实，打不倒的乐观，以及不设防的热诚。

苏睿默默地看着童欢飞跑到街头又折返，叹了口气："人体摄入酒精后，依靠乙醇脱氢酶将乙醇的两个氢原子脱掉，分解成乙醛，乙醛脱氢酶再脱掉乙醛中的两个氢原子，将之分解为二氧化碳和水。运动加快血液循环，肝脏……"

"算命的，说人话，说我能听懂的话。"

今晚第三次被童欢打断话，苏睿再次生出了面对她时屡屡而来的无力感："酒后运动不会帮助醒酒，反而会加重人体负担，甚至导致猝死。"

不知是酒劲上了头，还是跑步跑出来的满脸通红，童欢一把猛揪住了他的衣袖，又骤然想起衿羽科普的风衣品牌，手往下一滑恰好抓住了他的手："你不早说！我好像晕得更厉害了。"

她的手并不是书中常用来形容女孩那种软若无骨的柔荑，因为常运动和干活，她的手指舒展而有力，掌心和指节上都有小茧。苏睿习惯性地判断出，她握笔姿势不对，拿粉笔也用力错误，指腹饱满，指尖有肉垫，是小时候练过多年钢琴，嗯，可能会打篮球……

苏睿唯独忘记的是，在第一时间甩开这双贴住自己的手，看得熟知他脾性的童彦伟瞠目结舌。

待童欢热乎乎的掌心沁出汗意，激得苏睿汗毛一立，想再甩开的时候，已经被死死掐住："算命的，你是扶我回去，还是让我吐你身上？"

一旁的童彦伟心潮澎湃低声哼起了"咱们个老百姓呀，今儿个真高兴，一物降一物呀，看呀么看大戏"，苏睿冷飕飕朝他看来。

童彦伟特别无辜地将背上的衿羽颠了两下："这个，苏教授，你看，我也没空。"

于衿羽贴着他的脸，摆出一模一样特别诚挚的表情："嗯，他没空。"

"你搞定。"

苏睿面不改色地把童欢直接掀翻在地，扬长而去。

Dirac 则落井下石跳到了童欢身上，把她压得一腔秽物涌到了嗓子眼，确认她没有力气再陪自己撒欢后，摆出和自家主人一样嫌弃的脸，从鼻子里哼出一口气，踏着优雅的步子跟着苏睿走了。

"真他妈的什么人养什么狗，喂不熟的白眼狼。"

童欢扶着路边电线杆大吐特吐完，擦了擦嘴，恶狠狠骂道。

Chapter 11
神秘女友

拂晓,灰紫的天边泛出了暗红,滑过地平线上起伏的山脉轮廓,街边稀稀拉拉亮着的几盏路灯在曙光里只余下点米粒光,照着早起的憧憧人影。有舒缓悠扬的音乐自小学里盘旋而出,穿过虫鸣鸟唱,田间初黄,越过被杂乱无序的电线割裂的天空,混入老旧民居里渐起的市井声里。很快,四野都亮堂起来。

两个宿醉的女人躺在床上,一个乖巧地侧身靠墙睡得不动如山,一个四仰八叉……随着几声激昂的雄鸡高唱,一整晚没老实过的那个呻吟着撑开了肿胀的眼皮。

"三三,你们这边鸡怎么三点就开始叫?这都第几波了?"

一宿难眠,四点多才睡的童欢被强行吵醒,揉着炸开锅的脑袋,小声哀叹:"你睡相还真是万年如一日,和你娇滴滴的外形完全不搭,以后彦伟怎么受得了?"

于衿羽扑上来捂住了老友的嘴:"嘘!别让彦伟听见。"

"那你乖,去帮我把窗帘拉上,太亮了。"童欢抬手遮住眼睛,"昨晚回来迷迷糊糊地,门都不晓得关没。"

衿羽却忽然顿住了,诧异地侧耳听着和着鸡鸣狗吠的音乐,听了会儿,问道:"三三,哪儿在放这么高雅的音乐?"

童欢抬脚冲墙那头一指,把声音压得很低:"还能有谁?你伟哥的大教授呗。据说是睡眠质量不好,你都嫌这边鸡吵,他呀……来的第二天就放音乐睡觉,一般是四五点开始,到中午音乐停了,他就起了。"

因为小时候太皮,童欢被老妈硬押着学了十年钢琴,跟的还是当地一个以严厉著称的名师,重压之下,想培养的气质没培养出来,倒是十级过了以后,童大小姐从此再没摸过琴键。直到来了七小,这里的老师都身兼数门课,她才把童子功捡起来,弹着学校那架咿咿呀呀音都调不准的旧风琴,教孩子们唱歌,不过也仅限于一些儿歌而已。

"他刚放的时候,害我到四五点就做噩梦,梦见吴老师拿着小竹尺敲我手指头,一遍一遍弹,哭都没有用。你别说,现在听着听着我倒习惯了……拉威尔的《帕凡舞曲》,今天这个我喜欢。其实算算他才来一个多星期，我怎么感觉来好久了？"

于衿羽也压低声音，凑到童欢耳朵边："你别是看上他了吧？"

童欢瞬间一副吞了苍蝇的表情："我疯了才看上他！"

"长得那么好看，有钱又有品位，你看他昨天吃饭，都跟柯南似的，能分析出一集剧来。"

"他呀厉害是真厉害，就是太端着，我俩完全不是一国的好吗？"

"那不好说，冤家都是这么来的，越是针锋相对越会突然来电。"

童欢白眼快翻上天了："宝贝儿，和他在一起我会死的。他连我上完厕所撕纸撕得不整齐都有意见！我穿衣他看不惯，刷牙洗脸他说是糊弄，吃饭讲我没吃相，坐着他说粗鲁，走路又嫌像男人，连我拔个菜他都嫌会弄脏衣服，是弄脏我的衣服，不是他的衣服！干他屁事！"

童欢越说越生气，又不能大声，控诉到最后，几乎在用气音说话了，衿羽眨眨眼，捂着嘴直笑："你都气成这样了，还怕吵到他睡觉？"

"我这是善良。我妈之前更年期严重失眠，看着多可怜！彦伟说他是十几年难得睡好觉了，也不晓得是做了什么亏心事。"

"三三，其实也不怪他挑剔你，你看你这屋子，要不是咱俩好，我都不想抬脚进来，还有你的衣服，配得也太难看了。"见她要反驳，衿羽直接捂住了她的嘴，"你自己说，同样的屋子，别人愿意待你狗窝，还是苏教授房间舒服？"

对于这种答案显而易见的问题，童欢拒绝回答。

衿羽看着昨晚被童欢揉在床头的混色运动衫，直皱眉："以前我还帮你把衣服都配好色，选选款式，你到昔云来了以后，完全在放飞自我，这样的衣服你也穿得下去？"

"洗掉色了嘛。"

"那就扔了呀！"

"多可惜，穿着还蛮舒服的。"

"你就是这样，贪舒服，可好歹你也挑一下颜色款式，别闭着眼睛拿到哪件算哪件。还有，那种荧光绿、土玫红我求求你别买了。"

"便宜嘛，一般断码剩的颜色肯定不好。"

衿羽无奈地捏起了拳头，作势要打："童三三，你穷疯了吗？"

童欢笑着一把抱住了闺密的粉拳："那可不！亲亲小羽毛，学校电路马上整改好了，我这儿还缺两套投影设备，要不你先认领一套？"

"你就知道敲诈勒索。"

衿羽狠狠地瞪了她一眼，只是于姑娘天生是张清纯可人的小脸，瞪人都瞪得娇滴滴地，完全没有杀伤力。

"没办法,身边就你最有钱呀。"

于衿羽往墙那边一指:"亲爱的,真土豪在隔壁,你不找他?"

童欢贼兮兮地摸着下巴:"他那里我有大图谋,嘿嘿,当然,剩下那套投影他也是逃不掉的。"

"童三三,你有时候真是不要脸。"

童欢"吧嗒"在好友脸上亲了一大口:"你们可不就爱我不要脸吗?走,反正都睡不着了,陪我跑步去。"

于衿羽往被窝里一缩:"不要,我头疼。"

"走啦,跑一跑,保证神清气爽。"

于衿羽看她套了件橙色短袖,伸手又去取衣柜最上头的黄裤子,无奈地跳了下来,去抽压在最底层的那条黑色带橙边的长裤。

"三三,这明显是一套。"

童欢笑得直摇头:"差不多,差不多的。"

"差很远好吗?"于衿羽拍着头,恨铁不成钢,"我不是让你过得多精致,但是让自己和房间看上去清爽一点,总是件好事吧?"

看着好友语重心长的脸,童欢不知怎么,就想起苏睿那天义正词严地和她说"你这样好看多了"的样子,想起他那双漂亮如秋水星辰的眼,高高在上地说着"只是为了避免视觉上的摧残,觉得需要鼓励你往正确方向改进",叹口气,帮于衿羽抬起衣服抽出了配套的裤子。

"富二代真是一个德行。"

于衿羽满意地看她穿上一套衣服,点点头:"其实我也挺奇怪,苏教授那么高大上的人,怎么会愿意住在你这里?"

童欢把好友往身前一拉,声音又压低三度:"你也奇怪,对吧?以前我以为是因为昔云确实没有好宾馆,可就他来了以后这架势,哪怕是买套房子自己归置我都不奇怪,为什么还会住在连厕所都要和我共用的七小里呢?"

想起手机里偷拍的那张传真,充斥着大麻、法律等词汇,童欢不由分说,连拖带拽把于衿羽硬拉出门跑步去了。

小镇子早晨湿润的空气中有绿树枝头霜叶清香,当地最常见的三角梅攀爬出墙外芬芳吐艳,雾气像迷离的纱,掩盖了日光之下这个与翡国接壤的边陲小镇的汹涌暗潮。贯通全镇的主路上,新建的两三层瓷砖小白楼与灰瓦木梁的旧屋交错着,不时有小三轮突突而过,早餐摊冒着蒸汽和食物香味,昔云此刻就像所有的老镇子一样,平静、安详,又充满了烟火气息。

"童老师，早。"

"小童老师，又出来跑步啦。"

"童老师，来朋友了！"

童欢作为城里来的大学生，在七小已经待了三年，还帮着翻修重建小学，在镇里也算半个名人，两人一路跑来一路招呼，还有个阿婆听见衿羽咳嗽两声，不由分说塞了小袋"咳地佬"让她泡水喝，把衿羽感动得泪眼汪汪，拉着童欢的手说回去就订投影仪。

"早知道你这么好收买，我就带你去学生家家访一圈，你会不会顺便把孩子们冬天的被褥都包揽了？"

衿羽愤愤地横了她一眼，继续低头看着手机里的图片，神情越看越严肃。

"三三，这份传真是律师回复苏睿的，照片里的女人涉嫌在入境时携带大麻，苏睿找律师朋友把她保释出来，这是传真过来的保释文件，"衿羽的眉头越皱越深，"不过最后这里对方有几句私人留言，marijuana is a class C……大麻是 C 类毒品，you should help her get rid of it in terms of your previous experience，三三，对方写的是 previous experience，用你过去的经验帮助她戒除，难道苏睿也吸过大麻？"

"不能吧……"

很难把苏睿这样的人和毒品，哪怕是毒性相对算小的大麻联系起来，何况童彦伟作为缉毒警，应该不会把老底交给一个有过吸食软性毒品史的人吧！

童欢眉头紧锁。

万一彦伟不知情呢？

"Kaley Evelina，Kaley，应该是她，以前是个挺有名气的模特呢，上过 MDC 榜单的。"

衿羽把手机里搜到的大图拿给童欢看，棕发碧眼的姑娘看起来和黑白照片里的人轮廓有七成像，还有一颗同在右眉边的痣，只是搜到的海报上，上了妆的 Kaley 看起来更为魅惑性感，是不折不扣的尤物。

衿羽接过手机继续查，越看越觉得不得了："三三，这个 Kaley Evelina 是个瘾君子呀，被拍到在家开嗨趴，还因为疑似吸毒吸 high 了闹事，被取消了几个代言。一定是她！看，这条新闻说她有一个交往数年的富二代男友，在大学当物理教授的，唉，照片拍这么糊，也看不出来是不是苏教授。"

童欢把衿羽的手机抢了过来，新闻配图拍得极其模糊，只能看到 Kaley 醉醺醺自酒吧出来，半瘫着挂在一个瘦高个男人的手臂上。

"五官看不清楚，但衣服款式和色系像算命的会穿的，所以他女朋友吸食大麻，他至少有大麻吸食史。"

童欢常常挂着笑意的嘴角抿出了严厉的弧度，衿羽小心地看了一眼好友，见她神色中除了惊讶失望,倒没什么失落之类的情绪,暗自放下心来,吐了一口大气,这才相信,三三每次听见她调侃就炸毛并不是嘴硬。

童欢眉头一挑,倒调侃上衿羽:"怎么?你很失望的样子?"

"我本来觉得像苏睿这种人,有颜有才有品有钱,简直是偶像剧里量身定做的男主角,在你隔壁住了这么久……"

"所以我就该五迷三道,晕乎得连他恶劣的本质都忽略掉?先不论他可能碰过大麻,两个人在一起什么最重要?三观得合呀!我和算命的完全没在一个国度,怎么异性相吸?再说了,我家虽然不是啥大富大贵,也丰衣足食把我宝贝一样养大,何苦去攀高门大户?"

"那倒也是。"

"如果他真的碰过大麻,我只能直接请他走了。"

童欢想起传真最后的话,整张脸都冷了下来。衿羽很少在好友脸上看到这样坚决的冷漠,摸着手指踌躇着不知该怎么接话。

正巧两人一路慢跑,到了河边,隔河相望,斜对面是一排极为简陋的棚屋,有些甚至四面墙都只是用篾条、油纸布糊褙出来的,处处漏风。没有电,就地取水,几个饿得瘦骨嶙峋的孩子坐在盆子里,用自制的渔线在钓鱼,扫过童欢和衿羽的目光也是空洞的,连渴求意识都没有。

"看看那里,你觉得如果苏睿吸过大麻,我怎么和他相处?"

与洞里萨湖的棚屋相仿,此地停留的多是翡国流落而来的难民,以及当地因为吸毒、病痛流离失所的特困户。即使是这样,这里依然是吸毒的重灾区,甚至有些举家都是瘾君子,包括几岁的孩子在内,还有部分是 HIV 病毒携带者。所以镇上的孩子都从小被家人警告,不能落单跑到河边,更不能靠近棚屋。

衿羽对棚屋的印象也很深刻:"我上次过来给学校送东西,你和彦伟也特意交代了,不让我往这边来。"

"别说你,那个时候校长连我都不让来。不过,我去年带的那个班,有两个学生就是棚屋区的,小豆子家更是棚屋这边难得家中有两个壮劳力的家庭,只是豆妈和奶奶都重病,导致家中入不敷出。"想起机灵的小豆子,童欢苦笑着说,"豆爸懂一点简单医术,有时候他那里还能'买小包',棚屋的人不会得罪他罩的人。而且我给这边的人送过几次救急药,现在算是少数能确保在棚屋出入平安的人。就算是这样,豆子爸爸也让我尽量别过去,夜里更是禁止去。"

只是有时候,她还是忍不住绕到河边来,远远地看着那一片仿佛被遗弃了的世界,想着那些充满绝望的人生,感觉自己充满了无力和无奈。

"没有什么能帮他们的吗?哪怕送点吃的用的。"

不了解衿羽的人，很容易把她划到圣母白莲花那一类，不过童欢太清楚，她只是从小就家庭富裕又备受宠爱，无风无浪地长到了这么大，人生最大的难题不过是"追不到童彦伟"，真的不识疾苦，也真的善良又单纯。童欢看着衿羽那双干干净净、充满怜悯的眼睛，一时不知该学彦伟把她继续隔绝在黑暗之外，还是吐露部分真相，让她接触一点彦伟所处的世界。

"三三，你不要这样看着我，你们每次这样，我就知道我讲了傻话，你们不准备和我说下去了。"

童欢几不可闻地叹了口气，继续讲："我刚来的时候，也是谁都想帮，后来慢慢就懂我爹说的话了，救急不救穷。对于那些瘾君子，任何能顶钱的东西，哪怕一口吃的，在他们眼里都等同于白粉。我试过，他们当着我的面感激涕零，转头就把我送的棉被、课本拿去换白面，实在买不起毒品的时候，甚至把亲生孩子丢到水里浸发烧了，去卫生所求感冒药，吞了解瘾。"

衿羽震惊地捂住了嘴："不会吧？"

"棚屋这边很多小孩没有户口，不能上学，有一些连国籍都没有。镇上的人一听是棚屋出来的，就怕是艾滋病毒携带者，也戴有色眼镜看他们，恶性循环下，越活越没有盼头，大部分已经是过一日算一日，在等死而已了。"

"三三，你这样说，听起来好惨。"

摸了摸满脸难以置信的衿羽，童欢拉着人往回走，想着照片里那张千娇百媚的脸："现实比你听到的还要惨烈，我待的时间越长，心反而越来越硬。你看，毒品这个东西，是世界上最莫测的恶魔，有人寅吃卯粮、赤贫如洗，还不肯离开深渊，有人过得光鲜靓丽、鲜花着锦，却自甘堕落、自毁前程。"

"可是总有些人是逼不得已的吧？"衿羽想起了传真里的 previous experience，"万一，万一苏睿……"

"那他也必须离开，我在这边看过太多吸毒导致的惨剧，也看过太多千辛万苦戒毒，却轻而易举复吸的。我觉得，我容忍不了和一个瘾君子共处同一个屋檐下。"

"只是大麻都不行？我去荷兰的时候，有正规执照的 Coffee Shop 能专门出售大麻，成年人都允许凭证件小剂量购买，而且大麻是低致瘾的吧？"

"低致瘾的软性毒品依然是毒品，很多瘾君子一开始碰的都是所谓软性毒品，笑气、大麻烟、'蘑菇丸'，然后慢慢变成溜冰，甚至'四号'。在这里，有人可以为了一颗麻古去抢劫，彦伟都说过，毒品是远比贫穷可怕的东西。"

衿羽担忧地拉住了好友："三三，你还是赶紧回吧。你这样说，我听着好危险，我每次去看阿姨，阿姨都让我劝你回家。"

"我又不会去碰走私、毒品，一个小学老师能有啥危险？真正危险的……"想起二伯母说起彦伟出任务时强忍着泪意的声音,童欢的心里极不是滋味,"有人吸毒、贩毒,就得有人去缉毒。去年十一月那邦乡殉职的两个小战士,一个二十三岁,一个十九岁。我们的十九岁在干吗?牵着手在校园里讨论,中午是去吃麻辣烫还是煲仔饭,他们却永远留在这里了。"

看童欢越说语速越快,衿羽赶紧安抚地捏紧了她的手:"好了,三三,我怎么觉得你一提起毒品就特别激动。"

童欢看着一无所知的好友,娇娇软软的小脸,笑得那样甜美,忽然有些泪目。

那是因为你的心上人,我从小一起长大的哥哥,现在在边境线上,查翡国最危险的"一号"——杜瓦·木也。

Chapter 12
信任危机

到现在，童欢想起"一号"两个字，仍然如昨晚第一次听到的时候一样，汗毛竖立。童彦伟和苏睿顺口提及，以为她不懂，可偏偏她听人说过，整个南境边陲的缉毒线上，只有一个人会被称作"一号"，就是翡国北部地区最大的毒枭——杜瓦·木也。

有二分之一中国血统的杜瓦·木也，母亲沙依是Y省彝族人，父亲荣温是意佤混血，祖父有意大利黑手党背景，祖母出身翡国佤族名门。荣温是二十世纪八十年代金三角地区威震一时的大毒枭，与木也的母亲生有三子二女，其他私生子女数目不清，二十六年前，被最亲信的手下安罕叛乱夺权，一夜之间，荣温中风瘫痪被囚，妻女在内讧中丧命，只有十四岁的大儿子木也逃了出去。

十年后，荣温早已病逝，已经两易其主、四分五裂的地盘被北部一支新兴的武装势力夺取，队伍的领头人正是隐姓埋名多年的木也。一部分荣温旧部被收编，曾经参与安罕叛乱的头领皆被残忍处决，去世三年的安罕被掘墓挫骨扬灰，连其逃到墨西哥的独子也没有逃过木也的追杀，全家死于非命。

木也收编完队伍，建成了七个团，分地驻守，然后目光精准地带领主力团整装迁徙进了缮邦北部山区，以其后被人称为"青寨"的老寨为据点，其他六地为辅，将其辖区的毒品贸易迅速发展起来。他治军严谨，手段凶残，却很受手下拥戴，"青寨"辖区内部人员严禁吸毒，还兴建了学校、医院，收养"战争"中留下的孤儿。

他的队伍训练有素，丛林作战更是远胜正规军，而且奖罚体制完善，"因公"去世的部下家属由老到小都有人奉养，且终身免费享用教育、医疗。可以说，木也将缮邦地区由内到外，从文到武都治理得固若金汤，在东北部山区许多佤族人眼中，他非但不是恶人，还是他们眼中的英雄。

但木也对外却是个彻头彻尾的战争狂人，上万人的武装势力成了他最硬的拳头，不分是非黑白，只信奉金钱至上。木也上台后，翡、琅、中三国边境的毒品交易量逐年递增，尤其近几年，德漯州破获的毒品大案十之五六都与青寨有千丝万缕的联系，整个盈城地区的毒品联络网在过翡国边境后，基本都与木也的势力对接起来。

据说木也嗜血，迷恋逃杀游戏，会将俘虏赶进丛林玩真枪实弹的狩猎，甚至用高压电网在青寨外围圈了一片山林专做猎场。其他还有许多可怖的传言，真也好，假也罢，总之，木也绝对不是童彦伟一个小小缉毒警惹得起的人物。

童欢记得自己是在两个小战士的追悼会上第一次听到"一号"，听到关于木也的所有传闻和血腥事迹。以往境内的毒贩虽然偶有精良装备，但下线的分货、送货人员基本用的是长刀、土弹，近年来，盈城地区却频繁出现制式的杀伤性武器，去年那邦堵卡血案，毒贩甚至抛出了军用手雷，这里面就有木也势力的影子在。

所以，只要一想到彦伟查的案子与木也有关，她整个人就心惊肉跳。

"三三，你怎么露出这么忧国忧民的表情？"

于衿羽穿着新款夏装，球鞋雪白，跑在晨光中，鸦黑的鬓发，浓眉长睫，略圆的鼻头微微扇动着，带着点孩子气，奶白的皮肤有少女般的光泽，连额头上的小汗珠都晶莹发亮，清新得仿佛春日散发着甜香的栀子花。

"有什么是我能帮你的吗？你说，我都听你的。"

她不懂老友忽然间的愁绪满怀，也知道很多人笑她傻白甜，说她迟钝，但她的世界其实很简单，只希望身边的人都快乐健康。

"我能感觉彦哥这几年越来越忙，神神秘秘地，"衿羽忽然倒抽一口冷气，"他不会是在做卧底吧？"

童欢忍不住又捏了捏衿羽的小脸："你这脑瓜子到底在想啥？见过明目张胆拿警察身份查案的卧底吗？"

否定完，童欢担心她继续追问，结果衿羽已经捧着脸联想翩翩："彦伟那么聪明，要是做卧底肯定也帅得不行吧？"

童欢无语地看着好友发起了花痴，忽然摇头笑了，彦伟他们所做的，不正是为了不让阴暗面来打扰这样的美好，让像小羽毛这样的好姑娘能一直活得简单、幸福？

"三三、衿羽。"

两人边跑边聊着，忽然听见童彦伟的声音，回头看到他穿着万年不变的格子衬衣，顶着一头鸟窝，快速地往河边跑过来。

衿羽蝴蝶般飞了过去，准备扑个满怀，被童彦伟机敏地闪开，她又锲而不舍地死死搂住了他胳膊："你怎么来啦？"

童彦伟却不答她，只瞪着童欢："你怎么带她来这边？明摆着的肥羊，也不怕出事。"

他责备的语气换来童欢意味深长的一瞥，衿羽更是眉开眼笑："彦伟，你在担心我呀？"

彦伟并不接她的话茬，皱着眉，看着河对面那片满目疮痍的绝望之地，他不能让三三给他引路，但很有深入此地的必要。

"你怎么知道我们来河边的？"

"苏教授问了几个男的，被人一路指着过来了。"童彦伟叹息地看着于衿羽光鲜的穿着，精致的面孔——这个傻家伙，都不知道自己有多打眼。

童欢的眼珠子骨碌碌转起来："算命的也出来了？他不是起码睡到十一点的吗？"

"不知道，带滴答在那边吃过手米线呢。"

"怎么能让大教授一个人孤独地吃早餐呢？你俩快陪他去。"童欢飞快地在衿羽耳边说了句，"小羽毛，帮我拖住他们，越久越好，回来前给我电话。"

衿羽有一点好，就是遇事不刨根问底，就能第一时间贯彻执行，因为她这股憨劲，在公司反而留下了踏踏实实做事的口碑，一洗大家对富二代的偏见，还挺讨上司喜欢。所以对于童欢明显憋着坏的指令，她也立马比了个"OK"，童欢这才把人往彦伟怀里一推。

"那家过手米线的旁边还有家烧饵块，特别正宗，你们吃完粉一定要去试一下，记得两种酱都要抹。"

童欢几乎是以百米冲刺的速度，飞奔回了学校，她从自己房间里摸出了另一把备用钥匙，贼头贼脑地打开了隔壁房门。

"哼！以为缴我一把钥匙，我就进不去了。"

她抿着嘴，用心先把所有摆设，包括纸张摆放的细节全记下来，然后开始翻看。童欢知道这样做很不磊落，但因为彦伟对苏睿的盲目信任，她必须确认苏睿是安全可靠的。

很快，在抽屉中 Kaley 的传真件下面，她找到了另一个纸袋，打开一看，里面居然是一份陆翊坤的简单资料，全英文，里面用笔做了很多标志。

他在查陆哥？童欢想着苏睿面对陆翊坤时分毫不显的表现，开始觉得这个人太可怕了。

更为恐怖的是，在陆翊坤资料下方的第三个资料袋里，她居然看到了自己幼年的照片。照片上的自己大概只有三四岁，扎着两个小鬏髻，打着赤脚站在小竹楼前笑得甜甜地，因为上了年份，照片像是复制的，所以有些模糊。

"我还有这种照片？"

童欢打小留童花头，留到了能自己做主的年月就剪了短发，只是童妈妈恶趣味起来的时候会给她扎这种小鬏髻，也算是她不堪回首的黑历史。她再一翻，看到了自己各个年龄段的照片，基本都是翻拍再打印出来的，许多照片尤其是一些化着大红猴屁股妆穿裙子跳操的活动照她都没见过，简直比那张鬏髻照还夸张。

鉴于时间紧迫，童欢只能赶紧拍照留存。她英语不够好，但资料上关于自己的家庭成员及出生证明，她还是认得的。还有自己读过的学校、历年成绩表、得过的奖项，资料里都罗列得清清楚楚，甚至连病历都有厚厚一沓，还做了各种标记。

再往后看，童欢拍照的手都抖起来，觉得背后有冷汗涔涔滑下来，她爸妈各个时期的照片、资料竟然都有全套。她一直很奇怪，明明过得那么矫情的人，为什么肯屈居学校这间旧教室？现在面对这一整袋资料，她不寒而栗。

苏睿到底为何而来？居然不动声色把她查了个底朝天！

童欢越想越觉得毛骨悚然，忽然手机响起来，吓得她差点没坐地上。

"三三，苏睿回去了！我才落座呢，说你不吃了，他就说你晨跑完向来最能吃，还有人付钱，不来吃不合常理，立马起身走了。"

"靠！他怎么比猴还精？"

对着空气骂了句脏话，童欢开始小心翼翼地复原现场。

苏睿带着 Dirac 径直回到学校，整修围墙的工人已经赶早开工了，锈迹斑斑的铁门被拆走了半扇，另外半扇悬悬地靠上方一颗硕果仅存的大螺母吊在那里，带队的工头看他多瞧了一眼，赶紧过来解释说陆老板订了新大门今天会送过来，但是这半扇铁门的螺丝锈得太厉害，完全滑丝，实在卸不下来，中午工人会去取切割工具来强拆。

苏睿听完不置可否，Dirac 已经不耐烦地率先跑了。校园里面很安静，能听见老榕树的枝叶沙沙响。童欢的房门大开着，里面一如既往的混乱，人却不在，而他的屋子……

房门锁得好好的，推开来一切都原封不动，和他离开时没有任何差别，苏睿没抱什么希望地拍拍 Dirac 让它进去闻了一圈，没什么异常，果然对于每天会到他屋里来溜达个两回的人，Dirac 已经完全默认了她的气味。

苏睿靠着门如雷达般扫视过房间内的每一个角落，连地毯上的褶皱都没有放过，居然没有破绽，然后看到那个连免费早餐都不吃的人，苦着脸揉着肚子从厕所里出来了。

她脸色有些发白，靠着门有气无力地打了声招呼：

"早，滴答。早，算命的，你碰到衿羽他们没？"

苏睿摆着深不可测的脸盯着她，直把她盯得脚发软，倒更像拉肚子的了。

"你早餐都不吃，就为了跑回来上个厕所？"

"河边厕所我一般不用啊，怕有针头那些有的没的，"童欢灵机一动，故作坏笑地凑到他跟前，"何况你把厕所搞这么高级，拉屎屎是种享受嘛。"

苏睿敏锐地闻到了她身上的臭味，配合她大大咧咧地说着"拉屎屎"，顿时后退两步，满脸嫌弃，但眼睛还是死死地盯着她。

"哎哟，不行了，我真是拉肚子了。"

童欢刚清完仓又没吃早饭的肚子居然配合地咕噜了几声，她猫着腰又逃进了厕所，这才抹着冷汗安慰自己，应该骗过去了吧？

然而等她解决了自己的早餐，再回到学校时，看到苏睿叫了锁匠正在换锁，换的锁看上去还挺高级，大约是昔云找得出来的，能装在木门上级别最高的防盗锁了。

童欢吸着豆浆，没好气地问道："你怎么不干脆把门都换掉？"

那个正在换锁被滴答盯得汗流浃背的师傅笑呵呵地说："帅哥是想换门的，结果我过来一看，学校是老式木门框，整体偏小，防盗门要凿墙才能装。"

苏睿一脸淡定，闲闲地靠在窗边，深深的眼眸像两潭不见底的湖水，直看得童欢后背发凉。他伸出两根修长的手指，敲了敲面漆剥落的木框："谢谢你的提示，一会儿会有人来装金属防盗窗，我还在网上订了四个摄像头和红外探测器，本来是觉得屋里没什么重要的东西，现在看来还是小心为上。"

作为一个小时候调皮捣蛋、坏事干尽，时刻要与家长斗智斗勇的过来人，童欢这一刻尤其感谢自己打小锻炼出的心理素质，秉承着没逮到现场我就打死不认的优良作风，她十分镇定地装起了傻："我什么时候提示你了？"

"哦？"

苏睿的尾音带着戏谑拖得老长，眉眼里的笑意如夜半熏炉里那一缕残烟，轻袅袅地浮上来，在童欢看来不知多阴气森森，他忽然大步走到她跟前，惊得童欢噌噌往后退了三步。

"原来你没提示我？"

童欢干笑着把剩下那个包子整个塞进了嘴里，才压下了自己那颗快要跳出来的心，含混地答道："对呀，我没提醒你。"

就在童欢貌似大口嚼着包子，其实感觉自己会被灭口的时候，大门外响起了衿羽轻松的笑声，童欢第一次觉得好友的声音如天籁般动听，她转身扑了出去，一把推开被衿羽一路拔拉着的童彦伟，将好友抱了个满怀。

"宝贝儿，想死我了。"

于衿羽一脸蒙圈地享受了她无比热情的拥抱，下意识地拍着她的背：

"怎么了？不是才分开一个小时吗？"

童欢垮着脸惊魂未定，一句话都说不出来。

小羽毛，你不知道，我好像被一个高智商的变态给盯上了，感觉自己活不过两集，啊，不，一集了。

同样状况外的童彦伟还没缓过劲，被童欢死拽着拖到了大榕树的背阴处。

"那个苏睿，到底是什么来路？"

彦伟揉着被扯痛了的手臂，莫名其妙地望着她。

"什么什么来路？我朋友呀。"

"我是问他到底是做什么的，他的背景，他有没有犯罪记录。"

"伦敦理工学院的教授……"

"就算他是大学教授……其他呢？"

"其他？科学家，富二代呀，UIOT 听说过没？国际物流，还有 EOS 再生能源公司，都是他家的产业，随便上网都查得到信息，反正他这辈子就不用担心钱的事，至于犯罪记录，"童彦伟哈哈大笑起来，"三三，你疯了吗？你看看他像是会犯罪的人吗？"

"以前是谁和我说罪犯又不会在额头上刻字的？"童欢狠狠地鄙视了他。

"那也不可能。苏教授虽然挑剔了点，刻薄了点，但他是个好人。"

童欢先听他说两个"点"还只是不以为然地撇着嘴，等到童彦伟斩钉截铁给苏睿发了好人卡，她不由一蹦三丈高："他是好人？他抽屉里藏着我一家子的资料，从我穿着开裆裤一直查到现在！"

"你一家的资料？"彦伟显得比她还要惊讶，忽然一顿，"等等，你怎么知道他藏着你的资料？"

"我早上偷溜进去看到的。"

彦伟瞬间头疼起来："你是说，你没有经过主人允许，偷偷翻了别人东西？"

童欢的气势瞬间弱下来，小声哼哼："房子都是我提供的。"

"照你这么说，租客的东西房东能随便拿？对，你还是个二房东。"

童欢开始磨牙磨得咯吱响："童彦伟！"

"怪不得苏睿刚打电话问我，知不知道哪家锁匠好，他现在在换锁了对不对？"

"切，也不晓得他怎么发现的，我确定我什么都还原了，连他锁门后滴答掉的那两根黑毛我都原地放着呢。"

"你那点道行怎么瞒得过他？苏睿不喜欢别人碰他东西，你还是偷溜进去翻，换个门锁很客气了。"

童彦伟敷衍地拍了拍堂妹的肩膀，算安抚过，转身欲走，被童欢一巴掌抽在背上："童彦伟，你有没有把我的话听见去？我说他藏着我全家的资料！全家！"

一直乖乖站在远处等两人的衿羽哇哇大叫着冲了过来："三三，你打彦哥干什么？你手劲那么大！"

"没事，她和我闹着玩呢，我皮实得很。"

"那也不准打，我心疼。"

童欢痛苦地看着只有自己一个人活在惊悚剧里，剩下的两人还颇有闲情逸致地在演你侬我侬的偶像剧，飙了："童彦伟，你明天，不对，是今上午就让他带着他的东西，从七小滚出去！"

"三三，苏教授他真的是好人，我俩都认识十几年了，我不会看错的。"

"十几年，是游戏里吧？现实里呢？你们见面几年了？"

童彦伟尴尬地搓搓手，默默地把衿羽那张漂亮的小脸蛋拉到了火冒三丈的堂妹跟前。

"别拉挡箭牌，我问你几年……"童欢忽然从他写满了心虚的脸上读懂了含义，话几乎是从牙缝里挤出来的，"你别告诉我，这也是你第一次见他？"

"那不是那不是，绝对不是第一次，我们三年前在Z省就见过，这回他到上海我还把绑架案资料的翻译件全给他了……"

"也就是说，你俩才真正见了两面？你把性命攸关的事交给一个才见两面的人！童彦伟，你的脑子跟胎盘一起丢了吗？"

"姑奶奶，你小点声！"

"三三，你好凶！"

"我能不凶吗？宝贝，我快被你这个猪脑袋彦哥把命都坑掉了。"

"祖宗，我怎么敢坑你？"彦伟听她声音不受控地越来越高，急得汗都要淌下来了，"我高中那会儿英语不好，想找个有世界服的游戏，勾搭个老外组队边打游戏边学英语，娱乐学习两不误嘛。结果还没说上三句话，对方就问我：'你是不是中国人？'"

事实的原版是，因为操作太烂，他不光被问了你是不是中国人、Z省人，还被嘲笑了你是不是小学生。他本来以为自己会被踢走，结果两人就那样一路组队打下来了，一个猪队友，一个神操作，两个人从《魔兽世界》打到《英雄联盟》，从《坦克世界》到现在的《穿越火线》，多少次爆boss抢怪下副本打团战扛下来的交情。

后来童彦伟才知道自己能从苏睿那里拿到不可思议的一车皮黄牌，而不是直接红牌罚下，是因为苏睿那时正好想学正宗的Z省话。苏睿奶奶是Z省人，得了老年痴呆，为了哄老人，彼时出于个人缘故不愿出门不愿见人的苏睿让他捡了个大便宜。

"童彦伟，侬脑子瓦特啦？游戏里的同生共死能相提并论吗？"

童欢听到这里，连自家亲妈那学得不标准的上海骂都飙出来了，彦伟仍然只是笑着直摇头："哎呀，你不懂，我们只是面对面少，视频、电话里他都不知道教我破过多少案子了，再说以苏教授的智商想要害我，这么多年，一千个我都早被害得渣都没了。"

童欢连做了三个深呼吸，才笑着对衿羽说："亲亲，我渴了，去对面买两瓶水回来好不？"

于衿羽看着童欢气到爆皮的嘴唇，连忙点头："好，我马上去。彦伟，你要什么？"

"我？我要前面那家的凉茶，就那个挑担子傣族奶奶家的，从这里看得见的。"

"好。那三三你是要水还是凉茶？"

"白水。"

于衿羽确认完，就跑去买喝的了，并不介意两人显而易见要把她支开，待她走远了，童欢才叹了口长气："彦伟，你现在缉毒，打交道的都是亡命之徒，所以我特别担心，总恨不得你小心再小心，你这样找帮手太儿戏了。"

彦伟笑着揉了揉她凌乱的头发："傻丫头，缉毒是有危险，但没有你想象的危险。你以为是拍电影呢，动不动就大场面高潮戏？我到缉毒大队四年，抓捕都很少碰到正面对抗的，都是以毁迹或者逃跑为主。"

"这边不一样的。"

"哪里都是一样的，而且龚队说了，这边的人使用的基本也是自制的土家伙，与其说拿来搏命，不如说是壮胆，见了龚队他们也是比腿快，而不是比枪快。如果说我危险，那卡哨的人天天都在面对更大的危险，做消防的、排雷的，更比我们危险十倍百倍。"

"你别说得那么轻松。"

"你呀，想象力也别那么丰富，学学衿羽，别问那么多为什么，像相信我一样去相信苏大教授，可以吗？"

"不可以。"

童彦伟戳着小堂妹写满倔强的脸，用胳膊把人一把钳制到了肘弯里，亲昵地拍着她的头乐了。

"三三，你放心啦，苏教授可是我们市局正式聘请的顾问，身份有官方认可的，不然那么多的案卷资料我哪能随便给他看？要不是他怕累又怕麻烦，局长还要请他去给全线做几堂讲座呢。"

听他这样一说，童欢心头稍微踏实点了，毕竟有官方身份相对来说还是很有说服力的。

于衿羽买完喝的回来，看见方才还剑拔弩张的童欢此刻已经忙着跟彦伟打闹起来，松了一大口气，还是她心上人有办法呀。

Chapter 13
王德正

午后，艳阳耀眼，四处热气蒸腾，不过以昔云镇的特殊地理环境，只要能找到树荫躲上片刻烈日，就能感觉到凉意。于是还披着满身长毛的 Dirac，趴在楼梯口最透气凉爽的风口，懒洋洋地打着瞌睡，连童彦伟胆大包天地拨着它瘫在地面的前爪调戏，它也只是冷冷地横了他一眼。

"你主人补觉要补到什么时候？我今早就不该硬拉他出门。"

"总不能一会儿让龚队他们全等他一个人开会吧？"

"你说我现在冲进去把人喊起来，会不会死得很难看？"

一人一狗的跟前忽然出现了一双腿："你再故意偷开我窗户，然后在外面念经，我会把你的铺盖丢出去。"

童彦伟笑得跟向日葵似的站起来："你醒了！"

苏睿用和刚才 Dirac 蛮相似的冷眼扫过来："没睡。"

"没睡啊？没睡好，今晚就好睡了。"

苏睿沉着脸和他往车边走，经过童欢房间，听见吵了他一个中午的两个女生依然压低了声音在叽叽喳喳，不知道讨论着什么。想起童欢买完早餐回来看见有人换锁那副傻眼的样子，还有被自己唬得腿软的衰相，忽然笑起来。

一个拉肚子的人，居然还有时间把厕所的纸扯得那么整齐，以为他是第一天见她？至于把动过的东西复原，对于她来说，应该不难，不过她确实复原得不错。

"你家堂妹还是傻，可惜了那么好的记忆力。"

童彦伟苦笑："大教授，你看谁不傻？"

也是。

苏睿示意跟到门口的 Dirac 停下："Dirac, stay here."

他原本还担心 Dirac 会失落，结果它很干脆地走了，看样子还是朝童欢房间去的。苏睿若有所思地摸了摸下巴，看来她那里一定是又藏了什么东西，能把 Dirac 勾搭得放风的机会都舍得放弃。

上了车，童彦伟又问："不过你到底做了什么，让她忽然这么怀疑你？"

"她没告诉你？应该是在我房间翻到她自己的资料，吓到了。"

童彦伟好奇地抬着眉毛："你怎么会查三三的资料？"

"有用。"

几乎没休息的苏睿冷着脸，明显不想多答。好在彦伟也知道他的破脾气，在没理清逻辑找到证据之前，他不会轻易做说明，倒也不怎么在意。

"你把三三吓坏了。"

苏睿眉头画川，这两天，这小两口开口闭口地喊三三，已经快把他叫崩溃了。

"为什么她会愿意叫这么奇怪的小名？她家里也愿意？"

"我家小一辈的，大家都是'老大''小二'一路这么叫下来，她正好排在第三，大家也不好叫她小三，最开始小婶是想喊姗姗的，不过南方人平舌卷舌不分，外边人都跟着喊成三三，最后就这么叫下来了。倒是你，为什么一直以来都这么讨厌三，这么唯心的事不像你风格啊！"

"个人喜好。"

童彦伟坏笑着挠了挠脸："苏教授，我怎么觉得你改走惜字如金路线了？"

"也比你逗×好。"

"哟，回到了祖国大地的怀抱，流行词汇进步神速啊！哎，苏睿，要不你回国算了，咱大中国别的不说，吃上面起码领先英国黑暗料理八百年。"

苏睿假笑地眯弯了眼，就算是皮动肉不动，也是英俊得晃眼："然后在你这儿随传随到、随问随答，没事还能一起跑个现场是不是？"

"咱俩这关系就不用说这么透彻了嘛。同样我也可以带你从街头小吃吃到八大菜系，天上飞的，海里游的，山上跑的，咋好吃咋……"童彦伟忽然想到了什么，连车速都降下来了，"哎，我们查案子不会把三三家牵扯进来吧？"

"是别的事，我现在不方便说，但没有危险。"

童彦伟这才大松一口气："那就好！你怎么不和她澄清一下呢？"

苏睿的脸上浮现出了玩味的笑意："看她用那点可怜的智商疑神疑鬼，还挺有意思。"

童彦伟怀揣着对小堂妹的十二万分同情，不敢打扰苏大少爷的恶趣味，不过三三居然从这棵万年老铁树口中得到了"有意思"的评价，算不算特别了？

"她记忆力确实强，连我资料袋绕线的方式，绕了几圈都没有记错。"

"那可不！童三三打小就是个人形记录仪，我们偷看电视、小说都爱上她家，在她的护航下从来没出过纰漏，连哪张碟片的包装袋折了一个角都不会错。"童彦伟不遗余力地夸起童欢的"特异功能"来，"不是我吹啊，只要是过了三三眼的东西，她都能记得住，她小的时候，有一回三大爷、小叔喝醉了，莫名其妙争起东北老家的院子里有几棵杨树，争得不可开交，结果三三拿张纸把每一棵树的位置都画得清清楚楚，要知道她统共只在三岁和五岁的时候回过两趟老家。以前我们都说我小叔叔家这是要出高才生的，结果那家伙太懒得动脑了，混日子似的把书读完了。"

"这天赋放她身上太可惜。"

"别这么说，我们家三三挺好的，我妈去年还鼓动她去参加《最强大脑》呢。所以我不是随便把你介绍来她这里住的，你看不了中文，我又不能时刻在你身边，你正缺一个像她这样的帮手。"

苏睿摸着安全带已经有些毛刺的边，陷入了沉思。他的确是动了让童欢做中文阅读器和存储器的念头，只是该怎么合理、安全又彻底地使用她呢？

与此同时，被人惦记上的童欢正边用红薯条和尖叫鸡逗着被抛弃的滴答，边给老妈打电话。滴答一面要维持自己的傲娇，一面控制不住自己的小眼神随着红薯条在转动，还得抵抗童欢丢出尖叫鸡那一瞬间本能的诱惑，直把一身长毛甩得跟洗了飘柔似的，然后还要故作端庄。

"我老觉得前几天家里进小偷了，房间里的东西被翻动过，问题是什么都没丢，你爹说是我疑神疑鬼。"

童欢超人的记忆力其实有安念青好记性的遗传，只是青出于蓝而胜于蓝了，听着老妈的抱怨，童欢想起苏睿房间里那套详尽的资料，背后又开始冒汗了。

"要是你在家就好了，有没有人翻动东西你起码能记得。三三，你到底准备什么时候回来？不是放假了吗？你也不回来看看爸妈。"

"你知道这边孩子不一样，暑假还有小学期，再过一星期就开学了，等我上了小学期，学生放双抢假了，就回去待一个礼拜。"

安念青这才高兴起来："你说的啊！"

"你如果又给我安排连轴相亲，我掉头就走。"

"你这孩子，怎么说话呢？你都二十五了，待在那种边寨小镇子，上哪儿认识男孩子？我又没逼着你和谁处朋友，多认识几个男孩子总没错吧？"

安念青祖籍是上海的，婚后才长住Z省，一口吴侬软语到五十岁了说起来也是又糯又绵，明明是典型的老太太唠叨，也叫人生不出脾气。当年童爸爸童云辉就是听到她声音给迷上的，死追了三年才把人追到手，到现在老童家一屋子东北口音里，安念青那把声音倒独树一帜。

"妈，吃那种饭很尴尬。"

知女莫若母，安念青轻轻一抬眉："你还有吃不下的饭？我都不敢订太好吃的饭馆，怕你那吃相就把人给吓跑了。不过我听老二说，你那儿现在住着个海归呢，长得又帅，家里又有钱，你可别让人给拐跑啦。"

童欢前面听着，还以为老妈是要拉郎配，结果态度完全相反，诧异地问道："为啥？我还以为你听到我这里有单身未婚男人，就恨不得把我塞人床上去呢！"

"女孩子家，怎么这样说话？我和你爹就你一个宝贝，你可不能给我跑国外去啊。"

这时在旁边假装看报纸，其实一直在竖着耳朵听的童云辉也扯了一嗓门："三三，你不结婚，老爹也养得起老女，但别给我找那些假洋鬼子，除了一层黄皮，里面已经全白了，开口闭口往外冒字母，你爸可受不了。"

"知道知道。"

童欢此刻没有心情和爸妈唠嗑家长，满脑子全是放在苏睿抽屉里那两袋资料，敷衍地应着，她怕都怕死了，怎么可能会和那种高智商怪物在一起？

彦伟坚称苏睿可信，可是她怎么也说服不了自己相信，一个在背后把她查得底朝天的人对她没有恶意，还有陆翊坤的资料，难道说，他就是一个没事会把身边人查着玩的神经病？

为杜瓦·木也所设的专案组就在镇派出所后院一间不起眼的砖坯房里，带队的龚长海是盈城在缉毒线上干了二十几年的老队长。他身量不高，头发又粗又密，赭黑的面膛看上去很像以前马帮的汉子，只是矍铄精干，不怒自威。

"苏教授，您好，久仰您的大名了。"

苏睿客气地和他握了握手，坐在了背对黑板的位置，黑板上贴了主要人物的照片，还有凌乱的关系图。木也的三张照片放在了最中间，四十岁的中年男人，高大粗壮，腰背板正，周身都有军旅生涯的烙印，穿着宽松丛林迷彩，虬结的肌肉也像要从衣服里偾张而出。唯一的一张正面照里，木也怒目隆眉，一道深疤切过右眼眉尾，眼里是沾过很多次血后才锤炼出来的杀气，带着硝烟、血腥，照片都看得人不寒而栗。

彦伟把剩下几个人也介绍给了苏睿，有电脑技术很好的小于，从经侦借调过来的大才，还有龚队手下的干将邓涛、秦天鹏、曾浩，今天轮班值守胡益民家的彭铁力、老樊没有到场。

龚队落座，点着照片就直接进入了正题："今天大家碰头，一来是胡老虎，也就是胡益民家里找到的头发的检验结果出来是阳性后，胡益民昨天交代了自己确实有吸毒史，是在翡国做生意时染上的，回国就戒了。二来根据我们搜集的资料，胡益民前几年在翡国跟的是一个叫登强的玉石商人，登强与岩路生意上一直往来密切。上次我们的人跟丢岩路以后，抓到开车的司机黄钟是昔云人，陶金的手下，这个人和胡益民互相也是认识的。"

童彦伟把陶金相关的情况大概介绍了一下后，指着照片图右上角一个看上去斯文儒雅的男人说:"这是王德正,景颇族,据说曾经和陶金是过命的交情,后来两人因为做生意的观念不同起了冲突,关系慢慢淡下来了。"

坐在苏睿身边的大才,长得人高马大,抱了一大沓案卷往桌上一放,还有几大本滑到了苏睿眼前,那密密麻麻的汉字让苏睿瞬间掉转了视线。

"我是盈城公安局经侦那边借调过来的高大才,王德正的德光医药公司曾经涉嫌多桩经济行贿案件,他是我跟了两年的主涉案人员。他对外一副温文尔雅的样子,实际上狡诈得滑不溜秋。经济案今年上半年已经结了,所有的问题都有人背黑锅,王德正把自己撇得干干净净。七八年前,他和陶金称兄道弟,两人在盈城白手起家,赚得盆满钵满,后期两人经营理念不同,陶金出走接手了江湾,王德正生意一度亏损,这几年却有如神助,越做越大,明面上生意已经逐步洗白,虽然势力还比不上陶金,但也是盈城一号人物了。"

龚长海在王德正与木也中间画了一条重重的线:"我们一直怀疑,王德正短期能迅速累积财富,背后涉及毒品交易,但是他经手的量可能不大,做得很干净,我们没抓住他尾巴。最近我们终于得到准确线报,王德正原来舍近求远,走的是琅国货源,而我们主查的是翡国,方向错了。不过这两年青寨的势力扩展到琅国青奈地区后,王德正开始与其接触,一旦他们建立合作,盈城乃至整个德溧州的毒品量都会激增。"

"德光的门面功夫做得特别好,王德正捐赠过不少医疗器材、药品,常年助学,还捐建过数个乡村图书馆,底下一些乡镇的便民诊所也有他的投资,医生和用药的口碑都不错,"大才显然在查德光时没少吃瘪,话语里全带着气,"他老婆张悦莉还是盈城阳光义工服务中心的主任,两口子面上信佛做功德,大部分不知情的百姓眼里,他都像个善人。"

投影仪打开后,童彦伟一直附在苏睿耳边给他读上面的内容,在读到王德正家庭成员时,苏睿听到他女儿王伊纹的名字后忽然抬了抬手,略加思索,问道:

"胡益民被抓那天,童欢觉得可疑的那对小情侣,是不是叫康山和王伊纹?"

童彦伟情不自禁地给他伸出了拇指:"就是他们。"

"所以,在胡益民车子爆炸的时候,王德正的女儿也在现场?"苏睿一直没有想明白,到底是谁在陆翊坤的眼皮子底下往胡益民的奥迪车下放了爆炸物,而他完全没能察觉。

简单介绍了德光医药公司的大才点点头:"王伊纹其实是王德正的继女,他的前妻和儿子都在国外,张悦莉是他第二任妻子,也是再婚。根据我们的调查来看,王德正对张悦莉非常好,对王伊纹更是视如己出,但是两口子管女儿管得特别严,王伊纹基本没有交际,也没有特别亲近的朋友。"

投影里是张高中女生的照片,照片上的女孩长得有点单薄,比实际年龄要显小,标准的知书达理乖乖女长相,娟秀又文静,只是一双眼睛乌沉沉的,像藏着深水。

"至于那个叫康山的男孩子,我们的确是查漏了,因为王伊纹本身没有任何疑点,我们就没有在她身上下功夫,后续会跟上。"

童彦伟看了一眼苏睿，见他没有说话的意思，才开口讲道："我和我堂妹曾经同康山交谈过，听他的口气，王家的确把王伊纹管得很严，他很害怕我们把他的情况透露给王家知道，他们恋爱的事王家可能不知情，也可能是假装恋爱的障眼法，这个还需要调查。"

"登强的线要牵上，最好能把胡益民转为线人，登强应该是木也散货的干将之一，玉石生意不过是他的幌子。岩路自己虽然不买卖毒品，但他是北部与青寨关联最多的中间人，现在只有把胡益民和黄钟的嘴撬开，才能接上岩路和登强的线，我们最终的目标还是木也。"

龚长海看着照片里那个已经逮了数年的大敌，双目充血。

苏睿曾经问过童彦伟，要抓捕一个境外的大毒枭，牵扯到跨国处理的许多敏感层面，不仅仅是难度系数递增的问题，而且很有可能会无功而返，而这个打着破绑架案旗号且不能摆到明面上来的专案组，据说是龚长海赌上了身家前途才换来的，图的什么？

彦伟后来从认识龚队时间最长的老樊那里听到了只言片语，龚队以前有个特别优秀的弟弟，被木也的手下害得染了毒，现在已经完全是个废人了。而去年那邦血案去世的两个小战士，有一个是龚队生死之交托付的遗孤，当初龚长海屡次阻止对方上一线，那孩子却坚持要继承父亲的衣钵，他去世后没多久，母亲也因为悲痛过度离开了。

同时，木也的势力近年在边境越发活跃，窝点增加，下线发展迅速，去年起德溧州已经出现过三次杀伤力巨大的制式武器，都与其有关。

翡国北部政府也对木也势力的火速扩张非常担忧，在年初与Y省公安厅交流时再次提出了合作意向，态度非常诚恳。龚长海抓住了春节前去昆市接受表彰的机会，越级直接与Y省禁毒局局长交涉力争，终于获得了支持，组建了这支小分队。

"去年十一月那邦堵卡的血案发生后，"龚长海沉着的声音有短暂而几不可察的卡顿，很快又平稳下来，他在地图上圈出了两处，"德溧州禁毒支队在后续行动中连续捣毁了木也的三个窝点，青寨在盈城及周边最成熟的输送路线也被截断，所以从年初起青寨已经有一段时间没有国内这边的大动作。但是根据我们在翡国的线人回信，最近青寨有超过五百斤的高纯度大货要入境，大家加把劲。"

当童彦伟抱着一大摞资料下车，看到于衿羽跟闻得到味似的，第一时间跑了过来帮忙，头一次庆幸这个丫头跑到了西南边陲来。不然这么厚一沓中文资料，他再找单位的人翻译成英语给苏睿看，单位那些人会把他给生吃了，他选出了其中的涉密部分，其他的语重心长地交代了衿羽。

"彦伟，来客人啦。"衿羽说着，看着厚厚的资料，一句抱怨没有就接了过去。她特别高兴自己有帮得上忙的地方，不然连三三都神神秘秘不知道折腾些啥，唯独她一个人像局外人似的，那滋味才不好受。

苏睿接住了飞扑而来的 Dirac，看它嘴角还沾着不明食物，没好气地自它毛里捋出些食物残渣来，用指尖沾着往它鼻子上凑，Dirac 咿咿呜呜两声，收起了想要继续骗吃骗喝的受伤表情，垂着头跟在他身后走了。

"苏大帅哥怎么不问问谁来了？"衿羽好奇地问。

"连我看到外面停的大越野都猜得到是陆哥，他怎么想不出？"

于衿羽夸张地用头蹭着彦伟的肩膀："彦伟，你怎么那么聪明！"

"我哪有你说的那样好？"

"不，你在我眼里就是最好的。"

衿羽开心地硬靠着他的肩膀，依偎着往回走。

大门装完，七小的围墙和门外水泥地就施工完毕了，陆翊坤来昔云一是验收，二是给苏睿送辆车开。他还很投童欢所好地带来了大量半成品的美食，让几乎等于厨房白痴的她只要会开火烧水，就能吃上山南水北的熟食。其他还有学生的凉席、毛毯、纸笔，老师的无尘粉笔、教鞭，花费虽然不多，却都是用心置办的礼物，七七八八摆满了一走廊。

"哎，你说陆哥不会在追三三吧？"童彦伟撑着脑袋，看童欢拥着三大箱吃的，喜不胜收的样子，开始担忧。两人差了十三岁，小叔两口子绝对不会同意，可看上去才第二次见面的两人，感情好得有点不像话。

衿羽捧着脑袋看了半天，摇摇头："不会，那不是看心上人的表情。"

"什么才算？"

彦伟问完就后悔了，果然，衿羽笑呵呵地望过来："就像我看你这样呀。"

彦伟躲开她热烈的目光，转换了话题："陆哥，你对盈城的生意人熟不熟？"

听苏睿说陆翊坤这两年有意把生意往东南亚扩展，每年有大半时间待在德漂州的公司，认识了不少当地的黑白道人物。虽然陆翊坤主场是在留市，不过生意场上都是相通的，盈城作为德漂州的二号城市，也是陆翊坤常跑动的地方。

"生意人？你指哪方面？"陆翊坤随口答道，他正在摆弄那套他给苏睿新带过来、能满足两三个人用餐的便携炊具，想给馋得口水都快滴下来的童欢煮碗螺蛳粉。

"德光医药公司。"

"王德正？"

童彦伟两眼放光："你认识？"

"打过几次交道，不熟。因为州民一中的王校长是个软硬不吃的杠脾气，恰好和我是老朋友，他就找人托我帮他把女儿搞进一中去，还指定要实验班。"

"你是说王伊纹？"Y 省整个南部最好的中学就是盈城的德漂州第一民族中学，多少人砸大钱都找不通门路，童彦伟没想到陆翊坤还卖了王家这份人情。

"对，小伊……不怎么爱说话，成绩还不错。王德正这个人做生意不是太地道，对后面这个老婆和继女倒不错，他托来找关系的海叔早些年帮过我忙，我就做了个顺水人情。"

这是童彦伟今天第二次听见有人这样评价王德正了："他自己孩子你知道吗？"

"王德正有个儿子，我没见过，听说不是块读书的料，到处惹是生非，前妻和他离婚时，母子俩被他打包送到国外去了。小伊的事情我倒听得多一点，据说张悦莉生下她没多久就跑了，亲生父亲后来因为贩毒被枪毙，是奶奶养大的，奶奶去世后又吃了两年百家饭，张悦莉才回去找到了小伊，后来带着她嫁给了王德正，终于过了几年好日子。"

"小伊的身世好可怜呀。"

童欢仔细想了想在榕树下看到的女孩，只记得她身量纤细，静静的一张小脸，一直乖巧地挨着康山，两人低声聊着什么。她那天关注的反而是她手上那本州民一中的教材，毕竟是州里最出名的中学，别的没太上心，没想到是个身世这么可怜的小女孩。

"王德正为人怎么样不好说，但对女人、孩子不错，包括他前妻离婚了以后，也没说过他半点不是，金钱方面对前妻和张悦莉她们都很大方。"

童欢想起自己质问康山时，康山满脸紧张的样子，他一个穷小伙喜欢上了大小姐，这个大小姐还是在继父手底下讨饭吃的，怪不得康山一再强调绝不能让小伊家里知道。

"你们怎么认识小伊的？"

"小伊就是害我第一天就被苏睿训了个狗血淋头的那对小情侣之一。"

"你是说小伊有男朋友？"

童欢忽然大叫一声："陆哥，你不会告诉王德正吧？"

陆翊坤笑起来："我和他没那么熟，倒是我手下一个跑腿的年轻小伙儿，那会儿替小伊跑学校的事，一来二去喜欢上小姑娘了，还去学校堵过门。不过王家把女儿看得很紧，王德正把我员工教训了一顿，又带着老婆特意上门来跟我道歉，我才知道这么多事。看来是越压抑越反弹呀，人家小姑娘自己早把小男朋友给找好喽。"

一直在旁听没吭声的苏睿忽然开口问道："王伊纹今年多大？"

"好像是十八吧。她小时候读书没人管，中途还辍学了一段，后来是张悦莉给她找了老师补习，直接考的高中，所以比同年级的孩子要大一点，也不是太合群。我当初帮她弄学校的时候，王德正给我发了小伊的资料，你要，我回头找到了发给你。"

"好。"

童欢一直在暗地里留意陆翊坤和苏睿的相处，见陆哥还是那副掏心掏肺待他好的样子，连车子都送上门来，生怕苏睿不方便，而苏睿却是无可无不可的调调，背地里却在查陆翊坤，越想越不平衡，把手里东西一甩，气呼呼地跑回房去了。

"童丫头这是怎么了？"

陆翊坤被她的无名气搞得摸不着头脑，至于衿羽，那是完全没发现好友生气了，张着嘴一副"发生了什么"的样子。

苏睿的嘴角露出了点笑意，微挑的眼角更像只妖冶而狡猾的狐狸：

"无缘无故发脾气，一般都是智商不够，靠脑洞来凑的人。"

衿羽睁着无辜的大眼睛，无声地询问亲爱的彦哥，是在说我？彦伟笑着刮了刮她的鼻子，刮得她脸一皱，才摇了摇头。

Chapter 14
教育的意义

傍晚，几人照惯例去了如意小馆。

正是最忙的饭点，林斐然远远腾出手挥了一下，又埋头在灶前了。为了满足小羽毛的好奇，童欢提前打电话来订了手抓饭。新请的大姐也不知是谁先开始喊的"赵姐"，熟客就都跟着喊开了，她手脚利索地摆了碗筷手套，却低着头一言不发，眼睛都不抬一下。

"咱们就吃手抓饭，不点其他菜吗？"

于衿羽只听说这边手抓饭出名，以为是每人一大碗那种饭，见号称要请客的童欢就真的只喊上饭不点菜，以为是她的抠门病又犯了。

童欢冲她挤挤眼："等上完饭，你觉得自己还吃得了别的菜，你随便点，反正有大爷付钱。"

她圆乎乎的手指往旁边一指，恰好指在了童彦伟和苏睿中间，没有节操的童警官光速一侧，用手指把童欢的手指又往旁边戳了一厘米，苏睿的眉头挑起来："我下午听见有人拍着胸脯说请人吃饭。"

"对呀，我请客我点菜，付钱这种事还是能者多劳的好。"

童欢托着下巴，两道弯弯的小卧蚕，笑得甜如蜜。

然后衿羽就看见赵姐端来一个比澡盆还大的簸箕，还是童欢帮忙抬着才放下了。鲜绿的芭蕉叶打底，内里三圈香米饭，紫米拢在正中，白米赛雪，黄米似金，周围依次排着火烧肉、香茅草鸡、烤鱼、牛肝菌、洋芋、酸笋、烧豆腐、卷粉，生菜围边，配着红油蘸水、油炸花生和腰果，看得人食指大动。

童欢熟练地用菜叶把米饭配菜一包，递给陆翊坤："陆哥，你先吃。"

童彦伟摇头晃脑地叹息："唉，亲哥都不见你对我这么好。"

衿羽笑着赶紧有样学样包了一个，塞到彦伟手里："好啦，人家陆哥出钱出力的，还不能先吃口饭？"

"陆哥，你不知道她的作风，你要是出钱出力出得越干脆，越是会被她当散财童子。"

陆翊坤笑着咬了一口童欢的爱心饭:"她也是为了学生。前几天我和盈城教育局的老大吃饭,他都知道昔云这边有个大学生过来支教,已经待了三年了,还做了很多改善工作,和她同批过来的毕业生都走了,小童也算是独一份。"

"陆哥,你也别夸我,其实我吃不了苦。大家把学校最好的房子让给了我,我爸还给装了太阳能热水器,盖了厕所,我还没能坚持和孩子们同吃同睡,经常跑出来开小灶,最近真是我到昔云以后吃得最好的一段时间了。"

苏睿摸着 Dirac 柔顺的被毛,深表赞同:"我来就没见她进过厨房,想等她煮饭顺便把张校长送的玉米烤着吃了,一直都没有机会。"

"我不进你也可以进,不是大教授吗?生个火都不会?"

"谁规定了教授就得会生火?而且我为什么要做饭给你吃?"

"你给 Dirac 每天变着花样弄吃的,不弄得挺好的吗?"

"你怎么跟它比?"

"我怎么就不能跟它……"童欢忽然意识到自己被绕进去了,不过想起他昨天给 Dirac 做的那份色香味俱佳的鳕鱼排,真是得承认自己不如狗。她现在听见苏睿在走廊上煎煮,哪怕香到扑鼻都绝不跑出去,免得活生生被一碗狗粮虐。

陆翊坤饶有兴趣地看着两人一来一往:"你们俩就像欢喜冤家呀。"

"和她?"苏睿从鼻子里哼气。

"和他?"童欢翻了个大大的白眼。

然后两人倒是很有默契地将脸各撇一边,Dirac 一副没脸看的样子,用前爪洗起了自己的脸。

童欢一面抓着饭,一面回忆自己刚来的日子:"其实最开始我是要去回风寨的,因为我到昔云的时候,那里最后一个老师也走了,再不去人学校得关门。可是去了以后实在太苦,想象不到的苦,每天最多能供两个小时电,压水井经常不出水,得去村外头挑,没有一条像样的路,永远会踩到猪粪、牛粪,下过一场雨连落脚的地方都没有。吃的只有洋芋白菜,酱油都得按滴数,屋子里面有爬虫有蝙蝠,我的箱子里还跑出来过一指粗的蛇。撑了一个月实在受不了,我就还是回七小了。"

衿羽即使曾经听童欢说过,依然直叹息,安慰地抱了抱好友:"你回七小的时候,不是把回风寨的十一个学生都带出来了吗?"

"但是如果我能留下来,也许寨子里就会有更多的孩子能上学,而且我带出来的十一个学生,现在每个月得爬二十几里山路,回家背米和菜过来。所以,你看我的觉悟还不够高,现在在七小哪算苦?"

童欢想起那个人均年收入都不到一千块的回风寨,依然觉得心里特别堵。在她去之前,她是相信"穷不可怕"和"知识改变命运"的,直到她接触到了真正的贫穷,是饿着肚子可以为了一包盐骂遍生殖器；是丢了一只豁口的鞋孩子哭得不敢回家；是十三岁的女孩拿着她给的人生第一包卫生巾，却在破洞太多的内裤上粘不住；是一包七块钱的威化饼干十一个孩子攒着吃了半天，最后为谁能拿袋子倒渣渣打起来。

寨子里半数以上的孩子没上户口，谈不上什么九年制义务教育，知识和命运对于他们来说，都是遥远得不存在于生命中的词汇，吃了上顿没下顿才是实际的问题。童欢记得自己下定决心走，是因为那个每天偷偷来跟她学几个字，和她借一年级课本看的十五岁女孩，被父亲卖给了隔壁寨三十七岁的瘸子，而那个瘸子还有一个吸毒的弟弟，她得做"共妻"。

所以，当她回到七小以后，无论如何都坚持下来了。七小的条件有限，镇上条件好一点的孩子都送去盈城读书了，她做不到最好，但起码为那些千辛万苦从山沟里出来的孩子守住第二道阵地。

在座的人，大概只有曾经做过佣兵，看过各种贫穷落后国度的陆翊坤能懂童欢眼里那点无力和悲悯，他用力地揉了揉她的头："小丫头，你不是神仙，帮不了所有人的。"

童欢长吐一口气："对，我首先得把我手里这些孩子教好喽。"她豪气地一拍桌子，"斐然姐，再来点酒嘛。"

不能喝却很爱喝的于衿羽第一个举手赞成："我同意。"

童欢把她的手压了下去："你别喝了，昨晚踢我一宿，现在我腰还青着呢！"

"要不，我们分组喝。"衿羽一把搂住童彦伟，"难得陆哥来，喝点欢迎一下嘛，我和彦伟一组，你和陆哥，我们摇骰子。"

听到摇骰子，苏睿忽然露出了高深莫测的微笑，童欢激烈反对起来："我抗议！你明知道童彦伟摇色子开挂，他那手速，玩手铐练出来的，我和陆哥会喝死的。"

衿羽更是得意，假装好心地劝道："你们要对自己有点信心呀。"

"不要！我还没碰到谁摇骰子能赢彦伟。"

"要不让你们把苏教授也加上。"

童欢水灵灵的大眼珠子转了两圈，心想，加上一个非正常大脑的苏睿，是不是能有一战之力？

而一直作壁上观的苏睿直接举手表示自己中立："我当裁判。"

"是不是男人？"童欢嗤笑，笑完，想起这个男人那一抽屉的谜团，又开始后悔自己嘴巴比脑子快，把人得罪得更狠。

苏睿欣赏完她写在脸上的纠结，才耸耸肩："我从来不做无谓的抵抗。"

"什么意思？"

眼看着两人又要吵起来，童彦伟只能赶紧伸长手，一边按住一个："意思是，他之所以抛弃他大上海美好的假期，跑到这种边塞来，就是因为和我赌了一场酒。"

童欢瞬间脑补出自以为高智商高能力的苏睿，被摇骰子史上从无败绩的童彦伟下套，最终因为一场酒输了一个假期的画面，爆笑起来。

于衿羽打着灌倒童彦伟的美好算盘，直接抛出了诱饵："三三，你们今天要能喝赢我俩，我认购五十套童书。"

童欢瞬间意动，但出于对己方实力的考证，还是要深思熟虑："那如果我输了呢？"

这一回彦伟和衿羽展现出了惊人的默契，异口同声喊道："明天把你那狗窝给收拾了！"

苏睿难得表现出了兴趣，一拊掌："这个赌注不错。"

童欢纠结得眉毛都皱起来了，以她对衿羽的了解，只要她开了口，无论输赢，最后这五十套书都是会有的，问题是收拾屋子实在是个大到她自己都不敢去想的工程，何况她对自己"乱中有序"的房间挺满意的。

"三三，五十套哟！"

"三三，不就收个屋子吗？咱不怕！"

"童欢，陆翊坤挺能喝的。"

"小童，要不我们试试？"

"五十套！童三三！"

于是童欢在漫天飞舞的五十套读物的幻想中，脑子一热，稀里糊涂答应了下来："好！如果猜拳，小羽毛和彦伟一人一轮来，我就赌！"

苏睿在这一刻很想和童彦伟击个掌，从明天开始，眼睛终于不用再受童欢狗窝的荼毒了。

事实证明，陆翊坤是真的很能喝，而事实更证明，童彦伟在猜拳这件事上，的确是开了挂一样的存在，连精于计算的苏睿当初都能在酒桌上一败涂地，陆翊坤加童欢只能节节败退。而且陆翊坤又承担了输家的绝大部分酒，很快喝得上了脸，还亏得于衿羽在那嚣张嘚瑟时，会偶尔放水输两把，灌彦伟两杯酒，不然两人会输得更惨。

"不来了，不来了，再喝陆哥明天得难受死去了。"

其实猜得到结局的童欢干脆地推桌认输。

"哎哟，三三，我喝酒的时候怎么从来不见你心疼一点？我也是哥哥，还货真价实的亲哥呢！"

童欢鄙视地斜了两个得了便宜还卖乖的人一眼："那也得你自己有点哥哥的样子。"

"就您老人家在童家那地位，谁在您跟前摆得出哥哥的架子？"童彦伟可算逮到机会吐槽，开始倒豆子一样倾诉起来，"我爷爷那辈三兄弟，一共生了十一个孩子，全是男孩，我爷爷奶奶打生了大伯父，从我爹开始就盼着要个女儿，结果是四兄弟。到我们这辈计划生育了,大伯和我爹先生出俩儿子,三叔是不婚主义,坚决不生,我小婶怀孕的时候,那就是全家最后一线希望,三三出生的时候,我爷爷乐呵得在医院外头连放了十串大炮仗。"

童彦伟掏出手机,给大家看里头的旧照片,果然除了四个妈妈,全家福里一水儿的男人,唯独留着童花头笑得很有迷惑性的童欢坐在爷爷的膝头,明摆着一副众星拱月的架势。

"我们小时候,但凡谁和她起纠纷,那都是我们的错,明明是我们被欺负了,到头来我们还得讨顿打……"

童欢原本还很认真地在听童彦伟回忆自己的辉煌过往,忽然眼睛的余光看到苏睿一面看照片,另一只手却在无意识地摸着滴答的头,这是他在动脑子想事时常有的动作。

听她的童年往事,为什么还要思考?

童欢又开始后背发汗,偏偏苏睿还偏头看了她一眼,凉凉地勾了勾唇角,那双漂亮得不寻常的桃花眼微眯着,危险气息满溢,惊得她心中一凛,又被电得头皮发炸。

欲哭无泪的童欢抢过陆翊坤的酒,一口灌了下去,NND,隔壁住了个好看的变态,快要被吓成神经病了。

"说了认输了,认输!明天我就收拾屋子,在座的有一个算一个,彦伟、小羽毛……"童欢孬种地跳过了依然好整以暇抚摸着Dirac的苏睿,点兵点将点到陆翊坤,"陆哥,你们全都得给我帮忙。"

"彦哥,怎么有种我们亏大发了的感觉?"

"她童大小姐肯收屋子,你就先跪谢吧。"

"那倒也是,何况我还睡着呢。"

于衿羽的话提醒了童欢,她看向难得喝到有几分醉的陆翊坤,他四方脸,天庭开阔,眼角纹路都藏满了故事,看上去比实际年龄更沧桑,但坐在他身边就会很有安全感,那种山一样踏踏实实的安全感,完全想象不到他年轻时曾做过金钱至上、刀口舐血的佣兵。

"陆哥,你晚上睡哪儿?"

"本来想扎个帐篷,这会儿是不想动了,随便车里凑合一下吧。"

"那怎么行!隔壁房间那么大,我给你找个垫子,睡着也舒服很多。"

"不用,我打鼾,苏睡眠不好,他和我一个屋子没法睡。"

苏睿踢了一脚假装在屏蔽世界的童彦伟:"听听。"

童彦伟老脸皮厚地举高双手:"大教授,我除非累倒,否则不打鼾的,你把我当Dirac就好。"

一直玉树临风摆着pose的Dirac不满地大叫了一声,惹得大家都笑起来。

往回走的路上,已经过了九点,有人开着小三轮,拖斗里放着一些工具和一卷卷的塑胶海报，还坐了两个人，一路颠颠地跑着，过了几栋房子，在有大宣传栏的地方就停下来，车后那两个人就手脚麻利地贴着宣传报。

视力最好的童彦伟看了几眼后，说："明天是 6·26，国际禁毒日，昔云这边肯定是重点宣传地区，贴宣传画报吧。"

童欢忽然脑袋一转，拐弯抹角地故意先问衿羽："宝贝，再过几天我们小学期要开始了，老师会提前回来，要不你给他们开个英语集训课？"

直肠子的衿羽果然立刻把包袱丢给了童欢真正想试探的人："你放着一个正宗伦敦腔的高手不求助，喊我这种待几天的人做什么？"

苏睿的眉毛皱了起来："乡镇小学的老师学英语做什么？不实用，而且一知半解更误人子弟，这里的孩子不像城里小孩从小就接触英语，随口学几句没有意义。"

童欢原本是想把话题往国外大麻合法性那边引，可是苏睿过于冷淡的叙述让人听着有种刺耳的不舒适感，她忘记了对苏睿的害怕，再被酒劲一激，正面杠了上去：

"你是高才生、大教授，但不要鄙视我们老师，更不能歧视我的学生。"

"这不是歧视，是现实，英语需要系统、长期的学习，而不是靠趣味偶尔为之。"苏睿见她显然歪曲了自己的意思，懒得和她争，加快了脚步，这样漠视的态度更激怒了童欢。

"难道因为他们在小乡镇，就只该学课本上有限的东西，以升学考试为全部目标？他们很多人甚至都读不到中学，那又怎么样？他们一样在我用电脑放《放牛班的春天》时看得会哭，会用拼音把我教的英文童谣标出来，唱得一点儿不比城里孩子差。你从小受最好的教育，从来不用觉得有书读是多么珍贵的事，所以你理解不了，他们有多努力在靠每一个机会汲取不同的知识。"

"三三，你脾气也来得太快了……"

衿羽早就评价过，童大小姐的死穴就是七小的师生，护起犊子来连她这种混过饭圈护过爱豆的迷妹也自愧不如，眼见着气氛要闹僵，衿羽去拉人，却被童欢一把甩开。

"我们老师确实不是名牌大学毕业生，有一些甚至没上过大学，上课都带着乡音，可是他们有些人已经在昔云待了三十年，二三十年就在这样一所小学里，教着没有补习班、没有课外书和教辅设备的孩子。他们有人想学英语，我水平不够，想趁有英语好的人在这里，能教一点算一点，我不觉得有问题。你不教是你的自由，但我要告诉你，在我眼里，我的同事比那些大城市重点学校的老师还要棒，我的学生不会比任何一所学校的学生差！"

苏睿看着冲到面前来像斗鸡一样的童欢，有点想笑，又惊奇于二十五岁的她依然有这样的热血，他的确不能理解给零基础的老师和孩子开几堂英语课的意义，因为过于有限的、无持续性的资源等于无用功。

而童欢这一大串愤青般的发言，最后得出的那个"不比谁差"的结论，在他眼里充满了逻辑漏洞，可是他并不想跟眼前显然已经瞬间气炸了的家伙辩驳。

因为他承认，在这种贫穷到需要意志和信念才能坚持下去的学校，有热忱得近乎天真的老师，其实是一种幸运。

"你喝醉了。"

"我才没有醉！我告诉你，就算读了好学校，做了社会精英又怎么样？高智商罪犯还少吗？"童欢瞪着苏睿，想起这两天的担惊受怕，瞪得两眼要喷出火来，趁着酒意上头噼里啪啦控诉起来，"我看过一位在二战纳粹集中营幸存的校长写的书，说他作为幸存者，亲眼看到毒气室由工程师建造，孩子被医生毒死，枪杀妇孺的士兵很多是高中甚至大学学历。"

童欢一步一步地逼近苏睿，每一句话都意有所指："每一个到他学校的新老师都会收到一封信，信里说教育是为了帮助学生成长为具有人性的人，老师的努力绝不能被用于创造学识渊博的怪物、多才多艺的变态狂、受过高等教育的屠夫！"

她把"怪物""变态狂"说得铿锵有声，可是她越是义正词严，苏睿就越有捧腹大笑的冲动，觉得自己大概是真的把童欢给吓到了，然而看着她鼓足勇气的样子，他忽然感觉这个羊毛成狮子的家伙有点可爱。

"我在师范读书，第一次看到这本书，就记住了一句话——只有在使我们的孩子具有人性的情况下，读写算的能力才有其价值。我跟自己说，我要当这样的老师。"所以在被贫穷和非法高额利润模糊了人性界限的南境边镇，她在努力给孩子们传达正确的三观，她才会越艰难越不舍得走。

苏睿终于笑了出来，笑得眉眼殊丽，好看得动人心魄，他甚至忍不住伸出了手，像拍小狗一样，拍了拍童欢的脑袋。

于是，童欢鼓足勇气一番义愤填膺的说辞就像一连串的重拳打在了水面上，着力点还没找到，就荡漾开了。她无奈地看着对面的人笑得前俯后仰，已经没有一点形象可言，却依然英俊得令人咬牙切齿，她愤愤不平地咬起了自己的拳头。

"好了好了，怎么忽然变得这么严肃了？"

童彦伟撞了撞衿羽，率先出来打圆场，衿羽赶紧跟上，拉着眼睛都气红了的童欢往前走："大演讲家，你酒喝多了在大马路上上思想课吗？咱们赶紧回学校，给陆哥铺帐篷去。"

Chapter 15
暧昧

　　五人一狗回到七小，童欢已经平复下来了，甚至有点后怕，都不敢去看一路笑回了学校的苏睿。

　　不过陆翊坤提出睡车里，还是遭到了童欢的坚决反对。于衿羽去洗澡，借口害怕把彦伟喊去守门顺便撩拨。童欢把陆翊坤按坐在台阶上，自己抱出了彦伟背过来一次都没用过的帐篷，现搭起来。

　　"童丫头，你放下，等下我自己来。"

　　"不用，你喝了那么多酒，坐着就好。"

　　陆翊坤看她生疏地搭着帐篷的支架，笑着说："你忘了我是做什么的？"

　　童欢一愣，对哦，陆翊坤是做户外用品的，还专设了野外生存课程，这些都是他的强项呀！

　　"那你开口指导，我动手。"

　　"不用……"

　　"客随主便，陆哥，你没听说过吗？"

　　她佯作生气地叉着腰，瞪着陆翊坤，瞪得他举双手投降："好，好，都听你的。"

　　"彦伟带的防潮垫太薄了，我在上面铺了几床毛毯，都是你今天带过来的新的。好人有好报吧？要不是你给学生带东西，我上哪儿给你找这么多垫的？"

　　"好。"

　　"这里的蚊虫可厉害了，你还非得睡室外，我说给你开间教室你都不要，不过这里是比旁边招待所要干净。"童欢想想心里又来气，冲苏睿已经关了的房门比了个鬼脸，"都怪苏大少爷矫情，你对他多好，他连半张床都不分给你。"

　　"不要说我，就是他爸妈来了，也分不走他的床，个人习惯而已。"

　　"你和彦伟也是绝了，一个打地铺，一个睡帐篷，还都帮他说话。"一个两个都是受虐体质，还都被虐得无怨无悔，她也是膜拜苏睿。

童欢忽然想起苏睿抽屉里关于陆翊坤的资料，手上的动作慢了下来，犹豫着，不知道该不该告诉他，最终还是因为彦伟那句"像相信我一样去相信苏大教授"，让她选择了暂时保持沉默。

"陆哥，里面别用睡袋了，套着睡多憋屈。现在夜里没那么凉，有快二十度呢，帐篷里面我也给你用毯子铺几层，盖我的春秋被可以吗？"

"可以。"

"帐篷我用艾草熏过了，还喷了花露水，一会儿再点两个蚊香，就什么虫子都不怕了。

"我给你用热水壶装了壶温水，就放在帐篷边上，喝完酒最容易口渴了。

"纸巾我放帐篷的小兜兜里，还有个移动电源，你手机如果没电了可以充。"

陆翊坤一直笑着，他不会告诉童欢，像她那样把毛毯直接垫在帐篷下面，明早整个底部都会是潮的，他也不会说她这样开着帐篷钻来钻去，里头还亮着营地灯，早不知钻了多少虫子进去。他只是很享受地看她里里外外忙活着，絮絮叨叨地念着，有时给他倒杯据说能解酒的酸茶往手里一塞，有时与试图冲进帐篷玩的 Dirac 打得不可开交。

他伸长了腿，松弛地靠在柱子边，看着童欢像只勤劳的小蜜蜂一样忙碌着。夜色安宁，星空闪烁，老榕树被暖风吹得轻轻摇曳着，树上有夏蝉在高歌，墙角有蝈蝈在抢戏，他坐在走廊那盏昏暗的灯下，含笑望着童欢，眼角的皱纹里都写着惬意和放松。

在脚手架还没撤下的学校院子里，在一个搭得乱七八糟，地钉和防风绳都钉错的帐篷边，陆翊坤体会到了久违的类似家的感觉。

洗完澡，浑身散发着诱人清香的于衿羽偷看完，捅了捅被万年难得"贤惠"一次的童欢搞傻眼的童彦伟："那应该是看女儿的眼神，不是看老婆的吧？"

"我怎么知道？不得了，不得了，这是要出事呀！"

童彦伟愁得揪起了头发，功成名就的陆翊坤或许是很多人眼里的绩优股，但是孤儿、做生意的、当过佣兵、现在还时常带队去做危险的野外生存训练、比三三大了足足十三岁，这些身份背景对于不爱生意人的小叔，对于但求安稳的小婶，对于总号称要给小孙女找个全天下最好的男人的爷爷，全都是雷点呀，这两人要真出什么事，童彦伟觉得自己以死谢罪都是轻的。

无论怎样，陆翊坤在新手童欢扎的帐篷里睡了个很安稳的觉。

清晨，有脚步声朝帐篷靠近的时候，陆翊坤第一时间睁开了眼睛。他已经很习惯醒来看到的是不同的屋顶、帐篷顶，甚至是树木遮挡的天然屏障、山洞。这时他迅速清醒，很快准确辨认出刻意放轻的脚步属于童欢。

所以他放松了瞬间警惕的身体，听着她蹑手蹑脚地取走了水壶，过了一会儿，又换了水过来。甚至还在她试图从帐篷一侧的纱窗偷瞄时，饶有兴趣地装起了睡，并忽然翻身把她吓得朝后退了一大步。确认童欢往操场菜地那边去了，陆翊坤才拉开了帐篷。

早晨湿润而清冷的空气扑面而来，四周开始蒙蒙亮，天边残留了两颗疲软的星，草尖枝头还挂着霜露，童欢的身影隔着薄雾，成了一个灰色的小点，听声音是去抽了些盖在油布下的干柴，进了厨房。

陆翊坤喝了一口她才换的温开水，从喉头一直暖到了心头，他搓着手臂，走到了厨房门口。

那是间上了年份的砖房，墙上抹的腻子已经都裂了，木质的门框、窗户漆皮也皲裂剥落，靠着灶台的整面墙到屋梁都熏得黑乎乎的。但看得出打理厨房的人很用心，灶台、地面都收拾得很干净，墙角均匀地垒了几堆洋芋、白菜、萝卜，碗筷、调料都收在竹筐里锁进了橱柜。

把抱来的柴火丢到炉膛边，童欢取了个竹锅刷猫着腰在刷大铁锅，嘴里还不知碎碎念着什么，看动作虽然不算娴熟，但也是做过的。她蹲下来生火的手法就熟练多了，就是陆翊坤这种户外专业人士也挑不出刺来，只是心急风扇得太猛，糊了自己一脸灰。

"要帮忙吗？"

陆翊坤一出声，惊得她一弹，回头果然是张大花脸。

"陆哥，我吵到你啦？"

她笑得特别灿烂，好像有阳光从她的灰头土脸里透出来，大清早就能看到这样明媚的笑脸，陆翊坤感觉特别舒畅。

"我习惯早起。"

"那我俩倒是差不多，我也是每天早上六点起床去跑步。"

"今天没跑？做饭呢？"

童欢尴尬地摸摸头："你昨天不是说好久没在家吃过饭了吗？我不太会下厨，就想早上给你们熬个白菜粥。不过王叔走了以后，锅灶都没人用了，我得先烧锅水烫一下。"

"那我帮你洗锅，你去门口买几个饼子，一会儿放灶边炕着。"

"啊？好的。"

陆翊坤接过她手中的竹刷，他身材魁梧、手长脚长，那口像是能把童欢装下去的大铁锅被他利利索索刷干净了，他取了葫芦瓢把锅里的水舀到灶边的大瓷盆里，熟练得像是常用这种老灶台。

是不是能和苏睿做朋友的，都必须特别贤惠？

童欢怀揣着这样的感慨，去学校对面的早餐摊上买了一袋大馒头、面饼，回来后看到陆翊坤已经把米下了锅，还把昨天带过来的腊牛肉切丁撒在里面增味，菜地里新拔出来的青菜洗得水灵透绿，均匀地切成了长条丝备用，从如意小馆要来的腌菜剁得细细碎碎，分类装了三小碟。

"陆哥,你这简直是田螺姑娘,啊不,田螺大哥呀!"童欢懊恼地把面点盛进碗里,摆在锅边温着,"本来说我给你做饭的,现在全成了你在忙活了。"

陆翊坤手里依然没停,选了张校长送过来的几个甜玉米,往炉膛灰下埋:"苏想吃的是这个玉米吗?"

"是的。陆哥,你们对算命的真好。"

陆翊坤一愣:"算命的?"

"就我隔壁那个半仙,可恶归可恶,可说话准得像会算命。"

陆翊坤想起童欢前一晚的长篇大论,感觉她和苏睿之间确实存在误会:"童丫头,苏为人其实不错,你和他相处久了就知道了。"

"他人不错?"童欢怪叫一声,像是听到了最好笑的笑话,"他作得都能上天了!从他来就挑三拣四,看什么都不顺眼,全世界的人在他眼里都跟傻子似的。你看他来了有十天了吧,从来没进过我们厨房,打外头经过都要绕着走,好像里面有什么不干净的东西,更别说像你这样切菜做饭了,每天光会拿你给他的汽炉给Dirac做点吃的,为这还特意在自己的窗边装了两个大排气扇。"

童欢原本还想说查底的事,不过她怕归怕,但看到童彦伟都如此信任苏睿,到底还是把两袋资料的事给咽下去了,趁着主人外出偷窥实在不是件光彩的事,她不想破坏自己在陆翊坤心中的形象。

陆翊坤犹豫了一下,决定还是吐露少许实情:"苏十几岁的时候,出过事故,所以有洁癖,和人的安全距离特别远,睡眠到现在都不好。这是他的隐私,我不方便多说,你多理解他一点。"

童欢这才想起彦伟曾经提过,说陆翊坤当佣兵的时候曾经救过苏睿的命,是不是从那个时候起,陆翊坤就扮演了亦兄亦友的身份?

忽然间,童欢灵光一闪:"陆哥,苏睿以前是不是认得汉字的?"

"当然。他父亲虽然是华裔,却痴迷中国文化,母亲是青衣名角,苏的中文完全是母语级别的。"

童欢陷入了沉思,什么样的事故能让算命的到现在都还有心理阴影?她抱着脑袋心里直痒痒,恨不得陆翊坤再多说一点。不过因为好奇心就去揭别人伤疤太恶劣了,所以哪怕苏睿在她心中已经邪恶如变态了,她还是按捺住了自己的满腹疑问,不问只想。

难道说,苏睿调查他们每个人,是因为内心极度缺乏安全感?换句话说,他有被害妄想症?不过以他活得那么矫情的性格,如果在少年时真的遭遇了巨大打击,的确是可能留下心理障碍,何况苏睿长得那么好看,十几年前一定是个绝色少年,洁癖……安全距离……

天啦！童欢的脑海里瞬间浮现了各种猥亵男孩的新闻，她捂住了嘴，感觉自己猜到了真相，瞬间变得极度同情苏睿了。

于是，童欢默默地又摸了几个玉米出来："陆哥，咱们再多烤几个吧，校长家这个种特别甜。"

陆翊坤不知道自己一番好心劝解，被脑洞少女童欢补出了一场悲惨大戏。更莫名其妙的是苏睿，等他睡到十一点多起来，童欢居然客客气气地给他留了早饭，还用小桌子端到了他房间，加上两个一直焙在柴灰里烤得热乎乎的玉米，连外头焦了的皮都帮他扒了。

苏睿狐疑地看着童欢那一脸让人恶寒的温柔，瞟了瞟同样刚睡醒的童彦伟，彦伟手一摊，表示自己也不知道发生了什么。

"我记得你这两天挺怕我？"苏睿忍不住直接问童欢。

搁下早餐，准备去清理房间的童欢直打哈哈："哪有的事？"

"昨晚有人还觉得我像怪物、变态。"

"你搞错了，我那就是发表感叹，不是指你。怕你，我还让你睡我隔壁？"

"你到昨天，都是一副恨不得我立刻走人的样子，"苏睿摸了摸热气腾腾的玉米，"无事献殷勤，非奸即盗。"

童欢强忍住飙脏话的冲动，挤出一个僵硬的笑容："你是有受虐的爱好吗？我对你客气一点，你还不愿意了？"

苏睿脸骤然一沉，童欢暗道，坏了！不该说受虐的！想到这里，她的目光又流露出那种让苏睿大感不解又汗毛倒立……怜爱。

"童彦伟，我家小羽毛还在等你一起吃早餐呢，快点！吃完你们得帮我收屋子。"

童欢怕再被苏睿盯下去，自己会露馅，摆出截然不同的脸冲堂哥呼喝完，拍拍屁股走人了。

作为一个自诩很有赌品的人，童欢戴上套袖、扎起头巾围裙，等所有人用完早饭，摆出了大干一场的架势。只是她的狗窝实在堆了太多东西，越清理越乱，越乱越没有头绪，原本还勉强能落脚的屋子很快连条出门的路都找不到了。

苏睿遛完狗捂着鼻子靠在她门边看了两眼，忍耐地提出了建议：

"除了床、柜子这种大件，把所有东西都搬到室外来吧，再分类归置。"

显然这是一个非常明智的建议，童欢以前从不承认自己爱攒东西，不过她也没料到，自己三十几平方米的单间里清出来的杂物居然摆满整条走廊，连见多了世面的陆翊坤都大叹壮观。

苏睿早就远远地搬了把靠背椅，坐在了探进校园的榕树阴凉下，嘲讽地问道："你是怎么在这个垃圾堆里活下来的？"

"你们别看我屋子乱，其实什么东西在哪个地方我都记得清清楚楚，一会儿收的时候我还得重新记，多麻烦。"

衿羽拎出一麻袋又沉又大的鹅卵石，问："三三，这袋石头丢了吧？"

"不行，那是三年级的绘画作业，我带着他们去河滩上捡回来的石头，他们画得多好看。"

"我看外面工地还有水泥剩下，不如一会儿让他们在操场边上再抹上一条道，咱们把石头按上去，既能欣赏，还能当健身道。"

童欢冲陆翊坤伸出了拇指："天才。"

"这些吃的呢？放太久了吧？"

"别扔别扔，保质期三年，到今年十一月呢。"

衿羽在盒子上翻了半天，发现生产日期果然如童欢所言。苏睿不得不再次叹息，这样好的记性用来记这些东西，实在是喂了狗。

"我应该还有一盒虾酱，放在我柜子第二层抽屉里，和两包火锅底料放一起的，你们给我清哪里去了？"

"这套《上下五千年》的漫画书应该只缺了一本《蒙古铁骑》，怎么现在少了两本，缺了《战国七雄》？还有我的《西游记》，小朋友的最爱呀！"

"露露妈妈送我的扎染布呢？下面还有滴答藏的两块饼。"

随着童欢漫长的寻宝旅程，帮忙收捡的几人不得不承认，她的屋子虽然乱得人神共愤，可是小到夹在文件夹里的一张纸，大到三年前的一幅画，她全都记得分毫不差。别人收屋子，都是感叹"原来这个东西在这里呀"，她倒好，成了清点大会。

苏睿看着在杂物里穿梭点数的童欢，终于下定决心，要把她仅有的这点特长利用起来。

四个人忙到下午，累得腰酸背痛，终于把房子勉强收拾出来。陆翊坤用工地上余下的木板做的简易置物架居功至伟，足足一人高的八格大木架，昨天运物资过来的箱子成了现成的收纳箱，把童欢的杂物收得七七八八，连一直坐在树下喝茶的苏睿都贡献了两挂落地长帘，钉在贴南墙放置的木架上，成了屋子的素色背景。

两张旧课桌盖上防水布，正好摆电饭煲、紫砂锅、砧板这些炊具，碗筷也收进了洗净的竹篮，吊在桌边。西窗边书架上堆着满满当当的书，摆不下的也分类装箱塞在了床下，床边还铺着被苏睿淘汰下来的毯氇。搭着格纹桌布的茶几上，衿羽用小瓷瓶插了两束干花。上了年份的大衣柜里收拾齐整，双人沙发用老棉布盖上。门边两把笨重的靠背椅上摆着蓝绒布做的四方枕，被太阳晒得热烘烘的。

童欢站在门边，长长叹了口气："我都不认识自己屋了。"

"三三，我和彦伟去给你买套床上用品，恭喜你住处改头换面。"

"为什么我要去？"童彦伟不解地问。

"因为我出钱，你送礼呀。"

囊中羞涩的童彦伟被拖走了，苏睿带着 Dirac 进屋巡视了一圈，感觉差强人意，才要走，被厚脸皮的童欢拦住了门："苏教授，你不送我份新家礼物？"

苏睿漠然地看着她，看得童欢自己不好意思了，撇撇嘴收起了拦门的手："小气鬼！"

没想到苏睿回房十分钟后，Dirac 叼了一个看上去逼格很高的盒子慢慢悠悠又晃了进来，童欢打开一看，居然是套黑陶茶具。

陆翊坤很有默契地把自己才从车上取来的茶叶丢给童欢："还好茶叶还没被苏睿搜刮光。"

童欢笑眯眯地接了过来："陆哥，我请你喝茶。"

因为陆翊坤的块头太大，占据了大半个沙发，童欢干脆坐在了地上，微红的茶汤倒进光泽内敛的黑陶茶杯中，视觉上颇有点和风禅意。

陆翊坤闻着醇厚的茶香，看着卷曲的茶叶在杯中沉浮舒展，舒适地直叹息：

"我大概是年纪大了，开始羡慕你们热热闹闹的样子。"

"陆哥，你没结婚吗？"

"没有。"他看童欢欲言又止，干脆把她心底的疑问都说了出来，"我父母走得早，养父母生意失败后家也散了，没有兄弟姐妹，所以走到哪里都没个家的感觉，倒是这两天和你们这些小朋友一起，过得很舒心。"

"那就赶紧给我找个嫂子。"

"我一年到头不着家，哪个好女人肯嫁？就算有人愿意嫁，我也不想去祸害人家姑娘，我这人从来在一个地方就待不住，小时候有人算命，说我亲友缘薄，看来是算准了，成家这种事不适合我。"

陆翊坤没想过会和小丫头讨论这种事，可说起来心中不是没有感慨的，结果一低头，看见忙碌了一天的童欢已经靠在沙发扶手上睡着了。她年轻的脸上累得泛起了油光，大概是入睡的姿势并不舒服，她眉头皱着，睡得嘴巴微张，上唇一圈细细的绒毛，很是孩子气。

床上用品才洗了晒在院子里，童欢的木板床上只铺着光秃秃的棉絮，陆翊坤起身想去取靠枕给她垫腰，没想到童欢察觉到动静，自己迷迷糊糊爬上沙发，蜷成一团，呼呼大睡起来。

她睡着后的模样特别乖巧，陆翊坤给她搭了床小毛毯，坐在地上，喝着渐温的茶水，笑得格外温柔。

夜里，童彦伟想起昨天夜里看到的那一幕，还有下午买完床上用品回来看到的更暧昧的画面，愁得直叹气，大半夜都翻来覆去睡不着。

惯性失眠一直在望天花板的苏睿忽然丢过去一个枕头，精准地砸在了童彦伟的头上："你今天在童欢屋里招虱子了？"

"苏大仙，求求您老指点迷津，你说三三和陆哥到底有没有问题？"

"没有。"

苏睿答得又快又干脆，彦伟瞬间放下一半心："真的？"

"谁那么傻能看上她？"

彦伟郁闷得直用被子捂脑袋："大仙，我这儿都急得火烧屁股了，您就别嘴刁了。"

"瞎担心。陆翊坤后天就走了，能出什么问题？"

"我看他俩实在太暧昧了。"

"能暧昧过你和于衿羽？你要喜欢就好好在一起，不喜欢就保持距离。"

童彦伟一听，愁上加愁，更加没法睡了。

苏睿想起隔墙的耳朵，把音乐开大声了："缉毒也不是什么大不了的事，难道缉毒就不成家了？龚队他们一样有老婆孩子。"

"龚队的弟弟，以前被人抓去直接注射了'四号'，两个月以后放回来人都废了，最后是龚队亲手把人送进去的，为这事龚队他妈到现在都没原谅他。我知道绝大部分毒贩不会无聊到送上门来招惹，可就是那千分之一的概率我也承受不起，所以连三三这里我都不敢长待。"彦伟苦恼地闭上了眼睛，"我有时候也挺迷茫的：到底该不该换工作？这样坚持下去的意义何在？我一出差，我妈都睡不了囫囵觉。衿羽那么好的女孩子，我像个玩暧昧的渣男一样，不敢牵手，又舍不得离开。可是我穿着警服，路边的孩子都会喊一声警察叔叔，我想我得对得起这声'叔叔'吧！"

苏睿低声笑了："警察叔叔，你还是赶紧睡觉吧。我晚上还听见于衿羽在和你的小堂妹讨论拿下你的三步作战计划，美女的糖衣炮弹你到底收不收，好好想清楚。"

Chapter 16
返校

乡村小学在暑假开小学期，其实是为了解决大量留守儿童"失管、失教"的问题，同时也减少了漫长假期过后的学生流失。

童欢刚来的第一个暑假，就因为对某个辍学的十岁孩子的男家长挥了拳头，一战成名。从那以后，每学期开学前夕，她都会挨家挨户去踩点，连哄带骗加恐吓，科普九年义务教育的必要性和强制性。不过也因为这样，她带的年级成了七小有史以来退学率最低的。其他几个老师见状，慢慢也提前三天回校，挨个家访，确保学生能正常归校。

于是，27号一大早，童欢与苏睿的"同居生活"被打破了。

到得早的古老师和张校长是最八卦的一对，年纪最大的方老师操着一口方言，一见面就想着给衿羽做媒，曾经亲眼见过苏睿、陆翊坤"英雄事迹"的王叔还给他们开了场小型新闻发布会。

大家先是对童欢焕然一新的宿舍表示了惊叹，然后看到陆翊坤买在走廊外的那几把摇椅，一致同意把"会议"搬到了童欢门口。

"他们学校就这五个人？"

一大早被吵醒，又被几个老师的热情弄得很尴尬的苏睿问道。

"对，六个年级，两百多个孩子，连校工王叔在内，一共只有五个老师。除了三三，平均年龄四十八，所以三三兼了一到三年级的班主任、语文老师，还要教毕业班的数学、全校的音乐美术。"

衿羽被一心做媒的方老师吓得逃窜到隔壁来，递了本书给苏睿："方老师的。"

那是Y省很多小学都在使用的英语辅教课本第一册，上面用拼音标注着每个音标，句子上面也写了拼音，读起来有些可笑。可苏睿翻完，再看看几个埋头对花名册、分家访任务的中老年，开始能理解童欢那晚忽然的愤怒了。

"陆哥说他和包工头结完款，今儿上午要走，结果被王叔堵门留下来了，校长他们中午一定要请他吃餐好的，谢谢他给学校铺路修墙，还重新装了水电。"童彦伟打兜里掏出了三百块，"陆哥说不能让校长他们破费，就提议晚点在学校自己做，给了钱让我去如意小馆把荤菜订了，让王叔炒两个蔬菜就好。"

如意小馆口味菜居多，一直都是晚餐火爆，中午来点大菜慢吃的人毕竟少，来了阿赵这么麻利的帮手，林斐然这两日开始中午干脆炒几大锅菜卖简餐盒饭，炖汤这种起早就开始做的功夫菜也搭着卖，反正都开着门，以童欢的面子她肯定是愿意专门帮手做几个菜的。

同样被老师们过度热情闹得满脸尴尬的，当然还有陆翊坤这个"大老板"，所以他早早借口办事逃出去了，苏睿把钱包丢给彦伟："他们不会好意思让陆翊坤出钱，我在这里白住着，这餐饭我请。不过饭我不去吃了，太热情了，吃不消。"

"我出吧，我才是过来白吃白住的。"衿羽也连忙摸口袋。

最终这餐大家抢着付钱的饭被童欢拍板，拉了土豪去打包，苏睿在陪所有人吃饭和开车送童欢去打包中艰难地抉择了一下，还是满足了童欢留二人世界给彦伟和衿羽的想法，带着 Dirac 开车把她送到了如意小馆。一进店，童欢就眼尖地看到有个扎着长辫子的小女孩蹲在水槽边洗菜。

"斐然姐，那是谁呀？"

"瞧我，乐平，快来见见你老师。"林斐然朗声把女儿叫了过来。

九岁的林乐平蹦蹦跳跳地来了，像是只美丽而稚气的小兽，蓬松浓密的头发编成了一根油亮亮的长辫子，还没完全长开的五官带着野性的天真，笑起来露出两排洁白的牙齿，还有颗调皮的小虎牙，完全看不出生活的苦难在她身上留下的痕迹。

"小童，我家乐平上学晚，这才读二年级，你别嫌她底子不好。"

"我只怕孩子不来上学，其他什么都不嫌。"

林乐平一点都不扭捏，随童欢拉着手上看下看。

"斐然姐，你女儿长大得比你还好看。"

"她比我强，我才高兴。"

盒饭的菜都是事先炒好的，阿赵负责打菜，林斐然和童欢聊了两句，童欢就接了她收钱的活，林斐然去锅边忙上了。十块钱一荤两素，十五块钱两荤一素，大桶里消暑的冬瓜海带汤任装。林斐然手艺上乘，用料实诚，才开张的盒饭生意好得出人意料，连旁边蒸锅里的二十一份，小罐子装的功夫炖汤都卖得七七八八。

乐平到底是小孩心性，看到滴答以后就挪不开脚，伸手把滴答逗得喉间直吼吼，不过童欢现在已经知道滴答是只贪嘴的纸老虎，虽然它不会放下身段陪林乐平玩，但也不会有攻击行为。

"算命的，你看啥呢？"

苏睿从进了店不久，就一直在看最不起眼的角落里的一桌小情侣。中餐的高峰时间过了，童欢收钱的活闲下来，伸头一看，倒是吓了一跳。

"那是不是康山和……王伊纹？"

苏睿点了点头。

王伊纹穿着简单的白T恤、百褶裙，肌肤苍白到半透明，左脸颊边有一颗小小的泪痣，透着惹人怜爱的忧郁气质。她笑容很腼腆，乍一看以为是多愁善感的小女生，可童欢看着她那双幽深如井的眼和她的姿态神情，总觉得哪里怪怪的。

康山要了份十块的盒饭，小伊很认真地吃着一小罐漆油炖鸡，都规规矩矩坐着，并没有什么亲昵动作，但仔细看两人眼神一直胶着在一起，像是看不够彼此。

"算命的，我老觉得这个王伊纹哪里有点奇怪。十八九岁被父母管得很严厉的小女生，纯纯地谈场恋爱，哪怕偷偷摸摸都应该很甜蜜，不该是这么火热却克制，她眼神太成熟了，居然还有点女人味。"

她一个二十五岁正牌女人身上都没有的女人味，在王伊纹这个十八九岁的女孩子身上反而看得到，是她太失败，还是王伊纹心性太成熟，甚至该说沧桑？

苏睿有点惊讶地看了看童欢："有进步。"

"他俩看上去，康山反而更单纯，是吧？"

两人正说着，林斐然已经把打包的菜都装好了，童欢和乐平约好了报名的时间，又答应再给她送几本书过来，准备和苏睿回校。

"你不上去聊两句？"

"连陆哥都说王伊纹家管得严，他俩肯定很难得碰一次面，我何苦把他们吓着，破坏难得的约会。"

苏睿再次诧异地看了她一眼，虽然他对童欢有诸多看不惯，但他还是得承认，这个家伙其实是善良且很替人着想的。在善良往往被当成愚蠢或者软弱的当下，能够始终坚持善意的人，傻都傻得有点难能可贵。

"干吗？不是所有的单身狗都希望天下情侣是失散兄妹！小青年谈恋爱多不容易，一定要保护。"童欢一脸正义地摸了把亦步亦趋跟着苏睿的正宗单身狗滴答，"现在是不是很庆幸我是小学老师？"

并不想理她的苏睿转开头，看到一辆灰扑扑的黑色路虎停在了路边，开车的司机很是面熟，再多看几眼，确定是在照片里看了无数次的陶金，他不由得感叹一句："今天跟你来是什么都赶上了。"

乐平大笑着扑了上去，被陶金单手捞着抱了起来。他身形伟岸，小高个的乐平到了他身上也跟个娃娃似的，两人互动很是亲近。从来只埋头做事的赵姐把手在围裙上擦了又擦，竟也主动上前打了招呼。只有泼辣的林斐然撩了撩头发，把一个白眼翻得风情万种，扭着腰反而不去理人，转身的曲线却性感得恰到好处，勾得人满是遐思却又不显轻佻。

"啧啧，这才是真女人，我要是到三十几，能活成斐然姐这样……"童欢自己想想，都觉得那画面辣眼睛，说不下去了。

"还算有自知之明。"

"狗嘴里吐不出象牙。"

陶金看到童欢，被乐平融化了的黑脸上飘过一丝勉强算礼貌的笑意："童老师。"

"你记得我？"

陶金点点头，乐平搂着他的脖子说："陶叔叔，我过两天就去童老师班上了。"

"那就跟着童老师好好读书。"

他摸了个小玩意儿塞到乐平手里，示意阿赵过来把孩子带走，走到了站在灶台边上的林斐然身后，两人显然是之前起了矛盾，很快又低声争执起来。

苏睿大大方方地提着餐盒折返，取了个一次性杯子，在用手势征得忙于应付陶金的林斐然点头后，装起了调料架上的辣椒油。他天生自带贵气，所以能把偷听这样猥琐的事做得行云流水、无比自然，完全不令人起疑。童欢也按捺不住自己的好奇心，默默地走了过来"帮忙"。

林斐然还在压低声音控诉着什么，童欢隐隐约约能听见她说"负担……不过来……"几个字。很快，陶金就显得不耐烦了，忽然伸出蒲扇般的大掌在她浑圆的屁股上拍了一下，提高声音训起人来："老子这两天累死了，过来还看你臭脸！"

林斐然瞪了他一眼，声音也跟着大了："既然累死了，还到我这里来看臭脸做什么？"

"少啰唆，你他妈的管老子来不来！"

陶金骂得凶巴巴的，脸上却忽然带了点笑意，这使他那张一看就非善类的脸上浮现出一种很粗糙的温柔，逼得林斐然原本还冷凝着的俏脸也软化了，干脆恼羞成怒，柳眉倒竖，叉着腰骂道："王八蛋，你爱来不来，老娘今晚就招个男人过夜。"

她话音才落，陶金的脸就沉了下来，眼神让童欢都觉得有点腿软，她这才意识到这个男人是盈城的黑社会头子，还和彦伟在查的绑架案、毒品案都有千丝万缕的关系，她不禁替林斐然担心起来。

结果林斐然赌着气骂完，却噘着肉感的丰唇，突如其来地在陶金的脖子上咬了一口。陶金一把就把她推开了，因为没控制住力道，林斐然的腰正巧撞在了桌角，疼得立刻猫在地上，她心痛胜过腰痛，眼眶也红了。

童欢急得要上前去扶，忽然被苏睿按住了手腕，他带着点凉意的手掌贴着她热热的手臂，像结着霜花的白瓷忽然凉沁沁地落在她胳膊上，指尖无意沾上的两滴辣椒油都成了点在上头的赤色朱砂，童欢从前并不觉得自己是个手控，可她就跟着了魔一样看傻了眼，被一只没用上几分力气的手给蛊惑了，不能动弹。

苏睿明确自己已经阻止她后，迅速松开了手，那一秒，童欢仿佛能听见自己手臂那一方肌肤的叹息。

这不是妖孽，这是祸水呀！

不过是第一次被他主动触碰，不过是双好看了点的手，她怎么就垂涎得跟八百年没见过男人似的！难道她真的单身太久，碰到好看点的男人，就饥不择食地受不了半点肌肤相亲了？

童欢愤愤地瞪了苏睿一眼，强迫自己不能被色相所惑，看向另一头的男女主角，才明白苏睿阻止自己的意思。

陶金已经皱着眉过去扶住了林斐然，手掌贴在她腰后揉了起来，林斐然欲迎还拒地扭捏着，还嚷嚷着要去找个男人，被陶金伸手就在腰上又掐了一把，他冷哼一声，粗声粗气说道："我看谁敢！"

林斐然就冷着脸依进了他怀里，像团春初要化不化的雪半软下来，她几乎要从衬衣里鼓胀出来的胸部紧紧贴在陶金的手臂上，一点点蹭着，诱人的深壑简直要把他结实的胳膊给吸进去。

童欢再次被林斐然豪放的作风搞得面红耳赤，见两人都快黏成一个人了，也没脸再看下去，拉着苏睿的衣服，端着辣椒油逃了。直到快步走到车边，她才伸手揉了揉自己火辣辣的脸颊，长长吐出一口气。

打量着童欢涨红的脸，苏睿嘲弄地鄙视道："你到底是不是女人？老板娘明显在耍花腔，你还要上去凑热闹。"

"是，我哪有您经验丰富？我是小白，行了吧？"

童欢没好气地说着，不过她心里明白，刚才要不是苏睿拉住了她，她咋咋呼呼冲出去枉做好人，那才尴尬。

"呀！"她正想着，忽然大喊了一声，喊得滴答都一弹，丝绸般的毛甩出一道波浪起伏的光泽。

"你又怎么了？"

"陶金不是认识王德正吗？那小伊他俩……"

童欢紧张地回头去看，却发现小两口的桌子上只剩下那罐吃剩的漆油鸡，和几张皱巴巴、浸了辣椒油、用碗筷压住的钞票。

"陶金的车子才停下，那个女孩就拉着康山跑了。"

"是吗？"童欢探头探脑看了半天，果然早不见两人身影。

在如意小馆提溜了六大盒菜回到学校，童欢被几位前辈批评了一通，大家还是抬出大长桌在榕树阴凉下热热闹闹地准备起来。

方老师回家取了自家酿的紫糯米酒,竹筒一开封,先是扑鼻而来的浓郁酒香,细闻却有竹叶的清新,抿一口,甘冽醇厚得直往喉咙里滑。古老师切来了皮似琼玉、肉色绯红的火腿凉盘,淋上一层据说是独家秘方的梅子色酱汁,微酸的汁料中和了火腿腌制后的咸味,却提炼出了肉质的鲜美,回味还带着淡淡的薄荷凉爽。

张校长家的木瓜丝腌得嘎嘣脆,红油汪汪的,拌着红辣椒,馋得对木瓜过敏的童欢都想去偷吃,可惜被方老师揪着衣领提回来了,可怜巴巴坐在桌边的模样逗得陆翊坤直乐。

王叔看她的馋样,赶紧把刚摘的青菜过水用麻油拌了,撒上两颗黑橄榄,青翠香嫩。炸得金黄的洋芋撒上椒盐粉,配上现挖现做的几大份紫米菠萝饭。再捧出烧旺后扑灭的炭火盆,用留下的那点隐隐小火,把如意小馆打包回来已经软掉的烤五花肉、香茅草烤鸡、炸排骨二次加工,烤得皮酥肉滑,刷上苏睿带回的辣椒红油,吱吱响得人食指大动。

林斐然还贴心地配了两盘冷热皆宜的手撕干巴、马蹄菜拌牛肉,加上新烤的甜玉米、小红薯,一开始计划躲饭的吃货苏睿第一个坐上了桌,陆翊坤尝过之后也是连连点头称赞,剩下三个年纪小一点的一通吃吃喝喝,就没顾得上说话,连滴答都有童欢就着炭火盆现煨出来的烧饼,吃得不肯挪脚。

虽然校长三杯甜酒下肚,就拉着陆翊坤开始说二十年前七小前身"昔云完小"的老皇历;虽然古老师坚持苏睿是童欢的男朋友;虽然衿羽给认真做媒的方老师一再重申她喜欢童彦伟,而彦伟不认后被王叔一顿好训……这餐饭依然吃得宾主尽欢。

"各位,接我的车子过来了,我明天一早还约了人谈事,就先走了。"陆翊坤接完电话,又敬了校长几人一杯,放下筷子准备离开,"苏,我那辆车虽然旧了点,但适合山区用,你先开一段时间,要是不习惯再告诉我。"

苏睿道完谢,特意看了一眼童彦伟,童家兄妹深有默契地想起他来的第一天被炸飞的吉普,不约而同缩了缩脖子。

童彦伟忽然想起自己本来计划过两天去趟留市,现在有现成的便车可搭,不如提前出发:"陆哥,车上还能加我一个吗?"

"当然可以,路上我还多个说话的人。"陆翊坤体贴地望向校工老王,"王哥,你儿子也在留市吧?有没有东西要我带过去?"

"哎哟,那太麻烦了。"

"不麻烦,有车子顺路的事。"

"那……我儿子就爱吃家里的撒丕和卷粉,我去买点他爱吃那家的,你帮我捎过去?"

"好。你不要着急,我也不赶在这一小会儿走。"

童欢感慨地看着热心的陆翊坤,再想想刀口冷面的苏睿,不由感叹一样米养百种人。

而于衿羽却被童彦伟要走的事打了个措手不及，拉着童欢的手直晃：

"三三，我好不容易请到几天假呢……"

"有异性没人性，还剩一天半不能陪我呀？"

于衿羽笑得又乖又甜："你不是要去家访吗？"

童欢取笑地捏了捏她的鼻子："傻羽毛，留市有机场，你今天跟车过去，明天去机场不是更方便？"

于衿羽的眼睛瞬间亮了起来，噌地起身就跑回屋里去收箱子了，边跑边喊："陆哥，陆哥，再加我一个，我订了明天留市飞昆市的机票，干脆和你一起走算啦。"

那坚决的背影看得童欢直摇头："小没良心的。"

略作准备，大家在校门口送走了陆翊坤的车。老师们虽然都喝了点紫糯米酒，但这种类似甜酒的酒酿没啥酒精度数，大家商量了一下，按照各班的名单出发去家访了。

忽然间，偌大一个校园只剩下苏睿和 Dirac，站在顶头的日光下，听着蝉撕心裂肺的呐喊，他俩却显得有点形单影只了。

"Dirac，回去补觉。"

大概是喝了两口糯米酒，四周又突然安静，苏睿这一觉睡得异常安稳，再睁开眼睛，已经是夜里，暗云低垂，月光如银，校园里除了繁密的虫鸣，并没有其他声音。

一直静静趴在门边的 Dirac 终于等到他醒来，急不可待地用鼻子拱起了门，苏睿一看时间已经过了九点。

Dirac 耷着头，表示自己憋尿憋得很辛苦，肚子也有点饿，隔壁那个到傍晚会拉它一起去跑步的女人今天不知道跑哪儿去了。

"她还没回？"

苏睿开门让 Dirac 去解决个人问题，顺便看了一眼黑漆漆的隔壁，确定童欢没有回来过，他的眉头拧了起来。中午吃饭的时候，他记得几个老师说过，开学后七小除了童欢，每天还会有一个老师轮值，现在学生没来，他们夜里都在家里睡，所以他没有人可以询问，家访日夜归是否正常。

但是，他记得童欢的计划是今天先走镇上的孩子家，而在于衿羽来的第一天，她曾经提醒过衿羽，昔云过了九点，女孩子独自一人最好就不要在镇上走动。他来了这么多天，她下午跑步都是在日落之前完成的，睡前一般是在操场上跑二十分钟，的确没见过她夜里单独出门。

苏睿从来不是会抱着侥幸心理等等看的人，对于他来说，事出反常，时效性就该排在第一位，不能拖延。

然而，他在七小住了十来天，才忽然发现自己并没有童欢的手机号码，而童彦伟他们不知是堵在了路上还是山区，手机也没有信号。

终于舒畅了的 Dirac 昂首阔步地回来了，苏睿指了指童欢房间，做出了寻找的指令。Dirac 一扫平日高傲的模样，认真地围着童欢的房间和物品嗅了一圈，仔细辨认后蹿了出去，苏睿隔着纸袋拈起童欢汗湿后丢在摇椅上的长袖衫，也跟着出门了。

Chapter 17
他的善良

昔云镇不大，从最南端山边走到最北的河边也不过半小时，Dirac 闻着苏睿带出来的长袖，大约拐过了两个街口，就加快了速度。

在街头一栋新建的三层白楼前，远远就能看到围了一大堆人。能在主街盖新楼的都是镇上的富裕家庭，而这家人用雕饰夸张的铁栅栏围了院子，红漆门两边立着尺寸过大而显得大门局促了的石狮，屋檐下吊了一排绣金线的红灯笼，"胡宅"两个字更是刻得龙飞凤舞，远远看去透着暴发户的俗气和得意扬扬。

有老妇人在号啕大哭，旁边水果被丢了一地。他拉住 Dirac，站在了人堆外一米处，仔细辨认，果然听见了童欢偶尔弱弱的一两句声音，很快又被老人的哭号给盖了过去。

"我家益民出去了四年，去年才回来，现在人也不放，车子也炸了，我们有老有小，你让我们怎么活呀！"

"胡奶奶，我想见见小虎子。"

"你还有脸见虎子？我虎子造了什么孽，碰到你这样的老师哟！"

"胡奶奶……"

"呸！叫谁奶奶！我益民在翡国做玉器生意发财了，你们都见不得我家好！我早说要虎子转学，谁家有钱的愿意把孩子往七小送？你们七小都是些什么穷酸，还有十几岁的半大小子，小学都没毕业！李红给你们送米送油，你们这样恩将仇报！你们学校都没一个好东西！"

显然，童欢并不是忍气吞声的性格，苏睿已经知道，学生是她的软肋，碰不得说不得。果然明显一直在忍耐的童欢忽然拔高了音量："老太太，虎子爸爸做了什么，你如果不知情，就不要装懂；你如果知道，那就是知情不报，会有派出所的人再来和你问话。你到底是哪种？"

嗓门震天响的胡老太忽然哑火了，继而一拍腿，坐在了地上干号起来："益民做什么了！他能做什么！你这是要我老太婆的命呀！你喊警察同志来！你现在就喊，我老太婆就在这里等着。"

"虎子爸爸没做错事，自然有警察会还他清白；如果做错了，你搁这儿胡搅蛮缠，对谁都没有好处！我要是你，虎子爸爸的事还没了结，一定不会在这里大肆宣扬，喊得街知巷闻，这对虎子爸爸和小虎子没有好处。"

老婆子虽然还号着，但声音渐渐小了，不过围观的人大多是家境不错的邻居，有人八卦虎子家，也有人顺便谈论七小"差劲"的学生。

"七小的教学质量的确是有限，我们的能力还不够，但家里穷家里富，只要肯读书，都会一样用心教。这个世界上很多事分贵贱，但读书是不分的，只要肯捧书本，十岁二十岁都不晚。我来，也是因为担心虎子的学习被耽误，天大的事也别影响孩子读书，是不是？"

"童老师，虎子已经被我送到昆市朋友家去了，不会再在这边读。"

一个看上去年近四十的中年妇人推着三轮车从苏睿的身边经过，她的脊背因为常年干重活，哪怕站直了也有几分佝偻，但头发衣服都打理得整整齐齐，高颧骨，方下颌，目光精明，看面相并不是个好相与的人。

她利索地支好三轮车，把车后两大袋重物提了下来，却拂开了别人想要帮忙的手，进了院子，拿了把大竹扫帚，出门猛地一挥，扯着嗓子喊道："这么晚了，看热闹看不够了？都散了！"

门口围拢的人竟然就散开了，苏睿这才看到因为个头娇小，之前被挡得连头顶都不见的童欢。她很是狼狈地被一个头发花白，哭得涕泪横流的老人扯着衣摆，扯得她肩膀都一高一低，那双猫一样的大眼里写满了无奈。

"妈，你起来。"

胡搅蛮缠了快一个小时的老太立刻起了身，还拍了拍身上的灰："阿红啊，你回来喽，吃饭没？"

"妈，老虎如果做错了事，那他该罚，你不要去和童老师顶，让人看笑话。"她一面说，一面把之前被胡老太丢了一地的水果都捡了起来，一把塞到童欢手里，"童老师，我不请你进去坐了，你回去吧，以后别来了。"

"李姐……"

"童老师，道理我都懂，可是我没法和让我老公被抓的人说话。"

"李姐，虎子可以不在我这里读，但是一定要继续把书读下去。"

"我会在娘家那边给他报名，你不要再来我家。"

李红扶着还在瞪童欢的婆婆进屋了，红漆大门被她重重一甩，"砰"的一声巨响，震得童欢下意识往后退了一步。

"走啦走啦，回家啦。"

"李红也是不容易，好不容易把老公盼回来，盖了房子买了好车，胡老虎去接孩子放个学，就被抓进去喽。"

"靠边境的地方，过境了谁不挟私带点货？没见到闹这么大的。"

"当老师就好好教学生，管什么闲事！"

"一个破学校，收些歪瓜裂枣，闲得没事！"

"这城里的女娃娃是个人物哪，胡老虎这样的人都敢惹，多威风！"

"你别瞎说，我听我亲戚讲胡老虎不得了，碰了那个，那是要命的罪。"

"哟！那怎么得了？孩子还这么小。"

一来胡益民被抓之后，为了避免动静太大，警方对外都是以走私的名义逮捕的；二来李红脾气虽然不好，但心地还不错，胡益民回来家里宽裕后，她也没有像老公那样四处显摆，还是踩她的三轮车，谁家有个事也总肯搭把手，所以慢慢散开的人群里，说风凉话的有，也有人在可怜胡家。

苏睿看童欢颓然地站在胡家门外，头顶的红灯笼摇摇晃晃，在她脚下荡出几个虚虚实实的影子，看上去很是落寞。

滴答"汪"的一声跳到了童欢脚边，她惊诧地看到苏睿长身玉立，站在灯火阑珊处，眉眼仿佛一轴打开的画卷，不得不承认，这样糟糕的夜晚，转身有人在等待，让她感觉好多了。

她瓮声瓮气地问道："你怎么来了？"

"遛狗。"苏睿顿了顿，补充道，"睡过头了。"

童欢看向他拿在手中的衬衣，眉一挑，才有了点往日的神采。苏睿发现，自己好像比较习惯看到她这个样子，补充解释道：

"顺便给 Dirac 做嗅觉训练。"

童欢的眼睛亮了："你是说，它靠鼻子闻过来的？"

苏睿又露出了"你是傻子吗"的神情。

"它是狗。"

"可是衿羽明明说阿富汗猎犬在狗里智商偏低……对不起，滴答，我不是说你笨，我只是没想到你这么厉害！"童欢耸耸鼻子，暗自吐槽，他自己把滴答养得跟贵妇似的，谁还看得出滴答带了隐藏技能？

"阿富汗猎犬不是服从性很强的犬种，自我意识很强，也不愿意学宠物狗逗乐的动作，但阿富汗猎犬的嗅觉非常灵敏，而 Dirac 又是其中的佼佼者。"

童欢一把搂住了滴答的脖子："滴答，你简直太厉害了！"

滴答在她的怀抱里挣扎着抽长了脖子，漂亮的杏眼几乎翻白，用全身的姿态在表明自己的抗拒，童欢却把自己酸涩发涨的眼睛埋在了它脖子里，好一会儿，才振作精神笑着跳了起来：

"滴答，我们回家。"

苏睿仍然站在原地，目光深不可测，童欢被他看着看着，那勉强撑起来的面具就垮了："干吗！没见过被人赶出门的呀？"

"见过，不多。"

他冷静的声音让童欢直磨牙，于是指着自己被胡奶奶扯变形的衣服，还有手臂上被老人指甲挠出的抓痕，无比沉痛地说："算命的，看在我这么狼狈的分上，请我吃点好吃的呗。何以解忧？唯有暴饮暴食。唉，好想念我二伯的口味鸡，现杀的鸡，茶油炸到金黄，郫县豆瓣加香料爆炒……啧啧啧，不能说，再说口水都要下来了。还有啊，麻辣小龙虾啊，想得我做梦都流口水，一大盆，再用红油拌面，唉，在这边我都没吃到过口味正宗的小龙虾。"

"你胖了。"

童欢再大大咧咧，也是女人，在女人最讨厌听到的词里，"你胖了"绝对稳居前三。然而当她低头摸摸自己的肚腩，还有明显圆润了的手臂，忧伤地发现苏睿说的是实情。因为最近有这位同样爱吃的款爷同住，她的饮食水准猛地拔高了十个段位不止，而且苏睿因为晚睡，夜宵是一日不落，她美好的、晚过八点不食的健康习惯被"不吃白不吃"的小市民心态全面击溃，不知不觉肉就囤下来了。

她越发郁闷地把手里的水果往苏睿手中一塞："哼！不想请客就说嘛。走，滴答，我们跑步减肥去。"

童欢甩着一头跳跃的乱发，带着滴答跑远了。苏睿皱着眉头，看着塑料袋里明显沾了泥沙、有些还摔裂了口的水果，想了想，到底还是没遵循自己意愿直接扔进垃圾桶。

待童欢拉着滴答一路跑回学校，又在操场上狂跑了十圈，跑得满头大汗、通体酣畅时，忽然听见了锅碗碰撞和切菜的声音，循声而去，居然看到苏睿在屋前搬出了陆翊坤送过来的整套炊具，打开汽炉，准备做菜。

从房间里搬出来的小藤桌上，工整地摆着姜蒜、葱段、花椒、八角、桂皮、茴香等配料，以及一大盆明显被二次清洗过、干干净净的小龙虾。

他站在炉边，长眉斜飞，目似点漆，漠然又懒散的神情仿佛一尊不食人间烟火的雕像，却熟练地点火，爆炒姜蒜，将小龙虾下锅翻炒至通红，动作优雅，挥洒自如，把烟熏火燎的炉灶边站成了高端的物理试验台。

待调料、辣椒入锅，苏睿才抬眼一扫看傻了的童欢，问：

"料酒、老抽、生抽有吗？"

"啊？"

童欢依然犹如在梦中，苏睿不悦地抿紧了唇，她才如梦初醒地连连点头：

"有，有，我屋里有，偶尔我自己也做饭的。"

虽然童欢通常只能做个简易的涮火锅，但该有的配料还是不缺，她抱出了满满一筐调料，再次恢复目瞪口呆的傻相，和闻到香味端坐静待的滴答并排蹲着。苏睿本来想挤对她两句，可看她和Dirac如出一辙仰首等投喂的表情，没耐得住忽然笑出了声，直把一张俊颜笑得熠熠生辉。

什么叫活色生香！什么叫秀色可餐！童欢看着那一锅已经粗具规模的麻辣小龙虾，再看看锅边那个笑到夺目的人，感觉自己口水都快兜不住了。

好不容易等苏睿加了半小杯绍兴老酒，再大火收汁，童欢都等不得他装盘，不顾他嫌弃的眼神，伸手就从锅里捞出一个，边烫得上下直蹿，边剥了就往嘴里丢，一瞬间感觉自己眼泪又要流下来。

直冲眼角鼻尖的正宗麻辣过后，是比鲜虾还要滑嫩Q弹的感人肉质，继而完全被吸入虾肉的汤汁丰富鲜美的口感席卷味蕾，简直好吃到炸裂！

苏睿电眼如炬找线索时童欢没膜拜，把破教室收拾成了高级住宅她嫌他装×，可当她坐在了满满一大碗色如石榴、嫣红透亮的小龙虾前，看着那浓稠的红油，点缀着碧绿的芫荽、细葱，她觉得自己舌尖都炸开了花，有这等手艺的大厨，就是傲娇到上天，她也愿意跪舔。

难得做次善事的苏睿把好人做到了底，煮了一大碗清汤面用冷开水泡着端上了桌：

"吃吧。"

童欢满腹的感动都来不及说，只管埋头苦吃，被辣得满头大汗，却满足得眼睛都眯了起来，两道小卧蚕弯成了可爱的月牙，仿佛头顶都在冒幸福的泡泡。

虽然依然受不了童欢豪放的吃相，但是苏睿看着被食物完全治愈的家伙，由衷地羡慕她烦恼能瞬间烟消云散，对于成年人来说，这是个挺了不起的能力。

期待已久的Dirac一闻重盐麻辣的小龙虾，知道没自己什么事后，不满地自喉间发出了呼噜声，又用头轻轻蹭着苏睿的腿。苏睿笑着摸了摸它的头，他做龙虾前已经自小冰箱里取出了鸭胸肉，划十字，用黑胡椒、几粒海盐提前腌制，然后单手撑腰，游刃有余地换了平底锅，倒入橄榄油，将鸭胸肉用中小火慢煎至皮脆微黄，去除油脂后，淋上柠檬汁，撒上百里香，小焖一分钟，装盘后切开，鸭皮金黄焦脆，肉呈淡淡的粉红色，汁液饱满，看起来就是无上美味。

童欢吸着手指，看着做完纯中式夜宵，又给Dirac整出西式大餐的苏睿，觉得他整个人已经自带光环，会做菜的男人简直性感到无以复加。

"大教授，这么晚了，你从哪里搞来的原材料？"

"夜宵摊上买的。"

最初他只准备去打包个外卖，不过如童欢所说，看老板炒麻辣小龙虾的步骤、手势都不对，还加入了当地一些味道偏酸甜的调料，他尝过以后发现虾子算新鲜，味道太勉强，干脆问老板买了几斤虾和香料现做。

"你不吃吗？"

童欢原本以为苏睿是被她说得意起，做小龙虾当夜宵吃的，所以担心不够分享，还眼疾手快、风卷残云地扫荡着，结果看他落座后，只是擦了擦额头上的汗，并没有动手的意思，有点汗颜地看着被自己光速消灭近一半的小龙虾，有点不好意思了。

"我夜里吃太辣的东西会睡不了。"

"那么你真的是为我做的？"

鉴于苏睿往日"劣迹"，童欢简直不能相信今晚这个宛如天使的男人是同一个人，下意识抬手想去摸他额头。

苏睿飞快地用一根筷子挡住她还在淌油的手："我记得我拿了手套。"

"戴手套吃没这么过瘾呀！"

想到一整碗美味的虾子都是自己的，童欢有种中头奖的感觉，得意忘形地把手指咂巴得吱吱响，苏睿立刻转开头，完全不能直视，口里却问道：

"你的手机号码多少？"

童欢张大了嘴，今晚这是月亮打西边出来了？苏大爷不光专程给她做了夜宵，还问她要电话，整得跟泡妞一样的步骤，他是疯了吗？

不过童欢还是有自知之明的，知道就算自己再好看一倍，也入不了苏睿的法眼，干脆地报出了自己的号码。

"吃完，自己把碗洗了。"

苏睿输完号码，转身回屋了，慢半拍的童欢直到把一碗清水面都拌着油汤吃完，吃得完全瘫倒在椅子上，多动一下肚子都像会爆炸一样，昏昏欲睡的脑袋才忽然想到，算命的带着 Dirac 找她难道是因为她晚归了？做小龙虾难道是安慰她在虎子家受了委屈？

靠！童欢猛地弹了起来，这样说起来，苏睿真是个好人？

童欢自从陆翊坤"暗示"后已经替苏睿想象出一部少年磨难史，本来就从害怕慢慢转为同情，现在被这盆小龙虾收买得连传真里提及的"大麻"好像都能暂时忘记了。

接下来的两天，兢兢业业的老师们把学生家基本都走了一遍，虽然累一点，但 30 号开学那天，几乎满员的返校率证明大家的辛苦还是值得的。安静了半个月的校园再次热闹起来，陆翊坤送来的新凉席、小毛毯成了最好的开学礼物，而苏睿和 Dirac 更是成了全校孩子的关注焦点。

只是苏睿那明显不在一个世界的调调，和 Dirac 拒人于千里之外的高傲，让乡间的孩子压抑着天然的好奇，采取了围观、偷看但不靠近的方式。从来和学生打成一片的童欢就没有这么好命了，低年级的孩子还只晓得学校多了个好看的叔叔和长毛的狗狗，高年级的直接就是夺命连环追问：

"童老师，那是你男朋友吗？"

"不是。"

"可是古老师说你俩暧昧，对，暧昧。"

"怎么可能！"

"露露放假那天走得最晚，说大车子爆炸的时候，他抱着你。"

童欢老脸一红："那是事态紧急，他为了救我，而且那天我第一次见他。"

"我知道，书上说这叫一见钟情！"

童欢生气地敲起了小屁孩的脑袋："胡说八道！你们才几岁，看的什么乱七八糟的书？"

"童老师，不是你说的要广涉猎、多阅读吗？"

"童老师，听说他还是外国人呢，住在离我们好远好远的国家。"

"你们这些土包子，他是英国的，英国知道吗？"

"哇，要坐飞机还是坐大船？"

"你是不是傻呀？全是陆地怎么坐船？要坐一天的飞机呢！"

"童老师，他是教大学的呀！他上课是不是都说叽里呱啦的外语呀？"

"他是不是像电视里一样，要用刀子、叉子吃饭？"

"他的狗毛怎么那么长？比我妈妈的头发还要好看！真的是狗吗？"

被十万个问题包围的童欢被问炸了，她痛苦地抱住脑袋，想往操场跑："你们怎么不去问他，都围着我干什么？"

然而她还没跑三步，再次被团团围住："我们可以去找他？可是童老师，他看上去并不是很想理人呢。"

"那条长毛狗也是，我家狗见人就摇尾巴，可它看都不看我，童老师，我好想摸摸它。"

童欢想象了一下苏睿和 Dirac 被一堆七嘴八舌的娃娃包围的画面，打了个冷战："你们还是别去打扰他了，他那个人脾气有点怪。"

"对，王阿公说了，学校外面的地和电路都是这个叔叔的朋友修的，他们都是好人，所以我们不可以吵到他。"

"是不能骚扰他。"

"古老师还说，我们要是把那个好看的叔叔给吵走了，童老师就嫁不出去了。"

"童老师可以嫁给我！"

"不，嫁给我！"

童欢头昏脑涨、恩威并施，终于打发了孩子们去给王叔帮忙做饭，这才小心翼翼地敲开了苏睿的门。

"进来。"

门一推开，就被气势雄浑的交响乐填满了耳朵。隔绝了外界声音的苏睿端着一杯茶，半眯着眼，塌着腰靠在他那把新入的、一看就特别舒服的躺椅上，慵懒完美的侧脸让童欢觉得自己是一秒踏入了幻境。

"能不能先问你借六百块钱？放心，我绝对不会赖皮，明天就还你，而且借条我也写好了。"童欢掏出书写极为正式的借条，放在他手边，"我银行卡早上操作失误，被取款机吞了，要明天才可以拿回来，我不好意思让校长垫……"

苏睿摸出钱包，数了六张给童欢："我不喜欢借钱，更不喜欢拖债。"

童欢飞快地抽走了钞票，笑容满面地说："不会，绝对不会！彦伟下午就回来了，我让他先还你，绝对不会赖账。"

苏睿看着她一张一张点钱的市侩模样，转开了视线，他实在是搞不明白，作为一个小富家庭的独生女，据童彦伟所说还是三代独女，童欢是怎么养成了这副财迷心窍的样子。

Chapter 18
我是网红

傍晚，独自返回昔云的童彦伟果然进门就掏了六百块还给苏睿，然后才抢占了苏睿的躺椅，伸着懒腰舒适地叹了口长气：

"听说你昨天给三三做夜宵了！我认识你这么多年都没吃过你炒的菜，你俩终于和谐了？"

苏睿并没有正面回答他的问题，而是用脚把童彦伟每次打地铺的充气地垫又往外踢了踢，专爱落井下石的 Dirac 用脑袋再把地垫往墙根推了一米。

"你家是提倡穷养孩子吗？"

和苏睿向来有迷之默契的童彦伟立刻领会了他的意思："男孩子倒的确是穷养，三三可是实打实富养大的，我们小时候打游戏没钱了，找女朋友需要拉赞助了，家里弟兄都是找她借，现在更不得了，还是个包租婆，嫁妆很丰厚哦！"童彦伟贱兮兮地挑了挑眉毛，意有所指。

"包租婆？"

"童三三可是我们老童家的招财童子，我爷爷那批老东北，当年赚了钱只知道买房。三三小时候喜欢和老爷子去钓鱼，就闹着要买郊区的大鱼塘，我爷爷惯着她，正好买完房手头还有余钱，就以白菜价在村子边上买了块地，谁晓得后来政府搬迁过去了，那个鱼塘拆迁直接抵了两层写字楼加俩门面。现在那里的写字楼老值钱了，随便一套的租金抵我三年工资，老爷子一高兴，就过了一个门面和一套房给三三，她呀是正经躺家里不动都不愁吃喝的小富婆。"

"嘿，可看不出来……那她是什么时候变成现在这副见钱眼开的样子？"

"三三以前挺没有金钱概念的，到昔云以后吧，她负担了一些孩子的杂费，零零碎碎的费用加起来也不少。"

坦白说，苏睿并不是很赞成这种做法，皱起了眉头："我记得她没要补助，她的钱补给王叔了。"

"对，为钱的事还起过好大的风波。"童彦伟打开了手机，递给苏睿，"这是她的公众号，人气还不错。从她来昔云的第三个月起，衿羽就建议她写公众号和微博，里面大多是孩子的日常，链接里的微店专卖家长们手制的工艺品，正好衿羽也有这类资源，帮忙做了营销推广。因为山里的老乡很多有手艺，并没有出售途径，所以现在老师都会统一收集登记，谁家卖出去了就抵谁家的生活费，有多余的就返还给老乡小创收，后来公众号有打赏的功能了，也有额外入账。"

苏睿随意点开了一篇题目为"账册"的，发现里面条理清晰地列举了当月每一笔微店收入所属家庭、打赏的后台总数。

"这种事是双刃剑，做起来吃力不讨好。"

"就是这样，公众号和微店毕竟有收入，而且之前翻新学校还做过两次众筹，每次都有几万块。三三呢，你看得出来，衣服、生活用品完全不讲究，唯独吃不行，学校的大锅饭吃一吃，偶尔会偷偷跑出去打个牙祭。去年偏偏被过来献爱心的义工拍了照片，把她出去吃饭和孩子啃玉米、土豆的图片，还有小叔心疼她给她改造的宿舍和孩子们的集体宿舍都做了对比图，说她昧着良心挪用善款，沽名钓誉，衿羽当时找朋友帮忙做的推广也成了炒作原罪。事情在网上还闹得挺大，州里的教育局和民政部门都下来调查了，好在不光学校从老师到孩子都是力挺，县里也出面帮忙澄清，调查来调查去没有任何问题，不过小婶还是气得直叫她不做了回家。"

童彦伟点开微博把评论往下一拉，语气不无愤慨："你看，到现在还有骂她伪善，说她黑良心的。"

苏睿看留言里善意居多，但的确也有不少不和谐的声音："是怀疑她的日常开销也是从公众号和微店的收入里出的？"

"何止！三三当时整个被人肉了，家庭情况、父母工作，最后爆出了她名下的房产，这下炸开了锅，说她靠租金都足以负担孩子们的生活费，为什么还要问网友要。她在七小一分钱补助没拿，等于是白做，还一待就是三年，何况爷爷给的房产，租金她也就能取一小部分解决自己日常开销，其他的，小叔小婶怕她真的长待不回去了，全扣在手里，说要留着给她当嫁妆。可网上不理这些，你说，就因为三三在网上做过众筹，公众号有打赏，就不能有别的收入，还必须把自己的每一分钱都用到学校里来？他们有谁自问能做到的，就自己来昔云做，做不到光在网上念叨算个什么东西？"童彦伟看着评论里一些阴阳怪气的留言还是气不打一处来，"最可恶的就是这些不论曲直、到处喷人的键盘侠，自以为聪明绝顶，总怀揣着最大的恶意去猜测别人，网络暴力有时候真的能做到颠倒黑白。"

苏睿点开链接里的微店看了看，发现价格定得很合理，手工精致的会偏高一点，做工普通的就走薄利多销路线，还附带赠品，大概是以赚取生活费为目的，手工品数量不多，销量并不大。

"亏得三三心大，才能坚持把公众号和微店做下来。那些抹黑的总说一个孩子每个月才几十块的生活费，可是小朋友上学、笔墨、日用、头痛脑热，哪样不需要钱？她搞了微店以后，学校大部分困难家庭都能保证孩子的开销，只有少数孩子家里全是老弱病，几乎没有劳动力，她就担下来了。而公众号的打赏，全拿来补贴孩子们的伙食和购置教学用品，学生的吃住情况也比她刚来的时候不知好了多少，每一笔账她都写得清清楚楚，就是有人视而不见，恶意攻击。"

苏睿翻着公众号里的文章，她的叙述很朴实，照片也多是孩子的日常和无邪笑脸，没有刻意卖惨。文章的点击率很可观，也持续有打赏，但是很明显从去年秋季开始，评论里出现了抨击辱骂，打赏人数也经历过一波骤减，可是童欢的更新频率、叙述角度都维持着原样，连恶评都没有做过删除。

以苏睿今天开学一日所见，童欢并不是传统意义上无私奉献的老师，从早上到现在，隔着音乐声他都听见过她在骂孩子不洗澡，说王叔中午蔬菜汤又放多了盐，靠墙的课桌因为太潮长了小蘑菇。

可是她说归说，带了高年级学生挨个把所有课桌都搬到操场暴晒，教室也做了彻底清扫，然后挥着帕子把一个个小泥猴赶去了澡堂排队洗澡。明明是个吃货，放假天天厚着脸皮跟他蹭吃蹭喝，一开学却老老实实跟孩子吃起了看上去叫人完全没有食欲的食堂，据说下午还提了两条排骨偷偷放进了粥里。

"你们家的人，都有股傻劲。"

童彦伟笑嘻嘻地凑到苏睿跟前："所以看多了，还挺可爱的，对吧？"

苏睿皱着眉头拉开了话题："你去留市有什么新消息？"

童彦伟的脸色一秒变得严肃了，从身后已经看不出颜色的背包里掏出了文件袋，两张照片在苏睿桌面排开："盈城前一段出了两起女童失踪案，因为这边流动人口案件太多，所以没有得到重视，但我翻卷宗时觉得很可疑。"

于衿羽在离开前，只来得及替彦伟把资料里最重要的家庭背景及拐卖经过简单翻译了，苏睿很快看完了翻译件，目光在照片上流连，道：

"和岩路的路数很像。"

"是，一个十岁，一个十一岁，长相漂亮，外来务工家庭，在当地没有什么社会关系。"

"这些女孩肤色、相貌特征明显与翡国不同，我托翡国的朋友查过，近年在北部地区，出现了一批能说几国语言、进退得宜、识情知趣的高级交际花，专攻政商军界，关键是特别年轻。"

好不容易打通案件关节的童彦伟原本是想卖个关子，没想到苏睿已经先查到了关键点，害得他连卖弄一下资讯的机会都没有，只能叹口气，接着说下去："岩路在北部地区属于黑白道关系都不错的中介人，可以说整个缅邦、果敢地区没有他不通的路子，所以我们怀疑他的背后牵扯到一个有专业培养流程的组织，专门输送年轻貌美的女孩给高层人士，巩固彼此的利益关系。"

"养瘦马。"

童彦伟看着照片里瞪着无辜大眼的女孩，痛心地点点头："对，养瘦马。"难以想象这些年幼孩子要经历什么，才会忘却父母家乡，学一身以色事人的本领，"心甘情愿"留在翡国待价而沽。

同样陷入沉默的苏睿不知想到了什么，面色阴沉，空气忽然都压抑起来，童彦伟只能笑着调节气氛："哎，这年头连BBC都知道养瘦马，让我这种土生土长的中国人情何以堪，不如你也给我来份麻辣小龙虾？"

苏睿凉凉地斜了彦伟一眼，他面容秾丽，偏偏神色薄淡，眼底还有因忆及往事而未散尽的沉郁，一股子又刁钻凉薄又摄魂噬魄的邪气，那"眉目传情"看得进门来探消息的童欢狠狠咽了口口水。

"彦伟，帮我还钱没？"

苏睿乌沉沉的厉眼扫过去："你进别人屋子不知道敲门？"

"门没关啊！我只是恰好从门口过。"

童欢无辜地摊手，与此同时，急吼吼跑进屋没关严门的童彦伟和听见童欢脚步用鼻子顶开缝隙的 Dirac，都装出了穿堂风一般无辜的表情。

"衿羽说有新的失踪案？"

童欢很自然地进了屋，很自然地拿起了桌上的照片，顺便鄙夷地扫了一眼桌边特别装×的、盛着于老师送的成本不到二十块的梅子汁的水晶杯。据衿羽说，那叫什么 Riedel 的黑丝带还是黑领结杯，晶莹纤薄的杯身映着嫣红的梅子汁，在灯光下闪着金钱加持的璀璨光芒，然后她在苏睿的瞠视里手一指童彦伟："我找他，不算不请自入。"

永远躺枪的童彦伟欲哭无泪："大小姐，你别害我一起被扫地出门！"

"放心，他舍不得。"

童欢挤眉弄眼，意有所指，苏睿的脸更黑了，童彦伟只能连拱手带作揖冲好友告饶，一目十行的童欢已经自童彦伟的资料里发现了一个重点：

"江湾酒店！不是陶金的地盘吗？"

"对，嫌疑人是老赌徒，昨晚在进入江湾后失去踪迹。"童彦伟很是遗憾地叹了口气，"岩路的线断了以后，这已经是我们最接近的一次，还是跟丢了。"

作为调查的重点对象之一，童彦伟手头已经有了陶金能查得出来的最完整的资料。江湾酒店作为盈城首屈一指，甚至 Y 省南部知名的大酒店，真正令它立于不败之地的，不是堪比五星标准的环境设施，而是位于地下两层的云来会所。

会所里有美酒佳肴艳舞，VIP厅其实是南部边境线上半公开的最大赌场，除了常规的百家乐、21点、老虎机等，血腥却让人肾上腺素飙升的黑市拳击，一刀暴富一刀倾家荡产的赌玉，都刺激着各路赌徒甚至亡命之徒的神经。

在盈城这种边境城市，大大小小的赌博档口无数，经历过黑白道无数次清算洗牌，只有江湾一直屹立不倒，越办越红火。

它永远有快人一步的内部消息，数条堪比迷宫的隐蔽秘道，名为车队司机，其实堪比一流打手、保镖的手下，不仅保证了客人在警察到来前安全脱身，也确保任何客人都能带着赢来的钱秘密安全地出省或者过境，所以陶金才能在不碰白的情况下，称霸盈城的地下势力多年。

因为苏睿不能看中文，童彦伟把手里的资料大致给他讲了一下："在盈城的地盘，陶金完全有能力让人不留痕迹地平安过境。"

"斐然姐说过，陶金不沾毒品不碰拐卖的。"

因为对林斐然的好感，连带着陶金在童欢的眼中都成了有原则的黑老大，童欢打心眼里不愿意相信陶金真的牵涉到了"一号"的案件里。

与林斐然只有几面之缘，每次都别有用心的童彦伟却不以为然："你是电视剧看多了，相信黑道也有道义可言？"

"小孩子才相信世界非黑即白，你是警察你也要承认，社会是有灰色地带的，那里有他们自己的生存法则，我觉得陶金是个能坚持底线的人。"

苏睿嗤笑："觉得？"

"对！就是觉得！凭我被你歧视过无数次的女性第六感，觉得陶金不是坏人！"

"所以你的意思是一个开着日进斗金大赌档的黑老大，信奉的是以和为贵，这些年靠着以德服人打出来的场面？"

苏睿连上挑的眼角里都是对童欢所谓第六感的鄙视，童欢狠狠地吞下了已经涌到喉咙的怒气。之前如果不是相信在童彦伟这个缉毒警的眼皮底下，苏睿不可能当瘾君子，精神面貌、身体状态也完全不像，童欢都不愿意留他在学校，所以疑似有大麻吸食史的苏睿在她眼里，比不碰白的陶金还有雷点。

她拍着苏睿无法阅读的中文资料，看都不看，噼里啪啦，倒豆子一样说起来：

"陶金，今年三十七岁，父亲在他十二岁时吸毒致死，一年后，母亲失踪，近年才被寻回，已经患上阿尔茨海默病。二十三岁打架斗殴一进宫，起因是帮酒吧里一个差点被奸污的女服务员。二十五岁二进宫，故意伤人罪，当时跟的大哥是昆市的老炮，出狱两年内成为白头邓的左右手，其后两人因为白头邓参与贩毒分道扬镳，一年后白头邓因为贩毒被枪毙，他照顾邓家人至今。陶金三十岁开始在盈城打天下，到现在七年，牵涉的案件有暴力事件、非法聚赌、走私，但盈城许多小KTV都有'十字架'（安钠咖）和K粉，甚至麻古，而江湾酒店那样鱼龙混杂的地方，连摇头丸都没有出现过。我不仅信第六感，也信事实。"

童欢在脑海里飞快地过滤着刚看完的资料，振振有词，同时也做好了会被苏睿一歧到底、强势反驳，没料到苏睿居然饶有兴致地坐着，一副洗耳恭听的架势，连轻揉桌面的右手都在表示他不光听进去了，还在思考。

"童欢，我五百一天买你，干不干？"苏睿突兀地说出了颇有歧义的话，在童欢抱胸猛地向后跳退一步的诡异目光里，童彦伟惊得倒抽一口冷气，嘴巴夸张地张成鸡蛋状后，才补充完后面几个字，"买你的脑子。"

童欢看着苏睿用仿佛X射线般能穿透头盖骨的目光凝视着自己的额头，"买你的脑子"那五个字令她有一种仿佛看到自己大脑被起出来，泡进福尔马林里的毛骨悚然感。

她下意识地捧住了自己的脑袋，因为太用力，把圆乎乎的脸颊都挤成一团，看上去肉嘟嘟的，特别好捏："算命的，你什么意思？"

"我看不了中文，你帮我把所有的中文资料都记住，在我需要的时候转述给我。"在童欢第一时间浮现抗拒的目光中，苏睿伸手再比了一次五，"我在这边最多待到八月中旬，还有四十五天左右，一天五百，工资日结。"

他难得温和的嗓音充满了诱惑性，五根玉石般的手指一开一合，童欢脑子里只剩下"四十五天""一天五百"几个字在旋转，天哪！那是实打实的两万多块钱，下一秒她完全抗拒不了地点下了头。

苏睿没有给她反悔的机会，立刻把桌上童彦伟拿来的所有资料袋，和抽屉里两个大文件夹推到了童欢手边，在她张嘴前又抽出十五张毛爷爷压在上头："后天晚上前记完，今天也算全工。"

童欢干脆利落地把钱往兜里一揣，眉开眼笑地抱着资料就往外走，那见钱眼开的样子连童彦伟都看不下去，俯首叹息。

苏睿唇边掠过一丝笑意，叫住了一只脚已经迈出去的人："等一等。"

童欢倏地按住口袋里还没焐热的钱，警惕地回头："干吗？钱财离手，恕不退回。"

苏睿的笑意更深了，那柔化了五官的笑容简直能晃花人的眼，差点又被美色所惑的童欢咽了咽口水，"很有节操"地把口袋捂得更紧。

"我刚才看了你的公众号，建议你把微店里卖出的每样产品都列上对应的家庭信息，货品寄出时可以附带学生亲手写的感谢卡片，以及家庭联系方式，方便有疑心的买家能确认所有费用都回流到了家长手中。"

童欢眼睛一亮，抱着资料三步并作两步又跑了回来，整个身体趴在桌面上，几乎横过了整个台面，凑到了苏睿跟前："还有呢？"

因为她的骤然靠近，极不喜欢肢体接触的苏睿身体后撤，在靠到椅背后下意识低下了头。然而他也没有料到，热衷于穿宽松 T 恤的童欢因为俯趴的姿势，整个领口大敞着，他的视线直接对上了她被深色运动内衣绷得浑圆的胸部。

哪怕顷刻间他已经礼貌地扭头转开了视线，可是那一片淡淡的、粉嫩的柔软，没入阴影越发引人遐想的一缕沟壑，与她露在外面的小麦色肌肤完全不同的莹白还是冲入了眼帘。

"苏教授，诚心讨教，十二万分诚心。"

浑然不觉的童欢探头追问，一副谄媚的笑脸，恨不得身后摇出一条卖萌的尾巴来。苏睿出于养入骨子里与女性对话最好平视眼睛的习惯，下意识再次看回来，正好看到她胸口起伏的一波，他尴尬地随手取了一本书挡在她敞开的胸前，连脸都遮去半张，有些无奈地问出了一句：

"童欢，你是不是女人？"

后知后觉的童老师终于发现自己免费请人眼睛吃了冰激凌，一瞬间耳朵有点火辣。只是她脸皮实在是有点厚，尤其在苏睿跟前恨不得武装得铜墙铁壁、水火不侵，何况昔云待久了，荤段子没少听，于是她在第一时间起身后，还是撇撇嘴，丢人不丢阵地说道："干吗这么嫌弃的表情？我身材不错的！"

吃瓜观众童彦伟这才明白电光石火间发生了什么，大笑着，唯恐天下不乱地跟着强调："苏大师，我家三三确实是有前有后还有腰。"

苏睿貌似波澜不惊的脸上浮现一抹嘲笑："我以为好身材，长腿是基本配置。"

童欢瞬间哽住，她徒有一个身形高大标准东北体形的老爹，身材完全随了妈。小时候她就是因为老不长个子才开始打球运动，然而那点可怜的身高仍然在十五岁后就稳稳地定在了一米五八。虽然勉强能号称一米六的个头在南方不算太矮，可是站在个顶个高的童家人中间，总跟误入了大人国似的，而标准模特身材的苏睿那双大长腿更是看得她各种羡慕嫉妒恨。

"长腿了不起是吧！姐就是个小短腿怎么了？我不是肤白貌美大长腿，没见我一样当网红？所以别得罪我，当心我挂你上墙，让口水淹没你。"

专爱落井下石的童彦伟拍桌大笑："三三，你只要挂他照片三天，我保证你粉丝量翻三番，但是到时候谁更红就不好说了。"

童欢怨毒地扫了一眼苏睿那张得天独厚的脸，狠狠地哼了一声，噔噔噔跑了。

Chapter 19
相信我们

李红守着婆婆喝完中药，边给她按摩风湿发作的脚，边听她骂童欢骂儿子骂命，骂了半小时，听着听着，她的思绪就飘远了。

她家里穷，长得也一般，偏偏父母为了两个弟弟的婚事在她的彩礼上狮子大张口，最初相亲的时候，胡家和老虎都没看上她，再说以胡家的经济条件也拿不出那么多彩礼。结果半个月后，她被乡里的几个混混调戏，差点失了身，是老虎经过救了她，没想到却被她家赖上，非说胡益民看了她身子，一定摸了抱了，得负责。她是和家里断了关系自己跑到胡家来的，老虎没说什么，还是婆婆看她做事勤快，里里外外都是一把好手，有个好生养的身材，看相的又说她命里有两子，最后让老虎和她成了亲。

结了婚，婆婆强势又小气，公公身体差，后来又中风，她都撑了过来。胡老虎对她说不上好，也说不上不好，他爱喝酒，仗着拳头硬到处打架惹事，对她也动过一两次手，赚了八百，和狐朋狗友能胡用掉一千。但手里宽裕点，他会给她买东西，两个年轻人到夜里也是干柴烈火，很和谐。他跟着一群兄弟在外头再怎么闹，倒是没碰过别的姑娘。

怀孕到五个月去照了B超，看到是个儿子，她日子好过了很多，老虎在家里也待得多了。小虎子生下来的头年是她过得最舒心的日子，有时候看着胡益民顶着儿子到处炫耀的样子，觉得还挺幸福。

可是娃娃嗷嗷待哺，公公忽然全瘫了，婆婆也病倒，老虎留下所有钱，不知道跟什么人就去了翡国。整整四年，寄回过三次钱，不到十个电话，最后两年更是音讯全无，她做好了守寡的准备，倒是婆婆怕她带着小虎子跑了，态度越来越软，公公去世后，她完全成了老胡家的主心骨，慢慢地被时间磨得假装没有这个丈夫。

去年秋天，老虎忽然回来，说是在翡国做玉石生意发了财，看她里里外外撑着一个家，又听婆婆说她一人做三份工替公公治病，砸锅卖铁地操办了后事，带虎子给公公守足一年孝，二话没说把银行卡都交到了她手里，说这辈子都和她好好过，要让她过好日子。

交到李红手里的银行卡余额是她想都没敢想的，接着胡益民盖房买车，呼朋引伴，给她、小虎子和婆婆买各种用得上用不上的东西。镇上都说她熬出头了，以后好过了，连七八年没理过她的娘家都喊着女儿姑爷上门来走人情。

然而她心里慌。

李红没读过什么书，但她不傻，胡老虎那样子花钱，还一副天长日久都不会愁钱的样子，做的就不像正经生意。

胡老虎当初能出手救她，她就不信他是坏人，她自己跑来胡家，也不是奔着钱奔着靠男人来的。她不怕吃苦，可眼见着日子好过了，钱像水一样花出去，胡老虎十天半月不做事，忽然就一沓一沓的钱往回拿，她反而怕了。

再后来，就发现老虎在吸毒。

那一夜，她从厨房拿了把菜刀，横在自己脖子上，说他若戒毒她以后都好好和他过，生儿子生女儿，再苦再穷都守胡家一辈子；如果不戒，她就带着虎子一起去找公公。

老虎闷头抽了一夜的烟，真的下定决心把毒给戒了，戒得很辛苦，可是她守着这个终于齐整了的家，开始觉得有了希望，直到七小那惊天一炸。

其实对着银行卡里越来越多的钱，她心里隐隐知道，随时都可能会有这么一天，所以当这一天真的来的时候，她反而有一种尘埃落定认命般的平静。

老虎对着她咬死什么都没做，警察也找不到证据，他强调自己最多因为吸毒被关押一阵子就放出来了。她知道周围有公安在盯梢，做什么事都有人跟着，街坊邻居、老虎的酒肉朋友都被盘问得底朝天，好在老虎在外头做的事从来把家里撇得一清二楚，有时候她忍不住也开始幻想，会不会真像他说的那样，这件事会就这么过去了。

骂骂咧咧的婆婆终于累了，半眯着眼打起了盹，嘴里还不时哼哼几句。李红把窗帘拉好，端着药碗出门，正巧有人按响了门铃。

李红拉开大门，看到盘问过她数次的童警官带了个很俊的后生站在外头，她有点不耐又不得不态度顺从地问："警察同志，又有什么事吗？"

"今天是私事，私事。"童彦伟递上几本崭新的课本，"我帮三三给小虎子送书来。"

童彦伟抬腿欲进，李红却纹丝不动，也不接书，只道：

"帮我谢谢童老师，小虎子被我送到朋友家去了，在昆市已经开始上学。"

"我们刚去过太平乡，在你娘家看到了你弟媳去年生的儿子。"

"你们去我家干什么！"李红声音骤然拔高，又很快放缓下来，"我们没有太多往来。"

苏睿很平静地说："胡益民出事后，你担心胡小虎的安危，第一时间把他送走了。在胡益民回家前，你有往来的亲友很少，所以你还是只能相信血缘，让你父母找能放心的人安置了小虎子，而你给了一大笔钱。"

童彦伟担心苏睿过于冷静直接的叙述引起李红的情绪反弹，才想撞他肩膀一下，熟知他脾性的苏睿恰到好处地后撤一步,他差点没从台阶上摔下去,被苏睿伸出一根手指头顶住了背,完了还不满地掏出纸巾擦了擦手,换来童彦伟哀怨的一瞥。

李红没有心情看他俩的花枪,脸上阴云密布:"你们想干什么?"

童彦伟笑眯眯地把书硬往李红手里一塞,挤进了门:"我们是担心小虎子的安危,三三一再交代我,要找人保护好虎子。我以为你是把孩子送回了娘家,想过去确认一下他的安全。"

"谁会找我家虎子?就算想找,让他们找去。我爸妈那样认钱不认亲的人,我会放心把儿子交给他们?"

李红嘴里这么说着,却还是由着彦伟和苏睿进了大门,又飞快地把铁门关上。

"你父母兄弟的确都贪钱,小弟媳给我们端茶水都只放了点叶梗,所以肥水不流外人田,他们不会把圈钱的机会让给别人,安置虎子最大的可能性,一是你母亲的兄弟姊妹家,二是你弟媳的老家。不过以你弟媳在家里嚣张的态度,以及她老家版纳距离昔云更远的情况来看,她娘家兄弟的可能性更高。你知道他们贪图你手里的钱,你也一定办了别的号码随时和虎子保持联系。他们不敢苛待胡小虎,为了长期留住小虎子这个摇钱树,更不会轻易告诉别人,只会假托是朋友的孩子好好照顾。"

苏睿平静的声音有不容辩驳的气势,何况事实一切如他所料,李红还算镇定地没有黑脸默认,而是再次岔开话题:"你们上门来到底是干什么?"

"我来是想告诉你,如果我能想得到,别人自然也想得到,你要保证胡小虎的安全,必须相信我们,配合他。"苏睿示意童彦伟。

李红的脸色有点灰败,并不应话,眼里却有隐隐的恨意,也不知是对苏睿无情的拆穿,还是对世事的不平,最终都垂下了硬挺直的肩膀。

"我什么都不知道,你们追着我没用的。"

童彦伟祭出苏大少爷这个杀器,果然五分钟不到,就把李红击垮,赶紧摆出人畜无害的笑脸再来打圆场。

"李红,查案归查案,但是你们家属我们是一定要保护的,何况我也不瞒你,胡益民是我们在争取的对象。"

"我真的什么都不知道。"

"黄钟和胡益民的关系,你也不知道?"

黄钟和胡益民打小就认识,是一起爬树摸鸟、炸鱼偷狗的伙计,李红知道这事瞒不住,也并不回避:"你们第一次给我看黄钟照片的时候我就说过,老虎狐朋狗友一大堆,这人应该见过的,但我也没有什么特别的印象。"

"我们从街坊老人那里打听到的,他俩是发小,不过你婆婆不承认。"

"我嫁过来以后,没听老虎特意提过有这么个发小,小时候认识的朋友,大了不在一个地儿待着，疏远了也多的是，老虎不在家那几年，我公公生病、去世，几次砸锅卖铁要过不下去了，这个叫黄钟的也没出过面，我想总不是多铁的朋友。至于我婆婆怎么说，我不清楚，老人家最近身体不好，刚睡下，如果你们要问她，等她睡醒再来吧。"

李红想开门赶客，被彦伟拦住："黄钟家昨天被抄了，所以我们才会第一时间想找到小虎子保护起来。"

开门的手停住了，李红的嘴抿得紧紧的，在方正的下颌上抿出两条石刻般的纹路。

"不知道什么人做的，完全是抄家的做法，该翻的都翻了，砸得稀巴烂。你说你不清楚黄钟这个人，我可以简单告诉你，他父母双亡，没有家室，孤家寡人，家被抄了也就抄了，不过损失点财物，但是如果同一批人找上你家，甚至找上小虎子，你们能不能承担？"

李红一言不发，但是如果细看，她坚毅的嘴角在微微抽搐。

"你们暂时安全，并不是对方不想出手，而是我们一直有人跟着你们，名为监视，也是保护，但是，会是谁担心黄钟说出不该说的东西？那些和胡益民到底有没有关系？"

院子里响彻着蝉鸣，在几人忽然安静下来的空气里撕心裂肺地嚣叫着，李红想着每天在电话里喊要回家的儿子，想着一字一句对她说"你不知道就什么都不要讲"的老虎，想着絮絮叨叨说早年赛神仙判过儿子命硬会长寿的婆婆，忽然觉得头顶的白日亮到晃眼。

而长得很好看的男人讲完一大段让她心惊肉跳的话，就懒洋洋地站在树荫下，貌似事不关己地在乘凉，可那双寒潭般的眼一看过来，她就犹如烈日下被浇了一盆冰水，每一寸皮肤都在颤抖。

黄昏，夕阳烂醉。

从胡家回来的苏睿牵着 Dirac 出门散步，他已经习惯了昔云正午暴晒早晚清凉时有阵雨的天气，每每选在傍晚遛狗，顺便整理一下脑中的信息。

镇上的人也习惯了这个"外国来的有钱人"和"有钱人的长'头发'狗"，不再评头论足。倒是才报到的孩子们保持了旺盛的好奇心，又碍于那明显生人勿近的气场，交头接耳甚至偷偷尾随，看到苏睿提的过手卷粉和洋芋粑粑，小家伙们还一副看到了不得东西的样子。

刚啃完馒头的丫丫咬着手指头，望着苏睿手中两袋吃的口水滴滴："外国来的大教授也吃卷粉呀？"

"还加了肉，真会吃。"

"我以为他关在屋子里，要拿着刀叉吃牛肉和那个……什么粉呢！"

自诩见过世面的小豆子拍拍同学的头："那叫牛排，什么牛肉！还有意粉，不对，意面，意大利的面呢。"

"牛排和牛肉有什么区别呀？"

"牛排有骨头，切出来还有血，对，外国人喜欢吃生的。"

小伙伴们集体抽口气："那多难吃！"

"外国的牛肉嫩，可以生吃。"

"那意大利的面呢？也是面粉做的吗？好吃吗？"

"我怎么知道？你去问他呀！"

"我不敢……"

"那去问三三老师，三三老师什么都知道。"

"可是三三老师说她最近闭关，放学以后没有学习上的事不可以吵她，不然她下周就不给我们买肉加餐。"

"对呀，都不带我们打篮球了。"

苏睿皱着眉头听着孩子们永远那么大声的"耳语"，这两天隔壁房间时常悄无声息，以至于苏睿都不大适应忽然的安静，连孩子们的叽叽喳喳听着也不显得那么吵了。

经过童欢房间的时候，苏睿刻意看了一眼，见她恰巧就坐在门边的靠背椅上在用功。

苏睿很少看到童欢这么认真又安静的样子，夕阳把她柔软的头发照成了棕黄色，脸上的细绒毛都清晰可见，那双又黑又亮的大眼睛带着陷入深思的光芒，比往常要深沉许多，她肩膀因为捧书的坐姿向上耸起，像微微展翅的双翼，她就这样拿着他给的资料，看得浑然忘我。

对于过人的记忆力出现在童欢这样疲懒又无赖的人身上，苏睿一直是抱着暴殄天物的心态，不过此刻看着童欢近乎严肃的神情，他想，这个家伙还是有过人之处的，与其说她天生具备超常记忆能力，不如说她后天有极为强大的专注力加持。

起码往日他如果提着吃的打她房门经过，不要说敞着门，就算隔上两道门，她都能以完全不逊于 Dirac 的速度冲出来。而此刻的童欢仿佛陷入了另一个世界，孩子们的嬉闹声、诱人的食物香味，加上 Dirac 为了吸引她注意力刻意制造出来的声响，都完全被她屏蔽在外，只有快速移动的双眼和匀速翻页的手指在昭显她的大脑正疾速运作。以至于在清凉的傍晚，她坐在门边的风口，鼻间仍然沁出了细小的汗珠，整个人呈现出与往常判若两人的沉静感，竟然牵扯住了他的目光。

直到身后传来孩子们吃吃的笑声，苏睿才回过神。

"你看，还说不是三三老师的男朋友，他看三三老师都看呆了。"

"对呀，我姐姐谈恋爱的时候就这样看我姐夫。"

"嗯，我们快回去告诉大家，这个外国大教授就是三三老师的男朋友。"

"呜……那三三老师会不会要跟他去国外了？"

"笨蛋！我们不能太自私，你想要三三老师嫁不出去？我妈妈说她像三三老师这么大的时候，已经生了我弟了！"

"不要，我想三三老师嫁给我哥哥。"

"哼！你哥哥太矮，三三老师该嫁给我叔叔，我叔叔还会赚钱，明年要到镇上来盖房子呢！"

"才不要！三三老师要给我当舅妈！"

被叽叽喳喳吵得不胜其烦的苏睿骤然回头，瞪向那群讨论声音越来越大的小学生，只见七八个小毛头瞬间动作灵活地缩成一团，躲到了大树后头，四下里忽然安静了。过了两秒，一颗脑袋、两颗脑袋跟笋尖似的又冒了出来，顶着黑乎乎的小脸，乱蓬蓬的头发，局促又有点讨好地笑着。

一排乌溜溜的黑眼睛齐刷刷地看着面色微沉的苏睿，看着他看似随意却极有气派的穿着，还有他漂亮到超乎他们认知的脸，以及明显不悦的情绪，连他身后那条狗都贵气得好像摸一把会掉黑金粉，大家都被震住了，面面相觑，怎么办？

最后，胆子最大的小豆子忽然浮夸地大喘一口气："算了！三三老师还是嫁他吧，他长得太好看了，比我们寨子里长得最好看的叔叔还好看十倍。"

年龄最小最懵懂的丫丫也点头："比芳芳姐都好看，好好看。"

余下的众小孩也摸着后脑勺直点头："嗯，嫁他，嫁他！"然后齐刷刷以百米赛跑的速度消失在苏睿的视线范围外。

再次耳根清净的苏睿提着外卖回房了，他并不知道，此刻操场上的学生已经炸开了锅，以小豆子描述为主，再加上其他目击者有理有据的细节补充，已经盖棺论定，新出现的那个有钱帅哥就是三三老师的男朋友——一听见三三老师要嫁别人还参毛了，那得多喜欢三三老师呀！

Chapter 20
绯闻

夜里，童欢放下手里的资料，眉头紧锁。

在童彦伟新拿回的案卷里，陶金的"社会关系"，尤其是男女关系实在是复杂得出乎她意料。她毕竟是二十来岁的姑娘，很容易把陶金和林斐然代入到少年时看的那些黑帮电影里，想象他们之间的事不知多跌宕起伏、生死相许，连带着对苏睿、童彦伟两人盯住陶金不放，她都潜意识排斥，结果林斐然居然只是陶金身边的几分之一，还是被远远放到昔云这种小镇的几分之一，她难以接受。

然而当童老师忧愁满腹地去巡寝时，被孩子们又是欢喜又是不舍的态度搞得莫名其妙，威逼利诱听完被事后演绎、流传、加工已经完全脱离事实的经过，听到苏睿亲口承认她是他女朋友，还非卿不娶，她一口老血差点没把这几天背资料背得快缺氧的脑袋给整脑梗了，气呼呼抱着文件袋把苏睿的门板拍得震天响。

"三三，小声点，脑袋都被你拍炸了。"

开门的童彦伟被童欢丢过来的资料砸了一身，听到声音发现误伤的童欢敷衍地拍了拍他被资料袋砸得生疼的胸口，抱过资料要继续攻击，被彦伟一把抱住。

"姑奶奶，怎么又吃炸药了？"

"你问他！"

童欢抢不过资料，抄起童彦伟手边一个杯子丢过去，苏睿面不改色、岿然不动，倒是 Dirac 一跃而起，精准地叼住还送回童欢脚边，示意她继续。

如此两拨下来，童欢自学生宿舍里出来时那股滔天怒焰还是压下去五成了，正要理论，已经准确知道她弱点的苏睿闲闲地一指被 Dirac 叼在她脚边的杯子。

"那是晓芳窑的仿汝釉四瓣高杯，陆翊坤给的，他七年前买的时候虽然只花了几百块，但是晓芳窑现在随便一个杯子都能被炒到小几千，你确定你要再扔？"

童欢把杯子捡起来，看了看杯沿依稀仿佛被 Dirac 的牙齿磕出来点白印子，手一颤，犹自嘴硬："说得那么玄乎，淘宝上多的是这种东西，一百块一整套，连壶带杯。"

"我屋里会用那种东西？"

童欢心虚地扫过他这间被混时尚界的衿羽称为奇妙宝藏屋里的各种装×"杀器"，譬如那把看上去比普通水果刀强不了多少，却据说要几百美金的沙本沙小折刀，那条无非稍微软乎点，却要四百块的 Christy 毛巾，手心冒出了汗。

"我不信你舍得让彦伟用这么贵的杯子。"就童彦伟那和她如出一辙的牛嚼牡丹的喝茶法，从不洗杯子的"好习惯"，再土豪也不能把那么贵的杯子给他用吧！

苏睿施施然走到他跟前，接过杯："这么油润的破晓色，这种开片的艺术感，你拿去跟市场上的劣质货比？"

那盏天青色的高杯持在他自带艺术气质的修长手指间，缓慢而优雅地转动着，童欢不由自主地退了一步，声势全无，小声说道："那你也不能对孩子们讲我是你女朋友呀。"

童彦伟来昔云的第二天，就摔破了苏睿一个据说是王锡良大师亲传弟子专制的茶杯，虽然价格没有苏睿现在说的那个晓芳窑夸张，但也是大几百上千的东西，自此苏睿就不让他碰自己的茶盏了。偏偏矫情如苏睿，完全不能接受彦伟用塑料杯、玻璃杯喝他的茶，而童彦伟虽然完全不懂品茶，却本着"那些贵得要死的茶叶难得喝到，不喝岂不是亏了"的屌丝心态，只能眼巴巴在市场买了个十块的小茶杯应付。

此刻他站在两人身后，看着自己在市场上淘来的十块钱小茶杯被苏大教授吹成了几千块的名品，憋笑正憋得要出内伤了，结果童欢的话犹如一颗炸弹，炸得他差点没弹起来："女朋友？他亲口说的？"

苏睿仿佛看到白痴一样扫了他一眼，嗤笑："你也信？"

童彦伟看着自家小表妹背资料背得眼圈发黑、皮肤泛油、头发蓬乱、衣冠不整的样子，再看看站在她对面斯人如玉的苏大仙人，沉痛地垂下了头："是很难相信。"

"可是他们……"

童欢刚刚拔高的音调在面对苏睿那副居高临下、卓尔不凡的嘚瑟相后，又慢慢低了下来。

"我就是眼睛瞎了，也还有脑子，怎么会讲出你是我女朋友这种连 Dirac 都说不出口的话？"

Dirac 听见对话里有自己的名字，赶紧站到了苏睿身边，偏着脑袋注视着两人，苏睿似笑非笑的样子就显得更欠揍了，再加上身后童彦伟毫不掩饰的爆笑，童欢甩头走人。

"等等。"

童欢头也不回，假装没听见。

"你不赚钱了？"

走到门口的童欢瞬间回头，看到苏睿拿出了两袋案卷，连着一沓红票票，立马没节操地又转了回来。

苏睿却在她拿钱的瞬间按住了钞票："我听说你能去河边棚屋，我和童彦伟要去。"

童彦伟担忧地望向苏睿，连李红都撬不开口，案子陷入了瓶颈，他们的确需要一个不露痕迹就能带他们进出棚屋的引路人，他仍然不愿把童欢扯进来，没想到苏睿直接找上了童欢。

童欢即刻缩手："那里不行。"

"这里有两千五，一千五买你三天，一千是带路费。"

童欢神情复杂地看着苏睿胸有成竹的样子问："你是不是觉得在我这里，什么事都能用钱解决？"

"再加三顿小龙虾。"

童欢犹如烈士般坚贞的面具出现了裂缝。

"还有……"

"闭嘴！"童欢捂上了耳朵，"我知道我这人立场不坚定，但是棚屋不行，天王老子来了都不行，你们不能去那里！彦伟更不能去！"

童欢飞快地从那沓钞票里抽出了十张，像上面沾了什么可怕的东西一样光速丢开，然后抱着案卷和钱跑了。

"死算命的！死土豪！有钱了不起啊！诅咒你回你的大英帝国就破产！"

一路骂骂咧咧回到房里，童欢才发现自己刚才一激动，把手机落在隔壁了，只能很没面子地折回去。童欢先前走得太急，又双手抱物用单脚勾的门，所以房门并没关严，而屋内堪称360°无死角监控的Dirac更是把她当成自己人没有示警，于是她恰好听见了屋内两人在聊自己。

"你怎么还有那么多东西让三三记？"

"终于发现花钱能买清净，还不让她多背点？我加了些无关紧要的纯物理理论在里面，而且没有前后逻辑，得花上她几天工夫。"

童彦伟咂舌："你也不怕把她脑子记坏了！"

"五百块买一天的安静，我掏得起，可还是有点冤大头，所以她也应该吃点苦。"

童欢能感觉到自己的肝火简直能把五脏六腑焚烧殆尽，可如果很有骨气地冲进去把事情挑破，到手的钱岂不是又得退回去？于是拿人手短的她只能憋着火去菜地摘了一小篮黄瓜，又憋着火在操场跑起了圈。

出了一身大汗后，童欢感觉心里舒畅多了，正准备检查完大门去冲凉，隔着校门外昏黄的路灯，看见林斐然提了一篮吃的摇曳生姿地往学校走来，她赶紧两眼发光地开了锁。

"斐然姐，这么晚了你怎么一个人来呀？"

昔云镇的女人天全黑后几乎不独自上街，尤其是单身女性，林斐然大概没太当回事，镇上的混混再嚣张，也没人敢动陶金的人。

"乐平和我说你下课和午饭时间都在帮她补拼音，我必须来表示一下感谢。"

林斐然以前就是开大排档的，凭她的手艺，如果不是丈夫吸毒败家，日子其实会过得不错。快十岁的林乐平虽然没正式上过几天学，但因为常常听妈妈记账算账，耳濡目染，三年级的孩子都撑不上她的算术水平，认字量什么的也还过得去，唯独拼音几乎是零基础，所以最终选择插班在了二年级。

即便没有林斐然的情分在，照乐平的情况，童欢也会给她开小灶。如果不是乐平不住校，而童欢这几天放学后又忙着"赚钱"，只怕晚上都会拉她补课，以免差距越拉越大。林斐然一直觉得，自己以前日子过得苦，是吃了读书少的亏，现在经济情况好转，自然把乐平的学业看得很重，童欢这么尽心尽力，她当然要有所表示。

"斐然姐，现在不是如意小馆最忙的时候吗？"

"哎哟，我忘了和你说了，现在店里生意好是好，但陶金说我太累，以后店里周三休息，我和阿赵也偷偷懒。"

说起心上人，林斐然笑得十分动人，可童欢想起档案里那些千娇百媚的女人，心里很是硌硬。

"怎么了？"林斐然一贯能察言观色，看童欢忽然间心事上眉，还有点愤愤不平的样子，就猜和陶金有关，"你是不是听到什么传言，和陶金有关？"

"就……就他……和别……"童欢向来和谁好就掏心掏肺地好，但和林斐然毕竟才认识不久，担心提及私事浅言深，到底说不出口。

"他身边有别的女人？"

见林斐然自己主动提出来了，童欢眼睛骤然一亮："所以是传言，对不对？"

"自然是真的。"

林斐然嫣然一笑，长眼媚意横生，看得童欢直叹气，怪不得斐然姐一个人带着孩子回到昔云，连她这样迷人的熟女都拴不住他，男人会不会太贪心？

童欢那副又是摇头又是叹息的样子，看得林斐然爽朗大笑起来："你呀，不会已经在脑海里把我想象成那种忍辱远避的小女人了吧？"

难道不是吗？童欢皱着脸，替她不平。

"傻丫头，大家都是成年人了，只要他心里有我，我心里有他，互相不给对方添堵，就是种相处方式。"

"可是……"

童欢可是了半天，看着林斐然那副通透又淡淡的样子，后面的话讲不出来。

"是，谁都希望自己是那独一份的，可是，这不是委曲求全。我结了两次婚，还有孩子,他过的也是刀口舔血,有今天没明天的日子,谁都不会看不起谁,但也不会拖累谁,承诺这些东西对我们来说是种负担。"

"那你以后呢?"

"我乐平的死鬼爹去的时候,我就说过,我不会再结婚了,结婚证本来就是你们文明人带来的东西,我们寨子里几百年都依着自己的婚俗,哪有那张纸?那张纸对我们也没有用。傈僳族的女孩婚姻包办的多,德漂州这地方富的能流油,穷的连口饭都吃不上,我们寨子家里孩子生得多的,有些都靠卖阿米(女儿)来过日子,一些女孩子卖了五六次,跑回来又再被卖,孩子都生在好几家,生的女孩长大了,再接着卖。"

也不知最近是不是背多了档案和资料,童欢对拐卖特别敏感,她来昔云三年,知道一些买卖婚姻的风俗,当年在回风寨遇到的那个被卖给瘸子兄弟当共妻的小女孩,到现在她都忘不掉,可是她也没想到山里的傈僳族买卖人口到了这个地步,竟然一女多卖、一妻多嫁。

"我被阿爹卖给我第一个老公的时候,阿妈哭得眼泪都干了,有什么用?我嫁过去没一年,他送货被抓进去,转头我爹又把我卖给了第二个,还打了结婚证,结果他连我和乐平都要一起卖掉。我还算命好,家里信奉老一套,要族内通婚,有些女孩家里贪钱多,卖到外头去的,这两年甚至卖到境外,一辈子都不会有音讯。"

童欢猛地一抬头:"卖到境外?那是有人专门在做这种生意吧?"

"自然是有,我们乡下人哪懂那些?语言都不通。不过看给的钱多,也有不少人跟着牵线搭桥拿好处费,至于同不同族,同不同国,卖过去是当老婆还是别的都不管了。"

童欢赶紧在心里默默记下,决定要把这个消息说给彦伟和算命的听。她记得初来昔云那年,有个傈僳族学生的哥哥就是因为要跟汉族通婚,被赶出了家门,没想到不过三年,在素来讲究同族通婚的深山老寨也有了跨境人口买卖。

"我没读什么书,乐平她爹再不好,毕竟把我从山里带出来,也算见了世面,家乡这些狗屁风俗作践了我半辈子,我绝不叫乐平再过和我一样的日子,她要像你一样,读大学,找个好工作好男人。至于我自己,陶金在别人眼里可能不是好人,可他只要不做人口买卖,不碰白,我还是那句话,能疼我疼我女儿,阿猫阿狗我都跟他过。"

林斐然说这话的时候,腰挺得特别直,翻涌着沧桑的双眼像有火焰在跃动,童欢觉得如果她是陶金,一定会深深迷醉的。可是照彦伟的调查,陶金这次是真的被牵扯进拐卖案里了,她担心斐然姐又所托非人。

"瞧我,本来是给你送点夜宵,忽然把气氛搞这么严肃。"林斐然撩了撩耳边的鬓发,又恢复了腰身如柳的风韵,把沉甸甸的袋子往童欢手里一塞,"这么晚了,我也不陪你吃了,白色饭盒装的是给你的夜宵,都是你平时爱吃的菜,我还装了两大盒腌肉和丸子,明天给孩子们添到洋芋饭或者汤里,加餐。"

"我让彦伟送你回去，一个人太不安全了。"

林斐然笑眯眯地摇头，目光温柔地往看不清的路口一指："他的车在那儿呢。"

童欢了然，怀揣着不能说的担忧，目送林斐然消失在夜幕里。

把夜宵摆在走廊的旧课桌上，记仇的童欢本来不准备喊隔壁两人过来饱口福，忽然发现落在苏睿房间的手机不知何时已经被送了回来，而且Wi-Fi信号变成了满格。

说起她千辛万苦在学校扯通的这条网线，速度慢还罢了，换了三个号称穿墙王的Wi-Fi路由器，依然走出图书室就信号微弱，进了她房间更是完全掉线。算命的来了以后有随身Wi-Fi，她平时也跟着蹭，但移动的整体信号在学校这一片都不稳定，所以她蹭网蹭得也是断断续续。

"不会吧，图书室的Wi-Fi在这里怎么会满格！我不会是出现幻觉了吧？"

童欢揉揉眼，举着手机往图书室走几步，再走回房间，发现连上的真是图书室里用户名被她设为33的Wi-Fi，忽然想起校长下午的时候说，苏睿拿了卷细铜线问他要了图书室的钥匙，不知道想捣鼓什么。

难道是他？

想到以后不用为了看个视频短片，大晚上穿着睡衣跑到图书室，童欢瞬间觉得自己连免费的夜宵都不通知隔壁太不厚道了。

连着新鲜出炉的满格信号去请人吃饭，童欢顺手查了一下晓芳窑，免得下次又被鄙视没文化。刚要敲门，她先是被百度出来的价格吓得目瞪口呆，庆幸自己没有失手打破，却在图片里很快发现了不对劲。

那些专业的鉴别方式她是不懂，但是看晒图都能发现，每个晓芳窑出品瓷器的底部都有"晓芳"二字，她疾速回放了一下脑海里的画面，确定刚才那个杯子底干干净净，什么都没有。

所以——她被涮了！

跟着夜猫子苏睿忙到四点多才睡的童彦伟，大上午被锲而不舍的手机振动给吵醒了，隔着苏睿嫌他死赖一间屋碍眼而添置的藤编屏风，他小心翼翼看了看戴着眼罩听着音乐正熟睡的人，猫着腰悄无声息地溜出了房间。

"彦哥，你那苏教授又把三三怎么了？"

于衿羽脆甜的声音夹着清晨凉风扑面而来，敲打着他迷糊的脑袋。

童彦伟无声地叹息："衿羽，我四点才睡。"

"天哪！那你先睡，我晚点再打过去。"

"不用，反正也醒了。"

"三三呢？我打她电话也不接，你们在一起吗？"

"她在带学生。"

童彦伟远远看着操场上带队做游戏的童欢和方老师，一个青春洋溢，一个老当益壮，精神抖擞地带着一堆高矮不一的萝卜头用粗糙的自制鸡毛毽子丢沙包。贫瘠的条件并没有减少孩子的活力，就像童欢说的，他们一样有感受美好和快乐的能力。

"那你知道她和苏教授是怎么了？我怎么觉得，他俩已经从头到脚太不对盘到……我反而有种相爱相杀的 CP 感了？"

"她和你说什么了？"

"她倒没和我说什么，她把人直接挂上墙了，看得我快笑死了。你还不知道？快去看她公众号，了解情况后记得告诉我啊。"衿羽在电话那头咯咯笑完，忽然语气一转，娇娇软软地，像在他耳边呢喃般说道，"彦伟，我好想你。"

说完，衿羽也不等他回应，就把电话挂了，徒留空气中那点仿佛搔着耳朵般的甜腻，酥酥痒痒地直往童彦伟的心头钻。

童彦伟捏着手机呆了半晌，才点开了童欢的公众号，新发的文章全篇都在吐槽镇上新来的装×王"苏某人"，来学校连厨房都不肯进，厕所要先请人清理，被孩子围观也不发一言，高高在上，昨天更是试图用街边几块钱的破茶杯冒充晓芳窑，讹诈无辜的老师。

她全篇说的都是真话，不过全是刻意截取了片段的真话，而且用词极富煽动性，末尾还附上了一张她不知何时拍到的照片，是苏睿站在榕树下显得冰冷又不近人情的背影，和十米开外一群藏头露尾、好奇又害怕的孩子。既避开了苏睿那张具有迷惑性的脸，又让苏睿光鲜洁净却与环境格格不入的穿着和孩子们身上陈旧的衣物形成了近乎刺眼的对比。

童彦伟往下一拉评论，不出所料，自去年对童欢的言行出现质疑的声音后，留言里还是头一次出现一面倒的局面，"苏某人"简直被人从头发丝喷到了脚指尖。

苏睿好像很不喜欢自己的影像出现在网络上吧？彦伟皱着眉头，感觉童欢这次撩到苏睿的逆鳞了。

遵守童欢上课时间绝不打扰的原则，童彦伟老老实实地等到她下课以后，才上前劝说，希望文章能在苏睿察觉前撤下来，结果童欢丢下一句"我才不删，看他被别人花式吊骂不要太有趣"，掉头就走。

"三三，以我对苏睿的了解，你会被发律师函的！"

已经跑得剩个影子的童欢回头做了个鬼脸："我才不怕他，是他骗人在先，哼！去他的晓芳窑！"

Chapter 21
水边棚屋

作为可怜的夹心饼干，童彦伟两边都得罪不起，只能抱着鸵鸟心态，希望苏睿不会关注到童欢的公众号，过两天童欢气头过了自然会把文章撤下。

苏睿中午睡醒后，两人出门觅食，才走到校门口就遇见了张校长，张春山一副年轻真好的过来人口气，调侃得苏睿莫名其妙，童彦伟满背虚汗。

按童彦伟原本的计划，两人到如意小馆吃个盒饭就打发了，结果如意小馆的生意好到盒饭提前卖光，林斐然已经在收摊，她看两人饿着肚子过来，干脆特做了一份火瓢牛肉。

泛着旧红色的铜瓢，老火牛骨汤底浮着诱人的红油，盛上满满一大锅香辣嫩滑的带皮牛肉，加上已经用文火煨得软糯的牛杂，撒上一捧翠绿的芫荽碎末，坐在落地风扇正风口，吃得汗流浃背，不知多过瘾。

童彦伟吃到两眼泛泪光，恨不得拜倒在林斐然的脚边抱大腿，完全忘记了担忧，所以看到恰好经过的古老师，在征得苏睿同意后，连声招呼他坐下一起吃，眼尖的林斐然赶紧炸了一盘香脆的洋芋送过来，就去给晚上开餐做准备工作了。

古建国是昔云镇的老人，二十世纪八十年代末在七小的前身——昔云完小当老师，一干就是三十多年。他现在五十出头，眼看着也教不了几年书了，这些年看着年轻人在七小来来去去，难得童欢一个城里姑娘能踏踏实实待了三年，还做了这么多实在事，心里是拿她当半个女儿看的。所以对童欢的家人朋友，他从来都客客气气，只有忽然出现的苏睿让他内心很复杂，和张校长一样，是那种既担心女儿被拐跑，又盼着女儿好的复杂，所以三人聊着聊着，不管童彦伟怎么把话题往外引，还是聊到了童欢身上。

"小苏啊，女娃娃有时候还是要哄一哄的，小童其实脾气特别好，难得发毛。"

客观来说，从职业、家世到外形，童欢配苏睿其实都是高攀了的，但是在七小这几个老教师眼里，童欢就是最好的女孩子，他们生怕别人看不清童欢的好。

至于苏睿不是童欢男朋友这事，他们从来就没有相信过，毕竟昔云这么偏远的地方，这么苦的条件，以苏睿通身非富即贵的做派，如果不是要了朋友，怎么肯留下来，不仅找朋友把学校从水电到大门都修葺一新，还帮童欢把房间、厕所都收拾得那么好？

倒是苏睿今天连续两次被"过来人"劝解，察觉到了事情的反常，急得童彦伟在一旁差点抹脖子，古老师还在那里语重心长。

在童彦伟眼看要急疯的当口，古老师忽然看见了以前教过的学生，扬了扬手："康山！"

依然瘦到仿佛风都能吹得走的康山在看到童彦伟时，下意识向后缩了缩，他记得这个男人，审视和盘问的样子特别像警察。但是古老师带了他六年，当初他考上初中还是古老师帮他交的学费，又送他上学，于情于理，他都不能躲开。

康山恭恭敬敬地走了过去问好，古建国拉过一条凳子，热情地招呼他坐："妈妈最近身体怎么样？"

"精神还可以。"

"今天不上班？"

"盈城来了卫生组到处抽查，老板娘怕麻烦，下午干脆停工放假。我妈昨天说想吃这里的漆油鸡，就过来买鸡汤带回去。"康山拘谨地站着，他今天穿得很工整，带领的T恤还有西装长裤，显得更老成，半弯着腰答话的姿势有点像被生活重担压得丧失了朝气的老男人，好看的五官因为浑浑噩噩而黯淡无光。

"你先坐着一块儿吃点，小苏、小童，你们不介意吧？"

古建国自己先开了口，才想起问做东的，也有点尴尬，好在苏睿及时微笑着点头，顺手从隔壁桌还取了碗筷。他笑起来很是迷人，让人完全不会怀疑他的诚意。

"不了，古老师，我妈还等我回家一起吃饭。"

"那你赶紧买了回去，走，我再陪你去选两个清淡点的菜，我请你。"

"古老师，真的不用了。"

古建国不由分说推着人往菜架那边走："这孩子，跟我客气什么？嫌老师穷？"

康山并不善言辞，再推脱两句，被古建国连骂带训，头都不敢抬，只能挑了两个便宜又好做的凉拌菜，漆油炖鸡这种花工夫的菜也是开门就煨上的成品，赵姐利索地给打了包，买单时两人又拉扯了半天，最后康山揉着手里的钱被古建国直接赶走了。

坐回桌边，童彦伟像是随口问了句："他是古老师以前的学生？"

"是，康山是七小毕业的，爸爸是镇上的赤脚医生，人好，医术也好，不过是跟着祖辈学的老中医，没考医师执照。以前镇上的老人都喜欢找他看病，说起来我老娘有一次路边发急病，如果不是被他救了，可能命都丢了，而且老太太到现在冷天咳嗽还在用康大夫的方子，说比西药好使。可惜康山十岁的时候，老康去哲龙山里采药出了事，就在鹰嘴崖附近，有人说他是遇上'滚大轮'的被灭口了。"

"灭口？"

"谁知道呢？那年月山里多少乱事，唉——康山他妈身体不好，家里就败落了，康山以前在七小，年年考头名的，镇上第一名上的初中，前年又考上了州民，那可是整个德潔州最好的高中，大家好不容易给凑了学费、生活费，结果他妈出了车祸左腿截肢，把钱花光了，他只能退学。"

康山聪明又勤学，连张校长都一直在惋惜这孩子可惜了，本来是能上好大学的尖子生。康山母亲白秀云婚前就有痛风症状，丈夫去世后靠一手好绣活供孩子读书，辛劳过度导致痛风加重，车祸后引起了肾脏的并发症。这两年康山为了给白秀云看病，连家里留下的老房子都卖了，去年起只能搬去棚屋那边挨日子。

听了古老师的介绍，童彦伟也直唏嘘，苏睿却若有所思，忽然说道："我有一个堂叔在香港，对痛风类疾病和肾脏病变很有研究，也许可以帮到他们。"

古建国立刻站了起来，忽然肩膀一耷，又颓然坐下："不要说治疗费用，康山连路费都出不起，何况香港的消费我们都不敢想，康家负担不了的，不过我还是替他谢谢你的好意了。"

"他们医院与慈善机构有合作，我先了解一下白秀云的病情，然后把病历发过去，如果他们觉得有价值，治疗费用也许可以做到减免。"

古建国一激动，起身连凳子都撞翻了，兴奋得直搓手："那我们这就去他家。"

苏睿和童彦伟对看一眼："会不会有什么问题？"

"我带着你们，能有什么问题？你们也不用把棚屋想象得太恐怖。"

古老师是土生土长的昔云人，儿子在盈城做城管，女儿是昔云镇卫生所的医生，加之老师本身在当地还算有点身份的职业，因此开学家访都是把棚屋的学生分配给他，所以他做引路人比童欢合适得多，帮忙治病的理由更是天衣无缝。

"今天这餐我请，一定得我请。"

"古老师，事情成不成还不一定，要看白阿姨的具体情况。"

"有这个心我都感谢你。"古建国这会儿看苏睿是越看越喜欢，小伙子有才有貌，以前还觉得有距离感，老人家也不喜欢这种非正统的美貌长相，可心眼好比什么都强，小童能找到这样的男朋友，真是叫人替她开心。

古建国暗自决定回去劝劝童欢，小两口闹脾气也不能把男朋友放网上给人骂，别把矛盾闹大了。他抢着去买单，苏睿和彦伟也不拦，倒是林斐然大笑着把钱又挡住，还机灵地把刚才康山打包的钱也一并塞了回来："古老师，苏睿早放了钱在我这里，我一周跟他结一次账，您呀踏踏实实把钱收好，我是肯定不能收您的。"

"那怎么行！"

童彦伟上前来拉着古老师就走，还冲老板娘比了个拇指："没什么不行的。古老师，你看我蹭他吃蹭他住从来不会不好意思，土豪嘛，这点钱对他来说不算什么，何况我们还免费住着学校的房子呢！"

古建国也是个爽快人，把钱一收："不能老占小苏便宜，这样，我看上回我拿的火腿肉你们爱吃，晚上我再取半腿送过来。"

好吃的苏睿是从来不往外推的，待古建国大步流星地往前多走了几步，童彦伟才咳了一声，压低嗓门问道："你说治病的事是真是假？"看古老师那么高兴的样子，如果只是为了去棚屋找的托词，虽然佩服苏睿的急智，彦伟也有点于心不忍。

好在苏睿鄙夷的目光即刻送了过来："我需要为这种小事撒谎？"

香港的专业医师，申请慈善机构的援助，哪一样是小事？每次听苏大少爷把这些东西说得太云淡风轻，彦伟真是特别能理解为什么会有仇富心态出现，连他这会儿都有为童欢怼天怼地怼苏睿的行为鼓掌的冲动。

唉，谁让人家是大爷呢？

童彦伟还是只能笑得跟朵花似的，点头哈腰恭迎大少爷先行，然后对着走得玉树临风的背影翻了个无奈又无语的大白眼。

终于不再与昔云人避如蛇蝎的棚屋隔河相望，彦伟和苏睿才更直观地感受到这是怎样一片土地。路边流淌着污水，垃圾与排泄物随地可见，蝇虫到处飞舞，空气中弥漫着刺鼻的气味，甚至带有淡淡的血腥味。

赤膊的汉子提了一袋洋芋回家，老人赶紧提了浑浊的河水上来烧着，干涸木讷的眼神里看不到一丝对生活的期待。衣衫不整的女人大剌剌地袒着半个胸部，到处是针眼的手臂上长着烂疮，却冲三人抛着腻人的媚眼。挂着块破布连裤子都没有的孩子试图上前来讨要东西，被古老师喝退后，流露出那种冰冷而怨毒的眼神。苏睿并不怀疑，再长大两岁，给他们一把刀，他们能为食物杀人。

童彦伟让古老师领着，把棚屋区都转了一遍，才回到最外围的康山家的屋子。虽然也是篾条编织的墙壁，但是主人家钉了四根大木桩把房基打得很稳，顶上铺了大块的墨绿色帆布，四边都长长地垂下来，用结实的多股尼龙绳系紧四角，保证不会有雨水入侵。相比周围一些风吹能倒堪堪遮点小风半雨的危棚，康山家的棚子已经算很像样的了。

古建国刚要敲那扇编得绵绵密密的门，康山背着一个旧竹筐推门出来了，看见三人一愣："老师，你们怎么来了？"

他看了一眼站在古建国身后的彦伟，把门掩上，想拉他们走远一点说话，古建国却又反手推着人往回走。

"康山，这位是苏睿，英国……呃……很著名大学的大教授，刚才你走后我和他们说起你家的情况，他叔叔在香港那边是治疗痛风的专家，医院和慈善机构有合作项目，如果你娘的病情和他们研究方向对口的话,他可以帮忙联系去治病,医药费可以酌情减免。至于路费,我们再想办法,治病要紧。"

康山张大了嘴,那张总是显得过于老成疲惫的脸终于显出了少年般迷惘的神情来。自从他爹去世以后,他已经经历过太多次生活的暴击,以至于这样听起来太过美好的事,他的第一反应是怀疑,怕是有陷阱的天方夜谭。

当初妈妈遭遇车祸,从州立医院送到昆市的第一医院,已经耗尽了所有家当,那也是他这辈子走过的最远的地方。香港,遥远得只存在于书本电视里,他连想都没敢想过。

作为一个有轻微洁癖的人,苏睿从进到棚屋区,精神上一直紧绷,但面上一点都没显出来,貌似平静地在垃圾、恶臭里穿行。然后他站在那里,连他脚下的那片地好像都处在了另一个世界,而他用一种极为平淡的语气说着康山不敢想象的梦:

"我叔父是香港养心医院风湿病科中心的 Dr. So Man Leung,苏文良主任医师,他的具体信息你可以去医院官网上查询。他们中心和香港中联中医研究院在关于痛风方面有联合研究项目。古老师说你父亲以前是本地的老中医,去世前一直为你母亲在做系统的调理,并且基本控制住了她的病情,后来你母亲再度发病后,你也没有停止过替她做中药辅疗,所以我想你母亲的情况很有可能争取到费用减免,但眼下我还不能担保。"

苏睿的态度既不热情,也没有施恩的居高临下,平淡的叙述反而比古老师激动的言辞更有说服力。康山从震惊中慢慢恢复过来,他身边已经只余下这么一个亲人,看着妈妈的身体这两年不可挽回地衰竭,他已经绝望了,原本只是希望在余下的日子里妈妈不要过得太痛苦,可是忽然间,一个超乎想象的机会就这样出现了,他苍白的脸上骤然涌现出潮红,整个人都乱了。

"我……我……那我需要做什么?"

"如果你同意的话,我需要你母亲病情的详细说明,包括初始发病时间、日常发病频率、治疗过程、治疗效果,还有这些年的病历、检查结果,以及你们使用过的中药药方、疗效说明。"

"有一些病历搬家不见了……我找找,找找……"

古老师乐呵呵地在康山肩上敲了一把:"憨包!先赶紧让人进屋坐着,慢慢说。"

"好,你……您请进。啊!我先收拾一下,收拾一下。"康山手忙脚乱地进了屋,只听见里面一阵乒里乓啷,过了两分钟,康山尴尬地搓着裤边打开了门,"不……不好意思,家里比较乱,要不我们去外面找个干净地方坐?"

童彦伟笑嘻嘻地率先进了门:"没关系,我们正好也和阿姨打个招呼。"

棚里有两张搭在木板上的窄床,左边不对窗的上头放了几本医书笔记,右边稍宽敞的枕边堆着满满一篮药。床中间挂了条长绳,母子俩常穿的几件衣服都挂在上头,权当做了帘子。一条高低脚的长条椅,铺了旧报纸的木箱拼着当桌子,简易的煤炉和炊具,以及几副碗筷，地上的小竹篮里放了半把蔫了的菜和几个玉米、洋芋，旁边堆了几个大大小小的矿泉水瓶，囤着康山下班背回来的净水。

这间十来平方米的房间称得上家徒四壁，但收拾得挺干净，窗上挂了块雪白的碎花钩纱窗帘，虽然是手工制品却做得颇为精致，大概是这个屋子里最上档次的装饰品了。比起方才经过的那些没比废品站强多少的棚屋，看得出康家已经竭尽所能地在好好生活。

"我要去后山采药，所以托朋友、朋友帮我照看一下我妈，她……她这会儿不在家。"康山把长条椅又用手抹了抹，"你……你们先请坐。"

康山想把自己刚才忙乱收拾的两张床再铺平一点，苏睿特意伸手去帮了一把，不过康山很不好意思地拒绝了。

苏睿感受了一下那床薄棉被的触感，带着常居水边的微潮，却是蓬软的，连垫床的被褥一起，应该都是近日置换的。康山大概怕母亲拒绝，特意用旧棉套套着掩饰，而他自己的床上用的显然还是床破破烂烂的老褥子。长绳上两人的衣服，除了最靠里的两件新衣，白秀云的衣服虽然旧，但是整洁且尺码相同，康山的衣服则凌乱破旧很多。

是白秀云这个当娘的粗心，还是她的身体疼痛已经严重到顾不上这些日常细节？

"你母亲在用轮椅代步？"

苏睿看着地面上的辙痕，还有门槛外用木块削的小斜坡，问道。

古建国奇怪地看了苏睿一眼，以他和苏睿有限的几次交道来看，苏睿虽然不是平易近人好相处的那种人，却极有教养，在明知道白秀云截肢的情况下，这样直冲冲地询问，不像他的作风，而康山怕他嫌弃妈妈出行太不方便，唯唯诺诺，不知该怎么答。

古建国只能把话接了下来："康山妈妈腿脚不好，手术完了以后，康山买了辆二手轮椅，不过日常生活她自己都能应付。"

苏睿一面不置可否地打量房间，一面掏出了钢笔，在糊箱子的报纸上写下了叔父的名字及自己的电话号码。

"你把资料整理完，送到七小来，我最近都住在那里。我和童彦伟可能还会到这里来，也要跟你母亲见上几面，确认患者的精神情况，以及她本人的治疗意愿。"

"好，我会和妈妈商量。对……对不起，我这里连喝水的杯子都没有，家里也没什么好东西，我……"康山掏出了一个很旧的手机，记下电话又回拨过去，"这是我的号码，苏教授，你要是有事随时找我，今天起我会随时带在身上。"

他腼腆而忙乱地从母亲的药篮子里拿出两个小纸包，往苏睿手里塞："这是我自己晒的苦藤茶，泡水喝，祛湿祛暑的，还有天麻粉，都是……都是我自己弄的。"

他感激又不知所措地讨好着，紧紧抓住了苏睿的手，突兀的肢体接触让苏睿的手臂都僵硬了，好在童彦伟很有眼力见地接过了药包："你不用客气，我们也就是牵个线，你如果有什么事找不到他，找我或者我堂妹也是一样的，我姓童，你可以叫我童哥。"

童彦伟不摆出警察的威慑力来，本身还是个亲和力很足的人，他还很懂得怎样在交谈中有技巧地让人放松防备，不像苏睿一看就是天之骄子充满了距离感。在他的插科打诨之下，康山逐渐放松了。

小屋里空间有限，四个男人挤着转身都麻烦，大致情况了解完后，康山还是照原计划背了背篓出门去采药，正好顺路送三人回学校，童彦伟和康山凑着头聊了一路，已经自来熟地勾肩搭背上了。

"小苏，康山给你的草药你收着，他之后应该还会趁空闲给你送点东西，你都接下来，他心里会舒服些，而且他从小跟着他爹在山上认药采药，晒出来的东西很多比药店的还好。"古建国不无担心地看着康山单薄的背影，十九岁的男孩已经有一副好像抬不起的肩膀，沉沉地永远耷拉着，"哎，他采药能自用，还能换钱，但如果不是家里太穷，他娘是不会准他进山的，老康当年就是在山里出的事。"

"是出了意外？"

古建国又是一声长叹："说是摔坏了，但是谁都说不清。我们昔云这段山林往西北走，深处是有路通往那邦乡边境线的，八十年代的时候大地震，把靠近翡国的小路震出了几十里的断崖，之后很多厉害的'拆家'和'滚大轮'试图穿林越境都失败了。那些亡命之徒都过不去，慢慢就只余下一些采药砍柴的山里人会爬几道山，再往里，没谁认得路了。"

苏睿敏锐地捕捉到了他话里的意思："你的意思是，康山父亲可能认得老路，然后被人逼着带路出了事？"

"边境线逐年收紧，有些胆大的就又打起了老路的主意，想开山搭架再开条财路出来。康家几辈子的中医，可能是镇上最熟悉哲龙山的人，有人找过老康几次，你别看康山内向，骨子里倔脾气还是像他爹的，老康怎么肯沾那种伤天害理的事？被人害了也不一定，可怜啦！可能是遭了野兽，骸骨都没找全。"

其实不仅是昔云，周边许多乡镇都有边境线与翡国相接，而所谓的边境线也并不是处处设有边防站、卡哨，一些村中不过几个相望而隔的界碑，连象征意义的栅栏、篱笆都没有，设一个简陋的民兵站，外来人员拿护照随意登记一下都可以过过"出国瘾"，当地居民更是饭后就去"邻国"散个步，隔三岔五"出国"探个亲。

不过这并不代表夹带私货是很容易的事情，因为机动巡逻的武警、民兵，密集的流动卡哨，还有逢上大路必有的多重严格临检，让对数量和稳定性有需求的贩毒团伙急于寻求一条人迹罕至又能贯通县镇的暗路来。

"那康山认路吗？我的意思是，他会不会因此也有危险？"

"康山虽然几岁就跟着他爹进山，但是年纪太小，不会带他往深处走，秀云也不会准他再进深山，大概是不认路的。"

苏睿抬眼望着镇后连绵的哲龙山脉，有"半年雨水半年霜"之称的昔云，年降水量极大，所以越往山边湿气越重，高山草甸连着远处的群峰，山脊处云雾游走，人迹罕至、保持着原始生长状态的深林在山岚中只透出一个模糊的影子，像蛰伏的吃人巨兽。

Chapter 22
大概是个好人

回家后的苏睿陷入了思考状态,童彦伟纵然有一肚子话要问,也不敢吵到他。其间古老师的女儿送来扎扎实实的大半腿火腿肉,远远胜过一餐饭钱。童彦伟看苏睿已经俨然是入定的状态,只能自作主张从苏睿的小冰箱里选了包鲍鱼干还礼,结果送完客被隐忍的 Dirac 追杀,他才反应过来,自己可能动的是 Dirac 的口粮。

童彦伟一面仔细回想,确认那包鲍鱼干是没有开封的正常人类食物,一面在心中悲愤地抨击了一下万恶的富二代,纠结着要不要追回被自己送了狗粮的古家人,可是感觉很难开口呀!

纠结来纠结去的童彦伟终于等到苏睿起身泡了茶,又打开电脑不知敲了些什么,其间还神情古怪地扫了他一眼,得到目光对视机会的童彦伟才敢开了话匣子:

"怎么感觉从康山家回来,你有很多疑问?"

"你没有?"

"康山是有一些奇怪的地方。"

苏睿挑眉,不甚认真地"哦"了一声,继续敲键盘:"说说看。"

"我上次和童欢见他的时候,他的穿着看得出很窘迫,今天从衣服到鞋子都是新的,白秀云挂在屋子里的一件衣服也是新的。"

苏睿手指飞快地在键盘上敲着什么,心不在焉地应了一句:"还不错。"

"他说是给妈妈打包的菜,我们到他家前后应该只差了不到半个小时,但家里没留下一点食物的痕迹,最关键是我发现了这个。"童彦伟递出苦藤茶的药包,在折痕的地方细看沾了些白色药末,苏睿闻了闻,彦伟接着往下说,"根据我的经验应该是曲马多,非阿片类中枢性镇痛药,很多瘾君子会在毒瘾发作时以超量服用的方式来当替代品。当然,也可能只是白秀云痛风发作时镇痛而已。但不管怎么样,我觉得我们到时候可以借着检查身体的机会,给他们母子做个检测确认一下。"

"他家最近进了账,相对于康山的收入来说,数目还不小,可能来自中年女性。"

童彦伟张大了嘴："你是说康山傍了……他不是有个漂亮的小女朋友，是王德正的继女？会不会是那个女孩子给他的？"

"屋子里白秀云的旧衣服尺码合适、没有补丁，而我之前见康山两次，他的衣服鞋子都有破损，有些甚至完全不合身，可能是别人的二手衣物。所以他一直尽力照顾白秀云的日常，却不舍得把钱花在自己身上，这样孝顺的儿子怎么会在自己全身上下都换了几套新的同时，只给白秀云买一件新衣？只能是别人给他置办的同时，顺便给他妈妈买了一件。"

"为什么不是女朋友送的？"

"我来昔云的第一天，下午最高温的时候，王伊纹愿意和他在树下乘凉，也没有提出自己出钱，找个室内凉快的地方。上次在如意小馆碰到他俩，小份的漆油炖鸡才卖四十块，他俩只点了二十块一人份的小罐，而且最后留在桌面上的钱沾着不少油辣子，是康山付的。康山家里唯一可能出自王伊纹手的，是窗户上那一小块少女特征明显的碎花薄纱，和那几个花纹素净的碗。"

"你的意思是，在他俩日常的交往里，王伊纹很照顾他的自尊心，康山可能也不愿意接受她的经济援助？那更说不过去了，如果康山是一个很有自尊心的男孩子，怎么会委身别人？"

"为的什么我不知道，但可以大胆猜测，最近出现了不得已的理由，导致康山需要大笔钱财。而给他钱的这个人，替他们母子选的衣服款式都不像年轻姑娘的审美，这个人还给康山换了被褥，只是康山孝顺，把新褥子给白秀云用了。一般来说，这种天气，年轻人会选择空调被这类轻巧的被褥，只有上了点年纪的人才喜欢用棉花弹的老式被子，所以这个人应该是中年，出手还比较大方。你有没有注意康家棚屋屋顶的帆布内外颜色完全一致，所以也是新挂上去的。回来的路上我问过古老师，康山以前给母亲买的二手轮椅都是凑的钱，左轮有小故障，不好推，今天屋里屋外轮椅推行的痕迹都均匀流畅，应该是添置了一辆新的。"

"所以，康山最近很需要钱，但是这钱不是交医疗费用那种急在一时的，而是长期需要，所以康山在手头活泛一点后，还是先对家里家外做了贴补。"

"照古老师的说法，康山已经是在陪白秀云熬日子了，也就是说，白秀云的病情虽然很严重，但短期不会有更糟的大波动，那么现阶段对白秀云来说，最让她舒服的事就是镇痛。"

童彦伟失神地看着药包上的曲马多药末。曲马多虽然价格便宜，却是红色处方药，很难大批量买到，除非通过非正常途径。长期使用曲马多出现依赖性和耐药性后，必然需要更强劲的杜冷丁、吗啡，这都需要重金。

"至于打包的食物，应该是王伊纹过来了，康山不放心她进棚屋区，上次在如意小馆差点碰到陶金后，她也不敢再去店里。康山在经济窘迫的时候会专程带王伊纹去喝的汤，一定是她最爱吃的，所以康山去打了包。如果白秀云最近的疼痛加剧，康山必须趁假期去采药，王伊纹可能陪白秀云在某个地方治疗，也许是卫生所，也许是能买到那类药品的地下场所。"

想到那个十九岁男孩的暮气沉沉，苏睿发出了一声轻叹："你有没有想过，关于老路还有一个大漏洞？"

"什么漏洞？"

"为什么连青寨都会对一条老路感兴趣？一旦被发现，沿途不定期巡视，他们就会做无用功，这么多年翻山越境的人还少吗？"

"除非……这条路在易查路段完全是暗道，很难被发现。"

"或者即使发现了，也防不胜防。"

苏睿虽然一时想不到怎样才能做到这一点，但是会让贩毒集团都重视的路，一定有其特殊价值所在。

和彦伟讨论完，苏睿正好也完成了电脑里的工作，合上手提电脑之后，他抱着手臂忽然沉声问道："我把我看到的都告诉你了，现在轮到你告诉我，你什么时候知道的？"

还沉浸在康家事情里的童彦伟呆住了："我不知道啊，我以前都没想过康山会和案子有联系，我看卷宗，爆炸那天你不是还第一时间否定了三三对小情侣的怀疑吗？"

苏睿的脸色更难看了，他把手机往童彦伟怀里一丢："我是说你家堂妹干的好事，你什么时候知道的？"

他大步走到门边把门反锁，转身看见童彦伟一米八几的东北大块头已经蹲在了Dirac身边，捏着耳朵做忏悔状。

"今儿中午。"

"实话？"

"比中午再早一点点。"童彦伟贱兮兮地伸出一截小指，"真的，就早那么一点点。"

"文章内容我律师转告我了，我要求他做了删除，后续事情律师也会跟上。"

苏睿的声音冷得没有温度，童彦伟觍着脸贴上来："苏大教授，你看啊，我家小朋友她不懂事，反正文章也撤了，你大人大量就别和她计较了，她自己会知道错的，过两天我让她给你道歉。"

童彦伟正说着，忽然外头传来一阵急促的脚步声，先是意思意思拍了两声门，发现反锁拧不开后，开始惊天动地地捶起来，惹得Dirac一顿狂吠，不过苏睿很快喝止了。

"算命的，你给我出来！你个盗号的小人！伪君子！我侵你妹的权呀！你*#￥%&……"

在童欢完全不带歇气的脏话连篇里，苏睿冷笑："这就是你所谓的会知错？"

童彦伟肩头一缩，战战兢兢打开了手机，发现三三置顶的那篇发泄文已经被篡改成一篇用词恳切的致歉信，并表示她会对自己侵权、诽谤的行为负责。原来两人刚才分析案情时，苏睿在电脑上敲敲打打就在指挥别人干这事，怪不得时不时扫过来的眼风都看得人心底发毛。

彦伟听着小堂妹在门外泼天的骂声，他都能想象，童三三今天一定是美滋滋地看别人在文章下面替自己骂苏睿爽了一天，忽然显示号在别处登录了，文章也被撤了，还上了一篇致歉信，怎么可能不冒毛？他这会儿连劝解的心都没了，免得猪八戒照镜子——两面不是人。

"你的律师还会破解密码？"

"我告诉他的。"苏睿不以为然地撇了撇嘴，打开了音响，激昂的音乐充斥了整个房间，他权当外面的叫骂是背景打击乐，"你自己以前说过她密码喜欢用3，以她的智商能设出多高级的密码？不是名字加生日，就是加3的叠数。"他才试到第二次，就试出密码是tonghuan333，完全没有任何挑战性。

童彦伟拜服地拱了拱手，突然笑得有点坏："苏教授，你有没有发现，其实你已经挺了解三三了？"

所以才能轻轻松松猜到密码，还未卜先知般早一步把门给反锁上。

苏睿完全是一副被恶心到的样子，躺回了床上："我睡一会儿，等她骂得没力气了，你自己出门去查白秀云在镇上治病的地方，顺便查一下古老师说的那条断了很多年的老路。"

"回来的路上我已经让同事去跟一跟康山了，老路的事，龚队他们查起来会更方便一点。"

苏睿懒懒地笑了："有进步。"

"那当然，都认识你这么长时间了，总该有点长进吧。"不想面对暴怒的童欢，彦伟干脆也躺到了自己的床上，看一眼手机，发现收到了新消息。

"苏睿，大才那边返回了消息，王伊纹的爷爷奶奶家和康家以前在镇上一条老街上，二老也是在镇上过世的，所以她和康山应该很早以前就认识了。王德正夫妇管她那么严，她还能偶尔来看康山，也是因为奶奶过世以后，在镇上吃了两年百家饭，张悦莉接她走的时候，老人牌位不好带去，她就定期回来上香，顺便看看那些好心人。"

"知道了。"苏睿把耳机往耳朵上一扣，彻底隔绝了室外的喧嚣。

已经气疯了的童欢依然固执地在敲苏睿的门，听见里面的音乐声，更是气不打一处来，正准备打开自己的独家大嗓门再吼上两嗓子，被方老师不由分说给拉走了，连拖带拽扯到了办公室。

学校里算校长在内一共四个老师，再加校工王叔，所以张春山一般也不在自己那间小校长室里，而是和其他几个人一起，待在教学楼最靠近童欢宿舍的一间大办公室里。因为人手不足，四个老师每天都要上三堂课以上，还兼任了至少一个年级的班主任。这会儿正是下午自习课的时间，巡完教室回来，大家都在，张校长他们上了年纪，看着小青年气鼓鼓的样子只觉得好笑。他们越是这样，童欢那满肚子的火就越是噌噌往上蹿。

方艺华把急吼吼的童欢按回了椅子："改作业改到一半，怎么跑出去了？嗓门还这么大，再喊几句，学生都听到了，不像话。"

童欢挠挠头，知道自己这件事有不对的地方："他盗了我的号，还乱发东西。"

王叔笑眯眯地说："小童啊，这就是你不对了，明明是你自己发在前面，你做了初一，别怪别人做十五。"

童欢来了七小以后，除了方老师有女儿买了并教会使用的小米手机外，其他三个老男人差不多都是她手把手教会使用的社交软件，有时候稍微空闲一点，几个中老年凑在图书室门口连 Wi-Fi 的背影还蛮可爱。

不过为了避免大家临老变成网瘾老年，张春山一直没同意童欢把网线改迁到办公室来的提议，没想到苏睿一捣鼓，这两天 Wi-Fi 信号好得不得了，大家当然也看到了公众号里发生的事。

康山的事之后，完全站在苏睿那边的古老师连忙点头："要我说小苏这样才貌双全还心地好的男人，要绝种了。"

王叔也苦口婆心地劝着："小童啊，好男人要珍惜呀！"

"你们怎么都帮他说话？"

"因为小苏确实好。"古老师把中午发生的事又给童欢讲了一遍，显然在童欢去敲门这段时间里，他已经给大家科普过了，所以不光把苏睿夸上天，对拉郎配迷之热衷的方老师都在旁边添好话。

"他还问我康山的志向，听说他从妈妈重病以后，有意愿学医，就说如果能去香港，争取推荐他去医院打小工解决一部分经济问题，还能学习一些护理知识，还要我帮忙去调康山的学籍档案，让那个陆老板帮忙联系，有没有继续求学的可能性。"

"你看看，做事多周全！"

"对呀，小童，这样的男人肯定是责任心强的人，值得托付的。"

"小青年耍耍花枪，小打小闹就算了，哪有把男朋友放网上抹黑的？是我也生气了。"

童欢叹出一口长气："苏睿他真的不是我男朋友！"

"小童，这就是你不对了，交男朋友嘛，多正大光明的事，何必板五板六的？还怕我们笑话你？"

"小苏这么优秀的人，有什么好藏着掖着的？再说了，连你的登录密码都知道，你还说不是男女朋友？"

童欢已经没有力气去跟几人澄清自己和苏睿的关系了，感觉越描越黑。虽然待在大西南的角上躲过了安念青女士的魔性催婚，可这两年，学校里从老师到孩子都越来越替她操心感情事了。唉，大城市里，二十五岁简直是如花似玉最当好的年纪，怎么在这儿就成了超龄剩女了？

不过被几个人一轮教育下来，她刚才捶门的气焰早没了，还有点羞愧。在她挂人上网，忙着看别人开骂看得直乐的时候，苏睿居然悄无声息做了件大好事，说起来她还是理亏的。

"我又不知道他做了什么，他没给我说。"

古建国用老前辈的语气说道："男人嘛，很多都是这样的，做的比说的多，才更证明他好呀！光说不练，那才不能要！对不对？"

"对呀，你们细妹子才喜欢那些能说会道的。动嘴哪里比得上动手？一会儿赶紧给人家道歉去。"

"道歉？我才不去！"童欢孩子气地把头一扭，"一码归一码，他昨晚上讹我也是事实，今天也不是帮我做事呀。"

连老好人张校长都坐不住了，走到童欢的办公桌边，敲着她的手机说："昨天小苏还跟我说，以后公众号里打赏也好，再做众筹也好，建议直接转入公账，统一规划后再由校方公布财务细则，不要让你既做经办人，又是记账人，钱账分离是避免误会的最佳途径。"

童欢这下是真的愣住了，她没想到苏睿还会专程去跟校长说这种事，她想起夜里他假装遛狗带着 Dirac 来接自己，他默默地准备了小龙虾……

他虽然害她多背了很多烧脑的东西，不过他付了钱……

他骗她被 Dirac 叼的破茶杯是晓芳窑，可是他也没有让她赔……

他连她蹭个网都嫌弃，但也把她死活没解决的 Wi-Fi 信号问题给搞定了……

他日常生活的确矫情又做作，可是他有这个资本，还连着她吃喝拉撒条件都上了几个台阶……

面对装×又龟毛的苏大教授，她是随随便便就能吐槽三小时，中途还一度吓得以为自己碰上了高智商变态，而且关于他的疑似吸食大麻史，关于他抽屉里她全家的资料，关于连隔两三天就会给他捎这捎那、对他好得跟亲人似的陆哥他都调查，她还藏着一肚子疑问。

可是她也开始觉得，这个超级难搞的大少爷，或许可能是个好人了。

难道她真的要在被整被骗之后，还跑去道个歉？那她也太没面子了吧！

在众人围攻之下，在自我反省之后，童欢只能埋头做鸵鸟，抱着一堆作业本假装要去讲习题，逃了。直到放学后，街尾杨麻子让小儿子送过来的烤脑花，终于成了压垮童欢的最后一根稻草。

杨麻子是门口小卖店王姐的老公，重庆人，平时两口子一个看店一个摆烧烤摊，小儿子在童欢班上读了两年，去年收入好一点后就送去盈城二小了，这会儿正在放暑假。

杨麻子的烧烤别的都普通，唯独从家乡带过来的烤脑花手艺很受欢迎，折成碗状的锡纸，碗底铺着洋芋块、金针菇，猪脑挑掉外面的血丝后，泡着红油，撒上盐、花椒、孜然粉、姜末、蒜泥，配合西南人民口味加一丁点糖和醋提鲜，再来几段折耳根，封口放在炭火上烤，红油吱熬着脑花从粉白烤到微黄，调味一层层渗进里面，撕开锡纸口撒上葱末、芫荽和花生碎，热腾腾地端出来，是碗完全没法抗拒的绝顶美味。

"童老师，我爸爸说他的脑花可是限量版，每天只做二十份，那个苏老板加钱和他预订了一星期，说你最近用脑多，要补补脑，苏老板对你真好。"五年级的小男孩长得鬼精鬼灵的，说话口吻学着老爸的腔调，一口一个"老板"，探头探脑往旁边瞅，"那条长'头发'狗不在呀？刚才也没看它跟着。"

"大概睡觉了吧。"自从她偷溜进他房间后，如果出门时间长一点，苏睿就不带Dirac了，留它守门，真是防人跟防贼似的。

童欢心情复杂地捧出烤脑花，杨麻子怕儿子烫到，在外面还多加了一层锡纸，封得严严实实，一打开，里面的红油还在吱吱作响，带着焦香，作为正宗吃货，童欢满脑子的纠结全抛了。她光速挑上一筷子，脑花丰腴丝滑，入口即化，舌尖都是满满油脂香的鲜汁，却一点儿都不腻，麻辣细腻的口感瞬间席卷味蕾，碗底的洋芋和金针菇更是吸尽了油汤精华，又绵又软，吃得童欢满足得直眯眼。

"童老师，苏老板是你男朋友吧？"

十二岁的小男孩不无好奇地替妈妈打听八卦，童欢听了直翻白眼，不过已经懒得澄清了，反正算命的过一个月就走，到时候清者自清。

打发走杨小鬼，她忽然想到，自己如果不澄清，会不会还要落个被弃的名声？唉！不过想想从苏睿来后，她被喂得幸福不已的胃，童欢觉得哪怕被传成始乱终弃，她也不介意了。

直到吃完"特供外卖"，童欢才开始继续思考苏某人这种给一大棒送颗枣的做法，真是让人纠结，而且隐隐地，还有种自己被骂了猪脑子的感觉。不过想想未来一星期都有美味的烤脑花送到手里，童欢立刻觉得啥问题都不是问题，多背几个拗口的物理理论也权当长知识了，得，继续回房乖乖背资料去。

同一时间，坐在杨麻子烧烤摊前，一样吃得舌头都冒汗的童彦伟直冲苏大教授怪笑："可以啊，现在吃个烧烤，都能记着三三。"

苏睿挑着嫩滑的脑花，吃出煎鹅肝的气质来，凉凉地说："她那点猪脑子，不补一补，怕她少白头。"

　　见彦伟笑得更贼贱，他又莫名多余地补一句："真当我带你来这里吃东西的？你家堂妹说过，王姐是镇上的八卦中心，你还不赶紧发挥特长，跟他们一家三口混熟点，多打听打听？"

　　彦伟笑得肩膀直抽，安排苏睿来七小前，他是真没想过天差地别的两个人居然会擦出相爱相杀的火花来，可是这几天他真有种了不得的感觉，这两人虽然越看越不搭，却越不搭越好玩了。

Chapter 23
我想要个丫头

　　童彦伟接到苏睿电话，让他立刻赶回七小的时候，他已连续加了二十个小时的班，正准备在专案组的办公桌上眯一觉，因此说起话来口齿都不清：
　　"什么事这么急？"
　　"给我送快递的快递员被 Dirac 拦住了，车里有一个送往胡益民家的包裹。"
　　童彦伟神色一凝，他听苏睿提过 Dirac 曾经做过专业训练，对一些特殊物质特别敏感："我马上到。"
　　"你最好让在胡家蹲守的同事把李红也带过来，我们当面开封。"
　　镇子小的好处是，苏睿电话打完不到五分钟，彦伟就和龚长海、曾浩骑着边三轮赶到了七小。校门口停了辆三峰快递的三轮小货车，一个皮肤黝黑的快递员满脸怒色地坐在石头上念叨着被误了事，威风凛凛的 Dirac 龇牙咧嘴地守着他，苏睿好整以暇地搬了张营地椅坐在榕树下，手里还端着杯凉茶。
　　"我带 Dirac 在这里乘凉，签收的时候，它直接扑进了货厢。"
　　三轮车的小货斗里有一个鞋盒大小的包裹，寄件方是浙江义乌某地，龚长海用探测仪扫过去，果然发出了警报声。之前还在骂骂咧咧的快递员见警察都戴着手套小心地将包裹托了出来，他不由抱着脑袋缩成一团，以为自己真不经意间运了个炸弹。
　　"快递单我查过了，五天前从义乌寄出的，电话打过去是乳胶枕的卖家，网上销量很高。送货的小伙子是熟面孔，给我送过几次包裹，具体身份你们进一步核实，Dirac 一般对易燃易爆物反应会更激烈，但不排除其他可能性。"
　　快递员忍不住嘟囔一句："我们接收包裹一般都做检查的，浙江到昆市还走的空运，应该不会混入高危物品。"
　　苏睿走到包裹边指着胶带边缘说："整个包裹都用黄色胶带密封，但除了左侧，其他边缘的胶带下方像是还有一层略窄的胶带痕迹，更可能是抵达昔云后被换芯。现阶段针对胡家的动作按理会以威慑为主，如果杀伤力太大，以胡益民的性格反而可能鱼死网破，应该不会是致命物。"

曾浩检查快递员证件的同时，老樊和李红也赶到了学校。李红显然正在家中干活，穿着黑胶鞋、扎着头巾就被带了过来。彦伟把情况简单地给她介绍了一下："出于安全考虑，包裹我们会当你的面由同事开封。"

因为婆婆最近总说睡的枕头塌了，李红前几天确实网购了一个乳胶枕，没想到包裹惊动了警方，眼下的情况也不容她拒绝，只能点头。

龚长海和老樊在边境地区待了二十年有余，拆卸疑件经验丰富，昔云派出所也送来了装备，以及一条刚因伤退役到昔云养老的黑背警犬作为辅助，果然训练有素的警犬过来一嗅包裹，也狂吠起来。

包裹开封后，里头的确是一个乳胶枕头，下方缝线要很仔细看才能发现有拆补痕迹，金属探测仪靠近后，发出更为尖锐的警报。

"真的有炸弹？万一老樊剪错线怎么办？防爆服有用吗？"

躲在屏障后的童欢又怕死，又觉得这种电影里才有的紧张局面自己居然隔得太远看不清，焦灼地搓着手心冒出的汗，换来苏睿极其不屑的一瞥。

"干吗！有话就说！别老用那种看傻子的眼神瞅人，忒不礼貌。"

她怼了回去，顺便缓解一下自己大气都不敢出的紧张，看苏睿和彦伟淡定的态度，她猜枕头里并不是多可怕的东西。

"没事多读点书，少看没营养的电视电影，那都是戏剧效果。炸弹制造者的目的就是引爆，为什么非给人留一根不会爆的线？稍微懂一点物理化学常识的人，都有无数种方法让你无论剪哪根都是一个结果。"

童欢嘴角抽搐："大教授，你字典里的'常识'和我们普通人的不一样。"

沉默了片刻，童欢又忍不住戳了戳苏睿的腰，戳得苏睿敏感地一弹，差点把童彦伟给撞翻。

"龚队旁边那个蓝色的是什么呀？"

被殃及的童彦伟收到苏睿懒得解释的示意，叹了口气，给童欢普及起了"常识"："防爆筒，一般来说，确定爆炸物成分及剂量有限后，会优先选择疏散后就地引爆。"

"啊？不是取走……"

童欢才要根据电影画面质疑，收到苏睿再次投来的蔑视眼神后，用力把话咽了下去，然后因为"就地引爆"几个字，光速堵上了耳朵，那副警戒的样子连童彦伟看着都好笑。

"老樊刚说了，里面是触发性或定时爆炸物的可能性很低……好了！"

彦伟看到两个前辈卸下了身上的装备，比了一个危险解除的手势，他第一时间蹿了过去，过了一会儿，扬手招呼苏睿过去，童欢把撑着腰神情很严肃的李红也拉了过去。

橡胶枕内藏着的是一罐高密度的一氧化二氮，俗称笑气，带了一个简单的用磁珠启动的开关。

苏睿用他清冷却极适合教学的声音对李红说道:"启动装置很简单,但设置得有点小心思,磁珠放置在枕芯正中,运输途中的摔打磕碰都不会触发,直到有人躺下试枕后,完全居中并且下压一半以上的力度才会让磁珠滑动,沿槽板落到电路断开处,接通电源,喷嘴开关打开,释放气体。"

大概对方在调换枕芯测试效果时,遗留下少量气体,才被 Dirac 闻到了。苏睿回头招呼一声 Dirac 走,却见 Dirac 不知什么时候已经绕到那条警犬旁,傲娇又闷骚地勾搭上了。

他耸耸肩,比画了一下细长的金属瓶,李红下意识又侧了侧身子,她过度的警惕让苏睿顿了两秒,才继续说道:"装置触发后,老人会以为闻到的是助眠的甜香气体,缓慢致眩。这个瓶子差不多十厘米长,直径三厘米……"

苏睿看了看满脸戒备的李红,和旁边探头探脑一副蠢相的童欢,忽然坏心眼地掏出别在衬衣上的钢笔,写下公式"$\rho\pi R^2 L$",冲着她下巴一抬,语气调侃:"童老师,算一下,初中物理题,公式都给你列出来了。"

他特意把"老师"二字拖得又重又长,童欢狠狠瞪了他一眼,却只敢小声叨叨:

"你才初中物理,你全家都初中物理,你全天下放眼望去全是物理常识。"

"已知容量、密度,求质量,不是你们初中的程度?"

童欢一哽,被噎得话都说不出。在苏大教授揶揄的目光里,作为一个中学理科几乎没有及格过的纯文科生,童大小姐赌着气看了一眼公式:"那个 P 是什么?"

站在旁边的童彦伟差点跌倒,苏睿难得失态地张大了嘴,半晌,无力说道:"那是 ρ,代表密度。"

他摇着头打开了手机,搜索后一副我有教育白痴义务的好心模样:"一氧化二氮的相对密度是 1.52,不妨提醒你一句,记得乘以空气密度 1.293,π 和 R 是什么需要告诉你吗?"

童欢气得像只跳脚的猫,浑身都在炸毛,嗷嗷叫着按起了手机里的计算器,噼里啪啦念道:"不用!不用!不就 $1.52 \times 1.293 \times 3.14$,再乘半径平方和长度吗?有什么了不起的!139!"

苏睿看她头都不抬地一口气列出了式子,算出结果,再次摇头,唉,真是可惜了这过耳不忘的好记性!

他鄙夷完童欢,忽然看向了李红:"笑气虽然是能应用于医学方面的麻醉制品,一些酒吧、夜场也有贩卖,但是一次性释放 139 克,你知道可能导致什么吗?尤其是老人、小孩,或者……孕妇。"

苏睿的眼睛深邃如寒潭暮影,黑幽幽望过去,仿佛要穿透到灵魂深处。在他和童欢一来一往抬杠里稍微放松的李红被他猛地一盯，背后骤然沁出冷汗，苏睿意味深长地看了她条件反射地护在肚子上的双手一眼，确定了自己的猜测。

录完口供从派出所出来，李红是童彦伟开苏睿的车送回去的，上车后，彦伟顺手把上次被拒绝了的课本也塞到了她手里。李红神情木讷地打开了童欢做了满满标注的课本，看到课本里针对小虎子的弱项用各色彩笔画了重点，一些页面里还夹了手抄的习题，并且照顾小朋友的识字量，许多地方都标了拼音。车子停在胡家门口的时候，她望着大门忽然长长地吐出一口气。

在车内狭小的空间，那一声长气显得又重又突兀，像是从被掏空了的躯壳深处发出来的，写满了命运的无奈和寒碜。

童彦伟担忧地看了李红一眼，怕下一刻她就会无声地哭起来，他可以 hold 得住抡起扫把撒泼、拍着大腿坐地骂街的中年妇女，却不善于应付沉默的眼泪，可是当他再向李红看过去的时候，却见她笑了，她用力挺着自己微偻的肩背，用力地笑着，即使那笑意勉强又薄弱。

"警察同志，我想见见老虎。"

彦伟一愣，很快又连连点头："好，我们马上安排。"

"还有，麻烦你帮我谢谢小童老师，她是个好老师，如果老虎这事过了，我们还在镇上，我让虎子回来接着读。"

彦伟在那一刻，忽然想起童欢以前说过一句话。

她说："这里有被逼长大的孩子，有被逼坚强的家长，他们在坚持，我就不能走。"

彦伟把手机打开到备忘录，递了过去："包裹被我们拦截了，你又和我们进了公安局，是不是考虑把小虎子的去处告诉我们，我们会把他转移到更安全的地方。"

只有很短的一两秒的沉默，李红按下了地址和电话，小声地说："辛苦你们了。"

她下车的背影比童彦伟第一次见的时候更弯了，好像有什么无形的东西一直驮在她身上，整个人被压得微微前倾，可是她强硬地撑着自己的头颅，哪怕迈出的每一步都比别人显得更费力。

同样的感觉，彦伟在康山身上也见过。

初到盈城时，龚队告诉童彦伟，盈城的吸毒率已经高达 3.2%，也就是说当地平均三十个人左右就有一个吸毒者，而吸毒群体的千人 HIV 采样结果显示阳性的比例超过 9%，这个结果在离翡国边境只有十公里的昔云只会更高。庞大的吸毒群体意味着更多的买卖流通人员参与，更多无辜的家属、朋友被卷入，更多循环的悲剧在令那些无力承受的家庭迅速枯竭。

所以边境线上的缉毒力量虽然逐年加大，毒品依然猖獗，可是，越难才越需要人做吧！

不然谁来拉一把临渊的康山们？谁能搀一把失去依靠的李红、小虎子们？谁来保护那剩下的96.8%，把第一道防线铸在身后那一片广袤而美好的土地之前？让以为海洛因和冰毒长一个样的于衿羽们能永远笑得像一片纯白的羽毛，轻忽又美好地飘在爱的人心尖。

第二天上午，李红就被带到了盈城的看守所，明显瘦了一圈的胡益民漫不经心地笑着，摸着自己长出青茬的光头，因为在里头打架被铐上镣铐的腿吊儿郎当地跷在椅把上，她说三句他应一声，无非是吃得睡得怎么样，告诉他家里老人孩子的情况。

直到李红说了包裹的事，胡益民的目光忽然透出狠色，很快又转为残忍的冷笑："哪个狗日的搞老子屋里，等我出去了，我弄死他。"

"你和黄钟，你们……"

李红的话说到一半，在胡老虎冰冷的目光里被扼杀了。

"老子同你话过，你个憨婆娘屁都不晓得，就莫要乱讲话——"

"我怀上了。"

胡益民扯得破锣一样的大嗓门戛然而止，他定定地看着自家婆娘的肚子，脸上的横肉不受控制地抽动起来，这让他难掩激动的脸显得有点滑稽，他半天才放缓了声音问："多大了？"

"刚发现。老虎，好多人说吃了那东西，生的孩子怕有问题。"

"放屁！我胡老虎的崽会有什么问题？而且我不是戒了吗！你好好在家养着，再给我生个大胖小子，丫头，丫头也可以，钱够不够？"

胡老虎的脚从椅子上放了下来，又激动地抖着，他用力搓了搓手，贴到了栏杆上："来，给老子摸摸憨娃娃。"

站在外面的龚长海递给站在胡益民身后的警察一个眼神，示意他不用阻拦，李红配合地站了起来，吃力地挺过隔离的台面，胡老虎粗大的手掌贴上了她没怎么显怀的肚子，脸上露出点傻笑。

"我就说我婆娘肚皮上一圈肉不白长，好养毛毛，这个鬼崽子也厉害，说来就来，现在怀孕有一堆乱七八糟的检查，你不消管钱多少，都去做喽。莫怕，我的娃娃出不了问题。"

李红摸着肚皮上丈夫那双又糙又热的手，轻轻摩挲着，连知道他吸毒、知道他出事都没掉的眼泪哗哗流了出来。胡老虎粗鲁地挥着手掌想去抹，被镣铐限制住，呸地骂了句脏话，坐了回去。

"憨婆娘，大好的喜事哭什么丧？回去找个人做事，你别忙了，吃好睡好，好点养着我崽娃娃，我娘脾气大，你不消惯她白受气。"

李红胡乱擦了把脸上的眼泪鼻涕，红着眼又笑了，笑得也不怎么好看，胡老虎甩着手铐摸了摸长出青茬的光头，也跟着嘿嘿笑起来。

　　"老虎，我想要个丫头，都说丫头贴心。"

　　"好，要丫头。"

　　等把李红送上了回去的车，又告诉她小虎子也接到了安全地，娘俩通了会儿视频，龚长海和老樊才返回看守所，先把录下的李红和小虎子的视频给他看了，再把黄钟家被砸得稀烂的图片和寄去胡家的"按摩枕"都摆在他面前。

　　胡老虎脸上的肉又抽了抽，忽然闷头要了根烟，龚长海把整包烟都摆在他手边，一根接一根地给他点，也不催他。

　　胡益民和黄钟认得很多年了，以前关系算不上铁瓷，不过小时候在同一伙捣蛋鬼里打混，大了也有一同破头流血打出来点交情。当年黄钟伤人吃牢饭，爹妈出车祸去世，大手大脚的胡老虎那阵恰好有点钱，就顺手想帮一把，只是胡母不喜欢黄钟，更怕得罪能把黄钟搞进去的老大，在家撒泼打滚装病倒地死拦着，老虎就没有亲自出面，花钱请一个后来跑路去了Y国的朋友黄毛操办的。

　　之后胡益民去了翡国，黄钟出狱到陶金手底下做事，两人没有往来，到上年黄钟在东南亚碰到自己找了几年的黄毛，才知道真正出钱救急的人是胡益民。那会儿胡益民答应了李红戒毒，想再赚几笔大的就收手。黄钟被王德正收买，却感觉陶老大好像有所察觉，两人一拍即合，胡益民替黄钟牵了翡国的货源，黄钟借着岩路下线的路子，两人合作分销。

　　"你们不会审完我，就故意放风我已经透露了消息，把我坑进去吧？"

　　胡老虎又抽了一大口烟，忽然问道。

　　"不会，但你家里我们一直派人守了，李红也是我们的人送进来的，不排除会造成误解。"

　　"挨砍的！憨狗日包……"

　　胡益民瞪着凶眼，骂了一堆的脏话，龚长海和老樊面不改色地听着，等他骂爽了才说："我们不守，你家早变成黄钟这样。砸屋是翡国那边的人下的手吧？这么简单粗暴不像王德正的作风。"

　　胡益民嘴巴又抿紧了，不肯开口。

　　"笑气不像是同一批人的手笔，应该是王德正最近收到消息，知道了你和黄钟的关系，所以才会对上你家，他们操作起来技巧多了，而且依王德正的性格，肯定是想把你屋里人都抓在手里，才放心你们不会乱讲话。"

　　"干！老子什么都没做！说屁？"

　　"胡益民，你以为什么都不说我们就查不到？七小爆了的不算，你前头做的尾子都清干净了？你说你和王德正没关系，和黄钟也没关系？最后完事你自己得吃几粒子弹自己去算！

"你娘老子身体不好，胡小虎才八岁，现在李红又怀上了吧？上次帮我们捣留市据点的两个人，一个申请了十年减刑，一个八年，如果这次我们能拿下'一号'，哪个划算，你自己去想！"

龚长海把苏睿当初画的两张速写，以及根据速写在车站监控里拍到的模糊截屏摆在了桌面："扎你车胎的到底是什么人你有没有数？为什么会针对你？扎车胎和炸车子的如果是同一个人，他手里还有杀伤性武器，手雷如果落在你屋里头是个什么结果？你讲义气不出卖黄钟，这两个人也不能说？

"我们已经查出来登强是木也这几年新提拔上来散大货的，你在翡国染上毒瘾，到底是主动沾上的还是被逼的？登强被木也派去琅国发展，只带了亲信队伍，你带钱回了国，对登强你也要讲义气？"

审讯室里的冷气开得很足，光线暗沉沉的，胡益民想起当年自己在地下室里接过登强的人递来的东西，接连嗑 high 了的时候，那种孤注一掷的狠劲，还有拍着他肩膀大笑的人那凉得像冰块一样的手。

"男的叫素瓦，我们喊他吴素瓦，在登强家里见过几次；女的芝苗是他搭档，资历比素瓦还老，人更精明。"

Chapter 24
拥抱

在吃了苏睿两天的白食后,童欢借着背完卷宗的契机,终于主动找上门去,正好碰到苏睿准备去散步。

"你来了正好,我要出去打听点事,担心当地话还不能完全听懂。"

苏睿好像不记得前两天她在门口撒泼的事,反而让做了半天心理建设的童欢避免了尴尬,她爽快地把案卷往苏睿书桌上一放,摸了摸守门的滴答:"走吧。"

目的明确的苏睿直接去了最老的街区,满目是低矮的平房,烟熏火燎的砖墙木梁,蛀着虫洞的门板……疲倦的行人在暮色里面无表情地走着,几个玩得满身泥点子淌着黑汗到处乱跑的孩子被奶奶揪着衣领喊回去吃饭,老花镜掉到鼻梁尖的老爷子坐在门口借光看报纸。下午镇上落了场急雨,到了黄昏,湿湿的空气里填充着混乱的气味,像沾了水的旧纱布,闷闷地卷过来,压抑得令人心烦。

童欢像看怪物一样看着苏睿挂上了一张和善可亲的笑脸去问路,老街区里街坊邻居都熟悉得很,忽然冒出个这么俊的外地小伙子,衣着举止还那么讲究,指了路当然会拉着多问几句,苏睿也就从善如流地聊上了。

比看到苏睿笑容满面地聊天更让童欢惊讶的是,这个妖怪居然已经勉强能把本地口音听个七七八八,虽然间或也会露出茫然的眼神,她需要在旁边提点两句,但基本上已经能交流了。要知道童欢自己曾经足足花了四个月才摆脱鸡同鸭讲的痛苦,脑子太聪明的人真是分分钟让人羡慕嫉妒恨。

苏睿打听的刘家人显然是王伊纹亲生父亲家。一听找的是故事那么多的老刘家,左邻右舍的几个中老年妇人都围拢来,不过她们你一嘴我一舌,讲起来也是连连摇头。

"作孽哟,老刘年轻的时候当兵基本不在家,王奶奶开个米线摊,又当爹又当妈,好不容易把刘啸拉扯大,结果他吸上了,把老刘气死不说,还跑去卖白粉,命都送掉了。"

"她那媳妇早跟人跑了,好在还留了个乖孙女,不过她那媳妇现在可发达了,找了盈城的有钱人,把孙女也接过去了。"

"王奶奶得病的时候最不放心的就是小伊,见人就求,说她去了让大家照看一下小丫头。"

"你说你爸爸和老刘是战友,哪个部队的呀?"

"我父亲和刘伯伯都是贡嘎79部队,高射炮兵独立团的,刘伯伯是我父亲的老排长,后来我家搬了两次家,刘伯伯又回了昔云,就联系不上了……"苏睿来之前当然准备了完美托词,只是他的脸太好看,言行举止又太有范儿,说辞再天衣无缝,老太太们却信直觉,感觉他和落魄的老刘家不搭,反而问题越来越多。

童欢既然怀着道歉目的来,赶紧尽职尽责地正式加入了聊天队伍。七小的小童老师大家就熟悉多了,老街这边有些家境差的孩子还是在七小读书的,何况童欢那张和性格完全不符的软萌脸,加上嘴甜甜地喊上几声爷爷奶奶,哄起老人那是一哄一个准,大家见苏睿是小童老师领来的,就拿他当自己人看了。

老人们完全放松状态下聊起来的八卦,完全是知无不言言无不尽,而且往回追溯三十年都轻轻松松。很快从刘啸怎么染上毒瘾,到张悦莉当年逃家原因的三大版本,还有王伊纹那两年怎么在街坊邻居的庇护下长大,连王德正的身份都被起底出各种说法。

苏睿貌似不经意地忽然问了句:"伊纹奶奶身体不好,以前是不是在一个康大夫那里看病呀?"

"哟,小伙子你也知道康大夫!"

"我父亲说刘伯伯信里提过镇上有个康大夫看咳嗽很管用,这几年我母亲到秋天就犯咳喘,所以这次来,还想顺便找康大夫问问有没有什么好偏方。"

童欢看苏睿撒谎撒得面不改色心不跳,看到傻眼,真是没想到苏睿套起话来也是没有底线的,他今天所有的表现都让童欢深深觉得,腹黑的高智商实在是可怕,他到底还有几个面具?

"哎呀,小伙子,你来晚了,康大夫十年前就在山里出意外过身了,造孽哟,说是都没找到全尸。"

"说起中医,再没有比康大夫更好的了,我以前的老风湿,找他扎两次针吃点药就好多了,可怜秀云他们母子。"

"康大夫还有个儿子吗?中医好多都是祖传世家,他儿子怎么样?"怕童欢目瞪口呆的蠢相露了馅,苏睿不动声色地在她胳膊上用力按了一把,按得童欢痛出内伤,才收敛了表情。

"康大夫去的时候,康山才十岁,学到的太少啦。"

"老康为人那么好,带的三个徒弟却不像话,师父一去全跑了,也不管秀云他们。"

"对,以前他那个大徒弟还经常带康山来王奶奶家买粉吃,一出事,听说把康大夫的书都卷跑不少,要不是秀云留了心眼,最宝贝的都藏起来了,都没东西留给康山。"

"说起来，我之前还看到过小伊推秀云在河边散步呢。"

"小伊那孩子不爱说话，心还是好，王奶奶走了以后，她拿人都跑不见的张悦莉当理由，死活不去福利院，硬是守着王奶奶的老屋子过了两年。秀云家那么困难，有时候见她还给秀云家拿吃的穿的，她都记着呢！"

"那孩子孝顺，刘家二老的牌位是不好带去大老板家的，所以她隔十天半个月会回来一次，上个香换点贡品。"

昔云镇当地的风俗，侍死如奉生，对先人骨灰、牌位是极为看重的，尤其是老一辈人，所以小伊坚持每月回来替爷爷奶奶上香，赢得老人一片赞誉。

"我们街上这些老头老太，她哪次回来不看看我们？多亏撞上了个有钱的后爹，她也算熬过来了。"

又聊了几分钟，苏睿终于把自己想打听的事都问得差不多了，连山里那条可能是害死康大夫的罪魁祸首——断崖路都问出点真真假假的消息来，思忖着再聊就不像来寻人的，这才告辞，还周全地表示会去盈城见见王伊纹。

两人接着去刘家的老房子看了看，大门紧锁着，但阶边檐下都打理得很干净。童欢踮脚看了半天，隔着两重门锁，也看不出什么端倪，见四周没啥人，才冲苏睿拱了拱手。

"佩服佩服！你们上层人士做事就是心机重啊，要是我肯定张口就问了。"

苏睿知道她指的什么，冷哼道："陌生人直接过来打听一家人，是人都会有防备心，一旦有了防备心，她们给出的信息就是过滤了的。我再把康山和王伊纹放一起问，很容易让人起疑，连你都看得出王伊纹眼底心事太重，她在王德正家过得不会轻松。"

"不是连陆哥都说王德正对小伊挺好的？"

"外人眼里看着好，不一定真的就好，很多事眼见未必为实，还是要用脑子。"

所以在知道王家管教甚严的情况下，他宁可绕着弯打听康山和王伊纹的关系，也不想把两人恋爱的迹象透露给嘴碎的婆婆妈妈。

童欢看着苏睿那张精雕细琢带着天生气场的脸，实在和善良没有半毛钱关系，可是她居然再一次觉得，他人还挺好的……

想罢，童欢用力一拍额头，完蛋了！她大概被童彦伟和陆哥洗脑洗得脑子秀逗了！

暮色渐渐重了，暗红的落日穿过彤云往下沉，地平线边的云霞烧成一片，破败的老街区在夕阳里成了一幅透着颓唐气息的油画，而苏睿就走在画中央，仿佛古典戏里走出来的剧中人。

童欢忍不住又暗地欣赏起"美色"来，毕竟苏睿这个级别的颜值，不是能轻易遇见的。

"那个……其实……"眼看着都走过如意小馆，离学校越来越近了，童欢终于还是别别扭扭地把自己最初的目的说出来了，"公众号那篇文章的事，我不该那样子说你，更不该把你照片挂上去的。"

苏睿骤然止步，侧过脸来，童欢被逼停在他身后三厘米处，直视他近在咫尺的脸，看他稍稍挑了挑嘴角，都说不上是惊讶还是微末笑意，奈何人颜如白玉，在雨后绛紫褐红的晚霞映衬下，有象牙雕像般失真的美色，童欢作为称职的颜控，又一次在看了快一个月，凑近了依然有点惊心动魄的颜里失了神。

"所以呢？"

"啊？"童欢还魂般打了个激灵，捂着脸垂下了头，"所以，对不起。"

万事开头难，什么话一旦说出口，后来就都容易了，童欢开始噼里啪啦倒豆子一样把话都倒了出来："还有，我是很想赚钱，但是我正正当当地赚，你需要我记的东西，我一定好好记牢了，而且我用心背过的东西，几年内应该都能记个大概，哪怕你回你的大英帝国了，也随时可以找我'提档'。你不用为了要我安静一点，多塞无关的理论在里面，我知道你不差钱，但谁的钱都不是白来的，老天爷掉钱也得弯腰下去捡不是？那种钱我赚得不安心。以后我会注意自己的音量，你要觉得吵了，也可以告诉我，不需要花钱买清净。还有，谢谢你的烤脑花，味道很好。"

把想说的话都说完了，童欢才彻底放松。苏睿在她诚意十足、坦坦荡荡的话语里忽然笑了，这次是真的笑，而不是他平时那种七分笑还带三分嘲弄的脸，直把凑得太近的童欢笑得再一次发了花痴，她深觉丢脸地赶紧往后退了两大步。

其实童彦伟这两天伏低做小，好话说尽，苏睿也没太大怒气了。他痛恨照片被偷挂上网，但毕竟也只是个背影，还被及时删除，这种无聊的、小孩子似的恶作剧，只能证明童欢心智还没完全开化，看在童彦伟的分上，他原本也没准备再跟她计较，否则怎么会让人给她送吃的补脑子？

照苏睿看来，童欢最需要充值的就是她的智商，完全配不上她超人一等的记忆力，虽然按童彦伟的说法，在他眼里，也没几个人的智商不需要充值。

"我很讨厌别人发我的照片。"

童欢低着头对手指："我听陆哥说过了。"

被学校老师们教育完，童欢已经后悔了，而远在留市的陆翊坤居然打了电话过来，语气和善地批评了她，明确告知她苏睿当年出事的起因是被偷拍了照片被人瞄上的，所以她是真的撞了他的大忌。

"你和陆翊坤私下里一直有联系？"

说起新认的哥哥，童欢又开始眉飞色舞："当然。只许他隔几天派人给你送好吃好喝好用的，不许他找我联络感情？"

"情理之中，意料之外。"苏睿意有所指，"陆翊坤不是自来熟的人，除了做生意，很少和谁保持主动联系。"

"我怎么觉得你话里有话？"

"嘿！还不笨。"

"你不会也跟童彦伟那个蠢材一样，觉得我俩有暧昧吧？"

苏睿脸上又浮现出童欢最熟悉的写满了"对方智商余额不足，无法沟通"的冷笑：

"他怎么可能对你有意思？"

虽然童欢确实没觉得自己和陆哥有男女之情，但被人用那种瞎了眼都不可能看得上的语气否定掉，还是有点伤自尊呀。

"我也没那么差好不好？好歹青春洋溢嘛！衿羽都说了，我要是打扮打扮，还是能看的。不过我是真对陆哥没什么想法啊！"

三十八岁的陆翊坤比童欢足足大一轮，在她眼里都快挨上叔叔辈了，怎么都联系不到男女之情去。

苏睿抬高了下巴，把童欢从头到脚扫了一遍。说起来，自从于衿羽来后，把童欢的衣柜都筛选了一遍，又做了简单搭配，她最近衣着顺眼多了，起码不会再出现玫红配荧光黄那样可怕到眼睛都会瞎的组合。

"你最需要的不是打扮，是保持整洁，就像现在这样。"

简单的米色运动装，脸上、衣上没有不明污渍，哪怕她因为天热，又用老人款的波浪形黑发箍把所有刘海都拢了上去，后面也只是用橡皮筋扎了个乱蓬蓬的小鬏，但露出了光洁的额头，乌眉大眼、唇红齿白的，整个人显得爽快又明亮。

童欢耸耸肩，她在学校跟群泥猴子搞惯了，身边没有老妈跟着收捡清洗，过得确实邋遢了点。如今身边住了一个干净到像有洁癖的人，还没事被他用挑剔的目光扫射全身，当然会多注意几分。

"你要感谢于衿羽，从她来了以后，你房间、衣着的整洁度都有了质的飞跃。"

"哎，我家小羽毛说，不讲究吃穿，也不等于不修边幅，否则就纯粹是懒。我要这么懒下去，她那些书就不给我买了，有钱的是大爷，我能拿她怎么办？"

"女人间的友谊还真是奇怪，你和于衿羽完全不是一个路数，怎么能玩得这么好，还对彼此言听计从？"

童欢不屑地扯嘴一笑："你自己还和童彦伟'同居'呢？未必你俩一个路数？"

苏睿史无前例地被堵得哑口无言。

"不过你不知道衿羽有多狠，趁着那天我收拾房子，丢了我一堆衣服，说她不能忍受自己跟那样的衣服在一个屋檐下。"童欢假装没看到苏睿隔空给衿羽比了个赞许的拇指，为了跟上他的大长腿，她干脆小跑着走到了前头，"说实话，你们帮我整理过的房子，确实好很多，那我每天多花几分钟尽量保持久一点也不难。"

她也是女人，没有丧失基本的爱美之心，不过是大环境里身边的人都特别不讲究，她也就偷懒了。现在，她不得不说，能被苏睿这种挑剔鬼用认可的目光看着，还是很能满足虚荣心啊！

"不过你也不该用晓芳窑诓我的，只是我后面做得太不应该了，咱们这次算扯平了吧？"

童欢回过头，求和地伸出了手，她笑得眉弯眼亮，润泽的小麦色皮肤凝出几颗汗珠子，泛着珍珠般的光，好像没有什么忧愁能停留在她总是灿烂的脸上。苏睿觉得一个大城市衣食无忧的女孩子，在龙蛇混杂的昔云待了三年，还能保持这样乐观的心态，还是值得鼓励的，所以确认了她指甲才修剪过，指缝也是干干净净的以后，勉为其难地握住了她的手。

"扯平了。"

这是童欢第二次摸到他的手，犹如顶尖艺术家修饰出来的精品，指尖、关节无一不好看，凉凉的，矜持又不失礼节地落在她指间，她心中莫名一荡。

哎，为什么说现在花美男大行其道，因为色不迷人人自迷，这种本能般的迷离真的很难控制。

童欢感叹着，却又丢脸地没舍得第一时间松开，苏睿出于自身的绅士风度，也不便即刻抽回，两人正定格着，苏睿忽然猛地拽着她缩进了街边一家发廊的灯牌后。

如果说刚才还是礼貌性地触碰，这会儿身材娇小的童欢几乎整个被苏睿裹进了怀里，隔着夏季单薄的衣服，彼此的体温真实地纠缠交错着，他有力的臂膀横在她腰间，她骤然急促的呼吸吞吐在他锁骨下沿，仿佛一对耳鬓厮磨的小情侣。

老式的霓虹灯在两人身侧旋转，苏睿的面目幽幻莫测，在光影交错里染上了山精野狐般的魅惑，童欢霎时间心跳如擂。

苏睿的手及时地捂住了童欢到了嘴边的惊呼，用眼神示意她探头看，童欢这才瞄到前方不到十米处有条暗巷，康山正被一个妇人拉扯着拐了进去，借着点幽光，童欢惊讶地看到了才进暗处两人就相扣的手。

"他……我没看错？没想多吧？"

童欢隔着苏睿捂在嘴上的手掌，模糊不清地问道，发声间，她软软的嘴唇擦着他偏凉的掌心，连同呼出来的热气，烫得苏睿猛地把手缩了回去。

怕她再出声，苏睿又连忙比了个"嘘"的手势，两秒前，她唇齿在他指端留下的湿润就这样擦过了他的嘴唇。苏睿慢三拍地意识到两人过于暧昧的姿势，才要撤开，童欢的注意力却被康山吸引走了，为了克服两人的身高差，茫然不觉地扯着他衣服踮起了脚，想越过他肩膀将前面看得更清楚些。

柔软的胸部随着她的动作完全紧贴上来，摩擦过苏睿的胸口，苏睿头一次感觉有一簇火烧过自己的心尖，不受控制地想起了曾经在眼前一晃而过的那片莹白，他甚至想起了儿时很爱吃的焦糖布丁,颤颤巍巍弹动着,软软滑滑的,甜到发腻。

康山的身影完全没入了黑暗,童欢不敢置信地退开,苏睿只觉得怀中骤然一凉,更显得他体内燥热异常,陌生的感官让他一时间思路停摆,任由童欢蹑手蹑脚牵着靠近巷子口。

童欢终于看清了两个相拥的身影,听见了女性急促的低喘,就是傻子也不会再误会两人的关系。也不知道女人做了什么,康山慌乱地说了句"不要",但他的抵抗太弱,弱得反而像欲拒还迎。那女的俗媚地笑着,挑逗地扭动着身体,恨不能化在他怀里。

"好,那你晚上过来。"

过了良久,康山模糊地应了一声,女人扭着胯走了出来。

童欢在即将打照面的瞬间,靠着多年看遍偶像剧的反射,扯着苏睿退到旁边院子倾泻而出的一大丛三角梅下,勾着他的脖子投进了他怀里。

苏大教授刚刚恢复的大脑又混乱起来,下意识接受了她的投怀送抱,被动地任由她拉低脑袋,借位造成拥吻的假象。

密匝匝如帘幕的墨绿枝叶遮住了他们的脸,三角梅开到欲燃,两人就这样鼻尖顶鼻尖地对望着,一小方呼吸交缠的空气灼热得像要烧起来,童欢顶着火辣辣的脸,咕嘟咽了两口口水,在他幽深的目光里,觉得心脏都要从嗓子眼里蹦出来了。

而苏睿面上越发沉下来,仿佛寒冬腊月里蒸腾的水汽在玻璃上凝出的霜,外头是冰天雪地的冷,谁也不知道下面是沸腾的水。

女人走出来几步,看到街角那对情不自禁的小情侣,怪笑一声,倒也没太在意地走远了。

苏睿强迫自己分散开注意力,眼睛隐秘而迅速地扫过女人全身,她上身随意地套着康山同款的工作服,但身上挂了两件分量很足的金玉首饰,脚上是双舒适的凉拖鞋,手中甩着一大串钥匙。辣酱厂的老板娘……这样的身份很符合他之前对康山现状的推断。苏睿盯着女人手里那串明显有大门、保险柜钥匙的钥匙串,大脑正光速运转着,童欢却怕康山也跟出来,赶紧拉着他跑了。

直到确定不会再被撞破,童欢才撞鬼似的甩脱了两人牵了一路的手,呜里哇啦怪叫着,不敢看苏睿阴沉的脸。

"对不起,对不起,我刚才是一下子没辙了。"

"显而易见的事情,完全没必要靠近去确认。"

迟钝如童欢,听不出苏睿冰凉而克制的嗓音里那一丝喑哑。

"我不敢相信呀!还以为康山好喜欢小伊的,你看他俩平时在一起那眼神。"

"童欢,"苏睿没有兴趣和她讨论这个问题,只是很严肃地和她说,"我不喜欢别人碰到我，没有下次。"

　　说罢，苏睿不再搭理她，迈开大步往回走，可是借着才亮起来的路灯光，童欢偏偏眼尖地看到了他发红的耳垂。她惊讶地跑上来，再次确认了面若寒霜的苏大教授的耳朵全红了！

　　"哈哈哈哈，你明明就是不好意思，说得好像我在揩你油、占你便宜一样。"

　　苏睿无语地看着她忽然间笑得前俯后仰，狠狠骂道："童欢，你真不拿自己当女人！"

　　"你还知道我是女人呀？那明明是我比较吃亏，你甩出张我逼良为娼的冷脸来干吗？再说了，我哪里不女人了？我女人得很。"

　　撞上苏大仙人万年难得一遇的害羞，童欢干脆死不要脸地挺了挺自己的胸，不是她说，她除了个子矮一点，发育还是挺好的！

　　苏睿冰块一样的脸终于裂了，潮红一抹抹从耳根蔓延开，他也懒得掩饰了，干脆凑近一步，逼到童欢跟前，坏笑着一字一句说："你确定不是你主动想要碰我？"

　　童欢看到他弧线漂亮的嘴唇一张一合，完全没听进去他说了什么，眼里只看得见他面泛桃花、眼若春水，在心里大骂一句"我靠"，碰上这种比女人还尤物的妖孽，真是猝不及防就被秒杀。

　　前一秒才试图调戏美男的童老师，就这样捂着脸落荒而逃了。

Chapter 25
轻而易举的人生

  隔日，月上中天。大叶菩提树上偶尔有几声夜鸟扑翅，房屋、远山都只在半明半暗里留下灰沉沉的轮廓，树下一间荒废了数月的杂货屋里，"吧嗒"，打火机的声音在静夜里格外清晰，恰好风吹过来，枝叶婆娑，将突兀出现的声音掩了去。

  这家杂货屋的店主两年前开始吸毒后，店里常有几个二流子过来，年前有一个吸high了直接挂在屋里，放臭了才被人发现，店主早跑得没影了。之后警察的警戒虽然撤了，但店里出了人命案，周围没人愿意靠近，配的钥匙都一直留在派出所，现在大半夜，里面忽然冒出了响声，如果有路人经过，怕会以为是闹鬼了。

  屋内，秦天鹏很不好意思地揉了揉眼睛，压低声音道歉："对不起，太困了，习惯性去摸烟了。"

  老樊把伸手缴走的打火机塞到他手里，又递了两颗槟榔过来："嚼一嚼，提神。"

  "我们查了那么久都没发现辣酱厂有问题，彦伟怎么发现的？"秦天鹏凑到伙计跟前耳语。

  昨天夜里，童彦伟忽然回到行动组，要查一家辣酱厂，还是一家开了快三十年的老店，从老一辈孟阿婆旧作坊传下来的，靠口碑兢兢业业做着不大不小的生意，实在没什么可疑的地方。

  然而在老板娘巴兰的通话记录里，他们发现了一个似曾相识的临时号，当初岩路逃脱后，他们只抓到了隶属于陶金的司机黄钟，这个号码是黄钟被捕时正在使用的。

  龚长海当机立断，派了人来盯梢辣酱厂，因为任务布置得紧急，又担心打草惊蛇，邓涛他们没有惊动居民，而是选择了蹲守在相隔半条街这间被废弃的杂货屋。

  "苏教授昨天碰到老板娘，发现她的钥匙里有一张芯片卡，是瑞典一个大品牌，叫亚萨什么莱，这个公司做的wingcard还是vingcard都是五星级酒店用的，巴兰的那种卡不光多层加密，还需要配合指纹使用，有手机APP记录出入，普通辣酱厂哪用得了这么高级的锁？"

"哇！有钱人看东西的视角都不一样呀！"

两个人用几不可闻的气声交谈完，又继续盯梢。

从外面看，辣酱厂没有任何值得质疑的地方，和镇上其他的小作坊类似，前面只有二十来平方米的小门面卖散客，院子和几间简易搭建的小平房做酱，后头气派点的小白楼是老板两口子住着。老板孟东勒成天在外头跑，厂里主要是老板娘巴兰在看，两人的大女儿在昆市读高中，小儿子在盈城读初中，厂里包括康山在内一共有六个工人，每天八点半开始做事，傍晚六点下班，最后收场锁门的人会在八点半左右离开。

孟阿婆的辣酱从孟东勒父母那一辈就开卖，味道是有口皆碑的，从父辈到孟东勒都坚持人工剁椒，拌煮的豆瓣酱也都是自家腌晒的，保证了口感，也限制了生意规模。

邓涛他们守了一天，厂里进出的人不少，早上送新鲜辣椒的批发商，往外头送货的工人，来买辣酱的居民，订货的老板，都是正常的生意往来，显然他们得做好长期抗战的准备了。

天才蒙蒙亮，在组里忙完的童彦伟回来就把目击者之一的童欢从床上拉了起来，叫上还没睡的苏睿一起开会。

"三三，把你们在老街打听到的，还有遇见康山的所有细节都跟我再说一遍。"

睡眼惺忪的童欢抱着 Dirac 瘫在地毯上，困得直哼哼："童彦伟，你个疯子！现在才四点半！我上午一二节还有课！"

"六点前我得去辣酱厂换岗，时间有限，姑奶奶，你就牺牲一下。"

"算命的不都告诉你了吗？"

"也许你俩有不一样的关注点呢？再说，你这种人形摄像机，多适合还原现场！"

童欢哈欠连天里偷看了要眼苏睿，有点心虚地垂下了头，从前晚两人的拥抱之后，两人还没怎么说过话。

"那我要求平等交易，你先告诉我，你们在康山家发现了什么？让古老师带你们去棚屋，你们是真的要帮他，还是借机查他？"

童欢在听了康家的苦难和小伊的艰辛以后，对两人充满了同情，很难接受康山居然和老板娘有染。而苏睿特意去调查康、刘两家的老历史，肯定是有目的的，他们一定查出了她不知道的东西，还故意瞒着她。

"查他，也帮他。"

苏睿简明扼要地回答了她的问题，然而童欢并不满足："所以康山是真的劈腿了？你们早就知道了？"

"苏睿猜到他有金主，不过前晚撞见以后，我们才知道是谁。我想康山即便是和老板娘有染，应该也是情非得已，所以我和苏睿准备这两天再去了解一下白秀云的情况，看能不能尽快联系治病的事情。"

童彦伟只能把苏睿去过棚屋后的推断解释给童欢听，还有这些天查到的新线索，除了白秀云可能使用了违禁药品，还有大 boss 木也，他怕吓到童欢，不敢说出来以外，其他基本是全说了。

"所以康山是真的……"

即使是听完了前因后果，童欢依然很难接受康山哪怕只是肉体出轨，不过她还是乖乖地把前天的所见所闻完整地复述了一遍，当然剔除了自己和苏睿的两次亲密接触。然而空气里好像总有些什么不一样了，就像她义正词严地叙述着却不敢看苏睿一眼，就像苏睿全程都没再说一句话，没做任何一点补充，只给了她一个有点僵硬的背。

"你同事在孟家有什么发现？"苏睿问。

"时间太短，暂时一切正常。"

即使已经熟得能抱在一起打滚，傲娇的滴答依然不让童欢摸它的头，童欢越挫越勇，整个人快扑到滴答身上，晃着两条腿，被滴答油黑的毛衬得白了几个色度："你们查线索，需不需要听八卦？"

"八卦有时候就是线索。"

"找王姐啊，包管把孟老板两口子给你八卦得底朝天，对，王姐说不定连康山的事都知道。"童欢不由感叹起自己的机智，"早上七点多小卖店就开门了，我带你们去见识一下昔云镇八卦广播中心的厉害！"

童彦伟和苏睿对视一眼，不得不承认，童欢提出了一个绝佳的建议。

由于计划有变，彦伟打电话和小于换了班，顶着熊猫般的黑眼圈赶紧倒床上补两小时觉。苏睿见童欢半晌没动静，低头一看，她已经蜷在地毯上枕着 Dirac 睡着了。

窝在宽大的地毯上，童欢显得格外娇小，她睡姿和平时活蹦乱跳的形象不一样，乖巧地半侧着，弯成一个小月牙，枕着 Dirac 完全放松状态下才会露出来的软肚皮，手放在被压得肉嘟嘟的脸颊边，看上去有点憨憨的。

她吐出的气息拂过 Dirac 垂在她唇边的长毛，轻轻地，吹出一小波起伏，苏睿忽然觉得前晚曾被她呼吸扫过的锁骨、下颌开始发烫，他好像又站在了那株三角梅下，她惶然又迷散的大眼，宛如一川烟水向他淹过来。

不能回自己狗窝的 Dirac 有点委屈地看了看主人，没想过自己有被当枕头用的一天，然而总是很聪明的主人只是目光迷惘地在地毯边站了一会儿，取了条毛毯丢在她身上，就转身走了。

主人都没意见了，Dirac 只能从鼻子里哼出两口气，长尾巴不甘地在地上拍打几下，到底没把自己的软肚皮从童欢头下抽出来，自暴自弃，完全瘫倒，也睡了。

一大清早，睡意蒙眬的童欢拉上过了入睡时间有点恹恹的苏睿，出现在了王姐的小卖店，而童彦伟因为警察的身份众所周知，为了降低王姐的戒备被抛下了。

王姐是个很会做生意的人，小卖店里不光日用品齐全，早上她还会煮上一锅自家婆婆种的甜玉米，连着牛奶、茶叶蛋一起，用煤炉子架着蒸锅热热地摆在门口，经过的路人随手带上一两样，一个月也能多赚个几百块。

童欢买了三袋奶、几个又甜又嫩的玉米棒，眼尖地扫到柜台里摆着的孟阿婆辣酱，假装不经意地问：

"王姐，我看你们都爱吃孟阿婆啊？"

"可不？我小的时候就去他家买辣酱，那会儿一毛钱一大勺，用瓷杯子端回家，吃了这么多年，还是这个味道。外头那种做得红艳艳好看的，都是加了防腐剂和添加剂，才要不得！孟家宁可保存时间短一点，盐都不多放，味道才这么正，而且手工剁出来的辣子就是比搅拌机搅出来的好吃。对了，他家这两年出的新品也不错，学老干妈做的辣子鸡酱，我儿子每次去学校都要带一罐，说寝室里的男孩子都爱吃。你杨哥厨艺还不错，自己试着做过几次，都不如孟阿婆的好。"

"那是，老店一般都有秘方，别人比照着做也做不出来的。"

童欢故作好奇的模样带着点三八气息，苏睿的气场显然不适合参与女人八卦扯淡，只能牵着 Dirac 站在店门口，摆出一副看风景等人的样子。

"孟东勒他们也防得紧，这么多年做工的都不知道换过多少人，盐糖酒的比例，还有其他配料，都是巴兰自己在调。"王姐顿了顿，脸色变得神神秘秘，压低了嗓门，"不过我听说啊，他家熬酱的时候是放了罂粟壳的，所以特别香！罂粟壳不违法吧？辣子酱不当饭吃，一点点伤不了身体。"

"其实是违法，但查得不严，很多火锅店、米线店都偷偷地用。不过孟阿婆家这种老牌作坊每年要做采样检测，如果用了罂粟壳、罂粟碱、那可汀都会超标，孟阿婆的招牌这么响，没必要做舍本逐末的事情。"

童欢出于彦伟的原因看了一堆毒品资料，说起专业名词来很能唬人，她眼珠子滴溜溜转两圈，又问："王姐，听你这么说，孟老板还蛮好，秘方都让他老婆管着，作坊也交在她手里，不像有些人钱一多人就坏了。"童欢说完，还特意冲牵着狗站在一旁，假装懒得和她们同流合污聊八卦的苏睿做了个鬼脸。

"哎哟，年轻人就不懂了，孟老板最喜欢玩小姑娘了，外头不知道多少花花事，不过呢……"王姐挤挤眼，"小童，我可只是跟你说啊，你不能往外头讲啦。"

"你还不放心我？什么时候见我乱说过话了？再说，我每天守着学校，和谁八卦去？就是听个热闹。"

王姐把声音压得更低了："我也是听说，他们两口子其实是各玩各的，巴兰也没少找姘头。"

童欢想起清瘦得像竹竿子的康山，结结巴巴说着小伊的康山，很不愿意把"姘头"这样的词和他联系起来。

"还有啊，盈城那个大老板王德正你听说过没？"

苏睿余光看到童欢耳朵几乎是形象地瞬间竖了起来，画面还挺好笑。

"是王奶奶家那个小伊的……"

"就是小伊的后爹，小伊隔段时间会回昔云一次，王德正派人送她回来，然后司机常会去孟阿婆，说是张悦莉喜欢他家的辣子鸡，那东西现买现吃肯定口感是最好的，但也不是非要每次都现买。哎哟，是那司机和巴兰有一腿，所以小伊从来不跟去的。"

怪不得据说被管得很严的小伊每回来昔云，还能偷偷和康山约会，王姐这个大料爆得着实有价值。童欢再闲扯几句就去上课了，童彦伟更是火烧屁股地赶回行动组，只有苏睿开始安稳地补觉。

烈日当头，西南地区再高温，只要能待在阴凉处，就会有凉意，所以除了不得不外出做事的，基本都窝在室内了。

睡得迷迷糊糊的苏睿被 Dirac 拱醒来，发现刚到晌午，他想起自己早上睡前忘记给 Dirac 放吃的了。健忘这种事原本是不怎么存在于他的生活中的，所以苏睿在床边愣了好一会儿，才被不耐烦的 Dirac 顶到了小冰箱前。

推开门，刺眼的阳光自万里晴空里泼下来，夹着热浪还有嘈杂的蝉鸣，Dirac 吃了半包鸡肉条先哄了哄肚子，熟门熟路地找到童欢房间旁边的风口一趴，长毛被吹得挥洒飘逸，完全不理身下的地面沾满了尘土。

苏睿已经懒得去纠正这条被童欢带出一堆毛病的狗，洗漱完后，赶紧给 Dirac 做了香煎三文鱼。再端出来时，看到童欢像个失意的小孩一样，搂着 Dirac 心事重重地坐在那儿发呆，窗台上放着食堂标配的馒头、菜粥和一点拌黄瓜，基本没有动过。

七小的伙食是仅仅填肚子的标准，倒不是王叔手艺不好，实在是巧妇难为无米之炊。为了表示一视同仁，老师们中餐也是交了餐费和孩子们一起吃的，而童欢作为常住值班老师，晚餐也大多在学校里解决。

坦白说，非美食不入口的苏睿还是挺佩服童欢，每餐面对着几乎不变花样的老三样，依然能秉承着对食物的热忱，有说有笑地和孩子们一起吃完，仿佛假期找他蹭吃蹭喝的吃货不是同一个人。而现在她却呆呆地坐在那里，连苏睿手里新鲜出炉的香煎三文鱼都没引起她的注意，什么事能让她到茶饭不思的程度？

Dirac 倒是闻到食物香味，第一时间扑了上来。童欢才如梦初醒般看着苏睿，赶紧起身回房间，把康山上午送过来的一大袋病历、检查结果递到苏睿手里。

"康山来的时候你在睡觉，是古老师接的，送我手上了。"在征得古老师同意后，她已经把里面的东西看完了，然后端着中饭一口都吃不下，"如果我是康山，妈妈病成这样，很难拒绝老板娘吧。"

她仰着头，很诚挚地望着苏睿："大教授，你叔叔是真的能帮到康山妈妈吗？不会空欢喜一场吧？"

"概率很大，但不能确保百分之百，即使去了，也不能保证治好。"

童欢有时候真的很讨厌苏睿这种完全理性的口气，但是想想这两天看到听到的事，她有点可怜巴巴地问："算命的，你说小伊要是知道康山和老板娘的事，会不会很伤心？还有康山的妈妈，如果知道了，会哭死吧？"

"你是为他们愁得吃不下饭？"

在苏睿的人生里，遇见问题就解决问题，解决不了，起码争取改善，实在无能为力，就努力去成为有能力的人，避免下一次再出现同样无奈的局面，他理解不了纯粹干坐着为别人发愁的心理。

"你是不是在心底鄙视我能力不够，还管得挺宽？"

"《西游记》里，受到推崇的是去解决问题的孙悟空，而不是唐僧。"

苏睿自认为自己回答得已经算很委婉，依然换来了童欢的大白眼。

切，当她听不出在说她烂好人吗？一个BBC还看《西游记》呢！

童欢托着腮帮子，很认真地打量无时无刻不泰然自若的苏睿："大教授，像你们这种智商高，有钱又有能力的人，是不是做什么都轻而易举？没有什么事能让你发愁吧？"

苏睿不懂她问题的逻辑，并不想回答，但是脑海里却忽然闪过童彦伟每次在游戏里被虐完，总嘲弄地发来拿腔作调的语音——哎哟哟，看看你这轻而易举又索然无味的人生哟！

"彦伟说你智商190，高学历高薪，网球、游泳、音乐、摄影什么都会，十项全能，可是除了吃，你会不会做什么都兴趣缺缺，连同情心都觉得多余？"

不可否认，童欢说到了点子上，正因为什么都太容易上手，能引起苏睿兴趣的事的确有限，童彦伟这里五花八门的案子，还有点类似打游戏过关的挑战性，所以他很少拒绝彦伟的求助。

"你看，这个世界像《西游记》一样，强大到能闹上天宫的人寥寥无几，我们有句老话，叫高处不胜寒，是你们这种无趣的强者才能感受到的，而大部分人只能像我一样，当个没用的烂好人。"

"我的意思是能力不够，就先做你能做的事，不要同情心泛滥。"

为了一个只见过三次面的人，愁得连饭都吃不下，这种不理智的行为在苏睿看来毫无意义。当然他不承认，他在试图解释，虽然他说完以后童欢更蔫了，而且她说他无趣，让他有点不爽。

十分钟前，童欢向以傻白甜著称的衿羽倾诉后，忙得晕头转向的好友也只敷衍地安慰了一句："三三，你别太善良了。"

现在，苏睿也是同样的态度。

她低落地把头搁在膝盖上："你们是不是都觉得我好蠢？我有时候都不懂现在到底怎么了，正常的同情心、担忧，动不动都成了烂好人，成了白莲花，好像连善良都成了贬义词！"

大概是太习惯童欢精力十足的样子，忽然看到她整个人蔫了下来，苏睿觉得自己有点想像逗 Dirac 一样去摸摸她的头，可是最终伸过去的手还是落在了 Dirac 的头顶上。

也只有这种泛滥的同情心，才能让她在昔云一待三年，让不到一米六的她能对拒绝送孩子继续上学的家长挥拳头，让一对上美食就完全没有节操的人愿意天天去啃单调的馒头、洋芋吧。

"善良总比不善良要好。"

苏睿把凉了一点的三文鱼放在了早就端坐如山的 Dirac 腿边，回房去了，留下一脸呆滞的童欢。

所以……刚才……她是被安慰了吗？

回过神来的童欢肚子开始咕噜咕噜闹起来，咬了一口已经完全干掉的馒头，终于注意到滴答吃得津津有味的三文鱼，备觉凄凉，更加吃不下了。

"靠！有时候真想和滴答换狗粮吃。"

并没有关门的苏睿听到她脱口而出的脏字，眉头一皱，懒得理她。

因为烈日一副要把路面都晒化的架势，苏睿没准备出门买吃的，正好昨天王叔送了他一把小白菜两个番茄，就从冰箱里取了食材，准备煮碗海鲜面。

烫面那一瞬间，苏睿顿了一下，又多加了一把面。另一个炖锅里用蛤蜊、干贝熬着汤头，汤底翻白后，六只大虾煮到微红，因为都是冰冻食品影响口感，他挤了几滴柠檬汁加了小半汤匙奶油提鲜。

黑陶大碗盛着润白的汤，红番茄切片，过水烫得翠绿的小白菜，再铺一片海苔，这碗色香味俱佳的海鲜面塞到正艰难地啃馒头的童欢手里，她差点没拜倒在苏睿脚边，默默地把刚对着 Dirac 餐盘暗骂了半天的自己鄙视了一万遍。

夹一大筷子煮得劲道够味的面，一点微微酸正好吊起盛夏疲软的食欲，任海鲜汤把舌头融软，童欢幸福地叹了口气。虽然她能闭着眼睛一口气不带喘地说出苏睿二十个缺点，但是凭他这手厨艺，哪怕他长成猪八戒，也会有女人愿意嫁的吧？

"算命的，你谈过多少次恋爱？"

突兀地被问到私隐问题，苏睿第一反应是拒绝回答，但对上她那双被一碗面感动得圆溜溜又湿漉漉的眼睛，他又冷不下脸来。

"没有。"如果不算懵懂时期过家家一样的小女朋友，十六岁那年发生意外后，他的确没有正式谈过恋爱。

童欢惊讶地瞪大了眼："你是说你没有谈过，还是说你现在没有？"

"看不上。"

他这样一讲，童欢倒没话好说了，就苏睿的相貌、龟毛又装×的习性，活成要朵顾影自怜的水仙花，她一点都不奇怪，怕没几个女人能入得了他的眼。可是她偷窥到的那份传真，那个漂亮得跟画报似的模特，难道不是他女朋友？虽然问题到了嘴边，虽然她偷看的事大家心照不宣，她还是没脸拿偷看的东西出来问。

苏睿发现自己已经看惯了她直来直往、死皮赖脸的样子，忽然这样欲言又止，反而觉得很不顺眼。

"有什么话就说，别支支吾吾的。"

"你想过你要找什么样的女朋友没？"

童欢想象不出什么样的女人能和苏睿谈恋爱，高帅富当然要配白富美，可是那样的女人有几个能受得了他的性格？不过他长成这么秀色可餐，还有一手这么好的厨艺，女孩子还是会前赴后继吧？

苏睿也被她问得一愣，这个问题他没有想过。如果是伴侣，应该是能有共同话题、懂得享受生活的女性吧。

"你知不知道有一部日本漫画，叫《淘气小亲亲》，翻拍成了很多部电视剧，《恶作剧之吻》呀，《一吻定情》呀，说的也是一个像你一样高智商却过得很无趣的天才，最后喜欢上了一个笨笨的却很执着的女孩。"

苏睿皱眉，找能长期相处的恋人，笨一定是他最难以忍受的品质。

"偶像剧是女性的精神鸦片，简单来说，什么在现实里最不可能发生，它就拍什么。"

"所以说和你这样的人聊天真是没意思。是不是谈恋爱对你来说，也挺没意思的？"

苏睿也不知道自己为什么要和一个认识一个月的女人，在热气腾腾的过道上，边看她吃面边讨论谈恋爱的问题，不过他还是实话实说："我确实没什么兴趣。"

"可是我还蛮想的，我已经好久没有男朋友了。"童欢捧着面悠悠地叹了口气，"我读书的时候谈过恋爱的，就是那种互相有点好感，谈一谈不合适自然就分了，虽然也有小甜蜜，有失落，但和康山他们不一样。"苦难里长大的孩子总会早熟得让人心疼，她太知道这些担着家庭重担的孩子，能坚持一份感情有多不容易。

苏睿看着她唏嘘感叹的样子，总觉得有点碍眼，不过他将之归纳为，就童欢这副邋遢相，居然也有人看得上她？

"正常谈恋爱,一心一意是最基本的要求吧。我相信康山一定很喜欢小伊,可是偏偏在爱着那么好的女孩的同时,又和别的女人不清不楚,甚至做金钱交易。"童欢忽然偏着头,问,"苏睿,你没有过觉得无能为力的时候吧?"

空气忽然安静了,安静到童欢最后只能大喝两口面汤来掩饰自己的尴尬。苏睿就站在离她一步之遥的地方,在炎热的午后,眉眼透出凉意来。

"有过一次,"他的声音轻飘飘的,像是隔着遥远的梦境,清冷、克制,却让人听了很压抑,"不过,那以后我发誓,我不会再让同样的事情发生在我身边任何一个人身上。"

童欢想起陆翊坤每次都语焉不详的只言片语,狠狠拍了一下自己的脑袋,把碗往地上一放,揉着裤边站了起来:"对不起,如果我害你想起不好的事情了,我道歉,我……"

她想到他给她做的两次饭,还为了不暴露康山他们的恋情,拐着弯地去打听消息,连忙说道:"我也不该说你没有同情心,其实你这人有时候挺善良的,就是……就是看上去没那么善良。"

童欢说完,又打了一下自己的嘴,怎么感觉越描越黑了?

苏睿却笑了,仿佛刚才那一瞬的阴郁是错觉:"你好像是我身边第一个说我善良的人。"

"是吗?"

童欢摸着头,笑得傻里傻气:"我这人不大会察言观色的,有时候会说错话,你别介意。"

苏睿又笑了:"巧得很,我这人从来不察言观色。"

"不过康山的事,如果有什么我能做的,你尽管跟我说,我挺想帮帮他们的。"

"什么都别说,尤其是对王伊纹和白秀云。"

童欢不满地嘟囔了一句:"我又不是傻子,这点分寸都没有!"

苏睿眉一挑,她赶紧把手举在耳边以示投降:"我懂,我懂,保证照办。"然后抱着那碗滴答一直在垂涎的面一溜烟跑回房去了。

Chapter 26
孟阿婆的巴兰

巴兰是个精明的女人，短发，鹅蛋脸，据说招财收福的圆鼻头，皮肤保养得很白，却总带着趴伏在岩石间捕猎的老鹰一样刁钻的目光，这让她还算好看的五官显得有点刻薄，连笑容都像是商人那种过于热情的装腔作态。

但最近她总是春风得意的样子，走路的脚步都带点不符年龄的轻盈，工人迟到个几分钟，也不见她再点着小笔头记录了，有时候还买些水果来请大家吃。

辣酱厂的工作其实很辛苦，无论是洗晒辣椒、大铡刀剁辣椒、腌制豆瓣酱，还是用大棒搅拌高桶里熬煮的辣酱，都是体力活。初来上班的人手上往往会辣烧掉数层皮，才能渐渐适应。而且小镇里也不讲什么八小时制，从早上八九点一直做到下午六点，中途也只有四十分钟吃饭休息时间，每周有一天要轮班捡场收尾，有时候还得加班。不过工资方面巴兰给得很良心，基本比镇上其他的工人高出将近一倍，所以想来孟阿婆做事的人不少，大多是家庭负担比较重，又没有什么专业技能的人。

当初康山来应聘的时候，巴兰看他瘦筋筋的样子，是不想要的，康山自己提出试用一星期不要工资，巴兰才勉强肯让他试试。没想到康山干活勤快，力气大，又不多话，关键脑子还灵活，很快成了巴兰最用得上手的人。再后来巴兰看他长得俊体力又好，心思就活泛了，千方百计地勾搭，终于在这个月把人拐到了手。

不过巴兰自己也没料到，活到三十来岁，最后会对个十九岁的小青年动了感情。她知道外头怎么说自己，孟东勒天天在外面抱小姑娘，他俩为了利益关系也分不开，一开始她只是赌气玩玩，后来都说不上是她玩男人还是男人玩她，逢场作戏多了，她自己就越发轻浮，唯独在康山这里，她有不一样的感觉。

他从不对她毛手毛脚，言语上也没有任何的不尊重。也许是她穿着单薄的衣服去挑逗他，他却红着脸先替她包扎了被划破的手指，也许是强逼着陪他买几件新衣服，他低着头小声说谢谢，反正她喜欢逗得他面红耳赤又无可奈何的样子，她开始心疼他，想让他过得舒服一点，甚至于她每天开门前想到康山永远会早早地第一个到，就变得很开心。

"老板娘，早。"

康山穿着墨绿色的T恤，工作裤，他苍白的石像一样的脸上总是郁郁的，偶尔才挤得出那么点笑容，有种超龄的稳重。

"吃了吗？"

"吃了。"

"我昨天卤了几个鸡腿还有蛋，这份你先吃，我还给你包了一盒，下班以后带回去给你妈。"

康山接过菜碗，低声表示感谢，任她捏了捏手。巴兰不是脑袋发热的小青年，没指望过自己还能迷倒小男孩，可是看看青春的肉体，欣赏一下康山涨红的脸，她还是心情大好，也没想要更多了。

上午的时候，巴兰一般都在门面柜台里坐着，辣酱厂赚钱的主要来源早不是这些散客，但是孟阿婆做了几十年的街坊生意，都是熟客的情分，门面就一直开着，供大家买点东西、聊聊天，打发时间。

她最近心思都在康山身上，别的男人都懒得看，但是穿着白衬衣的帅哥掀帘进来的时候，那张过于俊美的脸还是让她直咋舌。她自诩很见过世面的，没想到在昔云镇这样的小地方会冒出个比明星还好看的人来，张嘴一口字正腔圆的普通话，显然是外地人，再看看被他留在门外的那条贵气十足的狗，巴兰想了想，最近有很多女人都和她提过，七小来了个派头很大的大帅哥，应该就是他了。

"你是小学那个……童老师的……朋友？"

帅哥微微一笑，笑得面上像是蒙了光："老板娘好眼力。"

"小镇里难得有这么出色的人物，早传遍了。大帅哥，上我这小店有何贵干啊？"

"想煮火锅，学校老师都说你家的辣酱是镇上一绝，好多人都当特产带回家去送人，我想也来买几样回去。"

"难得我们乡下做的小东西能入你的眼，随便挑挑看，姐姐给你打八折。"

苏睿看了看门店里的摄像头，正对着收银的地方，巴兰就坐在那里，介绍起辣酱来，细节说得头头是道。

她衣领里遮了根扎眼的粗金链，耳钉也是两颗钻，衣服从审美角度来说是土气了点，看得出是质地上乘的高档货，脚指甲涂了暗红色，在店里图舒适穿的拖鞋也不是那种街边十来块的廉价品。按理说这边飞车抢劫的不少，尤其到了夜里更是猖獗，巴兰却毫不掩饰地通身富贵打扮，一来是人人都晓得她家有钱，二则怕也是认得些人物，一般混混不敢来招惹。

苏睿假装研究玻璃柜里的辣酱，躲开了巴兰拂过来的手，仔细看过她没有佩戴任何首饰的手腕和手指，连指甲都修剪得很干净，前沿有和康山一样长期接触辣椒怎么也洗不干净的红痕，关节突出，指头胀红。看来巴兰不是只会发号施令的甩手掌柜，看上去确实像个勤勤恳恳做着小生意、发了点财的老板娘。

对于他明显不亲近的态度，巴兰也没上心，她知道这种精英人士跟自己没在一个层次，勾搭不上，也就是手痒，揩揩油，图个乐子。

不过帅哥对辣酱的制作、品种充满了好奇心，问得很详细，关键问题还提得挺有门道，搞得巴兰也不知道是如他自己所说热衷于下厨，还是另有所图了，所以她回答也并不深入。

这时康山端着新装瓶的辣酱从后面出来，看见苏睿一愣："苏……苏教授，你怎么来了？"他看苏睿两手空空，脸色也淡淡的，以为是妈妈的事出了差错，一下子紧张起来。

"叫我苏睿吧，我是来买辣酱的，不知道你也在这里做事。"

康山这才放松下来，把手里新鲜出炉的酱瓶往桌面一摆，有点手忙脚乱地介绍着："这个……这个我们才做的，更新鲜，你是要自己吃，还是带回去？带回去的话，你走的时候告诉我，我给你送生产日期最近的去，我们辣酱没加添加剂那些，不能放久的。"

苏睿有点能理解童欢对康山特别的怜惜了，这孩子吃尽了苦头，却不显得精明世故，有种被逼得早熟却又腼腆的面相，让人不由自主想去安抚他。

"康山，你妈妈获得资助的可能性很高，但还需要进一步的检查，下周我应该会陪你们去昆市再做一次全面体检，费用会由机构承担，如果顺利的话，八月就能送你们去香港，所以你们最近去盈城拿药的时候，可以顺便把通行证先办了。"

"香港？"

巴兰忽然插话，这么大的事情康山提都没有提过，听上去是为了给白秀云治病，但是去香港……她就见不到他了。

"哦，老板娘，这是苏睿教授，我妈妈……"

康山把来龙去脉跟巴兰简单做了说明，巴兰一时有点茫然，她知道康山是因为白秀云的病才屈从的，也正因为这样，她觉得自己把康山的弱点捏得紧紧的。男欢女爱里，她游戏了这么久，目的、过程早不重要了，在兴趣浓厚的时候能把人留住，就是好结果。这下巴兰也不怀疑苏睿是来打听辣酱的生意机密了，只是没料到有人能轻而易举就破了她的局，尤其在她人才得手兴头上的时候。

能在苏睿口中得到接近肯定的回答，康山整个人都踏实了，他还在很艰难地说服妈妈去香港治病，连考虑高额花费的余地都没有。苏睿对于他，就像一直在走夜路，走到都忘记自己还有眼睛的时候，忽然替他点了一盏灯的人。这盏灯会消耗他什么，背后有没有阴谋，全都不重要，因为，这已经是从爸爸去世以后，除了小伊以外，他遇见的最大的幸运。

他和小伊都明白，错过了苏睿递来的手，他只能像之前那样，眼睁睁看着最后一个亲人在折磨里离开。

巴兰还陷在自己的沉思里，康山忽然搓着手有点不好意思地走过来："老板娘，我可不可以带苏教授去看一下后面的作坊？他从英国回来，对传统手艺很好奇。我保证，保证他身份不会有什么问题。"

像孟阿婆这种靠家传秘方撑起来的小作坊，一般来说是不让外人进工作地的，不过巴兰也知道，不要说进去看看，就是在厂里做了好几年的工人也不会掌握真正关键所在。他们用材新鲜、制作流程卫生是一码事，口味能脱颖而出，靠的还是几代人改良下来的酱料秘方，所以主料调味她向来都是每晚自己亲手做的。

康山难得求巴兰一件事，虽然她想起苏睿要把他带走还在不爽，但也没舍得拒绝他的请求，递了个新口罩给苏睿，和康山一起陪他去院子里。

虽然套了口罩，苏睿依然被扑面而来的辣味呛得连打了几个喷嚏。制作间外三条皮光肉壮、牙齿锋利的黑背狼犬立刻弓起了脊背，喉间发出低声咆哮，凶相毕露，被巴兰喝止，才咿唔几声继续趴下晒太阳。几个忙碌的工人对于老板娘带进来的陌生帅哥并没有多关注，巴兰看得出康山很紧张，干脆好人做到底，去火边检查正在熬制的辣酱，让康山随意。

清早送来的新鲜红椒泡在墙边的流动水槽里清洗，一个麻利的小个子揉搓干净后，把沥干水的辣椒摘蒂去柄，用大簸箕端到楼上的平台晾干水汽，取下来的干辣椒弯弯曲曲簇拥着，平铺在院中的水泥台上，乍看过去，满眼鲜红。

靠墙装了简易门帘的砖房里，一个染了几撮红发的年轻人上下轧动大铡刀，把辣椒轧碎后倒入不锈钢大桶，手臂壮实的中年男人用一把长柄的剁铲机械地重复着舂捣，确保所有的辣椒都成碎蓉状。

两个年纪大一点的老工人，一个负责在中间小房间内泡煮发酵的豆豉，另一个在第三间房里煮火烧辣子酱。炉灶上，一口比七小的柴火锅还要宽三分的大铁锅熬着鲜红的辣酱，细碎金黄的辣椒籽随着煮沸的气泡咕嘟沉浮，巴兰事先配好的酱汁分瓶装好，大料包用镂空钢球裹住，老师傅看火候依次加进去。

康山进门先喊了声师傅，套上皮质手套，边给苏睿做简单说明，边接过了师傅手里用简单机械支架连接的搅棍，均匀搅拌起接近成品的辣酱。

苏睿注意到三间房都装了摄像头，不过出于保护秘方的考量，装监控并不奇怪。征得巴兰同意后，他又在院里简单四处看了看，苏睿并不熟悉国内这种纯手工的食物作坊，只凭目前所见，戴口罩、手套的几个工人暂时没有可疑之处，作为已小具规模的作坊，设施虽然偏简陋，却很符合全人工制作的定位，整个作坊连巴兰在内，都很契合孟阿婆兢兢业业维持老手艺口碑的形象。

和巴兰钥匙上芯片卡相匹配的锁到底藏在哪儿？

苏睿的目光定在了大门敞开的家居小白楼上，那是镇上富裕家庭最常盖的三层砖混结构小楼，四面外墙都贴了长条白瓷砖，顶层有红瓷砖围边，铝合金推拉窗外焊着防盗网，一楼是四扇可推叠的大铁门，屋内的装修也很符合镇上中年人的常规审美。

根据童欢的介绍，在镇上两条主街能建小楼是当地居民攒下家底后的首选，大部分人只在临街那一面贴了瓷砖，有一部分会把左右两侧贴了，像孟家四面全贴且屋檐围栏做了造型装饰，还围得出院子的，一定是早期就富起来，而且家境在镇里属于绝对上乘。

苏睿假装蹲下来闻干辣椒，用余光扫视摆在门口的鞋柜，女式的六双凉鞋、一双防水户外鞋都是在三线城市和乡镇做得比较开的"广告名牌"，相对来说，男主人的鞋品位略高……苏睿看到拆了鞋带挂在鞋架旁边待洗的女款休闲鞋，目光一凝。

白色球鞋上有几处腻子粉和白乳漆的残印，而鞋侧和鞋底被油漆粘住的深绿色污渍，像是新鲜菜叶踩烂的痕迹，而且不是同一种蔬菜，但没有污泥，所以不是去地里粘上的……

苏睿略一沉吟，巴兰作为辣酱店的老板娘，很可能是去蔬菜批发市场的路上，经过了正在装修的店面，这双鞋虽有疑点，依然在能解释的范围内。他又四处走了走，只在轧辣椒的红发年轻人脚底发现有类似乳漆痕迹，然后担心自己再待下去会引起不必要的怀疑，和康山、巴兰简单告别，在选了四罐辣酱准备付款走人时，终于听见了店外的刹车声。

随工商局一起进来的干警居然是熟面孔张路，还有专案组的曾浩，苏睿轻轻摇了摇头，阻止了他们打招呼。巴兰笑着迎上来，张路也是孟阿婆的熟客，和她随口聊了两句才说明来意：

"有人举报你们用罂粟壳添味，送去的辣酱里确实有部分成分数值偏高，所以我来查查。"

巴兰眉尖一挑，嗓门立马大了起来："不可能！罂粟壳都是外面的人嫉妒我们赚钱传出来的谣言，我们不用那东西的。"

"你先别急，昔云有不少卖料包的地方都能买到榨过汁的罂粟壳，但废料的吗啡含量基本都低于万分之一了，一般我们也不查这种小事。但是举报送来的辣酱里的剂量偏高，以那个比例，十块一瓶的辣酱你们是亏本销售，而且送来的瓶子开了封，不能作为充分证据，我们从其他超市里随便拿了两瓶孟阿婆做检测，结果也是合格的。"

听张路这样说了，巴兰的脸色才好看一点："我们家的辣酱向来就是真材实料，从来不用那些邋遢东西。"

"我们要是真有怀疑，也不能进门就全跟你说了。"

"哪个死不要脸的来诬陷我们，见不得人过得好！"巴兰竖着眉毛对工商局的小陈和小郑也直喊冤。

孟东勒生意做了这么多年，和工商局没少打交道，每年请客喝酒，逢年过节上上下下送点心意，都是混熟了的，所以小陈他们也客客气气的："老板娘，你莫急，我们过来取样也是走个形式，孟阿婆的酱我们自己都吃，放心的。"

"对，对，但实名举报我们必须查，小陈他们去取样，我跟着看看，麻烦你领个路。这个是曾浩，我警察学校的师弟，过来办事顺便看望我，我也没时间招呼他，就拉他一路来了，你别介意。"

四十来岁的张路说起话来总是和和气气的，叫人生不起防备心。曾浩长得高高帅帅的，虽然三十好几，但看上去倒像个小青年，巴兰对长得好的都格外客气，水都递到他手板心里。

"我有什么好介意的？倒是辛苦你们顶着大日头跑一趟。别人都赖到头上来了，张警官，你们尽管查，最好屋里屋外都查清楚，我们担污名也不是一两天了，这次正好还个清白。"

巴兰笑着递来几包好烟，四人接下了，旁边的住户见又是工商局的车又有警察，陆陆续续凑过来看热闹，把大门堵得水泄不通，苏睿遇见人多就嫌烦，赶紧撤退了。

等在车内的童彦伟已经和苏睿建立了良好默契，一听落座的苏睿提到鞋子，立马和前一日跟踪巴兰的人确认巴兰与红毛是否去过蔬菜批发市场，沿途有没有装修中的店铺，并和龚队报告要求调查与孟阿婆合作的辣椒供应商及红毛的来历，反应速度难得地得到了苏睿算得上赞许的目光。

Chapter 27
疑点

即使是 Y 省这样的高原省份，盛夏的当午，日头依然让空气都闷热到停滞，专案组办公室里两台吊扇都以最高的频率疯狂地转着。苏睿坐在门边吹着并不凉爽的风，和龚长海及其手下讨论案情。为了照顾他不能看中文的缺陷，白板上基本都是用照片、数字、字母做的关系说明。

"工作间的监控，曾浩回来可以再确认，安装摄像头能够理解，倒是刚才彦伟和我吐槽了一句钱多无所谓，连剁辣椒的工作室都装监控，我觉得不失为一个关注点。"

想起童彦伟刚毕业接触实案，隔着屏幕都能感觉到他马大哈的样子，苏睿不得不承认这些年彦伟成长得很快。在没有任何技术含量剁切辣椒的房间都装监控，的确有值得推敲的地方。他动了动手指，彦伟狗腿子似的递来纸笔，苏睿有点哭笑不得，这家伙溜须拍马、察言观色的功夫是精修到十级了。

他简单地画了个小院的草图："三条黑背也是疑点，根据秦警官这几天跟巴兰的情况，她每天下午四点会去银行把当天现金存好，再兑一些零钱，所以她家中应该没有大量现金，如果还有其他高价物品，那么狗也应该是拴在住房前后，为什么三条凶犬都拴在工作间附近？"

"也许是确保晚上做酱料的时候不被偷看？"

"如果仅仅是为了示警，一条黑背已经足够了，从护院的角度来说，三条狗不该集中在一个地方。"

"一会儿小曾把监控带回来，等辣椒供应商那边的情况查实，我们会对孟阿婆做正式搜查，工作间我们会重点检查。"

正说着，曾浩小跑着回到后院，他复制了一份从张路那儿拷来的监控，然后把藏在包里的针孔摄像头交给了小于，小于连了三个显示屏同步播放起来。

"龚队，你说好不容易抓到一条线索，先不打草惊蛇，所以我跟着师兄在她家简单转了一下，粗看没什么问题，也没有能用上那片钥匙的门，大保险柜在卧室，记账本那些都在卧室这张大桌上。"

曾浩每一步都走得很稳,画面录得比较清晰,镜头里,巴兰领着他们到处看了,又带着张路去屋里取监控留底。张路简单拍了几张照,倒是巴兰自己把抽屉柜子都拉开,一副坦荡荡完全不怕查的架势。事实上,曾浩跟着走到三楼,也并没有发现能用那张磁卡的暗室。

当摄像头拍到卧室的时候,苏睿皱了皱眉头:"小于,麻烦你把梳妆台和衣柜的镜头放大一点。"

龚长海这些手下以前和童彦伟就有过数次合作,每次都合作得很好,彦伟胆大心细吃得了苦,身手也不错,唯独爱把一个"舶来品"吹嘘得天上有地上无。一开始大家都不服气,尤其办的还是这么大的案子,偏叫一个教物理的香蕉人来掺和,要不是彦伟市局的领导出面做了保,苏睿来到这里又连抓胡老虎两次辫子,他们连勉强接受都做不到。

待见到人,除了龚队,一伙人先被苏睿通身的气派镇了场子,就是那种你看不顺眼却明显是高手的范儿,最年轻的小于更是攒了一肚子吐槽。

几次案子查下来,每每遇到瓶颈,总是这位苏教授先从细微处找到线索,熟了以后发现他除了有点洁癖、不爱与人肢体接触,也不是多难相处的人,现在队里已经完全接受他了,小于更是开始跟着彦伟变成了"苏吹"。

"苏教授,你看出什么不对劲了?"

梳妆台上琳琅满目的瓶瓶罐罐,看得人眼花缭乱,苏睿低头按起了手机查询。龚长海他们虽是老江湖,破案经验丰富,但对于女人涂涂抹抹的物件和衣物却是门外汉,完全看不出有什么问题。

"龚队,巴兰和孟东勒常去琅国吗?"

"这边有点闲钱的出国游首选基本都是东南亚,出境记录里,孟家去年和今年都去过几次琅国,不过菲律宾和新加坡也去过。"

苏睿指挥小于把画面再放大:"你们看巴兰的梳妆台,Panpuri 是琅国顶级的香薰精油,Zanehh、Beauty Cottage……"

他对着手机里的英文简介做了大概翻译:"这些都是琅国价位偏高的本土品牌,回头你们再用搜索引擎查一下,应该都是境内比较受追捧的。小于,麻烦你再调到衣柜右下角的位置,这三个都是 Boyy 的方扣包,近年在欧美很流行,不过她选的款真是……Boyy 是琅国的品牌,当地购买折后价格也在人民币五千以上。嘿!还有一个 Chanel,两个 Givenchy,丝巾有 Gucci,哟,居然有一条 Hermes!三十几岁,肤色偏棕,她居然选皮粉色,巴兰的品位实在配不上她这卧虎藏龙的衣柜。"

龚长海这些大老粗爷们儿听着苏睿口中蹦出的一连串名牌,还顺带吐槽巴兰,他们虽然不熟悉品牌,以孟家的家底也能负担得起奢侈品消费,但按常理,尤其是在昔云这样的小镇，还是超标了，何况谁都不会忘记，王德正的"货源"正是来自琅国。

"衣服、包都符合巴兰现有穿着审美，只是比她日常的要高几个档次，东西很新，童彦伟，你把这些截图剪裁过后给于衿羽辨认一下，我虽然认得大概品牌，但具体是不是当季新款，有没有限量，价格差异很大。平时巴兰并没有把这些国际一线品牌挂在身上，可见她知道太张扬，却还是默默地囤了满柜。"

结了婚的老樊笑起来："女人很难控制自己购物欲的，像我老婆花两个月工资买了个包，轻易不舍得背，但挂在家里看着都开心。"

龚长海也皱紧了眉头："有灰色收入，或者资金来源不法的家庭，很大一部分人在日常起居里会相对低调，出远门，尤其出国，到了没有熟人的环境，就会变本加厉放开来享受。还有，名牌的事我不懂，但看孟东勒的衣物显然比巴兰的要稳重，而且不是巴兰的风格。满柜与日常消费不匹配的奢侈品，容易出现在童年、少年都过得极度贫乏，而后突然暴富的人身上。"

他刻意强调了"突然暴富"，和苏睿交换了一个会意的眼神。

"孟东勒的服饰以国产大品牌居多，知名度和价位我不熟悉，你们后续可以查，应该是适中且符合孟家表面消费情况的。他的衣服偏休闲，商务款式也有，就品位来说，要比巴兰高，而且少量的国际一线品牌选择的虽然是 LV 这类偏暴发户标准的，但都是经典款、基础款，式样相对大气，显然巴兰作为妻子，并没有做到孟东勒衣柜的主。"

"你们的意思是，如果巴兰连衣食起居都没能替老公做主，那么孟阿婆应该是完全由孟东勒把持的？而且我感觉，照你们说的，巴兰会比孟东勒好突破。"

到底和苏睿合作多了，彦伟已经很默契地连他话底的意思都听出来了。

"巴兰可能生意上精明，但日常生活还没在暴富里沉淀下来，所以她的虚荣心驱使她首选贵的、颜色张扬的，而不管合不合适，就像她看上的人，首先也是要帅。"苏睿比着手机里查询到的信息做介绍，"这些购物袋，Central World 和 Gaysorn Plaza，都是琅国大型购物中心、奢侈品汇集的地方，她连购物袋都没扔。而孟东勒在选择高端品牌时，都尽量避开了有大 logo、夸张纹饰的款式，从这点来说，他比巴兰要内敛。而且巴兰选择的保养品、包、配饰，都偏年轻女孩的品味，这不仅代表她渴望年轻，还有……"

苏睿一时卡住，没找到中文里合适的形容词，倒是彦伟顺口就接下来了："就咱三三每次看偶像剧吵吵的少女心嘛，没谁说大妈不许保有少女心呀。"

"差不多，就是她嘴里的少女心。"

苏睿倏地抿出抹笑意，面上透出点柔和之色，仿佛照过了皎洁月光，离他最近的小于看得眼发直。怎么同样是男人，同样长俩眼睛一鼻子一嘴巴，人家苏教授笑一笑，简直就能把小姑娘的腿笑软？

察觉到小于定在脸上的目光，苏睿收敛了自己都不知从何而来的笑意，伸手取了一旁的资料，看着上面密密麻麻的中文，又下意识地闭上了眼睛，只能询问："孟阿婆明面上的年利润估值多少？那个染了红头发的年轻人是什么来历？"

因为对孟阿婆的调查刚开始，大家熟悉度有限，面对苏睿突如其来的提问，一时大才和彦伟他们都低头翻起了案卷。

这个时候，苏睿忽然想起了堂而皇之嘲笑过他中文阅读障碍的童欢，想念起她看过就能秒答的技能，有一瞬间的恍神：快到饭点了，不知道那家伙是不是又捧着菜粥和馒头在那儿长吁短叹？

没注意他的走神，童彦伟翻着资料说道："染了红发的小青年叫拉古，傈僳族人，二十四岁，初中文化。因为和后母相处不好，他十六岁开始在镇上打工，现在在孟阿婆已经做了四年。"

苏睿收敛心神，点了点头。

中饭前，去批发市场明访的邓涛和暗访的秦天鹏也回来了。天鹏是农村的苦家庭出身，这些年一线跑下来，皮肤更是黝黑粗糙，扮送菜的农户完全契合。

"孟阿婆订辣椒和黄豆的店叫群英，开了五年。老板谭群今年四十岁，离异，昔云镇出生，九十年代父母去翡国跑生意，他中学毕业以后胡混了几年，也跟去了翡国；九年前回国做起了蔬菜水果的批发生意，现在是市场里数一数二的大档位。"

小于把邓涛拍到的照片投影在幕布上，邓涛和天鹏指着照片逐个说明："昔云的批发市场规模在周边算大，一共有店面46家，摊位77个，日均人流量可能在三千人以上，车流含三轮在内超过一千辆。附近那邦、安乡甚至盈城市区的商家订单都有，部分大店配有冷链厢式货车，会往留市甚至昆市送货。整个市场有三家档位与翡国果农有直接合作关系和完整的运输链条，谭群的店子是其中之一，而且和检疫站、关口的关系都处理得很好。"

"群英店面靠西北侧，连后仓一百一十平方米左右，是批发市场最大的几个门面之一。店里的员工很专业，群英不收小户的散货，有个小伙子特意给我指了路，而且随口给我估的价和我最后卖出的价格差不多。"

秦天鹏往后调出三张仓库的照片："群英最近吃了一个别家的旧仓库，正好在装修，位置非常好，不仅靠近停车场，门前还有一个小坪能并排停两辆货车，方便装卸货。我假装好奇在门口看了几眼，门口搭脚手架的师傅就说危险，把我喊开了，具体情况我身上的摄像头都拍下来了。这是小邓拍的照片，我们俩都觉得他家仓库有点奇怪。"

邓涛配合地把并排其他家的仓库照片都调了出来："我和鹏哥发现，谭群的仓库面积只比别家大一点，但是通风口和窗户数却足足是左右邻居的两倍。"

秦天鹏把自己拉过去的货卖掉以后，看群英给自己指路的小伙子好说话，就带了包烟过去"表示"一下。做蔬菜批发生意的，一般都是晌午开始休息，晚上接单，半夜凌晨进出货，秦天鹏正撞上了上午的空当，那小伙子大概也是无聊，两人抽着烟聊了好一阵。

"据那个店员说，群英的日吞吐量一般在七八吨左右，蔬菜不能积压，除了年节，旺季囤货不超过10%，淡季或者现在的高温季更不会超过8%。两个仓库的面积连那个小伙子都感觉超过了需求，不过他说老板可能要扩张生意，做一些高价、难伺候的菜。小邓，你把你拍到的监控照片也调出来。"

小邓拍照的距离隔得较远，靠拉长焦拍到的图片显得有些模糊，但能看得出群英的店内店外几乎没有摄像头死角，连正在装修的新仓库在墙面都没完工的情况下，都已经布线装了摄像头。

"巧了，和孟阿婆一样，摄像头都偏多。"

"店里有个叫赵颖的年轻姑娘，长得很漂亮，穿金戴银，通身老板娘的气派。据店员说，谭群就是为这个姑娘离的婚。但我和收货的老板聊八卦时，那家老板说谭群人也花得很，和孟东勒一样到处拈花惹草，据说和巴兰都有暧昧，具体真假，那个店家也说不清。"

龚长海的眉毛在他粗犷的脸上打了个大结："现有我们所了解的事情很大一部分是依靠推理、揣测，最有希望提供线索的胡益民坚决不提黄钟，供出来的两个翡国夫妻也找不到。没有足够证据的前提下贸然行动，如果一击不中，一旦引起了他们的警惕，情况只会更恶劣。"

清早就被强行喊出门，这会儿已经开始严重犯困的苏睿撑着头，懒洋洋的样子，像只弓着背晒太阳的猫，半眯的长眼在阳光下泛出稀薄的琥珀色。

"有拍到那个女孩的照片吗？"

小邓被他看得都觉得呼吸加快，慌忙摇头："照片没有，但我身上的摄像头应该会拍到。"

"前前后后三四个小时的摄像我看不了，童彦伟，你们看，看完有问题再跟我说吧。"

童彦伟也知道夜猫子苏睿能从早上耗到中午已经够给面子了，而孟阿婆、群英他们调查到的资料暂时还很有限，就和龚队告了假，开车把昏昏欲睡的人送回七小。

"你自己不进去休息一下？"

苏睿下车顺口问一句，彦伟脑袋摇得跟拨浪鼓似的："几个案子千头万绪，人手本来就不足，没道理大家都在忙着，我反而回来休息。"

"哟！是特意送我回来？"

彦伟脸上浮现出别有深意的怪笑："我说苏大教授，你觉不觉得你现在说话的腔调跟三三忒像？"

苏睿嗤笑道："我像她？"

"瞅瞅，瞅瞅这语气，这调调儿！"看大少爷的脸色真冷下来了，童彦伟也不往下贫了，连忙重整表情，笑眯眯地说，"大教授，我这是真心诚意晓得您老怕晒，特地送您回来，怎么也值得您给个好脸吧。"

　　苏睿甩着脸掉头就走，傲娇得跟他家那条从来不让人摸头的贵族狗一样。走到校门，却没看到 Dirac 像平常一样，闻声而动，飞扑过来迎接，倒是听见童欢的大嗓门在那边不知和人争执着什么，以至于已经在倒车的童彦伟也熄了火，探头来看。

Chapter 28
发芽的种子

教学楼前，童欢揪着一个十来岁男孩的衣领，正怒火冲天地吼着什么。男孩又高又壮，比她还高出个头顶，穿着不太合身的旧衣，稚气未脱的脸上两道浓黑的虬眉，眼珠子灵活地转着，就是梗着脖子不看她，被骂得不耐烦了还"呸"地冲一旁吐了口口水。

旁边还站了七八个学生，都是高年级的，其中有个女孩哭得脸都肿了，两只手紧紧地拽着衣角，抽抽搭搭地瞪着被揪的男孩。

苏睿走近了，才看到 Dirac 死守着房门，但眼睛狠狠地盯住对峙的童欢和男孩，在男孩挥手要挣脱童欢时，还伏低了身体，摆出攻击前的姿态来。苏睿远远打了个手势，示意 Dirac 平静，这才听清童欢他们在说什么。

"童老师，我都承认钱是我偷的，但已经用掉了，我总不能再去别的地方偷了还她吧。"

"李天行，你明知道黄晨她爸爸一年只来看她两次，那钱是她半年的生活费，你还偷！"童欢整个人显然已经在气炸的边缘，揪着衣领的手指用力到泛白，脸涨得通红。

"偷都偷了，用也用了，你还要怎么样？跟校长说把我开除就是了。"那个叫李天行的男孩满脸不在乎，干得起皮的脸上笑容特别欠揍，"我不喜欢读书，也不是读书的料，是你们上我家来逼着我读书，每个月偏偏就少我这三十块钱，少我家这点柴米了？"

"啪"的一声，童欢一巴掌结结实实扇在了他脸上，不要说李天行被打傻了，旁边那几个学生，甚至苏睿都愣住了。

男孩脸上通红一个巴掌印浮现出来，他用力一挣，居然挣不开童欢钳制的手，扯着变声期粗嘎的嗓子喊起来："我要去教育局告你，告你体罚学生！"

"告！你去告！方老师那么大年纪，爬两个多小时山路到你家，就为了你的三十块钱？这么热的天，古老师给你们毕业班加课补课，人都累病了，你怎么有脸说得出口？"

看得出来，童欢是气得不轻，这几句话几乎是咆哮着吼出来的，声音都在发抖，男孩听了她的话，面上倒是闪过点愧色，但很快又倔强地抬起了下巴。

"童老师，就算我上了初中，也考不上高中的，考上了高中，学费谁来管？我哥打一次拳还能挣一两百，我们村里十来岁的女孩子嫁去翡国，都能帮家里赚钱，我都快十四了，读着这点破书还要问家里要钱。"

童欢听着李天行的反驳，脑海里被某句话忽然触了一下，还没来得及反应，又被他的"破书"激怒三分："这都不是你偷同学钱的理由！你少给我东拉西扯，从今天开始，放学你就去找王叔，地里剩下的活和打扫操场都归你干，五块钱一天，什么时候凑够还黄晨的两百块钱，什么时候……"

"去你妈的，老子不干！"

童欢手肘一压，比她还高一点的半大小伙子居然被她压得弓下了腰："你才几岁，在谁面前叫老子？不干也得干！"

她手虽然下得狠，怒气中却夹着些无奈，气到发红的眼无意间扫过苏睿，那双大大的猫眼像刮着夹杂砂砾的风暴，直直地撞进他心头开始横冲直闯。

李天行被她钳制住，只能呜里哇啦大叫："我就不稀罕读你们书，你还不如把我退了省心，体罚的野蛮人……"

"小屁孩，要不然你跟我走，我带你去盈城的少管所玩几天？"

不知什么时候也下了车的童彦伟站在不远处，痞里痞气地抛着钥匙，他虽然面相看起来像个二十出头的嫩学生，没什么杀伤力，但一双眼自数年的大小案子里磨砺出来，刻意卖一下狠，盯得李天行直发毛。

很多学生都听说过童老师这个堂哥是警察，虽然七小孩子年龄偏大，但十来岁的孩子面对警察底气还是不足的，李天行嘴里哼哼两声，垂下头不再吭气。

"你下次要是再违反校规，我就罚你给全年级男生洗袜子、洗鞋，洗一个月！"

童欢余怒未消地在他背上又虚拍了一掌，押着人去菜地找王叔了，剩下的学生看了看"高深莫测"的外国教授和眼神凶狠的警察，作鸟兽散，只留下几句抱怨。

"我看三三老师都快被李天行气哭了。"

"你上次不也把童老师气得不行！"

"李天行不会真去告状吧？万一告了，三三老师一气之下走了怎么办？"

强行出了一次头的童彦伟把安慰堂妹的伟大任务交给好友后跑了，苏睿摸了摸踱步而来的Dirac，想起学生们临走前的碎言碎语。

她要哭了吗？刚才泛红的眼圈，原来不是气红的呀！

原本筋疲力尽，以为自己倒头就会睡着的苏睿躺回舒适的大床上，居然并没有即刻入眠。他听到了童欢回房后窸窸窣窣的声音，他没有嫌吵扭开音响，他听见了她的叹气，脑子里居然满是那双涨红的眼，他听见她一如既往踢飞鞋子扑到了床上，然后他听到她好像在哭。

　　捂在被子里的哭声，压得低低的、闷闷的，断断续续透过置物架后那扇薄薄的木门传了过来，像小锤子敲打着苏睿因为缺觉而鼓动的太阳穴。苏睿不知碰见过多少次女人在他跟前哭，却从来没有这样心烦焦躁，让他在床上翻来覆去，完全没法睡。

　　刚刚学会用前爪去开新锁的Dirac偷偷看了主人好几眼，在苏睿的眼皮子下面叼着装了几个水果的盘子溜了出去，不过两秒，又夹着尾巴退了回来，很快苏睿听到了方老师敲门的声音。

　　"小童，你没事吧？"

　　"没事，我就是困了，睡午觉呢。"她瓮声瓮气地答着。

　　"你别怪老张，他其实不怪你动手，是怕你受牵连。李天行那个哥哥蛮不讲理，要是知道你打了他弟弟，真的闹起事来说不清，老张才故意当众讲了你几句重话。"

　　"我知道，我不怪校长。"

　　"还有啊，你下次再生气也别动手了，上次你打了姚宇阳爸爸，他大男人不好和你计较，也没脸闹。但是老张后来去教委开会，也被上头点名批评了，要是李家真去告状，虽然不会有大事，但道歉检讨肯定是逃不掉的。小童啊，现在老师不好当，不管什么原因，你动了手就难占理，你体谅一下老张。"

　　"我懂。"

　　"还有，让李天行扫操场当惩罚可以，但不能抵钱，免得说我们压榨学生用童工，都还没满十四岁呢，给钱不合适。而且有些家里困难的孩子，听说五块钱一天，怕会抢着做的。"

　　"嗯，是我想得不周到。"

　　方老师叹了口气："说到底你是帮我，本来是我带的学生，到最后让你受气了。你要累了先睡会儿，我把饭给你端过来了，放在窗台上，你一会儿吃啊。"

　　童欢"吱呀"拉开了门，两人不知道又轻声说了啥，方老师拍了拍她，笑着念了句"憨丫头"，就走了。

　　苏睿躺在床上，把来龙去脉听得清清楚楚，出手教训偷钱的学生，却被校长当众骂了，怪不得回来就哭鼻子了。正想着，苏睿看见自家那条向来趾高气扬的狗再次当起了小偷，叼起水果盘又溜了出去，他长长吐了口气，坐了起来。

　　看来是睡不着了，好在失眠对他也不是什么稀罕事，苏睿想着童彦伟临走再三交代自己要帮忙安慰一下小堂妹，苦笑着打开了冰箱。

　　连Dirac都知道带吃的去给她，安慰一个吃货最快最好的办法，只能是给她做点好吃的。

大火过油、快炒勾芡的油焖大虾，小高压锅蒸出来的一钵香米饭，嫣红的大虾、流油的酱汁盖在饱满雪白的米饭上，再配了一小碟素炒的蔬菜，本来抽抽搭搭应门都应得不耐烦的童欢瞬间眼直了，伸长了手来接餐盘，被苏睿眼疾手快躲开。

"先把你脸和手洗干净。"

他摆着失眠后阴晴不定的脸，端着餐盘，走进大扫除后勉强能落脚的屋子。虽然和刚整理那天相比，房间又乱了几分，但看得出主人在努力维持，起码他坐得下去了。

"大厨，今天怎么这么好？"

童欢擦了把脸，洗干净了手，也不敢和苏睿挤一个沙发，哈巴狗一样趴在茶几上，眼巴巴地看着苏睿用他修长漂亮的手摆着餐具，她先前哭得发红的鼻子还微肿着，泡泡的眼皮显得两汪大眼珠子水盈盈的，像特别无辜的小鹿眼，眨巴两下，那脸就快贴到饭碗上去了。

苏睿把筷子往她手边一放："吃完记得洗碗。"

童欢二话不说，端起饭钵就开吃，抽个空当才用力点了点头。苏睿看她吃得旁若无人的欢乐相，她连虾壳都懒得剥，大口嚼得稀烂又吐出来，他一直在烦躁蹦跶的太阳穴忽然就平静了，甚至还有点想笑。

是委屈的吧？连他都感觉得到学校的辛苦，也看到她付出了这么多，总还是有不知好歹的人要对付，有不得已的苦水要咽的。不过前一刻还在哭鼻子的人，现在能这么好胃口，也具有很强悍的恢复力呀！

"大教授，你这又是在同情我？"

童欢吃完大半份Q弹鲜嫩的虾，又把饭碗挖出个大洞，终于得空看了看一直若有所思的苏睿，嘴巴比脑子快一步问道。

苏睿嫌恶地看到随着她的提问，几颗饭粒子从她嘴里喷了出来，有一颗甚至落在了他的膝盖上。显然童欢也看到了同一粒饭，赶紧扯了衣袖就要来擦，被他抽张纸把她油乎乎的手隔在了半寸之外。他慢条斯理地擦干净了膝盖，又把她掉在茶几上的饭粒扫拢在一处，才不咸不淡地说了句："冰箱里的虾要过期了。"

童欢撇撇嘴，并不顶回去，反正她也没指望能从这人口里听到什么好话，只要有好吃的到手，让他说两句风凉话又如何？何况傻子都看得出这饭菜是专程为她做的，她得受这份情。

"你的学生在外头鬼鬼祟祟的，来了好几拨了。"

就他端饭来这儿几步的距离，看见教学楼的楼梯口、水池台的后面藏了十来个小孩，推推搡搡，又没人敢过来。

"是怕我气得拍屁股走人吧？我才不走！不把他李天行给驯服了，我白当这三年老师！今天其实不算什么，反正也不是第一次了，他们低年级的没见过世面，瞎想而已。"

童欢终于解决掉所有的大虾，把余下的酱汁和饭拌均匀了，用勺子挖了一大口，全咽下去后才继续说道，"就那个被偷钱的黄晨，当初不肯来上学，我去逮人还咬过我一口。三年级有两个坏家伙，不写作业不复习，还溜进我办公室偷卷子，害我因为忘锁抽屉被校长和古老师批评。还有因为我多分了两支志愿者送的笔给家境更贫困的孩子，就说我偏心，冲我吐口水的，有偷偷往我晒的鞋里抹牛屎的。我要是什么都和他们计较早被气死了。"

苏睿看着她哭得皮泡眼肿的脸，嘿嘿笑了两声，童欢有点尴尬地抹了把脸："就是有时候情绪上来了，总要发泄一下嘛，不然不得憋死我呀！我刚来那会儿才哭得多呢，有一次直接在讲台上就被气得飚眼泪，结果台下还笑成一片。"

"所以，你对学生才那么凶？"

因为这几间平房挨着教学楼，天天听着她的大嗓门响彻校园，苏睿已经发现了，童欢虽然在课堂下跟孩子们没大没小能玩能闹，但上起课来并不是那种和蔼可亲的老师，事实上，她可能是七小最凶的老师。

他见过她甩着湿帕子把调皮鬼抽得上蹿下跳，也看到她挥舞着笤帚里抽出来的小枝，把一排小孩训得头都不敢抬，迟交作业被罚站的，上课讲小话被赶去跑操场的，连默写错了都会被留堂，她夹在教案里的那把小戒尺更没少打过手板心，按理现在的老师早不时兴体罚这一套了，她还是靠着武力威慑把一群小萝卜头训得服服帖帖。

"其实这里的孩子求学心本来就不重，一个班里把小孩学业看得重的家长合拢起来都不到十个，其他不拖后腿不逼孩子辍学打工赚钱就算不错了。这样的环境，你要指望小孩有多大上进心是不可能的，他们也压根不吃'爱的教育'那一套。"

"我还以为你在这里，是讲牺牲讲奉献的呢。"

苏睿欠揍地说着风凉话，换来童欢一个大大的白眼。家境宽裕的城里姑娘在边陲小镇艰苦度日、坚持支教，照新闻报道里的常规，能写出十幕煽情剧来，她倒好，完全不按套路走。

"光我一个人奉献有什么用？我当初来不到俩月就发现了，从来就没有想象里扑闪着求知欲的天真孩子，我也不是来当天使的，犯不着自己感动自己。再说了，我这臭脾气，要留得下来，必须接受他们总是分分钟把我引爆的现实，说句恶心的，我得试着爱他们真实的、有缺点的样子。所以我现在坚持带低年级，刚入学的孩子没有纪律性可言，但是更能接受我设定好的框架规矩，不说改变他们本来的样子，只是……怎么说，希望引导他们往更有秩序的方向走，虽然我也不知道这样做对不对……"童欢有点迷惘地咬着筷子，又不知神游到哪儿去了，其实李天行的话还是打击到她了，好半天才缓过神来继续说，"臭小子有些话是对的，有时候我自己都不知道坚持下去有没有意义，因为读完小学，他们好多都不会接着上初中，就算完成了九年义务教育，他们所学的知识也不足以改变命运，最后还是要去打工，走爸妈的老路。不过，方老师他们二三十年教下来了，我这几年也就不算什么了。"

苏睿揉着 Dirac 的头，用不带什么感情的语气说道："就算是打工，会写名字看得懂合同比不会要好，会算方程式能写几百字文章比不能要好，你负责撒下种子，至于种子发不发芽，能不能长大，看他们自己的造化。起码你多给出了一条路，科学地来说，这叫增加概率。"

童欢的筷子差点戳到脸上，才从苏睿讲解 PPT 似的淡漠声音里清醒过来。

他这是在宽慰她，而且是以认同的态度？她条件反射地摸上了苏睿的额头。

"靠！算命的，你没发烧吧？今天又给我做饭又说好听的！"

苏睿一掌拍掉了她的手，扯了张纸把额头擦了又擦："你不把你张口就有脏话的习惯给改掉，以后别想从我这里吃到一口东西。"

他起身要走，被童欢一把拉住手腕，速度疾猛得连 Dirac 都往后弹了一步。

童欢恨不能把自己脸上笑出朵花来，开玩笑！这么顶级的厨子住在隔壁不物尽其用，怎么对得起她那颗为了吃别说不要脸，连不要命都行的吃货心？童欢把心一横，既然他话正好说到这儿了，不如再厚颜无耻点：

"我改！我当然改！不过大教授，我要是改了，你在家做吃的，能不能捎上我一份？"

她说完想起苏睿极其厌恶肢体接触，赶紧把手一松，人半蹲着，两只手掌还维持着五爪金龙的姿势，一脸讨好的笑跟童彦伟像极了。苏睿盯着自己被她滚烫掌心抓过的手腕，上面还有残留的温度，陌生、腻歪却又热乎，他觉得童家这对兄妹可能天生能克他，让他头痛不已却又无可奈何，以至于他居然真的在考虑她完全不合理的提议。

"你改？"

对于女孩子在他面前说脏话这件事，苏睿的确无法接受，而且他好像尤其不喜欢童欢挑衅他这个习性。

童欢咂巴咂巴嘴里那余味满满的鲜虾酱汁，把头点得跟发报机似的，生怕慢一秒，那麻辣小龙虾、浓汤海鲜面等全离她而去，为了他一手厨艺，不要说几个口头禅，让她抱大腿喊大爷都行。

"我保证，什么靠啊、擦呀，只要挨得上脏话边的，我都不说了。就怕习惯一时半会儿改不过来，但你监督着，我也努力改，好不好？"

苏睿看了一眼已经凑合着能看的屋子，再看看半开门的简易衣柜里，经过衿羽改造稍微顺眼一点的衣着，心想反正他开火基本上逃不过隔壁这个狗鼻子，为了自己听觉视觉再不受荼毒，不如拿出来当条件。

他站起来伸手就开始清衣柜，把自己看不顺眼的全丢了出来。童欢抱着衣服敢怒不敢言，弱弱地问："你找什么？"

"如果你可以不讲脏话，不乱穿衣服，我可以考虑适当给你做点吃的。"

"我哪有乱穿衣服……"在大长腿苏睿居高临下的俯视里，伴随着美味中饭的余香，还有他那一身看似随意却极有范儿的穿着衬托，童欢不满的大叫变成了弱弱的抗议，"衿羽已经给我清过一次了，你不是都说我现在好多了吗？"

"改善空间还很大，丢出来的全部不准再穿。"

苏睿一面说着，一面顺手就给她配了几套衣裤，再按搭配挂好。童欢不得不承认，就他随便搭的这几套，看上去是挺顺眼的。

"晚上我把基本的配色原则和适合你的款式打印一份给你，以后都照那个表穿。"

死算命的，臭算命的，你又不是我妈！我妈都不这么管我！童大小姐在心里恶狠狠地腹诽了三百遍，这才扬起一张笑得有点假又有点苦的脸，温顺地应了声"好"。

"那我要求再吃两顿麻辣小龙虾。"

"自己洗虾。"

童欢眼睛瞬间闪闪发亮，抱着一堆衣服比了个"耶"。

哼，反正满打满算苏大仙在这里也待不了一个月，为了这个月的口腹之欲，她忍了！

"碗洗了给我送回来。"

苏睿拍拍 Dirac 的头，走到门口又被叫住了，获得美食应允的童欢心情大好，忽然间脑子跟打通了任督二脉似的，闪出了几个片段来。

"哎，大神探，你和彦伟来来回回到处跑了这么多趟，没剥丝抽茧把案子破了？照电视电影里演的，像您这么高智商高逼格……"童欢差点把"还这么嘴贱讨打"也顺口说了出来，还好收嘴收得快，"就您这样的一出手，所有问题不都该迎刃而解吗？"

苏睿皱了皱眉："没有算无遗漏的神探，起码我不是，我不过比旁人敏锐一点，看问题的角度有时候不同而已。"

"哟！难得看你谦虚啦。"

苏睿在她"哟"出来那一刻，不禁想起童彦伟笑他腔调和童欢越来越像，这么一想，他无力地感受到，自己好像真的被她给传染了。苏睿再一次默默地叹了口气，不想跟她抬杠，转身要走。

"哎，哎！你先等等，我这里有几件小事不知道和你们案子有没有关系，但是我觉得还是和你说一声的好。"童欢自茶几下翻出了一大沓试卷，"刚才李天行说他们村里嫁去翡国的女孩都能赚钱，你注意到没？"

苏睿想了想，点头。

"古老师这几天犯老毛病，所以他们毕业班的作业是我在看，前天我批作文的时候也看到了类似的话，在这儿呢！"童欢把作文本往他跟前一递，忽然想起他看不了中文，又立刻收了回来，"我给你念这段啊，隔壁芳姐被中介带去翡国打工了，临走给家里留下了两千块的巨款，阿夏叔他们一家子一年都赚不到这么多，中介还说翡国那边没有人管童工的问题，十一二岁都可以去，可惜他们招的是女孩。"

童欢仔细回忆了一下写作文的学生，说道："这个孩子和李天行是一个村的，德昂族，我总觉得这里面有不对劲的地方。"

苏睿已经又坐回了沙发，看他一下一下拍着 Dirac 头的举动，显然已经陷入了沉思。

"还有开学斐然姐给我送夜宵时，也说以前他们寨子里还坚持族内通婚，她虽然被爸妈卖了两次，都是卖给同族的人。现在山上有些女孩家里贪钱多，还有人专门牵线搭桥，把小女孩卖到境外给人做老婆。我记得你给我看的资料里有各大少数民族与汉族的通婚率，彝族最高，也只有将近17%，傣族、景颇族在13%左右，像李天行他们德昂族只有8%，傈僳族还要少一个点，在普遍汉化的基础上，他们与汉族的通婚率都这么低，怎么会忽然集体出现与境外的人口流通？"

苏睿看着她有理有据分析的样子，忽然笑了，难得见这个家伙智商上线一次。

童欢原本还在绞尽脑汁从最近背的那些资料里提炼需要的信息，眼前乍然鲜花丛放，可怜她一没出息的颜控瞬间跟被下了迷药似的，眼花头晕，差点没拜倒，一时间都不知道该去捂自己色眯眯的眼，还是去盖住三寸开外那张以色迷人的脸。

"算命的，有没有人告诉你，你笑起来简直是犯罪？还让不让人想事了？"

童欢哀怨地垂着头，不想承认自己又被这张笑脸就打得脑袋成了摊糨糊，但是她确实丧失了思考能力。

"你能想到这么多已经算不错了，剩下的交给我们，我傍晚约了康山有事，明天请你吃如意小馆，再找林斐然问问具体情况。"

"康山？你约他什么事？是他妈妈治病的事定下来了吗？"

"别的事。"

苏睿明摆着不想多说，童欢也就识时务地不再追问了。

Chapter 29
迷雾重重

盈城看守所内，胡益民枕着胳膊在看窗外那一小方天，墙外有一棵老柳树，被日头晒得发蔫，几只麻雀在枝条间跳着，偶尔会落到窗户上啾啾几声。他想起自己上半年带胡小虎去逮麻雀的事，笑了笑，忽然又想到了别的，神情阴恻恻的。

偌大一间房，胡益民占了小半地盘，其他人敢怒不敢言。看守所里虽然坑蒙拐骗什么货色都有，犯罪嫌疑人也自动分档，贩毒的查出来基本是死刑，这种亡命之徒别的疑犯一般是不去惹的。何况胡益民自进来已经换了几次房，没有人在他手里讨着便宜，他在看守所里住了快一个月，已经有点牢老大的意思了。

"2313，胡益民，出来。"

胡益民趿着鞋子，漫不经心地走了出来，忽然脚底被什么扎了一下，他咒骂一声，自后跟拔出了根木刺，随便把手指上的血揩在了滑腻的老墙壁上，不知怎的，胡老虎看着那三个血指印，心里咯噔一下。

走进审讯室，胡益民依然是那副油盐不进的样子，完全无视龚长海和童彦伟比平常更凝重的脸色，歪着嘴要笑不笑地打了声招呼："龚队，盈城看守所的伙食还不如昔云啊，没点油水，吃得人从早到晚没什么力气。"

童彦伟默默地将一沓照片摊开在桌面："胡益民，昨天晚上，有人试图闯进我们安置小虎子的房子，这里有视频被切断前的几个截图，和被抓的一个嫌犯，你看看有没有认识的。"

胡益民倏地站了起来，碗大的拳头砸在桌面："虎子怎么样了？"

童彦伟拿出一张满是鲜血的现场照，甩在了他脸上："虎子暂时安全，只是受了惊吓，我们已经安排李红过去陪他了，还加派了人手。但是你看清楚，这是我们同事为了保护小虎子流的血，如果不是他替胡小虎挡了这一刀，2100毫升的失血量能直接要了小虎子的命。"

"狗日的，你们说了会保证老子儿子的安全，是你们的保护环节出了问题，有内鬼！"

龚长海没料到，心粗气浮的胡益民第一反应居然说中了事实，关于胡小虎的保护计划，盈城公安知情者都只有数人，却在转移几天后出现了恶性事件，他们第一时间做了自查。结果发现在胡小虎出事的当天，可能有盈城警方的高层与陶金有过联系，继续调查超出了龚长海的权限，需要走流程批复，更可惜的是，被擒的那名疑犯没有任何证据显示他与陶金有关。

但这些困境，龚长海不能让胡益民知道，他沉稳地控制住了情绪和场面。根据看守所反馈的信息，自李红走后，胡益民的情绪就一直反复不定，而现在更为焦躁，越焦躁就代表越容易找到攻破点。

"胡益民，我们队伍里的事我们自己解决，但对方是冲着你来的，比起上次送去你家的笑气，这回出手明显狠毒多了，你如果再不把你知道的说出来，我们在没有线索的情况下，怎么确保你妻儿安全？"

童彦伟把李红的检查报告也推到他面前："你老婆肚子里的孩子两个半月，这是超声波图片，昨晚保护虎子的警察大出血导致严重休克，现在还躺在医院生死未卜，他家里有一个没满周岁的孩子。胡益民，你为你没出生的孩子积点德，该说的都说了吧。"

胡益民黑着脸，想起五年没见的胡小虎躲在房里不肯喊他一声爹，还有李红又哭又笑地说她想要个丫头，六十几岁的娘老子差点被迷晕，又看了看那张满地鲜血触目惊心的照片，手微微抖了起来，有种比犯毒瘾时更挠心切肉的痛楚自胸口蔓延开。

龚长海叼了根烟点上后，丢到他手边，胡益民接过来一口吸了大半根，脸上显出一抹狰狞的狠劲来。

他半眯着眼看了看录像。彦伟犹豫地望了一眼龚长海，龚队沉默片刻，点了点头，彦伟起身伸了个懒腰，正好挡在了监控镜头前。

胡益民接过龚长海递过来的笔，飞快写下"我要单独见黄钟，不跟人，不录像"。

他泛起血丝的眼死死看着龚长海，急促而激烈的喘息在喉间滚动，他知道不合规矩，但是龚长海一定会想办法。

龚长海盯着他，盯了半晌，点了点头。

胡益民一直是个活得很干脆痛快的人，下定了决心，心里反而松快了，他坐了回去，有种突兀又空洞的笑浮现在他脸上。

"龚队，再给包烟抽抽解馋，我把我在翡国的事说给你们听，不过我不是核心人员，知道的不多，对你们没啥大用处。"

龚长海拍了拍依旧在挡镜头的彦伟回座，把烟丢给了胡益民。

胡益民是到登强的玉石厂做事的第二年，因为拳脚功夫硬、胆子够大被拉入伙的，又做了一年半，才知道登强是青寨下最大的三个"拆家"之一。登强自己走货只走高纯度的四号，几乎垄断了东志市四号的流通市场，不过他在其他方面抠得并不严，有时候手下走点"黄皮"（海洛因一号）、"白龙珠"（海洛因二号），只要不误他的事，他也睁只眼闭只眼。

胡益民就是在那个时候认识了几个在登强处拿货的小拆家，以及两条"滚大轮"的线，同时搭上了德溧州这边的人。

"那么德溧这边当年和你接头的有谁？"

胡益民叼着烟，咧着嘴干笑，拒绝回答。好不容易撬开了他的嘴，他不愿意说的，龚长海暂时也不勉强，示意他继续。

"去年木也拿下了琅国青奈地区，挑来挑去，把琅国的地头交给了登强，他的人就正式纳入青寨了，青寨的规矩是自己人不能吸毒，所以登强只带走了跟随自己十年以上而且没有毒瘾的兄弟，我带着钱回了国。"

"你进过青寨吗？"

"进过一次，但是在外围，待了三天，远远看到过木也住的大宅一眼。"

胡益民用笔触幼稚的画风在纸上标出了青寨的大概地形，包括他在翡国时听说过的青寨的运作方式，内容与龚长海已掌握的信息差不多。

"我没有见过木也，听说他嗜杀成性，也很喜欢年轻漂亮的女孩子，你们要找的岩路每年都要挑选几个背景干净的小姑娘送上去。不过我在寨里有次喝酒，碰见了木也一个贴身护卫队的兵，把他喝趴下了倒听到了另一种说法，说他刚知道木也最喜欢、最看中的其实是个男人，对他言听计从，那人住在国外，都是木也飞去见他，寨子里的亲信也没几个人见过。"说到这里，胡益民摸着下巴坏笑，"连木也这样玩遍女人的老大都迷得住，那男的得长多好看啊。"

这个消息对于龚长海他们来说是个新信息，木也这个人崇尚武力，治下严谨，又六亲不认，将青寨打造得像个铁桶，完全找不到弱点。如果胡益民说的情况属实，这个男人也许是个突破口。

"岩路呢？你了解多少？"

"岩路我没有直接接触。据我所知，他原来就是个拐子，但这几年发展得特别快，只要你出得起价钱，没有岩路搭不上的线。我听登强说过，他是少数得到木也许可，可以自由出入青寨大本营甚至大宅的外人。"

胡益民对于青寨和木也的了解很有限，更多的都是道听途说，能够提供的新信息不多，等他回房后，龚长海让童彦伟把信息整理一下带回昔云，自己留在盈城安排胡益民和黄钟的见面事宜。

放在桌上的手机频繁振动着，彦伟看了看专注的龚队，试探着开口："叔叔又打电话来了？我听老樊说磊磊烧了三天了，龚队，你……"

龚长海疲惫地捏了捏眉心，叹了口气："好不容易有眉目了，走不开，我也……不知道该怎么和他们说，你嫂子会处理的。"

已经两个月没回过 F 市的彦伟想想每夜都难以安枕的老妈，默默地把到嘴的劝解又咽了回去，因为只有劝，没有解。

当彦伟回到昔云打固话给龚长海返回情报时，忙晕了的龚长海手机里已经有十五个未接来电，总是雷厉风行的龚队手指犹豫地在屏幕上悬空半晌，到底没划下去，恰好妻子雷芸发来的两条微信闪过：

"蔡队把磊磊接到了嫂子医院，烧已经退到 37.7℃，下午手脚发出疱疹，基本确定是手足口病，回头空了记得谢谢蔡队。"

"爸我已经劝回去了，妈脾气你也知道，只能回家让她多骂几句出气。儿子睡了，他很想你，你要能抽出空，给他发段语音，等他醒了我放给他听。"

龚长海一愣，很快雷芸又来了一条信息：

"老龚，家里你放心，有我在。"

龚长海的脊背骤然一紧，就像是挨了一记闷棍，先是整个背都木了，然后才钝痛到胸口。

他眼前浮现出妻子那总是藏着期待又通情达理的脸，当年被称作网点之花的雷芸现在比同龄人显得都要老，可是她在他跟前总是笑眯眯的，老蔡总笑话他何德何能娶到了雷芸，其实是雷芸何其不幸嫁给了自己，相比较困难重重的工作，在无暇顾及的家庭面前，他才更无力。

闪了几秒神，龚长海才看到手机下压了一本学龄儿童脑筋急转弯，这么机灵的事不像他手下那些人的手笔，再想想离开前去而复返的童彦伟，他笑着摇了摇头。

龚长海飞快地给儿子念了十来条，许下了猜对的诺言，想象小家伙醒后和雷芸猜谜的样子，还来不及给妻子打个电话，办公室的门又被敲响了。他飞快地搓了两把脸，收起软肋，又成了那个指挥若定、坚如磐石的队长。

傍晚的昔云镇处处都是神色匆匆的归人，依然斜挂在高处的日头涌动着热浪，笔直的大路边上，贴着小巷的墙根有一截泥道，被笼在屋檐的阴影下要凉快很多，大家都自发地避到了小路上。

只有康山在还翻着热气的大路上快步走着，因为和苏睿有约，他特意推了今天扫尾收场的活，又和人换了班，赶在五点多一点就到了七小，才进校门就碰上了去遛滴答的童欢。

"康山，来找苏睿啊？"

"小童老师。"

康山弯腰行了个礼，还是那副垂着头不大敢直视人的样子。因为穿着合身了，衣服款式虽然老气一点，但清秀羞涩的男孩子站在校园里，有股子特青春的好看劲。

童欢很能理解巴兰喜欢上他，康山就是那种能激发女人母性的男孩子，她明知道他和巴兰不清不楚，但没法对他黑脸。

"算命的，呃，就苏睿，他找你啥事呀，搞得这么神秘。"

康山为难地挠着头，并不答话。

"我随口问一句，你别这么紧张。刚出门的时候我听算命的房里还放着音乐，滴答自己开门来找我带它散步，他估计还在睡，不然起床他会关音响的。"

"那……那我，我等等。"

"你妈妈呢？这两天身体怎么样？"

"还可以。"

童欢和他随便聊了几句，看他总是心不在焉，眼睛时不时瞄着自己的手机，笑着把手机递了出去："想给谁打电话？"

"小童老师，能不能……能不能……"

他吞吞吐吐地，说得童欢哭笑不得："男孩子说话怎么这么磨叽呀？"

"你能不能帮我给小伊打个电话？我有手机，但是她家里……如果是男的打过去，她接不到，不过你打我也不知道行不行。"

康山清楚苏教授、童欢他们是知道自己和小伊在谈恋爱的，他俩偷偷摸摸在一起这么久，统共就那么几个知情人，这两天因为妈妈看病的事，他实在有好多话想和小伊讲，也知道六点多小伊一般是在厨房炖汤，而王德正基本不在，他就想试试。

"手机号码多少？我该怎么说？"

"王家不给她配手机，只能打她家电话，电话号码我写给你，就说……就说……"

"就说我是七小的童老师，陆翊坤的妹子，有孩子想考州民一中，想问一下她学校的情况，号码嘛，自然也是陆翊坤给我的。"

童欢边说边发了个信息给陆哥，说自己有事要找王伊纹，问他要王家的电话，陆翊坤很快就回过来一样的号码，还表示王伊纹被家里管得很严，他可以帮忙和王家打个招呼。

"怎么样？最好的谎话就是九句真话里掺上那么一句假的，我看以后你要找小伊，随时都可以来找我了。"

童欢得意地扬了扬手机，康山听了也两眼发亮。

"不过她家电话有没有分机啊，万一我这头说那头有人听呢？"

"没有分机，而且只要话筒能到小伊手里，她就知道把人支开。"

童欢被康山谨慎的语气搞得都有点紧张了，深呼吸后才拨通了王家的电话，果不其然，接电话的女人语气很是严厉地询问了一通，不过在听到陆翊坤的名字后，对方态度好了很多。

"我哥没和小伊爸爸讲吗？要不我让他先给王总打个电话？"童欢扯着陆哥的旗帜在那儿糊弄人，喊得格外亲切。

"刚刚王总打过来了，说陆总有个当老师的妹妹想问点关于州民学生的事，以前陆总帮忙弄学校的时候，我也陪着伊纹去过的，都是自己人，我这就喊伊纹过来。"

童欢不禁比了个"耶"的手势，什么叫心有灵犀，亲兄妹都没这么好的默契，一会儿一定要打个电话好好谢谢陆哥。

过了一会儿，手机里传来王伊纹软软的声音："喂？"

"小伊啊，我是七小的童老师，有个学生小康想上州民一中，你方不方便给……"

"哎呀！"电话那头忽然传来王伊纹的轻喊，"拿婶，我刚把炖汤的排骨飞水了，你帮我看着火，焯好了洗干净就放砂煲里去，旁边削了皮的萝卜是切小丁一起放，再加几颗枸杞。"

电话那边，伊纹完全不用童欢再问，开始自说自话对着话筒讲起了一中的情况，三五句后，她突然语气一转："童老师，是阿山在你旁边吗？"

她话虽然问得很小声，声音却忽地透出点甜来，隔着听筒，童欢都觉得耳朵像被小猫嫩红的舌头给舔了一下，暖暖痒痒的，康山总是显得有点紧绷的脸也舒展开了，挂上了软软的笑意。

童欢有点被两人的小细节打动，知道两人时间不多，赶紧把手机递给了康山，自己识趣地退开几步。康山和小伊在外面见面时可能要刻意保持距离，这通电话才更像私下里的样子。康山的声音又轻又柔，就像对面是尊雪娃娃一样，气哈重了都怕吹化了她，童欢虽然听不清他们说的什么，但是康山的嘴角弯弯的，眼睛都亮晶晶的，终于有了少年人的模样。

哎，看得人好想谈恋爱啊！

童欢抱着滴答的脖子蹲，羡慕地吐出一口单身狗长长的浊气，滴答却忽然蹿了出去，童欢回头才看见苏睿打开了房门，她连忙走过去想提醒一下康山，没想到恰好听见他和小伊说的话：

"对呀，苏教授每天都打电话问我路线的事，还要我休息的时候带他去山上找路，不准告诉任何人……你也保护好自己，汤你再不想炖还是要好好弄，王德正最近脾气不好，你就躲远一点……嗯，连童警官都不让说是有点怪，不过我相信苏教授是好人……"

康山的余光看到了童欢，猛地收了嘴。童欢假装什么都没听见，指了指靠在门边软塌塌地伸着懒腰的苏睿，无声地说了句"起了"，又退开了。

待走到树下的阴影处，童欢才摸着下巴陷入了沉思，她还以为苏睿让康山过来是为了问白阿姨的情况，居然是为了找路，就是彦伟提过的那条断崖老路吗？如果是那条路，为什么连彦伟都不能说呢？

作为一个称职的脑洞少女，童欢再一次想起了那几袋藏在他抽屉里的资料，她的、她家的、陆翊坤的，想起了那张说他也吸食大麻的传真，想起她曾经怀疑过的，为什么这么矫情的人能在七小这么简陋的环境里住得下来，开学后教学楼吵闹翻倍依然没离开？

这些曾经困扰过她，却因为陆哥提起他受伤的往事，被同情遮盖过去的疑问忽然又一股脑儿涌了出来。

认识了十几年还救过他命的陆翊坤都不睡他屋里，彦伟却从一开始就能和他共处一室，偏偏找路这么危险的事却叮嘱不能让彦伟知道……童欢狐疑地看了一眼苏睿，正好康山挂了电话，苏睿带着和善却虚伪的笑容在和他打招呼，童欢莫名地，背上又一次冒出了冷汗。

怀揣着重重谜团，童欢一整晚都没睡好，第二天顶着两个大黑眼圈上完两节课，回去补了个觉，快中午时才回到办公室，方老师笑容满面地和她打招呼：

"小童，刚有人打电话过来找你，想跟你联系一下捐赠点图书，我就把你手机号码给他了。"

"捐书？没接到电话呀，是什么人呀？"

方艺华疑惑地看了眼电话："他直接找童老师，我问他别的，他说和你再细谈，要你的手机号码，我就给了。他也没说自己什么人，不过，听口音好像就留市的。"

正说着，童欢的手机就响了，陌生来电显示是留市移动。

"喂，你好！"

"童老师吗？你好，我是小伊的父亲，王德正。"

电话那头传来很温和的中年男性声音，稍微带点口音，但报出来的名字把童欢吓了一大跳。小伊家未免也管得太紧了，昨天下午打个电话，今天居然找到学校来核实身份了，这简直变态了！

"王总，你好。"

"昨晚伊纹和我说了你找她打听州民的事，顺便还和我提了一下你们小学的情况，伊纹这孩子心地善良，她以前在七小读过书，说起你们学校有许多困难，所以我就想以伊纹和她妈妈的名义，给你们捐赠点设备、书籍，你看合不合适？"

"合适，当然合适，太感谢您了。"

虽然明知道王德正是大佬级人物，不过有陶金在前头顶着，童欢也不觉得怕了，何况对方真是要做捐赠，她立刻来了精神。

一时间她和王德正还聊得挺好，而且对方听上去和一看就不好惹的陶金完全不同，讲话彬彬有礼，聊天的方式和语气都让人很舒服，都想象不出这样的人会和陶金有过深交。

　　"回头我让秘书联系你，具体购买事宜你和他敲定，还有你和伊纹说的那两个有意向直接考州民一中初中部的孩子，如果生活费用方面有困难，我们也可以以公司名义助学。"

　　童欢非常迅速地反应过来，这是王伊纹在继父跟前圆的谎，立刻接道："那太谢谢王总了，我也是昨天听我哥说起小伊在州民一中的事，就想找她问问学生间的具体情况，生活开支啊，住宿条件啊，班级里对乡下孩子会不会有歧视，这些只有在读的学生最清楚了，所以冒昧打扰了。"

　　"别这么客气，我和陆总是朋友，你是他妹子，还在我们德潶支教这么多年，这么高的觉悟，以后有什么疑问尽管找伊纹问，你什么时候到留市来了，我再好好请你吃个饭。"

　　"您太客气了。"

　　直到挂上电话，童欢还是蒙的，方艺华在她肩膀上拍了两下："小童，想什么想得这么出神，叫了几声都不应？"

　　"方老师，你觉得你们班上前三名直接考州民一中初中部，有没有希望？"

　　"希望倒是有，但那几个孩子家里条件都挺差，去州民读初中对他们来说负担重了，盈城一中对贫困生有补助，州民没有。"

　　"如果有公司愿意做一对一助学援助呢？"

　　方老师一把抓住了童欢的手臂："那当然要去考，州民的初中部肯定比一中要好，而且中考本校直升会比外校低二十分，你确定他们愿意做助学？"

　　"听口气差不多吧，后续我和校长可以再敲定一下。"

　　童欢从办公室走出来，人都晕乎乎的，虽然一通电话说明不了什么，但目前来看，王德正实在不像个坏人啊。

　　如果不是"王德正"这三个字她在童彦伟口中翻来覆去听了无数遍，知道他涉及各种边缘生意，童欢都觉得手机那头像个学者，最起码是类似儒商的人物，不过电视里多的是斯文败类，有些越是变态，平常越隐藏得好。

　　她一时觉得自己想得太多，一时又想起陆翊坤说自己工作人员对小伊有好感，就被王家揍了一顿，王德正还亲自上门来谢罪的事，越想越诡异，走到房间门口，被忽然跳到脚边的滴答吓了一跳，滴答亲热地用鼻子蹭了蹭她的手，确定没吃的后，就到黄金风口趴着了。

　　"大中午想什么想傻了？"

　　童欢看见起床的苏睿就眼睛一亮："今天中午做饭吗？"

　　苏睿觉得自己特别想翻个白眼给她，即使明知道这样做很不雅。

"你放心,我完全不挑的,什么都吃。或者滴答中午吃什么?我不介意和它吃一样的。"

"它吃过中餐了。"

"那它晚上吃什么?哦,晚上咱们去如意。"

想起要去找林斐然打探消息,童欢赶紧把王德正给自己打电话的事从头到尾复述给苏睿听了,苏睿听罢,挑挑眉:

"所以,看他愿意出点小钱做个样子,你就觉得他是好人了?"

"我就是觉得他也不像坏人。"

童欢弱弱地回答。

哼!最不喜欢算命的这种看谁都像傻子的目光了,她还因为他给做了两次饭,都忘记之前怀疑他有问题的事了呢。

"王德正明显是来查你,套你话的,你感觉不到?"

童欢嘴一张,摇头:"有吗?"

"如果只是要你号码,哪怕王伊纹那里你没留,他家电话里也会有显示,何苦绕个弯打到七小再找你?无非是要确认七小有你这个人,而且就是昨天来电的联系方式。"

"对哦,小伊昨天还特意记了我号码,那他家是真的管小伊管得很严啊!而且,居然不是小伊妈妈而是后爸来查,中国好继父吗?"童欢的眉头也皱了起来。

"即使是这样,可王伊纹每个月回两趟昔云,都只有司机陪着,而且司机还会去孟阿婆买酱,让王伊纹放单,你不觉得奇怪?"

"所以福尔摩苏你快破解啊!"

苏睿一言不发,很认真地看着童欢,看得童欢一头雾水又心头微颤,看了半晌,苏睿才说:"你知不知道给人取外号是件很不礼貌的事?我有名有姓,苏睿,Donald Su,不是算命的、苏大厨、福尔摩苏,就像 Dirac 就是 Dirac,它不会变成滴答。"

童欢下巴一抬,果断地冲旁边喊了句"滴答",吹风吹得正惬意的大狗踱着悠闲的步子走了过来,还挺温驯地在她脚边坐好了,童欢手一摊,回他一个挑衅的笑。

"彦伟喊你苏大教授、苏大少爷,你怎么不说了?"

苏睿被她哽得一口气堵在喉咙,吐都吐不出来。

Chapter 30
我回来了

"哎哟哟,一来就看你们这么有来有往、相亲相爱呀。"

甜丝丝的调侃自不远处传来,童欢惊讶地回头,看见衿羽拉了一个大行李箱,长发乌黑蓬软,奶油般雪白的皮肤被太阳晒得微红,色泽温柔的绯色条纹裙用腰带掐出细腰,笑盈盈地站在树下,娇美水灵得仿佛荷塘里刚开出来的一枝嫩荷。

童欢尖叫着冲了上去,一把抱住了她:"小羽毛宝贝,你怎么又来了?"

于衿羽一个指头戳在她眉心,佯怒道:"臭三三,你瞒着我什么大事自己心里有数。"

"瞒你?没有啊!"

童欢依然大笑着往她怀里扑。

"还装!彦伟现在到底在做什么?"

童欢的动作瞬间凝固了,半晌,干笑两声:"你说什么呢?"

于衿羽一下一下点着她的额头骂:"小坏蛋!明知道彦伟做那么危险的事,也不告诉我,要不是我在S市遇见了他同事的老婆,嫂子给我说漏了嘴,你们还准备瞒我多久?还是不是姐妹?还能不能好好做朋友了?"

"那你这是……"

童欢这才注意到于衿羽拉的是最大号的行李箱,有点不祥的预感。

果然,衿羽把箱子往她手里一塞:"我终于明白彦哥为什么死活不肯接受我了,这一次不把他追到手,我就不走!"

"快别闹了,彦伟在办正事呢。"

"那我更要留下来,他在哪儿我就在哪儿。"

童欢头痛地看着神情激昂、夸张得像在演话剧的傻白甜闺密,生出浓浓的无力感:"亲爱的,你电视看多了吧!他在这边办案,哪有闲心和你风花雪月?"

"我就是让他知道,只要能和他在一起,我什么都不怕。三三,我昨天把工作都辞了,你们谁都别想劝动我,不搞定彦伟,我决不回去。"

童欢嘴巴张了又张，最终什么都没说出来，她没法让生活在蜜罐子里的衿羽明白，童彦伟面对的"一号"是个多么可怕狠厉的角色，她甚至都不能把木也的事透露给她。

算了，反正衿羽纠缠童彦伟也不是一两年了，让彦伟自己处理去吧。

"走，不管怎么样，你先回房休息一下，晚上咱们去如意吃饭，给你接风洗尘。"

"他去吗？"

童欢回头看一眼苏睿，苏睿耸耸肩，表示自己也不清楚。

不过晚饭时候，童彦伟准时出现在如意小馆，而且到得最早。苏睿一行三人刚到，就看见陶金穿了件黑色的T恤，窝在小桌子前教林乐平功课。他魁梧的块头挨着乐平小小巧巧的身躯，蒲扇似的巴掌像是能把桌子捏碎，却伸着又粗又大的手指点着课本上的小字，一个一个带着乐平拼拼音，越不协调，反而看上去越温情。林斐然在灶上炒着菜，偶尔一抬头看看两人，那眼角眉底都是笑意。

童彦伟就坐在两人后面的桌子旁，心不在焉地喝着豆子茶，看见衿羽有气无力地打了声招呼。

"你别劝我走，我什么都知道了，你现在……"

衿羽倒也不笨，关键信息没说出来，还警惕地看了看四周，尤其防贼一样瞪着那传说中的盈城黑老大头子，警觉戒备的样子看得童欢啼笑皆非。

乐平一看到童欢，跟小鸟似的飞了过来。

"童老师，快看，我家的车，"她把童欢拉到路边，陶金常开的那辆黑色路虎前头停了辆小面包，"陶叔叔说他朋友用不上，借给我们先用着，你看，后面还有给我的粉色小抱枕呢！"

乐平美滋滋地拉开门，给童欢展示专属于她的公主抱枕。苏睿打量着这辆有九成新的面包车，驾驶座做了改装，换了舒适的皮质椅，且腰枕、颈枕的位置刚好适合林斐然，第二排的座位边装了挂书包的挂钩和水壶架，最后一排座位拆掉了，放了三个崭新的菜筐，和一个结实的小拖车。

"没看出来，陶金还是个面粗心细的有心人哪。"

童欢发出的感叹正是苏睿内心想的，以江湾酒店老总的身家，这辆二手的国产小面包实在便宜得都拿不出手，反而更能迷惑对手。远放在昔云每天还要起早贪黑操劳的中年老板娘，和跟在陶金身边娇美可人，动辄名包、首饰，还在他赌场里一掷千金的年轻姑娘，任谁都会猜错孰轻孰重，但面对车内的种种用心，连童欢都相信，陶金对林斐然是有真感情的。

见客人陆续上门，陶金不想引起关注，冷着脸和童欢等人打了个不甚热情的招呼，就领着乐平回了林斐然的出租屋。

他一手拎着粉色的小书包,一手挂着吊住他膀子玩的林乐平,粗浓的眉眼没适应这样的温馨,笑意从嘴角爬不上去,整个人看上去都怪怪的,却又莫名温暖。

林斐然看着一大一小回去的背影,在围裙上擦擦手,笑着在看呆的童欢面前挥了挥:"怎么样,我男人还不错吧?"

"车上的小改动好贴心。"感叹完,童欢把衿羽往前一推,"斐然姐,今天有人请客,拣贵的上。"

"为什么是我请?"

"不是请我们,是请彦伟呀!"

衿羽立刻坐在了童彦伟的手边,攀住了他的胳膊:"彦哥,你想吃什么?"

"三三说你把工作都辞了?"

"对呀,所以只能你们收留我了,三三,我留下来支教好不好?"

"不好。"

童欢和彦伟异口同声地拒绝了,尤其是童欢,拒绝得义正词严。

"童三三!是不是朋友?"

"就因为是朋友,所以和你实话实说,我最不赞成心血来潮做短期支教。"

于衿羽哼了一声:"你怎么这么严肃呀!"

"因为这就是很严肃的问题,你不合适。"

"我怎么不合适了?我有钱,还能教英语!要钱出钱,要力出力,还有比我更合适的吗?"

童欢看了看已经和林斐然熟悉的苏睿站在灶边,一直在问问题,估计是和寨子里的人口买卖有关,有时候阿赵经过的时候,他还试着和阿赵沟通几句。她不想小羽毛才热血澎湃地到了昔云,就为不确定的事闹得不高兴,干脆也起身去灶边,留彦伟应付才一见面就恨不得把心掏出来的于衿羽。

然而等童欢走过去,也不知是苏睿刚好问完了,还是见她来就不问了,她一句都没听到。可越是这样,童欢脑补出来的想法就越多,她总觉得最近苏睿在刻意回避她,干脆上前拍了拍他的肩膀:

"哎!"

陷入思考的苏睿一看是她,掉头就走。他这几天一碰到这个女人,大脑就趋向于不稳定,所以在想案子的时候都尽量避免和她相处。

可是他走得太急,简直有点避如蛇蝎的味道,童欢搭上去的手空空地悬着,拍在了一团空气上,她嘴角抽了抽:"搞什么鬼?"

林斐然倒是品出了点滋味,古里古怪的眼神在两人中间扫来扫去,笑得意味深长:"哎呀，好像有情况啊！"

童欢马大哈似的看了一眼满脸调侃的林斐然，还想问两句，又来了一大桌客人，林斐然在她身上拍了两下，过去招呼生意了。

如意小馆的口味还是一如既往地稳定。酸汤鱼鱼肉嫩到入口即化，酸汤既盖住了鱼腥，又爽口得恰到好处。香草鸡在炒前多加了一道烤的工序，沾上特制的辣椒粉，皮酥肉嫩。五花肉薄片焦黄酥香得满嘴流油，裹着清凉的薄荷免腻。软滑的牛肝菌烩一罐鲜嫩的牛蛙，酱汁都精妙到能拌两碗饭，再加一份素炒瓜尖，把童欢吃得满头大汗，恨不得多长一张嘴出来。

"我要是个男人，一定把斐然姐娶回家，天天吃她炒的菜，真幸福。"

"难道苏大教授的手艺比不上？"

面对彦伟的吐槽，吃人口短且殷切盼望未来日子能继续蹭饭的童欢一顿，立刻笑嘻嘻地讨好："那绝对比得上，苏睿的手艺没的说的。"

"所以你可以把他娶回家。"

也只有不怕死的童彦伟敢接这种话，更只有不懂看脸色的于衿羽敢接着往下说：

"从可操作性来说，娶他比娶老板娘要好。"

苏睿冷冰冰一双眼扫过来，童彦伟、衿羽二人不约而同头一缩，后颈直发凉。

衿羽嘿嘿笑着，尴尬地转移了话题："彦哥，你今天怎么吃这么少？"

被她一说，童欢才看到童彦伟不过随便夹了几筷子鱼肉，食欲不振的样子，和他平日不吃到满头大汗不过瘾的状况大相径庭。

"办案子的同事出了点事，没什么胃口。"

他深深地看了一眼于衿羽，才要开口，衿羽把手一挡，不给他说话的机会，就扑到了童欢怀里："三三，我不管，你要收留我，打死我都不走。"

"我什么时候说不留你了？"

"那你刚才还拒绝我来当老师。"

童欢苦笑一声："当老师我现在依然拒绝呀！"

衿羽瞪大了她那双漂亮的眼睛："为什么？"

"你自己还像个学生，怎么当老师呀？"

童欢不想打击她，敷衍地应付道。

不过她话也没说错，虽然已经大学毕业三年，于衿羽依然被娇养得还是张纯真无邪的俏脸，她个头不高，又是特别显嫩的心型脸，平日里打扮也扬长避短，走日系萌妹风，乍看过去说她是中学生都有人信。

"三三，我很认真的！"

"那我也很认真，我要对我的学生负责呀。"童欢玩着衿羽保养得宜、绸缎般顺滑的长发，"你知道我向来是反对短期支教的，不过你要是愿意教方老师、古老师他们英语，倒是热烈欢迎。"

"为什么我要当老师你不让，连之前我要把你们家庭困难的孩子每个月的生活费都包下来，你都不让？"

衿羽托着下巴，一头长发倾泻而下，蜿蜒在胳膊上，衬得一张小脸莹白如月，童欢忍不住在她粉腮上捏了一把。

"因为我看到过很多完全免费的资助，最后都未必是好事。"

眼看着童欢准备打开话匣子举例证明自己的观点，苏睿忽然接口："人有劣根性，如果不用付出任何代价就能持续地获得捐赠，最后可能变质成理所当然的索取。"

童欢一愣，继而狂点头："就是这个意思！所以只要家里有劳动能力的，我们宁可让他们背米背柴过来，慢慢帮他们在微店卖东西，也不从捐款里挪取部分来支付他们每个月的三十块。"

"好，这个先不说，你们不是缺能教英语的人吗？"

"所以我热烈欢迎你给老师们，包括我培训啊。其实校长每年都挺怕那些师范类的学生过来做十天半个月的支教活动，他们给孩子们说外面的世界多么精彩，却来不及慢慢告诉学生，外面的世界有多残酷。城里的大学生普遍家境不错，吃的穿的用的对于学生们都充满了诱惑，可是这些孩子的父母在同样的大城市底层打工，过得拮据又窘迫，过于鲜明的对比，本身就在加重学生的自卑感。"童欢用筷子指向苏睿，"你就看这么高逼格一个人住在我隔壁，学生每天到我房间蹿几次，从来没人敢去打扰他，连滴答，他们都没人上手摸一下，可见乡里的孩子天然在贫富差距上更敏感。"

苏睿沉默地看了一眼童欢，这个家伙任何时候，对着任何人，只要说起学校的事，总是显得过于较真，甚至变成了不顾场合、令人厌烦的说教者。

可是听着她的长篇大论，他想起她端着旧碗和孩子们一起喝粥啃洋芋的样子，想起她穿着市场淘来的运动衣、塑料拖鞋，啪嗒啪嗒乱走的样子，甚至在第一次见面，他提及她手腕的表价后，他就再没见她戴过那款表。

连彦伟都感叹过，他家小堂妹当年并不是这样的。苏睿知道，她绝不是在装腔作势，她是很努力地，把自己活成对孩子们来说最贴近最易接受的样子。

"那些来支教的学生，我相信他们的善良温暖是真的，他们也带来了大量的学具、玩具，有比我们好几倍的耐心，陪孩子们游戏、唱歌，可是他们解决不了期中期末我们需要完成的学习任务，也解决不了他们走后，那些一年到头连和爸妈吃餐饭睡个觉都是奢望的孩子，更大的孤独、空洞。衿羽，我不能让你做同样的事情，明白吗？"

于衿羽撇撇嘴，不大适应这个长篇大论来反驳她的好友，而且还有一腔热血被人泼了凉水的感觉，但她偏偏知道三三说得都对，又天生不擅长解释，于是撇了撇嘴，直接红了眼睛：

"我明白，可是你说得这么认真，我感觉像被训了一样，有点想哭。"

童欢大笑着把软软娇娇、真的开始抽泣的于衿羽搂进了怀里："宝贝，我哪敢训你？乖，我话说重了，跟你道歉。"

衿羽挥着纤纤玉指往旁边一指："那我要彦哥送我回家。"

"好，我喊他送你回去，我保证我和算命……我和苏睿会再好好吃上半个小时，保证你俩有足够的二人空间。"

于衿羽这才哼哼地坐直了身子："那还差不多。"

童彦伟两手一举："怎么忽然到我这儿了？"

童欢两眼一瞪："你敢不送我家小羽毛？"

于衿羽倒是委委屈屈一双小白花的眼，水汪汪地看着他，什么都不说。彦伟心里就一阵发软，可是想想昨夜倒在血泊里的同事，他把心一横，就像苏睿说的，他不能再这样拖着了。

"好，我送你回去。"

因为想和童彦伟多走一会儿，衿羽特意没走正街，而是随便拐了条还算明亮的小马路。月上树梢，路两边都是低矮的房屋，有些甚至是住了几十年的老房子，裂了缝隙的门板卡在破旧的门框上，被风一吹，哐哐作响，吓得衿羽一跳，抓住了彦伟的手臂。

"别怕。"

"我不怕，彦伟，我吃多了，想去河边散步。"

"河边晚上不安全，先回学校吧，你要想散步，咱们去操场走走。"

平时童彦伟都是尽量避免和衿羽独处的，难得同意一次，衿羽欣喜地恨不得把分开这段时间的事都说给他听，而彦伟一直异样地沉默着，衿羽虽然有点泄气，但想起他说同事才出事，也就自己安慰自己了。

"彦伟，我有点冷。"

因为了解童彦伟长发大眼长裙飘飘的典型直男审美，衿羽出门前特意选了条浅色大摆裙，夜风一吹，黑发和裙摆飘舞着，仿佛还是校园里漫步的少女，不过走在昼夜温差巨大的昔云街头，胳膊上早就冷出了一粒粒的小疙瘩。

童彦伟有点无奈地看了看她漂亮却单薄的穿着，无声地叹了口气，把自己的外套脱下来罩在了她肩膀上，还带着体温的夹克让衿羽舒服地耸起了肩，笑得比花儿还甜。

两人回到七小，衿羽连放包那点时间都不舍得浪费，直接和童彦伟去操场散步，彦伟却一言不发走在几步开外，心事重重的样子，衿羽期期艾艾地拉住了他的衣服。

"彦伟，我直接跑过来了，你是不是特别不高兴？"

"没有。"

"那是因为你那个出事的……"

童彦伟忽然转过了身，望着在月色下越发娇美可人的衿羽，她裹着他过大的外套，就像一个精致的瓷娃娃，他目光又深又痛，直直地看着她，看得衿羽忽然有些胆怯了，扯着挎包的背带往后退。

"彦伟，我……我想回房去了，今天早上转了两趟飞机，又坐汽车，我有点累了……"

"衿羽，"童彦伟有点痛苦地拉住了她，"你知道我是老二，大哥结了婚，还生了两个孩子，所以……"

于衿羽虽然不是很聪明的女孩，但她有女生的直觉，所以她挣开了彦伟的手，再次被拉住后，她几乎是有点哀求地说："彦哥，我不想听，我要回去了。"

"衿羽，从我入了这行，我就没有结婚的打算。"

于衿羽猛地回头："我可以只谈恋爱不结婚的。"

童彦伟笑着她一如既往的傻气，笨丫头，还是永远都抓不到重点和主题呀。

"你家就你一个女儿，怎么能干耗在我这里？你别急着说，听我讲完。"彦伟堵住了她的焦急欲辩，"你已经知道我在做什么，当然，我并不是说干缉毒就一定比其他工作要危险，事实上警察本身就是一个充满不稳定因素的职业，而我又选择了不确定程度相对来说更大的警种，而且未来也没有变换岗位的打算，所以从长远考虑，咱们是不合适的。"

"哪里不合适了？"

"我一年在家的时间不多，连我妈都说和我吃饭要预约，有时候手机一关，两三天没有音讯，像这次我办的案子，到Y省已经一个月了，还不知道要待多久，不要说老公，我连当一个称职的男朋友都做不到。"

"我不介意啊，这几年你不都是这样吗？我从来没说过什么呀！"

"可是衿羽，你是个挺好的女孩，喜欢你的人那么多，你该谈正常的恋爱，享受被男朋友捧在手心的呵护，能随传随到，下了班可以陪你逛街吃饭看电影。"

"他们都不是你，我只喜欢你！"

童彦伟看着眼前忽然激动告白的女孩，她的眼睛那么明亮，好早以前，他就知道她有一双特别美的眼睛，像晶莹剔透的宝石，闪着他不敢去想的梦。现在她就在他面前，说着她的喜欢，他的心尖都在颤抖，最终却只是故作漠然地拂开了她抓着自己衣服的手。

"我并不喜欢你。"

"你骗人！你是故意这么说的，怕我缠着你。"

"对，我很怕你缠着我，你家境好、人又漂亮、性格也好，多的是喜欢你的人，为什么非得要缠着一个不喜欢你的人？我每天有很多事要处理，需要的是能并肩作战、能懂我帮我的人，而你只会把我搞得很累，知道吗？"

两行眼泪从衿羽的大眼里滑了下来："你骗人。"

有一刻，童彦伟几乎要心软了，可是血淋淋的照片再一次浮现在他面前，按住了他想要去擦泪的手。

"我就是不想再骗你了，你想想，这么多年，如果我要和你在一起，早就开口了，怎么会拖到今天？"

"你是不是要跟我说那种'我只是把你当妹妹'那么老土的话？"

衿羽去拉他的胳膊，再次拉了个空，她看着自己悬在那里的手指，心底忽然像空了一个大洞，有风呼呼在往里灌。

"当妹妹当朋友，当什么都好，我从来没有想过把你当女朋友。衿羽，你很好，可是你再好，也不是我喜欢的。"

"那你喜欢什么样的？你说！这么多年你也没和别人在一起呀！"

"我要怎么说你才能明白？不喜欢就是不喜欢！跟我有没有和谁在一起，喜欢什么样的类型，一点关系都没！我的工作确实有危险，万一发生了什么事，你除了哭除了害怕还能做什么？即使我要找，找的也是志同道合的伴侣，而不是累赘！"

童彦伟吼完以后，衿羽完全呆住了，过了很久，豆大的眼泪才一颗一颗掉了下来，她的脸上终于出现了绝望的表情，她把肩上的衣服用力砸在童彦伟怀里，跑走时甩开的长发扫过了他脸颊，像一个轻轻擦过的巴掌，从脸上一直落在了心上。

童彦伟抱着衣服，一个人落寞地在操场上站了很久，然后直接开车回了专案组。可是无论做什么，他都浑浑噩噩。同事们看他神情委顿，想起他已经几天没有回去睡个囫囵觉，干脆将人赶了回去。

经过童欢房间时，彦伟看到屋里只开了盏小灯，静悄悄的。

他在门外站了片刻，回了隔壁房间，压低声音说："大少爷，心情不好，陪我打一局吧。"

"没空。"

苏睿皱着眉头，一脸不理解的神情看着电脑，童彦伟以为他在看什么疑难问题，凑过去一瞄，下巴差点掉了。

"你怎么在看偶像剧？我的妈呀！什么一吻……一吻定情？天哪！活见鬼了！"

苏睿很不耐烦地把他一把推开，还想说什么，就听见隔壁那极富特色的拖鞋声又啪嗒啪嗒过来了。

"童彦伟，你搞什么鬼？这么晚才和衿羽回来！"

童欢抬脚就进了屋，苏睿无奈地看了看这兄妹俩，一个从来不记得关门，一个从来不晓得敲门,他都懒得再说了。

彦伟一开始以为童欢是来兴师问罪的,谁知童欢进门一环顾,张嘴问道:"衿羽呢?"

童彦伟的额头立刻冒出了汗珠:"她没回?"

"不是你送她回来吗?"

童欢也意识到不对了,她本来以为衿羽好不容易逮到和彦伟单独相处的机会,肯定是带人在镇上绕圈圈拖延时间了,反正一个大男人还是警察陪着,她也没啥不放心的。

苏睿把电脑一按,果断问道:"你们什么时候分开的?七点十分左右,你们从如意离开,你算一下时间。"

"我们直接回的学校,在操场散了一下步,走回来十分钟吧,说话也不到十分钟。"

苏睿看了一下表,起身拍了一下 Dirac,往童欢屋里走去:"也就是说七点半左右你们就在学校分开了,现在九点三十五,已经过去两个小时了。童欢,去找件于衿羽今天用过的东西来,我和童彦伟去找人,你留下来,假如她回来了就通知我们。"

童欢手忙脚乱地跟在后面,突然身上的手机响了。

"喂,斐然姐,我这里有点急事,你要是不忙,我一会儿给你回……"

"小童老师,乐平去没去学校?"电话那头的林斐然声音已经带着哭腔,背景里还听得见陶金也在凶巴巴地打电话。

"乐平?我没见到她呀,怎么了?"

林斐然差不多是抱着最后一线希望拨通了童欢的电话,听她这么一说,脚都软了:"我乐平丢了!陶金的人已经出去找了一圈,到现在都没个回信,那孩子从来不乱跑的,就是过来给我送个东西,一转眼的工夫……"

童欢按住了手机,惶然地望向苏睿和童彦伟:"乐平也不见了。"

Chapter 31
失踪

颠簸，晕眩，头痛欲裂，耳边是女孩嘤嘤的哭泣声，还有陌生口音的粗暴咒骂。

于衿羽带着不受控制的战栗渐渐恢复了神志，却两眼直冒金星，完全睁不开眼睛。她发觉自己眼睛被遮住，嘴里塞着散发臭气的布条，手脚被宽胶带缚住，有两个软软的小身体紧紧地依在她怀中，右边那个一直低声哭着，在她脚边依稀还能感觉到有另一个孩子，衿羽忽然想起发生了什么。

她从七小跑出来后，第一时间只想跑到死党怀里大哭一场，却在离如意小馆只有几十米远的地方，看见有个体形偏胖的男人把林乐平正往黑巷子里拽，遭到拳打脚踢的抵抗后，掏出帕子将人迷晕了。

脑子一热，衿羽就冲了上去："你在干什么！"

男子正低头抱起瘫软的乐平，恰好露出了后颈的刀疤，被衿羽一喝，猛地抬头，两人打照面的瞬间，衿羽发现这张相貌普通却带着点东南亚特色的脸有点眼熟。

毕业以后，于衿羽一直在时尚杂志社工作，自千篇一律的流水线网红脸里练出了一双认脸的火眼金睛，何况她对童彦伟所有的事都特别上心，帮他翻译资料给苏睿看时，又特别留意了几个疑犯，下一刻她已经意识到这个男人极像苏睿素描画里校门爆炸案里的嫌犯。

慢半拍的衿羽终于意识到自己孤身迎敌的行为有多危险，可惜两人对望的瞬间，刀疤男知道她看清了自己的正脸，而且她又实在漂亮得让人眼前一亮，他把瘫软的乐平往巷子里一扔，伸手就来抓。

强烈的危机感促使衿羽已经在第一时间掉头就跑，边跑边想大声呼救，可是才喊出了第一个音，就被袭来的大掌捂住了嘴巴。她试图挣扎，黑巷里又走出另一个人，掏出了一块有刺鼻气味的毛巾捂在她口鼻上，她很快就失去了意识。

终于想起了发生的一切，衿羽越发控制不住地颤抖，如果刚才还只是因为冷，现在却是惊慌和恐惧了。她的眼泪断线一样流了下来，想大哭想挣扎质问，可是分别前彦伟的话字字句句敲上她心头：

"万一发生了什么事，你除了哭除了害怕还能做什么？即使我要找，找的也是志同道合的伴侣，而不是累赘！"

衿羽死死咬住了布条，压下喉间的呜咽。

在于衿羽二十五年风调雨顺的温室生活里，想都没有想过自己会遭遇这种电视剧里的绑票事件，可是，除了极力控制自己不哭出声来，除了能猜到自己被丢在车子后排，衿羽想不出任何能做的事，这一刻，她有点痛恨自己的无能和蠢笨。

她不想做只会哭的累赘，她也相信彦伟、三三他们会来救她，何况他们身边还有那个神奇的苏教授。但是如果面对这一切的是三三，她一定不会冲动地跑出来，而是先拍照报警再偷偷跟踪吧？她能像三三那样机灵点，现在应该能从绑匪的对话里听出点什么，或者想办法留点线索？不，如果是三三，说不定她已经想办法把自己的手脚给解开，再找机会逃跑了。

而她，张开嘴发现自己怕得舌头都麻木，耳朵阵阵嗡鸣，前排两人怪腔怪调的对话都听不清一个字，只听到自己像要从胸腔里蹦出来的剧烈心跳，在捶打着她已经所剩无几的意志力。

她背的包已经被收走了，想摸摸身边有没有能割破胶带的工具，身体却是软的，小小的挪动她都不敢，甚至想靠着怀里也在发抖的女孩汲取一点安全感，然后只余下满脑子的胡思乱想。

她记得苏睿判断那个刀疤男可能不是中国人，那他们是要把她带到翡国去吗？如果过了边境线，谁都救不了她了吧？

或者他们其实是陶金的仇家，才会找上林乐平。陶金是黑老大，那他的仇家一定也都是黑社会，她作为目击者一会儿是不是就要被灭口了？甚至于，在杀她之前还会对她做点什么……

想到几天以后，彦伟他们会在树林里找到她被凌辱之后的尸体，于衿羽的牙齿都咯咯战栗起来。

忽然紧挨着她右手边的女孩动了动，哭得又大声了一点，与此同时，几根冰凉的小手指绕到了她身后，开始小心翼翼地一点点揭她手腕上的胶带。她这才发现，女孩好像是在假哭，如果是胶带难撕一点的地方，她还会用力抽几下鼻子，把声音完全盖过去。

难怪彦哥会嫌她是个累赘，大难当头，她居然还不如一个孩子！

衿羽强迫自己静下来，仔细听，女孩的哭声似曾相识，她用勉强能动的手指抓住了女孩的手，在她手心里写了个"林"字，女孩挨着她胸口的头轻轻点了一下，还摸了摸她的手，应该是示意她别怕。

衿羽在惊恐里忽然觉得有了丝暖意，又很鄙夷自己，二十几岁的人沦落到靠一个小女孩来安抚，她也太不像样了。

她终于停止了流泪，把自己蜷缩到角落，配合林乐平一点点把手脚的胶带给撕掉，然后趁某次急刹车假装滚倒在座位上的工夫，把眼睛上的布条扯开了一条缝。

车内很暗，十一座的面包车，衿羽和乐平被丢在了最后一排，旁边还绑着两个小女孩，借着偶尔错身的大卡车的灯光，衿羽模糊看到两人十一二岁的样子，模样娟秀，是相貌有九成相似的双胞胎，都昏迷着。

疑似炸车嫌犯的刀疤男坐在副驾驶座位上，开车的是另一个小个子男人，听两人对话是叫"雷子"。雷子嘴里不时抱怨几句，怪刀疤男不该乱掳人，但是他似乎又很怕刀疤男，琐碎地念一念，又语带讨好地说一些缓和气氛的话，夸衿羽漂亮，以及一些极下流的描述，刀疤男不太想搭理他，就闭目休息了。

改装后，面包车最后一排的窗户是封闭的，但倒数第二排的窗户能自下方撑开一个不到十厘米的口，乐平花了近二十分钟，终于挪到了前排，偷偷打开了一条一指宽的小缝。

于衿羽毫不犹豫地把自己的戒指、手链全摘了递给乐平，小姑娘连着自己的发箍、项链一起，非常谨慎地分段扔了出去。

本来衿羽还想用耳钉扎破手指，在两条扯下的碎布条上写点信息，结果发现电视里那些咬破手指写血书的情节都是骗人的，痛得眼泪都流出来，挤的那点血都不够写到第二笔，想真的写完几个字怕是要断指。

好在车内很脏，尤其座位下方到处有油污，她忍住恶心用手指沾了，断断续续写下难以识别的"SOS、面包车、刀疤"几个词，又意思意思挤了几滴血吸引注意力，乐平趁经过灯光明亮处时丢到了窗外，再把窗户合好，然后蠕动着爬回后座不到十分钟，车子停了下来。

开车的矮个和刀疤男起了争执，两人普通话和翡国话夹杂着，对彼此的语言都不是太精通，靠着一些中文词汇大致能猜出来在为安置她们的地点争吵，显然矮个有点怕刀疤男，很快愤愤地屈服了。

车子再次发动，开了几分钟后停了下来，吱吱呀呀的开闸声后，有一股药味往鼻子里冲。衿羽看了眼手表，估计自己是八点左右被掳的，现在十一点差三分，也就是说她们被拉到了离昔云三个小时车程的地方……不对，她并不知道昏迷之后，车子在昔云还停留了多久。不过，看行驶的后半段外头越来越亮，还渐渐听得见人声，起码不是她想象过的拉到荒郊野岭"处理"掉。

林乐平机警地替她拉上了眼罩，却很巧妙地在右眼角给她留了一丝缝，又把扯开的胶带松垮垮地挂回她手腕上，然后缩成一团再次嘤嘤地"哭"起来。

衿羽被她的演技折服，立马也配合地瘫成一团，假装自己仍然在昏迷。

像是又过了一道闸门，面包车熄火了，后车门被拉开时，衿羽闻到了一股淡淡的苦香味。

"哭一路，烦得很！"

雷子骂了两句，把最外头的乐平先抱了出去，衿羽也被扛了起来，那人还顺手在她胸上摸了两把，衿羽强忍着恶心，努力从缝隙里看了看四周。车子像是直接开进了一个放药品的仓库，扛她的人就是刀疤男，那股苦香味也是自他身上传来的。她和三个女孩一起被丢进了一间小黑屋，有个怪腔怪调的女人捏着乐平的脸看了看，又验了那对双胞胎，扫了年龄最大的衿羽一眼，和刀疤男用她没听过的语言吵了起来。

衿羽恨不得把自己缩成一小团，谁都看不到才好，然而自己显然是引起两人争执的原因。这对男女越看越像彦伟资料里那对翡国犯罪嫌疑人，那女的目光最初极为不善，后来在男的猛地把她拖到亮光处，捏住脸朝向那女人后，才稍微好看了点。

"你，多大？"

衿羽一路上想了很多，已经确定自己是误打误撞被抓了的，就在这一刻，她向来不怎么聪明的脑袋瓜灵光一现，她记得彦伟追查的拐卖案里，都是以大童居多，于是撒了一句保命的谎：

"十七。"

女人狐疑地扫视着她，看得她瑟瑟发抖，眼泪不受控制地唰唰往下落，她越是这样反而越楚楚可怜，她娇娇软软的少女气特别显嫩，借着灯光暗影的掩护，那女人最终像是信了，拽着她胳膊就往外拖。

"不要丢下我一个人。"

乐平扑了上来，死死抓住于衿羽，惊天动地地哭起来。

她当初和妈妈被卖，转手两次，都是过的极不入流的二流子手，她看过林斐然机智转圜，避免母女离散。被陶叔叔救了以后，妈妈和陶叔叔又多次给她灌输了自保自救的方法，所以一路上她才会拉上最能帮忙的衿羽，合作留下追查线索。而且绑架的人对她显然要比双胞胎客气很多，她迷药量轻，只松松地绑了一圈手，脚是自由的，连下车都是被好好抱下来的。这种情况妈妈曾经给她预设过，要她一定相信陶叔叔会尽快来救她，而且要尽量避免一个人，以免被非主事的误伤，也好找帮手。

所以她干脆地抱住了于衿羽，大哭起来，先头还是假哭，可是她再懂事再被教导过，也是个不足十岁的孩子，不是不怕的，后面越哭越伤心，哭得像是要厥过去。

那对男女犹豫着讨论了两句，松开了手。衿羽惊恐地蜷到乐平身后，一大一小紧挨着放声大哭，哭得人头脑发炸。

于衿羽原本就在素瓦的计划外，被她在现场撞个正着后，他是想带出镇处理掉的，看她太漂亮，他和雷子都起了色心，就准备自己先用用再下了针去卖，依她的长相一定能卖个好价钱。但刚才听同伴芝苗问的那句话，已经猜到她的用意，估计不会让他动了，既然林乐平要留，就先留下吧。

他咒骂了一句，和芝苗拖着双胞胎一起出去了。

听到外面传来落锁的声音，于衿羽又冷又怕，还在发抖，林乐平哭到发汗的小身体紧紧靠着她，热乎乎的，让她稍微能暖和一点。

"姐姐，你是童老师的朋友吧？"

衿羽人漂亮，还穿着小姑娘最喜欢的长裙，所以林乐平记得自己傍晚的时候见过她。

"嗯。你是林乐平吧？你认识他们吗？"

"不认识，但是你别怕，陶叔叔会来救我们的。"

于衿羽看乐平哭得抽抽搭搭的还来安慰自己，有点不好意思，擦了擦脸上的眼泪，和乐平一起观察起情况来。

她们被丢在了一间不足十平方米的小屋子里，没有窗户，只有一个小排气扇。房间打扫得挺干净，只是有股挥之不去的闷味，还有久放的药味，闻着让人头晕。排气扇的下方有张窄窄的单人床，还铺了粉色的新床单、褥子，门边还放了个长颈鹿造型的小马桶。

衿羽裹着被子拉了拉看上去很扎实的木门，自然是从外面锁上了，不过在她大力拉扯下居然硬撑出了一条缝，她和乐平齐齐扒着门缝往外看，在适应了外头昏暗的光线后，不约而同抽了口气。

外面是间仓库，堆了些大大小小装药的纸箱，靠墙的一侧潦草地铺了几大块垫子，有二十来个女孩蜷在一堆，大的十五六岁，更多的是十岁左右的小姑娘，刚和她们一路的双胞胎也在里头，还昏迷着。

靠出口的地方，几个男人在喝酒打牌，两个看上去眉清目秀的女孩神情麻木地给他们倒着酒、剥花生，时不时被掐弄两把，竟也不作声。之后像是载她们过来的雷子输了钱嫌晦气，对着其中一个就是一巴掌，然后神情猥琐地摸着裤裆拽着人往外走，剩下的人嘿嘿笑着，更是腌臜。

衿羽赶紧捂着乐平的眼睛退开了，披了被子慢慢回暖的身体又开始阵阵发凉，如果刚才她没有谎报年龄，是不是也会像那两个女生一样？

夜半的温度越来越低，她抱着乐平躺到那张散发着新床漆味的单人床上取暖。乐平到底年纪小，一夜又惊又累，嘴里说不能睡，慢慢还是迷糊了。而衿羽躺在床上胡思乱想，发现自己除了等待被救，一点办法都没有，她现在除了后悔还是后悔，她就不该和彦伟发脾气，这么多年了，为什么偏偏要在今晚沉不住气？

忽然，衿羽听见外面传来呻吟，她推了推睡得很香的乐平，没有回应。她钻出温暖的被窝，被冷空气激得一抖，同时听到了倒地翻滚的声音，和着几个男人的桀桀怪笑。

她压下心底的恐惧，又凑到了门缝边，看见之前倒酒的一个女孩倒在了地上，痛苦地翻滚着，她拼命挠着自己的身体，蹭到那几个看戏的男人脚边，含混地哀求着，过了一会儿，她的身体开始激烈地在地面摩擦，大叫着抽搐起来，嘴里、鼻腔都喷出了呕吐物，她却像什么都感觉不到，一次次去抓那些男人的裤腿。

其中像是领头的人一脚把她踢到了缩成一堆的小女孩们跟前，厉声恐吓道："看到没？都给老子老实点，不然就跟她一样！"

他冲手下使了使眼色，有人拿了针筒在女孩的胳膊上注射了东西，她慢慢平静下来。那些男人像踢死鱼一样又踢了她两脚，她瘫着的身体还在抽动，被踢得偏到一边的脸正对着小房间，衿羽看清了她那张和着泥、淌着涕泪却没有一点表情的脸，那双漂亮的大眼睛就像两个空空如也的黑洞，里面一无所有。

知道彦伟在缉毒队以后，衿羽看过一些相关的东西，更带着点为了爱我什么都不怕的自我感动，就这样热血沸腾地跑过来了。在她的想象里，她得知一切后的深情告白，该换来彦伟的激动拥抱，所以她才接受不了被直接拒绝的落差。

直到这一刻，眼前无比真实呈现的这一幕，像巨掌掐住了她的脖子，她整个身体从里到外都僵硬了，像脱了水的鱼一样急促地吐了半天气，却发不出一点声音，她终于懂得了自己的天真。

就在这时，于衿羽看到把自己掳来的那个爆炸案嫌犯走进了仓库，冲那群人吼了两句后，带着不怀好意的笑往小房间这边走来。

立刻，无限恐惧铺天盖地涌了上来。

Chapter 32
犯罪嫌疑人

为了开店方便，林斐然租的房子就在如意小馆对面四五十米的地方，是当地人自建的四层小楼，她和乐平、阿赵租了二楼北侧的半套住房。晚上店里忙得脱不开手的时候，酸笋用完了，陶金不愿意当送货小弟，乐平就自告奋勇去了，一开始陶金以为她留在店里玩，到九点该睡觉的时候还不见人，一打电话才知道人不见了。

问清楚昔云镇最大的蛇头家的地址，陶金拉着林斐然上了路虎，狂奔而去。

"我不该留她一个人的。"

"不怪你，平时放学我和阿赵正忙的时候她也是自己回的，有时候收摊晚，她都自己回家睡觉，何况才一分钟的路程。"

林斐然经过最初的慌乱，已经逐渐冷静下来。她和陶金都很清楚，镇子里就算是初出茅庐的小混混也知道，如意小馆的人都归陶金罩。陶老大是出了名的护短，只要他纳入麾下的人，无论重不重要一概不能动，所以在鱼龙混杂的昔云，除了河边棚屋区，乐平向来是自由活动的。

现在陶金人在昔云，乐平却不见了，要么是不知深浅的外地人，要不就是专程冲着他来的。所以陶金第一时间是通知了手下人四处收风，确定人不能出盈城范围，更不能过境，然后再逐步排查。

想着乐平可爱的笑脸，陶金握着方向盘的手指用力到发白，他知道自己做的事危险超过刀口舔血，所以一直在淡化处理林家母女二人。遂林斐然的意，将人远放到镇子上，这一年又故意在酒店提拔了两个昔云出去的年轻姑娘，其中一个还送了套镇上的房子，他每个月依然维持着过去往来昔云的频率，到如意吃饭居多，过夜基本上在那套房子里，连身边的兄弟都以为他无非是喜欢林斐然做饭的手艺。

如果是仇家的话，不该首先对付林斐然的。

如果是无差别攻击，他身边所有人里，却唯独乐平出了事。

除非……是极聪明狡猾又了解他内心的人，最近又与他有直接利益冲突……

陶金猛地踩住刹车，系了安全带的林斐然整个上半身都扑了出去，她看向脸色更黑的陶金，抓住安全带的手开始颤抖，眼泪泛了上来。陶金听见她为了控制泪意，带着颤抖的深呼吸，总是带着狠劲的五官也挣扎起来，他抬手胡乱在她头上拍了两下，陷入了沉默。

林斐然把脸用力埋进了手掌，很快把情绪稳定下来，从她死皮白赖非得缠着陶金的第一天起，陶金就警告过她可能会面对这样的局面，她当初说了不怕，现在天塌下来也要撑得住。她强迫自己忽略脑海中对于女儿安危的各种揣测，伸手轻轻地盖住了陶金因为过于用力挂挡而僵硬的手指。

在她的手掌心里，还留着那点湿意，透过陶金手背的肌肤钻了进去，他身体几不可察地颤了一下，然后抬手覆了回去。

"你说过，有人要拉你入伙和青寨合作。"

陶金苦笑，她是个很聪明的女人，不是吗？

"你会不会……"

"绝不可能！"陶金否定得又快又坚决。

林斐然抬头看着他黑气沉沉的脸，忽然含着眼泪温柔地笑了，她抓着陶金的手放到了腮边，偏头轻轻摩挲着："我说过我就爱你的原则，我不怪你，现在我也帮不了你吧？"

陶金点头。

"那我不跟你走了，免得我控制不住自己的情绪，影响你做事。你把我送回家，或者，找个别的安全的地方，我等你的消息。"

陶金看着林斐然已经越来越平静的脸，很想用力抱一抱她。一直以来，她都太识趣太知进退了，可她越是这样，他越控制不住自己的心。这么些年，他头一次碰到一个女人让他这么心疼，而且越来越心疼，他有把她宠上天的能力，却不敢！他不敢！

压制着心中的惊涛骇浪，陶金也迅速收拾好了情绪，他发动了车子，粗声粗气地说道："你问一下童老师在哪儿，我送你到她那里。"

"小童老师？"

林斐然惊讶地看了他一眼，得到肯定的回答，连为什么都不问一句就开始打电话。陶金忍不住再捏了捏她长着老茧的手，想说什么，张了几次口，到底还是咽下了。这个时候，他不适合把她带到自己地盘，而他一个涉黑人员总不能把人送到派出所，童老师那里已经是最好的选择。

反而是林斐然打完电话，强笑着在他脸上掐了一把："怎么了？你这样拖泥带水的，我还不习惯了。"

陶金忍住心底的酸意，只能装作很凶地瞪了她一眼："别闹！开车呢！"

林斐然这才扭着腰坐正了，眼睛定定地看着前方，也不知在想些什么，只是映着窗外忽明忽暗的路灯，她那张总是风情万种的脸就像被什么吸光了水分，忽然间枯萎了。

车子里突然安静下来，只有改装过的发动机轰轰响着，直到车停在七小校门前，她才盯着自己手指轻轻地问了一句："陶金，你会把我乐平带回来吧？"

"会！"陶金很严肃地回答她，很快又接了一句，"我会把她毫发无损地带回来。"

林斐然还是看着自己的手，低低地说："那你自己注意安全。"

"好。"

她飞快地跳下了车，看都没看他一眼，就走到了已经等在校门口的童欢身边，听到身后的大路虎绝尘而去了，才长长地吐了口气，软软地坐在了地上。

"斐然姐……"

"小童老师，拉我一把吧。"

童欢因为衿羽失踪在学校里如坐针毡，她仔细地回忆着自衿羽来后的每一个细节，希望在苏睿需要的时候能够准确复述，提供线索。林斐然的到来忽然提醒了她，她一手搀着瘫软的林斐然，一手拨通了彦伟的电话。

"彦伟，我觉得衿羽可能是在去找我的路上……"

"三三，我正要给你打电话，你有没有老板娘的号码？"

在听完彦伟复述与于衿羽摊牌的过程后，苏睿直接牵着狗赶去了如意小馆，说衿羽在被拒绝后一定会去找童欢哭诉，应该是在去的路上正好碰到了绑走林乐平的人，被一道带走了。

"斐然姐刚到我这里来了，你等等。"

童欢把手机递给了林斐然。

"老板娘，我是童彦伟，你家是不是在陆河街47号到52号之间？"

"对，我们租的49号，就是蓝色大门挂了两个红灯笼那家的二楼。"

苏睿得到肯定的回答后，拍了拍滴答的头，带着他们从如意小馆走到这里的滴答立刻又在周边嗅了一圈，依然在47号旁边那条短短的小黑巷口停住。

警察现场取证必须两人以上才能视为有效证物，收到绑架的消息后，龚长海立刻加派了彭铁力和邓涛赶来。

苏睿扫了一眼附近，确定没有一个监控，打开手电蹲了下来："问童欢，于衿羽今天是不是穿的36码厚底平跟鞋，还有老板娘，林乐平是不是穿的31码的休闲鞋，鞋子偏大。"

"是！衿羽今天穿的小白鞋，今年流行的厚底！"

因为开了免提，手机那头童欢大叫的声音在夜风里特别高亢，苏睿皱眉听了下去。

"乐平下午我见她穿的就是一双粉色布鞋，上面有Kitty猫，鞋子稍微大了一点，走路有点拖脚，斐然姐，是不是31码？"

因为乐平的自理能力很强,所以林斐然并不是太记得她每天的穿着,不过鞋码还是知道的,听童欢一说,她想起女儿最近很喜欢穿陶金给她买的粉布鞋,有点茫然地点了点头。

苏睿在临街墙角凸出的瓷砖边沿找到几根衣服纤维,示意戴了手套的铁力捏下来,又在地上捡到几个小亮片,递到 Dirac 鼻子前嗅了嗅,对着光看了几眼:"衣服呢?记得是什么材质的吗?"

"衿羽是绯色的雪纺裙,浅棕色编织细皮带。乐平穿的白色棉 T 恤,上面有各种颜色的亮片,都是半个小拇指盖大小,牛仔裤是蓝色,屁股上绣了白兔,小腿边是芭蕾女孩布贴,白色蕾丝缝的小女孩的裙。"

苏睿脑海里本来已经有大致轮廓,因为童欢的精准描述,他迅速把细节一一对上,再用手电照了照巷内那条拖曳的痕迹,以及脚印旁边的几摊唾液,看向彦伟。

"巷子两头和里面都是这种没铺水泥的软土吗?"

"是,昔云这边除了特别富裕的人家,一般建房只修整当街那一面。"

童彦伟此时无比庆幸这一点,为他们留下了可追查的线索。

邓涛和彭铁力立刻行动起来:"我们去问问附近的居民,有没有人记得是辆什么车晚饭后一直停在巷尾,车牌号码多少。不过这边的居民明哲保身的多,不一定会讲,也未必记得。"

"彭警官,麻烦你先去查巷尾的车轮印,会堵住巷子出入口的车不会太多,如果车辙足够清晰,能把轴距、前后轮距量出来,比对出车型,就能通过镇上有摄像头的地方筛查。"

童彦伟蹲下拍摄脚印,向苏睿报测量情况:"和她俩脚印相交的有两组鞋印,一组 41 码拖鞋,一组 40 码尖头皮鞋,根据在附近找到的同样脚印,测量出这两人在正常步速里的步伐间距是 37 和 33 厘米左右,所以腿长大概是 110 和 100 厘米。"

苏睿在同样质地的泥地踩了两个脚印,又让彦伟踩了两脚,略一沉吟:

"让大才调离这里最近的监控,看素瓦有没有在附近出现过,他肯定做了变装,以前的资料里,他的体形……"

苏睿还在调取脑海里的记忆,一直没有挂断电话的童欢已经报了出来:"身高 174 厘米,体重 80 公斤左右。"

苏睿点了点头,继续说下去:"素瓦今天穿的是蓝色布衣,另一个小个子,个头不超过 170 厘米,体重 60 到 62 公斤,穿尖头皮鞋,两个人都爱嚼槟榔……"

童欢"呀"的一声叫了出来:"下午在如意吃饭,我见过一个人和你说的好像,就坐在斐然姐灶边上那一桌。黄衬衣,黑色裤子,对,他是穿着尖头皮鞋,黑色的,我去点菜的时候,他正好吐一大摊口水在我脚边,全是红色的,就是在嚼槟榔!我想想啊,他挺年轻的，应该也就二十出头，又矮又瘦，站起来的时候我从他身边过，平视他的下巴，他身高应该没超过 170 厘米，还老是色眯眯地看着衿羽，我还瞪了他好几眼。"

记录的童彦伟手一抖，额头上冒出了冷汗，苏睿偏凉的手掌按在了他的肩头："我们抓紧时间。"

童彦伟迅速镇定下来，把已知的情况群发给组员："放心，我会处理好自己的情绪。"

苏睿皱着眉头又观察了他半分钟，看他写在记录本上的字迹都一丝不苟，才牵着 Dirac 去周围再扫一次。

他边走边回想，的确是有那么个人坐在靠近灶的地方，但是不同于爆炸案时他特意观察，而且素瓦两人错误的服饰原本就引起了他的注意，所以对于童欢能清晰描绘出来的人，他的记忆偏模糊，没法画像。

"和素瓦一起的这个矮个子不仅瘦，而且脚步虚浮，可能也是瘾君子，监控里如果能找到他脸部的清晰截图，让昔云和盈城拘留所里吸毒的都认一下，他们那个圈子很多是熟人。"

童彦伟写完所有信息，看童欢那头还连着线，终于安慰了一下已经心乱如麻却不敢打扰他们的小堂妹，也顺便安慰自己："三三，昔云镇夜出的人并不多，车辆更少，等铁力排查出车型，很快就能摸到线索，你别急。"

"好，如果苏睿有时间了，你让他解释一下怎么圈定素瓦是作案者的，我心里还是慌得厉害。"因为一头雾水，所以更加乱，她知道当下该相信苏睿的判断，但苏睿这个人本身就还存着诸多疑问，她需要吃定心丸。

童彦伟露出了一个苦笑："我也没敢问，怕耽误时间，你等等吧。"

"好。"

关键时刻，童欢倒是乖巧得很，已经勘查完毕的苏睿听着她弱弱的气声，脑海里不由自主浮现出她小狗般可怜巴巴的样子，再看看同样心存疑惑的彦伟，从证物里翻出个装了个空烟盒的证物袋，打开递给他。

童彦伟问："这是 Y 省很常见的云溪烟，你刚才让铁力特别标注这个，我就不懂。"

"你再闻闻，上头是不是有股很淡的苦香味？"

童彦伟闻了闻，他不是对味道格外敏感的吃货，并没有分辨出苏睿说的味道，不过苏睿说有就一定是有。

"这是翡国人常用的一种 Thanakha 树磨的粉，防晒防蚊虫，但一般是女孩子使用，所以烟应该是嫌犯从一个翡国女性身上拿的，而 Dirac 确定在瓷砖上取下的蓝色衣物纤维上有同一种气味。因为四季高温，翡国人一年到头都穿拖鞋，41 码脚印前掌有拖痕，后跟有几处重印，是踩着普通鞋的后跟当拖鞋穿留下的。地上的槟榔渍也有两种，一种是现买的袋装槟榔，还有一种却是用蒌叶包的槟榔果。邓涛说 Y 省这边虽然有一部分少数民族有同样吃法，但只有翡国人喜欢在蒌叶里再加上牡蛎粉及各种香料，就是这几摊混了橘色的唾液。"

苏睿用手电照了照地上几摊口水，像是要印证他的说法，Dirac干脆地"汪"了一声。

从翡国来，还有女性同伴，根据步伐推断出来的腿长、鞋印深浅判断出的体重也和素瓦相符，当然要把他列为头号怀疑对象。

听罢，彦伟心里踏实一点了，能在三个小时内确定作案人员，会让救援推进顺利很多。

"童欢，我让童彦伟去学校接你，你陪林斐然都过来吧，还有些事我要当面问她。"

"那个……"熟悉的声音在苏睿身后响起，"我和斐然姐实在待不住，已经自己过来了。"

苏睿回头，看到坐在古老师和校长单车后座上的两人，童欢按掉手机跳下车，却躲在张春山身后，左脚踢着自己的右脚跟，不敢看堂兄和苏睿的眼睛。

"我想我背了那么多资料，也许有用。还有下午见过那个矮个子，我可以指认啊。"

彦伟狠狠冲她头顶拍去："过来可以，但得等我们去接，安全第一！"

"古老师今天值夜，听说衿羽失踪的事，就和校长说了，他俩看我们坐立难安，干脆送我们过来的。"

面相憨实的张校长搓着手："我们也来看看，有没有能帮忙的地方。"

彦伟把能告诉他人的信息简单和校长他们说了一下。苏睿缓缓走到一直静静站在五米开外的林斐然跟前，他没开口，还算和气地看着她。

夜风越来越凉，镇上的人对于三不五时的出警已经习以为常，窗帘背后也许躲着窥探的眼睛，街头却是空荡荡的。三四层的小白楼大多是后建的，家家户户爱在门口挂两个大红灯笼，泥地里积着深深浅浅的死水，映着暗红惨淡的灯光，影影绰绰，四处都像有飘荡的游魂，一团团，张牙舞爪地往人头顶上压下来。

林斐然局促地转着手腕上那个雕刻粗朴的银手镯，头越垂越低："小童老师说过，你是顶聪明的人，你猜得到人是冲我们来的，那个姑娘是受了无妄之灾，但我什么都不知道，一点线索都没有。"

"是不知道，还是不能说？"

苏睿的声音轻柔得像是在催眠，配着他那张有意温和的脸，让人很有倾诉的冲动，林斐然的脸上写满了挣扎，最终还是摇了摇头：

"我就是怕自己担心则乱，所以干脆什么都不知道的好。"

已经心急如焚的童欢在后面直跳脚："怎么能不知道呢！斐然姐，咱不说衿羽，乐平是你女儿啊！这个时候你一定要相信我们能帮你，尤其是苏睿！"

苏睿习惯了她怼天怼地怼自己，忽然听她带着褒奖意味、充满信任地念着自己的名字，心头有点痒痒怪怪的感觉，他说不上那是什么，很陌生，却不排斥。

"就因为是我女儿，我才相信他一定会竭尽全力救她！"林斐然苦笑着靠在了墙上，浑身力气仿佛被抽尽了一般，"你们有你们的道，他有他的路子，我不懂，只能不乱动，我不能误他的事。"

苏睿挑了挑眉，却没说什么。童彦伟拿着册子过来做笔录，他就退开一步站到了童欢旁边，看她焦虑得快要把自己手指头给拧下来，却又唯恐耽误了大家的正事，乖乖地缩在那里，小小的一团，就冲 Dirac 比了个手势。

高大的 Dirac 立刻在童欢另一侧坐好了，它一身长毛在夜风里恣意地飞舞着，却和苏睿一左一右恰好替童欢挡住了四面来风。

"谢谢。"

童欢低落地靠着 Dirac 温暖的身体，吸了吸鼻子。

苏睿很不习惯她无精打采的模样，他自我安慰，反正也在等进一步的消息，不如大发慈悲，宽一下她的心吧："地上的痕迹很清楚，黄衬衫的一直在巷口放风、绕圈，抽了十来根烟，嚼了半包槟榔，他们在楼下蹲守了两个小时以上。在看到林乐平下楼以后，他反而躲进了巷子，素瓦出来将人掳走，林乐平有短暂抵抗，于衿羽可能恰好碰上了，试图阻止素瓦，黄衬衫把昏迷的林乐平先掳上了车，然后过来帮忙把于衿羽迷倒，带进了巷子。"

苏睿用手电照了照巷子中部一堆凌乱交杂的脚印，还有砖墙上蹭上的白灰印、脚印："于衿羽出现是意外，他们在躲进暗处后有过短暂争执，然后素瓦坚持把人抱上了车。"

童欢顺着他手电的指引，看到黄衬衣后面那串明显变深了的脚印："抱？"

见她已经能准确抓到自己话里的重点，苏睿唇角露出了很轻微的笑意："对，她是被抱上车的，争执完后没有拖行痕迹，假如扛在一侧肩膀，脚印不会这么均匀，而且脚印重心往下而不是前倾，对方是还算客气地把她'抱'上了车，应该暂时没有杀人灭口的意图。"

童欢心里稍微松了口气，忽然又提得更高："那他一定是看上衿羽了呀！万一，这万一……"

"所以我们要快，短时间内他们还不会动她。"

"哪儿看出来的？"

苏睿很不耐烦地抿了抿嘴，到底还是在她小猫小狗般的眼神里继续说了下去："素瓦抽的云溪烟我上网查了一下，要 50 元一包，黄衬衣抽的是 20 元一包的……"

童欢才张口，苏睿手一抬，直接制止了她发问："咬烟头的方式不一样。"

"哦。"

"等了两个小时，素瓦没有递一根烟给黄衬衣，而且争执完后，抱人的体力活也是黄衬衣干的，所以两个人里素瓦更有发言权，也是他看上了于衿羽，毕竟她确实很漂亮。但是黄衬衣和他能争几句，两人地位不是太悬殊，更可能是代表不同的利益方，而黄衬衣全程监视，在林乐平下楼后却不敢动手，证明他胆小，还怕陶金。越是这样，黄衬衣一定会等回到自己地盘，彻底安全后才会允许已经被通缉的素瓦动手，所以我们要快。"

"那就快呀！你赶紧把他们逃去哪里了找出来，我们去救袊羽。"

童欢急切地抓住他的手腕摇了起来，苏睿想甩没甩开，低头才要训人，却看到她小小的个子几乎快嵌在了自己怀里，仰着头，满脸的焦急，却又满眼的信任，呵斥的话就哽住了。

他有点无奈地看着她把自己的衣袖全捏皱了，才叹了口气："童欢，我不是算命的，我算不出他们去哪里了。"

"那怎么办？"

"等车型比对、监控排查，不然你以为我站在这里吹冷风是在等什么？"

他倦懒地站在那里，斜斜地瞟了她一眼，过分漂亮的脸上有点嫌弃，又有点暗潮涌动。

"陪我呀。"

不经大脑的话从习惯性回怼的童欢口里冒出来，两人都僵住了，直到 Dirac 不适应忽然安静的气氛，用湿湿的鼻头碰了碰童欢垂下的另一只手，她才猛地弹开了。

然后有一股热辣辣的气从她脚底板一路冲到头顶，童欢整个脸都开始发烫，苏睿看着她慢慢红透了的耳垂，自己的耳根子好像也有点发痒。

Chapter 33
看不透的陶金

气氛一时间变得很尴尬，童欢很惭愧地打了自己两巴掌，衿羽都失踪了，自己在这里心猿意马，简直是可耻！

苏睿干咳了两声，问道："林斐然怎么会到七小来？"

"她让陶金找个安全的地方把她放下，陶金把她送到七小来了。"

听了她的回答，苏睿觉得哪里不对，却被她抽自己的"啪啪"两巴掌搞得分了神，就在这时，彭铁力跑了过来。

"苏教授、彦伟，我们问遍了巷尾所有的住户，只有米线店老板提了句，晚上好像停过一辆银色的七座面包车，但车牌和车型都不记得。不过巷尾地上三组车轮印里，只有一组不是小轿车，测量数据比对后，像是这边很多生意人爱买的别克商务车。镇上只有五个摄像头有用，其中七点半到九点有两个位置拍到过同类型的车，一辆是昆市号牌云A32997，现在还在镇招待所里停着，老樊他们已经上门去查；还有一辆云N75286，已经核实是套牌车，八点四十左右上了217县道，盈城方向，龚队让大才去联系路上的卡哨，他们门前有高清摄像头。"

"派出所刚接到报案，马山街一个炸洋芋摊家的双胞胎今天也不见了，俩女孩。"邓涛接了电话，也立刻过来报告最新消息。

苏睿眉一皱："又是双胞胎？多大年纪？"

"十二岁。"

"炸洋芋……难道是冯阳家那对双胞胎？"古老师忽然问道。

他一说，童欢也想起来了，学校就古老师班上有一对双胞胎，姊妹俩长相秀丽，很招人喜欢。

"今天上午我们五六年级考试，下午放假，放学的时候我还听见姊妹俩说要去帮妈妈买洋芋。"古建国仔细回忆了一下，"她们俩吃过午饭才走的，一点左右吧。"

苏睿摸了摸 Dirac 的头，问邓涛："能确定失踪时间吗？"

"下午两点到八点之间，冯家收摊回家后，才发现俩女孩不见了。"

"所以现在除了意外撞破现场的于衿羽，还失踪了三个小女孩，林乐平九岁，双胞胎十二岁。"

在学校等待的过程里，已经把苏睿给她的案卷翻来覆去想了好几遍的童欢脸都绿了："这不是岩路的路数吗？难道是要把人往境外带？"

听到境外，一直沉默应对彦伟盘问的林斐然眼皮跳了跳："童警官，你们说岩路……"

她憔悴的面孔终于出现了动摇的神色，可是只说了几个字，又垂下了头。

童彦伟即刻丢给童欢一个眼神，她紧紧地掐住了林斐然的手："斐然姐，我求求你，你哪怕知道一点点东西都说出来，人如果带出境了，陶金就是有天大的本事，乐平也找不回来了呀！"

苏睿在一旁凉凉地加了一句："岩路现在专门转卖这种小女孩，翡国有些组织会用毒品控制培训她们做交际花、卖淫。"

林斐然的眉心跳了跳，脸色更为灰败了。

童彦伟心领神会地接着信口说了下去："这伙人是没有人性的，据我们已掌握的资料，对六岁的孩子都注射过'四号'，只要两天，人就是救回来也废了……"

林斐然腿脚发软地蹲了下来，终于还是开口了，却小心翼翼地说着每一个字，唯恐泄露了什么不该说的："我只是听陶金打电话的时候，提过岩路的名字，好像是手下背着他和岩路合作，做了违反他规矩的事，还被抓了，陶金也在找岩路。"

她知道陶金的手下在警察那里过了明路的，说出来应该不会影响他吧？她还记得陶金曾经为此暴怒，由上而下做过一次清理。

童彦伟和苏睿飞快地对视了一眼："还有呢？"

林斐然别开了头，对乐平的担忧像烈焰一样烧灼着她的心，而她艳丽的脸庞上反而浮现出刻意冰冷又漠然的神色，面对彦伟的追问，她表示自己再不知道什么了。

林斐然最初要求回昔云，有陶金的意思，也有她本人的意愿。她没读过什么书，也做不了大事，她能兜得住的不过是锅碗瓢盆的方寸之地，她不想掺和到陶金的生意里，只希望自己不要拖他的后腿。一直以来，陶金在她和乐平跟前也尽量回避工作上的事，她知道的原本就很有限，也判断不出事情的轻重真假，说出这两件事已经是她的极限。

童彦伟还想再问，苏睿看林斐然抗拒而警惕的神色，冲他摇了摇头。

"苏教授、彦伟，我们留在批发市场监视群英的人没有见过这两个人，至于车，因为流量太大又是常见车型，没有注意，但是离市场500米左右的路口摄像头里下午拍到过这辆套牌车，司机还下车买过槟榔，就是黄衣黑裤，龚队说让你们去认一下人和东西。"

苏睿看了一下手表，已经十点一刻，车子已经离开一个半小时了。

"县道那边有消息过来吗？"

"暂时还没有，不过有战士已经骑车一路探过去了。"

"我们先去看监控。古老师，你们也一起吧，如果是镇上的人动的手，你们认识的人多。"苏睿看了看人，又看了一眼林斐然依然停在不远处的面包车，问道，"能不能借用一下你的面包车？"

"很近，我们可能走路还快……"

童欢才开口，被苏睿瞪了一眼，连忙收口。

林斐然愣了愣，往兜里一摸，钥匙恰好在，就拿了出来："我去和阿赵说一声就下来，她没有手机。"

"邓警官陪你上去吧，那位大姐最好也一起去。如果不介意的话，我来开车。"

林斐然觉得自己今晚情绪波动太大，的确不适合开车，点点头，把钥匙递到了苏睿手里，苏睿像是顺口又问了句："就这一把钥匙吗？你自己开？"

"家里还收了一把，车子只有我开了两回，其他没人会开。"

虽然被问得很奇怪，林斐然还是照实回答了，然后邓涛过来陪她回家去接阿赵。苏睿疾步走到车边，居然从兜里摸出了一副手套戴上，才拉开驾驶座坐好，看后视镜、发动、挂挡。

不是吧！这个时候还洁癖发作？那何苦抢着开车！

童欢无力地默默吐槽，却看到苏睿把火熄了，示意 Dirac 跳上车去搜寻，他自己也开始在车上翻找起来。

"你怀疑斐然姐？"

童欢想起他刚才阻止自己的眼神，还有这一连串古怪行为，压低声音问道。

"不是她，是今天我们离开后还用过这辆车的人。"

苏睿这样一说，童欢发现了不对劲。下午乐平拉开车门时，驾驶座的位置非常适合一米六的林斐然，而刚才一米八几的苏睿上车以后，完全不需要调整座位，就能很舒服地安置他那两条大长腿，这代表……

"陶金开过这辆车？"

"不能确定是他，陶金……有不对劲的地方。"

"他当然不对劲！要不是怕坏事，我早直接找他质问去了，他肯定知道什么！"

因为衿羽随时有可能陷入不可挽回的危机，童欢已经完全忘记自己曾经站过陶金的立场，然而当她吼完，立刻被苏睿看傻子一样的目光光顾了，她完全不知道自己说错了什么，显然此刻也不是刨根问底的时候，她乖乖地捂住了嘴，讨好地望着苏睿，只要能尽快救出衿羽，就是当个二百五的哑巴、瞎子，她都是愿意的。

苏睿看她掩着嘴，滴溜溜转着无辜的大眼，忽然凑了过来，吓得童欢往后一退，他却伸出修长的手指在她脑门上弹了一下："知趣的蠢材。"

童欢揉了揉被弹的脑门，恼火地拍开他的手："我都快急疯了，你还有心情骂人！"

检查完车子的苏睿闲闲地扯掉了手套，慢悠悠地说："打电话给你陆哥吧，事情跟素瓦有关，王德正就逃不掉。陆翊坤在南边这些年混得很开，黑白道都有关系，王德正又和他有交情，他放风要找于衿羽，能给你闺密多上一层保险。"

"我怎么没想到！"童欢猛地拍了拍头，才掏出手机，又顿住了，"万一陶金找，陆哥也找，逼得他们狗急跳墙了怎么办？"

"于衿羽不像林乐平，不是什么重要人物，纯粹是因为长得好看被顺带掳走，多上一层保险对她是好事。"

"好，我信你。"

童欢才准备下车打电话，又被苏睿叫住："建议你打电话的时候哭一下，越可怜越好，他会想尽办法帮你的。"

他上挑的眼里闪着意味不明的光，童欢困惑地望着他："你是说，陆哥怕人哭？"

"他怕你哭。"

"我怎么觉得你阴阳怪气的？"

苏睿擦着自己在昏黄车顶灯下玉一般的手指，嘴角的笑简直透着股邪气："爱信不信。"

要不是衿羽的事刻不容缓，童欢觉得她会捡起路边那块板砖跟他干一架，不过现在她没闲工夫计较他的装腔作势，果断地选择相信他。

从于衿羽失踪后，童欢情绪一直紧绷着，又怕自己越慌越添乱，一直在强忍，现在一说让她哭，她几乎是连酝酿的时间都不用。苏睿看她坐在马路牙子上，手机才接通，眼泪就开始"啪嗒啪嗒"往下掉。陆翊坤果然被她哭得手忙脚乱，她抽抽搭搭，情况还没说清楚，那头已经忙不迭地应下了。

"这么会哭。"

苏睿看着她对着别的男人哭得水灵灵的眼，通红的鼻头，活像一只被丢在路边的猫，没好气地说道。

忽然，留在车内的 Dirac 连吠了几声，苏睿神色一凛，戴上手套钻到后排，趴在 Dirac 指引的地方找到了几根细软的长发。林乐平母女都是天生的小卷发，阿赵是短发，这头发显然不是她们的。他掏出问彦伟要的鲁米诺试剂，使用后地垫上果然出现了血液反应。

苏睿困惑地对着那团蓝光，摸着 Dirac 的头陷入了沉思。与此同时，邓涛已经陪着林斐然和阿赵下了楼。苏睿飞快地拍照取证，剪下那一小块地垫放入取样袋后，装作若无其事的样子坐上了驾驶座。

哭得皮泡眼肿的童欢也不好意思地上了车，拉了拉强自镇定却熬得两眼通红的童彦伟："彦伟，陆哥说他在盈城也认识一些朋友，他会立刻请他们帮忙找衿羽，只要人还在德溧州，就一定想办法把人捞出来。但是……但是……他如果能救出人来，衿羽的事咱们最好当没发生过，衿羽也不能乱说话，不然怕惹上麻烦……"

急得嘴角起了一圈燎泡的童彦伟眼中出现了挣扎，岩路的案子已经断线了，现在知道于衿羽和林乐平十之八九在王德正手上，如果能把人救出来，衿羽一定能提供有用的信息，可是如果把衿羽牵扯更深，只怕真的会让她和三三陷入更大的危机。

"三三，我的职责不允许……"

"可是……可是我听陆哥的语气，他是真的有门路！那是群亡命之徒啊，车上两个人还都对衿羽不怀好意，她现在不知道得有多害怕，哭得多伤心……"童欢说着，眼泪又下来了，"如果陆哥能找到人，咱们不能假装衿羽没失踪过吗？她原本就不重要呀！"

"小童老师，那我家乐平呢……她俩……"

"斐然姐，对不起，陆哥说对方如果是冲着陶金来的，应该会把乐平单独带到更隐蔽的地方严加看管，衿羽倒是可能和双胞胎在一起，而且他不能牵扯到陶金和王德正的事里去，那太严重了，他只能试着帮我捞一下衿羽。"

林斐然失望地别开了脸，却倔强地梗着脖子，两眼直愣愣地看着车灯范围之外那片死气沉沉的黑暗，喉间因为强忍呜咽而发出咯咯的声音。

一群人抵达派出所后，小于已经利落地接好了几块显示屏，方便众人都能看清，童欢第一时间确认了从套牌车上下来的黄衬衣就是下午在如意小馆看到的那个人。可惜据彦伟他们分析，车子自县道转入国道后，可能挂回了本身的真车牌，即使是夜里，国道上同型号的车依然很多，短时间内很难排查。

"警察同志，他下车的镜头能再放大一点吗？"张春山从衬衣兜里掏出了眼镜，凑到了显示器跟前，"老古，你看他像不像雷师傅家的小儿子？"

"我看看，哎……你一说，这瘦猴的样子还真有点像那浑小子。"

"童警官，我不能确定啊，不过看着很像雷师傅家的雷长学。那孩子小时候挺机灵，成绩也不错，可惜初中没读完就辍学了，后来还抽上了那个，雷师傅老两口气得把人赶了出去，现在好像在盈城做事。"

张春山和古建国自昔云完小时代就在学校教书，九十年代镇上的孩子基本上是在完小上学，所以现在二十来岁那批小青年很多他俩都教过。原本苏睿叫上张校长和古老师只是多抱一线希望，没想到张春山竟然真的把人认了出来。

有姓名有家庭信息，雷长学的身份信息很快被调了出来，童欢一眼就认出来正是黄衬衣。

"这小子才二十四岁，案底就不少啊！"

童彦伟一目十行地扫着信息："案底越多，留下的信息越多，是好事！张校长，辛苦你带一下路，我和铁力直接去雷家，把雷长学现在的电话住址都问出来，龚队在盈城那边随时可以抓人。"

"好，我陪你们去。老古，你先回学校陪老王值夜。"

彭铁力迟疑了一下，问道："会不会打草惊蛇？"

彦伟还没出声，性急的邓涛已经喊起来了："再不打，蛇又跑没影了！龚队都在连夜安排胡老虎和黄钟见面，我们这边就是要快快快！彦伟，你们赶紧去，我录完口供还是回孟阿婆，和大才一起盯梢，群英那边有老樊、曾浩他们，有任何动静，大家都第一时间通知。"

专案组的人好不容易又有了和岩路相关的线索，何况还有自己人的"家属"遇险，一个比一个积极，五分钟不到，专案组屋内只剩下小于、苏睿、童欢三个人。

留守大本营的小于又要查监控又要接电话，还要负责联系调度，恨不得自己长出六只眼睛三双手来，苏睿和童欢立刻把监控排查接了过去。这样做虽然不合规矩，但是这两人一个目光如炬，一个记忆逆天，扫起监控来比小于快五倍不止，小于心甘情愿退居二线。

Chapter 34
警察这个职业

　　素瓦推开小房间的门，看见那个精致漂亮得活像个洋娃娃的女孩缩在床边，哆哆嗦嗦地拿了根他单手就能折断的木条胡乱挥着，他再往前走两步，她就惊恐得大叫起来。

　　床上睡着的小女孩被吵醒了，舞着小拳头冲上来，被他拎小鸡仔一样提着领子丢给了畏畏缩缩跟地在后面的雷子。

　　"吴素瓦，芝苗姐说她们俩都不要动。"

　　雷子小心地控制着拳打脚踢的林乐平，陶老大罩的人，他手重一点都不敢。

　　"小的你管，女的我搞到的，归我。"

　　虽然名义上两个人里素瓦该听芝苗的，但他和芝苗搭档多年，两人有默契也有情谊，芝苗才不会为个女孩和他翻脸。

　　他垂涎地一把抓住了于衿羽，看着她奶白的皮肤嫩得像要掐出水来，出于地理位置的原因，翡国鲜少有这么白莹莹的女孩，他第一眼就瞧上了。

　　芝苗的意思他懂，无非是看这女孩完全是头儿的菜，想把人带回去讨头儿欢心，那又怎样？头儿那儿最不缺的就是漂亮女孩，他却好不容易才撞上一个可心的。大不了享用完把人弄死就行，再找个理由敷衍一下芝苗。

　　素瓦夺过了木棍，直接把人压在了床上，见雷子和另外几个人还在探头探脑，狞笑着说："我上完，你们来。"

　　那几个人一看于衿羽那张如花似玉的脸，立刻坏笑着帮雷子捂住乐平的嘴，退到门边："你先，你先。"

　　看着猥琐的众人，意识到会有多可怕的事情将发生在自己身上，于衿羽疯了般挣扎起来，被素瓦一掌扇倒在枕头上，一把扯开了她的领口，白晃晃一片的胸口刺激得素瓦两眼赤红，狠劲地在她胸上捏了两把。

　　于衿羽的两耳轰鸣着，眼前直发黑，她羞愤欲死，试图学电视里的咬舌自尽，才咬伤一点点就疼到涕泪横飞，发不了狠心。素瓦发现了她的意图，大掌掐住了她的脖子，她越是挣扎，反而越给他一种凌辱的快感，在娇嫩的肌肤上掐出几大块红痕后，他三两下把于衿羽的外衣裤全剥了。

玉白的身体看得后面那几个男人眼睛都直了，发出吼吼的怪叫，衿羽绝望地从被掐得快要喘不过气的喉间挤出断断续续的话：

"我……我……我警告……警告你们，我男朋……男朋友是警察，他会杀了你们，他会杀了……"

素瓦笑得更狰狞，他死死地压制住了她的咽喉、四肢，像逗弄猎物的猛兽一样，饶有兴致地感受她虚弱无力的挣扎。站在人群后的雷子看情况不对，一来想起刚才芝苗的态度，恐怕拿这个美女有别的用途；再来也怕事情闹大，把林乐平交到同伙手里，偷偷溜了出去。

豆大的泪珠断了线般从于衿羽的眼睛里滚落，想到自己的身体要被这一群坏蛋蹂躏，她真希望自己在刀疤男进门前就先撞墙咬舌，干干净净去了，而不是像现在这样残忍地体会着什么是求生不得、求死不能。

感觉到那只可怕的手在往自己下身游移，去扯内裤，还有凑到眼前来的发黄的板牙、臭烘烘的嘴，衿羽恶心得吐了出来，在素瓦下意识松开钳制躲避时，她用彦伟曾经教过的防狼招式飞快地踢中了他的下体。

素瓦因为剧痛发出怒吼，暂时夹腿跳开，于衿羽也没来得及有下一步行动，就被门口那堆人上前再次按倒在地。

"拿水来！我要她过两天跪在地上舔我！"

素瓦面目扭曲地捂着自己的子孙根，暴怒地吼道。

看见有人去取针筒过来，于衿羽才意识到"水"指的是什么，她记得那个女孩空洞无望瘫在地上的样子，她宁可死也不要变成那样的人。可是更多的手按在她的身体上，让她动弹不得的同时，还顺便揩油吃豆腐，在万念俱灰的时刻，她想起了彦伟的话。

他说他在做危险的事，他说她是好女孩，该谈正常的恋爱，享受被男朋友捧在手心的呵护。

彦伟，我终于听懂了你的拒绝，可是晚了！她绝望地闭上了眼睛。

"你们在做什么！"

一个普通话不太标准的女声喝止住了众人，于衿羽感觉压住自己的手都骤然松开了，有件带着怪香味的衬衣罩在了她头上，她抬头，看到了刚被带进来时问了她年龄的女人，爆炸案里的另一个嫌犯。

素瓦要过来抢人，被女人一脚踢开，他狂躁地冲她吼了几句翡国话，那个女人一面替抖成筛子的于衿羽穿衣服，一面吼回去一句话，素瓦瞬间僵住了。他又冷着脸问了一句什么，得到女人肯定的回答后，愤愤地瞪了一眼衿羽，吓得她直往女人身后躲，素瓦却怒气冲冲地走了。

雷子这才从门外又溜了进来，对于他跑去通知自己的行为，芝苗点头表示了肯定，然后扶着衿羽回到了小屋。

"我会交代，没人再动你。"

她的普通话说得很生硬，但语气比衿羽之前见她那回要和气些，衿羽劫后余生，惊魂未定，手脚发颤地扯着只能堪堪遮住屁股的衬衣，努力把衣摆往下拽，哭都不敢哭出声来。

"我的衣，你先穿，天亮给你送好的。"

"大姐……姐姐，求求你，你放了我吧。"

芝苗眉毛一皱，她素来强硬惯了，其实很不喜欢娇滴滴的女生，奈何于衿羽已经有大人物护航，她勉强维持了和颜悦色的表象。

怪只怪素瓦抓人来的时候太不小心，大概也是没准备让于衿羽活着回去，连眼都没蒙，让她把地点和人都看清了。于衿羽原本是无关紧要的，放了也就放了，但她不像外面那些幼女，就算回家也说不清什么，她还没想到处理办法，只能先关着。

芝苗看一眼在外面凶得像只小野兽的林乐平，再看一眼哭得快背过气去还在拉扯衣服的于衿羽，两个人都动不得，他们哪是抓人？是请了两尊菩萨回来供着。

潮湿而微凉的夜，远山被吞噬在一片浓黑里，近处的楼房只剩下模糊沉闷的轮廓，唯独派出所后院这排平房灯火通明，孤独地映亮一小方天空。

林斐然坐在小屋子外等阿赵录完口供，隔着半个走廊都感受到众人的紧张气氛，听着陆陆续续传来的线索信息，向来不怎么相信官方力量的她陡然生出了一丝希望。

在遍地混乱的昔云镇，老百姓对警察多是当面惧、背地骂，林斐然自己前半生总是陷入困境，被家暴时求助不得门路，被拐卖时感觉过叫天不应叫地不灵，尤其在有了陶金这个黑老大的男友后，"110"不过是一串遥远而难以信任的符号。可现在她坐在这里，才感觉得到警察也是人，他们有血有肉有情感，会急得嘴角起泡还要保持镇定，会熬得双眼通红还忙得脚不着地。

看监控看得两眼发涨的苏睿带着 Dirac 出来透口气，看到林斐然复杂的目光，笑了笑："是不是和想象的不一样？"

林斐然疲惫而无力地扯了一下嘴角："小童老师和我说过，你是个聪明到可怕的赛半仙，原来还会读心。"

苏睿的笑意加深了："那是她太笨，才会看谁都聪明。"

他转过身，正见忙得要崩溃的小于站到窗口，气沉丹田，对着空气长啸一声，惊起两只鸦,扑棱着凝滞的翅膀冲进了沉沉的夜色里,然后又赶紧回到办公桌前敲起了键盘。

"发达国家警力大多在千分之二以上,而中国是千分之一点二,尤其是基层警力,面对的是高强度高压的工作,还伴随充满负能量的挑剔和评论,得不到应有的尊重、信赖。坏人花十分力就轻易能破坏到九十九,他们用一百分的气力也许都补不到十分,然后还要面对老百姓对他们这个群体普遍失去信心,我认识了童彦伟以后,才知道当警察原来是个又苦又累还费力不讨好的活。"

"你为什么和我说这些?"

"我的意思是,你什么时候觉得他们其实是值得信任的了,随时可以把知道的事都告诉他们。"

"我真的不知道什么,他从来不和我提生意上的事……并不是推脱。"

"我相信,不过,一些你觉得不相关的小事也可以讲,有没有用我们来判断。陶金在林乐平出事以后,把你送到小学,代表他认为我们是安全的,而且能保护你。"

这一点其实苏睿都很困惑,陶金把林斐然送到童欢手里,所以他觉得出事之后童欢身边是安全的。童欢身边为什么是安全的?因为彦伟是警察?作为盈城的黑老大,居然在这种时候把自己女人送到了警察身边,这个逻辑不对!

放风完毕的 Dirac 趴在了专案组办公室的门口,表示自己不想进去,苏睿拍了拍它的头,准备进去继续看监控,被林斐然叫住了。

"最近有个姓谭的老板来找过他两次,还给我和乐平送了东西,陶金过来以后都丢出去了。"

姓谭……

苏睿进屋取下了群英老板谭群的照片,递给林斐然:"是不是这个人?"

"是。"

因为担心自己讲出来的事会害到陶金,林斐然目光黯淡,有点闪躲。苏睿忽然问道:"晚上之所以是乐平给你送东西,并不是陶金不愿意送,而是他不在吧?"

林斐然猛地抬头,来不及掩饰眼底的震惊,她什么都没说,苏睿已经明白自己说对了。

回到屋内,苏睿坐在监控录像前,边看边整理大脑里的信息。从黄钟到谭群,还有林斐然车上出现的血液反应,陶金本人晚上的去向不明,所有的迹象都在把女童失踪案往陶金身上引,越是这样,苏睿越有种谁在用力把陶金拖下水的感觉。

他揉着桌面卷宗的边角,忽然意识到自己向来理性的头脑里居然出现了"凭感觉"这回事,苏睿抬头看了一眼查监控查得浑然忘我、双目赤红的童欢,想起她经常叫嚣的一句话——这个人有毒。

"苏教授，哨卡那边有消息，小战士在往盈城方向的路上捡到了两串结在一块儿的项链，小童老师，你拿去和林斐然辨认一下。"

小于把照片递给童欢，她皱着眉头看了半天："衿羽今天才来，项链在衣服里面我没看到，确定不了。我去问斐然姐，不过我看这块木牌，学校好多小孩都戴，斐然姐平时也不太注意乐平的衣着打扮。"

苏睿接过来扫了一眼直接说："是她们沿途在留信息，让小战士报具体位置，然后继续沿线慢搜，通知童彦伟，问完雷长学信息就沿那条路找过去。"

"我都没看到，你怎么认得？要是找错方向就完蛋了。"

"宝格丽 B.zero1 螺旋项链，和于衿羽今天戴在手上的黑陶瓷戒指一个系列，牛皮绳吊的那条木牌上的图案是傈僳族保小孩平安健康的。不过于衿羽的首饰都太贵重，捡到的人可能会收起来，不一定还能找到。"

苏睿说完，目光移到童欢暂停的监控画面上，"咦"了一声："小于，你把图片再调大一点。"

童欢在看的是上午拍到别克车进镇的第一段画面，随着镜头放大，童欢也跟着"呀"了一声，别克的副驾前放了一袋早餐，作为一个合格的吃货，那个极富特色的红色餐盒，童欢并不陌生。

"洪撒家的过手米线！"

盈城洪撒家的米线远近驰名，早上七点以后就会排长队，基本上要等半小时以上，九点就卖光收摊，苏睿听说以后，逼去盈城办事的童彦伟给他带过好几回，童欢也跟着沾过光。

小于作为盈城人当然也知道洪撒家："他们上午十点进昔云，从盈城出发的话，清早就得走，哪来的时间去排队？洪撒家的米线要不排队，除非住在那附近，六点半铺子一开门就去买。"

"他们这种恶混混，也可能直接插队的。"

"洪撒家向来是拿小木牌按号来，如果强行插队，老板肯定记得，而且洪撒附近可能有高清摄像头。"

童欢一拍大腿，立刻给彦伟打电话报告最新发现，挂掉电话后，见林斐然被邓涛叫去小房间录口供了，才拉了拉苏睿的袖子："大教授，我刚还发现了一件事。"

她把另一块显示屏上夜里的监控往回拉了一小段，然后慢放，陶金的路虎从摄像头前经过的时候，苏睿的眉头也皱了起来。

"是不是很奇怪？乐平失踪这么急的事，陶金居然还换了衣服。我记得他下午是黑T恤，最后出镇的时候穿的却是件蓝衬衣。"

苏睿略一沉吟，对小于说道："让龚队请陶金回去配合调查吧。"

"苏教授，陶金的身份，没有证据，龚队也不好办。"

苏睿把一直放在兜里的两个取样袋拿了出来："我在林斐然车上找到了几根很可能属于小女孩的细软头发，地垫上还有一块有血液反应。"

童欢眉毛都要倒竖起来："你怎么不早拿出来！"

"取证过程不符合流程，关键还有些事没想通。"

带走林乐平和于衿羽的人做事很粗糙，巷子里留下了太多痕迹，这肯定不是为了方便警察，而是要引陶金去追查。那陶金就不该是作案者，林斐然车上的痕迹是用来栽赃的，可是车上的事做得很巧妙，不像是出自同一批人的手。

今天这一连串的事故，到底是同一个人派了两拨手下在做事，还是压根就有两派人卷在里面？陶金的言行举止也充满了疑点，苏睿觉得自己一定是忽略了很重要的地方，导致所有线索纠成一团乱麻，处处疑阵。

"先请陶金了解情况吧，有些事我得再想想。"

"苏睿，彦伟发信息说他和彭哥在雷长学家一无所获，雷长学因为吸毒被他爸妈赶出家两三年了，他弟倒是有他两个租房地址，但是两年前和半年前的，现在已经搬家了，之后住哪儿就不清楚，手机号码没有人接，在哪儿做事也不知道，所以他已经和彭哥开车去盈城了。"

童欢把租房地址又念了一遍给苏睿听，苏睿在手机上打开了地图："两年前在先锋小区的地下室，人民路57号，然后是龙方公寓，在人民路108号……小于，麻烦你查一下附近的中小型仓库，然后通知盯梢群英的同事，争取搞到群英送货到盈城的地址有哪些，但别暴露身份、打草惊蛇。"

苏睿抬头看到童欢努力想跟上思路却一脸茫然的表情，已经习惯性地开始解释："王德正派去动陶金的人，一定是靠得住的手下，所以雷长学跟他做事应该有很长时间。雷长学的两个地址都在人民路，相距不到300米，只是居住条件的升级，说明他这两年都在周边做事，而洪撒恰好在人民路和德园路交界的地方，到龙方公寓的步行距离820米。还有，这一两个月同类型女童的失踪总人数已经有十几个，安置在宾馆或者民宅都太引人注目，而且群英有送货做掩饰，仓库会是最好的选择。"

童欢眼中有充满希冀的光冉冉升起："所以只要查到群英送货到人民路周边哪个仓库，衿羽就在哪儿？"

"理论上是，但不亮明身份，群英的送货地址，尤其是可能牵涉到不法行为的，没那么容易弄到手，盈城那边的仓库也应该不在王德正名下，而且是在仓库密集地，才不会打眼。"

童欢急了："那就亮明身份啊！"

苏睿微皱着眉头，看着她，寒玉般的脸因为太过冷静而显得冷漠："童欢，你必须明白一点，这不是于衿羽一个人的案子，还关系着其他失踪的女童，并且在这条利益链背后牵扯到翡国更大的案件。专案组的人好不容易抓到线索，如果贸然暴露身份，前功尽弃，会导致更恶劣的结果……"他说完对上童欢那双又快要湿漉漉的眼，生硬地，在最后又加了句稍显温和的话，"懂吗？"

童欢很没出息地吸了吸鼻子："我知道你说的都对，可是衿羽怎么办？她现在肯定哭死了……"

苏睿看着她已经滚到了大眼睛边上的泪珠子，又被她吐着长气憋了回去，想到那个玉雪团团般的于衿羽，揉了揉童欢看监控时已经被抓得乱糟糟的头发，轻轻叹了口气：

"希望胡益民和黄钟那边能尽快问到有用的信息吧。"

盈城看守所的淋浴间是东边顶头一个长条形的大屋子，没有隔断，墙上的米色瓷砖经年累月已经变成难看的土黄，室内常年弥漫着湿闷沉窒的臊臭味，几个简陋的喷头光秃秃地支出来，像垂死病人无力抬起的手臂，褐色水痕沿着裂缝往下岔开，淌出一张杂乱交织的迷网。

黄钟进门就接住了胡益民丢过来的烟，他嘿嘿一笑叼着烟凑过去，就着胡益民嘴里点燃的烟借火，然后靠着墙猛吸了一大口，瘦削的脸上露出惬意又嘲弄的笑。

他摇了摇手腕上的手铐，精明外露的脸上一派了然："我这把软骨头还没弯，虎哥，你竟然先从良了？"

胡益民沉默着，快烧到蒂的烟没舍得丢，又吸了一大口，眼神阴鸷地看着烟头那点猩红的火，忽然用力往墙上一按，烟蒂"刺啦"一声熄了，他冲着黄钟直直跪了下去。

"哎哟，哥，不行！不行！快起来！"

黄钟吓得烟都掉在地上，赶紧去扶人，胡益民梗着脖子把他推开。

用黄钟自己的话来说，他是个不忠不义、唯利是图又胆大包天的主，跟胡益民这种颇有点江湖习气的人本来是交不了心的。不过黄钟是个大孝子，得知意外去世的双亲后事是胡老虎一手张罗的，是真拿胡益民当哥看，他人精明，又熟知胡老虎的性格，立刻猜到了缘由，问道：

"出事了？"

"你嫂子怀上了，家里被找上了门，虎子在外地也差点没命。"

黄钟敢背着陶金替王德正办事，仗的就是自己在这世上已经是清溜溜孤家寡人一个，不怕做要命的买卖，王德正为人再阴毒，他也打得了交道，但是胡益民不一样。

现在看胡益民的架势，黄钟也不扶了，干脆往地上一坐，捡起地上已经有点湿的烟又抽上了："王德正的人？"

"那他娘的谁知道？反正里头搞过老子两次，被我打趴了，就冲家里去了。"

"那狗日的！虎哥，我本来就是烂命一条，走这条道就想享两天福，是预备过吃花生米的，被抓到了就没盼过有活头，你只讲要我说什么吧。"

胡益民冲他结结实实磕了个头："兄弟，我对不住你。不过有一条，你背多少罪，我绝不比你少一点，你要是吃二十年牢饭，我陪你到底；假如吃枪子儿，有你一颗就有我一颗，我婆娘带起我憨儿子给我俩送终上坟。"

黄钟哈哈笑起来："那你亏了，我犯的事比你的可重多了。"

胡益民摸着自己青茬茬的头顶，笑得全然不顾："三公斤是死，三十公斤也是死，这脑袋本来就提在手里，丢了算屎。"

"我俩要是把王德正给拉下来，也算个角色了，是不？"

"老子早就看屎他不顺眼，他算什么鸟？"

两人拳头一对，坐在地上笑得震天响。

当黄钟连夜再被提进审讯室的时候，一改之前从头哑巴到尾的态度，还笑眯眯地跟龚长海打起了招呼。他发红的鼻翼轻微翕动着，眼睛因为惯于算计，灵活而闪烁，面孔上有种让人很不舒服的无赖神态，又带着豁出去的坦然。

"龚队，虎哥说你烟不错。"

龚长海点了根烟，丢到他手里，他挑衅地喷出一大口烟。

"听说看守所门口那家小馄饨味道不错……"

旁边做助手的年轻人拳头一砸，桌上的手提都跟着一震："我警告你老实点！"

黄钟笑得更流里流气了："啧啧，警察同志，我今儿晚上交代完，把我自己这条小命就也交待了，想先吃好喝好一下，该满足吧？"

"小徐，找人去帮他打碗馄饨来。"

"龚队，这个点人家早关门了。"

"去敲门，辛苦老梁两口子给下一锅，我请大家吃夜宵。"

"小伙子，学学你们大队长怎么做人的，哎，记得给我再带两罐啤酒！"

小青年愤愤不平地到门口交代去了。黄钟对于自己使唤了一把警察，感觉很是过瘾。龚长海并不催他，静静地等他把烟抽完，灌了一听啤酒，又吃下一大碗馄饨，把嘴一抹："来吧！"

Chapter 35
神秘男人

童彦伟和彭铁力赶到盈城时已经是后半夜两点。

灰蒙蒙的月亮被裹进了一团厚云里，只发出点黏稠混沌的弱光，车前灯破开了前方几十米的路，四周全是青黑的暗影，拥挤着笼罩过来。空寂无人的夜半，除了发动机声，寥寥几只虫稀稀拉拉叫着，像被掐住了咽喉挤出来的哀吟。

靠着冰凉的玻璃窗，童彦伟眼前全是衿羽含着泪的眼睛，绝望地、无助地，陷在他不知情就越想越可怕的困境里。他揉着脸，后悔自己说出口的狠话，后悔在她哭着跑开的时候没有拉住她，后悔没有把她送回屋确保安全。

彭铁力下车前用力拍了拍彦伟，去和找到项链的小战士碰头。小战士沿路一直搜到进城，终于在城西一个好心的清洁工手里再次拿到了一个钻石耳坠，上面绑着疑似林乐平发带的彩色缎子，上面用油污抹了个歪歪扭扭的"SOS"，而那个位置离洪撒米线只有不到三百米，糟糕的是附近的摄像头竟然已经坏了快两个月，一直没有修理。

童彦伟到达看守所的时候，黄钟正哈欠连天地交代出一个重要信息——每回送王伊纹回昔云的司机宋民生曾经是他的接头人。

龚长海用眼神示意童彦伟坐下。因为队里的人手不够了，他带来的助手徐刚是个刚毕业的小青年，剃着愣青的平头，做事也愣头愣脑的，特别崇拜龚长海，立志将来要成为盈城缉毒线上新一代的"英雄"。

徐刚见彦伟坐下，连忙让位，又给师兄倒了杯水，清凉的水冲刷过彦伟过度干燥而发黏的咽喉，有轻微的刺痛感，安抚着他藏于心底的焦灼。

"陶老大那里我不是核心人员，能提供的消息不多，不过我求财，王德正不缺钱，他不介意拿钱养着我备用。宋民生有一段时间负责和我联系，我俩以前一条街上的，不生不熟吧，那家伙贼会钻营，不知道怎么混成了王德正那个宝贝疙瘩的司机，地位可就上去了。不过我听新进来的人说，宋民生又升了，现在正式跑业务，很得王德正看重。憨狗日的，还把自己妹子送给了谭群，才二十出头的姑娘，谭老板那都是四十来岁的人了，他老婆当初还上宋家闹过……"

"等等，你是说谭群店里那个赵颖是宋民生的妹妹？群英的雇员我们都查过一遍，这么重要的信息不该漏掉。"

"赵颖就是宋民生亲妹子，小的时候就送人了，以前好多人生女孩户口都不上，你们上哪儿去查？宋民生自己赚钱后，偷偷把妹子找了回来，知道内情的人没几个，不过逃不过我眼睛。"黄钟颇为精明，无意见过一次赵颖和宋民生碰面，觉得两人太过亲昵，以为是有奸情能抓住宋的尾巴，就往下深查了，结果却让他很失望，这会儿倒不介意当条线索卖出来。

"他们兄妹俩都不是省油的灯，赵颖把谭群勾搭得神魂颠倒，店子现在都交给她在打理。宋民生自己人高马大的，又搭上了孟阿婆的老板娘，一家子男盗女娼，都不是好货色。"

龚长海在宋民生的名字上画了个大圈，一个司机居然把孟阿婆、群英和王德正全连起来了，这个宋民生比他们想象的要重要得多。

黄钟撑着困得发涨的头，笑得不怀好意："龚队，你现在到底要破拐卖案呢，还是要抓贩毒的线？"

"你什么意思？"

"现在可能还有十来个小女孩在王德正手上，月底前肯定要送去翡国了，你们要救人就得快。但岩路为人谨慎，这点小生意原本是不值得他以身犯险的，更不要说和甘晓梅他们见面，这次是有特殊情况他才亲自过境，结果还差点被抓。现在你们无非逮住了我，但我知道的很有限，王德正和他们初合作，大生意都还没做上，比我好不了多少，你们要救小姑娘，充其量抓到素瓦和芝苗，岩路回去以后可是鱼入大海了。"

龚长海几人眉头深锁，尤其是彦伟，他能感觉到自己太阳穴都突突猛跳起来，而黄钟看他们纠结的神情颇有快感。

"所以你们是跟踪这批女孩过境，放长线钓大鱼，还是现在就破拐卖案，可得想清楚喽。"

"你对岩路了解多少？他这次到底是为什么过来？"

"我就给他当了两天司机，能了解多少？"

黄钟剔着自己指甲缝里的污渍，答得漫不经心，他被盘问了几个小时，又困又累，早就不耐烦。黄钟清楚自己犯的事一大堆，也知道王德正做事的手段，做好准备被甩锅，不会有活路，所以之前他保持沉默，随警察去查，反正最多是个死刑和死缓的差别，要让他吃上二十年牢饭，那也不比吃枪子好多少，而且出卖了王德正，他活不到出去那天。

但是现在情况不一样了，虎哥开的口，他既然愿意说了，自然会在心里权衡利弊。

"黄钟，上次帮我们捣留市据点的人，分别申请了十年和八年减刑，如果真的能破掉木也在德漂州的窝点和运输线，尤其能抓住主犯，这对你绝对是笔划算买卖。"

"你们就拿这套说辞糊弄的虎哥，哄我们当'点子'的吧？"

黄钟吊儿郎当地瘫坐着，虽然这些警察没说出了什么事，导致他们这么着急地连夜提审，但那两个年轻人比起老练的龚长海还是嫩了点，看得出在强压焦躁，越是这种时候越是他抬价的机会。

"我龚长海从来是言而有信，不会耍花腔，你不用在我面前玩花样浪费时间。"

龚长海岿然不动地坐在那里，目光如炬，这个在盈城缉毒前线已经工作了二十几年的老队长，就像道收在天网里的惊雷，如有出击，就是万钧雷霆，无坚不摧。黄钟那点小心思，在他果敢坚毅的凝视下，渐渐蹦跶不起来。

"龚队，我知道的确实不多。"

"那你凭什么判断岩路还没过境？"

事实上，在没有审问黄钟之前，龚长海他们都以为岩路早已返回翡国，但是听黄钟的口气，他似乎并未离开。

黄钟一滞，懊恼地揉了揉他因为过量饮酒而发红的酒糟鼻："我也是猜，因为我懂一点翡国话，而且没让岩路他们发现，所以他们在车上聊天打电话我听了一些。据说，岩路这几年是靠给青寨上层送女人才混熟的，而且他送的人都特别对口味。像木也喜欢长得白净乖巧像学生妹的，当然得年轻漂亮啊。"黄钟说到这里，敏感地发现那个年轻些的警察面色一紧，他眼珠子转着，默默盘算，嘴里倒没停，"登强吧口味更重，喜欢双胞胎，所以甘晓梅他们这一年找的都是这一类的女孩。不过这回我在车上听到了一个新说法……"

黄钟故作神秘地趴在了桌子上卖关子，果然那个年轻警察攥紧了拳头，后牙槽都在用力，但还是控制住了自己。

"继续说！"

"岩路是来找一个人的，才顺便和这边的合伙人碰了个面，主要也是想让这些地头蛇帮忙找人。"

"什么人？"

"你们抓到我那次，素瓦他们已经去王德正那边了，我才听岩路在电话里说，他最近和木也心腹喝醉了打听到，木也虽然身边年轻女孩一堆，最看中的其实是个叫'阿加'的男人，而且是数年如一日的长情。"

男人？这是继胡益民之后，他们第二次听到这个说法，当然两人的消息来源也许是同一个。不过龚长海对这种说法表示出了怀疑，白天胡益民提及后他们又刻意往这方面再查，并将手头已知的信息又过滤了一遍，发现木也的"后宫佳丽"在翡国里相当出名，却从未听说他对男人有兴趣，他们所搜集到的青寨有关的资料里也从未出现过"阿加"这个名字。

　　"龚队，你们别不信哪！我都招到这份上了，没有骗你们的必要了，刚听到的时候我比你们还惊奇，但确确实实有这么号人物，好像是住在国外，还是高学历高能力，木也对他是言听计从，从来都是自己飞去见他，除了木也最信任的两三个人，谁都没见过他，青寨绝大部分人都不知道有这号人。"黄钟舔了舔嘴，笑得粗鄙又猥琐，说法倒是和胡益民讲的不谋而合，"啧啧，木也呀！要什么漂亮的人没有？居然喜欢个开后门的，还保护得这么好，怕是个不得了的！"

　　龚长海陷入了沉思，胡益民和黄钟都说得有板有眼，也不知是当真有这号人物，还是他们刻意捏造出的假信息表功，毕竟在翡国多年的线人都从未收到过相关线索，偏偏这么巧让黄钟一个司机偷听到了？

　　龚长海在神秘男人的信息上画了一个大框，对专案组的人来说，这是个值得深挖下去的重大消息。木也身边没出现过固定的情人，如果真有这个男人，哪怕"言听计从"有夸张成分，但在木也那样狂妄自大的人身上能出现这种说法，那个男人的地位一定不同凡响。

　　"你的意思是，那个男的现在在德漂？"

　　"岩路得到的消息是这样，所以他才会冒这么大风险亲自过境来找人，我听他打电话的口气像是已经有眉目了，要是能搞定那个男人，就等于搞定了木也，那岩路以后在北部地区就能横着走了，他不会舍得空手而归的。"

　　"王德正的人今天把如意小馆老板娘的女儿给绑了，知道吗？"

　　童彦伟边说边仔细观察黄钟的表情，见他的惊讶不像是装的。

　　"奇了！王德正做事这么小心翼翼的人，忽然胆变肥了，敢直接撕陶老大？不过陶金女人那么多，怎么绑个他不太上心的，还绑的拖油瓶……"黄钟自己说着说着，语速越来越慢，忽然一拍大腿，"狗日的，聪明啊！我就说当时觉得陶老大挺喜欢林斐然那娘们儿的，怎么转头将人丢回昔云去了，原来是放的烟幕弹，王德正果然是人精，这都猜到了！"

　　"关于他们你还知道些什么？"

　　"陶老大挡王德正的路啦！岩路早不甘心只做个拉皮条的中间人了，青寨准备找盈城的暗路子长期合作，看上了陶老大，他来帮忙打先锋。王德正想法子让我抢到了送岩路的机会，一是要坏两方的事，二来他搭上了登强的线，要我做内应。结果人家陶老大根本就没想法，岩路被拒后，退而求其次找上了王德正，但青寨那边好像还是更中意陶老大，没有完全放弃。素瓦和芝茑名义上是派去帮王德正的，其实也有监视审查的意思在，所以王德正待他俩特别客气。"

　　"绑的女孩子在哪里你真的不知道？"

　　"这个我真不晓得。"

黄钟虽然还是一副二流子相，看神情却不似作伪，童彦伟心里跟滚油烫过似的焦灼，只能扯着衣领去外头透透气，恰好看到了手机里童欢发来的新信息，立刻又返回了审讯室。

"仓库呢？群英送货的仓库，王德正不放在自己名下的仓库，人民路附近的。"

黄钟嘿嘿地笑，眼中闪过狡黠的光，这些一手抓了他的警察越是一筹莫展，他就越是肆无忌惮，笑得不知多欠揍。

"警察同志，我对群英完全不了解，王德正的生意更不清楚，哪里会晓得什么？不过我听说呀他们掳去的女孩子年龄大的都会上'水'控制的，也不……"

"你给我想！好好想！"

一直还算镇定的童彦伟脑袋一炸，愤怒与慌乱终于像火山爆发似的喷涌出来，他身体越过桌面，提溜住黄钟的衣领，几乎将人扯得离了地。黄钟的脸被勒得通红，却歪着头咧大嘴笑得更贱，完全是死猪不怕开水烫的架势，他已经确定就是这个青年警官身边的人出了事，而且九成九是年轻漂亮的女朋友或者妹妹，对方越是暴躁越是等于把筹码递到了自己手里。

龚长海大喝着把人架了出去，彦伟吼了几声，一拳砸在墙上，然后抱着头蹲了下去。龚长海看着痛苦的彦伟，仿佛看见了七年前知道弟弟被绑走的自己，他懂这种绝望和无力，走到他跟前默默地搂了搂他肩膀。

"我实习的第一天，带我的师兄就告诉我，要控制情绪，不能被犯人扯着鼻子走……"彦伟用力搓了两把脸，冷静了一些，"龚队，对不起。"

"黄钟精于算计，他因为胡益民勉强开的口，却还没想好要换什么，所以说九分留着最关键的一分吊着我们玩，越是这样越不能急。"龚长海看了一眼手表，"铁力他们去请陶金了，一会儿还有硬仗打，你先休息半个小时。"

瘫坐的彦伟有点失神地看着自己的表，仿佛能听见时间嘀嗒走过的声音，每一声对他来说都是煎熬，他不知道有什么可怕的事会发生在衿羽身上，她那么干净，是朵被精心呵护着长大的花，连烈一点的日头都没晒过，要怎么熬过这场暴风雨？

如果……不管发生了什么，他以后都要好好待她，再不让她眼巴巴地来讨好自己……彦伟的眼睛湿润了，不，一旦把她救回来，他第一时间把人赶走，赶得远远地，让她这辈子都不要再和自己见面……

可是，首先她得回来……

童彦伟拨通了苏睿的电话，他不知道自己能做什么的时候，就会想起苏睿。虽然知道自己总依赖外援不对，可是开挂如苏睿，是那种你千辛万苦才走出十来步，却发现他已经轻飘飘落在百步开外，游戏里面的bug，现实里的大神，如果他想要个奇迹，只能指望苏睿给了。

"黄钟现在能不能听电话？"

苏睿听他说完，直接问道。

"可以。"

"你让他接一下。"

征得龚长海意见以后，彦伟把手机递给了黄钟，也不知苏睿在那头说了什么，黄钟脸色大变，先是骂了句极难听的脏话，继而把手机扔了出去，亏得帮手的徐刚眼疾手快给接住了，否则彦伟还得损失一部手机。

黄钟嘴里的脏话像流水似的飙出来，龚长海他们被骂得面不改色，他们越是平静越是佐证了苏睿在电话里的说法。黄钟终于还是偃旗息鼓，红着脖子喘粗气，像只困兽。

"仓库在哪里我不知道，但是我听素瓦说过，两三百平方米的仓库住那么多人，难闻得很，还要被后面的大楼挡得不见光，幸好门口不远处有一大丛龙船花，和他在翡国的家很像。"

两三百平方米的中型仓库，后方有高楼，门前有龙船花，整个人民路附近不过一百来个仓库，有了这三个信息，一个小时内，他们的人就能把位置圈定。童彦伟心中腾起希望，忽然又想起黄钟曾经问过的话，走到外面，苦恼地抓起了头发。

龚长海也出来了，站在彦伟旁边抽了根烟，他半闭着眼，浓黑的眉毛向上竖着，眼角已经起了许多皱纹，连夜审讯的疲劳让这些纹路拉扯着脸部的肌肉，更显出坚硬紧绷的严肃来。

"救人吧，孟阿婆、群英还有这边仓库，分三组同时行动，尽可能多找到信息。"

"龚队……"

那个总是冷硬的汉子露出点温和的笑意："不是因为你，我们不能拿十几个孩子去冒险做饵，任何一条命都不能因为权衡利弊就被放弃。"

Chapter 36
无间双龙

童欢目瞪口呆地看着苏睿居然操着一口带昔云口音的普通话，还夹带着几句脏话，假装陶金的人威胁了黄钟。

挂掉电话的苏睿像没事人一样，又恢复成气质出众的高帅富，同样累到半夜，童欢已经蔫得像根霜打的茄子，他仍是清风明月般，仿佛刚才粗声粗气的骂娘是童欢的幻觉。

"你怎么知道黄钟把他爸妈的骨灰挪到昆市公墓去了？"

"上次去打听王伊纹家的事，镇上老人不都提过昔云的传统'侍死如奉生'，都说黄钟利欲熏心，但胡益民帮他爸妈办了后事，就被他当成自己人？现在他俩搭伙做的是挑衅黑老大的事，肯定会把父母的骨灰挪走，留个假的在那儿蒙蔽人。黄钟父亲的籍贯是昆市，而且看之前调查的资料，他清明和去年中元节前后都有在昆市宾馆住宿的记录。"

童欢回想了一下，在黄钟长长的开房记录里果然挑出了苏睿所说的信息，她这才体会到自己充其量是个"移动硬盘"，远远不及他的"CPU"属性。不过对于苏睿抽丝剥茧的能力，她早就不怀疑了，令她惊讶的是另一件事。

"你怎么扮得了陶金的人？"

苏睿不带任何炫耀语气地陈述道："我大学连莎士比亚都能演，何况是扮小喽啰。"

"你怎么会说本地口音？"

"只是带点尾音，你也有。"

"废话，我都待三年了，口音被传染有什么奇怪的？问题你才来多久，怎么能装陶金的人？"

"任何口音都有规律，德漯方言受傣语影响最大，而德漯州的傣语有 84 个元音，16 个辅音，带 -i、-u、-m、-n、-p、-t、-k、-xin、-lu9 个韵尾……"

"停，停！服，我服！不用说了。"

童欢用看天才和神经病并行的复杂目光看看眼前的"奇葩"，头一次庆幸有他在，衿羽能救出来吧！而在衿羽没救出来之前，陆哥应该找得到人护住她吧？

"走吧!"

苏睿取下挂在门后的外套,和小于、林斐然打了声招呼,扯了扯正双手合十念念有词的童欢,把人往外带。童欢不备,被拉得一个趔趄,栽倒在他怀里。

她个头娇小,一头蓬乱的黑发正在他衣领处,苏睿愣住了,继而想,他们兄妹俩都是一个毛病,脑子一不够使就乱抓头发,非把脑袋抓成个鸟窝有碍观瞻。

可是那毛茸茸的细发扫过他的下巴,乱糟糟的,却痒痒的,就像她这个人。

苏睿知道自己最近总是因为怀里这个家伙而恍惚,那是一种陌生的、他下意识抗拒偏偏又不反感的体验。

不过现在不是想这个时候,救人才是首要任务,于衿羽是白纸了点,却是个好姑娘,要不是彦伟也不该遭这份罪,而且再不救出来,这兄妹俩怕是都会把自己薅成个秃子。

被拉得歪倒的童欢一抬头,就看到他要笑不笑的样子,顿时火冒三丈,她在这边心急如焚,他居然还有工夫开玩笑,偏偏这关节苏睿就是个惹不得的大神,她敢怒不敢言,两只大眼睛噼里啪啦冒着火星子瞪住他。

"干吗?去哪儿?"

"你在这里待着也坐立难安,去盈城,快的话,天亮前童彦伟他们就会行动了。"

童欢眼睛变亮了,也顾不上用目光投诉他,急火火地冲在前头:"他们找到地方了吗?衿羽会没事吗?"

"就算于衿羽暂时救不出,你也可以放心她的安全问题,陆翊坤轻易不应人,他只要答应了,就肯定会做到。"

他冷口冷面却不是硬心肠,只是出于对陆翊坤能力的信任,才不像童家兄妹那样忧心忡忡。

不过,即使苏睿知道陆翊坤把童欢看得很重,依然没想到,当他们快抵达盈城的时候,陆翊坤居然也连夜开车赶了过来。苏睿开到约好的国道岔路口时,他正趴在方向盘上闭目养神,一见两人就取出个大焖烧杯,塞到童欢怀里。

"累坏了吧?没胃口,你们也吃点补气,别到时候于衿羽没事,自己却倒下了。"陆翊坤示意苏睿移到副驾驶座位,接替了司机的位置,"吃完就眯一下,我把你们送到看守所门口。"

童欢机械地拧开了盖子,准备给苏睿倒一碗,里面装着熬得又绵又软的鸡粥。

陆翊坤看她一副精神恍惚的样子,无奈又心疼:"我就是怕你太担心,所以赶过来告诉你一声,于衿羽只是受了点惊吓,人没受伤,暂时也安全。"

童欢瞬间激动了,一把抓住他衣袖:"陆哥,你找到衿羽了吗?"

她抓着他的衣袖，小肉手因为紧张捏着拳头，陆翊坤的心却因此而变得轻软，笑着揉了揉她的头："我没有看到，但是找到相关的人了，天亮以后我会再确认一下，争取早点儿帮你把朋友弄出来。"

童欢张嘴再问，陆翊坤咳了一声："消息是可靠的，但是我不能告诉你来源，警察能查到，那是官方的能力，但我要说了就是不讲规矩了。"

在各方势力汇集的边镇待久了，地下规则童欢还是懂的，识趣地不再追问，只能忙不迭地道谢：

"陆哥，我是不是害你欠了很大的人情？"

"不会，但是林乐平的身份比较敏感，我找的人不肯透露消息，不过一般他们也不会动林乐平。"

"我懂，我懂的。陆哥，你今晚也没休息吧？累不累？"

"我以前在军队有时候几天几夜都没的睡，这不算什么。"

"可你眼睛都凹下去了！"

童欢知道陆翊坤是为了她专程赶过来的，电话里几句话远不及面对面交代有说服力。陆翊坤总是能给人莫大的安全感，他说衿羽没事，童欢就安心多了，虽然人没救出来始终不踏实，但她起码也不像之前那样惶惶不安，话也跟着变多。

苏睿入口的第一下，顿了两秒，这粥口感相当好，是用小火慢熬出来的，还放了提神的药材，而且分量配得很好，只有很淡的药香，并不会盖过粥里的鲜味。他喝完粥调整了椅背闭目养神，只觉得她在陆翊坤跟前献殷勤的声音像只叽叽喳喳的雀，闹得人心烦又心躁，不禁扔出一句："你太吵了！"

无论陆翊坤还是苏睿，此时都是强大助力，童欢哪敢得罪？只能缩回后座喝起了粥，因为怕吃东西的声音吵到苏睿，只敢一小口一小口地抿，那声音时断时续，拖拖沓沓，听得苏睿更是太阳穴一阵跳。

"你吃东西一定要发出声音吗？"

童欢有点委屈地撇撇嘴，又不敢顶回去，干脆不吃了。

"我没说不准你吃。"

被他莫名其妙的别扭搞得不知该怎么办，童欢到底没忍住，小声嘟囔着："那你要我怎么样？我二十几年都这么吃过来了，一下子怎么改？"

"快点吃！"

"哦。"

苏睿听见她一口气把粥喝光了，喝得太急还差点呛到，没好气地低声骂了句："吃起来稀里呼噜的，跟猪仔似的。"

陆翊坤大笑起来："小青年就是好，打情骂俏看着都有意思。"

"谁和他（她）打情骂俏！"

一前一后，两个人异口同声反驳，不知多默契，说完为了表达嫌弃的立场，各自又向旁边倾斜开 15 度角，活脱脱俩闹别扭的小孩，相斥又相吸，逗得陆翊坤笑得更大声。

"苏，你的狗怎么办？"

"留在七小看门，等盈城情况确定了再说。"

"谁养得了你那么矜贵的狗？"

"王叔。"

离开前，两人回了趟七小，和校长、古老师简单交代了一下，王叔知道了绑架的事也赶了过来，自告奋勇接手了装着 Dirac 口粮的小冰箱，还让苏睿把餐单发给他，他会尽量照着做，不过如今 Dirac 的口味有日益接地气的趋向，每餐几块石板粑粑也能吃得不错。

陆翊坤的车开得很平稳，盈城的缉毒队和看守所都在西城区，从国道过去要穿越半个城市，苏睿本来也是夜猫子不大睡得着，只不过一夜忙活下来，脑袋有些疲倦，就半耷拉着眼皮休息。

当车经过人民路一家大药店时，他轻轻地"咦"了一声，陆翊坤很默契地把车速降到最缓。

童欢瞬间紧张起来："怎么了？"

"杏林春……是这边的连锁店吗？"

"开得很大，昔云也有分店。"

童欢边答边探头探脑，夜半时分，四周的商铺早就拉闸关门了，除了前方一个大型超市的车库还有几丝光，整条街都蒙在灰暗的夜雾里，所以药店玻璃墙透出的明亮光线就特别打眼。

即便这样，也只是一家普通的二十四小时经营的药店，很多大一点的城市都有，据说英国的店都关门早，所以苏睿看这种通宵开店的奇怪？

苏睿又看了几眼临街全是落地玻璃窗的店面，像这样夜里只开一个小窗口的 24 小时药店，通常只有一个值班员，而这家杏林春在目光所及的地方已经留了三个年轻男人，半夜最犯困的时候，他们没打瞌睡没玩手机，更没有聚在一块儿聊天打牌，而是各守一方，实在是不正常。不过眼下得先去看守所，他默默记下了药店位置，示意陆翊坤继续开车。

到达看守所的时候，苏睿勉强眯了会儿眼。大案当前，苏睿是由彦伟所在的 F 市局出面推荐的顾问，童欢则是帮他过滤中文信息的助理，且有童彦伟作保，也跟了进去。陆翊坤则自觉地留在了外面，并向童欢再三保证，天亮后他会立刻去活动，一有于衿羽和林乐平的消息就立刻告诉她。

进入审讯室和童彦伟碰头后，他们才知道大队派出的侦察人员已经圈定了素瓦落脚的仓库。龚长海回队里去布置行动，留下童彦伟带着小师弟继续审黄钟，但黄钟已经一副"该说的我都说完了"的态度，不怎么合作了。

时间紧迫，童欢先拷了电脑里那份信息量丰富的笔录，去另一间房读给嫌电脑阅读软件声音太机械化的苏睿听，她不一会儿便读得口干舌燥，苏睿却斜靠在沙发里慢悠悠地喝着茶。

房间很小，除了几把硬邦邦的木制靠背椅，只有他们坐的双人座沙发舒服点，所以两人之间不过离了几拳的距离，苏睿眼半垂，眉头微拧，在灯下那点疲惫的神情中还平添了几分雨收云散的慵懒。在他之前，童欢还没亲眼体会过什么是容光照人，原来人好看到了一定程度，真的会像周身蒙了层光。

恰好这个时候，童欢读到了黄钟关于木也有个心爱男人的说辞。

"好看的男人……"童欢回头去看了眼记录者的名字，"这个徐刚果然是刚毕业的小青年，什么话都打上去……"

她随口调侃了一句，又想起徐刚刚才给苏睿倒茶，结果看帅哥看傻的样子，却看到苏睿的手指又轻轻拍打起了茶杯盖，这代表他又在沉思。

童欢的脑海忽然像劈过一道闪电，再次想起自己之前曾几次三番对苏睿产生过怀疑，关于他抽屉里把童家查得底朝天的资料夹，关于他滞留七小的不合常理等。

再往回想，胡益民被抓那天，陆哥在录口供时曾经说过，手雷出现得奇怪，因为他自身经历问题，很少有人能在他面前放置高危爆炸物而不被发现，而那天喊破的人正是没有任何从军经验的苏睿。

难道根本就是他放的？

房间里忽然安静下来，苏睿朝童欢看过去，却发现她脸色骤然变得惨白，额头上沁出了豆大的汗珠。

"你怎么了？"

他伸手想碰碰她额头，童欢猛地一缩，又掩饰地即刻弹了回来，虚靠在沙发上："我……我……我头痛，很痛……"

原本苏睿肯定能察觉她的反常，可是他很少见她这样虚弱的样子，关心则乱，理解错了方向："你今天太累了，别再强行记忆，事后再问童彦伟要份拷贝吧。"

"好……我……我先眯一下。"

童欢知道面前这个人是有蛛丝马迹都能揭掉几层皮的高手，赶紧把电脑往旁边一推，趴在了沙发扶手上，可是她能感觉到有两道视线如针芒在背，硬生生汗湿了衣服。

她把苏睿出现后的所有细节全想了一遍，越想越可怕。

炸车那天是他出现的日子，陶金的嫌疑有他一直在做指引，送去胡老虎家的笑气枕被他"恰好"撞见，有洁癖的人主动提出要去河边棚屋区，他去老街打听了康家和王伊纹家的旧事，他听说了康医生去世缘由的揣测后约了康山去深山探路，还交代连彦伟都不能说！

她去查过苏睿家的 UIOT，的确是在英国已有四十余年历史的老牌物流公司，换言之，他有现成的运输资源，还有他偶尔会出现的阴郁，不肯提及往事的神秘，以及彦伟无意间提过，青寨要接起在德漂被切断的运输线。

苏睿正在仔细回想笔录里的重点人物——宋民生，忽然发现童欢的身体有轻微的颤抖，连她背后的衣服都被汗打湿了，他奇怪地把手覆上她的额头——没有发烧，只是疲劳过度？

"你有低血糖？"

"没……没有。"

搭在童欢额头上的手掌是凉的，从认识苏睿那天起，他的体温就一直偏低，和天生火炉加汗罐子的童欢截然不同。可是童欢从来没有像现在这样，觉得那双漂亮的手像毒蛇，惊得她遍体冰凉。

"有没有甲状腺类的旧疾？"

"没有，我身体，一直……一直都很好。"

苏睿眉头紧皱："先躺一下，我去给你找热水和吃的。"

他起身把沙发全让了出来，待她躺平后，替她盖上自车上拿下备用的薄外套，才问道："刚才陆翊坤送的粥呢？"

"我放在……放在审讯室外面的窗台上，留给彦伟了。"

苏睿开门出去了，留下如惊弓之鸟的童欢哆哆嗦嗦按下了彦伟的电话，然而审讯室里是不能带手机的，发信息又怕大大咧咧的童彦伟过会儿直接被苏睿看到，童欢急得身上一阵冷一阵热，活像生了大病。

提了焖烧壶回来的苏睿被她铁青的脸色惊到了，童欢听他一推门，更是吓得连手机都掉在了地上，只能装病无力地冲他笑了笑，那笑容惨淡得活像描在纸人脸上的一层皮，简直透着诡异。

苏睿神色凝重地按着她脉搏数了半分钟心跳，二话不说，把人抱了起来，一股清冽的气息瞬间包围了童欢，她的头正倚在他胸口，微温的体温下是结实而有力的心跳。

然而此时此刻的童欢哪里还会有半分旖旎心思，直接大叫起来："你干吗！"

"送你去医院。"

"我不去，我没事……"

"低温，盗汗，心悸，伴有手脚震颤，你还敢说自己没事？"

因为就在苏睿怀里，童欢把他的焦急看得很真切，她感觉最近他俩之间的气场变得有些怪，而他现在的关切也看不出一丝作伪的痕迹，一时间童欢迷惑了。

不过想起方才苏睿一脸淡定扮陶金手下威胁黄钟的样子，她瞬间又清醒过来，一个能演莎士比亚剧的高手，难道是做戏已经做到以假乱真了？还是说他的出现从头到尾就是美男计？

回想起前一段自己时不时被美颜所惑，童欢很想找个地洞钻进去，且又惊又惧，还有点想骂娘。她和童彦伟何德何能，居然让人派出了这样的极品来使美人计？

"我不能去医院！不去！"

童欢在他怀里挣扎着大叫起来，她激烈的抵抗终于让苏睿产生了怀疑，他扫了一眼放在沙发边的电脑，再回想了一下她反常时的情形，面色忽然变得晦暗莫测。

"为什么？"

不知是不是心理作用，童欢觉得他的声音变得阴恻恻的，她不敢抬头，只用力推着他的胸膛想跳下来。这一次苏睿松手了，童欢差点摔倒在地，扶着墙勉强站稳。

"不是已经确认仓库位置了吗？万一要行动了呢？我要和他们一起去救衿羽！"

"我去拿粥的时候听说行动推迟了。"

"推迟？为什么？"

童欢的声音瞬间拔高，因为焦急，几乎破音，谁都知道这种人口失踪案行动的时效性很重要，为什么会推迟行动？她狐疑地退开两步，把自己惊慌失措的脸藏进灯光的暗影里。

"缉毒队外面已经被陶金的人给围了。"

"他们抓了陶金？"

童欢问完就想起，在昔云看完监控，是苏睿提出该请陶金来喝茶，龚队这边行动倒是很迅速。

"对，彭警官带队去的，在王德正的别墅外头抓到的人。"

"陶金怎么说？"

"不清楚。童彦伟说他要求见龚队，为了林乐平的安全还要求取消行动。"

苏睿过去的时候，彦伟正巧收到行动推迟的消息，也是百思不得其解，决定把已经问不出什么的黄钟送回房间，然后去缉毒队问个究竟，他俩只简单交流了两句。

童欢看着他的手指轻轻拍打着焖烧杯，不知在思考着什么，只觉得那修长优美的指尖就像魔鬼的步伐，一下下敲得人胆战心惊。

"走吧，去缉毒队。"

童欢顾不上自己演技拙劣了，慌张地往旁边一软，这个时候无论她的猜测是否正确，都绝对不能让苏睿再接触案件核心区。

要怎样才能背住他发消息通知彦伟他们？

在苏睿仿佛能洞察一切的可怕目光里，童欢觉得自己就像被穿在鱼钩上的饵，吊在半空中垂死挣扎，随时可能被甩入水中吞噬。

果然童欢零分的演技没有获得苏睿的持续关怀，他反而捡起了童欢被惊得掉落在地的手机，貌似顺手地揣进了兜里，没有要还给她的意思。

"既然不去医院，你就再坚持一下，我们过去看情况再说。"

"我没说……没说不去……"童欢弱弱地反驳，陷入啪啪打脸的窘态，"我的意思是，我现在特别难受，要不还是去……去医院吧？"

"脸色好多了，再坚持一下？"

"不，我，你刚才说得对，我浑身发冷，胸口痛，啊！头也痛，呼吸都有困难……"童欢做着夸张的深呼吸，好像真的喘不过气来了，这倒不是假装，在苏睿带着探究的凝视里，她觉得自己快要晕倒了。

苏睿脸上浮现出更为可怕的冷笑，语气怪异又森冷："我通知你陆哥来送你去医院，我必须去趟缉毒队看看陶金到底是怎么回事。"

他每次说"你陆哥"的时候，都有说不出来的别扭，然而童欢顾不上多想了，猛地扑上去抱住他："不要！"

因为害怕被甩脱，她手脚并用，几乎像只树袋熊一样挂在了苏睿的身上。苏睿眼观鼻鼻观心，依然忽视不了她完全贴紧的柔软身躯，还有她盘在腰间姿势已经暧昧到了极致的双腿。

"你们在搞什么鬼？"

心思各异的苏睿和童欢回头，看到童彦伟站在门口，惊讶得嘴巴能吞下一个鸡蛋。

"下去！"

苏睿的声音像是从后槽牙里挤出来的，冒着令人齿冷的寒意。童欢手忙脚乱地从他身上跳了下来，跑到童彦伟身后，一把抱住他胳膊，终于有点安全感了，浑然不觉苏睿的脸色变得更难看。

童彦伟此时也没心情理两人的异常，拉着挤眉弄眼冲他使眼色的童欢走到苏睿跟前："龚队刚通知，行动取消，陶金约了王德正后天谈判，在那之前，王德正保证林乐平的安全。"

彦伟说完，面沉如墨，是的，陶金说得很清楚，王德正保证的是林乐平的安全。

"你的意思是，陶金在明知道人在他们手上，而且我们已经知道仓库位置以后，依然要等着谈判，不救人？"

"陶金的说法是，双方还没谈条件，暂时不能救人，投鼠忌器。"

"这不对。"

当然不对！熟读过陶金资料的童欢都能感觉到陶金的反常，因为陶老大是个极为护短的人，而且最讨厌被威胁，以前手下被挟持，他也是正面交手差点送了半条命把人救了回来，现在他居然把小乐平丢在王德正手里。

"陶金二十三岁一进宫，在牢里认识了第一个老大老炮，老炮逞凶斗狠、心狠手辣，死于非命后，他又跟了白头邓。白头邓收拢了昆市三个区的势力，结束了昆市地下秩序一团乱的局面，却因为贩毒被抓枪决。他在三十岁到的盈城，当时江湾是……"

苏睿只特别关注了江湾被陶金接手后的情况，其他的顺带看了一眼，只有很模糊的印象，他看向童欢，童欢下意识搜索了一下脑海里库存的信息，迅速猜到他的需求，噼里啪啦报了出来："江湾的前前手归陈实，涉及不法交易潜逃国外，陈实的弟弟陈刚接手后，因为经营不善又转到了陶金手里，陈刚自己没多久因为洗黑钱、拐卖人口被判了无期，而陶金整顿了各方势力以后，把江湾发扬光大了。"

"所以陶金跟过的老大，不是被抓就是出逃，或者死了。"

"你是说陶金不像表面上看的那么讲义气，其实是专门踩着老大往上爬的人。"

苏睿原本对她还算默契地提供了所需信息略表认同，立刻又因为她得出的结论很无语。童彦伟到底在公安战线上待得久了，依稀抓到点灵光，可是又说不上具体是什么，他想想陶金"历年上位史"，还有这些地方自陶金接手后建立起新的秩序，感觉有点奇妙。

"这陶老大虽然是涉黑人员，但是讲规矩讲道义，在哪儿做事怎么还有整顿一方秩序的感觉。"

听他感叹完的苏睿欣然一击掌，露出了笑容：

"原来是这样！"

他一副豁然开朗的模样，看得一头雾水的兄妹俩更茫然了。

"原来是哪样？"

"有句话怎么说的？不管黑猫白猫，抓得住老鼠的就是好猫。"

苏睿笑得眉眼荡漾，像只惑人又狡猾的狐狸。

缉毒队的审讯室里，需要提供空白时间段证人的陶金拨通了一个无显示电话，那头传来的声音让向来沉稳的龚长海也露出了无比惊讶的表情，关掉监视器和录像设备后，陶金起身冲龚长海敬了一个十分标准的礼。

"龚队长，警号010677，中国公安大学96级学员林海生，很荣幸有机会和您合作，抓捕青寨首领木也。"

你说南境有星辰 下

微凉维夏 著

Brave Stars Never Fall

浙江文艺出版社
Zhejiang Literature & Art Publishing House

Chapter 37
真实身份

2002年《无间道》火爆的时候，已经变成了陶金的林海生在监狱里为了搭上老炮，故意被人揍得差点折了一只手在里面。

就像演电影一样，他毫无征兆地被选中了，然后毫不犹豫地答应了。

因为某个吸毒死在桥底，烂了都没人知道的小混混陶金，和他有几分相像。

因为他各项训练成绩都名列前茅，心理素质稳得尤为突出。

更因为他的父亲，在他大一时被朋友唆使吸毒后，问家里索要毒资不成，毒瘾发作时将抱着孩子想躲出门的老婆推下楼，摔成了植物人，而六岁半的小妹妹当场身亡，父亲清醒后绝望自杀，母亲两年后也没熬过去。

所有的同学里，没有人比他更痛恨毒品，前后不到三年，家破人亡。

删除档案，制造了假死现场，甚至坚决地做了面部调整，变换身份被送进了都是大案要犯的"九号所"，然后，同样是一个三年又三年的故事。他的直接上线彭队长成了Y省禁毒局彭副局长时，他一个卧底一路"打怪升级"，竟阴错阳差成了盈城的黑头子。

十六年，他没有给父母和小妹上过一次坟，因为交通事故"去世"的林海生墓前可能已经荒草丛生。

十六年，生死与共的，不是也不能当真兄弟。

甜言蜜语、山盟海誓的，做不了真爱人。

已经老年痴呆被他接到盈城奉养的陶家姆妈，不是真家人。

有时候，连他自己都快不记得自己是谁，陶金这个名字先活成了他的第二道皮肤，再深入到骨髓，直到救了那个很泼辣的傈僳族女人。

恰好她也姓林，和他一样喜欢早起又晚睡，喜欢听八十年代老掉牙的音乐，喜欢吃酸吃辣，隔着两个省份做出来的酸汤鱼居然和记忆里母亲做的味道一模一样。

再后来，有点凶、有点啰唆却很会做菜的漂亮女人，娇俏又懂事的小女儿，一大一小都热热闹闹围绕在他身边，充满了无比真实的烟火气息，像……家一样。

所以明知道不应该，他还是把母女俩留了下来，把人远远地放到小镇子上，强忍着每个月只去三四次，连睡一整宿都不敢，假装只是个感兴趣过，又没太在意的人。

陶金消失那两个小时，正是和彭局碰面去了。彻底捣毁德漯州内青寨的联络线和窝点，最好能在境内擒下木也，是他三个月前接下的任务，同时他也和彭局商量此案一结就准备收山。

他孤身一人，在深渊里走了半生，凭的不过是无牵无挂的孤勇，所以罔顾了以前每次结案彭局劝他退出的提议。现在不一样了，他甚至给自己设想了很多种死法，爆炸、中弹落水，反正要确保"消失"得万无一失。

然而就像小说里的金盆洗手一般都是大凶，最后一次总要出事一样，他的任务进行得很不顺利。在精明又谨慎过头的岩路跟前，他要怎么维持自己历年来的底线几次三番拒绝，还要拒绝得对方不放弃，他需要一个契机让人相信，向来标榜绝不碰白的陶老大终于屈服了。

乐平就是这个让他充满了罪恶感又不能放弃的契机，是他让人相信是被逼加入队伍，最终又被高额利润所惑，心甘情愿合作的契机。

所以哪怕他内心在滚油里熬，也不能让这个局被自己人破了，他的最终目的是要引出背后的木也，以及木也在境内的全部势力。

经过与彭局的最终商定，陶金在龚长海面前表明了身份。

童彦伟三人从看守所赶到缉毒队的时候，陶金已经因为"证据不足"准备释放了。缉毒队的外头停了七八辆面包车，车内的人并不像街头那些乌合之众一样乱糟糟的，相反，他们井然有序地在蹲守施压，见童彦伟的车子驶入也没有加以阻挠，只是从车队那些眼神凶狠如狼的人中经过，童欢依然出了身汗。

龚长海提出释放陶金时，好不容易把人抓回来的老队员彭铁力都有情绪，而休戚相关的童彦伟却保持了沉默。龚长海看看同样平静的苏睿和童欢，猜想见微知著的苏教授恐怕已经猜到了真相，只是很有默契地没有在众人面前点破。

临时被上级取消行动的缉毒队气氛陷入低迷，尤其天快破晓时，眼睁睁看着好不容易狠下心来抓的陶金竟然大摇大摆地从正门出去了，最年轻的徐刚直接愤愤不平地骂起了脏话，继而得到了同事们的应和。

龚长海不能跟手下解释自己几乎踩在违规的边缘、迅速释放了陶金的原因，干脆埋头思考有了这一强大助力后，后续行动的调整。

而童欢就坐在窗边，看着身形高大的陶金在这些其实是"战友"的咒骂声中跨出了缉毒队的大门，然后被手下团团围住。上车前，他回头看了眼缉毒队，童欢看不清他的表情，却看到他身后奋力自暗夜里挣脱出来的晨曦微光里，有一颗启明星，孤独却明亮地闪烁着。

童欢振作了精神，不过是身边疑似被安插了高人，相比暗夜独行十余年的陶金，这并不算什么。

她知道自己远不及苏睿聪明，所以更要冷静，极度的冷静。最关键的是找到机会告诉童彦伟自己的可怕猜测，偏偏苏睿的眼神像一张大网时刻笼罩着她，让她不敢轻举妄动，而更危险的是，苏睿已经猜到了陶金的卧底身份，童欢只能反过来片刻不离身地跟着他，不让他有机会通风报信。

没有人知道忽然将一切行动暂停的龚长海在等待什么，就连已经大约知道陶金身份的苏睿等人因为不知道陶金和龚队商量的情况，也猜不出下一步的行动，对于彦伟来说，唯一的安慰大概来自陆翊坤的消息。

她暂时是安全的，只是受到了惊吓。

"陆哥到底是什么路数，感觉神通广大的。"

苏睿轻描淡写地扫了一眼童彦伟："你觉得你能从我这里套到话？"

童彦伟讪笑，只是那笑意在他如坐针毡的焦急里显得有点可怜，苏睿倒也不忍心再讽刺他：

"我不清楚他什么路数，但是他当年连我都能救出来，救于个衿羽不是大问题。"

"或者，你帮我们去问问，到底是谁的……"彦伟自己说着说着，气也弱了，最终挥挥手，"哎呀，算了，我知道我强人所难了。"

"那也未必，我做不到，不代表童欢不行。"

苏睿好整以暇地把玩着手中的钢笔，不咸不淡地说了句。

"三三？"

"我？"

童彦伟和童欢同时瞪大了溜圆的眼睛，不解地看着他。

"你陆哥对你可不一样。"

苏睿语带蹊跷，尤其是"你陆哥"三个字说得意味深长。

"神经病！"

童欢不当一回事地甩开了头。童彦伟却想起了陆翊坤从一开始看向自家小堂妹的表情就不同寻常。

"三三，不如你试试？"

"他发神经，你也跟着一起发神经？明眼人都看得出来陆哥对他有多好，东西都一车一车地往七小送。我跟陆哥再投缘，六月底才认识，还能比得过他俩十几年的交情？而且陆哥都说了，他天亮就会帮忙去活动，别人忙了一夜，又开车从留市赶过来，现在才六点，我就去催，实在是……"

童欢的关切丝毫不逊于彦伟，可她有求人办事的分寸，更怕催急了反而坏事。不知道是不是陆翊坤让人特别放心，还是苏睿都说他能行，童欢倒没了夜里那种七上八下的惊慌。

　　"试试啊。苏教授这个人从不信口开河的，为了衿羽，你试试，有时候一两个小时是能救命的……"

　　童欢神色一怔，知道他说得有道理，最终还是拨通了陆翊坤的电话。

　　"三三，怎么了？"

　　铃声才响到第二下，陆翊坤就接了电话，只是带着明显的鼻音。

　　"陆哥，你在睡觉啊，都怪我，害你累坏了……要不你先睡吧，我晚点……晚点再给你打……"

　　"没事，我刚回头取了车，在车上打个盹，这会儿也该起了，有什么事你说。"

　　"我就是不放心衿羽现在的情况……"童欢用力推开童彦伟凑过来听的脑袋，不理会他的比手画脚，支支吾吾不知该怎么接下去，不过谁都听得出她的欲言又止和焦急。

　　"她暂时不会有事，但是我也看不到她人，细节情况说不上，其实……"陆翊坤语气也出现了难得的迟疑，过了几秒才接着说，"你要是想知道于衿羽具体怎么样，得是能自由接触王德正地盘的人，这样的人选我倒是有一个……"

　　彦伟和童欢的眼睛都亮了："谁？"

　　"小伊。"

　　童欢用力一拍自己的脑袋："我这个猪脑子！怎么把她给忘了？不过小伊会不会因此有危险啊？"

　　"不确定，但据我观察，王德正对她非常看重，小伊本身也知道她继父在做一些违纪犯法的事，所以她是相对安全的人选。"

　　"那我马上找她，不过小伊没手机……我直接打去她家，会不会被王德正接到？"

　　"州民自高二起暑假都要集体补课，教委是睁只眼闭只眼的，早习七点半开始。"

　　童欢一拍大腿，拉了苏睿就往外跑："彦伟，走！去找小伊。"

　　苏睿被动地快走了两步："为什么我要和你们一路？"

　　"我需要司机，彦伟太累了，不能再开车。"

　　童彦伟连忙声明："我开车没问题。"

　　"闭嘴，我说不行就是不行。"

　　这种时候怎么可能把苏睿放单！而且去找小伊也需要苏睿。

　　"她叫我是因为康山对王伊纹很重要，而我现在对康山很重要。"苏睿冷腔冷调，却一句命中红心，戳破了她那点小聪明。

　　童欢脚下一顿，有点尴尬地干笑了两声："大教授，看破不说破，OK？"

"好不容易抖次机灵,也用不到正途上。"

苏睿意有所指,但是一整夜他对她都冷嘲热讽,童欢心思全用在解救衿羽上,顾不上多想,自然没留意他话里的深意,更没留意他死盯着两人牵着的手,然后默默地跟她走了。

清晨的街道在微风里刚刚苏醒,天蓝得清澈澄亮,三五成群的孩子穿着老气横秋又肥大的运动衫款校服,依然遮不住满溢的青春,脚步轻盈得就像树叶上跳跃的阳光。

童欢蹲在州民一中大门外的花坛上,羡慕地看着他们朝气蓬勃的脸庞。她身后"德漯州第一民族中学"的校牌在太阳下金光灿灿,就像州民一中在整个德漯州学生心中的地位一样,州民每年高三的二本以上升学率高达90%,重点本科接近50%,王伊纹就读的实验班更夸张,重点本科有80%的升学率。

也就是说进了州民,基本上一脚已经踏进了大学校门,所以他们读书读得再苦,都有一张充满希望的脸。童欢多希望七小的孩子有朝一日也能这样,有目标有盼头,那该多好。

不过同样的校服,严重干扰童欢辨认小伊,她的两个眼珠子瞪得像探照灯似的,唯恐自己错过了,越是用力就越辛苦,要不是对自己的记忆有绝对信心,童欢都怀疑自己已经把人看漏了。

"你站那么远干吗?帮我们看呀!"

童欢招呼离她五米远,仿佛不认识兄妹俩的苏睿。

"等你们什么时候能不蹲在那儿跟个乞丐似的再说。"

"你才是乞丐,谁像你等个人都等得那么骚包!"

童欢怼归怼,还是拍拍屁股站了起来。她一夜没睡,衣服皱成了萝卜干,面带菜色,顶着一头鸟窝发蹲在路边,再加上旁边一个同款菜色鸡窝头的童彦伟,也难怪苏睿嫌他们丢人。

而同样熬完一个通宵,还负责开车从昔云赶到盈城的苏睿,微垂着眼,阳光把他的长睫深目投出深邃阴影,两条长腿交叠着,懒洋洋地依在一棵樟树下,惹得路过的小女孩们交头接耳,频频回头。

童欢没好气地再次哼了句:"骚包。"

彦伟有气无力地哼哼两声,算是应和。

苏睿眼风扫过,有求于人的童大警官立刻假笑着眯弯了眼,鞠着躬伸出手:"您继续,继续。"

童欢鄙夷地冷笑:"看你那点骨气。"

懒得听这兄妹俩一搭一唱,苏睿干脆掉转头去,又走开几大步。

童欢看着站在不远处俊美夺目的苏睿，忽然压低了声音，无比严肃地开口："彦伟，我和你说个事，不管你相不相信，都一定要记着我说的话。"

原本就精神紧绷的童彦伟立刻紧张起来："啥事？"

"我怀疑苏睿就是木也喜欢的男人。"

空气忽然凝固了，然后彦伟哈哈干笑了几声："别闹了，我现在哪有心情说笑？"

"我难道有心情说笑？我担心衿羽会比你少？"

"那就是你搞错了。"

"我不是瞎说，有证据的……"

童欢心知自己不过是把一些蛛丝马迹联系了起来，并没有有力的证据，就童彦伟那一脸荒谬的表情，她毫不怀疑如果不是因为衿羽的事，他会笑倒在地上打滚。她还试图再警告两句，余光瞄到苏睿向这边走来，连忙收口："现在没空和你仔细解释，你记着我的话，多留个心眼。"

"拜托，苏睿要是木也的人，我把脑袋送你当球踢。"

童彦伟满不在乎地应道，说的话却叫童欢心头一跳，连忙"呸"了出来，再双手合十大念"百无禁忌，大吉大利"。

"来了。"

苏睿走到两人跟前，轻飘飘地说。

"啊？哪儿呢？哪儿呢？"

童欢扭过头，看到一辆擦得光亮如镜的豪车停在了校门五十米开外的地方，下车的果然是王伊纹，她也懒得去问仿佛长了透视眼的苏睿怎么提前确定的，拔腿就要上，被一早猜到她意图特意过来的苏睿按住了肩膀。

"干吗！"

"你想让王德正知道你来找王伊纹？"

童欢迅速收回了脚步，像只猫一样迅速蹿到了树后，还招呼两人往回躲。

以前童欢并没有细看过王伊纹，只觉得是个长得还不错的小姑娘，可是把她放在这群穿着同样不合身校服的女孩子里，就能看得出差距。

因为夏季白日高温，州民傣族的女孩子也多，大家都爱把头发齐齐梳上去扎个大丸子头，小伊也一样，露出一段纤细的长颈，瘦长的身形放在别人身上是单薄，而她却有几分烟柳扶风的窈窕，苍白的肌肤带着点病态，越发显得玉软花柔，微笑的样子像只沉静又美好的白天鹅。

童欢不由想起之前网上有一种说法，hold 得住大光明发型，撑得起中国式校服才是真美女，小伊这样的底子和气质，过几年再长开点，能招人心疼到骨子里。

童欢觉得自己真是吸引帅哥美女的体质，身边的人个赛个的好看，到苏大教授这儿跃至巅峰，无人能超越。她家衿羽宝贝，拎出来就叫人眼前一亮，不然也不会倒这么大霉。

想到衿羽，童欢的脸更苦了，那么漂亮的于衿羽落在一群小混混手里，真不知道得遭什么罪，所以就算是求，她也要求得小伊帮忙。

"咦——彦伟，我怎么觉得小伊的司机很眼熟啊？"

"眼熟？没啊！"

别人说眼熟可能是认错了人，但童欢说眼熟却没一眼认出来，一定是在哪里不经意见过。苏睿看了看跟着下车的司机，二十六七岁的小伙子，长相普通，却有很面善的五官，就像是谁都会认识一两个的邻家小哥，衣着清爽，笑容无害，讨人喜欢。

"是宋民生！他就是宋民生！黄钟口供里不是说他升了，不当小伊的司机了吗？"童欢的脖子伸得更长了，"是他，我记得他左边鬓角缺了一点，看起来像个小三角。"

苏睿仔细一回想，发现果然如童欢所言，司机正是已经升迁了的宋民生。专案组以前没发觉宋民生的关键性，资料里只有几张他作为司机站在边角的远照，如果不是童欢过目不忘的本事，还真认不出来。

宋民生提着王伊纹的书包把人一直送到校门口，又微笑地和她交代了两句话，看着王伊纹进了校门才走。

"我和苏睿去跟宋民生，你找小伊，顺便问一下宋民生为什么又给她开车了。"

在这种非常时期，事出反常必有妖，童彦伟敏锐而迅速地做了决定，又担心自己还不够警醒，把苏睿也叫上了。

"哎，你等等……"

童欢哪拦得住动作神速的彦伟，何况关于苏睿身份的猜测还只是一个不着边际的猜测，她很难用几句话说服把苏睿供上神坛的彦伟。

"你俩要一起行动，别散开了。"

童欢藏着言下之意，压住嗓子冲彦伟的背影喊了句，换来他敷衍地比了个 OK 的手势。倒是苏睿回头冷冷地瞅了她一眼，也不知是不是她疑心太重，总觉得那一眼有点阴森森的。

"没事，没事，我和彦伟的手机有互相的定位，我赶紧把小伊这边解决了就跟过去，一定不能让苏睿放单，这么短时间，他也不能对彦伟做什么。"

童欢自言自语地安慰着自己，退一万步说，现在形势都不明朗，专案组一切行动都暂停，如果苏睿真是木也的人，一定不会这么早就动手暴露自己。

"最危险的人身边反而最安全，最安全。"

童欢碎碎念着，往校内走去，没想到出师未捷，被门卫拦了下来：

"什么人？闷着头就往里闯，往哪儿去呢？"

童欢在被拦的那一霎飞快地扫了一眼被门卫放下的校报，还有门卫室墙上的教职员工表，看得最清楚的就是排头的高三年级组和最后的杂工表，她头一缩，装出一副可怜的样子：

"谢伯伯，对不起，我昨天把校服搞丢了，我是高三（2）班的张洁。"

门卫狐疑地看她一眼，童欢原本就是圆脸圆眼小个子，显嫩，出门背的也是个双肩包，州民这边好多底下乡镇考来的学生都年龄偏大，她二十五岁冒充个小五六岁的高三学生并不别扭。

"我怎么没见过你？"门卫伸手拿出了高三的花名册，"几号啊？班主任谁呀？"

几号……几号……童欢不过随口报了个在校报上扫到的班次名字，哪知道几号，只能打着马虎眼混："我班班主任是杨天宇老师。谢伯伯，我快迟到了，第一节是徐老师的数学课，我……"

"张洁……哦，3号张洁对吧？"还好门卫很快找到了名字，抓她的手松开了，"你们杨老师刚和徐老师一起进去的，快进去吧，下午记得去财务室把校服买了！"

"谢谢谢伯伯，谢谢。"

童欢猫着腰，以百米冲刺的速度溜了，逗得门卫直乐："现在这些孩子，毛毛躁躁的，校服都能丢。"

在门口耽误了一阵，童欢担心把小伊给跟丢了，到时候还得去高一找，幸亏王伊纹走路秀秀气气、不急不缓，在人群里又扎眼得很，远远地就被童欢给挑了出来。

"小伊！小伊！"

因为王家的过度保护，又是走后门进来的，王伊纹在学校并没有走得很近的朋友，对她有意思的男孩子不少，在第一个付诸行动的勇士被王德正以雷霆手段杀鸡儆猴以后，也都只敢远观，所以几乎没有人会大呼小叫地喊她喊得这么亲切。

王伊纹奇怪地看着那个喘着粗气狂奔到跟前来的女孩，露出陌生而戒备的眼神："你叫我？你是……"

童欢忽然意识到自己和小伊是没有正式见过面的，连忙解释道："我是昔云七小的童欢，我们电话里聊过的，康——"

王伊纹飞快地抱住了她的胳膊，稍显大声地应道："童老师呀，你是来学校办事吗？这么巧遇到你啦。"然后边走边压低声音飞快问道，"阿山出什么事了吗？"

"没有，没有，是我有事求你。"

王伊纹明显松了口气："那第二节课下课以后，我争取出校来……"

"小伊，对不起，是急事。"

王伊纹的面上闪过一点为难，很快又笑盈盈地挽着她的手，走到四处空旷无处藏人的篮球场，示意童欢看自己背后。

那两个拿着大竹扫帚在扫地的校工，刚才好像就在小伊经过的楼梯口吧？童欢看了看明显才清扫过的干干净净的操场，一惊。

难道王德正在学校都安排了人盯住小伊？

童欢震惊地看着微微笑着仿佛什么事都没发生的王伊纹，在她幽深如潭的眼底才看到了一抹悲凉，那股凉意让少女的目光里都染上了沧桑。

这样变态的控制欲，王德正到底把小伊当成了什么？

Chapter 38
在劫难逃

"童老师,我只能听你说三分钟,时间再长我回家没法和他交代,他不会相信的。"

童欢看着维持一脸纯真又无辜表情的小伊,叫人看不出一丝破绽,可是她连王德正的名字都不愿意提,语气里有着淡淡的倦意。童欢知道时间紧迫,所以把于衿羽和林乐平应该是被王德正的人绑走的事迅速说了一遍,然后看着小伊不动声色的面庞,讪讪地又加了一句:

"苏睿,苏教授也和我一起来的,不过刚在校门口有点事,先离开了。"

王伊纹捂着嘴笑了,她笑得那样好看,就像枝头经了夜雨的花,颤巍巍摇动着,轻似烟云,叫人想拢在手里别被风吹落了。

可这笑也是给身后的人看的,要近在咫尺的童欢才感觉得到,她笑弯了的眼睛里是没有温度的,而童欢觉得自己那点心思,在这个十八岁少女凉凉的笑容里无所遁形。

童欢愧疚地伸手拉了一下王伊纹,她的身体又薄又冷,没有一点十来岁青春期孩子的热乎气,而离得近了会闻到她身上有股若有若无的花香。

"对不起,小伊,你这么不容易,我还开口要你帮忙,我自己都觉得自己卑鄙。"

可即便是这样,"算了吧"三个字她也说不出来。

"好难得听到外人说我过得不容易,都说我在享福呢。"王伊纹笑着轻轻推开了童欢,她指尖是凉的,一如她笑着的样子,她说话的语气,都没有她这个年纪该有的生气,"你说的事对我不难,但是你要保证,让苏教授送秀云姨去香港。"

"如果苏睿那边不行,我和衿羽会筹钱送康山妈妈去养心医院。"

关键时候,童欢没有一丝犹豫,干脆地应了下来。

王伊纹抿着嘴笑了,是真的笑,一点点,柔柔地挂在嘴角,连眉眼都温软了:"谢谢你,请你们一定要治好秀云姨的病。"

"我会尽我的全力。"

童欢的心被小伊笑得有点痛,她是好喜欢康山吧,而康山一定也好喜欢她,可是童欢想起康山被巴兰拉进暗巷的画面，特别心疼这两个孩子。

"童老师，康山说苏教授是特别厉害又聪明的物理学教授对吧？"

"是的。"

"那就好。我该走了。一会儿我会请病假回家，中午十二点你到王家外面等着，如果我的窗帘全拉开了，表示她很安全；如果是拉上的，代表她不大好，具体的明早你还到校门口来等我，我再告诉你。但是，你要是看到我把窗户推开了，那就是有危险，你最好马上想办法进来见我，不要打电话，非常时期，电话会有人听。"

王伊纹说完，很礼貌地冲她行了个礼，转身走了。

这是童欢第一次面对面地和王伊纹交流，不知道是不是出于康山的原因，小伊在她面前并没有掩饰什么。她聪明、机警、应变迅速，还善于用自己柔弱的外表来表演，所以才能在王德正的手里过下去吧。童欢配合着她演到了校门口，确定那个跟着自己的校工看不见了，才垮下了肩膀。

"宋民生的事没来得及问啊。"

她纠结地皱着眉，掏出手机来找童彦伟的定位，忽然听见了喇叭响，一抬头就看见了陆翊坤的大越野。

"三三，苏睿让我来接你，他担心你一个人不安全。"

童欢爬上车，瘫在靠背上，陆翊坤把一碗热乎乎的饵丝塞到她手里："吃点东西。"

"没胃口。"

陆翊坤替她把筷子剥开，递到手心："没胃口也要吃，身体是革命的本钱，我车开得平稳一点，你慢慢吃，这家汤头都是鸡肉熬的，味道很好。"

"陆哥，小伊在王家到底过得怎么样？"

"我只帮她搞过学校，不怎么熟悉，看上去王德正对她很好，就是管得太严。怎么这么问？"

"我和小伊说衿羽她们被绑架，她一点都不惊讶，而且很快就答应会帮忙，"童欢眼神定定地盯着漂浮在火腿鸡汤中的饵丝，"她好像很清楚王德正做的什么事，甚至……甚至参与其中。"

发动了车子的陆翊坤腾出一只手，摸了摸她的头："傻姑娘，别人家的事我们管不上，先把你朋友捞出来再说。"

童欢苦恼地点头，回头看见陆翊坤放在后座的几个打包盒："你给算命的也带了吃的呀！"

听她颇为不满的语气，陆翊坤笑得温和又宽厚："只有你会这么叫他，不过你这么一说，他还真像是掐指能算的半仙，什么都算无遗漏。"

童欢想起自己的猜测，试探着问道：

"陆哥，你认识他很多年了吧？"

"有十六年了。"

"你觉得他人怎么样？我是说，他是个好人吗？"

她的话问得奇怪，陆翊坤看了她一眼，点点头："你今天的问题都话里有话呀？到底发生什么事了？"

童欢干笑："没有，我总感觉他不对劲。你别笑！我从小到大，第六感很灵的！像他那么聪明的人，如果是坏人，就太可怕了。"

陆翊坤握着方向盘，哈哈大笑起来："放心吧。苏虽然不好相处，但绝对是个好人。"

意料之中的答案，不过相识十六年之久的陆翊坤说得这样肯定又干脆，让童欢又有点动摇，难道真是她想多了？还是苏睿会障眼法，怎么从陆哥到彦伟，都对他深信不疑？

陆翊坤看她溢于言表的怀疑，笑得更开怀了："对不起，丫头，我不是故意要在你心情不好的时候还笑话你，不过我是头一回碰到会怀疑苏人品的人，有趣得很！你怎么会猜疑到他身上去？"

童欢轻轻叹了口气，埋头吃起了饵丝，果然大家都觉得是她太荒谬，可是她总不能讲胡老虎和黄钟都说木也喜欢一个很好看的男人，我觉得是苏睿。

作为一个相当有自知之明的人，童欢知道自己只有点小聪明，而没有大智慧，所以她确定不了自己做的判断是否正确。而作为高危职业的亲朋，就怕多说多错，那么除了绝对信任又能直接接触关键信息的彦伟，在其他人面前，不要说是对她特别好的陆翊坤，就算是亲妈，她最保险的办法也是守口如瓶。

所以问来问去，童大小姐也只能继续薅自己那头乱草，独自忧愁。

根据彦伟提供的定位，陆翊坤把童欢送去跟两人会合，竟然是在人民路一家看上去就很豪华的酒店，而酒店对面正是半夜苏睿经过时，曾经质疑过的药店。

隔着贴了膜的深色窗户，童彦伟瞪着熬得通红的眼睛死盯住药店，眨都不敢眨一下，而苏睿却要了杯咖啡，懒散地倚在床边看手机，见到陆翊坤提的打包盒，露出点笑容。

"宋民生在这里面？"

"没有。"

"没有你们守着这儿干吗？"童欢边问边打量四周，发现正是这家大酒店将杏林春的太阳挡得差不多，唯独在侧门旁三五米的地方，漏下一长条阳光，一大丛橘色的、攒成绣球般的花蓬勃地生长着。她望向见多识广的陆翊坤，见他正在给苏大爷往桌上摆早餐，而那位大爷去卫生间净手去了，不满地"哼"了一声，才问道："陆哥，那就是龙船花？"

"是。"

童欢眉头紧锁，对彦伟说："我们管这叫水绣球，在西南地区很常见的，总不能靠这花和一栋大楼就认定仓库其实在这里吧？宋民生呢？"

"他去了铁力他们守着的仓库，不过苏睿去看了以后，说那个是假的。"

"假的？"

童欢狐疑地看了一眼苏睿，如果他真的是木也的人，会不会故意把人引开？

"周围的情况和素瓦描述的差不多，也装了很多监控，还有人把守，但是位置隐蔽的后窗有一个摄像头坏了，没有修理。"

"万一是刚坏的，还没来得及修呢？"

彦伟掏出自己的手机，把他发到工作组群里做说明的图片放大给童欢看："这是摄像头下面的路，都是荒草垃圾，没有人清理，昨儿白天盈城下了大雨，泥地里却没有一点脚印，我们的人假装经过偷偷拍照，也没有人过来盘查。"

童欢放大图片看细节，发现果然如他所说。

如果真是关押的地方，越是隐蔽的角落应该会越留心，摄像头坏了竟然也没有人过去巡查，这的确说不过去。这样说来，苏睿的确是在努力帮忙找人，否则大家都没发现疑点，他只需要跟着走就行了，所以她的猜测真的是脑洞开得太大吗？

"调取监控的同事说，仓库里一般是保持十个人的样子，早上我们过去，正好碰到他们出去吃米线，一次就去了八个，还有一个在外头打电话，宋民生到了以后骂了两句才进去。如果真关着拐来的孩子，看守未免太敷衍了，恐怕是弄出来的假把戏糊弄人，看守的都不怎么上心。"

与此同时，专案组查到了群英一部分派车单，群英往盈城固定的送货点有七八个，其中人民路的大润多超市平均五到七天就会跑一次，苏睿立刻想起，夜里曾引起他疑问的杏林春离超市不到两百米。

在苏睿的建议下，龚长海立刻改变了部署，故布疑阵的仓库离药店只有两公里，现在留了三个人继续蹲守，一组人转移到药店侧门对面的咖啡店，一组留在街角的车内待命，而向来看重舒适度的苏睿二话没说，自掏腰包开了酒店的套房。

"还有，整条街的电箱都在门面的右侧，苏睿假装路过挨家看过去，大家都是搭扣随便扣住就完事，而杏林春的电箱上了三道锁，他站在电箱那里还不到十秒，已经有人出门来询问，他还是假装打电话问路糊弄过去的。"

"我进去买了药，店内一共装了十二个摄像头，"开始进餐的苏睿取出自己画在白纸上的平面图，上头有圈出了八个摄像头的位置，"除了固定在天花板四个角，能照到全店范围的摄像头，其他都是活动的，1号、7号、8号二十秒转动一次，2号、3号、4号三十秒转动一次，5号、6号是匀速移动。我算过了，这样的频率和范围，除了库房门，还有中药柜也始终保持了六台摄像头以上的监控。"

童欢看着他在下方列的算式，完全看不懂，不过他说的意思她还是明白了。

"所以中药斗柜有古怪？"

即使是药材再珍贵，也不用六台机器防贼一样盯着。

"三三，用手机拍照太明显，苏睿说他们门口的磁力感应器上可能还加了别的感应装置，带针孔摄像头进去怕被发现，你上网找找同仁堂和九芝堂中药柜的图片，应该很多，对照一下，一会儿随便搜个长药方去抓药，把他们中药斗柜的顺序记一下，看有没有什么异常。"

"好。"

苏睿看她应得毫不犹豫，想想手机里密密麻麻的药斗子标签，咳了两声，声音里带了点不自然："你别太勉强，记不下来就算了，我觉得不会有明显差别，否则就太蠢了。"

童彦伟尴尬地笑了笑："我就是抱点侥幸心理。"

"你电视剧里密室看得太多胡乱猜，我只是怀疑出入口在药斗后面，并没有说有机关，现在加密匙技术已经相当成熟，王德正完全没必要费心费力造个花哨不实用的机关。"

"没关系，我可以去。"

苏睿越是觉得没必要，童欢越觉得自己该去，她接过陆翊坤帮忙抄的药方，边打开网页搜图边往外走，陆翊坤也快步跟上："我陪你去。"

"不用啦。陆哥，我知道你身手好，可是我怕碰到认识你的人，让人看到我带个大老总去买药太引人注目了。放心，我会注意安全的。"

"我平时基本在留市，盈城熟人不多。"

"你虽然主要是在留市活动，但盈城也有不少生意人脉吧？不然当初小伊进州民，王德正也不会找上你，衿羽的事我找你帮忙，你更不会应下了。"

童欢笑着把人推回房间，警惕地看了看走廊两边，确定没人注意这间套房，就大步离开了。

陆翊坤经过优哉游哉吃早饭的苏睿身后，大掌在他背后拍了一下："她一个女孩子，你们也放心？"

"人家亲哥都放心，你这认的哥哥有什么不放心的？"苏睿扫了一眼童彦伟，"你别滥用童欢的天赋，她累了一夜，大脑一直保持着高速运转，过度记忆会伤神的。"

忽然成了抨击对象的童彦伟哭笑不得，之前是谁整理了一大堆只能死记硬背的物理理论，还花钱买三三去烧脑的？这会儿去个药店他怎么就成了恶人了？他是不是可以把苏大教授的言行理解为——他在心疼三三？

童彦伟要盯梢，没敢回头去研究态度发生转变的苏睿，他只是越发地想念衿羽。如果她在的话，一定会秉承着八卦精神将两人研究得底朝天，可是现在，他和她可能就隔着一条马路，却不知道会发生些什么。

苏睿平静地拨通了童欢的手机："把音量调到最小一格，保持通话，手机放兜里。"

"呀！我怎么没想到？要不我去买个挂绳，把手机挂脖子上，然后咱们开着视频，你们都可以看啦，还能截屏。"

"万一被发现会增加麻烦。"

"噢。"

童欢乖乖地把手机塞进裤兜，三个大男人在房间里听见她跑过了马路，进门、抓药，不知是在记药箱位置，还是怕自己说多错多，童欢格外安静，好在她前面还有一个抓药的人，抓了一个小儿咳嗽的药方，多腾了十来分钟让她记，而她等单子抓完结账后，还特意打车绕了一圈，五分钟后从酒店后门回到了房间。

敲开门，童欢二话不说直奔写字桌，找纸笔开始画图，酒店的铅笔画了几笔发现不好用后，她很自然地伸手抽出了苏睿别在衬衣口袋里的签字笔，唰唰接着画起来。

而她手指自胸口扫过的触觉留在了苏睿身上，就像轻悄点过水面的垂枝，荡起仿佛事不关己的涟漪。

苏睿看着已经累得双颊凹陷的童欢，往日总挂在面孔上健康的红润也变成了不正常的潮红，她飞快地画着线条，边画边说："药柜左右各一个，我上网查了，就是标准的七星斗柜，上下左右七排斗，一屉三格，莲花瓣造型的铜拉环，含顶柜比我高一个头，不含顶柜一米六左右，宽度大概一米七。"

她画完大致造型后，在对应的条目下开始写中药名称，初初写得飞快，大概一百个以后，速度渐渐慢了下来，等写到最下方两排时，眉宇间已经露出为难又痛苦的神色，又坚持写了两个药斗后，大颗的汗珠从她额头、鼻尖冒出来，她狠狠拍了自己头两下。

苏睿手比心快，立刻抓住了她对自己毫不留情的巴掌："可以了。"

"没关系，我能想起来，"童欢从小到大对自己记忆力都十分有信心，没料到自己在关键时候居然失误了，声音里已经带了点哭腔，"平时我都能做到，我做得到的！"

童彦伟听着背后的动静，充满愧疚，他的确着急上火，没有太为童欢考虑。

水雾蒙上了童欢满布血丝的大眼睛，她挣扎着想抽出被苏睿捏紧的手，却被他更用力地握住："童欢，我说可以了！"

他难得地怒了，而童欢被他一凶，紧绷的那根弦倏地断掉，她"哇"地哭了出来："对不起，怪我自己太托大，我该带上纸笔，一上出租车就开始写的。"

一颗圆滚滚的泪珠子砸在了苏睿的手背上，他像被烫到一样猛地缩回了手，感觉自己被童欢哭得心烦意乱……

他发现自己居然比陆翊坤还要怕她哭……

苏睿这样聪明绝顶的人，在这样陌生的发现里，加上最近自己屡屡反常的情绪，几乎是立刻就意识到发生了什么。

他苦笑着低下头，看着童欢那张哭得皮泡眼肿的脸，看到陆翊坤连忙上前抽纸替她擦眼泪鼻涕，而他却觉得陆翊坤停留在她脸上的手指很碍眼。

　　机智理性如苏睿万万没想到，自己会栽在这样一个全身上下到处是他雷点的姑娘身上，用汉语来说，大概就叫在劫难逃。

　　因为想通了，最近在他身上那些别别扭扭、奇奇怪怪的情绪全都释然了，苏睿掏出手帕盖在了童欢的脸上，目光变得很柔和，然后在那两个人都无比惊讶的注视里，主动抱住了童欢：

　　"你不是训练有素的专业人士，十分钟左右要记300个并不熟悉的药材名字和位置，还是在高度紧张疲惫的状态下，能完成三分之二已经非常了不起。"

　　童欢被突如其来的拥抱抱蒙，来不及做反应，又被苏睿一脸嫌弃地推进了卫生间："赶紧把脸洗了，脏。"

　　童欢却用手捏起了那条她曾经被衿羽科普过的 Drake's London 手帕，苏睿没好气地说："不用你管，也不会找你赔。"

　　童欢这才抽着鼻子缩进了卫生间，那副很没出息的样子，让苏睿希望自己刚才的感觉是一场错觉。当他走回窗边，看了一眼还在呆滞状态的陆翊坤，和心不在焉又强迫自己认真盯梢的童彦伟，又叹了口气。

　　他这一个月叹的气，真是比他之前三十二年人生加起来的还要多。

　　"什么都别问，我还不想说。"

Chapter 39
扛不住就好

苏睿坐回桌边，开始努力克服心理障碍看童欢写下的药斗清单，他对中药也没什么研究，干脆直接打给了康山。

康山每次接到苏睿的电话都诚惶诚恐，一听是询问药材，倒是难得流畅地说起了话。根据他的说法，药材基本是按药性来摆放的，位置很科学，所以不出苏睿所料，童彦伟让童欢做的高强度记忆其实是无用功。

想到这里，苏睿很不满地瞪了童彦伟一眼，可看到他干瘪得堪比脱水青菜的模样，也不忍心责备了，或许他还该感谢彦伟，没有这一出，他可能不会这么快面对自己的心动。

"康山，小伊的司机你了解过没？"

"是以前姓宋的那个，还是现在姓唐的？"

"姓宋的。"

"我听小伊说过几次，宋哥对她还不错，每次回昔云，宋哥给小伊妈妈买辣酱，她都能自由活动，不然王家管得那么严，我俩很难见面的。"

"宋民生和你们老板娘什么关系？"

手机那端陷入了沉默，过了一会儿，康山才吞吞吐吐地说："他俩挺……挺熟的。"

"每次到昔云，他们都见面吗？"

"应该吧，而且宋哥过来，老板娘经常会放我们假，我才有空去见小伊，不过最近换……换人了，是唐军送小伊过来，老板娘对唐军没那么客气。"

苏睿现在觉得巴兰那些所谓的绯闻真假参半，大多应该是一种掩饰手段，这样一来，他反而有点好奇孟东勒到底是个什么样的人，愿意让自己老婆拿绿帽子来做掩护。

"你们老板出门多久了？"

"有一个月了吧，他一年基本上不怎么在家，孟阿婆都是老板娘在管。"

"你觉得他们感情怎么样？"

"还……还行吧，老板娘要买什么，老板都不说的，钱……钱也让她管，老板娘传点什么花边新闻他也从来不过问,但是他俩不是太亲密,偶尔老板娘那个……那个撩拨一下老板,老板还不高兴。"

康山是个很老实的人,很不习惯在背后议论他人,但碍于是苏睿,支支吾吾地还是都说了出来,而苏睿也听明白了。

"你的意思是,孟东勒并不喜欢巴兰亲近他,反而不介意巴兰四处勾搭?"

"差……差不多吧。"

康山被问得直冒汗,事实上在他还没答应老板娘之前,有一回他正被挑逗得浑身难受想夺门而出,老板进来了,却像什么都没看见,很自然地退了出去,而老板娘跟没事人似的,还啐了两口。

"你现在没上班?"苏睿见康山敢和他慢慢聊老板家事,问道。

"老板娘今早通知的,说有检查,今明两天都放假,我都走到半道又折回家了。"

"临时通知的?"

"嗯,六点多的样子。"

苏睿在桌面上敲打的手指停住了,巴兰临时通知放假,宋民生明明知道仓库是假的还故意去了一趟,看来王德正是知道他们在跟踪调查,于衿羽如果看到了不该看到的东西……以王德正的手段是可能杀人灭口再嫁祸于人的。

童欢清洗完出来,看到苏睿已经提着她的包站在门口:"怎么了?"

"去王家。"

童欢看一眼手机:"才十点呀,会不会早了?"

"去等着吧。"

苏睿不能说出自己的担忧,免得她干着急,干脆提溜着她的衣领,把人拉出了房间。

童欢身不由己地跟着他走,问:"陆哥呢?"

"我让他帮童彦伟盯着,而且他需要腾出手找他要找的人。"

盈城是因绕城而过的盈江而得名的,王家的别墅就伫立在江边,占了块风光极好的宝地。王德正当年发达后买下了一栋民国的老宅子,请专人花了两年时间翻修,保留了老公馆的样式,改造得大气又不失雅致。

四坡倾斜的平瓦屋顶,泥灰色的清水壁面,褐色窗户宽大敞亮,基座隅石融合了中式传统的雕花,二楼宝瓶式围栏和窗边雕花铁栅相得益彰,庭院里木石掩映,藤萝松竹错落有致。

苏睿把车暂停在了树荫后的隐蔽处,仔细打量着别墅:"王家这房子实物倒是比照片漂亮,难得有个生意人不走暴发户路线,可惜可惜。"

别墅单看外围,也比陶金装修得金碧辉煌的江湾酒店档次高太多了,苏睿没想到王德正的审美在线——别看那人日常就裹着层风度翩翩的儒雅外皮，这屋子倒配他那层皮的气质。

"完蛋，忘记问小伊哪间房是她的了。"

童欢哪有心思去看建筑，举着苏睿从陆翊坤车上翻出来的望远镜，扫过二楼正面那间带了大露台的主人房，转到三楼挂了粉色窗纱的房间，窗台上两盆月季花开得正艳。然而车子在绕行一圈时，她记得西侧副楼还有另一个拱形窗的房间，雪白的碎花钩纱窗帘飞舞着，也很有少女气息。

"我们到底守哪边？要不我打个电话去问一下小伊？"

"不用，是白纱的。"

"哦。"

童欢乖乖坐好，等他把车开到更合适的位置，苏睿却忽然凑到她跟前："你不怀疑我乱讲？"

他眼里带了几分戏谑，笑得有点邪乎。童欢自凌晨起，对于他的身份又是纠结又是害怕，被他这样一凑，汗毛瞬间竖起来了。苏睿感觉自己都能看到她瞳孔在放大，又好气又好笑，提手就赏了她一个栗子：

"蠢材。"

童欢揉着生痛的额头，不敢顶回去，她有点后悔自己什么都没想就单独跟着苏睿出来了，也许是她心底深处从来不愿意去相信他是木也的人，可当初明明也是他振振有词地教育她，要看证据，别靠直觉做判断。

"你是因为粉窗帘的窗台上放了花，而白窗帘没有吗？也是，小伊那么聪明，一定提前把花收进去了。"

童欢嘿嘿笑着，生硬地转换了话题，苏睿瞥了她一眼，也没拆穿。

"我去过康山家，他家用的是同款的窗纱。"

在那间破落的棚屋里，钩着碎花的雪白窗纱是唯一的精致和亮色，他记得很清楚。

童欢沉默了，她仿佛看到这两个孩子，一个睡在精致的囚笼，一个躺在残破的棚屋，隔着轻如云烟的雪白窗纱，在截然不同的两个世界里，想着彼此，做着同一个梦，光是想一想都叫人心疼。

"苏睿，你能救康山妈妈吧？"

"我会救，但……"

童欢捂住了他的嘴："后面丧气的话就不用讲了。"

"好。"

苏睿的呼吸吐在她有点潮湿的掌心，像一个吻，连带着他热乎乎望着她的眼神，都让她手足无措。童欢连忙收回了手，还在背后擦了擦，像是能把心头那点潮热也擦掉。

"大教授,我跟你说实话,你人长得好,就不要随意撩骚,您老的魅力一般人都扛不住,可衿羽眼下这情形,你别增加我的罪恶感。"

她睁着透亮的大眼睛,说得坦坦荡荡。苏睿心想,自己应该就是喜欢上了她这种毫不介意被人一眼望穿的坦荡,他们的世界都太复杂,显得她的世界简单粗糙却别样美好。

"扛不住就好。"

苏睿哄小孩般拍了拍她的头,丢下句叫人浮想联翩的话,发动了车子。

沿江这一带基本上都是高级住宅区,王家附近更是一片圈地自建的别墅区。当然,王家的别墅依然以位置、风景和鲜明的特色独领风骚。苏睿往前再开了一公里左右,停在了一个双车道小路的路口,旁边就是家装潢别致、充满童趣的双语幼儿园,临近中午,路两边稀稀拉拉还停了几辆等着接孩子的车,看起来不是太突兀。

童欢隔着窗户举起望远镜,发现正好能把白纱窗那间房看得清清楚楚:"这个位置超合适!"

她冲苏睿比了个拇指,继续赞美陆翊坤的望远镜:"我本来还担心看不清,陆哥的装备真牛!就是太重了,没拿稳,看得头晕。"

"蔡司征服者系列的十二倍镜,被你拿来偷窥,已经算浪费了。"

"很贵,对不对?"

苏睿轻哼了一声,没有回答,童欢还是自他的调调里感受到了歧视,也跟着用力哼了一声。

"鄙视你们这些土豪。"

"仇富本身就是一种病态心理。"

"哼!"

童欢心系衿羽,懒得和他打嘴仗,认真地举着望远镜等待,时不时扫一眼手机,看陆翊坤那边有没有新的消息过来。

在担惊受怕里,于衿羽等到了天亮。

素瓦走后,她和乐平都不敢再睡,裹着被子窝在小床上,给彼此一点聊胜于无的鼓励和安慰。随着黎明破晓,几道光从排气扇的空隙里落下来,照在她和林乐平的身上,有点模糊的暖意,门外传来了男人的吆喝声,衿羽又抖了抖,把乐平抱得更紧。

推门而入的是绑他们来的那个小个子,端着很丰盛的早餐,笑得倒是还算和气,但是流连在衿羽身体上的目光,让人恶心又害怕。

他对林乐平非常客气,甚至有点讨好的意味:"小妹妹,想吃什么告诉我,要是不合口味我再去给你买,你还有什么需要吗?"

衿羽附在乐平耳边说了两句,乐平干脆地一指早餐:"你吃给我看看。"

"你们还挺精，放心，陶老大家的人我们可不敢乱下东西。"

他从乐平随手指的几个包点上都撕下一小块，大口嚼咽下去，其间还和颜悦色地同于衿羽聊了一会儿天。

衿羽怕得要命，除了彦伟是缉毒警咬死没说，其他倒是有问必答。

等他退出房间后，衿羽和乐平又趴到被她们连夜用指甲一点点抠大了的门缝上看了好一阵，确定他吃了早餐后一切正常，她们才研究起四周的环境。

外面几个男人正像逗狗一样，把简陋的包点丢给地铺上那群年幼漂亮的女孩。面黄肌瘦的孩子们抢成一团，狼吞虎咽，随他们哈哈大笑，被折磨得早没了反抗的心力。

而在摆放了整摞药箱的另一角，居然还有一个房间，关了四个女孩子。乍看过去，也能发现她们长得都普普通通，但待遇反而比外面那些漂亮孩子要好，有整齐的上下铺，被褥干净，衣着还算整洁，送进去的早餐有牛奶鸡蛋，还有一份水果。

给乐平送早餐的那个叫"雷子"的男人坐在桌边吃了几口米线，又匆匆忙忙被人叫走了，不过看他吃了这么久不像会有事的样子，衿羽就把他吃过的包子拿来和乐平分着吃了。

"别怕，虽然不知道我们在哪里，但是童老师和她哥哥一定会想办法找到线索的，我们得保存好体力。"

她把安慰了自己一夜的话说给乐平听。

"我不怕，陶叔叔也会来救我的。"

比起差点遭遇轮奸战战兢兢的衿羽，小乐平反而显得冷静多了，她还给衿羽说起自己上一次和妈妈被拐卖的情形，以及神仙般从天而降的陶金。

如果衿羽能走出被囚禁的屋子，就会发现关押她们的地方是一家大药店的库房，隔着一条马路的酒店里，有她念念不忘的童家兄妹。而在这家大药房的三楼办公室里，杏林春名义上的主人李平拉上了房门，室内一脸沮丧的雷长学正被王德正盯得不敢抬头。

王德正皮肤偏白，五官长得颇斯文，架着一副圆边眼镜，乍看过去倒像个文化人，而不是做生意的，可是他微笑着摩挲着手腕上的沉香手串的样子，却让雷子的腿一阵阵发软。

他不紧不慢地说道："我就是看你办事机灵又有分寸，才特意把你放到素瓦那个蠢货身边，他要去绑人你怎么不拦？"

"王总，素瓦的脾气我哪拦得住他？"

雷子不说，王德正也猜得到当时的情形，他办事倒是有一说一，很少迁怒于人："你能够第一时间告诉宋民生，也算反应快了。"

王德正叹口气，他昨天夜里九点才坐了六个小时的国际航班落地，在德漂机场就接到了宋民生的电话，听说素瓦直接去把陶金的人给绑了，他气得差点没把车给砸了。

"另外还有个女的是怎么回事？昨晚上你在电话里也讲不清。"

王德正半夜才到家，陶金已经找上门来，他虚与委蛇了半天，半安抚半威慑把人先稳住了，担心陶金安排了人盯梢，不好马上过来查看，只交代雷子他们要把小丫头安顿好。结果另一个姑娘一夜之间居然来了两路大佬保驾，害他清早不得不亲自来探门道。

"她绝对是个意外，素瓦绑林家小丫头的时候恰好被她撞上了，亏得人长得特别好，素瓦起了色心，不然以他的手段，怕是命都没了。"

雷子当然隐瞒了自己看到盘靓条顺的于衿羽也起过一点贼心，他是个聪明人，见王德正从昨晚到今早频繁询问顺手绑来的美女，就知道她不是个小人物，当然要一股脑儿全推到素瓦身上。

"你找芝苗去救人做得很好，她要是出事了，会是个大麻烦。"

王德正最初的怒气发泄完了，渐渐冷静下来，他清楚雷子已经做到能力范围内最好的处理，只是素瓦忽然间捅出这么大的娄子，他有点收不住场。

这几年德光确实起势快、发展迅猛，但是王德正心知肚明，自己根基不牢，手下看似一大把，都是为利益集结，能为他肝脑涂地、肯万事为他考虑的几乎没有。虽然平日里他很看不来陶金义字当头那一套，觉得是过了时的旧玩意儿，但宋民生、雷子这种跟他不过数年的人能迅速上位，就是因为他用起来趁手又机警的人太少，所以在青寨眼里，他拼不过陶金铁桶一样的江湾。

"王总，我早上给她们送吃的顺便摸了一下底，还翻过她钱包，那个美女叫于衿羽，F市人，像是个富二代，是到昔云镇七小来看朋友的，一直和我说愿意花钱赎自己，或者给我一大笔钱让我偷偷把她放了。她口音也不像在Y省长待过，除了昨晚情急之下喊过一句她男朋友是警察以外，在本地不像有什么大靠山，不过她昨晚谎称十七把那二位给唬住了，我看她证件倒是有二十好几了。"

雷子知道主动去获取信息，王德正表示满意，只是雷子的话让他更困惑。

"二十几？那就不适合送去……这件事你先别让芝苗他们知道，这个女孩子不简单，昨晚十二点海叔打电话来讨人情，今儿早上我才睁眼，老猫又约我吃中饭，话里话外也是要捞她的意思，她不会没来头。"

"那就奇怪了，她要是有这么硬的靠山，昨天差点被素瓦强奸的时候，不该什么都不说的。"

"可能是别人托到了海叔他们头上。"王德正这一夜过得很不清闲，坏消息源源不断传来，"警察这次也如有神助，行动异常迅速，你们昨晚八点把人从昔云带走，今早五点2号仓那边已经有情况了。"

"那边只是个普通药仓，还有宋哥照应，不会有事的。"

"那也代表警察很快就找对了方向,可能,黄钟那边也开口了。"

"宋哥不是找了人进去警告过他?"

"没有用,黄钟无牵无挂,烂命一条,还好他知道的也不多。"王德正理了理被自己扯乱的领带,焦头烂额中捋出一丝线来,"你说芝苗后来跟素瓦正面对上,护住了那个姓于的女孩子?她和素瓦关系不是挺好吗?"

"对,而且芝苗走之前又特意交代了我们几个人,要守着门口,别让素瓦坏事,谁都不能动她。"

王德正摸着下巴,若有所思:"平时素瓦搞一两个女孩,芝苗都是睁只眼闭只眼的,怎么这次这么强硬?"

雷子见老板不像是要他回答的样子,就识趣地眼观鼻鼻观心,缩着脑袋当鹌鹑。

Chapter 40
形势危急

王德正是很有野心的人，毒品生意他以前就做，但是货源和成色都不稳定，散做成不了大气候。这回好不容易搭上了青寨的线，他是想借机把盈城连周边的毒品交易垄断了，那么以后盈城就不再是陶金做老大。

夺地盘总是要撕破脸的，他出门前安排了人去盯着林斐然母女，计划在陶金车上动点手脚，替他惹身骚，但绝不是素瓦这样莽撞的搞法。

还有，昔云镇的七小到底藏着什么人物？青寨方面都打了招呼，不能动里面的人，现在芝苗力保的那个姑娘与七小也有关联。

王德正觉得自己最近流年不利，连直肠子不带脑的胡益民都投诚了，警方把胡家连胡小虎都明里暗里保护着，害他捏不住胡益民的七寸。其实胡老虎和黄钟的小动作，王德正早知道了，但是黄钟这个人留着有点用，王德正就不介意他们俩小打小闹喝点汤水。结果素瓦和芝苗知道他们两人没经过登强的允许，就通过登强下线的老路子在走货，犯了忌讳，要去给胡益民"提个醒"，偏偏就撞在了七小门口。

如果当初他能早一步收到青寨不让动七小的口信，胡益民那里就不会让他出差错，压根儿也就不会有后续层出不穷的麻烦。

办公室外有人象征性地敲了一下门就闯了进来，王德正按捺着怒火，看向一脸没睡醒的素瓦，为了做生意，他下功夫学了翡国话，现在简单的对话还是没问题的。

"昔云镇的那个寡妇年纪大，也不是陶金平日的品位，被他丢在昔云，你怎么偏偏跑去绑个无关紧要的人回来，白惹一堆麻烦？"

素瓦不屑地笑了笑："不重要，陶金就不会介意，怎么会麻烦？"

王德正被他堵得气直往头顶冲，却还是压着火解释："我早提醒过你，陶金的为人说得好听是讲义气，难听点是护短护得厉害，就像公狗一样，哪怕只是经过的地盘撒了泡尿，别人也不能碰。"

他知道素瓦为什么会对陶金的人出手，以陶金在道上的评价，还有那支实力雄厚的车队，青寨一直是倾向于和江湾合作的，他不过是对方退而求其次的选择。

素瓦冒冒失失把林乐平绑来，事做得是草率，但看陶金昨晚亲自上门放话的情形，倒是帮他确认了林斐然的重要性。事情逼到这一步，已经完全提到明面上，他只能换个角度想，青寨在南部这么大块饼，以他现有的实力想一个人吞下来还有点吃力，如果起步阶段能有陶金搭档，他会轻松很多，没准往后能顺势把江湾也给吞了。

"瞎扯淡，嗯，瞎扯淡。"素瓦对于自己新学会的这个中文词汇很满意，坐在沙发里跷起了二郎腿，"我听到你派人去盯梢，你这样，你们中国人叫什么……无利……无利不起早的人，不重要的人会派人去盯？既然要盯，不如带回来。"

王德正放在桌下的手狠狠揪住了自己的西裤，做了个深呼吸，又放开了，他心中越怒，脸上反而越平静。素瓦鲁莽又好色，论脑子远不如芝苗，等合作达成，他有的是方法来整治他，这个时候不妨忍耐。

于是他语气还算和气地说道："就算要带，你也该单独安置，不该图省心带到这里，小的还罢了，大的那个什么都看到了。"

如果素瓦没把人直接带回囚室，七叔和老猫都出面来作保，王德正早把衿羽放了，坏就坏在素瓦等于把底都透给她看了，雷子说她还有个警察男朋友，现在他暂时也想不出该怎么处理于衿羽了。

"怕什么，大不了杀了，到时推个喽啰出去顶罪，杀之前我还能用一用。"素瓦垂涎地舔了舔嘴唇，他最喜欢那种白嫩清纯的女孩子，蹂躏起来特别有快感。

"我听说芝苗不让你动？"

素瓦脸僵住了，他想起芝苗说的话，那个阻止他们进一步动作的人他俩可都不敢惹，芝苗是建寨起就跟着老大的人，也算是心腹了，老大最近动作频频，一直被他藏在背后的人就透出点蛛丝马迹来，芝苗这些"老人"心照不宣，据芝苗昨晚说的，老大把那人看得比他自己都重，他们可招惹不起。

现在警方步步紧逼，道上重磅人物求情，陶金态度不明，王德正想着楼下那两个烫手山芋，留得越久越怕出事，实在不行，倒不如真的唆使素瓦把人给办了，至于素瓦……王德正越想越觉得可行，这样既解决了问题，还可以挑起青寨和陶金的矛盾，他最后无非落个看顾不力的罪过。

不过，他已经答应了陶金在会面前确保林乐平的安全，合作没达成，小女孩暂时不能动，不如……先把另一个女孩推出去！

王德正眼中亮起诡谲算计的光，总是挂着笑容的脸孔上闪过一抹阴沉骇人的神色，又立刻恢复了平常和善的样子。

"叔叔。"

王伊纹忽然探身进了办公室。在王德正的地盘里她都畅行无阻，这家店名义上和王德正没有什么关系,其实是他关押人的老窝,怎么从密道上楼她一清二楚。也不知她来了多久,悄无声息地竟然没人发现。

看到她纤弱的身影,王德正的脸色好看了很多:"你怎么没上学,到这里来了?"

"七小的童老师,就是以前来问过我州民入学情况的那个,刚刚来找我了,说她朋友被人绑了,托我探听一下情况。我当然先假装什么都不知道,不过还是觉得不对劲,赶紧请病假过来告诉你。"

小伊深谙九真一假的说谎技巧,看王德正毫不惊讶的样子,就知道学校里跟着的人已经把早上的事报告给他了。她怯怯地伏在了王德正的身边,像只依人的小宠物,仰着莹白的脸孔,一头乌发蜿蜒在他膝上。王德正最爱她这副小模小样,果然眉眼都软下来,他挥挥手示意雷子先出去。素瓦那垂涎的目光毫不掩饰地在小伊身上流连再三,看得王德正脸色发沉,才被雷子拉了出去。

门被带上后,王德正把她一把拉进了怀里,在她身上狠狠掐了一把:"到处给我招人!"

王伊纹扭着腰,很有技巧地把身体贴进了他怀里,勾着他脖子撒娇:"我哪有!"

越过王德正的后脑,小伊看着对面镜子里自己那副恶心的嘴脸,眼里是和娇软语气完全不符的漠然。当年张悦莉带着王德正来昔云接她的时候,她并不知道这个笑得很温和、出手又很大方的叔叔是多可怕的恶魔。他给她找补习老师,送她进州民,对她关怀得无微不至,就在她天真地以为自己真的要苦尽甘来的时候,她被侵犯了,而那个生她没养她的娘还是个怯懦的帮凶。

她反抗过、逃过、自杀过,但是在王德正可怕的控制欲下,她得到的不过是几剂神仙水,每天浑浑噩噩地任人摆布,而且在过量使用的情况下,迅速成瘾。

如果不是重逢了康山,她早活不下去了吧。

身在地狱,康山是她唯一的光,所以哪怕知道自己不会再有明天了,她还是舍不得他。不过现在康山有了摆脱这一切的机会,她不能自私地留住他了,苏教授和童老师的忙她一定得帮,最好是能豁出命地帮,才能帮康山把逃离这一切的阶梯托得稳稳的。

"叔叔,我刚不小心听到一点,需要我帮忙吗?"

王德正在做的事早就没有瞒过王伊纹,事实上,除了全权掌控她的生活以外,他对她也颇为宠爱。

抚摸着她柔顺的长发,王德正微笑着吐出一句话:

"怎么,为了你的小男友,想给童老师帮忙?"

这一刻,王伊纹很感谢自己这两年在王德正面前已经练出了精湛的演技,身体能抵抗住恐惧的本能,依然维持了柔软。

她微微抽离了身体，咬着下唇委屈地看着面前的恶魔，什么都不说，果然王德正还是很吃这一套，先放软了语气：

"觉得受冤枉了？"

"我回昔云会见一下康山和秀云姨，还有其他当初很照顾我的老乡，是早和你说过的。而且是你春天的时候让我多接触一下康山，套他的话，看他和秀云姨到底知不知道山里的老路，去他家找找有没有留下什么线索。"

小伊从没想过自己和康山接触的事能完全瞒住王德正，所以直到王德正提出让她找康山前，她都只敢保持和去其他街坊家一样的频率，去康家看看秀云姨，和康山说几句话都能在心里反复回味好久。

可是到今年她毒瘾已深，觉得自己反正都活不长了，王德正又要求她去打探消息，她是抱着绝望的心，想给自己痛苦的人生在末尾留点甜头，才豁出去了，两人终于能单独散散步、聊聊天、吃个饭，做这些以前想都不敢想的事情。而且她交代了康山要时不时透一点无关紧要的话给巴兰，让这边觉得有希望，就不会轻易动他们娘俩，她同时一直在替康山找出路，万幸，苏教授和童老师他们也及时地出现了。

"我让你多接触，可没让你谈恋爱。"

王德正似笑非笑地看着她，小伊知道自己那点道行在老狐狸跟前不够瞧，干脆坦然地承认，还软软地撒着娇："我是和他谈着玩了玩，有什么比小女朋友问话更能让他开口的？你既然都知道，就该知道我们什么事都没有。"

"你俩是真有事还是假有事我不知道，不过，要不是那小子一直对你规规矩矩的，我早丢他进江里喂鱼了。"王德正抚着王伊纹的背，动作极为轻柔，仿佛嘴里说着残忍字眼的人不是他，"库房里那些人你不用操心了，我有安置的地方，这周你再回趟昔云，劝康山答应巴兰的要求，最近一定要把他爹当年死都不肯说的那条路找出来，不然让巴兰断了白秀云的药，我找人请她来家里做做客。"

想要和青寨合作，他必须开辟出一条能让他保证稳定运输的路来，目前由各处汇总来的消息看，除了被震断的山崖，老路有数段连的是二战时山民在哲龙山中挖出来避战乱的暗道。随着和平年代到来，穿山隧道和公路修建，山中的老路慢慢废弃了，多年后才被参与运毒的老人重新探通利用起来，沿途不仅荒无人烟，而且能通往附近数个乡寨。

可惜由于各寨各族间的隔阂、蔽塞，更因为毒贩队伍之间的竞争、碾压、灭口，知道部分暗道的人到八九十年代已经所剩无几，大概也只有康家这种数代老中医，多年来在各寨救死扶伤德望颇高的，才可能有相关信息。

王德正肖想这条断崖路早不是一两日，但深山密林里，他们连老路的大致方向都不知道，更不要提一些路段被藏在地下的暗道，他前前后后派去三批人，都有经验丰富的专家或者山里老人带队探路，一一折戟而返，被蛇虫咬伤的、迷路在山里多转了四五天差点饿死的不计，其中一个高价请的向导还跌落山崖送了命，赔钱还罢了，事情若闹大，知道的人太多，就算探出路来也再没有价值。

否则他哪会容得康家那小子和王伊纹眉来眼去，十个康山都早被他碾得渣都不剩，如今线放了这么久，也该收网了。

忍住心中的寒意，小伊温驯地依偎在他怀中点了点头，王德正就喜欢她柔顺娇怯的模样，满意地压着她的头亲了两口。

日头上移，路边的阔叶在热风里翻出明晃晃的银光，蝉开始声嘶力竭地喊叫。

苏睿虽然把车停在了树荫下，车内的温度还是逐渐上来了，为了避免被发现，童欢只敢把四扇车窗开条小缝透气，也不能发动车子开空调，怕热的童欢捧着沉甸甸的望远镜，渐渐地有点坐立不安。

她先是把肥大的布裤子夸张地卷到了大腿上，又把上衣也卷成了无袖装，咕嘟咕嘟灌了一大瓶水后，开始撩起衣摆扇风透气，闪着晶莹汗珠的紧致腰身在苏睿眼前忽隐忽现，他一掌拍掉了她的手。

"干吗呀！"

"不雅。"

"我……"童欢咬着牙把到嘴的脏话给吞了下去，放下望远镜，双手合十冲他一拜，"大少爷，我热得要蒸发了，你不热吗？"

她本来就是怕热的人，现在心急，等得又烦，只是撩一下衣摆已经很克制了。

"心静自然凉。"

童欢很无语地看他一袭休闲衬衣、长裤，用一种懒洋洋又说不出来的好看弧度歪在半降的椅背上，果真一滴汗都没有。

"怪物！"

她贪凉，忍不住往他那边靠一点，以为是他那个位置凉快些。苏睿能感觉她的身体带着腾腾的热气蹭了过来，摸出手边的一瓶水，格在两人中间。

"喝水。"

童欢哭笑不得："你别一副我想非礼你的样子好吗？"

"你出了很多汗，臭。"

童欢欲哭无泪："我不敢喝水了，我再喝会想尿尿……干吗一脸嫌弃呀，尿尿也不雅是不是，你未必不尿……"童欢边说边看了一眼望远镜，吐槽的声音戛然而止，她又看了一遍，心猛地沉下去了，"苏睿，小伊把窗户推开了。"

与此同时，苏睿的手机里收到了陆翊坤的信息，说他托的人回了话，衿羽没捞得出来。

Chapter 41
心字成灰

童欢打开车门就想往外冲,被苏睿长手一把拽住衣领。

"你要做什么?"

"小伊说过,如果她推开窗户,代表有危险,我最好马上去见她。"

"她说的是马上'想办法'去见她。"

苏睿清楚地记得童欢的复述,当然,以童欢的记忆力,她自己更不会忘记。

"想办法……要什么办法?我是陆总的妹妹,上门找小伊,顺便确认上次王总说要资助我们学校学生的事。"

童欢用力一扯,挣脱了苏睿的手,灵活地蹿了出去,她算好等苏睿从驾驶座那边下来,以她跑步的速度起码已经隔了几十米远。就算男女速度有差异,但坚持锻炼的自己未必跑不过四体不勤的苏睿,万万没料到苏睿压根儿没有下车,直接发动车子追了上来。

"上车!"

童欢钻进道旁的灌木矮林,把头摇得像拨浪鼓:"不要!你不会准我马上去,可是衿羽在等我救命。"

"王德正知道警方查上门,也可能已经知道你和于衿羽、林乐平的关系,你不能贸然去他家。"

"那你还带我来王家。"

"来是为了接收信息,不是莽撞行动,童欢,我会帮你把于衿羽救出来,你相信我!"

苏睿踩着刹车配合她的速度缓慢徐行,再次冲她伸出了手,可是童欢嘴巴一扁,露出可怜又纠结的神情:"我不知道该不该相信你。"

苏睿这才想起早晨她看过口供后不难猜测的联想,既气得想剖开她脑袋把里头的水倒出来,又被她一本正经的愁苦逗得想笑,一时间表情失控,在童欢看来更是怪异莫测,越是俊美的五官越平添几分诡秘。

见自己什么都没做,对面的人已经紧张到瞳孔收缩,苏睿无语地压低手掌,做出少安毋躁的手势，另一只手松开方向盘拨通了陆翊坤的电话。

"对，我们在王家，王伊纹给出了情况危急的信号，"他停顿了一会儿，听完那头说了什么后，点点头，"好，等你。"

童欢狐疑地听着手机那端模糊的声音，没法确定是不是陆翊坤，苏睿发现自己更受用她过去信任满满的大眼睛，现在只要一瞧见她支起耳朵努力辨认的样子，仿佛惊弓之鸟，心头的火就噌噌往上蹿，明明可以按了免提外放打消她疑虑，偏偏直接挂了电话。

"陆翊坤陪你去。"

"要多久？"

"他一接到人要不出来的消息，已经立刻往这边赶了，二十分钟吧。"

"二十分钟，二十分钟，"童欢像热锅上的蚂蚁，在小林子里急得团团转，"我怎么知道现在是不是分秒必争的紧要关头。"

"那也只能等，我们不能自乱阵脚，再折人进去。陆翊坤和王德正有往来，身手也足够保一个人全身而退，只要，"苏睿目光一凛，"只要不动枪。"

童欢黝黑的眸子也跟着缩紧，在日光下活脱脱一双受惊的猫眼，苏睿拿出了对Dirac都没有过的轻缓语气，像诱哄猫仔一般，缓缓地招着手："你先上车，王家前后左右全是摄像头，别惊动了他们，一会儿连王伊纹都见不上。"

童欢不是拖泥带水的性格，只略加思索，就抱着满腹疑窦飞快地跳出了灌木丛，钻进了车里，恰好手机里收到了陆翊坤的微信，他用一贯令人踏实的声音安抚着童欢。

"三三，别急，我马上就到，你们等我来再行动，你放心，我找的人虽然没救出于衿羽，但是他保证今天出不了事。"

有了陆翊坤的担保，童欢快要炸裂的情绪稳定下来，对上苏睿斜挑的眉眼里明明白白的嘲讽，不自在地扭了扭身体，尴尬得不知道该说些什么。苏睿一定已经猜到她的怀疑，而除了只相识一个月的她，认识苏睿多年的彦伟和陆翊坤都坚定不移地相信他是好人……

"苏睿，你和木也到底有没有关系？"

她忽然看向苏睿，圆圆的大眼纤尘不染，清透无瑕。

苏睿没料到她直接问出了口，两人接触了这么长时间，他知道童欢虽然不喜欢藏着掖着的人，但剖开大大咧咧的表象，她的言行举止其实非常有分寸，聪明地控制在了安全合理或者别人能够忍受的边缘。

所以她能直接问出口，就代表她心底是不愿相信的。

这个认知取悦了苏睿，以至于被她猜忌的郁闷都在心口炸成了烟花，带着瞬间膨胀爆发的喜悦，一路从心底爬上了他的嘴角。

童欢看着他含霜的面孔忽然间冰雪消融，笑出乱花渐欲迷人眼的春意漫漫，视觉轰炸的同时，一口气吊在喉间要吐出老血来。

"我很认真在问你话,你笑什么春!"

苏睿完全不介意她恶劣的用词,反而笑得更开了。

他记得自己振振有词地教训过童欢,不要依赖感觉来妄下判断,而要凭借实际证据和建立在逻辑上的推断。现在她内心的直觉压过了她曾在他房间看到的诸多疑点,还有具有指向性的口供,他却如此开心,完全不介意自己向来理性的心绪轻易被摆布。

而面前这个粗线条的家伙应该没发现,掩盖在她自己焦虑之下,同样被撩拨得蠢蠢欲动的心吧?

剥茧抽丝、寻踪觅源的苏大教授迅速确认不是自己单方面动心,满意地望向远处,王伊纹窗边那一点隐约的雪白纱影仿佛她生命里一点无瑕的光,他颇为感慨地吐出中学演舞台剧时曾嗤之以鼻的一句话。

"A murderous guilt shows not itself more soon than love that would seem hid:love's night is noon.(爱比杀人重罪更难隐藏,爱的黑夜有中午的阳光。)"

英语堪堪过了四级,听他一口纯正伦敦腔跟鸟语似的童三三只从鼻腔哼出口粗气以示不满,虽然靠仅有的一点能力捕捉到了类似 love 的单词,也完全没料到自己刚刚被眼前的帅哥借莎士比亚告了白。

"哎!中文,中文好吗?问你话呢,你和木也到底有没有关系?"

"有,"他故意先说半截,喘口大气,看到她像受惊的猫咪一样身子一弓,按住门把手就要往外逃,才慢悠悠地把后半句丢出来,"追查和被追查的关系。"

童欢已经高度紧张到脑补了一百种被封口的方法,听他说完瞬间像只被戳破了口的气球,晃两下软倒在副驾驶座上:"你说话不大喘气会死啊?"

苏睿难得不介意她骂人,还笑得很欠扁:"不会,但没这么好玩。"

"哪里好玩!哪里好玩了!我真是 @#¥%&*……"

童欢被激得差点没跳起来撞上车顶,一大串脏话裹在喉间自动消音完,冲他翻了个大大的白眼,继续拧着手指担忧着自家小羽毛。

苏睿自己也没想到,三十出头了喜欢上个丫头,会生出玩猫逗狗养宠物般的乐趣,还颇乐在其中。可惜眼下有童欢至亲的好友卷进案里,他不好肆意勾搭,免得摸到这家伙的逆鳞弄巧成拙,只能有一搭没一搭地逗弄着。

"那你抽屉里为什么有我的资料?不,有我全家的资料?你为什么要把我查个底朝天?"

童欢自认身家清白,背景简单,没有任何值得调查的空间,而苏睿抽屉里那几袋资料就像躲在柜中的老鼠,盘在梁上的蛇,想起来就要恶心她一把,吓死她一堆脑细胞。现在既然已经开口问了,不如把问题都摊开了讲,免得她总自己把自己吓个半死。

"不如你先给我说说,我放在抽屉里的东西你怎么知道?"

"呃，那个，哦，这个嘛，你懂的，嘿嘿。"

"我是受人所托。"

"谁托你查我？我有什么好查的？喂！你别又摆出一副高深莫测的样子，不能说是吧？"

"嗯哼。"

"那陆哥呢？陆哥你为什么也要查？别介，最看不得你这副嘴脸，又不能说是吧？哼！"

童欢恼火地把脸一偏，气呼呼的圆脸像鼓出来的包子。苏睿忍不住伸手戳了两下，被她拍掉，才笑着给她透了点违背原则的底："你不妨问'你陆哥'，看他愿不愿意说。"

"阴阳怪气！"

知道对苏睿这样的人刨根问底不管用，童欢果断地放弃了追问，两人争执告一段落，正准备将车开走，却看见有两个保安开着四座的小电瓶车过来了。

"请问您二位到这边来有什么事吗？"

王德正手下的人同样维持了他那种表面的礼节，穿着整洁的白衬衣、西裤，乍一看倒像正经的工作人员，说话也客客气气，但小年轻的脸上有藏不住的戾气，看起来就不是善茬。

童欢一会儿还要进屋去见小伊，不能假装找他人的家迷路，她只是非常迅速地用腰靠把望远镜遮住了，一脸茫然又无辜地看向来人。

"请问那栋最大的别墅是王家吗？我找王伊纹同学，在周围转了两圈了，没看到门牌，不敢确定。"

"是陆总和童老师吗？王总刚才打电话来交代过，会有贵客上门。"

两人态度更和气了些，做了个引路的姿势，显然陆翊坤在赶来的同时，已经迅速又周全地做了备案。

苏睿漫不经心地应了句："陆总有事耽搁了，一会儿才到，我是他司机，先送童老师过来。"

来人疑惑地将浑身上下没一点像司机的苏睿打量来去，也没说什么，引着两人往王家去。

童欢一路都在后悔自己的冲动，苏睿之前停在幼儿园旁边是很好的掩护，一定是她跑出来又与他对峙，被王家的保安通过监控看到了，才上前来查看。

趁着两人用对讲机通知里头开大门，苏睿压低声音问道："一个人进去，怕不怕？"

"不怕，我知道你是要留在外面接应。"

"最近变聪明了一点。"

苏睿知道童欢不会放弃见王伊纹，所以迅速撒了一个不怎么有说服力的谎，就是为了能留在外面，眼下情况不明，不能两个人都陷进去。他没有理会保安的指引，把车停在了大门外，表示自己要等陆总，然后做戏做全套，绕到另一侧替童欢拉开了门。

"我们双方都是揣着明白装糊涂，你也不用特意遮遮掩掩，进去见了王伊纹，尽快出来，如果情况不对，想办法拖延时间，陆翊坤应该就要到了，这么个小宅子困不住他的。"苏睿在她耳边飞快地说完，或许是觉得自己把气氛渲染得太紧张，微微一笑，在她肩头用力捏了一把，像是要把气力灌进她的身体，"去吧，有我们在，龙潭虎穴也能闯一闯的。"

童欢诧异地看着难得对她说出积极言论的苏睿，像看到了外星人，他这样的人，嘴刁钻人精明，顶着一张好看的脸"作威作福"，偏偏一句"有我们在"，就让她秋千般晃在半空的心定了下来。

她也笑了，用力点点头："好。"

王家别墅里的装修沉稳大气，童欢虽然不像苏睿能一眼扫出那些不显山显水的高价物件，也看得出屋子布置得很有格调，壁画、摆件没有附庸风雅，恰到好处一点复古风的点缀，赏心悦目，更没有暴发户气息。

自童欢进主屋起，鼻端就萦绕了一股很清淡的檀香，她有个常年茹素礼佛的叔叔家也有同样的味道，想想王德正所做行当，还有人前的慈悲模样，哪知道背地里是个满手滔天罪孽的恶徒。

一个又高又胖的女人等在大厅，见到童欢笑眯眯地走上前来，她脸颊被快溢出来的肥肉撑得油光透亮，走路时像果冻一样颤动着，看上去分不清她是真笑，还是牵扯着皮肉的晃动，显得滑稽又怪异，然而她行动灵巧，硕大的身躯能给人步履轻盈的感觉，怕是有扎实的功夫底子。

"童老师，欢迎欢迎，伊纹在花房，我带你过去。"

她喜笑颜开，异常热情，童欢看过案卷，知道她就是在王家等同管家身份的拿婶，之前她帮康山打电话时曾被她严厉"拷问"过，只是和眼前这副亲切的模样对不上号。

"童老师，前几天电话里我们通过话的，青春期的女孩子嘛，家里要管得严一点，所以来电找伊纹的，老板和悦莉都交代我要先把关，我态度要是太严肃了你别介意。"

拿婶搭着童欢的手臂带着她往前走，以示亲近，胖人皮肤在空调房里那种滑腻腻的冰凉，贴得童欢一个激灵，再看着她挤在肉里的两颗眼珠子笑得犹如卡进发面馒头里的馅心，背后的汗毛不自觉就竖了起来。

不过能随意直呼小伊母女的名字，可见拿婶在王家的地位，童欢连连摆手："不会，不会。"

她长着一张软萌的圆脸，笑起来眉眼弯弯，天然有副全无心机的面具。两人各怀心思，在去花房的路上说着不知真假的话，聊得有来有往。

才走到后院,就有浓郁的芳香传来,爬了满篱的蔷薇簇拥着一间宛如童话故事里的圆顶玻璃房,玫瑰红浓欲滴,水仙顾影自怜,亭亭玉立的郁金香,还有各种珍奇的兰花,以及童欢名都叫不出来的花,层层叠叠颇有章程地摆置着。

开门那一瞬,浓郁到仿佛会凝结成形的香味喷涌而来,王伊纹穿着雪白的长裙,坐在原色的藤椅里,漂亮的眼睛倒映着身边的繁花似锦,眼底却一片荒芜。

"童老师,你来啦。"

小伊礼貌得无可挑剔,可她看拿婶站到她正面半米开外,这个距离想迅速说一两句耳语或者无声口型都做不到,她的笑容里,有说不尽的讽刺。

童欢和小伊见面的次数并不多,每一次她都有不同的面孔。

大榕树下初见,以为她不过是普通的小情侣,还因为久坐不动被自己怀疑。在如意小馆和康山用餐,她压抑着看不够彼此的热恋,是藏不住的如胶似漆。学校里,她成了淡漠的少女,虚摆一张娇柔的笑脸。而现在她像即将燃尽的一团灰,已经没有什么能让她温暖起来,除了康山,也只有康山。

所以拿婶侧身关门的瞬间,她望来的目光里,腾起了两簇微小的火苗。

只有一瞬,又迅速被掩盖了。

童欢咬着下唇,心里是自知无用的怜惜,十七岁的孩子,要被多艰辛的人生碾过,才会生出这么善变又成灰的一张脸?

Chapter 42
传递信息

"童老师，州民学风很好，但是下面来的孩子如果成绩不够优秀，肯定会吃苦头，王叔叔和妈妈当初为了让我进州民也是花了很大力气。"

王伊纹拿起一个小巧精致的水壶，浇着身边一丛娇贵的"碧玉奇素"，在日光下半透明的手指映着浅碧的兰花，异常秀美。

童欢暗自焦急，照苏睿所说王德正一定知道她的来意了，小伊为什么还要提她当初打掩护用的考校理由，不过看看旁边明摆着在监督的拿婶，她耐住性子没追问。而且她才发现小伊明明已经跟着王家改姓，却叫王德正"叔叔"，而不是"爸爸"，虽然没问题但还是奇怪。

"我初中没打好底子，在州民成绩普通，幸亏进了校舞蹈队，算半个特长生，才勉强读下来了。如果你们学校的孩子有舞蹈、绘画方面的特长，应该要好好培养，或者能往奥赛方面走更好，州民数学、物理奥赛组尤其厉害，今年还有人拿了全国物理奥赛一等奖呢。"

从头到尾，童欢几乎没有什么发言的机会，只有小伊絮絮叨叨说着自己在学校的琐事。王伊纹和康山当年都在七小读过书，所以七小孩子的家境她应该很清楚，像舞蹈、绘画、奥数这些需要费用栽培的特长对于七小的孩子来说，根本就不可能。

连苏睿都盖章过"聪明"的小伊一定是在透过这些话给她传递信息，童欢自己想不到，就只能用笨办法，把小伊说的每句话、每个动作都尽量记下来，一会儿出去好说给苏睿听。

这时有厨师端了小点心和茶过来，质地细腻的蓝粉骨瓷茶具盛着汤色澄亮的红茶，摆放在三层塔上精美小巧的点心，坐在馥郁芬芳的玻璃花房里，本该美好得如英伦老庄园里一场悠闲的下午茶，每寸日光都和煦安逸。

然而拿婶另端给小伊的却是一碗味道浓重的汤药，还顺便问了童欢要不要在这边用饭，童欢表示不用后又再三挽留。

王伊纹心中冷笑着接过了药碗，这个时候提前端药来，当然是在警告她不要乱说话，她干脆地把药一口灌了下去。

"你哪里不舒服吗？"

"没什么，就是让我看起来气色好一点的药。"小伊想起藏在自己大腿根部密密麻麻的注射针孔，笑容讽刺，王德正当然不希望她一副枯瘦、恍惚的瘾君子相，不知找人配的什么汤药，起码喝下来她除了略显苍白，气色还算正常。

童欢实在听不出什么有用信息，试探着问了一句："你既然不舒服，我不打扰你休息了，要不先这样吧？"

没想到小伊并没有挽留，反而客客气气把人送出了花房，在经过门边蓬勃生长的夜来香和满天星时，她貌似顺口地说了句：

"拿婶，麻烦你剪束满天星送给童老师，这花好养又经放。然后……家里酿的小米酒还有吗？你帮我挑一罐，让童老师带回去给校长吧，张校长最爱喝小米酿的酒了。"

拿婶当即提议送点漂亮贵重的花，童欢虽然不懂小伊的用意，还是表示自己是连多肉都能养死的人，满天星这种直接能做干花的品种更适合自己。

小伊像是要避嫌，剪花都是拿婶动的手，只是最后说花枝太散不好抱，用胶带粘了一下，放进了一个方形的花瓶里，自然胶带和花瓶也是别人去取的。

"童老师，我随便绑了一下，花型不好，你回去可以调整一下次序再插一下。"

她站在花房门口，没有送客出去的意思，童欢就这样懵懵懂懂地跟着抱了一大瓶满天星的拿婶离开了。

王家的后院显然是有专人设计打理过的，奇石活溪，松竹荫翳，盛夏之际依然日凉风清，别有一番幽静。拿婶带着童欢穿过蜿蜒小径，也不知是不是小伊的循规蹈矩让她很满意，她心情大好，热情地给因为一无所获而失落的童欢介绍起了院中木石，还伸手摘了枝酸杷递来。

"童老师，你放心吃，我们院子里种的果树都是没打过农药……"

拿婶像是被谁掐住了喉咙，声音消失了一瞬，童欢下意识顺着她的视线看过去，只见萝薜垂帘的深处匆匆走过了一个戴着黑色口罩的男人，手中拿了一个方形纸袋，正微佝偻着腰往花房方向去。

虽然拿婶立刻又笑着转过身给童欢说起了话，敦实的身躯却有意无意挡住了男人走去的方向，不过视力极好的童欢在看过去的那一刹，恰好对上了男人阴沉的双眼，还看到他口罩上沿处一颗抢眼的黑痣。

也因为那颗在网上常被吹捧的所谓泪痣，童欢顷刻间把口罩男的眼睛和案卷里孟东勒的照片对上了，她忍不住伸长脑袋追看过去想确认，拿婶把满天星高高地塞到了她的手里，一大蓬星星点点的小白花完全遮住了她的眼睛。

"童老师，你看什么呢？"

童欢回神，对上了拿婶皮笑肉不笑的脸，摇摆的树枝在她脸上投下了变幻的暗影，显得她打量的目光越发瘆人，童欢生出了犹如小动物感知危险的本能，干脆大方地指了过去。

"刚才那人戴着口罩怪怪的，小伊一个人在花房呢，要不要去看一眼？"

拿婶探究的意味不减，随口答道："那是家里的花匠，因为脸上严重过敏怕吓到人才戴的口罩。"

"哦，那我们走吧，我哥的司机还在外面等着呢。"

她率先往外走去，却感觉拿婶森冷的目光如附骨之疽盯在后背，盯得她汗毛一根根竖了起来。

"童老师，还有酒没拿，米酒是王总找老师傅按古方酿的，外面轻易喝不着。"

拿婶手按在她肩膀上，力道很柔，却丝毫挣脱不了，童欢的鼻尖冒出了汗珠，想起苏睿的叮嘱，脚下一崴直接跌坐在地，手中的花瓶也应声而碎，她抱着脚踝哼唧起来。

"童老师，你没事吧？"

拿婶的手才碰到她脚踝，她就尖叫两嗓子，大声呻吟起来。

"哎哟，别，别碰，痛！痛！你等我缓缓。"

闹出这么大动静，自然有王家做事的人赶过来，有人麻利地捡起了地上的玻璃碎片，有人帮忙抱起了花，而在童欢夸张的呻吟里，身形庞大的拿婶居然轻松地把她抱了起来。

"你要干吗！"

童欢声音瞬间拔高八度，她感觉自己陷进了一片软肉里，还是冰凉得像冷血动物一样的软肉，吓得头发都要竖起来了。

"童老师，你痛得背都湿透了，我带你去上药。"

"不用，不用，我歇一下就好……啊！妈呀！"

童欢急得要哭了，忽然被另一个温暖、带着汗味的怀抱给接手了，一抬头看到陆翊坤喘着粗气却焦急关切的脸，还有他跑出来的满头大汗，心瞬间踏实了。

陆翊坤刚到门口，就听见童欢的大叫，都来不及向保安表明身份，拔腿硬闯了进来，现在看她基本完好，就是腿上被玻璃碎片划了几道血痕，长舒一口气。

"丫头，没事别乱叫，老人家心脏不好，经不起吓！"

隔着薄薄的T恤，正贴在陆翊坤左胸的童欢果然听见了他激烈跳动的心脏，怦怦地像鼓槌敲击着她的耳膜，却特别有安全感。她用口型说了"对不起"三个字，可怜兮兮地，像招财猫般把手放耳边啄了两下米，陆翊坤严肃的面孔就裂出点笑意来。

头一回有人轻描淡写地就从她手里夺过"东西"，拿婶也愣了两秒，才抬手要有动作，陆翊坤双手稳稳托住童欢，脚下往拿婶膝盖处一踢再一带，近二百斤的妇人就斜摔出去了。

这时，追着陆翊坤的保安才赶了过来，因为不明情况，看到倒在地上的拿婶，立刻挥着腰间的棍子围拢上来，陆翊坤两脚先踹飞了两个，童欢看他们倒地以后痛得蜷成一团的姿势，都感同身受地倒吸了口气，余下几个看这架势一时也不敢上前了。

"连我是什么人都没弄清楚，你们就敢动手？"

陆翊坤目光凌厉得像变了一个人，有冰封千里的寒意，可被他牢牢护在怀里的童欢却恨不得鼓掌大喊"好帅"。他压根儿不理会拿着对讲机招呼同伴的保安，让童欢掏出他兜里的手机，语音拨通了王德正的电话，一句废话没有，直接硬气发问。

"王总，我妹子在你家摔了，我要带她走，行不行？"

说完，他抛了个眼神给童欢，童欢会意，按下了免提，陆翊坤确定已经焦头烂额的王德正不会想在这个节骨眼上再和他正面杠上。

果不其然，电话那边短暂的安静后，王德正彬彬有礼的声音传来："怎么会发生这种事？伊纹和拿婶呢？我一再交代要好好接待你们，童老师怎么还摔跤了？摔得严不严重？我找人送你们去医院。"

陆翊坤的语气罕见地冷硬："不用，我家司机就在外面，只是我和你家的人发生了一点小误会，你不会介意吧？"

"当然不会，有误会也一定是我手下没搞清楚情况，您先带童老师走，我改天再登门致歉。"

挂掉电话，陆翊坤抱着人就往外走，狐假虎威的童欢居然还伸手指了指被抱在他人怀里的满天星："陆哥，小伊送我的花。"

陆翊坤眼一横，说了句"喊她给你送车上来"，抱着人就往外走。

拿花的人被他气势所慑，战战兢兢看了眼痛得依然起不了身的拿婶，见她点了点头，立刻小跑着跟了上去。

已经发动了车子在等的苏睿一看童欢是被抱着出来的，先是一惊，继而看到她居然伸手在给陆翊坤比画什么，而陆翊坤也是副天塌下来老子都顶得住的表情，就放下心来。等两人上了车，接过花，居然还有个保安又提了两坛子小米酒跑来，还满脸赔笑，苏睿硬是在牛皮哄哄地坐在后座的陆大爷身上看出了打劫的土匪气。

车子一开动，陆翊坤从苏睿包里翻出仪器，把车上和三人身上都扫了一遍，确定在王家停留期间没有加点东西带走，童欢开始讲和小伊见面的情况，因为停留时间短没太多可说的，车子还没驶出盈江大道，童欢就已经把前前后后都讲清楚了。

"花、胶带和花瓶呀都是拿婶找人去随便选的，不过胶带是小伊自己贴的，拿婶帮我抱花的路上还把枝叶都掰开看了。"

苏睿扫了一眼放在前座的满天星，枝干上的胶带被贴成了一个工整的"×"形："木上加'×'，这个不难猜，还有两坛小米酒……"

他脸色一沉，问道："陆翊坤，小米是不是又叫粟？"

"对。"

"小米酒是粟酒……还有什么……"苏睿的手指轻轻敲着方向盘，"她能接触的东西很有限，也设不了太麻烦的暗号……花本来是放在花瓶里的？"

"对，一个透明的四方花瓶，大概这么高这么宽，还说插得不好看，让我回家调整一下。"

童欢比画两下，还想再仔细形容，苏睿已经急打一个方向，往州民开去，同时拨通了龚长海的电话："龚队，请设法让陶金知道王德正已经起了杀心，我们必须马上行动，而且孟东勒就在王家，可能是和王德正一道从琅国回来。然后派两个便衣带证件到州民等我们，我们需要去学校搜查取证。"

本来还在拨弄那两坛酒，想看看罐子上有没有玄机的童欢惊得酒坛都跌落了，幸好陆翊坤手快接住了才没被砸到脚。

"小伊'说'什么了？"

童欢艰难地开口。

"王德正起杀心了，要瞒住素瓦动手，按他的惯例，应该最后会把责任推给素瓦。"

听懂了的陆翊坤取出纸笔，在白纸上写下"满天星""粟酒"，然后在天字下加了个花瓶式样的"口"，旁边写下一个"木"，然后比着胶带在上面画了"×"，然后再调整了一下几个字的顺序。

纸上变成了满（瞒）吞，杀星（心），粟（速）酒（救）。

童欢接过纸，手抖得差点拿不住，陆翊坤暖和的大掌盖在她手背上："放心，有我们在，不会让她出事。"

苏睿也多解释了两句："王伊纹明知道七小的孩子上不了辅导班，还一再提，一定是在离开学校时预先留下了重要信息，如果情况不对，就想办法通知我们去取。"

专案组的资料里提及，王伊纹是校舞蹈队的主力队员之一，课后还参报了奥数班，拿过Y省奥数比赛的三等奖，绘画和物理方面倒是没有突出表现。

三人抵达州民后，龚队派来的两个便衣已经等在路边，苏睿在他们向门卫表明身份后简单询问了几句，就带着众人往舞蹈室去了。

德漂州是多民族汇集地，民众大多能歌善舞，所以舞蹈队也是州民的活招牌，满满的奖杯墙，专业练功房，从北京高薪挖来的老师，带二十四小时热水淋浴的更衣室，无一不显示学校历年花的心血和重视程度。

陆翊坤按童欢的嘱咐牵制住了上午监视过小伊的校工后，苏睿很快找到了更衣室里贴了王伊纹姓名牌的储物格，童欢略作回想，在密码锁上转出康山的生日，锁头应声而开。

储物格里整齐摆放着更换的衣物、舞鞋，还有四五本书，苏睿果断地抽出了摞在最下面的物理奥赛模拟题，一目十行地扫下去。

前面两套试题都是按顺序做下来的，且有更正记录，唯独最新的一套试卷，只做了两道大题，苏睿一眼就看出那两道题中间各有两行算式列错，而算式结果偏偏又回到了正确答案。

苏睿用手指简单比画了一下，算出了四行错误算式应该得出的答案。

97，24。

94642，70806。

苏睿略加沉吟，简单排列组合，在手机上搜索之后，97.94642、24.70806 的地址是盈城燕源小区，97.70806、24.94642 是永南街卫生所。

有了方向，苏睿想了想童欢复述的对话内容，抽出另一本奥数参考书，在最新完成的那一页里，用同样的方法算出了应该是栋号或者楼层的1，门牌号或者房号的103。

而美术绘本里，简单勾勒的卡通少女身上的护士服指明了确切方向。

童欢跟着苏睿往外走，前来碰面的陆翊坤翻了翻资料书，直咂舌："也亏得是你在，不要说王德正那些肚里墨水不够的眼线，就算是我，拿到这两本理科奥赛题，翻两小时也翻不出里头的错误来。"

"我一直好奇，你们为什么要对所谓的理科畏惧如虎？"

苏睿瞟了一眼因为焦急连路都走得心不在焉的童欢。

陆翊坤看看童欢可怜巴巴的样子，忍不住帮她怼回一句："不是我畏惧，是在你大教授眼里所有的都是基础常识。"

"任何一门学科都有优美或实用的地方，"苏睿扬了扬手里的参考书，"你看王伊纹，运用得多灵活，这么聪明的女孩可惜了。"

饶是苏睿，看完这些预留的信息后也颇有感慨。她早上和童欢分开前确认了两人所长，为防万一预留了地址信息，发现情况危急，就在拿婶眼皮子底下，和童欢的对话里步步指明了方向。

与此同时，龚队返回了信息，陶金正在和青寨接触中，让他们再等半日。永南街卫生所已经赶去一组人盯梢，为了保险起见，燕源小区1栋103也通知了片警过去查看。

"半天？王德正只和陶金保证了会面前林乐平的安全，小伊既然传出速救的信号，又给了新的地址，对方肯定已经在转移，等两个小时太危险了。"苏睿看着急得满头大汗的童欢，问道，"龚队，如果不是官方行动，而是我们几个的私人行为呢？"

"陶金的意思，也只是建议我们警方行动暂缓。"

龚长海作为警务人员，当然不能给出私人救援的建议，所以表达得很委婉。

"好的，我明白了。"

位于盈城老区的永南街，是故步自封只会话当年的旧居民和在底层挣扎生存的小人物混居的地段。守着买收摊残菜的老人，躲在暗角等捶门房东离开的租客，蓬着乱发自屋里泼出盆污水的妇人看一眼门前堵塞的下水道，骂骂咧咧去揪趴在台阶上看人玩手机也不肯回家做作业的孩子，跑了整天的外卖员因为迟送了一单又被投诉，沮丧地拎着头盔往家走。

终年不散的湿气、汗味、霉味弥漫在嘈杂狭窄的街道，就像无形的桎梏束缚着这困顿又难以摆脱的人生。

卫生所是一栋上了年月的两层小楼，一楼是急诊、药房和用简陋的蓝布隔断区分的输液观察室，其他诊室全在二楼。楼道里水磨石地面已经成了脏兮兮的颜色，就像难民那仿佛永远洗不干净的带着菜色的脸，偶尔会有一两个干瘦的病人贼头贼脑地溜进输液室，熟练地把两支安定一类的药水和几张钱压在护士台缺口的瓷盘下，在最靠窗的床位躺好，过一会儿就会有人过来给他们吊半瓶"续命"的水。

童欢看着他们心领神会的操作，叹息，她原本以为只有昔云那种小镇子才这样，原来盈城也差不多。

整个城市的吸毒率超过 3% 是什么概念，就是说随便在路边一走，擦肩而过的人里就有几个瘾君子。这些人已经不知道几进宫，完全不会怕，没有正规编制的护士被抓起来也不过关几天罚点款，没太大意义。

看到急诊室门框上摇摇欲坠的 103，苏睿打个手势示意两人留在外面，自己抬脚进去了。来的路上三人已经商量过，时间紧迫，王德正也心知肚明他们的目的，不如速战速决，先由苏睿去探 103 的底，等陆翊坤找的朋友一到就直接动手。

为了保障苏睿的安全，陆翊坤坐在了急诊对面的长凳上，而童欢留在了离大门更近的地方。

"哪儿不舒服啊？"

扶起掉到鼻尖的眼镜，正在打瞌睡的老医师睁开了浑浊的眼睛，他的声带像有金属沙砾摩擦过，刺耳得很。

苏睿看了一眼掉了大半红漆，木色脏得发黑的凳子，站着答道："肚子痛。"

"到床上躺着。"

老医师随手拉开了破旧的布帘，苏睿看了一眼地上推车的新辙痕，床头上白净的枕头和床单，边退边张嘴欲呼，"恰好"推车进门的清洁工挡住了门口，而方才还浑浑噩噩的医生手疾如电，直接一闷棍把苏睿敲倒在地。

　　与此同时，被清洁工挡住了视线的陆翊坤被一个孕妇撞了满怀，他被孕妇家人围拢质问的瞬间，十米开外还没反应过来的童欢已经被人捂住口鼻，拖进了药房。

　　陆翊坤一被众人围住，已经意识到中了埋伏，所幸他的身手等闲几个人是困不住的，那些人的目的显然也是为了拖住他，而不是打倒，几个来回任由他闯进输液室跳窗逃了出去。

Chapter 43
身陷囹圄

童欢被人堵着嘴绑住手脚推进地下室,看到苏睿被扔在门边,满身泥污。

待门关紧,她蠕动着身体抵住墙站了起来,尽量不发出声地往他身边小步跳去,跳了两步就见他睁开了清明的眼。

"你装的?"

苏睿从她眼里读到了不满的控诉,要不是头痛得更厉害,几乎想给她个白眼。他确实没被打晕,只是审时度势用肩受了原本往后脑勺击来的大部分力,顺势倒地而已。论正面动手,他没什么反抗能力,余光见陆翊坤被围住知道他自顾不暇,只能尽量降低自己的受伤率并迷惑对方。

那人见他晕倒后,果然只是敷衍地在他手脚上随便缠了两圈绳子,他少年时被绑架过后曾受过类似训练,很快就把手脚都解放出来。

"你平时白跑步了?关键时候没跑得掉。"

看童欢兔子一样蹦到跟前,小心地查看他后脑伤情,他还算受用,抬手扯掉了她口里的帕子。

"没来得及抬脚,就被三个大汉拖进药房绑上了。陆哥走掉了?"

"他应该没问题。"

果然门外传来那个老医生难听的声音:"跑了一个?你们六七个人围不住他一个?废物!"

"所以要立刻把人弄走。"

"不让用药不让下重手不准流血,这是绑人还是供菩萨?"

"老大说了,七小里的人咱们不乱动。"

听到这话,童欢诧异地和苏睿交流了一下眼神,有脚步声往里走来,苏睿飞快地把帕子塞回童欢嘴里,又把手绕进了绳结。

那医生看起来精瘦年迈,手上力气却相当大,苏睿一米八几的个头被他一把拎了起来，又进来个妇人把横眉竖眼的童欢一扛，两个人被丢在一张病床上，白布一盖推出去了。

许是怕童欢乱动，那妇人抵了一把刀在童欢的腰腹要害处，泛着寒意的刀锋让童欢下意识地往苏睿身上靠，狭窄的病床上两人的身体几乎是密不透风地贴合在一起，随着病床的颠簸还不时暧昧地摩擦几下。

忽然，童欢不敢置信地瞪圆了眼，抬头看了看苏睿，苏睿却眼观鼻鼻观心一副平心静气的模样，仿佛她腰腹间察觉到的异样是她的错觉，然而苏睿骤然发烫的体温却出卖了他。

在童欢极度的震惊和尴尬里，病床很快推到了诊所后院，两人被套上头套丢进了一辆救护车里。童欢被抛得太重，腿砸在了一具柔软的身体上，那人一抖，嘤嘤哭了两声，童欢激烈地弹了起来，呼呼呜呜的声音自她套头套时被重新塞紧的帕子里传出，引得跟上车来的妇人一声喝骂，童欢立刻安静下来。

只听见救护车一路呼啸而过，在拥堵路段许多人、车都优先让行，没有人知道这原本该用于救死扶伤的车辆居然成了关押绑架的工具。

装晕的苏睿借车辆几次颠簸偷偷捏住了她的手，童欢迅速在苏睿的手掌上写下了"于"字。

终于找到了失踪近一日的于衿羽，结果自己也身陷囹圄，童欢也不知该放下那口吊着的气，还是把心悬得更紧。

简单的单字书写对苏睿来说虽然艰难，但是还能吃得消，他在她的手掌画了个"一"，又写了个"9"，童欢一愣，前一个"一"应该是指小伊，进门就被逮自然是小伊出卖了他们，可是"9"是指什么？

她画下一个问号，苏睿轻声一笑，考虑到她的英文水平，又写下了"help"。

Help？帮助？9……救命？小伊会来帮忙？难道不是小伊出卖了他们？什么鬼！

童欢猛地一缩，车厢原本就窄，门口还堵了个监视的妇人，三具身体基本是挨着的，童欢动得太狠再次撞在了于衿羽的身上。于衿羽并不知道新上车的是什么人，自从上午她被强行从乐平身边带走后，精神已经紧绷到了极致，童欢的撞击让她惊恐地大叫起来，纵然被嘴里的帕子消掉了绝大部分声音，还是引来了妇人充满怒气的一吼。

"闭嘴，再喊我把你这张嫩脸先划了！"

衿羽抖得像个筛子，然而身边的人不顾她的挣扎，努力捏住了她的手，因为妇人的警告衿羽也不敢大动，终于感觉到对方一根根依次揉过她修长的手指，并在她的指甲上抠了一下。

她瞬间激动起来，是三三！居然是三三！

读书的时候，三三因为自己是小胖手，最喜欢揉她的长手指，还坏心眼地老是抠她修整漂亮的指甲！这个动作只有三三会对她做！

于衿羽的眼泪唰唰往下掉，紧紧握住了她指头，果然对方在她掌心又轻轻挠了三下。终于找到组织的衿羽只高兴了半分钟，继而哭得更凶了，她想一定是为了救她，三三把自己都搭进来了，都是她的错。

妇人倒是习惯了于衿羽的哭包作风，没再放狠话，只是心烦地看向了窗外。于是哭声反而替苏睿打了掩护，他一点点帮童欢把缚手的绳索放松，还写下了简单易辨认的"way"。

Way？方法？道路？噢，让她记路！童欢迅速 get 到了苏睿的意思，写下了 OK。当她在脑海的地图里画下第四次左转后，四周越来越热闹，像是到了居民区，然后救护车停了下来，大概十分钟后继续发动，又开了将近一刻钟，下车时苏睿灵敏地闻到了自车头传来的一抹苦香味，司机是素瓦？

三人被关进了一个小平房内，因为两个留守的小年轻之前架了张桌子在院子里打牌，老人一顿呵斥后离开了，留下的妇人被称作田嫂，另一个汉语说得不怎么利索的，应该就是素瓦了。

确定所有人都在院子里，童欢挣脱绳索把头套掀开，一跃而起，抱住了于衿羽，压低声音说道："你把我吓死了！"

"对不起，三三，对不起。"

于衿羽快把自己哭成了泪坛子，原本她还有点不好意思地看了看苏睿，结果苏睿做了个"你继续"的手势，她倒也猜到是让她哭出声做掩饰，干脆放开来哭。

童欢看她右脸红肿，手臂脖子上都是瘀青，身上衣服也换了，心里"咯噔"一声，眼里腾起想杀人的凶光，衿羽拉扯着衣服连忙摇头："三三，我没有被……没有……"

童欢长舒一口气，小声问："你怎么样？"

于衿羽嘴巴忙着哭，抖着手指着外面，才说出个"那"，童欢点点头。

"我们知道嫌犯是素瓦，乐平呢？"

"上午分开了，不过他们对乐平很客气。"

童欢想起苏睿写在自己掌心的数字，转头问："你刚才是什么意思？是说小伊会来救我们吗？卫生所难道不是她帮王德正布下的陷阱？"

"不完全是。"

刚被抓时，苏睿和童欢想的一样，以为是被王伊纹给坑了，他还在懊恼自己过于自信。

在他的判断里王伊纹主动提出了康家的交易，没有理由会给出错误信息，而且即便王伊纹的机关被王德正眼线猜破，眼下王德正并不知道陶金的真实身份并已要求行动推迟，他们三人背后既有警方做后盾，又有陆翊坤这样背景强硬的民间势力，图的不过是区区一个无关大局的于袗羽，王德正不会贸然出手，所以他才会决定以快打慢，以防于袗羽被当作栽赃的工具灭口。

被击倒后，他一直没想明白到底哪个关节出了问题，甚至怀疑陶金身份已经泄露，直到于袗羽出现在车上。

"她应该是等王德正上午把于袗羽转移到永南街后，临时再通知他说我们找对了地方，等人抓齐后，晚点她准备自己来救人。"

"为什么？"

"因为比起送出一个消息，她亲自救三个人的情分要大得多，这样才能确保我们会尽全力帮康山。"

苏睿不相信刚才在救护车那么小的车厢里，田嫂没看见三人的小动作，尤其是完全不懂掩饰的于袗羽弄出来的动静。她可能就是王伊纹的人，还极有可能是王伊纹在王德正手里挣扎几年，唯一能用得上的人。

王伊纹了解王德正，知道他会将暂时不能灭口的麻烦转到永南街，她在童欢离开后告诉王德正他们已经查到了卫生所，待王德正布局后再让田嫂传达错误的抓捕指令，利用王德正的人抓了他们，田嫂设法将三人一起转移再伺机救出。

这样大的动作瞒不了王德正多久，所以王伊纹应该很快就会出面，只是……苏睿皱了皱眉，王伊纹把手里的底牌都掀了，怕是准备豁出去了，以命换命来为康山求份他们无从拒绝的情。

听完苏睿的分析，童欢难以置信，那个十八岁的女孩居然在短短时间内，布下了一个连自己都搭进去的局。

"她不需要这样做的，无论事情成不成，康山妈妈我们都会救。"

苏睿难得地目露怜悯："王伊纹可能已经不相信，这个世界还有不需要利益交换的纯帮助了吧。"

童欢想起小伊坐在花团锦簇里，美得没有一丝人气，虚无又脆弱，像缕轻轻触碰就会消散的幽魂，长长地叹了口气。

王德正实在是她毕生所见道貌岸然的极致，生老病死何等大事，药品、诊所、救护车居然被他当成了天然掩体，用纯善之物做了极恶的勾当，而小伊到底又在里面扮演了什么样的角色？

像是为了印证苏睿的猜测，当看守的小年轻准备进屋时，田嫂买了酒菜回来请他们吃，素瓦也很快被拉进了拼酒队伍。

天渐渐黑了，透过门缝，苏睿看到田嫂趁三人不注意，悄悄收起了他们的手机，他心念一动，环顾四周围的大多是些无关紧要的药品，屋角还有一些空纸箱、编织袋，一袋二十五公斤的葡萄糖粉，心中有个计划迅速成型，摸出衬衣兜中被收漏的笔，开始蹑手蹑脚地拆箱上的胶带。

"你干什么？"

"于衿羽去门口把风，童欢来帮忙。"

苏大教授对于自己居然被一个中学生设计了，其实非常不爽，当然要设法自救，而不是干坐等陆翊坤或是王伊纹的援助。

他一时没法和童欢解释太多，好在非常时期童欢也绝不多话，听从指挥和他把葡萄糖粉拆出，只是看他面不改色把 Aurora 签字笔递给童欢当锥子去戳编织袋时，于衿羽忍不住肉疼了一把，庆幸自己还没和老友科普那支笔的价格。

苏睿用纸板将编织袋撑成了倒漏斗形状的开放装置，填压了半漏斗搅拌均匀压实的葡萄糖粉，又在童欢的帮助下用纸板、编织袋做成了简易版的鼓风装置，与"漏斗"连接，缝隙全部用纸箱上扯下的还带黏性的胶带封死。

"我需要实验一次。"

苏睿示意童欢退开，挤压风箱，大量的葡萄糖粉瞬间喷涌而出，观察了糖粉颗粒的喷发力道和密度后，他扯了下嘴角表示满意，再次把葡萄糖粉填满，并小心地清理了周边剩余的葡萄糖粉和易燃物，并指挥一头雾水的两个女人在门锁一侧用药箱垒出近一米五高的台子，自己拧弯了笔帽上的帽夹，在屋内寻找电源插口预备断电。

眼看屋内就要布置完毕，而外头男人们喝得正 high，暗自盘算好时间去接人的田嫂都没料到，素瓦得过王德正暗示，又已经和能牵制他的芝苗分开，三杯黄汤下肚，就鼠蹊发烫再起邪念。而一直心不在焉的两个年轻人看了看上午小头儿藏枪的屋角，露出意味深长的眼神，按照吩咐任由素瓦去弄关押的美女。

放风的衿羽就在门口，她只来得及低呼发出警告，反应迅速的苏睿和童欢立刻反剪双手，窝回了昏暗的角落，于衿羽却手脚发软地歪在了原地。还好喝到半醉的素瓦并没有计较她为何能自由行动，以及门边高垒的纸箱，大掌一抓，把人拎在手里就走。

于衿羽尖叫着挣扎起来，拼酒的小年轻才要起身，被素瓦喝止，装晕的苏睿飞快地计算再次布局的可行性，童欢却毫不犹豫地冲了上去。

有一个刑警队出身的哥哥，童欢自己也勤于锻炼，她一时不要命地猛冲上去，轻敌的素瓦被她捏在手里的签字笔把手臂划破。

激痛触怒了酒劲上头的素瓦，他把衿羽抛出，铁拳狠砸向童欢，苏睿疾速扑了上来，一把将童欢拉进了怀里，碗大的拳头落在他背上。童欢只听见苏睿一声闷哼，却把自己护得更紧，她在震惊中对上了他幽深的桃花眼，就像被裹进了炽热潮湿的海风里，有山呼海啸般的情绪在翻涌。

不过强敌当前，两人迅速地调整了状态，因为都学过非常实用的防身术，默契地一人转身拦腰抱住素瓦，膝盖直击下身，一人狠掰其手指，肘击面部鼻梁，素瓦挡住了关键部位没护住脸，痛到怒吼，还击的模样看起来极为骇人，于衿羽便也大哭着扑了上来。

手臂和面部的伤对素瓦这种亡命之徒是小意思，他原本是不屑喊人的，童欢他俩二打一，虽然姿势难看点，却还有一战之力。然而于衿羽梨花带雨的俏脸一到素瓦跟前，长衬衣下两条又白又长的腿漂亮得直晃眼，他满脑子只剩下被酒气冲顶的淫欲，猛拳击开童欢二人，邪笑着把于衿羽扛在肩头，就高呼外头的年轻人进来帮手，而两个毛躁的小年轻居然直接去屋角把枪掏了出来。

面对黑洞洞的枪口，童欢和苏睿都停手了，只听见素瓦大笑着狠拍了两下于衿羽的屁股，就往停在院里的救护车走，紧急关头，一双素白纤瘦的手按在了素瓦的手臂上："吴素瓦，你对女孩子也太不温柔了。"

素瓦一回头，看到王伊纹靠在车边，笑得明媚又轻佻，全不是往常他见到的那张冷脸。

"你怎么来了？"

"我不能来吗？"她眉头一挑，眼角透出股勾人的媚意。

素瓦冲她背后看了两眼，王德正什么时候舍得把她单放出来了？

"他反悔了，又要坏我好事？"

"好事？"王伊纹斜了他肩头的衿羽一眼，手指极有暗示性地自他手臂画着圈，滑到了手腕，"她算什么好事，是比我好看啊，还是比我有味道？"

论相貌王伊纹是不如于衿羽的，但素瓦刚到盈城就对王伊纹垂涎过，偏偏王德正把她跟宝贝似的遮着，看多两眼都用眼刀剐人，而她又是凉凉的、焐都焐不热的脸，正眼都没瞧过他。不过素瓦见过王伊纹在王德正跟前献媚的模样，三分少女的清纯，五分楚楚可人，掺糅着超龄的妩媚，骚得人心里直发痒，就像现在，相比起来于衿羽那张纯好看的脸就不够劲了。

素瓦当然知道王伊纹反常必妖，不过十来岁的女孩子能有什么杀伤力，他不如借机把人搞到手，至于那个几次都没吃到的于衿羽依然是他砧板上的肉，迟早逃不掉。

所以王伊纹指尖再拨拉两下，他拽着于衿羽的手就松了，于衿羽哭得眼泪鼻涕糊了一脸，枪都顾不上怕，连滚带爬地冲进屋撞在童欢怀里，素瓦看都没看她们一眼，就跟中了蛊似的，黏在王伊纹搭在他手背的指头上上了救护车。

"操！哪儿来的骚货，真他妈有艳福，什么来路？"

两个毛头小子看得两眼发红，他们不过是最底层的喽啰，平时哪有机会见王德正家人,但看素瓦和田嫂的态度也知道是自己人,见素瓦三两下被撩得神魂颠倒,磔磔怪笑着站到了小屋门边,屌不兮兮地晃着保险都没开的枪,示意苏睿和童欢老实点。

苏睿看了眼目露焦急的田嫂,显然她并不知道这个备用的关押地居然有杀伤性武器,他冲她缓慢地做了个"断电"的口型,感觉自己可能被识破身份的田嫂目光闪动,深深地回望了他一眼,苏睿的眼神坚定而有力。

"干什么呢?别乱动啊!老子手里这可是真家伙。"

小年轻手里拿着枪,嚣张得不可一世,其中一个还用枪顶了顶被安放在门边和他们脸部齐平的"漏斗"。

"哎,这什么玩意儿?"

忽然,室内的灯全灭了,因为地处偏僻,周围没有明亮光源,经验不足的小年轻眼前突暗,其中毛躁的那个在摸不到手机后,下意识掏出打火机点燃了。

苏睿等的就是这一刻,他翻滚到门边的鼓风处用力一压,喷薄而出的葡萄糖粉被打火机的火苗瞬间引燃,正对着装置的那个被炸得掩面惨呼,滚倒在地。苏睿手疾如电地接住了他跌落的手枪,拉栓、瞄准、射击一气呵成,另一个被腾起的火苗逼退两步的看守手枪也应声而落。

童欢这才想起苏睿曾经很不厚道地逼她背过的一堆物理原理里,有关于粉尘爆炸的介绍。

Chapter 44
温暖的光

被王伊纹推倒在座位的素瓦很享受地任她抽走了皮带，却在小伊的手往枪伸去时坏笑着按住了她的手，往双腿中间带。

"我的枪，不能动，不给任何人。"

"那你摆远点，在身上放着多吓人。"

小伊歪头一笑，少女的娇美里有成熟的柔媚，看得素瓦浑身发烫，他已经借揩油摸遍她全身，以他搜身的经验，他确定她身上没有携带任何利器。在明知她必有所图的情况下，素瓦倒不至于被欲望冲昏全部理智，他呵呵笑着把枪扔到手正好能够到的地方。

小伊用力把上衣一扯，夏季薄衫的扣子崩裂，在她雪白的肩头勒出了刺目红痕，衬着她柔弱的小脸，特别激发人施虐的快感。

"没想到，你还好这口。"

素瓦咽了咽口水，声音都哑了，按住她不盈一握的细腰往身上带，三两下在她身上掐出了瘀痕。

小伊扭动着身体，面孔上浮着欲迎还拒的娇羞，心底却充满厌恶与戾气。她引素瓦在身体上留下的每一道痕迹，都会让占有欲旺盛的王德正怒气再飙升三分，要动她，就得拿命来抵！

两人正纠缠着，车内温度攀升、爆炸声、枪声接连响起，素瓦一震，光速握枪弹起，藏到了金属隔断后，同时把枪口对准了王伊纹。

"怎么回事？"

王伊纹拉扯着衣服盖住自己裸露的身体，一脸茫然毫不作伪："不知道。"

"你，去看。"

小伊把反锁的车厢门推开一条小缝，发现屋内的形势已经发生了逆转，持枪的苏教授英气逼人，戒备的枪口瞄准了救护车，童老师和于衿羽合力在捆绑两个受伤喽啰的手脚。

田嫂不见人影，不过她需要靠自己救女儿，绝不会走，应该是在设法靠近车辆。

如果他们三人就这样逃出去了，她做的还不够多，不够——

她上午听王德正他们的对话，就知道于衿羽危险了，而且依王德正的性格，最后会全栽在素瓦身上，借机把他也除掉。王德正同时下了通牒，要求康山带路，一旦山路探通，王德正第一件事就会杀康山灭口，苏教授是他们唯一的出路。

为了康山，她要救于衿羽，而且单救她一个还怕分量不够，她才会搭王德正的桥困住了三个人。

至于她自己，如果不是康山，早就不想活了，地狱十八层她泥潭深陷，千刀万剐，死不足惜。

不用回头，小伊也知道背后的枪口一定对准了自己，被子弹打中会有多痛？如果被击中头部或者心脏，能少受些罪吧？可是她死了，田嫂怕救不了女儿，可能不会帮她把需求带到，还是得让明显很心软的童老师看到奄奄一息的自己，他们才会记住她用血泪说的每一个字。

小伊打定了主意，摸着半露的香肩转过身，救护车厢顶上的白光映着她乌发雪肤，满身虐痕，魅惑的笑容里有阴冷邪气。

"素瓦，你这么折腾我，老王八蛋看到痕迹会发狂的，"她放肆地骂起了从不说出口的脏话，骂得很是惬意，骂完舔了舔被咬破的嘴唇，沁出的血丝在她缺乏血色的薄唇上留下一抹殷红，越发显得鬼气森森，"敢碰我，他会要你求生不得求死不能。"

素瓦果然如她所料被激怒了，一掌把她扇翻在地："贱货！你们一伙！"

他用枪抵住王伊纹的头，钳制着她下了车，苏睿发现车边的变故，持枪对准了二人。

"素瓦，我已经通知了警察，我朋友也立刻会到，你逃不掉的。"

"老子不怕死，死还有个垫背的！"

素瓦扯得小伊一个趔趄，苏睿果断射击，子弹挨着小伊的头发擦过素瓦的肩膀，聪敏如小伊本该趁这个机会挣脱，她却好像吓木了一样，一步没动，又被素瓦再次制住。

这一切都发生在电光石火间，有了苏睿的提示在先，童欢也看出了端倪，果然如他所想，小伊是预备要把自己搭在这里了。

素瓦没想到，那个徒有其表，拳脚功夫完全不上台面的男人居然是个神枪手，他迅速利用王伊纹的身体和车辆把自己遮挡住。

"素瓦，你蠢到现在都没发现，这里本来就是王德正的陷阱吗？"小伊用只有两人听得见的声音说道，"王德正是不是暗示你，美女你带走就归你了，只是用完要斩草除根，余下的事他会处理。你怎么不想想，这个院子不过是卫生所备用的一个转移点，一年到头用不上几回，两个愣头青居然配了枪，显然是准备让不知天高地厚的他们趁你不备，杀你收尾。"

"你闭嘴!"

盛怒中的素瓦没有意识到,被自己牵制的人质在刻意激怒自己,他用枪托狠狠砸在小伊头上,剧痛中小伊闭上了眼,有鲜血沿着她额头滴落,她却露出释然的微笑。

差不多了,如果她咬他的手腕试图逃走,已经怒气滔天的素瓦一定会开枪射击,没想到苏教授还是个神枪手,这样更好,素瓦打出第一枪后应该没有机会补枪了。

希望电视剧不要太骗人,中枪以后她不会痛到开不了口,能够挣扎到童老师和她朋友的脚边,最好染她几抹血,让她们余生想起这个画面都觉得愧疚。再用最后一点力气哀求她们送阿山走,不仅是去香港,甚至是王德正鞭长莫及的英国,把秀云姨的病治好,阿山能继续读书,他那么聪明,一定会是品学兼优的好学生——

王伊纹的笑容里有了真实的温暖,仿佛看到了美好的愿景。

阿山,走吧,走得远远地,再也不要回这个污秽的地方……

看到小伊的笑容,童欢意识到她要做什么,用蹩脚的昔云话大喊起来:"小伊,你不要做傻事,这种人渣不值得你和他同归于尽!"

苏睿在童欢说出方言那一刻,很诧异地看了她一眼,而素瓦虽然能听懂中文,方言却是摸不着头脑,童欢无视他愤怒的嚷嚷,用哄小孩般安抚的语气继续说道:"请你相信我,无论如何,我们都会尽全力帮助康山,你不用拿命来搏。"

素瓦疯狂的叫嚣声就在耳边,小伊却什么都听不到了,她惊痛地睁开了眼睛,看到苏教授把童老师护到了身后,而他俩的目光里都是一派了然。

他们都知道了!她把剧本和结局都安排好,却是自作聪明,弄巧成拙,一切都完了……

童欢从未见过一个人的目光里有那么沉重的痛,小伊眼里因为康山而残留的那一点光也熄灭了,就像有什么一瞬间将她的希望和灵魂都燃烧殆尽,如果不是素瓦钳住了她的身体,她已经软坐在地。

几乎没有犹豫地,童欢举起了三指:"举头三尺有神明,我童欢将来如果对康山留一分余力,就叫我横尸街头,不得好死。"

于衿羽万没想到她会说出如此狠话,唬得连忙去捂她的嘴,连不信鬼神如苏睿都深深地看了她一眼。

童欢拉下了衿羽的手指,推开因为舞枪乱指的素瓦而挡在她前面的苏睿,目光炯炯地望向王伊纹:"你信我,小伊,我或许不懂你们的痛苦,但我帮人从不半途而废。当年都说我来支教待不了三个月,可是三年过去了,我还会继续待下去。我没有放弃过我班上任何一个孩子,我也不会放弃你们,为了康山,求你珍惜自己。"

王伊纹早已不敬鬼神,更不信所谓起誓,可是年轻的童老师看上去那么诚恳,那么真挚,漆黑的眼里仿佛有一团温暖的火,她要她珍惜。

除了康山,有多久没有人和她说过珍惜?哪怕是亲生母亲,也有一双亲自推她下地狱的手。

小伊放松了身体,孤注一掷的死志烟消云散。

这人世间的温暖,她千方百计、小心翼翼,才能护住一点点,所以哪怕多了一丝,她都想落泪。

已经绕到了车辆另一面的田嫂却又惊又怒,王德正对他们这些外放到接头点办事的人信任度不高,会高薪养他们子女配偶在德光的附属公司做闲职,但是她女儿去年被德光很重要的"生意伙伴"看中,是王伊纹阻止了王德正按惯例用"水"先控制住,她自然是千恩万谢。

这次事毕后,她计划即刻出境,王伊纹应承了会把她女儿也送出来,现在照这个女生说的,王伊纹压根儿不想活了,那答应她的不全都是空话?可除了王伊纹,再没有人能有那么大的脸面,从王德正手里把她女儿要出来吧?所以王伊纹不能死!

"闭嘴!全都给我闭嘴!当我是死的吗?"

素瓦狂躁地大喊的同时,一直放任童欢吸引注意力的苏睿终于看到了全副武装的陆翊坤,悄然潜入了灌木丛,他露出了笑容。

以苏睿对陆翊坤的了解,他逃走后一定不会走远,而是会设法缀上来,而进院前陆翊坤也一定报了警,警察也快到了。

底气十足的苏睿笑得颇有些嚣张,而田嫂也已经绕行至车尾。

"不错,就当你是个死人。"

他一枪打在素瓦身侧,就在他分神的那一瞬间,陆翊坤飞出了一把袖珍匕首,素瓦不察,顿时右耳被削得鲜血直流,不过他也是条汉子,剧痛中手下没有松开一分,依然死死地抓住了王伊纹。然而苏睿的子弹和陆翊坤的飞刀再次先后赶到,飞向他的脚踝和手肘,素瓦疾速退向车辆另一侧,埋伏的田嫂毫不犹豫扑上来,抱住他拿枪的手往上空推。

田嫂的力气比不过素瓦,朝天空放两枪后,素瓦夺回了主动权,对着田嫂胸口就是一枪,生死攸关之际陆翊坤连人带飞刀追到,而田嫂被王伊纹一推躲过了要害部位,抱住被贯穿的大腿痛得翻滚在地。

陆翊坤打掉了素瓦的枪,两人战到一处,苏睿进救护车取了止血带,冲上来按住哀号的田嫂,脱下衣服垫住中枪部位的上端绕了一圈,然后开始包扎。

素瓦原本就不是陆翊坤的对手,何况还有伤,在童欢和王伊纹上前来帮忙料理田嫂伤口时，陆翊坤已经将人完全控制住了。

　　终于救出人的童欢心口大石落了地，看了一眼裸着上身，满脸满手血污的苏睿，这是自认识以来，见他最狼狈的一次了吧？可向来有轻微洁癖的他处理伤口冷静又专业，还有……其实回过神来想想，他刚才引爆小装置和打枪的样子，简直酷毙了，就像换了个人。

　　"发什么呆？伤腿下肢应该抬高固定，你把腿往下按，是帮忙还是放血？"

　　被苏睿一训，童欢迅速收回了心底花痴一瞬，好吧，他还是他。

　　因为大幅的动作，王伊纹临时扯来遮掩身体的衬衣下端翻卷起来，苏睿出于绅士风度回避了视线，让到一边，童欢却震惊地看到了她大腿内侧大块的瘀青、密集针眼及接近坏死的肌肉。

　　痛到浑身在抽搐的田嫂死死掐住王伊纹仿佛一折就断的瘦弱手臂，喘着粗气说不出一句完整的话，王伊纹按住了她的手背。

　　"田嫂，谢谢你刚才来救我，你放心，我没必要骗你。上午我去找他，已经问他把你女儿要出来了，如果去医院的途中还忍受得住，你想办法走吧，你不清楚关键信息，他不会在你身上浪费太多力气。你女儿和老公在原本说好的地方等着你，抓紧时间出境，这几年不要再回来了。"

　　她没有刻意去遮盖腿上注射的痕迹，让田嫂逃跑的话也没有回避童欢，童欢顿了几秒，低下了头，假装自己什么都没听见。

　　田嫂痉挛的手指慢慢放松了，从王伊纹手腕上滑落，她下意识去接了一下。无论田嫂的出发点是什么，刚才是她不要命地扑出来推开了素瓦的枪，小伊扯了扯嘴角，姑且也算是个微笑，只是那笑里仿佛压了千钧重担，扯动每一丝肌肉都要耗尽半生气力。

　　救命未必是恩，活着对她而言，不过是继续忍受命运的苛刻而已。

　　警察和120随后赶到，心有余悸的童欢认真地确认了救护车的真假，把王伊纹和田嫂都送上了车。情绪尚不稳定的于衿羽没法做笔录，浑身狼狈，不愿见童彦伟，在苏睿的帮助下，童欢半哄着她做了简单问询，就陪她去医院做检查，除了龚队派来的两个便衣，陆翊坤也全程像私人保镖一样陪在两个女孩身边。

　　因为永南街的事闹得太大，又有王伊纹参与其中，不可能不惊动王德正，警方只能立即行动，突击搜查了王德正公司和家里、杏林春、群英、孟阿婆。忙得脚不沾地的彦伟赶过来隔着诊室门口看了一眼，连话都没说上一句，又急急忙忙走了。

　　专案组、盈城缉毒大队、刑警队所有的人都忙得晕头转向，可是于衿羽简单的描述里，反复提及在药仓里被关押的十几个女孩和翡国女人再次失去了踪影。

　　因为人手严重不足，小愣头青徐刚被派到了医院，等着给处理完伤口的苏、童二人录口供。徐刚是刚毕业的大学生，作为龚长海的铁粉，自请进了缉毒队，家里多有担忧不满，他工作经验浅，平时没有出外勤的机会，基本是在单位跑腿打杂做一些文书工作，但是年轻人满腔热血，攒着劲要立个大功给亲朋好友看，没想到出师不利，遇上了苏、童二人。

他俩一个录像机般完美复述，一个精于挑选、总结，自己就完成了一份无可挑剔的笔录，如果不是苏睿写不了中文，徐刚连笔都不用动，小伙子感觉自己完全没有用武之地。

童欢将两人的笔录又从头到尾给苏睿念了一遍，苏睿问："救护车从诊所出发后，到第四次左转时，车子曾经停过一分半钟左右，对不对？"

苏睿因为假装被击晕，是到车边才被套的头套，他确定那个时候救护车的驾驶座上是击晕他的老医生。

"你怀疑素瓦是在那里上的车？"

"对。"

"素瓦是被通缉人员，光天化日他一定不会到处走，所以那附近有他们的藏匿点？"

对于越来越能跟上自己节奏的童欢，苏睿很是欣慰地比了个拇指，才看向徐刚。

"永南街附近的摄像头情况如何？"

因为龚队交代过，对于苏教授的问题，只要不涉及被列为绝密的内部信息，都可以如实相告，尤其是在案件推进阶段。

徐刚毫不犹豫地答道："整个区域还在运作的摄像头不到四成，救护车行走的路线恰好不在拍摄范围，有同事正在排查沿途汽车里有没有保持运作的行车记录仪。"

"不会是'恰好'。"

从小虎子差点出事起，专案组和缉毒大队一直在自检自查，但是目前来看，问题应该在上层。

童欢敲了敲头，沉思半晌，看向苏睿："我可以试着找一次。"

刚做完检查就恨不得像连体婴一样黏在她身上的衿羽手猛地一紧："三三，你别走。"

"乖，我去办点事，你现在是重要人证，有警察跟着呢，会很安全。"

"不！我要和你一起。"

最终协商的结果，是把于衿羽先送到了缉毒大队里，童彦伟在童欢她们进去时，提前避开去和苏睿碰头，龚长海又特意打了电话交代让彦伟照看好这几个人，包括才出校门不久毛手毛脚的徐刚。

童欢走出缉毒大队，想想回避态度明显的两人，无声地叹了一口长气，然后看到陆翊坤坐在了一辆写着某某搬家公司的厢式小货车里，副驾驶坐着欲言又止、坐立不安的徐刚。

"哪儿来的？"

童欢惊讶地绕车走了一圈，拉开车厢，看到刚自空调房里出来的彦伟已经被剥夺了外套，铺在明显已经清理过的区域，苏睿懒散地靠在上头打盹，而只穿了件制式背心的童彦伟蹲在一旁用小笤帚清理车厢地面，委屈得像个小媳妇。

"可以啊童警官，你征用的？这车型还原度很高啊！"

童彦伟翻出硕大的白眼："你电视剧看多了吧？我说征用就征用？人家大少爷在路边看这车不错，砸钱把今天给包下来了。"

在童欢张口结舌的傻样里，童彦伟又嘴欠地冲苏睿挤了挤眼："先声明，这费用咱可不报销。"

苏睿哼了一声："所以记得扫干净，还有动作要轻，灰尘扬起来呛人。"

然后漫不经心地敲了敲连着前方驾驶位的玻璃小窗，示意陆翊坤可以开车了，才拍了拍身边的位置，冲童欢微微一笑："来吧。"

童欢默念着"这货脑子有病"来抵抗脑海里跳满的"这特么笑起来也太好看了"，默默地坐在了他身边，感觉到些微体温的热气，又尴尬地往一旁挪了五厘米，才落井下石地踢了一脚害衿羽伤神伤心的亲堂哥。

"扫干净点啊！"

敢怒不敢言的童彦伟奶凶奶凶地瞪了自家狐假虎威的小堂妹一眼，被她背后的"老虎"扬眉一扫视，立刻低头清扫，沉浸回乱糟糟的案情里。

童欢看着仿佛一切都挺好，能插科打诨能油嘴滑舌的彦伟，收起了自己同样粉饰太平的调笑嘴脸，心里不知是酸涩还是闷痛。

Chapter 45
爆炸

苏睿会相中这辆和救护车体型相仿的搬家公司车辆，有一个重要的原因是后车厢并不像别的搬家车辆是密封的，而在两侧各开了一扇半平方米左右的推拉窗，便于观察监视。

窗户一开，三人在车厢内以相仿的姿势躺好，车外热热闹闹的烟火气息夹着鼎沸人声扑面而来。

"往前开，左转。"

"三岔口？我想想，拐弯后我听到过'桃酥十五一斤，买一斤送一斤'，喇叭录了循环播放那种。"

"这个车速慢了，我记得从叫卖'洋芋坨坨'到'井水红糖凉粉'中间我只数了五十五个数，现在数到七十才听见，已经快到转弯的地方了，咱们得折回头重开这一段。"

"陆哥，又快了。我闻到那个炸臭豆腐的摊子，它附近应该就是右转的地方，开过了。"

"两个路口相隔不到两百米？嗯……哪条路上有麻辣烫？女老板，有四川口音，汤料里放的是新鲜花椒还加了清火的药材包。"

明明很严肃紧张的办案过程，所有人都被童欢这个记忆力超群的吃货给逗得哭笑不得，苏睿听她想复制路线，抱的也是不妨一试的态度，并不是真有多大信心。因为在转移过程中，他也试图靠读数和方向在脑子里记过，却因为无法得知具体车速及老城区蛛网般交错复杂的小巷而失败，没想到童欢居然硬生生在脑海里画了幅小吃地图。

当然，夜幕降临后，广大市民生活里最热火朝天的夜宵模式已经开启，给童欢的还原工作制造了不少的干扰项，不过她最终还是依靠着强悍的记忆力找准了方向。

"笑什么，我一路上特意记的食物味道，尤其是有特殊调料和香气的，你们相信我，我从小到大这么记路没错过。"

"不是笑，是膜拜你吃货做到极致的功力，三三，等案子完了我带你来吃遍这五条街，才对得起你这么大一功劳。"

"一言为……停！陆哥！停停停！"童欢激动地拍打着相连的玻璃窗，"就是这里！有烧烤摊，肉带了薄荷叶，有孜然的，附近卖蜂蜜玉米，嗯，有芝士香，没错了！"

将信将疑的徐刚停车时已经佩服得五体投地，可是看到周边密密麻麻的高矮楼房又是一脸茫然，没想到那个砸钱砸得眼都不带眨的"土豪教授"不过指挥车辆借倒车环视了一周，就立刻说道：

"别下车，车头十点钟方向，五十米，巷内第二家粉色帘子的理发店。"

确认了位置，彦伟将消息传回队里后，摸出相机开始拍照，苏睿又躺了回去，他们此行踩点探路为主，行动当然要等后援队伍。

现在于衿羽救了出来，新的线索也找到了，车上气氛轻松许多。童欢趴在推拉窗边，恨不得自己变只昆虫，眼睛能长在触角上伸出去，艰难地看了半天才好学地望向苏睿。

苏睿给她解释多了也习惯了，手隔着车厢虚拟一指："生活超市、手机通信等小店都有监控，要避免反复入镜，这一类店面邻近或楼上房屋首先排除，在空调最不好卖的Y省，入夜以后大家都是吹自然风，一个做生意的理发店却掩门关窗……"

"呃，算命的，我知道打断别人说话不礼貌，不过……"童欢有点尴尬地挠着头，"你在国外待久了不知道，这种老居民区里夜里关着门窗、灯光暧昧的店子，一般都是提供特殊服务的。"

苏睿对于她一个女孩子这么熟悉"民情"，神色里透出隐隐的不悦："这种地区的'特殊消费场所'需要追求直观的视觉刺激，门里大多坐着穿着暴露的女性，因为脸蛋漂亮的不会留在这种廉价场所，而中老年男性的喜好会是肉感居多。而那家店来来去去经过了那么多男人，却没有吸引一个往里偷瞄第二眼，岂不是更奇怪。"

徐刚连声应和："对的，对的，扫黄扫毒组行动的现场照片里，都是大胸大屁股的胖女人，化浓妆，穿超短裙高跟鞋，看起来……哎呀，你们懂的。"

察觉到苏睿的不悦，童欢抿了抿嘴，没好气地回了句："没看出来，你还挺有研究。"

"我研究这个做什么？"苏大教授全身肢体动作倾情演绎什么叫"打心眼里嫌弃"。

"对，你要去也是高档场地，出台八千包夜一万五那种。"

"看来有研究的是你。"

"停！二位祖宗，咱能先不打嘴仗了吗？"夹在中间一个头两个大的彦伟欲哭无泪，被苏大教授冷眼一横，没节操地做了个恭请的手势，"当我没说，您继续。"

"理发店的左右隔壁都没有人住的迹象，巷口两个下棋的，看他们手势就在乱走，更像是摆个样子放风。烧烤摊靠里那个穿黑T恤的，点了一桌肉串、啤酒，大半天一口没喝，坐的位置倒是又能看清路口，也能看清理发店。还有，老居民区树木多又上了年岁，像理发店这种前后都是暗巷，一楼后院树高刚刚好，楼下遮得严严实实，二楼又视野开阔方便探看周边情况的房子周边没几套。"

"对喔，你不说我没觉得，说了真是越看越奇怪。"

二愣子徐刚本来对于几个非专业人士受到龚队重视是奇怪的，结果跟着出一趟车下来，现在已经是五体投地。

他隔着拉开了玻璃窗的铁栏杆，和童师兄咬耳朵："童老师直接点的是天赋学不来，苏教授这智力加点也太凶残了！"

彦伟冲驾驶座努努嘴："何止，那里还有个敏捷满点，高攻高防的大拿。"

"师兄，我感觉我今儿能立大功啊，等我记了功就拿回去堵我妈的嘴。"

几乎是同时，两人的手机响了，彦伟一看，脸色大变。

"苏睿，三三，素瓦被杀了。"

"怎么会！"

"就是被苏睿利用粉尘烧伤的那个小王八蛋干的，趁着素瓦被送去换药的机会，他扯破了手臂上的绷带去重新包扎，错身的一个瞬间一刀毙命，现在这些小混混都是无法无天，几粒药一两千块都能买条人命。"

没有说出口的话在苏睿和童彦伟的对视里也默契地一目了然了，小混混能杀掉有专人看守的素瓦，凶器哪里来的？时间怎么卡准？从小虎子的安全地暴露到现在频发的状况，都只能用内鬼来解释，内鬼到底是谁？

徐刚忽然"咦"了一声："理发店的后巷刚才有闪两下灯，像是发动时亮的车灯又被关掉了。"

童欢和神同步去到窗边的苏睿头碰头，痛得哎哟一声，再看过去发现理发店从外面看一切照旧，但是下棋放风的人已经收起棋盘，站在了巷口，而吃烧烤的黑T恤也起身买单，去推停在路边的摩托，或许是定力不够，他忍不住瞄了两眼停好的搬家卡车。

"我们被发现了。"

陆翊坤沉声说道，发动了车子。

黑T恤的摩托车接上了巷口下棋的两人，往路口开去，同时理发店后巷的车灯又亮了，并且在迅速后撤，所有迹象都在表明这伙人要跑，立功心切的徐刚眼看到手的鸭子群都要飞了，按捺不住冲了下去。

"徐刚！你给我回来！"

彦伟骂了句娘，把腰间手枪盖好也跳车追了上去，手脚敏捷的童欢跳下车才跑了两步，被难得疾言厉色的陆翊坤揪住后领拽了回来。

"你们俩去前面开车，准备接应，绝对不许下车！我去！"

苏睿倒是半句废话没有，冲陆翊坤说了句："小心。"

忽然骑摩托的黑 T 恤在一辆摩托边放下了同伴，扭着油门前轮高抬折返，龇牙冲几人一笑，冲卡车丢来一个黑色物体。陆翊坤的手还扯着蠢蠢欲动的童欢，猛然大喊了一声，抱着童欢扑向不远处的石桩，苏睿手比脑快，同步找到了掩体。

震天巨响，三人被热浪掀得几滚，在满耳的轰鸣，满街的尖叫惊呼，陆翊坤强制的怀抱里，童欢目眦尽裂地大喊起来。

"彦伟！童彦伟！"

几乎是同时，巷内的理发店发生了剧烈的爆炸声，苏睿紧紧地按住了童欢，后续又是三声连串爆炸。待尘埃落定，警笛长鸣，最近的巡逻警已经骑着摩托赶到了，童欢看着前方的滚滚烟尘，耳边潮水般疯涌的声浪都听不见了，猛烈摇晃她说着什么的苏睿也看不见了，她挣扎着跌跌撞撞要冲进仍有小声炸裂的巷子，被苏睿扑倒在地，她怒骂着连踢带咬，赤红着眼的苏睿一言不发，收到他眼神的陆翊坤比了个手势，先冲进了爆炸现场。

好在极度紧迫的现状让童欢迅速冷静了下来，她抹了一把脸上的泥沙，狠狠抽了自己两耳光，终于看清了苏睿那张焦急不亚于她的脸。

"对不起，我 OK 了，我……"

童欢抖着手去掏手机按 120，苏睿按住了她颤抖的手指，取下胸前的笔递给她："这么大规模的爆炸，救护车马上就会到，陆翊坤是专业人士，我学过急救课程，现在我得过去了，你去警车那里，做你该做的。"

"好，我去，我不添乱。"

童欢努力维持着声音的平稳，推他快走，然而眼泪不受控制地开始往下掉，苏睿虽然心痛，依然毫不犹豫地跑进了滚滚浓烟里。

虽然止不住自己的眼泪，童欢还是向巡逻警表述了自己的身份，然后坐在努力维持秩序的警察旁边，确保自己安全，然后从地上捡起一张纸，用苏睿塞的笔开始记录。

黑 T 恤，黑色摩托，车型雅马哈，号牌重灰，只能看清最后两位数 08。

下棋男，换乘摩托，红色，钱江，号牌遮挡两位数，Y**9467。

烧烤摊桌十六桌，老板……

大颗的泪珠把纸张打湿了，伴随着救护车呜呜声，前方又传来建筑物倒塌的声音，童欢浑身一抖，哭着把纸张上的泪水擦掉，继续写。

"三三——"

童欢从来没觉得童彦伟那个浑蛋的声音能好听如天籁，她隔着蒙眬的泪眼，看着被陆翊坤背出来的彦伟，四肢健全神志清晰，只是头部、肩膀有血口，小腿扎了一根长木刺，整个人一软，瘫坐在地，毫无形象地号啕大哭起来。

"童三三，你能不能别哭得这么丑！"

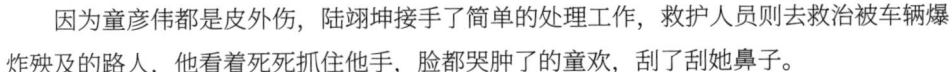

因为童彦伟都是皮外伤,陆翊坤接手了简单的处理工作,救护人员则去救治被车辆爆炸殃及的路人,他看着死死抓住他手、脸都哭肿了的童欢,刮了刮她鼻子。

"童彦伟,我要把你剐了去祭祖!"

"好,祭祖,你说啥就是啥。"知道自己把童欢吓坏了,彦伟连忙哄着,"苏大少爷呢?他扶徐刚先出来了!那小子,要不是我抓得快,就不是被玻璃划伤胳膊那么简单了。"

童彦伟想起徐刚大出血的胳膊,目露担忧,然后看到自救护车内钻出来的苏睿,连忙挥了挥手,却看到苏睿脸色一变,挨着他的小堂妹身体骤然变沉。

陆翊坤比苏睿还跑得快,走到跟前才见童彦伟扯嘴笑了一下:"别紧张,她从昨天起就没休息、累坏了,是哭得昏睡过去了。"

陆翊坤还是替童欢摸了摸脉,确定没有异状,看着她还挂在睫毛上的泪珠,还有花猫一样的脏脸,露出恍惚又怜爱的笑容,那笑容让他粗犷的脸显得格外温和,却又异样孤独。

一旁的童彦伟傻眼又心惊,他瞅了一眼才把自己从瓦砾堆里挖出来的陆翊坤,又看了一眼主动加入了人手严重不足的医护队伍的苏睿,童大小姐自打三年前到了昔云镇,往年的满身桃花就成了万年铁树,愁得小婶不知掉了多少头发,这一个来月怎么跟上了月老头香似的?无父无母有车有房的成熟大叔,高知海归富二代,怎么都赶着趟地暧昧上了?

枕着绵软的枕头醒来,窗外是蓝天白云,阳光透着白窗纱在卷草纹的墙纸上荡漾,如果不是医院无法消除的药水味,童欢几乎要以为自己是在酒店里。她望着床单上极有设计感的"曙光"二字发了会儿呆,就算在昔云她也是听说过盈城这家以贵和服务出名的私立医院,再看看明显带了客厅的套间病房,觉得自己这一觉怕是用钱堆着睡的。

她已经很久没睡得这么沉了,醒来感觉前额发晕眼睛酸胀,俨然是平日睡过头的感觉。起身后,她才看到衿羽蜷缩在旁边床上,这个往日里睡姿和长相一点都不符、总是睡得四仰八叉的姑娘,现在把自己裹得像只可怜的小粽子,她才替她扯了一下被子,衿羽就弹坐起来,满脸惊惶,差点扯动了手臂上的点滴。

"三三,你醒啦。"

于衿羽小心翼翼地吐出一口长气,虽然只被素瓦绑走了一天,她曾经宛若少女般含苞待放的甜美都蒸发了,像个只余下躯壳的漂亮娃娃,神情举动都木讷而疲惫,只死死拉住童欢的手,好像时刻会被什么惊得跳起来。

童欢心疼地用力抱了抱她:"没事了,再不会有事了。"

"嗯,我以后不会乱跑了,"衿羽鼻子一酸,眼睛瞬间又红了,"对不起,把你们都累坏了。"

"宝贝儿,咱俩不用说这种话的。"

童欢还想再安慰衿羽几句，肚子忽然咕噜咕噜叫起来，她呵呵一笑，揉了揉扁下去的肚子，衿羽也露出点笑意。

"三三，你足足睡了二十个小时啦！昨晚怎么都叫不醒，把大家都吓到了，医生说你是疲劳过度，苏教授还是不放心，二医院那边床位不够又吵，陆哥和苏教授就把我们三个转到这家私立来了。"

"三个？彦伟也在？他情况怎么样？"

衿羽咬了咬下唇，低下了头："他处理了一下伤口，躺了两个小时就回去做事了，不过听说他同事好像伤到了右臂什么神经，会有很严重的后遗症。"

童欢想起愣头愣脑、笑起来总会露出两排大白牙的徐刚，他才刚毕业，上班不到两个月，热血沸腾要做一番大事证明给家里看，如果右手用不了要怎么办？

"苏睿呢？"

"他和彦伟一起走的，陆哥在外面守着，三三，苏教授和陆哥对你都超好，"提到这两个人，衿羽的眼睛冒出点光彩，"因为我不想和你再分开，苏教授为了让你好好休息，直接要的 VIP 套房。陆哥也是，龚队长派的两个人一直都在，可是他还是不放心，除了上午出去办了点事，其他时间都睡在外头沙发上守着。"

童欢伸长脖子看了一眼布置温馨的客厅，两个警官在靠着打盹，衿羽冲她疲惫地笑了笑："陆哥说你睡足了应该快醒啦，起来肯定会肚子饿，医院里的东西不好吃，他给你买吃的去了。"

说曹操曹操到，陆翊坤人还没进来，先有香味往里飘，他给外面警察同志带的干巴菌拌饭、鲜鱼汤、炸了盘金黄的小洋芋，上面还撒着五香辣椒粉。童欢和衿羽则是绵稠的鸡枞菌砂锅粥，配的火腿、香菇，一把切得碎碎的青菜，熬得又软又滑，加上碟脆爽的腌萝卜，哪怕是没什么胃口的衿羽都被勾得喝了大半碗，不要说两天都没好好进食的童欢。

"三三，你慢点，长时间没进食要缓吃，我都只敢给你带粥。"

"这个好，非常好。"

热乎乎的粥落到空虚的胃里，吃出一身蒙蒙汗，童欢对陆翊坤赞不绝口，感觉整个人都活过来了，吃饱喝足后，她听了自己昏睡后外头的情况。

永南街区的爆炸威力虽然大，但是理发店左右都是闲置房屋，没有大的伤亡，反而是卡车因为就停在路边，造成了一死五重伤三轻伤。

田嫂在路上真的设法逃了，老医师人不知道躲去了哪里，刺死素瓦的小混混一口咬死是私仇，然后就一问三不知。狡猾的王德正一如既往，"干净"得仿佛真是个良好商人，杏林春的药仓人去楼空，虽然留下了些许痕迹，一时也难以定罪，孟阿婆只在苏睿怀疑过的剁椒室里搜出了违禁药品，不过红头发的拉古认下了药品是自用，而且认罪说辞完美无缺，好像他一早就预备下来顶罪一样。

唯一有重大突破的反而是群英，谭群应该是收到了消息，反而因为急于转移新收的"货物"，手下的车子人赃并获，押车的赵颖也给逮住了，胆怯心虚的司机很快交代了一处据点，关押处的锁正是在巴兰钥匙串上见过的同款芯片锁，警方救出了五个报案失踪的小女孩，可惜谭群自己跑了。

目前，王德正、谭群小女友、巴兰都被拘了，杏林春的法人李平注射了过量毒品"自杀"，没有抢救过来，其他相关员工也全部请来配合调查，包括康山在内，白秀云则由警方保护了起来。

Chapter 46
这样也好

巴兰坐在审讯室里，脸上还是那张惯常的商人笑脸，貌似热情却不真诚，警察问什么她好像都认真答了，但一点有用的信息都得不到。

她心里很平静，知道迟早会过这关，她当初图钱做了孟阿婆的老板娘，是有心理准备的。她自小家里就穷，阿妈改嫁过后就当没有生过她这个女儿，她曾经为了四十块学费在她门口等了一整天，阿妈连面都没有露过。九十年代阿爸开始从境外人体运毒，不能进食，不能排泄，冒着生命危险每次才拿三百块，再换几颗麻古供后妈过瘾，他自己转手就输光。

后来阿爸逼她一起运，如果不愿意就会被毒打，第一次吞毒她才十五岁，连水都只敢抿湿嘴唇，每个卡哨都像一道鬼门关，路上打个盹儿都梦到自己体内的胶囊破裂，命丧当场。她在厕所痛苦得连哭都不敢哭，把那些茧丸排出来时，阿爸正和上门讨债的人担保还不上就拿她抵债，反正小女儿又嫩又漂亮，肯定能卖个好价钱。

她的心肠就这样越来越冷，越来越硬，这世道笑贫不笑娼，她运气不错，才去坐台就遇上了孟东勒。他虽然喜怒无常，有时候还拳脚相向，不过钱方面他是放手不限她的，哪怕再笑话她的品位，她大包小包往家里带，他也不过要求她在国内低调一点，所以他们两公婆虽谈不上什么深厚感情，和他过日子她是心甘情愿的。

或许将来比眼下严重百倍的结果都会来，不过现在还到不了那一步，违禁品和拉古是孟东勒早预备好，万一出事用来转移视线的，有王总和老孟的手段在，拉古绝不敢反口。

至于和群英的牵扯，警察要是有证据也没必要声色俱厉来审她，和孟东勒那样阴沉又暴力的老公同床共枕了数年，她哪里还会怕小警察的雷声大雨点小。

其实这样反而好，昨天王德正才通知她无论如何这个星期要让康山答应带路，然而山里那条断路通不通，对康山都是条死路，所以她一直没舍得开口逼他。那孩子她喜欢，连哄带威胁才弄到手，当然不想他年纪轻轻就悄无声息地没了，也不知道这会儿康山怎么样了……

一墙之隔，康山在童彦伟的叙述里头越低越狠，他像是想把软趴趴的衣服当成硬壳，恨不得埋到里面去，那些心底的苦痛酸涩就像他肩负的重担一样，因为太过无能为力，也就默默承受了。

他太了解小伊，所以知道童警官说的都是真的，她差一点就为了他，在他不知道的地方把命都丢了。

早上接到苏教授的电话康山觉得不对劲，就直接去了七小，听古老师说了才知道小童老师的朋友被绑，如意小馆老板娘的女儿也失踪了，小童老师和苏教授已经到盈城去想办法。

他想帮忙，哪怕不为妈妈的病，为小童老师在七小肯一待三年，他也想帮帮她。正好他计划趁放两天假陪妈妈到盈城去办港澳通行证，就想试着看能不能联系上小伊，没想到他还没找到小伊，王德正的人先找到了他。

"他说，让我找到山里的断路，他就答应我和小伊在一起。"

事实上，当王德正的人把电话递给他，他听完的第一反应就是小伊的安危，想起王德正笃定他俩在恋爱的语气，他就遍体生凉。饶是如此，且有小伊的警告在先，王德正的提议还是让他怦然心动了。

"还有呢？"

"没、没有了。"

康山低着头，像犯错的小孩，他不敢说小伊曾经告诉过自己，青寨最近有"大货"要入境，所以王德正急需要找到那条藏在荒山密林里的老路。小伊还再三警告过他，无论如何都不能答应王德正的要求，否则他会被杀人灭口。

这几个月他一直很奇怪，小伊的胆子好像越来越大，不再谨小慎微，千方百计遮掩，有时候甚至提出像正常情侣一样在街边坐一坐、吃个饭、聊聊天，直到童警官把永南街区的事告诉了他，他才明白过来，小伊早有死志。

就像妈妈一样。

康山痛苦地掩住了面，他身边最重要的两个人都想以诀别的方式来爱他，可是没有了她们，他像孤魂一样活在这个世上还有什么意义？

"童警官，我想见见小伊。"

"她只受了轻伤，但情绪比较糟糕，王德正让拿婶在医院守着她，不过等她精神状况好一点，我们可以要求她到队里来做个正式笔录，到时候再想办法安排你们见个面。"

"谢谢。"

康山又耷拉着肩膀，变成了沉默寡言又畏畏缩缩的小孩。

"所以药都是拉古给你的，巴兰没有经过手？"

"对，老板娘没有亲自提过或者做过。"

只是在他答应她以后，拉古告诉了他铡刀下方的活动机关，然后每个星期他收场关门那天都能从里面拿到足够的药量。

"康山，你要对苏教授的安排有信心，那些强镇痛的药物不要再给妈妈服用了，饮鸩止渴不可取。"

康山很想应下来，可是妈妈越来越频繁发作的疼痛，还有发作时痛苦隐忍的呻吟，痉挛抽搐的身体都让他点不下这个头，只能抬起枯窘的眼，沉默地望着童彦伟，昏黄的灯光打在少年干瘦的脸上，勾勒着远超他年龄该承受的无奈与困顿。

"苏睿会马上安排你妈妈先住进医院做基础检查，然后咱们去昆市出一份全面的身体状况评估，方便香港那边尽快得出结论。"

彦伟原本有很多话想说，最后只是站起来按了按他的肩膀，好像能借两分力气给这个已经不堪生活重负的男孩。

有童欢陪伴，于衿羽休息调整了一天，终于能陆陆续续把被绑后的所有细节都说清楚。第二天，陆翊坤陪着童欢和于衿羽到二医院看徐刚，因为隔天他就要转去昆市大医院做手臂神经接驳手术。

还没有人告诉徐刚真实病情，他乐呵呵地靠在床头招呼童欢吃苹果，给她讲童师兄是多么英勇地救了他一命，徐妈妈坐在一旁，带着疲倦的微笑听儿子说得眉飞色舞。

徐家家境不太好，徐妈妈满脸风霜，手上明显是做粗活的痕迹，肩膀因为长期佝偻着，脖子突出来一个变形的大鼓包，让她看上去头好像总想往前伸，却又被什么压住了。听说童欢是童警官的堂妹，徐刚又坏坏地介绍衿羽是童师兄的"准女朋友"，徐妈妈拉住两人的手不住道谢，也不会看衿羽别扭的脸色，直夸她漂亮，童警官好福气。她不太会说普通话，用拗口的发音一个字一个字往外蹦，拉住两人的手掌却粗糙又温暖。

送童欢她们出来时，她又一再道谢："他爸已经先去昆市联系病房和手术的事了，说回来再好好谢谢你哥哥，小刚都跟我们讲了，要不是童警官扯住了他，他已经冲进理发店里，就不是被飞出来的玻璃划到手臂那么简单。"

想到差点失去独子，徐妈妈依然心有余悸。

"阿姨，徐刚的手昆市能治好吗？"

"治是能治，医生说日常生活影响不会太大，但长时间握拳用力肯定是做不了。"

也就是说，没办法再拿枪了，童欢回头看了看病房里还嬉笑着在挥左手告别的小伙子，心里一酸。

徐阿姨神色却并不愁苦，相反很平静坦然："这样也好，从他进了禁毒队我和他爹就心惊肉跳的，以后他只能做后勤文职，我们反而能睡个踏踏实实的觉。"

童欢她们又简单聊了几句，准备走的时候龚长海也过来了，身后除了妻子雷芸，还有穿着白大褂的蔡队老婆王艳云。蔡归和龚长海是十余年的老搭档，两人一个八面玲珑一个雷厉风行，曾经是盈城缉毒线上让毒贩闻风丧胆的绝配，连找的老婆名字都带个"云"字，现在蔡归已经升任盈城市公安局局长，不过缉毒队这些老队员习惯了，还是跟着叫蔡队，管王艳云王医生叫嫂子。

龚长海还没去看儿子，先到了徐刚这里，惯例说些安慰的话，他脾气硬，说话也硬邦邦的，没什么实际作用。倒是王医生一把大嗓门，说起话来掷地有声，因为专业显得格外有说服力，三言两语把徐刚妈妈说踏实了。

雷芸则和王医生完全不同，她面色沧桑，看上去很憔悴，只依稀能看到点年轻时漂亮的轮廓，不过她说话轻言细语，笑起来时，眼角皱纹和脸颊上特别显老的法令纹都舒展了，是个很可亲的女人。

慰问完了徐刚，等龚长海从病房出来的间隙，于衿羽和童欢也受到了两位女士的照拂，四个女人在一起，陆翊坤摸摸鼻子退去车里等着，倒是于衿羽看着两位家属思绪万千。

"要我说老龚年纪也大了，你也该劝劝他，本来老蔡这个位置该他坐的，我倒不在乎什么级别，不过图个心里踏实。"

雷芸微微笑着摇头："他乐意在一线待着，我听他的。"

"你呀就是脾气太好，自己累成这样都不知道喊声苦，"王艳云一副过来人的口气冲衿羽说，"小姑娘，快看看，嫁警察可得熬得住又心脏强大。"

衿羽讷讷地应一声，头越垂越低。

心细的雷芸看出了衿羽的尴尬，连忙转移了话题："你别这么说，其实是我拖累长海，如果不是娶了我……"

"打住，打住，哪年的老皇历了，还在当回事说。"

雷芸和龚长海的事算是盈城缉毒线上一桩传奇，缉毒队队长和自己救出来染了毒瘾的姑娘好上了，虽然雷芸是为人所害，当年结婚报告的政审依然差点过不了，硬气的龚长海拼着脱警服都要和雷芸在一起，闹得上下皆知，事最后虽然成了，到底影响不好，否则这些年以龚长海立下的功劳，早不该在盈城缉毒队里窝着了。

雷芸和气地笑笑："要我说，他那倔脾气不上去也好，这些年要不是老蔡在上头到处给他兜着，领导早得罪光了。"

"我听老蔡说，本来留市那边要调他去州里，他自己越级在彭局那里立了军令状，组了个专案组查案，非不肯去？"

"我也不清楚，工作上的事长海一般不和我说，怕我乱想。"

"可他在边镇上一待几个月,家里的事都甩给你,也不是个办法,你还是劝劝他,让他退……"

王艳云和雷芸是多年的老友,一见面就聊不够,她嘴快话多嗓门也大,两个年轻姑娘晾在一边插不上什么话,又不好先走,只能听她念缉毒队家属那本难念的经。童欢原本已经明显感觉到衿羽态度的转变,不过想想她被绑后所经历的,退缩也在情理之中,现在王艳云又是抱怨又是规劝,明里是对着雷芸,其实句句敲打在于衿羽的心上,直听得她手心冒汗,整个人苍白得像鬼。

童欢搂了搂衿羽的肩膀,不知从何安慰起,一抬头居然看见了童彦伟。他穿了件深蓝色的格子衬衣,蓬飞的乱发因为连日的疲劳耷拉下来,反而露出了宽额高鼻的轮廓,两道浓黑的眉毛压着他心事重重的大眼。

"我来接你们。"

童欢愣了愣,推了一把低着头的衿羽,感觉闺密虽然脚步踟蹰,却还是跟着自己的力道在走,果断说道:"我坐陆哥的车,你俩一起吧。"

在王艳云的调侃里,各怀心事的三个年轻人离开了。

Y省夏季的热风夹着刺痛皮肤的强光,照在医院大门口,街前被蒸烤着的地皮白晃晃一片,只有几个不得不外出的人,都垂着头走得有气无力,像在狰狞烈日下失了魂。

童彦伟开车带着于衿羽往城外走,后面除了陆翊坤的大吉普,还跟着两个便衣的车。车内异常安静,这是自于衿羽被绑架后,两人第一次正式的独处。

"你身体好点没?"

快到达目的地的时候,彦伟才开口打破了令人窒息的沉默。

"好很多了。"

"那就好。"

童彦伟掏出了一根烟,他最近才染上的烟瘾,两排雪白的牙齿咬着土黄的烟头,狠劲吸上一大口,于衿羽伸手把香烟掐断了。

"我不喜欢闻烟味。"

"哦。"

他尴尬地收起了烟盒,想了想,揉成一团开窗投进了路边的垃圾桶,衿羽偏头看了他一眼,嘴角流露出一丝笑意,目光闪动,才有了一两分往日的模样。

车辆盘山而上,最后停在了西郊烈士陵园。那是片依山傍水的清静之地,松柏长翠,草碧花秀,整齐划一的墓碑自高处排列而下,新砌的陵墓削石破壁刻字嶙峋,年代久远的字迹模糊有青苔叠痕,仿若那些牺牲给生者留下凌厉的哀痛,日久天长也模糊在岁月的风刀里，成了几抹湿漉漉的灰绿暗影。

拾阶而上，暑气不侵，道旁的墓碑森冷孤峻，每一块都藏着一个关于生命消逝的哀歌。在彦伟停住的地方，衿羽发现是一大片无名墓碑，最年轻的孩子才十九岁，墓前还留着纸钱燃烧飞溅的几点灰印记，像是家人泣血的泪痕。

衿羽死死盯住那些痕迹，心抽痛着往下坠。

"你带我来这里干什么？"

"怕吗？"

童彦伟的声音没有了往日刻意的吊儿郎当或是昭显距离的躲避，很温柔，从未有过的温柔，只是那温柔并不打动于衿羽，反而叫她的心越发地沉了下去。

"不怕。"

"盈城缉毒线上历年来牺牲了的同志，有一部分被家人带走，还有一部分留在了这里，有些事业未竟，暂时不能留姓名，有些身负毒贩追仇血誓，不敢留姓名，还有遗体没找到的衣冠冢，或是数人遗体被毁无从区分，共用了一个墓穴。"

彦伟指了指上方空余着的数个位置："我陪龚队、老樊来祭拜过，他俩都笑称那里是'老家'，我们F市……也有片同样的'老家'。"

他说起"老家"二字，平淡得仿佛回家吃饭般轻松的语气，可字字句句砸在于衿羽的心头，有灼灼烈火焚过的剧痛。

"这个孩子叫杨亮，父亲是龚队和蔡队的生死之交，做卧底时牺牲了，没有遗体。杨亮高考失利，当了武警小战士，龚队想找关系把他调到市里，他自己坚持要去卡哨，三个月后因为抓捕利用孕妇运毒的嫌犯，被手雷炸死。"

彦伟指着上面一排一个明显新移过来的墓碑："那是杨亮父亲杨忠辉的衣冠冢，杨亮母亲在杨亮牺牲后两个月也去世了，龚队原本想把他们一家三口葬在杨家祖坟，不过杨阿姨说她老公和儿子应该会更喜欢和战友们在一起，远眺盈城一方水土，龚队就把杨阿姨的骨灰也放进了杨叔叔的衣冠冢里。"

位于半山腰的西郊烈士陵园视野尤为开阔，鳞次栉比、规格统一的墓碑宛如卫士，整个盈城都在其守望之下，一江水绕城而过，汇入山下大河，万里晴空，污秽暗角无所遁形。

衿羽沉默地看着那一家三口的墓碑，无名无姓，立于青山碧水之间，像他们曾经做过贡献却不为人知那般，守卫在山前一隅，守卫着隔山跨水那一条有形也无形的边境线。

"衿羽，对不起，让你经历了不好的事，等你把该做的事做完，就回去吧。和爸妈去国外散散心，刷爆他们给你的信用卡，把盈城这一切都永远抛在脑后，再也不要想起来。"

于衿羽漂亮的大眼里蓄满了泪水，这两天的磨难对她意志力的摧残是毁灭性的，她终于明白，爱情不是她口中那些自我感动的口号，彦伟所说的不适合是真的不适合，直到此刻，她想起被掳走的那一幕依然瑟瑟发抖，她依然不知道即便事件重演她能做什么，她的确不是能勇敢到站在他身边的女孩。

她什么都不说，童彦伟也能读懂她眼中所有的伤痛和退缩，他笑了笑，眼圈却红了。就像他从来没想过要结婚一样，他从来也是喜欢她的，所以他比谁都希望她过得好，能永远幸福得像泡在蜜罐里的公主。

他红着眼摸了摸她的头，纵容自己第一次，也应该是最后一次把她拉进了怀里，很温柔很轻地吻了吻她的额头。

"对不起。"

"彦伟，我们结婚吧。"

童彦伟不敢置信地低下了头，看她仰着流满泪的脸，抽了抽因为哭泣而瓮声瓮气的鼻子，再次憨笑着说："我们结婚吧。"

"三三昨天醒来以后，就说要去学急救课程，我也跟着报了，"于衿羽在那一刻清楚意识到了自己和好友的不同，三三受挫之后首先做的是充实自己，而不像她陷在恐惧的情绪里自艾自怜，"她还要求陆哥每天给她特训防身术，不过我运动细胞没她好，没她上手快，但我报了跆拳道班，回家就上课，我还会去看所有毒品、自救、生存常识，我，我是怕，吓坏了，你要给我时间适应，可是我！我不放弃！"

童彦伟看她点着小脑袋，掰着手指数自己做的那些事，磕磕绊绊地解释着，有浓郁的情感在他胸口涌动，像是要溢出来。

"我会和三三一样，跑步、打球、锻炼身体，打枪我都能学的，"她忽然紧紧地抱住了他，"现在我已经知道了我确实还不行，所以我听你的会回去，不过我会努力成为你能爱、敢爱的人。"

她的眼睛像两颗黑琉璃，闪烁着晶莹的光芒，把她娇美的脸蛋都照得发亮。面对着这样一张脸，要说不感动那是不可能的，可是清凉的山风一吹，童彦伟的头脑清明几分。

生活不能只靠感动的，摆在于衿羽跟前有无数条坦途，条条都是康庄大道，他不能让她选唯一那条坎坷的路。

他轻轻地推开了衿羽，替她拂开哭得黏在脸颊上的碎发："你别急，我不逼你，你回去好好想一想……"

"我不用想，彦伟，我从十八岁那年就只想嫁给你，我能像龚队的爱人一样，当个让你没有后顾之忧的好老婆。"

因为怕他再拒绝，衿羽认认真真冲一排排陵墓三鞠躬，然后飞快地在他脸上啄了一下就跑了，连站在远处的两个便衣都差点追不上她。

童彦伟站在风中，脸颊上娇软的触觉还停留在那里，像有一只小手穿过肌肤直接掐住了他心尖，一阵酥软一阵痛，就像他火热的心，还有越吹越凉自胸口掠过的风。

Chapter 47
不一样的月光

不知道陶金运作了什么,在素瓦被杀、王德正及其他人协助调查的第二天,林乐平被人放在了如意小馆的门口,除了受到惊吓,毫发无损。或许是患难出真情,林乐平缓过劲来就直奔盈城来探望衿羽,一大一小又抱头痛哭了一场,可惜她到底年龄偏小,警察问起具体情况还是懵懵懂懂,更提供不出任何转移后的线索。

童欢睡过两大觉后,已经完全恢复,拗不过身边所有人,她也不放心衿羽,恰逢小学马上要给学生们放双抢的假,她就从善如流在医院住了下来。

因为事情暂告一段落,陆翊坤回留市去了,不过离开前联系了一些当地的朋友在周边"照看",让童欢和于衿羽安心在曙光休养。同时因为此案涉及面广,全市能抽调的警力,甚至留市及周边几个相关县市的都派出了支援,将关键地点、人员都保护起来,专案组众人更是忙得脚不沾地。

虽然曙光医院离缉毒大队只有不到五分钟的车程,苏睿依然被童彦伟拉在缉毒队安了家,每天神龙见首不见尾。不过他抽空把白秀云也安排进了同一家医院,因为康山还在配合调查,是童欢陪她做的身体检查。

童欢第一次见白秀云本人,矮小、干瘪,都说儿子肖母,但从她的五官上已经看不出任何康山清秀的影子,就是个油尽灯枯的残疾老人,浑浊的眼睛要睁大一点都非常费力,嘴里含糊不停地道着谢,神情却麻木得没有任何期待,她的关节基本红肿变形,手指更是扭曲得看不出她曾经有一手好绣活。

检查做完已经日落西山,童欢和小护士推白秀云回病房,床头已经送来第一批检查结果。即使童欢不懂医,看着手里那一沓检查单里几乎没有合格的指数,也知道白秀云的情况比预料的还要糟。

夜里,康山赶到了医院,见了童欢就忙不迭地道谢,接过检查单仔细看了一会儿,就趴伏在白秀云虚挂着的那条空裤腿上，垂着头像个无助的小孩。

童欢听彦伟说过，王家以小伊精神受到极大刺激为由，只由警方上门做了一次笔录，全程还有律师陪同，所以自出事后康山还没有机会和小伊说上一句话，或是看上一眼。

白秀云见着康山倒打起点精神，橘皮般堆满褶皱的手艰难地抚摸着儿子的短发："看到小伊了吗？她怎么样？"

"没有，阿妈，你好一点没？"

因为医院里剂量轻微的镇痛药物对白秀云已经不起太大作用，从上午起她就一直周身胀痛，不过看到儿子平安归来，还是硬撑起了力气陪他说话。

"我好多了，苏教授安排人把我的情况送去昆市找专家会诊了。"

"希望会有好消息。"

"我这把老骨头，活长点是拖累你，拖累大家。"

白秀云抬眼看了看童欢，这么小一个动作都让她的疼痛加剧，身体微微痉挛着，她的眼珠像褪了色的羊皮纸，骤然暴晒在日光下，下一刻就会涣散不成形。

"童老师，以后还要劳烦你们帮我多照看一下两个孩子，都是可怜人，也没人待他们好。"

康山的眼睛红了："阿妈，你别说这种话，为了我你也要撑下去，你们不可以这么自私，如果只留下我一个，我还活着干什么。"

"啪"的一声，白秀云甩了康山一个重重的耳光，因为用力太猛，她即刻痛得全身都在发抖，过了很久才平复过来，一字一句地冲儿子说道：

"再难，你也要给我活下去。"

康山咬着牙不肯哭出声，喉间发出隐忍又痛苦的呜咽，白秀云的眼眶也红了，摸着他被打红的脸颊，叹了口气："傻孩子，以后对自己好一点，也要对小伊好，那丫头过得更苦。"

童欢默默地退了出去，听见白秀云摸着儿子的头，用喑哑的嗓音唱起了一首彝族老歌，她懂的彝族话有限，只能听得懂"星星""小妹"几个简单的词，也觉得那歌声像是穿透了山河岁月，踏过荆棘莽原，萧索又苍凉。

陆翊坤走前，曾把车上那束传递信息的满天星留在了套房，童欢回房去取了来，想送给康山。经过医院的走廊，风吹过吊在栏杆上靠营养液培护出的那些不合时宜不知季节的鲜花，在月色下香得虚假又缥缈，她眼前闪现着小伊大腿根部露出的针孔，苏睿事后推断她和王德正有不伦关系，这一切康山都知道吗？而康山和巴兰的事，小伊知道吗？

怀着满腹心事，童欢回到了白秀云的病房，才要伸手敲门，却透过窗帘的缝隙看到康山取出了两支棕黄色玻璃瓶装注射液，谨慎地用一次性针筒从中抽取了一管半透明药水，白秀云拉了拉儿子的手,康山犹豫片刻,将两支都抽空,手法娴熟地进行了皮下注射。

童欢已经在毒品泛滥的昔云待了三年,每月还配合派出所定期给孩子们做毒品的科普教育,对康山手中的注射液她并不陌生,盐酸吗啡注射液,10毫克装,白秀云的用量已经是正规剂量要求里单次镇痛用药量的上限。

在白秀云已经出现明显的肾衰竭症状后,医院应该不会开吗啡替她镇痛,更不会由康山来操作,显然是康山私下把违禁药品带进了医院。已经咬牙支撑了许久的白秀云很快在药物作用下睡着了,枯瘦的脸上还带了点笑容,康山迅速将针管和药剂用纸巾裹了数层,塞进背包的最里层。

待母亲睡熟后,康山蹑手蹑脚地推出了房间,看见童欢低着头坐在走廊的长椅上,他下意识地摸了摸收在背包里侧的空药瓶,然后在童欢欲言又止的表情里露出了无奈又认命的苦笑。

"童老师,你都看见啦?"

"嗯。"

"我被带走这几天阿妈熬得很辛苦,所以我拒绝不了……"康山耸耸肩,"她就想踏踏实实睡个觉,以后,以后我争取不用啦。"

"这是我那天去王家,小伊给的花。"

童欢把满天星递给了康山,男孩的脸上立刻现出了明亮的笑意,他比童欢想象的还要开心,小心翼翼地捧着那束已经没有了香味的干花,连坐下的动作都特别轻巧,唯恐折断了脆弱的花枝。

"等阿妈醒了我就进去插上,她一定也会喜欢。童老师,小伊她很会摆弄花,以前她就常说要开个花店,连名字都想好了,就叫夜来香,小伊她喜欢夜来香。"

"康山,你知道小伊……"

"吸毒"两个字在童欢的喉间打转,她却怎么也说不出口,康山好像什么都没听见,乐滋滋地掏出了边角都磨损起皮的钱包,翻出里面一张黑白的证件照献宝一样给童欢看。

"你看,她笑起来多好看。"

照片里的王伊纹大概只有十二三岁,特别瘦,两颗黑眼珠子大得惊人,却亮闪闪地像藏着星星,她笑得稚气又单纯,在黑白证件照里也清嫩得宛如一枝初夏的夜来香,含苞待放。

"是呀,真好看。"

好看到童欢想起现在的小伊会鼻子发酸。

四周都静了下来,静到风声都像是谁在叹息,童欢的思绪飘得有些远,想起中学时生物老师说,夜来香在午夜盛开,馥郁芬芳,花香虽浓却是有毒的,那个喜欢夜来香的小姑娘,半生似浮萍,然后被母亲亲手埋进了毒液之中,童欢现在什么都知道了,面对这一切她却只有深深的无力。

"药是王德正给我的，满满两大盒，他还说如果我能做到他要求的事，他就答应小伊和我在一起。"康山隔着塑料膜抚摸着照片里小伊的脸，温柔得好像她就在手边，"童老师，无论她做了什么，经历了什么，在我眼里都是最好的女孩，可是这个世界就是不公平，特别不公平。"

他最后的话说得很轻，却重重地压在童欢胸口，压得她透不过气来。

"为什么像我们这样的人，想向对方走近一小步，都要付出那么大的代价？"

"康山，无论王德正让你做什么，都不要去，你不要把自己逼上绝路。"

康山笑了，笑得有点惨淡："童老师，你知道什么叫穷途末路吗？就是走到这一步，哪怕前面可能是万丈深渊，也再没有别的路可走，你只能闭着眼走下去。"

"不会的，康山，你妈妈的病会有办法，小伊我们也会想办法救她，这个世界有一万个不公平，也总有一点公平的地方，就像……就像……"童欢焦急地搓着手，想不出什么安慰的话，最后挤出了最老土最老套的说辞，"你看我们俩现在都坐在这里，晒着一样的月光。"

"不一样的，同样的月光，在你们的夜里，是安宁、平静，可能还有梦乡，我们却只有伤害、病痛，还有绝望。小伊说她在王家那个魔窟的每个晚上都是噩梦，看到日落都会……"康山猛地捏紧了拳头，用力到关节都发白，但很快他又深吸一口气，松开了，"对我来说，最美好的夜晚，不过是阿妈有足量的止痛药能安静地睡几个小时，而我可以看着窗台上小伊挂的那副小花窗帘，闻着潮湿泛臭的河水，做个短暂的梦。"

他轻轻碰了碰雪白的满天星，那貌似满足的笑容让人看来分外心酸："童老师，你知道吗？因为河边太潮，花草又招蚊虫，我家连养一盆鲜花的资格都没有，很多再简单不过的事对于我们来说都是痴人说梦。不过童老师，还是谢谢你们，像我们这样的人，得到的善意不多，你却待我们这样好。"

在缉毒队时，苏教授告诉了他，童老师为了阻止小伊做傻事发的毒誓，所以现在他对童欢充满了感激。否则，他决计不会把王德正要走货的事说出来，七小出来的孩子能遇见童老师、古老师他们这些始终在坚持的好人，真的是很大的幸运。

夜里，苏睿抽空回了趟曙光医院，因为陆翊坤在离开前很贴心地按他的习惯置办了洗漱用品和两套衣物，留在了童欢的套间里。

虽然苏睿并不愿意在医院洗澡，不过非常时期时间紧迫，他不会矫情到非得去外面再开间房，何况曙光 VIP 房的卫生、消毒工作做得很到位，并不逊于任何一家酒店。

当苏睿终于一身清爽地坐在客厅，端起茶杯喝下第一口清茶时，童彦伟挥着两张照片冲了进来。他两天没换的格子衬衣已经快揉成梅菜干，而苏睿则是纯色棉麻衬衣，简单的麂皮穆勒拖被他穿出带点骚气的雅痞味，两人对比鲜明到惨不忍睹，连原本和他对视略觉尴尬的衿羽都扛不过自己时尚杂志混出来的本能，投以内涵丰富的注目礼。

对于好友在如此情境下，还能保持通身貌似不经意，细究都是高逼格的做派，童彦伟也是心服口服，不无调侃地说道：

"大少爷，有重大发现。"

他看到桌上的茶点，已经大半日没进食的肠胃被唤醒了，脑子反而短路了，把照片往桌上一甩，坐在苏睿身边，以牛嚼牡丹的姿态开始风卷残云地吞咽。

发现是重大的，在杏林春的药仓墙角搜出了女孩们的求救血书，然而当那些大小不一、歪歪扭扭的血字冲击性地映入苏睿的眼中，他完全控制不住自己的不适，下一秒就哗啦吐了童彦伟一腿。

彦伟呆愣地低下头，看着裤子上还在滴水的狼藉，手中还举着半块饼干，同样呆若木鸡的还有站在病房门口的童欢和衿羽，苏睿想说句什么，才张口，又以不逊于孕妇妊娠反应的标准喷出一大口秽物，飙射在童彦伟的衬衣上，他连忙扯了几张纸巾捂住嘴冲进了浴室，一阵翻江倒海地呕吐。

遭受了无妄之灾的童彦伟只能在苏睿状况平缓后，拿着陆翊坤备下的另一身一看就价格不菲的衣服，进浴室把自己从头到脚清理了一遍。

童欢磕磕绊绊认着血字复述给苏睿听完，童彦伟也把自己清理完毕了，他走出浴室的时候，连和他穿着开裆裤一起长大的童欢都睁大了眼，吐出一口长气，倒是于衿羽颇有一种自家藏了多年的宝藏被挖开的遗憾，又忍不住赞赏连连。

"我就说衿羽明明和我一样，是个彻头彻尾的颜控，怎么会对你这么死心塌地，原来是我们不善于挖掘宝藏啊！"

童欢起身拉着连擦头发的动作都卡住且一脸莫名其妙的童彦伟，嘴里啧啧有声——自家这个邋里邋遢的小堂哥平常眉眼永远被那头鸟窝盖住，现在洗头洗成了个服帖的大背头，宽额浓眉深目都露了出来，再加上眉宇间那抹凛然正气，五官看上去端正又清爽。

脱掉那身总大一号的屌丝标准格子衬衣后，他的身材与苏睿相仿，剪裁得体又修身的翻领T恤勾勒出他比不爱运动的大教授还要精瘦几分的腰身，同色系的直筒休闲裤修饰了原本就长的两条直腿，连臀部的线条都挺翘得漂亮，童彦伟的身材居然不逊于T台模特，还比健身房刻意练出来的要自然、阳刚。

在苏睿的皱眉凝视里，童欢捏了捏童彦伟的腹肌，再次感叹起衿羽的眼光："怪不得你总说要包揽彦伟的置装大业，他平时那副打扮实在是暴殄天物！暴殄天物！童彦伟，看不出来啊，我这辈子居然能看一场能媲美韩剧里'变装秀'桥段的现场直播，还是个男人！"

童彦伟虽然不是苏睿那种一眼能让人惊艳的俊美，但有介乎男孩与男人之间的舒朗之气，这一身走在校园里绝对超能吸睛，有一搏校草之力。

"早被人发现，他可能就被别人抢走了。"衿羽讪笑着走到彦伟跟前，满足地欣赏完，伸手又把他头发揉乱了，还故意把衣服裤子都扯了两把胡乱塞好，"还是这样比较安全，藏起来我自己知道就好。"

因为新发现，还没来得及好好睡一觉的苏睿又被拖回了缉毒队，倒是童欢躺在床上想起有小洁癖的苏睿居然直接呕出来，翻来覆去睡不着。

"怎么了，三三？"

"我在想苏睿的心理疾病可能比我想象的要严重，"童欢枕着自己的手臂，看着衿羽半梦半醒间大约还在花痴童彦伟的小脸，叹了口气，"他平时的中文阅读障碍，也不过是面对大篇汉字时眼前发晕，像路牌啊这些简单的他都勉强能看一看，怎么今天不过十来个字，反应那么激烈。"

"血糊糊的，我看着也怕呀。"

"他帮忙急救的时候，可没有一点晕血的迹象，难道是因为血书……"

童欢越想越睡不着，唯一能解惑的也只有陆翊坤了，她知道探别人刻意回避的过往是件很不礼貌的事，没准备问出个来龙去脉，只是起码得知道他忌讳的是什么，以后才好规避。

结果电话一接通，她才磕磕巴巴说了两句话，陆翊坤就笑起来。

"你们两个这默契真是没得说，苏才和我讲如果你来问，就把当年的事都告诉你，你电话就打过来了。丫头，他连最不想提的事都能说给你听，你俩这……"

在陆翊坤颇有深意的省略里，童欢陷入了沉默。

因为两人千差万别，从来都是活在两个世界里的人，之前有过的暧昧她都当自己是受美色所惑不过人之常情，却不能当真，可陆翊坤简简单单两句话，童欢忽然间就觉得被什么戳到了心窝窝，里头冒出又酸又甜的泡泡来。

Chapter 48
伤

"十六年前，我在'猎鹰'做事时，组里接了一单业务，要求解救两个被绑架的孩子，一个是苏，另一个是他的好友 Adam。苏读的是贵族公学，同学非富即贵，原本对方挑选的对象是 Adam，但他们在前期准备过程中，拍到了苏的照片。那伙人的老大是华裔，还是热衷于收集美人的同志，一看苏照片就着了魔，临时通知行动的手下改变计划，将两人一并绑走，赎金也从一千万美金涨到了两千万。"

童欢手一抖，她想起苏睿之前因为自己放了一张他的背影上公众号供人传阅，就差点发了律师函，她当时还觉得他小题大做，现在才知道自己一时泄愤之举原来很过分的，而苏睿对她算仁慈了。

"绑匪没料到的是，Adam 家当晚就报警了，而且在苏睿努力与绑匪周旋时，硬脾气的 Adam 仗着自己运动神经发达，试图逃跑被抓了回来，暴打后绑匪切了他两根指头，又为了震慑苏，逼他用断指写封血书送回家。"

十六岁的苏睿假装害怕示弱，向同样懂中文的老大哀求，表示自己可以写中文求救，只会看汉字的奶奶一定会承受不了，逼迫家里缴纳赎金。苏家祖籍是 Z 省人，他巧妙地利用了 Z 省话的谐音，当着自认为精通中文的老大的面，把关押的地址和绑匪人数藏在了每句话的后半句，送出了关键信息，并提醒家人绑匪有撕票意图。

苏父的 EOS 再生能源公司在中东和非洲地区长期做净水公益项目，高层去战乱区考察时曾经和陆翊坤所属的雇佣兵团猎鹰有过合作，苏父以筹备现金需要时间为由，预付了八百万美金稳住绑匪，同时联系了猎鹰。陆翊坤一行人在苏睿送出信息后十六个小时就赶到了关押地点，不出苏睿所料，绑匪已经准备撕票 Adam，然后连赎金和苏睿一起带走。

猎鹰拿的是苏家的钱，当然以苏睿的安全为重中之重，Adam 本身又被打出严重内伤，最终苏睿营救成功，虚弱的 Adam 却在混乱中中枪，没撑到医院就去世了。

最令苏睿难过的是，在营救行动刚开始时他曾有机会击毙挟持 Adam 的绑匪头目，可惜他虽然抢到了一把手枪，却因为不会开枪失了准头，延误了救 Adam 的时机。

彼时苏睿毕竟只有十六岁，已经做到了那个年纪能做的极限，可是捏着好友尚有余温的断指沾血写书，其后又亲身经历了好友的死亡，这都超出了少年的心理承受能力，回家后苏睿出现了严重的中文阅读障碍、洁癖加剧、头痛失眠，到现在症状虽然有减轻，后遗症依然存在。

"和你哥认识应该也是那段日子，他把自己关在家里不愿意见人，唯一的娱乐活动就是昏天暗地打游戏，因为精神过于压抑，还尝试了大麻等软性毒品。当年我是第一个出现在他眼前的救援人员，他在面对我时相对放松，而我也厌倦了猎鹰的生活，于是苏家支付我高额酬金陪他度过创后恢复期，并对他进行了自保训练。格斗术一类需要与人肢体接触的他不肯好好学，就苦练了需要高精准度的射击，现在是青出于蓝而胜于蓝了。"

童欢想起苏睿那天一连串的夺枪、射击，干净利落得像电影画面，实在是帅气得像带了主角光环，却没想到背后还有这么悲伤的故事。

"所以我在灌木丛里听见你用方言说服王伊纹时，立刻想起了苏当年，你们两个看上去性格南辕北辙，骨子里却有很多相像的地方。"

童欢"扑哧"一声："我像他？怎么可能！"

陆翊坤在手机那头爽朗大笑："丫头，别太铁齿，像我人到中年最大的感触，是所有的不可能都能成为可能。"

童欢觉得耳朵有点发烧，从记忆里又提炼出苏睿来的第一天就曾经说过，他父亲名下的再生能源公司和他们实验室有一个联合资助项目，他过来考察，只是顺便帮彦伟看一下案子。

"他到昔云来是想做什么项目呀？"

"他来了这么久了你都不知道？"

"我以为，他就是来帮彦伟的而已……"

"苏的实验室六年前研发了一套后期维护成本极低的大型太阳能净水装置，而且使用寿命根据净水量大约有六到十年，非常适合不通电的偏远贫困地区，之前由 EOS 公司为主，在非洲做的推广援建项目都很成功。这些年设备在不断完善升级，今年他们在净水的基础上增加了发电功能，他到昔云应该是重点考察了河边的棚屋区，听你说起回风寨的情况后，准备让康山陪他去山里几个交通最不便利的小型村寨踩点。"

所以，他约康山进山区完全与边境旧路无关，是她想太多？童欢的耳朵又火辣辣烧起来，不过这次是因为羞愧。听陆翊坤刻意指出苏睿吸食软性毒品、进山等事，童欢知道自己所有的胡思乱想苏睿早就猜到了，干脆让陆哥一次跟她说清楚。

"近几年 Y 省屡遭旱灾，全省的水资源调控不均，漯河州和德漯州的原始森林砍伐过度，山区蓄水能力薄弱。昔云一些深山的小寨子里的水源污染甚至枯竭，而青壮年基本上都已经迁出，只余下一些贫困老人，水电上山入户的成本高，接通了他们也不舍得花钱用，过日子基本是看天接水，一年到头都难得喝上一口干净水，所以苏的项目对他们来说特别有价值。"

童欢的脑袋像中央处理器一样飞快地搜索着，越来越多的画面伴随陆翊坤的描述浮现。

掉落的净水装置图纸，让她背的资料里关于德漂州各地水资源匮乏的分析，牵着滴答遛狗时会询问当地老人关于山区老寨和水源的情况等等。

挂掉陆哥的电话，童欢汗颜地掏出手机，仔细回想起她曾经在他的资料里看到过的英文名，Donald Su，再加上伦敦理工学院，瞬间搜出了数页链接，只是英文居多。

在于衿羽的帮助下，童欢顺利地找到了需要的信息，关于他带领实验团队研发净水装置，并因此拿下数个科学基金成果奖、创新设计奖，并在各国做了资金募集，通过 EOS 公司在非洲和中东地区完成了二十余个援建项目，解决了上十万计贫民饮用水的问题。

但网络上也并非一味褒奖，有不少质疑他联合家族企业沽名钓誉兼洗钱的负面声音。童欢想想自己做公众号所受的那点小成果和小委屈，比起苏睿的所作所为和所受质疑来说，既感同身受又太微不足道了。

这个男人已经在她隔壁住了半个暑假，她却从来没有真正认识过他，甚至连他的英文名都没有在意。她大多数时候都把他当成一个开口就鄙夷他人知识储备不够，却炫耀自己的傲娇孔雀，一个包裹在所谓低调奢侈用品里耽于享受的富二代，甚至从根源上怀疑过他的为人、动机。

其实她已经隐隐感受过，他遮盖在疏离又精致的皮囊下那颗柔软又充满善意的心，只是从没给过足够的信任，也从来没有试图真正了解过他而已。

"这样看起来，苏睿简直不要太完美，有才有貌，有钱有品，关键还做了这么多好事，要不是有彦伟我都要爱上他了，"衿羽笑着撞了撞发愣的闺密，"三三，你捡到大宝了。"

"我？"

"你别告诉我，你看不出来人家苏教授对你有意思啊？"

童欢眨巴眨巴眼，不害臊地点了点头："前几天是模模糊糊有点感觉，这两天好像是有那么个意思了，不过我还没想好。"

"切，你就不能常规点，来句你怕自己太平凡配不上他？"

"我哪里配不上他了？他不过比我聪明点，可是我也不差，他那么龟毛，嘴巴那么毒，有几个女的受得了他？简直是注孤生的人设好吗！"

衿羽捧住了童欢理直气壮的脸，咯咯直笑："我最喜欢你时刻这么自信的样子，我们家三三当然好。"

童欢嘚瑟地一抬下巴，哼了一声，一想起康山和小伊又愁眉苦脸地把头发揉成了乱草。

"我现在还没心情想这个，衿羽，咱们得帮帮康山。"

同一时间，童彦伟听了苏睿交代陆翊坤可以告知往事的电话后，趁着外卖送到稍事休息的空当，忐忑又八卦地询问起来。

"我是喜欢上她了。"

虽然已经猜到，童彦伟还是被大少爷直接认爱的姿态惊得下巴差点脱臼："半个月前你俩还水火不容的，不，现在开口都没好话，到底什么时候看对眼的？"

"我真正讨厌的人，一分钟都不想在她旁边多待，何况住隔壁住这么久？"苏睿眉眼一挑，笑意漫了出来，"那家伙除了不修边幅、行为举止太随便了，没什么大问题。"

"老大，你俩不是一个画风啊！再说，齐大非偶，你家里到时候万一嫌三三……"

"她没什么让我家里挑的。"

苏睿话说完，童欢常穿的那条荧光色运动裤和红拖鞋就浮现在他眼前，让他底气十足的语气瞬间软了下来，虽然最近她衣着已经略有进步，但起步线太低，好在她还能听得进去建议，回昔云第一件事，是不是该和她商量一下，帮她把衣柜鞋柜再洗一次牌？

"听你这语气还真是要见家长，做长远打算的？"

童彦伟贱兮兮地捧着心脏做西子状，以示自己的震惊。

"你放心，轮不上我家里挑她，倒是怕他们会把童欢吓到，只要知道我有喜欢的人了，他们只怕会第一时间赶过来。"

想起家里恩恩爱爱的老两口，苏睿有点无从说起，意味深长地叹出一口长气。

"那三三……"

也不怪童彦伟气虚，从外人来看，这两人无疑是不配的，简单来说，童三三绝对是高攀了。

"她积极乐观，心地也好，虽然不大爱用脑子，不过记忆力比我还好的人可不多，至于长相，我都长成这样了，不需要改善后代相貌的基因，就无所谓了。"

童彦伟的嘴抽了抽，好在三三不在这里，不然听到后半截就得炸锅，不过作为小家长，苏睿对童欢全面认可的语气还是让他很满意。

事实上苏睿完全不觉得两人有不般配的地方，他们彼此的缺陷都显而易见，但是都有出类拔萃的地方，关键他喜欢她的元气满满又格外善良。

爱情里需要势均力敌的能量，不在此处就在别处，他不懂为什么现在的女孩喜欢看那些霸道总裁和傻白甜的故事，爱情的盲目可能会让你喜欢上截然不同的人，但是只靠傻白甜怎么维系长久的感情？一定是能互相欣赏，有灵魂契合的内在，才会有相伴同行的未来。

童彦伟的手机忽然响起来，他举着冲苏睿晃了晃："说曹操曹操到，你接还是我接？"

"她这么晚打过来，应该是出状况或者想到案情相关的事情了，赶紧接。"

苏睿伸手按了接通和免提，果然那边三三连招呼都不打，话说得又快又急："彦伟，孟东勒在曙光看过病！我刚和衿羽想去看康山妈妈，正好碰到护士送药，住院部这边的纸袋式样，和我在王家碰到孟东勒时他手里拿着的一模一样。"

"好，我们立刻着手去查。"

私立医院看病归档管理不像公立严格，必须使用身份证，很多人出于隐私考虑，用的不是本名，但纸药袋这种东西毕竟不结实，孟东勒拿在手里一定是才看病回来，有了大概时间再核查医院的监控，孟东勒很快被筛选了出来。

他化名"巴东"，看的是生殖泌尿科，病历显示他有"勃起功能障碍"，俗称阳痿。而主治医生记得他还出示了琅国杰特宁医院的检查结果，因为杰特宁是琅国做试管婴儿最为权威的机构，技术先进成熟，所以医生的印象很深刻。

"难怪孟东勒不管巴兰在外面的传闻，原来问题出在他自己身上。"

苏睿手指敲着桌面："上个星期的检查结果，也就是说他和王德正同一时段都在琅国？"

"应该是，虽然不是一趟航班，但是两人出境的时间段差不多，琅国警方对木也势力入侵青奈地区很重视，和Y省有合作联系，希望他们能查出新的信息。有一个好消息是，在王家虽然没有搜到孟东勒，但是根据医院替他开的调理药量，下个星期他需要再去一次。坏消息是，王德正整个人查不出一点纰漏，最迟今晚我们得放人了。"

"既然查不出，不如放了，看他接下来的行动。"

"龚队也这么说，不过大家忙活了这么久，多少不甘心。"

苏睿伸了个懒腰："明天童欢她俩就回昔云了，好像于衿羽取了行李就会回家，你不去送送？"

童彦伟苦笑："敌军炮火太猛烈，我快顶不住了，还是不见的好。"

"我明天送白秀云去昆市再做进一步检查，如果她身体情况允许，我会送她去香港，来回需要三天左右。"

"非常时期，你避开也好。"

现在盈城警方由上至下在彻查内奸一事，苏睿因为没有途径知道安全屋的地点，也没有参与医院的工作，首先被排除了嫌疑，但是作为半个外人，他暂时离开反而更省心。

"你觉得可能是谁？"

"没有任何线索做支撑，我不做无谓猜测。"

"怎么没有线索,级别至少要与龚队平级,甚至更高,能接触核心信息,能插手医院内人手安排……"

童彦伟在纸上写下一个"蔡"字,想想自己毕竟是专案组里的外省人士,又没有像龚长海他们和蔡队长期相处过,立刻撕得粉碎,丢进了垃圾桶。

Chapter 49
分开

让两个女生回昔云,虽然龚队安排的人会跟着,还增派了专案组的曾浩,童彦伟还是放心不下,没想到陆翊坤安排完留市的生意又赶了回来,有这位大神在,加上昔云派出所的近距离,算是很有保障了。

童欢早就确认过童彦伟不会来,好不容易把不死心等了半晌的于衿羽拉上了车,和她们一路回昔云的康山还站在车边磨磨蹭蹭,拘谨得手脚都不知该往哪里放。

因为苏睿准备送白秀云去香港了,康山要回家收拾一下,他不想坐跟在后面的警车,只能选择陆翊坤这辆他眼中的豪车。

"康山,我有个小礼物要送你,快来看!"

打开后备厢,童欢满意地冲陆哥比了个点赞的手势,沉稳老练的陆翊坤居然笑呵呵地回了她一个赞,看起来万分宠溺,刺激得孤家寡人的于衿羽直想吐血。

绕到车尾的康山看了一眼后备厢里的礼物,愣住了。

分格大纸箱里放了数盆小花,雪白的花盆外都套了透明水培器皿,米色的夜来香、浅紫的香叶天竺葵、洁白的茉莉,被翠绿的枝叶簇拥着,馨香扑面。

"我记得你说小伊她喜欢夜来香,只买了两小盆,花店的老板说这么小盆的放在窗外,对人体不会有影响。其他都是对病人没有刺激性的花草,还能驱蚊,有水培有营养液养起来也很轻松。可惜陆哥买了以后,苏睿才说要立刻送你妈妈去香港了,生鲜植物不能过关,所以啊放七小先替你养着,保证养得花繁叶茂,等你回来的时候搬回家。"

康山没想到自己一句不能养花的话,童老师都放在了心上,除了小伊,再没有人这样小心呵护过他隐秘的梦想,连被病痛折磨着又要努力抚养他长大的阿妈也没有过,他眼眶红红地,张嘴张了半天,挤不出一句话。

童欢踮起脚抱了抱瘦骨嶙峋的男孩,有力的温暖透过她的小身板传到了康山心口:"没有什么是不能想的,康山,就算是棚屋区,我们也能让它开满鲜花。而且等花开好了,妈妈病也好了,咱们从棚屋搬出来,日子会越来越好的,你和小伊千万别放弃,无论面对多不公平的命运。"

她站在那一箱花前，笑得明亮又灿烂，这一幕牢牢地刻在了康山的脑海里，之后在他最绝望无力的时候，想起那缕缕花香，还有她努力想为他和小伊照亮前路的笑容，就像夜空里闪亮的星，他咬着牙又撑了过去。

待大家都坐好，后车按了按喇叭，表示可以出发，陆翊坤摆手示意稍等，衿羽不甘心地趴在车窗上，嘴噘得能挂上油瓶。

"是我把彦伟吓到了吗？他比以前还躲得厉害，明明出事受惊的是我呀！"

童欢失笑："姐们儿，谁看你前几天的情形都以为你要撂挑子走人了好吧？结果直接就求婚了，是我我也吓到。"

"那我该怎么……"

"抱歉，我迟到了——"

苏睿忽然拉开车门把童欢挤到了中间，在两个女生傻眼的呆滞里笑出了花满枝丫的美色，陆翊坤笑着摇摇头，发动了车子。

"苏教授……要不要坐前面，前面宽、宽敞。"

原本因为后排有两个女生而坐在副驾驶的康山更坐立不安了，苏睿挥手："不用，我坐后边挺好，早上想起要离开几天，临时决定回去看看 Dirac。"

他又拍了拍呆若木鸡的童欢："坐过来点，你快把于衿羽挤下去了。"

童欢意思意思挪了挪屁股，整个人依然贴在好友身上："你不是不喜欢别人碰到你吗？"

"你不一样。"

最近学到撩完就跑这招的苏大教授丢下一句话，就挽手闭目养神了，并且因为疲劳过度迅速进入了梦乡，留下一脸八卦血沸腾的于衿羽推搡着更呆滞的童欢，一路上看着侧颜如画的苏睿挤眉弄眼，恨不能"八"出万字长文来。

没有童彦伟告密，童欢当然不会知道苏睿为了挤出时间陪她回趟昔云，已经有近三十个小时没有休息，也不会知道因为担心她的安全问题，他们人还在路上，苏睿网购的摄像头已经装在了教学楼、宿舍、七小外围能通到电的地方，并且和小于的电脑及他们的手机联上了网。

不过苏睿打着回去看 Dirac 的招牌，完全没料到进门居然没看到自家大狗等得望眼欲穿，被托付的王叔搓着手不好意思地走上前。

"滴答去看追风了。"

对于大家自动接受了童欢替 Dirac 起的中文名，苏睿也懒得纠正了，只是眉一抬，看追风是怎么回事？"

童欢一拍大腿："哦，上次拆笑气枕的时候那条黑背？"

"对，最近多事，派出所的小伙子每天巡逻都会特意到我们学校附近多转转，还特意带着追风，滴答去找它玩了。"

追风作为一条因伤提前退役的警犬，是昔云派出所的团宠，它虽然后腿有点瘸，但专业技能绝对过硬。Dirac 好不容易认识了一个智商不亚于自己的同伴，苏睿走后又孤独异常，某日偶遇派出所干警巡逻顺便遛狗，自此念念不忘，定点守候。

连童欢都想象不出走高冷路线的滴答会主动去找伴玩，苏睿更莫名有了种女大不中留的感慨，没好气地抛下了帮忙检测摄像头的陆翊坤和两个女生，转身去找狗了。

可巧今天巡逻的正是张路，两条训练有素的狗并没有追逐打闹，而是并肩走在他前方，不过 Dirac 一身拉风毛发，追风也是威风凛凛，连带着张路走起路来都虎虎生风，一见苏睿就笑着打起了招呼。

Dirac 立刻扑到了苏睿身上，低眉顺眼地撒起了娇，追风走拢到苏睿身边嗅了嗅，鼻尖哼出口气，也示好地拱了拱他的腿。

"苏教授，你回来了正好，我们所长听说你们在加强七小的护卫工作，让我把追风也给你们牵来，不过是暂时借用。"张路拍拍追风的头，让它坐好，"吃的我们会送，不占孩子们的口粮，追风没有指令不会做攻击性动作，不过七小孩子多，最好还是用链子拴起来。它平时在所里也是拴着的，不会不习惯，你放心，这兄弟看门可比摄像头还好使。"

这对苏睿来说是个好消息，相比只是经过部分特殊训练的 Dirac，追风显然更为专业，只是苏睿看着 Dirac 和追风并肩坐立的模样，着实觉得有点碍眼。

"啊！滴答！我可想死你了！你个大坏蛋，几天不见就和别人勾搭上了？"

相较于克制的苏睿，一把扑上来的童欢就直接多了，然而滴答还是迅速躲过了她突袭头部的手，只是亲昵地在她手背上闻了闻，就坐好了。

"讨吃的？我还真没准备，不如一会儿集体去吃如意吧？让斐然姐中午给我们破个例，做桌好吃的，给衿羽还有康山送行。"

到七小后，曾浩和另一个同事陪康山回去收拾行李，他和苏睿都是当晚就要回盈城，而衿羽收拾完行李，明日也会有专人直接护送到家。于家在衿羽被救后第二天才知道出过事，因为女儿夸张的以死相逼，于爸于妈没立刻赶到 Y 省来，不过在家立刻挑选了保镖，并且接受苏睿的建议，准备在机场接了衿羽就现买票远离是非之地，去连游欧洲十国。

照苏睿的说法，这种土豪方法是再安全不过的，即使王德正有心再追究，手下也不像于家数人因为商务原因有申根国的长期签证，而且机票随买随走，连行程都没确定更让人无从下手，何况还有保镖。

至于木也虽然势力庞大，但小小一个素瓦被杀，不值得惊动他，在国内发生的一切于木也而言，最多不过考虑换合作者，王德正越不得力，越是给了陶金机会。

"所以明天开始，就只剩下我和你们俩相依为命了。"

童欢抱着滴答可怜兮兮地坐在台阶上卖惨，被检查监控经过的陆翊坤弹了栗子。

"还有我！"

她甜笑着拉住他衣袖甩了甩："对，还有我天上地下第一厉害的陆哥。"

因为苏睿要送白秀云走，她作为编外人员自带的助手，又是清查内奸的非常时期，肯定不适合留在缉毒队。不过她只被抓走了几个小时，更没有接触过被绑的女孩们，除非刻意打击报复，不然针对童欢对王德正来说没什么意义。不过苏睿和陆翊坤还是如临大敌，布下天罗地网，并且等苏睿折返，专案组也该审查完毕回昔云继续办案了。

"希望到那个时候，内奸已经被揪出来。"

童欢捧着脸，看边收拾行李边相思的于衿羽更可怜的小样，干脆吹嘘起自己勇闯王家的事来分散她注意力。

于是苏睿简单地收捡了一下屋子，出来就听见童欢在那儿眉飞色舞地给于衿羽"讲评书"，直把陆翊坤说得仿佛天神下凡。

"那胖女人就这样扛着我，非说要送我去上药，我吓得眼泪水都要出来了，陆哥忽然出现一把抱过我，脚下一踹，那么胖的人啊！'嗖'地就飞出去了！有两个保安追上来，他一脚一个，眼一斜，说'连我是什么人都没弄清楚，你们就敢动手'，立刻谁都不敢动了。他让我拨通王德正的电话，特别酷地说'我妹子在你家受伤了，我要带人走行不行'，王德正屁都不敢放一句，立马让放行，把我花抱走的人大气都不敢出，屁颠屁颠地跟在后面送了出来，简直帅到爆，有木有！超有安全感，有木有！"

于衿羽眼尖地瞄到苏睿的衣角，干笑着救场："我觉得人家苏教授拔枪的时候也很帅啊。"

"那你是没看见陆哥的飞刀，嗖嗖地，一刀削上素瓦的耳朵，一刀扎他手肘，就跟武侠片似的，小李飞刀，例无虚发，帅到没边！打两枪算个啥呀！"

没救了，于衿羽捂住了眼睛，从指缝里看着苏睿听得发绿的脸，呵呵笑两声打起了招呼："苏教授，是叫我们去吃饭吗？"

手舞足蹈的童欢像被点了穴一样卡住了，然后机械地转过身，尬笑着挥了挥手："Hi,是去如意吗？"

"对，去如意，你请客。"

苏睿冲 Dirac 打了个响指，没想到 Dirac 毫不犹豫地跑到了被拴住的追风身边，表达自己和伙伴同甘共苦的决心，双重打击之下苏睿冷哼一声，转身就走。

童欢狗腿地追了上去，忙不迭地追问道："你们一个比一个壕，为什么要我请客啊？"

"不然你让你的陆哥请？"

"那多不好？别人远道而来，出力又出钱。"

"我还是跨山跨海来的。"

"也是……啊不，不能这么算……"

听着童欢的叽叽喳喳，放下行李的于衿羽叹了一口夸张的长气，以后可别老说她傻白甜了，有时候三三的情商也是为零的。

数日不见，如意小馆的生意一如既往地火爆，中午的盒饭都卖得热火朝天，看见童欢等人来了，林斐然挤出半张脸问了声好，让阿赵赶紧搬个大桌子去树下阴凉地，又忙去了。

几日不见，林斐然憔悴得令人心惊，连勉强算是笑容的表情都不过是扯动两条僵硬的面部肌肉罢了，往日里的风情全因双目深陷颧骨高耸，变成了一股咬牙切齿的狠劲，整个人看起来像凭一口气硬撑着。

大中午的气温热得人发闷，乐平也坐在热烘烘的灶台边上，再忙阿赵或者林斐然总有一个在她伸手可及的地方，看到童欢等人来了，才放她过来问好。

童欢摸着她的小脑袋，问："妈妈怎么了？是不是哪里不舒服？"

乐平苦恼地揪着小辫的发尾，欲言又止。

"陶金送你们的那辆小面包呢？"

乐平看了看一语中的的苏睿，脸更苦了。

"妈妈说要还回去……"林乐平把自己那头小辫快要揪断了，才期期艾艾凑到苏睿跟前，"苏叔叔，他们都说你特别聪明，那你说，我陶叔叔是坏人吗？"

苏睿想了一会儿，轻轻摇了摇头，乐平却像得到了了不得的肯定，瞬间高兴起来。

"我也觉得他不是坏人，对不对？可是我听见了……"

林乐平那张漂亮的小脸又黯淡下去，虽然还是个心事写在脸上的孩子，她还是守住了心底的疑问，转而去和衿羽互诉离别衷肠。

知道如意的盒饭生意忙，众人特意等一点才来，过了二十来分钟吃快餐的人就稀稀拉拉了，林斐然才边往围裙上擦着手边走了过来。

"想吃点什么？我去给你们炒。"

童欢连忙拉她坐下："斐然姐，你先歇一会儿，我们都不饿，一会儿你看着弄就行，反正你家的菜都好吃。"

"我不用休息，累点倒好。"

林斐然目光里有苦涩，不过很快又干脆地笑开了："乐平说小美女要回家了？今天可得给你做点好吃的,早上阿赵弄了些新鲜竹笋,鳝鱼也新鲜,我给你们做竹筒鳝鱼还有香茅鸡?再来个勒浪,刚送来的番木瓜,肉特别厚,酸度刚刚好,炖在牛肉汤里又鲜又开胃。"

"我帮你啊。"

童欢疑惑挽着林斐然的手去取食材,想开口问问到底发生了什么事,让平日里做事最细致的人连她木瓜过敏的事都忘了,可见是完全恍神了。

经过灶边童欢看见烤得半成品的鸡,忍不住撕了条酥皮吃,引得林斐然去拍她手:"还没熟透呢!当心生病。"

她左手收回时,童欢看到她手掌里几个燎泡,有一个已经破水了,只随便用麻油抹了一下,"你的手怎么了?"

"不小心烫到了,灶台边做事不是常有的吗?"

"那先不搞了,你赶紧去处理一下伤口,我们换个地方吃饭。"

林斐然眉一竖:"怎么?你们的钱都不让我挣的?我哪有那么娇气!"

"斐然姐,你到底怎么了?乐平不是好好地回来了吗?我看你整个人状态都不对,手掌里烫这么大一片,肯定是炒菜的时候走神了!到底发生什么事了?"

从女儿被绑后,林斐然一直是在强撑,阿赵人虽好却不懂她,这几日她过得太煎熬,精神已经绷到了极致,被童欢瞪着关切的大眼一问,不知怎么硬绷的那根弦就断了。只是她习惯了再苦都自己扛,纵然情绪全涌上来,眼泪还是默默往肚里流了,只苦笑着看着童欢。

"我和陶金分了。"

"分了?为什么?"

因为乐平被关在小屋里时听见了他的声音,听到他居然也参与了拐卖,并且那批女孩最后会由江湾的车队负责运送出境。因为乐平在被送回时装睡,听到陶金甚至准备参与到青寨的买卖里,乐平不懂什么叫青寨,她却再清楚不过。因为她去电质问时,陶金连搪塞都不肯,只是片刻沉默就承认了,而她连争吵和哭泣的力气都没有。

她猜测过陶金是不是为了救乐平,才踏上了他自己曾经严令不可触碰的领域,但是这些她都不能对有个警察堂哥的童欢说,大概是她给陶金最后的温柔了吧。

"我不想说。"

童欢想起陶金在缉毒队那些同事不知情却敌视的目光里,走向门外那一片晨曦的孤独背影,心中酸楚亦不能言,只能拉住了林斐然没受伤的手:"那就不说,我陪陪你。"

"好。"

林斐然替童欢把散乱的头发撩到耳后,看着她干净又明亮的大眼睛,越是痛反而越是用力笑了出来。

往前十来年,她对这些生来顺遂的女孩会又羡又妒,有些瞬间甚至会恶毒地希望命运也能伸手把她们碾压一番,可是现在她已经可以很坦然地面对生活所有的磨难,更盼望她的小乐平能像小童老师她们一样,有未来可期,有家人可依,平和又善良。

Chapter 50
报仇

芝苗被抓的消息传来时，苏睿正根据林家母女的只言片语分析给童欢听，陶金的投名状可能是运送被拐女童出境，而乐平应该听到了一些对方故意让她知道的消息，林斐然恰好是视拐卖和毒品为不可触碰底线的人，可以通过她和陶金的交流进一步确定陶金的立场，所以林斐然和陶金的关系已经走入必然的死局。

童欢还在为两人的虐恋神伤，童彦伟的电话就打过来了。明明已经出了境，在翡国现身的芝苗居然潜回了盈城，把在医院治疗烧伤的小混混给虐杀了，因为动手太匆忙，才败露了行踪。

"芝苗在刀上抹了毒药，封嘴后刺穿肺部，再割断了他手脚筋，人走得很慢很痛苦。"

"黄钟说他俩不是真夫妻啊，这下手也太狠了。"童欢扫了扫身上竖起的汗毛，"你要马上赶回盈城去吗？明天会不会来不及带康山妈妈出发了？"

苏睿摇摇头："白秀云的情况比预想的要糟，所以才会临时决定带她直飞香港，不能再耽误时间了。他们母子暂时办理的是普通旅游签注，单次只能停留七天，白秀云入院开出证明后，还需要办理延期手续，而且康山要务工补贴生活费用，我找 UIOT 香港分公司递交了招聘计划书和申请表进入境事务处，后续有很多手续要办。"

童欢似懂非懂地点着头："你不用和我说这么详细，香港那边怎么办事我也不懂。"

果然和榆木疙瘩说话要直接，苏睿看着她懵懂的大眼边笑边摇头，忽然伸手在她额头敲了个栗子："我的意思是，过港后我还要帮他们处理很多杂事，会停留一段时间，帮我照顾好 Dirac，照顾好自己，注意安全，记得想我。"

童欢揉额头的手都僵住了，看着他抛着球去树下逗滴答和追风的背影，呆若木鸡，收拾完行李出来的衿羽"呀"了一声：

"三三，你的脸怎么红成这样了？"

童欢一脸傻相地转过身来，看着闺密："衿羽，你好像确实没说错，算命的是对我有意思吧？不是我俩在发白日梦想太多吧？"

告白失败，求婚又失败的于衿羽冲她翻了个白眼："这不是已经明摆着的事吗？关键是这两个人你选谁？哎，真是旱的旱死，涝的涝死，不公平。"

衿羽伸出纤细的手指，指了指在大门口踩着高梯调整摄像头角度的陆翊坤，又指了指大教授，羡慕得直冒酸水，做了个哭唧唧的鬼脸。

"陆哥？怎么可能！"

"怎么不可能了？一个大老板，一个大教授，你当人家都闲得蛋疼，跑到这小地方来陪你。"

见软萌的衿羽都被逼出脏话了，童欢一把捂住了她的嘴："宝贝儿，乖，咱不学童彦伟那家伙的调调儿，'蛋疼'这词不适合你说，不适合。"

于衿羽眨巴着眼，掰开了她的手掌："你看啊，苏教授可不像是信鬼神的人，可是你当着小伊的面发了那么重的誓，他当时脸都黑了，回头就把康山妈妈安排进了医院，现在又陪着去香港，难道不是因为你？"

"其实算命的人挺好的，比我刚开始想的善良多了，我相信他跟康山说了的事，就一定会做到的，怎么会因为我呢？"

"切，我懒得和你争，那这个呢？"衿羽指着忙得满头大汗的陆翊坤，"陆总呢！那么大的户外品牌老总，店都开到我们那边去了，听说西南地区更是差不多垄断了，这个月又是帮七小整改水电、修大门，又是送物资，这会儿更是放下生意来给你当保镖，童三三，你是拿了玛丽苏剧本呀！"

"神经吧！"童欢推了推闺密的脑袋，没好气地骂道。

于衿羽完全沉浸在自己的幻想里，满眼星星："彦伟是不会这么对我了，那只能让他拿杰克苏剧本，我好好待他，你要帮我时刻提醒他我有多好。"

看着好友明显瘦了一圈的脸，童欢忽然严肃起来，握住了她的手："衿羽，你真的想好了吗？经过这一次，你还要和彦伟在一起？他这份工作又累又没钱还危险，其实真的不适合你的。"

"想好啦，"虽然衿羽还不能笑得像以前一样娇娇软软又无邪，可是她回答得毫不犹豫，"没钱不怕的，他没有我有啊！他工作累我闲呀，娶我不正好有人多陪陪他爸妈，有人管着家里不用他操心？危险这个……我也没办法，不过我认了！"

于衿羽捏着小拳头，脸上浮现出日系漫画般的热血激情来："龚队的老婆做得到的，我都会学着做到！"

"童彦伟这是拯救了银河系啊！"

童欢唏嘘感叹着，也不知该为衿羽担心，还是该为彦伟庆幸。

"其实我一直很好奇，这么多年你为什么能对他这么死心塌地？"

每次问起来，小羽毛只说她答应过彦伟不能说，反正就是喜欢他又长得帅，三观又正,总给她一种"这孩子怕是烧糊涂了"的错觉。虽然前不久彦伟上演了偶像剧般的变装秀,证明这些年她的确是在自家堂兄那邋邋遢遢的外壳下"灯下黑",没发现他皮囊确实卖相不错,但追衿羽的人那么多,比彦伟帅的多了去了。

衿羽托着下巴,那张俏生生的巴掌小脸配这种少女怀春的姿势毫不违和,她目光迷离,仿佛又回到了十八岁的夏天。

那时衿羽刚上大学,终于从父母全方位360度无死角的过度呵护里放飞出来,脱下了公主系的蕾丝、轻纱、裙装,故意买了一柜子正流行的背心、热裤、小短裙,就以为算是小叛逆了。

某日,骄阳似火,衿羽和童欢约在体育馆打羽毛球,半道童欢打工的地方有急事把人叫走了,她返校途中下起了倾盆大雨。大学城路段的下水道一如既往地经不起考验,迅速积水,的士开到离师大两站路的一个低洼处不肯走了,把她丢在了公交车站。

因为这场突如其来的暴雨,公交车站的小棚下站满了人,她只能堪堪被挤在了车站边缘的人堆里。衿羽记得很清楚,那天自己穿着一套浅灰的运动小背心、短裤,套了件菲薄的白色防晒衣,在跑向车站那短短的路程里浑身就湿透了,防晒衣被浇得如同透明的第二层皮肤贴在身上,运动裤也紧贴着腿部,勾出了身体线条。

衿羽有点尴尬地扯着已经没什么用的防晒衣,突然感觉身后有人蹭了过来,手臂擦过她的后背,她以为对方是无意的,想往旁边让,却被两个男的一左一右抵住了,而身后的人肆无忌惮地蹭着她的屁股,恶心得叫人想吐,身边那两个男人手也不怎么安分地挨了过来。

"你们干什么?让开!"

衿羽大叫了一声,可是天生柔软的嗓音被淹没在了雨打铁棚和车水马龙的喧闹里。

抵住她手臂,又高又壮的男人开口一股难闻的槟榔气味混着烟臭:"美女,这么多人,让到哪里去?"

三个小流氓坏笑着越发挤住了她,衿羽本来就是个软绵绵的性格,被三个恶形恶状的男人瞪住,连话都讲不出口,衿羽无助地向周围看去,身边都是被暴雨逼得烦躁又拥挤的人群,也许是没发现这一隅的恶事,也许发现了,看到对方是三个大男人,也不愿出头。

衿羽眼泪水直在眼眶里打转,她不像童欢天不怕地不怕,性格向来都很软糯,此刻动弹不得,求助无门,除了哭不知道还能怎么办。

就在这时,挤在她左边的男的被拨开了,她被护到了一个并不高大的脊背后。男孩穿着格子衬衣,发型像是很久没修剪的小平头,乱糟糟的,上长下短,湿答答地一缕缕淌着水。

"《中华人民共和国治安管理处罚法》第四十四条,猥亵他人,可处以五日以上十日以下拘留。"

"谁猥亵她了？这么多人不小心碰到了，有什么了不起？"

"对，美女，你自己说，我们有怎么样你吗？"

面相最恶的那个边问边向衿羽抓去，半道被男孩右手挡住，两人手腕上较上了劲，男孩看上去瘦，竟然也不落下风，而且腾出左手来把衿羽又往后带了半步，将折叠伞甩向了偷袭他的另一个男人。

"同学，你别怕。"

躲雨的人群原本拥挤得仿佛连根稻草都插不进去，动手的瞬间，五人周围隔出一片空地来，和着雨声，还有人群呜里哇啦的私语。

"我……我不怕，他，他们刚才就是乱摸了。"

围观者一片哗然，但看戏者众，并没有第二个人站出来说话，倒是有好事者偷偷掏出手机想录像。

"人挤人，碰到了有什么稀奇？你肉特别香吗？挨都挨不得？"

"你自己穿成这个样子，可不是招人摸？"

人群一片哗然，那目光大多并不是看向三个手脚不规矩的犯事者，而是扫向了衿羽被大雨浇得曲线毕露的身体。

衿羽恨不得把自己缩成一个点，谁都看不到，可是人群正中，四面八方都是异样的目光，她又羞又怒，越气越是说不出一句话来，惴惴地扯住了他的衬衣，男孩侧身一让，借着车站的广告牌和自己的身体把她遮得严严实实。

"女孩子穿成什么样，取决于她觉得怎么穿好看，绝不构成你们骚扰的理由！"

"呦！小子，毛都没长齐，还把自己当回事了，你碰过女人没？看什么都是猥亵、是骚扰吧？"

"美女，你自己穿得太少，碰到肉了太敏感吧？"

三个流氓大笑起来，话越说越下流。

"《妇女权益保障法》第二十九条规定，禁止违背女性意志，以语言、文字、图像、电子信息、肢体行为等方式对女性实施性骚扰。你们以为占点小便宜不算什么？只要让女性感觉不适的行为，都可以视为骚扰！对女性最基本的尊重都没有的目光都算！"

男生说出的每一个字都清晰有力，掷地有声，虽然一板一眼地仿佛是在掉书袋，可是在他坦然的炯炯目光里，人群里那些猎奇或是好事的声音渐渐消失了，瓢泼大雨里，他笔挺得仿佛一棵莽原上的白杨。

"开口呼啦呼啦背条例，你当自己TVB呢，还是cosplay警察呀？"

男孩忽然像想起了什么，从裤兜里掏出了工作证："不巧，我正好就是警察，同志，麻烦身份证拿出来一下。"

原本还很嚣张的流氓互相间看了一眼,他们不过就是恶形恶状惯了的小喽啰,并不想和警察真的杠上,嘴里哼唧着狠话,转身却跑了,忽然间一场冲突就草草收场。

衿羽看到男孩转过身,很周正清爽的一张脸,有刚出校门的学生才有的青涩,他不好意思地挠挠头:"同学,你没事吧?"

"谢谢你,警察同志。"

"我……才见习,警官证还没发呢,只有张骗骗外行的工作证,自己都还没习惯快当正儿八经的警察了,不然一早我就掏出来把人吓跑了。"

"太谢谢你了。"

"不谢不谢,"他撑起伞,替她把身体挡好,"你放心啊,女孩子爱漂亮,喜欢穿美美的衣服就穿,耍流氓是他们自己本身坏,和你穿什么没关系,抓流氓那是我们的事了。"

于衿羽身边围绕的男生不知凡几,对她呵护备至的有,宠爱有加的多,却从没有一个男生让她这样深刻地感受到,自己是打心眼里受到尊重和爱护的,与美丑无关,与金钱更无关。

夏日骤雨来得快也去得快,三两句话间,雨势见小。那个时候衿羽还不知道,这个还没毕业只会背条例的见习小警察就是死党的堂哥,彦伟也没有像做了便衣以后,留出一窝鸡毛头。

彼时她青春正好,他犹似少年,风是软的,眉眼是暖的,整个人明亮得像心都在放光,衿羽能听到自己的心咕嘟咕嘟吐着泡,沉溺在他灿烂的笑容里,那年夏天那场急雨都仿佛只是为了成全那一场相遇。

七年过去,于衿羽越来越爱,越挫越勇,因为只有她知道在童彦伟那潦草的外壳下,一直坚守着那颗闪闪发亮的心。

"哎哟哟,这么老土的故事,让你当宝贝一样藏了七年,你至于吗?"

"那是因为彦伟那天送我去报了案以后,回到学校正好碰上了你,他就交代我千万别讲发生了什么事。"

"哼,要是当年让我知道他放跑了三个揩你油的小混混,我是会叫他没得安生,他当然不敢让我知道,不过现在你怎么又肯说了呀?"

"因为我打定主意要嫁你们童家去了,自家小姨子,自己人,自己人。"

她一直是个听话宝宝,无论理由有多幼稚,彦伟不让她说她就不说,可是孤独地坚持了太久,现在连婚都求出口了,却还是爱而不得,前途渺茫,她忍不住了而已。

"合着以前我俩不是自己人啊!你讨打呀,小羽毛!"

童欢何尝不知好友心中所想,只能打闹着试图替她驱散片刻阴影罢了。

坐在警车上的芝苗面静如水，她扁头鼻，嘴唇偏厚，头发很稀疏，露出了青色的头皮底色和小家子气的窄额头，唯独被狭长的单眼皮勾出的眼睛精光毕露，那张寡淡的中年面孔上就显出了不好惹的狠厉之气。她摩挲着手腕上的手铐，脸上还有点模糊的笑意，想起她杀人的手段，那点笑意让坐在她两侧的警员背后直发凉。

听到素瓦被袭的那一刻，芝苗已经上了撤离的车，又义无反顾地下来了，她自三十岁后和素瓦搭档了近十年，平时总嫌他办事莽撞，为人又贪财好色，不过他们这些人过着刀口舔血的日子，做的都是伤天害理的事，没想过自己会有好下场，所以吃喝嫖赌样样玩得狠不稀奇。

素瓦有一百个缺点，有危险却永远比她站得靠前一步，只要她招呼一声，就算趴在女人身上爽到一半，他也提了裤子就走人。素瓦存的金条、银行卡密码都放心地交在她手里，所以替他报仇之前，她得帮他把东西送回家，至于她自己，孤家寡人一个，交代在这里就当和素瓦做个伴了。

被人从警车上扭送下来的时候，芝苗恰好碰到王德正在下属的陪同下准备离开缉毒队。王德正整理过须发，只是衣着略显凌乱，正态度谦和地同和他周旋了几日的警官告别，还微笑着找龚队握手，完全是良好市民来配合调查的模样，惹得沉不住气的小年轻们直咬牙。

芝苗怒吼一声，挣扎着向王德正扑去，押送她的警员收到了龚队的眼神，松开钳制的手，但配枪的警员都默契地围拢过去，确保她无路突围。

"是你，我知道是你干的！因为他动了你的宝贝疙瘩！"

芝苗用翡国话愤怒地质问，将王德正撞倒在地，他却一脸茫然地站了起来，演技满分地用中文问："您是哪位？"

他向来小心，除了会在有密道进出的杏林春楼上见芝苗和素瓦，其他时候从来不直接联系两人，他确定芝苗再怎么攀咬也咬不到他身上。

"我是谁？要你命的人！"

芝苗撞开王德正的下属，扑到他身上连撕带捶拳打脚踢，旁边的警员有默契地集体手软，完全拉不住她，或许还趁乱带了两脚泥在王德正身上。芝苗完全不理会王德正下属招呼在自己身上的拳脚，目标明确地只攻击他一个人，并且狞笑着通知他自己备上的"大礼"。

"你别得意，王伊纹的照片我已经连着这批女孩的一起送上去了，岩路收了我的金条，保证会好好帮忙'推荐'你的宝贝女儿，她青青涩涩又惹人怜爱的小模样，最合老大的胃口。"

龚长海的翡国话仅限于一些最基础的日常交流，听不懂芝苗说了什么让王德正脸色大变,等她又踢了王德正几脚,因为施展不开手脚开始被王德正的下属反击后,他令人将打成一团的几人拉开了。

连衣裙都被扯破的王德正再维持不了自己斯文的表皮,显得很狼狈,在龚长海如炬的目光里他不愿意多说多错,阴毒的目光在芝苗的身上转了数圈,勉强凑出点笑意表示自己不追究后,做出还算有风度的样子,走出了缉毒队。

芝苗冷笑着抹去嘴边的血迹,看向龚长海,用不甚标准的普通话说道:"是你故意安排?不过能打到,解恨。想知道什么?找个翻译,我汉语不好。"

她转身又冲王德正的背影啐了一口老痰,青寨的事她自然不会讲,不过老大那边显然更中意陶金,王德正这头她就能咬出几个算几个,送给素瓦做陪葬。

极不甘心放走王德正的队员们开始摩拳擦掌,芝苗又笑了,抬头看了一眼刺目的日光,听树上的蝉肆意唱着歌,唱着它们那短暂、喧闹又被嫌弃的一夏生命。

Chapter 51
思念

被芝苗的消息彻底激怒的王德正回家后，直接转去了副楼，连捧着衣服等他更换的拿婶都被甩脱在地。在王伊纹的门口他遇见了端着药的妻子，张悦莉的手欲伸不敢伸地拦到半途，被他一掌抽倒在地，然后屋内"咯嗒"一声，门被反锁了。

平静地躺回柔软如云端的床中，王伊纹听暴怒的王德正凶狠地踹着门，这道当初为了阻止她出逃而加固过的门特别结实，他踹了几脚后转身踢起了张悦莉。

听着张悦莉的号哭和哀求，王伊纹笑得异常凉薄，在一手推着亲生女儿入地狱后，现在来展示那点廉价的母爱，难道不是个笑话吗？

守在门口的宋民生也被王德正踢翻在地："你怎么会被她甩脱？连个十几岁的人都看不住，养你们有什么用？"

王德正日常是个活得很克制的人，但是越是克制又阴暗的人，在能撕开面具的人面前爆发起来会愈加可怕，熟知他脾性的张悦莉和宋民生连逃的念头都不敢有，唯有匍匐着接受他的暴风雨。

"我把她当宝贝，她愿意作践自己，让她往死里作践。"

"王伊纹，你给我马上去联系康山，让他进山找路！不然我把那对母子连你一起炖了！"

"拿婶，去！给我拿钥匙来！马上！"

走廊里充斥着王德正的怒吼，小伊按下了收音机，房间里流淌出欢快的音乐，她微笑着跳跃着手指，弹起了虚空的琴键，钥匙早被她丢进了马桶，这扇门能挡他半个小时吧？

半个小时以后呢？她的毒瘾也该发作了，到时候自然轮到她开门痛哭流涕跪地求饶，不过在那之前能欣赏到王德正半个小时的气急败坏，已经很值了，不是吗？

让王德正暴怒的不止是王伊纹，他人还在缉毒队，手下已经迫于青寨的直接压力放掉了林乐平，他能感觉即将建立的友好合作在脱序，越来越多的事情都在迅速脱离他的掌控。混留市的陆总敢威胁他，道上的什么叔爷都来找他要脸面，陶金甚至意欲截和，连一个小小的芝苗都能算计他，不过是因为他还不够强。

对权力和财富的强烈欲望让王德正的脸都扭曲了，却也令他从暴怒里抽身，渐渐恢复了理智，他站在一片狼藉的走廊里，大口地喘着粗气。

善于察言观色的宋民生爬了回来，满脸卑微地跪在那里，待他面色彻底平复后才开口："王总，阿颖被抓了，群英的人众口一词是要推她出去顶罪，求您救救她。"

他和阿颖还是太嫩，真以为靠一张脸能把谭群迷得团团转，谭群连公章、财务章都交在阿颖手里，派车、出车全权由她负责签单，现在才知道，那是一开始就把阿颖当替罪羊在养。

王德正拂了拂衣袖，圆润的沉香手串散出令人心静的淡香，他掀了掀嘴角，不甚客气地问："就你那个便宜妹子？以前没看出来你俩感情有多深啊，能让你跪地上来求我。"

"阿颖是我亲妹子，求您救她，我一辈子都记着您的大恩。"

宋民生知道王德正此时依然在火头上，不是求助的良机，但是他怕阿颖等不了。王德正疯起来连素瓦的命都敢设计，自然有无数种方法让阿颖不敢开口甚至开不了口，只怕是看在他的面子上，才暂时没动手。可是现在芝苗被抓，没有人知道她会说出什么，那么会开口的人自然越少越好，他从来不吝以最坏的恶意来揣测王德正的手段，所以一定要在他回过神去处理烂摊子并起杀意之前先说出来。

宋民生坦诚地任由王德正打量自己哀求的脸，他知道他在衡量得失，所以把诚意全摊开来展示给他看："王总，我可以保证，阿颖绝对不会把我牵扯进去！她但凡供出我一个字，就是死在里头我都绝不多说一句话。"

"小宋，我最欣赏就是你的聪明劲，什么事我都不用多开口，你就心领神会，不过有时候做事的人也不要太聪明。"

王德正挥手赶走了战战兢兢缩在旁边的张悦莉，看着像哈巴狗一样跪在脚边的宋民生，像这样明求暗算计，让他有被要挟的感觉，不过宋民生虽然知道得太多，他却用得很称手，若不是陶金明显有从合作变截和的意图，让他焦头烂额，他其实不介意抽空捞个女孩子出来，换来条有弱点就会很好操控的狗，何况这条狗还很能干。

"王总，我娘临走的时候拉着我的手，让我一定要把阿颖找回来，照顾好她，阿颖对我而言，比那个赌钱吸毒的爹要重要得多。过去我只图财，您都敢用我，现在我把我最重要的亲人都摆到您跟前，您用起来不是更放心吗？"

王德正把话说得过于直白的宋民生扶了起来，面上恢复了他惯常和煦的神情，还带了点微微笑："你这样讲显得我们没一点情分了，我一直是拿你当自己人看的，你妹子当然也是自家人，我会想想办法。"

宋民生的心倏地落了地，背后的汗反而争先恐后冒了出来。当初他把阿颖送给谭群，九成因为两兄妹的野心，还有一分是故意做出来给少数几个知情人看，让他们以为阿颖对他而言并不重要，不到逼不得已，他并不愿意把这个弱点送到王德正手里任他拿捏。

然而一步入泥沼，就成了过河的卒子，捏在下棋的大佬手里，没有回头路可走了。

康山和苏睿离开前，特意到七小来看了被童欢摆得漂漂亮亮的花架，尤其是小伊喜爱的夜来香他捧着抱了许久，又在花架上摆弄了一阵，找到晒得到晨光又多荫的位置后，才珍之重之地离开。

"小童老师，谢谢你准备的这些花，现在对我来说，除了阿妈和小伊，它们是最重要的了。"

童欢没想到康山会把她甚至还没送到他手里的礼物看得这么重，立刻保证自己一定会像爱护孩子一样爱护这些花。

"小童老师，我种过一些草药，知道这种才移植的花根最不牢，七小孩子多，辛苦你把它们放高一点，别被碰倒了。"

"你放心，我一定好好养它们。"

童欢陪康山把花一一安置好，送了他和苏睿上车，看着车尾灯在夜色里破开的红光，怅然若失，刚买了一堆物资回来的陆翊坤推着她耷拉的肩膀，把人带回了学校。

隔日，童欢再次送走了衿羽，忙着给扯个薄睡袋在童彦伟地铺上凑合了一宿的陆翊坤买床上用品，忙着收拾房间，却在陆翊坤照着苏睿的要求给 Dirac、追风做饭时闪了神。不过想起陆哥每日从早到晚越发严厉的特训，童欢浑身骨头发胀，赶紧上床养着。

第三天清晨睁开眼，没有衿羽的笑闹，童欢才发觉空气里少了点什么，而作息比她还要规律的陆翊坤已经晨跑回来，准备开始对童欢特训，并制定了严格的训练表，童欢看着每天清晨十公里的山跑欲哭无泪，却在陆翊坤去烧火准备早餐时忽然明白，原来早晨的怅然若失是没有听到某人催眠用的古典乐。

第四天，衿羽在遥远的意大利给她发大街上的帅哥，却花痴着变装后的童彦伟，被陆翊坤折腾得剩半口气的童欢想想两人一个天上一个地下的生活，大哭老天爷不公，然后两人齐齐感叹苏睿的颜值太能打，以俊美著称的意国男人居然败了。

接着，专案组成员返回昔云，陆翊坤请彦伟和学校的老师去如意大撮了一顿，饭桌上其乐融融，被操练得两腿直发软的童欢却有点想念那个没事就把她怼得吐血的人。

芝苗虽然对翡国事宜绝口不提，却死咬住和王德正相关的人员不放，负责人口转运的群英，负责牵线琅国卖家和国内分销的孟阿婆，作为盈城中转地的杏林春，她都知无不言言无不尽。

至此，孟阿婆推一个小员工拉古出来显然不够瞧了，在曙光守株待兔的警员没有抓到孟东勒，巴兰当初离开缉毒队后明明机智地甩脱了监视脱身于人海，却比孟东勒先一步出现在医院，并且被抓后把所有的事都揽了下来。而群英的赵颖却什么都不认，一问三不知，把一切问题都推给了逃跑的谭群。

然而芝苗该说的都说了，唯独不认下胡益民车下那颗手雷。

那时岩路逃走黄钟被抓，他们二人接手了岩路的事，在孟阿婆附近见到王伊纹时，刚跟王德正接触的他们还不知道王家女儿长什么样，素瓦见色起意跟了上去，结果在七小门口看到了来接孩子的胡益民。

素瓦和胡益民在翡国时见过，也听说了他未经允许就在利用登强的旧线走散货，这在行内是大忌，素瓦就准备给胡益民个教训，胎是他撬的，但不是为了取，而是准备给他"加点料"再匿名举报。没想到事做到一半，苏睿的车子开了过来，他们不方便再动手，连痕迹都没来得及掩饰，胡益民出来后发现车胎被撬闹开，最后竟演变成了挟持人质的爆炸案。

所以童欢和苏睿相遇那天的案子又成了一桩悬案，童彦伟在苏睿的遥控指挥下，选取了部分案情进展说给童欢听，但没人给她解原因、辨真假，她仿佛被卷入一团乱麻，越想越乱，越乱越想。

十天过去，衿羽从意大利玩到了西班牙，依然算着时差和童欢聊天、视频、发美食。而不过是去了香港的人，除了告知过一次康山妈妈已经顺利入院外，销声匿迹。

之前在盈城的时候，两人共处的时间也不多，但那毕竟是陌生环境，回到熟悉的七小，校园依旧，隔壁那个朝夕相处的人却换了，于衿羽还非常"坏心"地数着日子给童欢发：

苏睿离开的第一天，想他……

苏睿离开的第二天，想他想他……

童欢被她字里行间的言情做派酸得牙都倒全，却不得不承认在苏睿突如其来的消失里，又在滴答、陆翊坤时刻唤起他无处不在的影子里，感受到了习惯的可怕，有一种仿佛思念的情绪在蔓延。

傍晚下过一阵暴雨，备完新课的童欢百无聊赖，又搬出了苏睿那张她肖想了许久的躺椅，坐在走廊上发呆。小学期结束，学生和老师们都回家了，陆翊坤人虽然住在隔壁，毕竟有生意要操持，每日靠电脑、手机远程遥控着，能陪她的时间很少，像现在她只能翻着白眼看树下那对狗秀恩爱，殊不知有人正通过摄像头看她一脸傻相，笑得像只狡猾的狐狸。

最基础的物理入门教材里讲过，一切物体保持原有运动状态不变的性质，叫作惯性，想要改变物体当前的运动状态，需要外界施加力的作用。

苏睿虽然恋爱经验少，真欲攻城略地的时候，满腹的章程，可怜童大小姐那点道行，被玩得渣都没有，还没开战眼看着就要缴械投降。

童欢发出当日份的第五十声长叹，这年头连狗都来撒狗粮，真是太虐心了。忽然腰间的手机一振，她扫一眼，眉间更苦，却只能乖乖接通视频。

"童三三，你答应我小学期结束会回家，人呢！"

安念青的软嗓子就算是和女儿发怒，依然绵绵的，倒有点像是在撒娇，童欢"扑哧"一声笑了。

"妈，都跟你说了是彦伟这边忙，我不放心他自己待在昔云。"

关于侄儿的职业，安念青是清楚的，也知道二哥二嫂一家常为那孩子担惊受怕，可出于当娘的私心，尤其是身处昔云，她不希望女儿介入太多，可这样的实话也不能实说。

"哎，妈，学生家长送了我一条大披肩，纯手工的，你一定会喜欢，我给你寄过来？"

童欢怕母上大人再追问，干脆转移了话题，拿着手机进屋翻围巾，安念青是很细腻的人，扫了两眼晃得她头晕的屏幕，碰了碰身边貌似老神在在戴着老花镜在看手机报，实则支着耳朵偷听的老伴。

"云辉，快看你宝贝女儿的房间，是不是大变样了？"

童云辉推了推眼镜，光明正大地取过了手机："呦！我闺女的狗窝是怎么了？忽然变得这么干净？"

"哦，放假闲的时候收拾了一下，衿羽他们都帮忙了的。"

平时视频都是童欢的大头，他们还没注意到，这会儿童欢把手机架在桌上，搬了张凳子去置物架上翻东西，倒让他们把归置整齐的屋子都看得清清楚楚。

"还有衣服。"

安念青眉头一皱，只见女儿平时总被自己批说没眼看的衣服居然也变样了，白蓝条的运动衫，配了直筒牛仔裤，简单、清爽，又很适合童欢浅蜜的肤色。

"我闺女这样穿挺好看啊！"

童云辉才开口，就被妻子瞪了一眼，他笑呵呵地不接话了。

"你别看你女儿这身简单，衣服和裤子明显不是一套，却配得正好，连扎头发的都是一个色，你女儿没这功力也没这么细心。"

"那肯定是衿羽……"

"对呀，衿羽给我配了一些，苏睿改良了，还给我打了图册，让我照着穿。"

童欢把围巾翻出来后，顺手掀开了衣柜帘子，展示经过两位高手整理后的成果，果然都按类别、颜色归好了类，常穿的分套用衣架挂了起来，同色的发绳、发带、头巾用简易钩挂在一边，柜帘上还贴了类似款的搭配图片，就算是傻子都不会穿错。

"拿出来妈妈看看。"

宽松的长T恤、布衫搭的修身牛仔短裤，收了腰身的短衫配运动长裤，连童欢那些算是无药可救的亮色小背心都大胆地配了撞色短裤，搭件白衬衣，时髦又大方。至于不适合童欢这种小个子的大印花、宽袖、小脚裤、肥裤子全体不见踪影。

童爸爸不懂这些，只觉得看上去不错，安念青却完全不见喜色，还有种自家白菜怎么就被人拱了的郁闷。

"你谈恋爱了？"

"哪有！"

"恋爱都没谈，连你衣柜都做上主了，以后还得了？还有，我让你改改被这一大家子男人带出来的脏话，你什么时候听过？最近倒是全改了。"

再温柔的妈妈，面对女儿的婚恋问题，都变成了一只护崽的老母鸡，真是又盼她嫁又怕她嫁。

"妈，你说到哪里去了！爸呀！"

童欢求助地看向老爸，没想到老婆奴的童云辉连连点头："嗯，你妈说得有理，闺女啊，你是不是恋爱了？要是真喜欢就带回来给爸妈看看……"

"童云辉！"

"宝贝女儿，你妈生气了，那咱不带了，不带啊！"

安念青叹口气，温和地看着女儿："三三，妈妈再盼着你谈恋爱，你选人也要慎重，我听说那个苏睿是个华裔，还是富二代，你们俩成长背景、家庭条件都不一样，兴趣爱好都不一致，很难长久相处。"

"妈，我没谈。"

童云辉虽然被以柔克刚的老婆吃得死死的，脑袋倒转得很快，老婆这边还和闺女谈着心，他已经发信息给侄儿追讨苏睿的信息了。童彦伟难得地手机就在手边，一见小叔都出面了，恭恭敬敬把苏睿的信息送上，还特意弱化了他的家世，强调了学术上的成就。

作为一个自诩接受新鲜事物很快、把智能手机玩得很溜的老人，童云辉按苏睿的信息一搜，学术上的基本全英文他自动就跳过，中文里头的第一条就是条旧花边。

"不对啊，老婆，这个家伙有个模特女朋友，我滴妈呀，长得还挺好看。"童云辉被老婆不满地一瞪，又改口道，"当然，没我闺女好看，而且可能是前女友嘛，前女友。"

"我真的没谈啦！"

见童欢反驳得太激动，童云辉反而有点愁了，比谈恋爱更可怕的是，他闺女看上人家，人家却没看上她。

童云辉难得语重心长地同女儿聊两句："宝贝啊，咱么嫁人不说门当户对，但是太有钱的人家媳妇可不好当，爸爸怕你吃苦啊，而且他们家大业大的，到时候逼你非生出个儿子不可，你多遭罪……"

安念青见老伴越说越不像样，打断了他的话："三三，你不要觉得我们老一辈观念老土，有时候感情的事还是要听一下我们的意见，结婚生子那是一辈子的事。"

童欢被两人说得哭笑不得，直摇头："你们是不是走火入魔了？现在我身边但凡冒出个男的，就会在一起，对视就当恋爱，牵手就要结婚了？"

这要是知道她隔壁又换人住了，是不是怀疑她劈腿出轨，非婚生子了？

"你们手都牵了！那个混账东西，我还没同意呢，就敢牵我女儿的手……"

"爸——"童欢的声音充满了无力，"你会不会抓错重点了？"

虽然电话里童欢振振有词，挂掉电话，她凭借着记忆里那张传真上的信息搜起了Kaley。她出于对苏睿人品的信任，并没有怀疑过他会做有女朋友还撩妹的事，但是爸爸刚才一提，还是让她心里很不舒服，结果搜来搜去，却让自己更不舒服了。

有颜有身材有钱有家世，不过……童欢有点不服气地看着照片里的美人，她也有黑历史啊，是个瘾君子呢，哼！她绝不承认她是嫉妒！

好吧，她就是嫉妒，她该死地特别嫉妒！恶毒地嫉妒着！童欢把手提"啪"地一按，很不爽地去搬因为暴雨而挪到楼梯间的花。

走到门边，就看到陆翊坤已经把花都摆好，正坐在旁边清理堵塞了的浇水壶，两条长腿闲适地交叠着，大掌拿着小壶嘴对光照的样子像在摆弄玩具，嘴角和眼角都笑出了开心的纹路。

Chapter 52
似是故人来

童欢最近被众人如临大敌的态度搞得紧张兮兮，尤其陆翊坤操练起她的时候，严厉得仿佛她即刻要面对生死关口，就把那把"山鬼"带在了身上，一走动刀敲在了门锁上，发出清脆的声响。

"通完话了？饿了没？"

童欢鼓着嘴坐到他旁边："陆哥，我快被你喂成猪了。"

陆翊坤捏了捏她软软的脸颊，感觉好像是比之前肉厚了些，很有成就感："喂瘦了，有人回来要怪我了。"

童欢心不在焉地拨弄着花，揪着片小叶问道："陆哥，你喜欢我吧？"

大概没被人这么直接问过，陆翊坤愣了好一会儿，才笑着说道："对呀，但是……"

"但是……"

因为异口同声的默契，童欢先笑了，然后靠着他宽厚的肩，一晃一晃地说："但是当自家妹子那样的喜欢吧。"

陆翊坤爽朗大笑，揉了揉她的头："我还以为我没把握好分寸，让你误解了，幸亏没那么尴尬。"

说是这样说，他的目光却坦率又分外温柔。童欢身边一群堂哥，就童彦伟这样的，已经算是最有哥哥相的了，最后竟是在陆翊坤这里才真感受了一把被哥哥捧在手心里呵护的滋味，她笼在陆翊坤能腻死人的眼神里，一时嘴快，话就脱口而出了。

"陆哥，你以前一定好爱你妹妹吧？我们俩真的长得那么像吗？"

陆翊坤的眼帘微微一垂，陷入了沉默，童欢自责地打了自己嘴一掌，知道自己问得唐突了。

"对不起，我……我就是嘴贱，你当我没……"

"她其实不是我的亲妹妹。"

"啊？"

大概是孤家寡人惯了，陆翊坤并不习惯倾诉这件事，不过他看着童欢似曾相识的脸，好像所有藏在心底的话在她闪闪发亮的大眼里都打开了窗。

　　陆翊坤看向暮色中的远山，眼眸里起了温柔的雾，他好像又回到了十一二岁，山水依旧，竹楼尚翠，小妹嘟着肉乎乎的嘴，把小脚丫荡成两条悠悠小船。

　　"我亲生父母走得早，野长到七八岁才被人捡回去收养，养父很严厉，养母对我还不错，但是工作也很忙，他家大儿子看我不顺眼，总是带人欺负我，整个家里只有小妹一个人对我好。因为我去的那天，养父正要把她偷偷养的兔子丢了，我本来是筐住了准备饿肚子的时候烤着吃，她却以为是我救了兔子，从那以后，她给我送她攒的糖、喜欢的小玩具，连最宝贝的风铃都送到我房间来陪我，她对我……真的很好。"

　　被收养并不是他人生中多幸运的事情，他不过因为逞凶斗狠被养父看中，成了家中几个养子之一，说是养子，其实不过是替儿子豢养的手下。但是因为小妹，那里有他为数不多的美好记忆，而小妹的离开，也是他毕生的遗憾。

　　"真没想到，会看到你也有和人话当年的一天啊。"

　　童欢猛地抬头，看到苏睿风尘仆仆地站在暮色里，身后那几点才亮起的夜灯仿佛都成了星光陪衬。

　　她不知怎么，鼻子忽然有点酸，竟然生出了平时自己看偶像剧都会嗤之以鼻的扭捏来，很想甩脸子走人，只能用残留的理智警告自己，别矫情别作。

　　没想到苏睿丢开行李，两手一摊："我以为我会有一个大大的拥抱。"

　　她的腿不由自主地就站了起来，结果滴答准确地扑入苏睿准备好的怀抱，被他揉着脑袋表扬"good girl"。

　　童欢只能装作自己不过腿麻，起身伸了个懒腰，在陆翊坤压抑的笑声里，一股热气从脚底直冲到囟门。

　　哼！这条天天在她跟前秀恩爱还秀不够的狗！

　　这条和主人一样坏的臭狗！

　　她狠狠地吹了口气，把额头上的刘海吹得高高飞起，然后头也不回地进屋去了。

　　"什么时候回来的？"

　　陆翊坤回屋取了瓶水丢给苏睿，他接住慢条斯理喝了小半瓶："下午就到了，先去了趟专案组。"

　　"看来是想给个惊喜，还给失败了。"

　　"你没见她看到我眼睛都亮了？"

　　"你这个样子实在有点欠打，不过看到你终于喜欢上一个人，会耍心眼会吃醋，老怀甚慰啊！"陆翊坤把手一挥，难得皮了很不符年龄的一下，"欢迎来到滚滚红尘。"

"切——"

"嗯，连这声'切'的调调儿都和三三很像了，有前途！"

有童彦伟这种以耍嘴皮子为人生乐趣的损友在前，苏睿就当陆翊坤近墨者黑了，他懒得多说，忽然神色一正，问道："风平浪静？"

"是，风平浪静。"

苏睿的手又开始去揉 Dirac 的头，沉吟半晌，眉头越皱越深："太平静了反而不妙。"

被连斩了群英、孟阿婆两条臂膀，王德正损失还是重大的，居然没有任何反扑，这不符合他的性格。据观察，王伊纹那边也很平静，每天由宋民生接送她上下补习班，连校舞蹈队的排练都没有缺席一堂。

"兵来将挡，水来土掩，走，吃饭去。"陆翊坤打了个响指，忽然一笑，"还是我自己去吃，给你们留个二人空间互诉衷肠？刚把人惹生气了，不去哄哄？"

苏睿摇头，关于这点他对童欢倒是自认够了解："她不会那么矫情，这种程度不用哄。"

果然话音才落，童欢已经蹑手蹑脚溜出来，准备把她未经主人允许就偷搬出来的躺椅给扛进屋，没想到滴答热情地扑到了她脚边，害她被逮个正着，整个人猫着腰木在那里，活像被点了穴。

"那个，昔云潮气重，我帮你搬出来吹吹风防潮。"

"你是不是忘了我看得到监控？"

童欢眼睛瞬间瞪成了铜铃："你偷看！"

"我光明正大地看。"苏睿顿了一顿，"因为想看看你在干什么。"

他眼中波光潋滟，光影扑朔，说不出的迷人，童欢却一口老血喷出来状，完全没按套路走："大教授，你这样我不习惯，还是像以前那样比较好。"

苏睿满脸朽木不可雕的表情，看她抬躺椅的手臂都僵了，咳两声："我说，你喜欢坐的话就放那儿吧。"

实木的大躺椅分量不轻，不过童欢平时搬桌椅搬得多，这点重量并不成问题，反而是小洁癖的苏睿忽然和颜悦色地表示可以共享日常用品，让她背后直发毛，一闪神椅子砸在了她脚背上，瞬间痛得一声惨叫。

亏她以前总说童彦伟他们抖 M，原来她也一样，算命的猛然要走柔情路线，比樱桃小丸子变御姐还可怕。

夜里，因为苏睿回来，童欢帮陆翊坤收拾他摆了一桌的电脑、资料，陆翊坤很喜欢看她小蜜蜂一样忙前忙后的样子，哪怕大多是瞎忙，他也在旁边坐着笑得犹如老父亲般慈爱。

童欢的手经过工作台下方的抽屉时，骤然一缩，她又想起了里面那两袋资料，既然出于对苏睿人品的信任，连和木也有没有关系她都问出口了，这个历史遗留问题也不过是小存疑了，她相信如果问的话，苏睿不会隐瞒。问题是里面还有陆哥的资料，当着他的面，到底能不能问？

身处昔云这种缉毒一线小镇，不知有多少关于一时疏忽而酿成大错的故事，所以心大嘴快如童欢，任何可能与案情有关的问题上，她都秉承了多听少说的谨慎原则，宁可憋死自己，也不能误事害人，譬如陶金的真实身份，纵然亲近如于衿羽，她都只字未提。

所以，最终她也只是用指关节在抽屉上叩了两下，冲苏睿做了个鬼脸，而在灯下替Dirac梳理毛发的苏睿心领神会，戏谑地比了个吓唬人的手势，童欢便笑了。

这样什么都不用说，彼此就能懂的感觉真的不错。

苏睿现在想起童欢那次潜入偷看资料后的表现，依然觉得很好笑，当初是觉得她自己吓自己好玩，如今既然心意已定，就该坦诚相待，不过事涉陆翊坤，他还是打了个简单的手势询问了一下。

"我自己和她说吧，正好下午也开了头。"

陆翊坤起身，大大方方把两袋资料都拿了出来，并打开了一部分，童欢凭记忆对比了一下，发现又多了一些补充和标注。

"这些我个人，还有你和家人的资料，都是我交给苏睿的，对不起，三三，我派人去查了你。"

陆翊坤拿起了童欢资料夹里那张扎着鬏鬏的黑白小照片，笑意柔软了他硬朗的五官，但是他偶尔会有的那种既远又清冷的孤独感又出现了，仿佛他已经独自走了很久的路，记忆里只余下一丁点温度，珍贵又模糊得唯恐一口大气都会吹散掉。

"所以这不是我，是你妹妹？"

童欢以前总以为陆哥说她相像是带了回忆光环，毕竟四五岁的小女孩五官没长开，只要是大眼睛小圆脸，看上去都会有几分相似。但是这张照片当初她也错认成了本人，还很认真地回忆过，打小留童花头的自己什么时候扎过小鬏鬏，不过说破以后细看，就会发现照片里的女孩比她瘦巧一点，眉眼更精致几分。

"对，我们都叫她珊珊，巧不巧？你们俩的名字都这么像，但是她二十六年前就因为意外去世了。"

怪不得苏睿再嫌弃她的小名，陆哥还是从一开始就跟着彦伟他们喊她三三，童欢看着照片里的女孩，倍感亲切神奇，仿佛平行时空里曾经出现过另一个她。

"我第一次看到你就在想，会不会珊珊没死，她被带走了，流落到F市被你父母收养。"

"可是我们的年龄都不对呀，我今年才二十五岁。"

童欢说完便恍然大悟，怪不得资料里关于她各个年龄阶段都做了标注，还附有照片，连老爸老妈的同时期配套信息都是全的。原来，陆哥怀疑过她是三十出头的女人啊，还委托苏睿来做印证，这事想想觉得荒谬，但是知道了初衷却让人心疼又心软。

所以童欢并不怪源头，反而瞪向苏睿，她就说像他这么龟毛又矫情的人，当初怎么会愿意在七小住下来。

"所以，一开始你并不完全是为了彦伟才在七小留下来，还为了帮陆哥确认我的身世？"

"不错，现在脑子转得快多了，能举一反三了。"

或许因为陆翊坤是以拯救者和指导者的身份，出现在苏睿人生最狼狈的时刻、最脱序的阶段，所以他们成不了像和彦伟那种能吹牛打游戏还能推心置腹的朋友，但是，陆翊坤的重要性不亚于苏睿身边任何一个人。他对于苏睿来说，亦师亦友亦兄，而且这么多年有求必应、无微不至的照顾，值得他当初为了他去忍受隔壁那个乱七八糟的女人，最后还因祸得福了，不是吗？

在童欢之前，苏睿没试过这样事无巨细地去了解一个女人，朝夕相处间，格格不入也渐渐变成了求同存异，最终怦然心动。

"其实这种事你们不如直接问我，我会斩钉截铁地告诉你，不可能。"

童欢确定自己幼时的记忆里，没有陆翊坤提及的一切，除非有人篡改了她的记忆，不过这样的桥段只适合出现在悬疑科幻小说。

她强大的记忆能力是天赋，也有后天加持，记事的年份比一般儿童要早，不要说日常相处过的亲人，她甚至能回想起三岁时门口卖糖画的爷爷喜欢穿什么样的衣服，隔壁家猫下了几个崽，怎么会忘记活生生一个人，一段往事。

陆翊坤点头："苏查证完已经很肯定地告诉我，我的猜测绝不可能，即使是这样，我也安慰自己不如当是轮回转世，把你当作能再活一次的珊珊，对不起，三三。"

当年他有心无力，留不住珊珊，现在却可以守着这个丫头，让她活成最简单、最快活的模样。

童欢鼻头一酸，把头轻轻挨在了陆翊坤的肩边。他幼时流离失所，少年生活艰辛，青年为钱搏命，最终挣下偌大家业，半生已过。他说自己亲缘薄、人情寡淡，却待苏睿如长兄，连她借着几分影子都得到他十足怜爱，虽然他总在透过她看向另一个小女孩，但他的关切是真的，拳拳护佑之心更是真的。

她笑着，万般诚恳地又喊了声："哥。"

俗尘渺渺，天意茫茫，似是故人来。

该说的话都说破，所有的疑问都解开，童欢和苏睿相处起来再没有任何隔阂，两人进入典型的恋人未满期，就差一层膜没捅破了。

倒不是苏睿有贼心没贼胆，也不是童欢乐于玩暧昧，而是王德正对和青寨合作的势在必行，陶金在以身犯险，还有白秀云的重病，小伊的自弃，桩桩件件一层层笼在头顶，让他俩很难就这样你侬我侬浑然忘我地谈起恋爱。

苏睿虽然主张公私分明，也觉得等案子结了再正式确立关系会让童欢更轻松，以苏大教授骨子里的自负来看，他是没考虑过会被拒绝这件事情。

现在让远在欧洲的衿羽都牵肠挂肚的，是那群被再次转移的女孩。正如黄钟当初挑衅地提出疑问一样，有两个选择摆在了专案组眼前。

一是全力侦破拐骗案，救孩子，或许还能一举抓获岩路这个翡国北部地区最大的中介和人贩子头子，但陶金的能力会受青寨质疑，甚至可能暴露身份。一是牺牲掉这些女孩，由陶金深度介入整条拐卖转移流水线，并能完美交出投名状，彻底截和王德正，成为青寨在德漂州的合作方。

以得失来讲，当然后者更合适，成功的话能从根源捣毁拐卖团伙，能搭上青寨，可是让一群小女孩白白做了牺牲品，于情于理都太残忍。最终龚长海选择在陶金不提供任何消息，官方明面上的行动也要雷声大雨点小的前提下，暗中强力支持苏睿他们像上次救衿羽一样的"私人行为"，昔云的搜查行动更是由派出所全权负责，专案组成员概不出面。

据出城录像和芝苗的供词看，女孩们应该都被转移出城了，但盈城警方还是在全市进行了大范围的搜索，一无所获。

苏睿在搜捕行动一开始，就建议童彦伟把重点投向山区。因为七小不止一个学生提过关于寨里女孩出国嫁人、打工的事情，而林斐然也说寨中不再讲究族内通婚原则，有把女儿远卖出境的情况。他们不在一片山区，不是一个民族，唯一的相同之处是贫穷、落后，又不约而同地出现了跨境女性人口流动，背后很可能有团伙在唆使、协调。

然而盈城周边莽莽青山，仅昔云一镇就有边境线近二十公里，山中百人村寨六个，其他小型村寨近三十个，一个个查下去费时耗力，距女孩转移已经十余天，人不是死物，还可以用毒品控制，在他们不知晓嫌犯相貌的前提下，如果孩子被分批分个人从各村寨疏散过境，并不是多艰难的事情。

这日童欢结了公众号中的打赏金额，请示了张校长后，要去果蔬批发市场进购一批大米和豆类，童彦伟被龚队放回来休息半日，就自告奋勇顶替了陆翊坤这个司机，追风留下来看门。苏睿回来后可能受了凉，一直闹头痛胸闷，在屋子里待得难受，干脆带 Dirac 一起出门，于是两条狗还依依不舍了一下。

童欢常去采购粮食的那家店老板姓赵，孩子以前也是在七小读书，所以但凡学校来采购，给的都是成本价，童欢想买的红豆货不好，他还建议用黑豆替代了。

清点货物时，童欢冲旁边关门大吉的群英努努嘴："同样做生意，赵哥多实诚，你看群英，这么大的门面，生意好得独霸市场，非要去做违法勾当，人心不足蛇吞象。"

彦伟帮老赵把大米往推车上搬，时不时还要躲开Dirac的捣乱，气喘吁吁："有些人喜欢挣勤勤恳恳的踏实钱，有些人喜欢一本万利吧，书上都说过那什么百分之多少的利润就敢践踏法律什么去了？"

因为头痛站在门口透气的苏睿顺口就把话接了下去："如果有百分之十的利润，就保证被到处使用，有百分之五十，就铤而走险，有百分之百的利润，他敢践踏一切人间法律，有百分之三百的利润，就敢犯任何罪行。"

童欢听得连连点头："谁说的？精辟！"

彦伟难得掉回书袋，积极抢答："马克思，《资本论》。"

苏睿叹口气："Thomas Joseph Dunning，《资本论》里是引用。"

童家兄妹对视一眼，哑口无言。

脸庞晒得紫黑的老赵笑起来特别憨厚："我不懂那些大道理，不过我家婆娘都说，我们赚钱要赚得自己心安，给孩子积福，坏事做多了怕遭报应的。"

"谭群生意是做得大，嫌前面老婆给生的女儿，非要找个小年轻生儿子，他背地里做这缺德的事，生儿子都怕没屁眼。"对八卦女人们总是格外起劲的，老赵说得还算客气，老板娘就狠多了，"我听说是谭群自己身体出了问题，他老婆王瑶才总怀不上老二，后面那小三不也没怀上？谭群以前多不喜欢那个女儿，后面自己上赶着去讨好。"

"你是说谭群身体有问题？"

苏睿居然跟着八卦，他那张脸天生讨女人喜欢，老板娘立刻精神抖擞地抓了把瓜子分给他，两人坐在店门口聊了起来，不过看他手在Dirac头上揉来揉去，童欢就知道他一定又在怀疑什么了。

"我家门面不就在群英老店面隔壁吗？算是看着他家做起来的，谭群那人要不得的，一有钱心思就歪了，他没离婚前有段时间我老听他两口子吵架，不止一次地听到王瑶骂过，说是他自己生不出儿子。"

"你别老说人闲话。"

老赵人憨厚，看老婆说人家长里短说得口沫横飞，站在一旁不好意思地直搓手。

"小童老师又不是外人，有什么说不得的？我还听他们店里的人讲过，谭群带小三去琅国，想做人工授精，好像是国外能选性别吧？"

就是粗线条如童欢也听出了其中的关联，他们以前都在好奇，有没有什么地方和孟东勒、谭群、王德正都有关系？从表面来看，那两人和王德正没打过什么交道，而生性多疑的王德正怎么会放心把掉脑袋的生意都交到二人手里。

童欢附到彦伟耳边，因为着实讨厌王德正这群人，不无刻薄地说道："敢情王德正找的太监军团？"

"你看那些太监反正近不了女色，也没有后代，就会全心全意敛财，不是正合适？三三，你说我们要不要把苏大教授跟老板娘八卦的样子拍下来？千年一遇啊！"

童彦伟嘴里答得吊儿郎当，心里却想着琅国那家医院只怕也涉毒了，需要深挖。

"和你说正事呢！"童欢目光一闪，"那王德正会不会也……"

童彦伟摇了摇头，顿了一会儿才说："之前不忍心告诉你，王伊纹被救出来后，我们抓紧时间在二医院给她做了全身检查，除了确认吸毒外，还怀疑她近期有流产史，而且手术做得不好，需要再清宫。"

童欢身体一震，原本戏谑的目光瞬间怒火迸发："畜生！"

以王德正对小伊的占有欲，孩子不会是别人的，童欢想起康山钱包里那白月光般的小伊，心揪成了一团。

Chapter 53
小偷破局

心情跌入谷底，童欢也没兴致听八卦了，和老赵、彦伟一起把米粮在推车上码好，伸手一掏钱包，脸黑了。

"我把包落车上了。"

童彦伟笑得毫不客气："别人还可以说记性不好，你这是什么？老年痴呆？"

因为情绪低落，童欢也不和他抬杠了，老赵倒无所谓地连忙摆手："我反正要给你推车过去，到车边再给也一样。"

苏睿把钱包里的卡掏出来，递给老板娘："我先帮你付吧。"

"不用了，我确定钱包就在车上。"

"没事，先刷帅哥的卡，还省得找零，而且你们年轻人不都说，男人掏钱刷卡的样子最帅啦。"老板娘和苏睿相聊甚欢，冲童欢递了个内涵丰富的眼神，"小童老师，男朋友真养眼。"

童欢连忙摆手："他不是我男朋友。"

"哎哟，我这把年纪还能看错？说这么小会儿话，他眼睛都没离过你。"

"嫂子！他真不是……"

"那也快了，起码是个预备队员了，不然你脸红什么？小童老师，不是我们啰唆，你可该找了，我像你这么大老二都生出来了。"

老板娘嗓门又脆又大，童欢被她说得一脸臊，连忙把人往屋里推，苏睿倒是龙心大悦，笑得容光焕发。

"我一会儿上车给你钱。"

"随便。"

童彦伟撞了堂妹一下："有没有发现苏教授对你越来越大方了。"

"该给的钱还是要给。"

"你明知道我不是说这个。"

童欢没好气地瞪他一眼:"童彦伟,你奸笑的样子活像个老鸨。"

"你意思苏教授是你恩客?入幕之宾?"

"恩客你个头!"

童欢抬脚一踢,彦伟身手敏捷地蹿到了苏睿身后,哇哇大叫:"快管管,快管管!没大没小,无法无天。"

苏睿轻掀嘴角,直接扭住了他的手臂:"自己嘴贱,她想踢你就让她踢两下。"

"见色忘义!见色忘义啊!这还没成呢就惯着了,想我含辛茹苦十……"

苏睿松开一只手掏出了手机:"于衿羽号码变了,微信没变吧?我正好有点事要和她讲……"

童彦伟立马把腿往童欢跟前一伸:"三三,踢,可劲地踢,随便踢。"

童欢知道彦伟是看她心情不好,插科打诨地逗她开心,最近她问过彦伟,每天要面对那么多的恶行,他是怎么排解的?童彦伟难得正经地和她说了一句话。

就是因为世界上有许多我们无能为力的恶,所以才更要坚持我们力所能及的善。

完了还捎带一句,这么书面语的话,当然是苏教授这种系统性学习了汉语却没有口语大环境的人才会说的。

待走到停车场,童欢立刻傻眼了,副驾驶车窗上被敲了一个偌大的窟窿,她的包、童彦伟的烟全都不见了。

老赵直惋惜:"作孽哟!这周都敲第三次窗户了!昨天还有人丢了个电脑包,童老师,报警吧。"

苏睿和童彦伟倒是不约而同在车右侧蹲了下来,看地面的痕迹,又起身看了破碎的车窗。

"苏教授,旁边停过一辆大车吧?"

"两辆,敲窗以后才走的。"

"那是大车司机干的?"

"不一定。"

苏睿站起来时头晕得差点栽倒在地,彦伟扶了他一把:"你还是去医院看一下吧?"

"不用。"

虽然因为案情需要,苏睿去过很多次医院,但他本人自少年时期意外后,对于接受治疗这件事一直是抗拒的。

他抬头看了一眼停车场的监控,恰好看守停车场的保安也过来了,和老赵一样连声抱怨最近怎么有人连续作案,苏睿冷冷一笑,冲他抬了抬下巴,彦伟连缘由都不问,默契满分地直接把保安给扭住了。

苏睿掏出纸巾，包住手指在残留的车窗上按了两下，递到 Dirac 鼻尖，Dirac 收到指令以后绕着保安闻了一下，冲他右手臂"汪"了一声。

"你们干什么！我们只提供场地不负责保管东……"冰凉的手铐套在了保安手腕上，他瞬间消声，继而又更大声地嚷嚷起来，"警察也不能乱铐人！警察也要讲道理的！"

"批发市场车流量大，停车场大白天车来车往，一般人不会选择这个时候作案。她的包在后座，敲的却是副驾驶的车窗，那是因为你知道这个位置旁边停了两辆大车的时候，从外围潜到副驾驶这一线正好是摄像死角。"

"你胡说！"作案的时候他戴了手套，不怕查指纹。

苏睿抖了一下递给 Dirac 嗅的纸巾："偷得太着急被划伤了？车窗上的血都没擦干净，有没有冤枉你，一验血就知道了。你制服上会沾上溅落的玻璃渣，除非你还有同伙，否则东西也没这么快转移，放岗亭查起来怕被发现，以你的智商……"

他皱了皱眉，环顾了一下四周："童彦伟，去看一下停车场有没有停了很久不挪的'僵尸车'，首选也是有遮挡物造成监控死角那种。"

保安的脸色随着苏睿的叙述越来越灰败，最后瘫坐在地上。

Dirac 甩着飘飘"长发"踱步到童欢跟前，童欢自它漂亮的杏眼里读出了"求表扬"的信号，嬉笑着抱住了它的脖子："滴答，你太厉害了，一会儿回去给你加餐。"

滴答傲娇地哼哼两声，为了躲开她贼心不死要来揉脑袋的手，鼻子恰好拱在了她胸前，苏睿迅速挪了半步，挡住她被自家狗拱开了半寸的衣领，并礼貌地转开了视线，可是那一小片雪白的微波依然荡进了他的眼中。

不过动动鼻子，居然有埋胸的待遇，今晚的三文鱼只给追风吃！

还在和童欢嬉闹的 Dirac 完全不知道自己已经被吃醋的主人给嫌弃了，明明立了功，晚上却要面临惨痛惩罚。

警车到之前，童彦伟已经顺利地找到了符合苏睿要求的僵尸车，蒙了防晒罩停在边角一棵绿荫如盖的大树下，童欢的包就扣在防晒罩下头。

"算命的，你真神！"

童欢忍不住冲苏睿伸出了拇指，苏睿正用手帕在擦手指，脸色虽冷，嘴角却露出一抹笑，便如霜雪天里开出来一树琼花，好看得叫人想扑上去。

而且童欢眼尖地发现苏睿用的手帕，正是那天她背药柜背哭了他拿来擦她脸的那条，于是不可避免地想到了那个拥抱，于是脸飞快地、失控地涨红了。

满脸通红的童大小姐哪里知道自己是被看出了颜控本质，苏睿毫不介怀，还刻意找了自己最好看的角度，带着道具在勾人。

开玩笑，他苏睿看上的人，就是要她以后除了他，眼里再看不进去别的男人！苏睿把手帕一收，很满意自己算计的成果。

停车场的盗窃案原本三人都以为只是个简单的小案子，没想到童欢和苏睿从派出所回到七小，又一直等到半夜，难得休半天假的彦伟都不见踪影。第二天清早，派出所的张路开车来把感冒加重卧床休息的苏睿接了去。

　　隔日，童欢就听巡逻的警员说派出所这次破了大案子，在大梁寨找到了一批被拐的孩子，全所基本都出警去山上，余下三人被交代了一定要守好七小，陆翊坤听到消息更是片刻不离身地跟着童欢。

　　到下午被拐卖的孩童都送进医院后，陆翊坤才载着童欢过去，见到比她早半小时赶到的苏睿，童欢终于知道了来龙去脉，这回她被偷包真是偷出大线索了。

　　停车场的保安是赌博欠了高利贷，最近才开始屡屡作案，敲窗取了财物后，他把包都丢到一个废弃的垃圾站去了。警察去取证的时候，之前他偷的几个包还都在那里，结果童彦伟居然在里头看到了于衿羽的 Ettiger 钱包。

　　据保安的回忆，钱包是他两天前从一辆科雷傲里偷的，因为不识货取了里头的钱就丢了，据他回忆司机是往群英西封的仓库方向去的，回来后发现车窗被砸，也没有报警没到岗亭找他要查监控，直接把车开走了，所以他印象很深。

　　于衿羽的钱包当初就是给童彦伟买的生日礼物，彦伟嫌贵不肯用，她也没生气，自己乐呵呵地用上了。被绑那天，衿羽身上的首饰沿途都丢了，钱包到仓库后也被摸走，估计有人贩子认得是名牌，式样又偏男士，就自己拿来用了。

　　派出所迅速调出了停车场的录像，确认车牌号后查到车主是芒东乡大梁寨的路石宝，他在三年前开始发达，举家搬到镇上，建房、买车，开了个小店做生意。

　　车是路石宝的，司机却不是他本人，童彦伟想起苏睿一再提过的搜查范围，发现大梁寨地处深山，开车走完两小时的碎石头路后，只有一条山路能进去，中间要过一条索桥，寨子背面是山崖，没有别的路能绕。

　　派出所里有警员的亲戚正是大梁寨的，乔装上门探亲后在桥头附近果然发现了暗哨。寨中的青壮年都出门打工去了，留下的多是老人孩子，山上有几套废弃了的旧屋平常几乎无人经过，最近又起了闹鬼的谣言，小孩都不往那边去玩。

　　圈定了位置后，昔云派出所联合当地武警出动，当晚里应外合端掉了卡哨，直捣黄龙，救出了十一个女孩，抓到了四个嫌犯。

　　人贩子供认，芝苗被捕后，在大寨村接应他们的人正是岩路安排的，而且岩路本人三天前也出现过，可惜岩路在同一个地方从来不待两天以上，已经离开了，并且很可能带了武器精良的小队伍。

　　"一会儿你把童欢带走吧。"

苏睿趁童欢不在的空当，交代陆翊坤。

"怎么了？"

"情况比较糟，连那些见惯世面的警察都在懊恼没有早点救到人，她了解得太多会难受，而且冯家双胞胎早被带出境了。"

陆翊坤笑了："你心变软了。"

"未必你舍得？"

"不舍得，我这就去，"陆翊坤不用问也知道，苏睿说比较糟，就一定是会让童欢哭鼻子的糟，他当然不想看她哭，"对了，你身体好点没？"

"怎么？"

"不舒服就要治，三十出头的人还讳疾忌医？"

苏睿不愿意和他谈这个话题，直接问道："你有什么事？"

"你和彦伟这两天都在的话，我想回趟留市，有些工作需要亲自处理。"

"童彦伟今晚就会回，你赶时间的话可以先走。"

陆翊坤点点头，又劝了他两句让他去挂号，才去病房找童欢。苏睿站在医院门口，听到里面的哭喊声，皱着眉摇了摇头，吐出胸腔那口一直憋着的浊气。

这次救出来的孩子里，年龄最小的两个因为辗转关押又缺少食物生病了，人贩子预备干脆丢弃在寨里，找到的时候饿得奄奄一息，眼看要不行了。稍微偏大一点的，已经用了微量毒品便于控制，而且遍体鳞伤，如果不是警察赶到，被折磨得不敢有逆反心思的她们会被送去境外，花上数年培养成高级妓女，提供给翡国政商高层，在如花似玉的年龄被用到极致，年龄稍大之后，身体被毒品摧残败落，死活自然是不管的。

两个沦为性奴的大龄女生已经毁了，而于衿羽看到被关在另一间屋里，外形普通反而吃好喝好的四个女孩被分批带走了，等待她们的是更为残忍的活体器官交易。

昔云镇派出所此次立下了大功，不仅救出了被拐卖的女孩，而且根据童欢学生和林斐然所说，顺藤摸瓜抓出了岩路在整个盈城山区活动的产业链，都是打着嫁去翡国或去做工做幌子诱拐少女，盈城公安局已经派了行动组过来继续追查。

当然，所有这些人贩子上线都是岩路，或者杏林春的老板李平，和王德正又没有关系。

夜里，童彦伟回到了七小，心情也很沉重，童欢下午送走陆翊坤后就抱着腿坐在走廊上，一言不发，看到彦伟才扯嘴笑了下。

彦伟挨着童欢坐了下来，拍了拍她耷拉的小脑袋："记得我说过的话吗？就是因为有太多无能为力的恶，才更要坚持力所能及的善，我们有我们该做的事，不要浪费在自责上。"

"如果理发店那次我们能抓到他们,那些要被取走器官的孩子就还在,其他的孩子也不会被折磨得这么惨,还有徐刚……"

"三三,错的不是我们,是那些凶徒,是他们不配做人。"

"一定要抓到岩路!要王德正伏法!"

童欢说得咬牙切齿,像是恨不得从两人身上咬下肉来,彦伟伸手在她后脑勺上呼了一掌。

"抓犯人是我们警察的事,小童老师!"

躺了一下午的苏睿推开门,看到两兄妹并肩而坐的背影,仿佛回到了自己来到昔云的第一夜,也是这两个执着到冒傻气的家伙,也是这个地方,那会儿他刚刚答应陆翊坤会留下来查探童欢身份,被逼着要接受入住七小,满心嫌弃,万万没想到不过月余,心境已全然不同。

绕了半个地球,居然栽在一个乱糟糟的丫头手里,大约就是命中注定的劫数。

看,他都开始相信命这种玄乎的东西了。

Chapter 54
决裂

童欢听见苏睿咳嗽的声音，回头看见他站在那里，眼底倾了一地月光如水，她被笼在他的目光里全身隐隐发烫。

童彦伟作为两百五十瓦的电灯泡，大喇喇问道："苏教授，你睡醒了？感冒好点了没？"

"我刚看了康山之前给我画的简要地形图，大梁寨并不在边境线路上。"

"啊？"

"明明人贩子在盈城就已经暴露了行踪，那四个女孩也分批送出了，这代表王德正眼下依然能够进行小规模输送，为什么还要把女孩子集中到不在边境线路上的大梁寨？"

"这批女孩不是改由……"彦伟才起了头，忽然警惕地看了看四周，示意那两人凑拢来，把声音压到最低说道，"由陶金负责运送出境吗？王德正就是为了给他增加负担，才会把她们折磨得这么虚弱。而我们敢出手，是陶金前天主动和龚队联系过，也表示不愿意让这批女孩成为牺牲品，所以向青寨表示王德正和自己已成竞争关系，可能借机陷害，在没安排妥当前他暂时不接手，和王德正耗上了，如果龚队得到的线索与他无关，可以立即救援。"

童欢皱眉："我不明白，王德正根基不如陶老大深，势力没他大，没有成熟运作的跨境运输队伍，到底凭什么争？"

因为离得很近，苏睿能看清她眉间的纹路，下意识地伸出手指想去抚平。童欢眉眼轻抬，两人视线恰好对上，他指尖的微温触碰到她发烫的肌肤，彼此都轻轻一震。苏睿的眼里罕见地浮现少年气的困惑，他举起手指看了看，空气湿度高、皮肤湿润、棉质衣服且没有摩擦，不该产生人体静电，难道恋爱真的会有触电的感觉？

"咳咳，嗯！"童彦伟干咳两声，很不识时务地做了电灯泡，"抱歉打扰二位，不过……我需不需要先退下，免得妨碍你们？"

童欢抬脚朝他踢去，惹得童彦伟躲到苏睿身后哇哇大叫："童三三，你这叫恼羞成怒，知不知道？大教授，你也不管管啊？"

苏睿的回答是旋身一挣，不再做他的盾牌，童彦伟一把鼻涕一把眼泪地控诉好友重色轻友，躲得倒是飞快。

Dirac当他们在玩追逐游戏，立刻加入了队伍，追风被链条所限也在一旁开腔助威，一时间校园里热闹得鸡飞狗跳，苏睿带着笑容看童欢追杀彦伟，还就两人一来一往评估童欢的身手，经过陆翊坤这种专业人士有针对性的苦训，原本就很有运动天赋的她进步显著。

然而当他目光无意滑过童欢种在廊下的花，轻盈的花香随夜风浮动，他面色一沉："康山！"

童欢顺着他的目光看过去，脸上的血色褪了下去。王德正凭什么和陶金争，当然凭那条他一直念念不忘，十余年都没有人走通过的断头路！

这么简单的关节苏睿早应该想通，不过为了童欢的承诺，也担心王德正不放过已经远在千里之外的康山，他在离开香港前郑重地将康山母子托付给了叔父和分公司的人事经理，关于康山的情况，他们都会立刻联系他。

前天人事部还告知，康山的批文出来了，近期会安排他回来办理后续手续，他也和康山通过电话，知道白秀云病情暂时得到控制，而且院方在看过康家历年对白秀云的调理方案，又和康山深谈过后，已经决定将白秀云纳入医免项目。

困扰康家母子的前期问题基本解决，苏睿这两日又身体不适，兼之思绪总情不自禁往童欢处浮想，在默认康山安全的前提下，他出现了前所未有的大纰漏。

联系香港后，苏睿的脸色很糟糕："康山昨早和医院告了假，说分公司派了人陪他回来办手续，他去分公司取了批文后，说的是白秀云还有三个检查要做，他下星期再回。"

"就是说昨天以后，医院和公司两边都没人见过他了？"

苏睿点头："对，两边都以为康山在对方那里。"

"王德正的势力不可能到香港都能只手遮天，康山为什么会乖乖回来？"

童彦伟边问边掏出手机，通知同事用康山身份证号查询有没有购票信息。

苏睿神色凝重："因为王德正有王伊纹。"

空气仿佛凝固了，晚风微凉，那两盆开得最好的夜来香就放在苏睿的窗台下，花枝柔软，甜香浮动，童欢想着喜爱夜来香的小伊，心酸得无以复加。

在线等到同事回复的童彦伟脸色也很难看："电脑里查到康山买了昨天的票，珠海到广州，广州再到昆市。"

"高铁还是普通列车？"

"高铁，照时间他昨晚已经到昆市，今天白天该到家了。"

"康山自己一定不舍得买高铁票，查他的购票渠道，重点比对和他两趟车次都同车厢的人！眼下不方便惊扰白秀云养病，你们再去查一下康山父亲当年坠崖是不是就在大梁寨附近。"

康山的事虽急，却不是一时半会儿能查清楚的，苏睿的头痛得越发厉害了，像是有一群恶魔开着车在他脑中横冲直撞。他从小身体就不错，少年之后经陆翊坤的手再强化锻炼了数年，生病对于他来说是比较陌生的经历，这次终于体会到"病来如山倒，病去如抽丝"是多么精辟。

"你吃药了吗？"童欢先前当他是普通感冒，不想显得自己太在意，可是苏睿休息了几个小时，脸色反而更难看了，她连忙站了起来，"我那里还有学生家长送的土方子草药，也是治伤风头痛的，你要不要试一下？"

"不用，我就是头痛，出去吃饭吧，可能走一走还舒服些。"

童欢连忙去搬那两盆夜来香，病人门口可不能放这种有轻微毒性的植物："我觉得你下午看起来比现在状态还好点，我先把花挪走。"

"这么两小盆，连上花苞都没开够二十朵，还摆在通风的室外，要是都能影响到我，我恐怕是纸糊的。"

"保险起见。"

彦伟因为康山的事要回专案组，正好捎两人去如意小馆，路上因为担心康山而恍恍惚惚的童欢终于想起告诉两人，林斐然下午其实来七小找过她，因为听说了拐卖案告破，她不敢去问警方，只能满怀着希冀来问童欢，是不是陶金也有帮忙，他其实并没有真正加入犯罪组织。

"她还逼我发誓，绝不骗她一个字。"

"所以你说了？"

童彦伟紧张得握方向盘的手都抖了一下，越是休戚相关的亲人、恋人，没有经过专业训练，在知道实情后越容易露出马脚，而陶金的前路犹如高空踩钢索，容不得半点差错。

童欢点点头，又摇摇头，苦笑："我说的是实话，可是我只能告诉她，陶金绝没有参与派出所的行动，而且江湾还是重点监察对象。"

此次行动不仅专案组没有出面，龚队在幕后还力求把陶金撇得一干二净，并且盈城方面找人带队把江湾酒店搜了个底朝天，抓走了一批中高层。

得到童欢的答案后，林斐然像是被抽走了魂魄，木然离去，童欢痛恨地扇了自己两耳光，她字字实话，偏偏全是假象，狠狠诛了斐然姐的心。

两个男人听完童欢所说，也陷入了沉默，良久，苏睿拍了拍童欢的肩膀，他依然偏低的体温里带着点温情，勉强却用心地安抚着她纷乱的心。

夜色浓得像个坚厚的外壳，覆盖住四处都在八卦新破了绑架团伙大案的小镇，流言在街头巷尾流窜,罪恶依然在暗角里滋生,没有人知道在黑暗的背面,有人为了光明付出了什么,失去了什么,又将面临什么。

彦伟把两人放在如意的街口,就回专案组了。向来高朋满座的如意今天生意很一般,只寥寥坐了三两桌客人,阿赵抱着乐平坐在灶台边,低头不知在说着什么,林斐然站在被吃得一派狼藉的大圆桌前,机械地收着餐盘,神态里有故作忙碌过后的空虚。她的脊背硬拗出了一个僵硬的姿势,仿佛在期待,又像是要逃离,往日里妩媚的长眼里空荡荡的,没有波光流动,也没有往事可追。

苏睿扯住了欲快步上前的童欢,在他的示意下,童欢往右侧移动了几步才看到邻桌坐了个虎背熊腰的大汉,正是陶金。

"你走吧。"

林斐然的语气温柔,仿佛眷恋,转身离开的背影却很果决。

童欢眼尖地看到陶金的手指抬了抬,又在身侧捏成了拳,林乐平挣脱阿赵跑了过来:"不要走,陶叔叔!"

"乐平,回来!"

"阿妈!"

"你要是还认我这个妈,就过来。"林斐然一把揪住了女儿,因为太用力,孩子的脖子一下子被掐红了。

陶金平静地站了起来,看向两母女的神情淡漠得好像自己只是个看戏的观众,说出来的话没有一丝温度。

"大家都是成年人,好聚好散,你自己以后也保重。"

"我俩的路不一样了,我让你走啊!"

林斐然音调拔高,尾音里已经有了凄楚之意,陶金却像什么都没感觉到,毫不犹豫地抬脚走人。

"陶叔叔,你以后还来吗?"

"不来了。"

就连最苛刻的评委也看不出陶金有一丝表演痕迹,他每一个字都冷淡得像是已经陌路,可童欢悄悄咬紧了牙才憋回眼中的泪意,她害怕有人在暗处看着,陶金这么辛苦都演了下来,不能破功在她手里。

林斐然一手抓住还在扭动的女儿,靠在桌边,身体用力绷成了直线,猛地又放松下来,像绷断的弦。

她望着陶金毫不留恋的背影,放肆地大笑出声,她丰乳肥臀,腰肢柔软,笑得仿若疯癫,偏偏笑着笑着,眼泪全流了下来,眼中却闪过一抹狠色。

"我这辈子从不走回头路，也没有舍不下的男人！"

她掀开桌面的茶壶，满壶水全泼了出去，滚烫的茶水洒在地上，腾起一片热雾，仿佛过往云烟，风吹即散，只有几小点溅在了陶金的腿上，打在他仿佛连痛都不会的心头。

林斐然当真连流到失控的眼泪也收了，才看到站在路边的童欢二人，红着鼻眼恢复了笑容："小童老师，你们来啦。"

终于挣脱了林斐然的乐平却大哭着追上了陶金，一把抱住了他的胳膊："陶叔叔，你别和妈妈生气，等你们都不生气了，你还来好不好？我拼音都还没学完，陶叔叔，我以后一定好好练字，哇……"

黑夜里，孩子的哭声焦急又无助，刺痛着每个人的耳膜，陶金不忍拒绝，不能欺骗，沉默而坚决地甩开了小乐平那温暖又依恋的手，像是把这世间留给他的最后一点柔软都摒弃了。

或许林斐然忘了，陶金还记得，他曾经答应过她，绝不做不告而别的事。所以哪怕明知是会伤她，他还是要来告个别，也要断了她的念想，毕竟这一去生死不知。

他脚步坚定地踏上了离别的路，眼前浮现出第一次在拖车里救出林斐然母女时，她们狼狈的模样，他知道岩路之后可能还有白路黑路，木也之后也会有新的势力崛起，可是有多少罪恶在发酵，就需要更多的正义来坚持，只愿世上能少一些被一卖再卖的母女，愿无辜的她们都有人来珍爱，愿少一些被毒品拖垮的家庭，老有所养幼有所依，那么他们敲断肋骨、披上铠甲迎暗夜而上，就全部都值得。

全部——都值得——

龚队很可能把苏睿他们的身份和陶金提过，经过二人时，他轻描淡写地扫了一眼，还冷哼了一声，可那一声冷哼里的担忧和托付两人都稳稳地接住了。童欢抱住了还在痛哭的乐平，埋头哄着她，也哄着自己盈眶的热泪不要掉下来，不能被看到。

做戏必须得做全套，哪怕已经没有一丝胃口，童欢还是坐下来吃了顿食不知味的晚餐，并且一如既往扫得干干净净，还安慰了连痛都不肯再外露的林斐然和一直抽抽搭搭的乐平，甚至在回七小的途中，童欢一路大骂男人不靠谱，陶老大手黑心更黑。

直到回到七小，进了房间，童欢抱着感受到她情绪低落来陪伴的滴答，把头埋进滴答温热的脖颈里，想想康山、小伊，又想想陶金和林斐然，不敢出声地哭到天崩地裂。

"唉……"

看到果然窝在床上闷头大哭的童欢，苏睿叹了一口长气，坐了下来，伸手摸了摸她的头，她哭得汗津津的，头发都湿成了一缕缕，还不如 Dirac 的手感好，他摸了一手的汗却只有心疼没有嫌弃。

"我明明锁门了，你怎么进来的？"

童欢抬头，看到他目光里的温柔，一愣。

苏睿指了指连着两人房间的那扇破木门，之前苏睿房间挡门的置物架已经被挪开了，大概是哭得太投入，童欢连移动架子的声音都没有听见。

"我和童彦伟说了晚上的事，他很不放心你。"

"我没事。"

童欢抽着鼻子，像是可怜巴巴的小狗。

"看你平时的样子，实在不像是这么能哭的人。"

到底还是童彦伟更了解她，没猜错隔壁是洪水泛滥现场，苏睿捏了捏她的鼻头，又叹了口气，最近她有越来越能哭的趋向啊，不过也的确是发生了太多悲伤的事。

童欢躲开他过于亲昵的手，不好意思地抹着眼泪，要不是靠张软萌的小姑娘脸镇着，她平时短发短裤的打扮，很容易被认成假小子做派。其实作为家中下一辈里唯一的女生，仗着长辈的宠爱，打小一有不顺她只消扯开嗓门哭上几声，天大的事都是那帮小子的错，她自然是被爷爷奶奶搂在怀里，边替她擦眼泪边应承买糖看电视去游乐场一条龙地哄着，所以她一直都挺能哭。

"康山有消息了吗？"

"暂时还没有。"

"你说，他，他要怎么办？"

鉴于陶金的身份，童欢他们聊天都尽量不提及他姓名，不过以两人的默契，苏睿当然知道她说的是谁。旁观者尚且难受至此，林斐然还有女儿、阿赵陪着，孤身犯险的陶金今夜怕是更难熬吧？

"这么多年，他已经足够强大了。"

"就因为他强大，就要当他不会痛……唉……"

童欢的话没说完，又闷闷地把头埋进了滴答顺滑的毛发里。

"他当然也会痛，会受伤，不过他应该已经能够把这些伤痛变成坚持的力量了。"

"可还是好想做些什么。"

童欢以前很讨厌这种见谁都想拉一把的圣母心态，因为知道自己能力有限，最后麻烦的是别人，譬如康山的事，劳心费力的其实是苏睿。但她该死地讨厌极了这种越是有心越是无力的感觉，多希望陶金他们起码不是就这样结束在误会丛生里，尤其陶金的未来说是九死一生都不为过，万一……万一……童欢先啐了两口自己的乌鸦嘴，还是忍不住往下想，万一生离来日成了死别，斐然姐得多后悔今天所说所做的一切？而陶金又会有多遗憾？

苏睿摸了摸 Dirac 的头，又摸了摸她的，从床头扯了张纸，替她擦起了碍眼的鼻涕眼泪："童欢，我看过一句话，我们帮不了每个人，但是每个人都能帮助一些人，所以做你能做的吧。"

童欢勉强一笑："这个时候被你灌鸡汤，听起来好奇怪。"

"除了给你灌点鸡汤，我也不知道能做什么。不过他们这样的人，心中有大爱，所以义无反顾，我做不了这样的人，却很敬佩他们。"

头一次在苏睿口中听到"敬佩"二字，童欢睁着泪汪汪的大眼，看着他，看得苏睿的心潮乎乎又软绵绵的。

"我自我认识很足，聪明有余，现实过头，就是个喜欢美食热衷享受的俗人，成不了舍生忘死的英雄。不过从我认识童彦伟起，在他们这群'傻子'身上，感受到了我没有的热血和执着。"

所以欣然接受童彦伟时不时的无偿盘剥，所以童欢踩他一百个雷点，他依然在她的善良和坚持里被撩动了心弦，所以风刀霜剑里，他愿意靠自己那点脑力替他们挡两把明枪暗箭。

Chapter 55
地图

当微黄的晨光打在苏睿脸上时，他睁开眼，难得一脸蒙圈。

这是童欢的房间，隔着半拉的窗帘，薄淡的光从窗台一路洒到了床边，老布的床品睡得茸茸的，被光涂抹得像半褪色的旧照片。他躺在童欢的床上，小腿还悬了一截在床外，童欢蜷成一团枕在他的左腿上睡得很乖巧，闭着的双眼肿成了泡，小口的呼吸隔着单薄的裤子吐在他的皮肤上，是开始恢复知觉犹如万蚁噬咬的腿上唯一的温度。

昨晚她陆陆续续又哭了一阵，苏睿虽然总被赞十项全能，除了做好吃的，并不知道该怎么应付女孩子的眼泪，显然童欢昨晚没有进食的胃口，他就只能陪她坐着，等到她哭累了不哭了，他才发现那个家伙直接趴在他腿上睡着了。他随手翻着孩子们的数学本，想等她睡熟了再挪，没想到自己居然就这样歪着也睡了。

最近雨水多，学生反正也放假，童欢夜里解了追风的链条让它移到廊前，Dirac 看两人都睡了，用已经熟练掌握的技艺开了门去陪追风，两只狗头碰头蜷睡在一处，门敞了一夜。

陌生的房间，没有质感可言的木板床，难受的姿势，亲密接触的肢体，敞开的门窗，他踩着自己所有睡眠的雷区，居然就这样一夜无梦睡到了天亮，十六年的失眠症像是在开玩笑。

苏睿又呆了一会儿，直到趴在他腿上睡成一团的童欢动了动，他才如梦初醒。

哪怕腰酸腿麻，久违的一夜好眠给苏睿带来了无比的好心情，所以当童欢六点被生物钟准时叫醒时，睁眼看到的就是苏睿放大的俊颜上笑容摄人，一大清早被刺激得眼前一花，如果不是被苏睿搂住，差点从床上滚了下去。

不过一搂一抱间，两人在床上贴身而卧，且是女上男下的姿势，童欢觉得自己还不如滚下去的好。她松开了自己怕失去平衡下意识搂住了苏睿的手，撑着床抬起上身，避免身体全压在他身上，可箍在腰间的两道手臂却像铁一样沉沉地压着。

"哎，你……"

她红着脸抬起头，却陷入了他深沉的眼眸，像是万顷碧波倾覆而来，又似桃花春水蜿蜒迂回，竟都是毫不掩饰的缠绵之意。

她被他一双眼看得耳根都在发痒，浑身所有的神经都被唤醒了，她一点一点地感觉到他坚硬的胸膛下完全不逊于自己的如擂心跳，他克制却灼热的呼吸，还有更叫人面红心跳交缠的双腿。

她试图用调侃的语气来打破此刻致命的暧昧，刚开口喊了声"算命的"，他就微笑着，笑得她两眼迷离地，凑上来含住了她的嘴唇。

好像所有的声音都消失了，又好像身体的每一个细胞都在呐喊，童欢瞪大了眼，感觉他微闭的睫毛像扑棱的鸟羽，拂过她的眼帘。他含着她的下唇轻声一笑，白玉般的手指伸上来覆住了她的大眼，禁锢她腰间的力道没有了，可是童欢浑身软绵绵地再生不出一丝力气，闭上眼被苏睿带进了连灵魂都在战栗的深吻里。

"哗啦"一声，走廊外有花盆坠地破碎的声音，打破了室内的意乱情迷，苏睿抓了床边的纸巾就朝门外扔去，两条打闹间犯下极其不合时宜"恶行"的狗"汪汪"两声，识时务的Dirac掉头就想跑，缺心眼的追风一跃而起叼住了纸巾，还甩着尾巴要进门来玩新游戏，被Dirac咬住后颈往操场拖。

魂飞九霄云外的童欢被拽回了理智，缺氧的鱼般挣扎两下，腰间被苏睿再次按住。

"你是没把我当男人吗？别乱动！"

童欢僵住了，苏睿的声音有着被唤醒欲望后的暗哑，他低喘着，宣告自己的沉醉迷乱绝不比她少一点，他原本就生得好，此刻玉白的面孔上泛着潮红，目光粼粼，《聊斋》里的妖孽都没他魅惑人心。

"别动，让我抱一下。"他滚烫的嘴唇印上了她哭肿的眼睑，有点怜惜又有点调戏，说了句，"真丑！"

童欢几乎以为自己没醒，怕是做了场春梦，可被吻到发麻的嘴唇提醒她这都是真的，她被非礼了！可是，她明明很享受。童欢捂住了脸，上半身靠腰力硬撑着和苏睿的胸膛拉开点角度，她实在臊得厉害，觉得自己该开口说点什么，想了半天，吐出一句让苏睿喷老血的话。

"我牙都没刷，你又不嫌脏了？"

苏睿无奈地笑了，把她僵直的上半身慢慢按了下来，按在自己扑通狂跳的胸口："童老师，你还能再煞风景一点吗？"

挨着苏睿发烫的心口，他说的每一个字都带着立体环绕声在胸腔里震动，童欢咬了咬手指，还有的一点小反抗被他宠溺又调笑的"童老师"打得溃不成军。

温香软玉在怀，苏睿发现抱一下是个很危险的决定，干脆腰上一用力，搂着童欢坐了起来。他的心思自定后就一再袒露给她看了，可惜童欢每次都是吓蒙的样子，他倒不急着逼她表态，何况现在不如先去教训一下坏了好事的两条狗去去火。

他怕女孩子脸皮薄，小心地把人放在了床边，才起身要去训狗，手被拉住了。

苏睿转身，见童欢歪着头，仰着脸，大咧咧地问道："你之前抱也抱了，现在亲都亲了，咱俩总得定个名分吧？"

苏睿没想到她这么直接，被问得愣住，童欢眉毛一竖："难道你们老外都开放，你是想找我做炮友？"

被她的劲爆用词搞得啼笑皆非的苏睿在"翻个白眼得罪眼看就要捞到手的女朋友"和"把这个蠢材的嘴堵住免得被气死"中轻松选择了一下，将人再次扑倒在床，吞下了她到嘴的尖叫。

如果不是听到两条狗又追了回来，如果不是苏睿的自制力够，童欢这个早上眼看着就要被法办，其后苏睿心情很好地表示去做早餐，童欢蹲在廊前边清理花盆垃圾，边和狗说话。

"滴答，其实一想到康山和小伊，还有斐然姐才和陶老大分手，我觉得自己谈恋爱会有罪恶感，可是我又实在挺喜欢你家主人的，做人还是要坦诚点的对吧？虽然我也不知道我什么时候喜欢上他的，难道是因为他长得太好看了？"

苏睿在房内清点小冰箱，一面考虑该做什么，一面听着童欢在外头絮絮叨叨，虽然听不清她说的什么，还是满面笑容。

忽然，外头传来童欢一声大叫："苏睿！苏睿，你快出来！"

她很少这样疾呼他的名字，还叫得一声比一声急，苏睿连手里的大虾都来不及放下，就跑了出去。

苏睿在装上摄像头那天就和童欢说过，摄像头是为了时刻能够看到校内情况，但在黑客手中也可能成为别人的眼睛，所以关键信息一定要回避镜头。童欢在苏睿出来前就已经恢复了镇定，假装在打扫花盆，将两个小蜡团悄悄塞到了苏睿手中。

苏睿"教训"了一通 Dirac，回房后发现童欢自土堆里拨出来的蜡团拆开后，竟然都是张小地图。之前为了考察山区用水情况，苏睿手里有康山画的简易地图，一眼就认出了地图是他的手笔，而且蜡团做得很小，表面凹凸不平，如果不细看会被当成铺在土里的小卵石，刚才要不是追风和滴答用鼻尖把它们从泥土里的小卵石中挑了出来，追风的利牙还轧碎了一个，童欢也很难发现。

之后童欢又假装移动花盆，在榕树后摄像头的死角里陆续翻出了另外十个蜡团，十二个碎片分别拼成了四张哲龙山脉的地图，横贯了昔云周边二十余里边界线，能越过山下卡哨连通多个乡道，其中用虚线所标应该就是暗道，地图的背面又画了几处地下四通八达的暗道细节图。

苏睿才研究过大梁寨附近的地形，很快发现绘制最细致的一张图正是从大梁寨出发的，看得出正面的地图是康山早就在准备的，画得工整、细致，而背面的暗道图完成得很仓促，有两张甚至没有画完，显然康山还没有彻底探通所有路线。

"难怪不仅是王德正，连青寨都在明知警方知情的前提下，还固执地想打通断了多年的旧路。原来它不是一条路，而是四条横穿整个哲龙山脉，能连通周边几个乡镇的道路，再加上地下复杂的暗道，如果能彻底打通，以昔云的警力，根本顾及不了这么大的范围，而且其中某条一旦被发现，直接舍弃掉，还能蒙蔽视线。"

"康山走前特意过来看花，其实句句都藏着话，是我疏忽了。"

康山没有专业知识，地图虽然已经力求准确，对应到实际测绘的地形图上依旧有偏差，而且图标也是按自己的习惯画的。好在之前苏睿跟他进山时看过他画的手绘图，里面有断桥、瘴气、塌方和蚂蟥林这类危险区的标志。

苏睿将正面地图扫描，去掉帮助辨识的图标后，立刻带着童欢和追风去了专案组，正为岩路再次跑脱而苦恼的龚队如获至宝，在派出所民警帮助下找来一些地图上的村寨出身的老人，将地图上的区域分割，单个咨询，又提调了镇上保存的地志和图册，终于连夜赶制出了一份标准、实用的地图。

虽然重新测绘的地图不方便给苏睿他们看，不过前一阵陆翊坤给童欢特训时，不光主训了防身术，还在带她跑山路时言传身教了许多户外生存知识，以及辨识地图的技巧。以前看山区地图像看天书一样的童欢已经能看懂，康山图上所绘的四条小路都已经非常接近翡国边境，那条传说里被震出来数里的断崖并没体现，康山只在边境线上圈出了六个山头，打上了小问号，大概他所知所探也到此为止，这六处地下的通道他还没来得及走，只是推测跨境的几条线路就在这六个山头之中。

龚长海和彭局通完内线后不久，老蔡的电话打进来了，两国贩毒分子历年都没探通，王德正损兵折将的断崖路，龚长海不会托大到认为自己得到地图就能行动，何况王德正加上已经在为青寨做事的岩路组成的队伍，很可能出现大型杀伤武器，龚长海连夜联系Y省省厅寻求军方支援。

刚才由彭局返回的消息，之后的围捕行动由14集团军某特种作战旅所派出的"狼牙"特战队接手，这支近百人的特战队曾经数次参与过与青寨的交锋，丛林作战经验丰富，而专案组全体成员留在大梁寨做外围支援，老蔡所辖的盈城公安队伍全力护航。

听着电话那头老蔡有条不紊的布置和切切关心，龚长海掏出手机看了一眼屏保上的照片，翻拍的图片里自己、老蔡还有老杨都还是二十几岁血气方刚的小伙子，那时年长两岁的老杨刚结婚，杨亮还在嫂子肚子里，他们三人从分到盈城缉毒队就在一组，是同生共死的搭档。

七年前老杨去翡国出任务前将妻儿托付给了他和老蔡，后来却是他先被杨亮做通了工作，亲手把孩子送到了一线。杨亮出事的时候，老蔡头一回对他动了手，两个快四十岁的男人在老杨的衣冠冢前哭得像抬不起头的小孩。

　　这样的老蔡，怎么会是内奸？哪怕相关人士从上至下已经排查完毕，他宁可相信是自己，也不愿相信是老蔡。老蔡或许处事比他要世故圆滑，可穿上这身警服的初心，他没忘，老蔡也绝不会忘。

　　窗外夜阑风沉，专案组内几盏荧灯如星，却是再寂浓的黑暗里也吞没不了的光。龚长海捏紧了拳头，纵然对面站着的是穷凶极恶的木也，他的背后也有老杨他们用血肉生命浇筑出来的防线，这背水一战，他信眼前事实，也信心中兄弟，更信朗朗乾坤，邪不噬正。

　　因为至今没有查清的内奸，更为了确保地形图不外泄，随专案组转移至大梁寨的还有分看过地图碎片的几位老人，以及主动避嫌，交出通信设备跟随同行的苏睿和童欢。

　　藏在深山默默无闻的大梁寨，在刚破获了一起大型跨境拐卖案后，天还未明就接连有警察到来，寨里的老幼居民不用官方出面遣散，基本都投靠亲友去了。

　　所有人员都集中到了大梁寨的村委会，除了特殊频段周边信号也都已被屏蔽，童欢搀扶了同行的老人进屋休息后，坐在村委会那条遍布裂纹的木门槛上，揉着走到酸胀的腿，看到苏睿在檐下逗着一只走路尚且跌跌撞撞的黑花奶猫，转头见她便微微一笑，阶前苔绿霜白，天边一弯残月，那画面特别安静，特别美好。

　　"在想什么？"

　　苏睿大步走过来，看了一眼不知被多少人踩过的门槛，眉头一皱，童欢撇了撇嘴，扯过自己缠在腰间的外套铺上，像逗滴答一样拍了拍，他竟然也勉为其难地坐了下来，还把她的头按在了自己的肩膀上。童欢笑着靠着他因为偏瘦并不怎么舒服的肩头，看小奶猫睁着圆乎乎的脸上懵懂的大眼，喵呜喵呜叫着，三步一跌磕磕绊绊地朝两人走来。

　　"我记得你不喜欢猫。"

　　"像你。"

　　童欢慢了几拍，才转过弯来，脸又开始发涨。

　　她刚刚在想，这么静好的清晨，这样的一个人要和她在一起，多像美梦一场。

　　她还在想，这么宁静的深山，为什么偏偏藏着那些轻贱人命的恶徒，上面废弃的旧屋里，还留有孩子被凌虐的痕迹，背后的青山脉脉，有被逼踏上父亲血路生死未卜的康山，还有一旦暗路打通，会绵绵不绝运送入境的毒品，那一本万利让道德沦丧、良知泯灭的毒品。

　　她多希望这一切是噩梦一场，梦醒了，哪怕苏睿还是那个初见面就让她想掐死的陌生人，可康山和小伊会是坐在树下有情饮水饱的小情侣，斐然姐还调戏着黑脸的陶金风情万种，连胡老虎都不过是有点嚣张又爱炫富的家长，她牵着小虎子的手把孩子送到他手中，心里悄悄骂两句脏话。

可是回到那时又怎么样？在更早更远的时候，已经有无情又充满欲望的手把每个人的前路标定……

"别担心，我们比康山只慢了一天，而且连夜在赶，他们要找路，我们是追人，'狼牙'有地图有追踪的专家，一定来得及。"

"但愿。"

"童欢，我说一定。"

苏睿把她因山间晨风而冰凉的手合在掌中，语气是令人信服的坚定，童欢眼睛又有点发潮，因为不想做个哭包便用力憋着，用力点点头。

"好，一定。"

Chapter 56
人间蒸发

当山中轰响传来的时候，童欢正按陆翊坤所教在向老人们实地求证，自己在后院荒地所挑选的野菜是否都可以食用。

可是苏睿和彦伟即刻从专案组临时办公室里跑了出来，四处张望后看到她才稍显心安，专案组其他人也陆续出来引颈探看，童欢忽然意识到，那并不是深山里的雨前闷雷，而是爆炸的声音。

他们进山已经两日，童欢一直安慰自己，没有消息就是好消息，而这声爆炸犹如投在心湖，把维持的平静全部打破。其后又间或传来一些似是而非的声音，不过不仅是苏睿，连在她眼中最为跳脱的童彦伟都显得专业而镇定，虽然密林异响声声都敲在众人心头，大家依然有条不紊地投入了工作。

心头直慌的童欢深刻认识到，自家这个最年轻的小堂哥已经是意志坚定、能够独当一面的专业人士，是以F市精英警员的身份来到盈城参与工作的。

如今连憨憨的衿羽都在努力，她也要加油！

把几个老人送回房间，童欢抱着受到了惊吓的咕咚——就是那只被苏睿"勾搭"来的小奶猫，又去门口找值班的曾浩练习防身术去了，据不完全统计，曾浩虽然年轻，却是整队人里身手最好的一个。

傍晚的时候，前方终于传来了消息，童欢在屋里先是听见了邓涛他们的欢呼，很快声音又被压了下去，过了一会儿彦伟走了出来，敲了敲房门。

由于所有人员不允许落单，大梁寨村委会的条件也有限，大家都睡在会议室改造的大通铺，作为唯一的女生，童欢被安排在房间另一端一张单独的折叠床上。不过专案组的人这两日基本没有回来睡过，几个老人也都浅眠，白天常坐在院子里聊天说说往事，屋里除了值班员，常常只有苏、童二人。

两人刚刚确定关系，就发现了康山藏下的地图，之后就是连轴转地忙碌着，偶尔错身经过时拉一瞬的手,空气中交会的眼神,都成了恋爱伊始的奢侈品。苏睿暗自下决心,等事情一了,他一定要把这个时刻在关注他人的家伙拐到只有他们俩的地方去度个假,谈场正常的恋爱。

不知是否因为山中空气良好,苏睿的头痛在上山之后不药而愈,不过以大通铺的条件,他是没法入睡的,甚至连床铺都没打开过,间或白天会在会议室的沙发上眯两眼,彦伟一敲门他就起身了。

童欢听到两人在门外商量了一会儿,好像还起了点争执,然后苏睿一脸凝重地回到了房间。

"岩路抓到了,不过中了枪,其他嫌犯两死四伤,还逃走了四个木也方面的人,康山……失踪了。"

童欢的心"咯噔"一声,沉了下去:"什么叫失踪了?"

"在狼牙和岩路他们交火前,康山还由王德正的人控制着,交火之后他就消失了,而且是木也的人撤退之前,就发现康山不见了。"

"附近是不是有暗道,他自己躲起来了?"

"照地图看是没有暗道,而且狼牙里追踪的高手,在他们交火的周边地毯式搜索了一遍,没有找到他离开或者他人进来的痕迹,也没有找到暗道和适合藏人的洞穴。"

"一个大活人怎么可能凭空消失?"

"还有一种解释,康山是主动离开,而且现场一定有非常专业的人员替他扫尾清除痕迹。"

"怎么可能!"

童欢听明白了他的潜台词,理论上来说,除非康山和那些人是一伙的,他们才会有人全力给他提供走脱条件。

"现在事实摆在眼前,我们不能排除这种可能性。"

苏睿在做分析的时候,总是会客观到近乎冷漠,童欢却把脑袋甩得像拨浪鼓,康山是被胁迫还是同伙,这中间差别太大了。

"现在狼牙方面的意思是,他们会把已知的路线再做一遍搜查,然后全部炸毁,不过他们的人手也吃紧。"

"炸毁?万一康山被人挟持,躲在附近来不及标画的暗道里呢!"

"所以,我建议请陆翊坤过来,他丛林作战和野外生存经验都很丰富,由他再带一队人去搜一遍。"

"对对对,"童欢在屋子里转起了圈,"陆哥是专业的,我也要去!"

"不许去!"

苏睿眉头一竖,不愧是两兄妹,提出的要求都一样。

"你自己说暗道地图不能拿出来,只扫描了正面的地形图,目前除了狼牙的队长、龚队,看过完整版暗道路线的应该只有我俩吧?而且我记得出发前,你确定我记牢后,已经把康山的原图销毁了,所以现在最完整最准确的暗道图在这里。"

童欢点了点自己的脑袋,被苏睿一掌拍掉:"你知不知道对方走脱了几个持枪凶犯?而且经年失修的……"

"而且失修的暗道有崩塌危险,路上要过蚂蟥林,有瘴气,苏睿我看过地图,我知道我要面对什么,我要去!必须去!"童欢耸耸肩,想让气氛轻松点,"而且你忘啦,我可是对小伊发过誓的,我如果对康山的事不尽力,我……"

"闭嘴!"

苏睿恶狠狠地、难得无礼地打断了她的话,童欢心里却是暖烘烘的,忽然抱住了他。

"我会注意安全,而且陆哥会保护我的。"

她声音软软地,还带着讨好的意味,身体也软软地,充满依恋地靠着他,苏睿放下了因为骤然被抱住而僵在她两侧的手臂,温柔地回抱住她摇了摇,面上的严厉冰雪消融,最后化成一抹无奈的笑。

"我不想你去,可不可以?"

作为同样吃软不吃硬的人,童欢没想到自己还没来得及对新晋男友撒娇耍赖,苏睿先用上了,可是被他清幽幽的桃花眼望着,里面盛满他说不出口的恳求,她就很没出息地两腿直发软,只想豪气地一拍桌说,好,你说什么我都答应。

童欢伸手盖住了他的脸,自己也闭上眼睛,大喊:"不行!你犯规!不可以用美人计!"

苏睿微微一笑,嘴唇扫过了她掌心下沿,还想再说什么,门口那个看得眼睛都快掉下来的两千瓦大灯泡终于按捺不住,意思意思敲了几下门,问道:

"不好意思,有没有人能和我解释一下,在我忙晕头的这几天到底发生了什么事?"

童欢脸虽然烧着,却也很是得意地扣住苏睿的手往童彦伟眼前扬了扬:"解释什么?如你所见啊!"

"卧槽!"

童彦伟跳起来连着骂了一串脏话,难怪刚才他一提要童欢随行,苏睿就跟吃了炸药似的,原来一不留神两人已经从一般将来时变成现在进行时了!不过虽然受到了惊吓,彦伟也不算太意外,他忽然把童欢往自己身后一扯,嘚瑟地看向了苏睿。

"这么说来,苏大教授,我现在是娘家人了?"

苏睿目光一寒,横扫过去:"所以呢?"

童彦伟底气立刻不足:"所以,你以后要对我客气点。"

"好啊。"

苏睿笑眯眯地，一双长眼闪着狐狸般的精光，笑得童彦伟背上汗毛一根根竖起来，他气势彻底弱了下去，一挥手："算了，你还是照以前一样吧。"

苏睿很是欣慰地点点头："我需要电话联系陆翊坤，还有，你要保护好童欢。"

两兄妹对视一眼，伸手击掌。

原本以为等陆翊坤从留市赶到大梁寨，应该起码是第二日的事了，没想到因为他们匆忙离开语焉不详，陆翊坤又再联系不上他们，于是他赶完了手头的事情，苏睿联系他时他已经在来昔云的路上。

当天夜里，陆翊坤就赶到了大梁寨，而且还给苏睿和童欢背了专业的冲锋衣裤，童欢想起自己上山的狼狈相，再看看一身简装负重夜行却走得如履平地的陆翊坤，深深感受到了人与人之间的巨大差距。

不过陆翊坤一票否决掉了童欢随行的提议，不仅是童欢，连进山经验不够的童彦伟也被他果断踢出局。

"现在抢的是时间，而且白天有大概率会下暴雨，带上你们只会拖累进度。既然该抓的人已经抓到，我建议你们在雨水到前赶早先下山，我会带队主搜近程，'狼牙'有地图，他们往深处走。"

童欢看看舒朗有星的天空，对陆翊坤的"暴雨论"持怀疑态度："我已经跟你学了很多了，怎么在树林中辨认方向、收集干净水源，怎么保持体温、生火、处理蜇咬、伤口，而且我身体素质很好，跟得上队伍，绝不会随便喊累的。"

陆翊坤很严肃地瞪着童欢："再往山里走半天，就是未开化的原始森林，雨季进深山，连我都不敢掉以轻心，你作为零经验的人哪儿来的自信？任何时候都不要轻视自然的力量，我训练你、教你技巧，是避免你万一陷入困境时，因为无知而无力，绝不是让你现在在这里逞能！"

平日里，陆翊坤在童欢跟前就是特别宽厚的大哥，这是她第一次被他训得头都抬不起来，陆翊坤一旦决定的事，谁都改变不了，最终苏睿、童欢连同沿海城市来的童彦伟都被打包安排和老人一起下山，而经验更为丰富的龚队、老樊及山区出身的曾浩补上。

事实证明，永远不要去怀疑一个山野经验丰富的"老麻雀"，天亮后因为接应的车辆有限，专案组成员护送老人先走了一批，到苏睿和童欢等人下山至半道，果真下起了倾盆大雨。俗话说上山容易下山难，去大梁寨时天气晴好，有专案组的男士持明亮光源开路压阵，凌晨昏暗的光线模糊了道路两旁的危险，两小时的徒步路程走得虽然艰辛，还在接受范围。

如今经验丰富的队员都随陆翊坤进山了，大雨来时童欢他们正走在最难的路段，寨民自岩壁凿出不及半米宽的通道，身侧碎石坡下就是奔腾的江水，偶尔掉下的石块打两个旋，即刻被冲得无影无踪，个别路段更是塌陷悬空，只有一两根圆木条搭的仅容单人通过的木桥，雨湿风冷苔滑，烂泥满脚，时有不明蛇虫出没，幸亏童欢已经在昔云待了三年，有过一些行山经验，还有陆哥加持的新装备，不然真的会走到哭出来。

想想陆翊坤此刻带队进的是未开化的深林，童欢看着已被雨雾遮盖的远山，满脸忧愁，苏睿拍了拍她的头。

"放心吧，这种情况对陆翊坤是小意思。"

童欢回头，意外地看见咕咚缩在他冲锋衣的帽子里，露出了半湿的脑袋。

"你把它也带下来啦！"

童欢惊喜地踮起脚，想去够，苏睿扶正她肩膀推着往前走："看路！"

"你说陆哥能找到康山吗？"

"我只能说，如果他都找不到，别人很难找到了。"

然而让童欢满怀期待的陆翊坤也没能带回好消息，康山就像人间蒸发了一样，消失在莽莽大山里。三天后，龚队等人下山，迎接他们的是一个更糟糕的消息，因为在抓捕过程中受了枪伤而被转至医院治疗的岩路被灭口了，蔡归被暂停职务约谈。

停尸间里，龚长海第一次看到了已经从他手中溜走过无数次的岩路，五官普通到可以随时淹没在人海里的中年人，方形脸盘，偏瘦，棕黄的皮肤因为冰冻蒙上了青灰色，像层蜡皮一样包在骨架上，常年的警惕让他离世之后神情依然没有放松下来，腮帮子收紧，透出股咬住什么就不会松开的狠劲。

他原本会成为巨大的突破口，可是此刻一切归零，青寨的内部信息依旧渺茫，还有黄钟和胡益民都提过的，那个值得岩路亲身犯险，据说能让木也言听计从，却无论怎么查都查不到痕迹的爱人，也再没有打探的可能。

黄钟漫不经心地甩着手铐，当啷作响："是他，错不了，在车上他还跟我说过，他嘴边以前有颗翡国人常说的富贵黑痣，因为特征太明显被他点掉了。"

法医按压了岩路嘴角的皮肤，仔细看过，冲龚长海点点头。

"要我说，面相这个东西宁可信其有，不可信其无，好好的富贵痣偏要去点，富贵还不到头了？龚队，我和老虎的安全你们要保证噶，我听说医院里守卫层层，岩路都被无声无息干掉了，你们市局的局长不是都丢了帽子？"

龚长海冷笑："你消息很灵通。"

"盈城公安的一把手，这么大的新闻，谁还不知道啊！"

黄钟被关得发慌，开口又贱又三八，其实是想激怒龚长海多探一点消息，毕竟蔡归和龚长海这对老搭档是盈城缉毒线上又老辣又凶狠的两把刀，他们这些出来混的提起来都咬牙切齿，谁没盼过这两个人倒台。

门外的托盘里放着岩路随身的衣物饰品，苏睿戴着手套仔细翻看后，把他挂在脖子上的佛牌单拿了出来。

"岩路会随身戴的不会是普通物件，这个应该是琅国的老牌，可以查一下，会是有来历可循的东西。"

彦伟想起王德正日日不离身的手串，不齿地冷笑："他们这些人做尽伤天害理的勾当，还想求神佛保佑，也是讽刺。"

童欢看着防水罩内工艺粗糙却透着年份感的佛像，有知众生苦的慈悲模样，他是否看尽了无情掠夺，无餍贪婪？是否看到了那个十九岁的少年被拖入深渊，无力向善，不知所终？

"白秀云已经知道康山失踪的消息了。"

童欢身体一颤，又缓缓地垂下了眼帘，叹了口气："总是要知道的。"

"康山回来前其实是和她商量过。"

"所以，她知道康山回来做什么？"

苏睿幽深的黑眸里有了悲悯："是，她知道，她说她舍不得儿子，可是如果连他们都撒手不管王伊纹，那孩子这一生就太凄凉了，她和康山余生都不会心安的。"

所以即使童欢没有发现花盆中的秘密，康山也和白秀云约定了，如果他超过五天没联系，白秀云就会把地图的事情告诉苏睿，只是这样的话，最黄金的追踪时间就错过了。

苏睿说完，作为一个合格的男朋友，他在童欢惊痛难抑之前先一步把人拉进了怀里，像哄小猫般拍抚着她僵直的背："白秀云情况很稳定，她坚强得超乎所有人的想象，有更积极地在配合治疗，她都相信康山会回来，你也要相信。"

童欢把脸埋进了苏睿的胸口，闷闷地说："明明都是那么好的人。"

"这个世界就是这样，好人未必一生平安，好人也会做错事。"

苏睿从不否认自己性格里冷情的一面，他没有童欢那么善感，在他看来康山就算有万般无奈，而且预留了线索，可他如果为王德正和青寨打通了运毒的新线路，就是犯罪。

童彦伟一拳砸在了墙上："如果他们能多给我们警方一点信任……"

"习惯了吧，因为无助的时候太多，习惯了什么事都靠自己扛起来，无论扛不扛得动。"童欢虽然低着头，语气却很坚定，"我相信康山，我也相信那么坚强的白阿姨教大的孩子，绝不会去做当年康医生宁死都不做的事。"

"先回昔云吧，去康山家看看，白秀云还托我给她寄个东西。"

Chapter 57
至亲至疏

龚长海没有想过自己会有在审讯室和蔡归面对面坐着的一天，事实上，以蔡归的级别，要么往上移交，要么等上面来人，不该由他来问的。

不过盈城公安系统现在群龙无首，市局虽然有三个副局，一个出国公干，一个是即将退休的老好人，一个是空降的资历尚浅，谁都压不住阵，倒是劳苦功高的龚长海成了最镇得住台面的人，所以他赶在审查组到前要见蔡归一面。

因为退出一线好几年，蔡归发福了，他原本就是很和善的圆脸，胖了以后，更有种笨重的敦厚感，不穿制服时更像个国企里喝茶看报纸的小干部，貌似人畜无害，只有忽然瞪向某处时，眼中会有锐利的精光闪过。盈城"资深"的犯人都知道，宁可碰上"恶阎王"龚长海，也别去惹"笑菩萨"蔡归。

因为没休息好，蔡归的脸有点浮肿，但精神尚可，人没显得太颓废，龚长海点了根烟递给他，他摆摆手："戒了。"

"我知道玲子出国以后，你就戒了，不过今天还是抽一根吧。"

蔡归手收到一半，笑了笑，接了过来，可能太久没抽了，第一口竟然呛到了，但是又舍不得烟草味，含混地裹在喉咙里一通闷咳。

龚长海等他顺过气来，才像是闲聊般随口问道："她走了？"

蔡归抬眼看了看他，又看了看墙边并没有工作的摄像机，平静地点点头："应该走了吧。"

即使他还什么都没说，他也知道瞒不过这个老搭档。

"你准备替她顶了？"

"顶肯定顶不了，但是能拖点时间吧，也不冤，是我自己保密工作没做好，本来也要受处分的。"

"什么时候知道是她的？"

"岩路被杀以后。"

该查的人都查了，唯一疏忽了的是枕边人，猜得出他的密码，复制得了指纹，同时能在医院自由出入的人，除了她还有谁？

"玲子当初考上茉莉亚学院的时候，我就该想到，她上哪儿去筹到那么多钱，可是她说岳母把房子卖了我就相信了。"

蔡归这辈子从没怀疑过王艳云，他岳父当年是民政局的小主任，下乡时见蔡家穷得揭不开锅，孩子却争气考上了州民，就一路资助他到大学毕业。王艳云比他低一届，千辛万苦考上了同一个城市的医科大，又顶着两家的压力非要和他在一起，结婚的时候他发过誓，这辈子都要好好待她。

可是一个刑警一个医生，都是忙得不可开交的行业，王艳云能守在公公病床前接痰、换尿垫，他却连岳母最后一面都没赶上，她替小叔子张罗婚事，侄儿侄女出生、头痛脑热她一手包办，他都没陪她参加过一次同学聚会，婚姻里的琐碎最终冷掉了艳云的心，也不知道从什么时候开始，两人就只有女儿玲子能聊了。

可是五年前弟弟病重时，配型成功的不是他们直系亲属，偏偏是王艳云，她二话没说捐出了一个肾，当岩路被毒杀他终于意识到发生了什么的时候，是老娘跪在地上抱住了他的腿，弟媳妇把护照送去给了艳云。

"至亲至疏夫妻啊……至亲至疏……"

蔡归冲想再说点什么的龚长海摆摆手，笑着抽起了烟，烟雾缭绕里，他面容模糊得仿佛一道虚影。

自盈城回到昔云镇，又近黄昏，山雨欲来。

低矮的云层凝着层叠的水汽，黑压压地坠在河面上，风凉了下来，肆意地撕扯着两岸丛生的芦苇，拉拽出漫天飞絮，无依无靠地在空中打几个卷，被吹散在无边无际的暗云里。

河水涌动着，从对岸的棚屋下翻滚而过，童欢已经能一眼辨认出康山家的墨绿帆布顶，窗边那一点白纱在满目萧索里成了唯一的亮色，像小伊的黑白照片里小小的、带着梨涡的笑，哪怕没有色彩，都固执又用力地柔软明亮着。

"三三，要下雨了，我先陪你回学校吧？"

"我等他们。"

苏睿和彦伟由古老师陪着去了康山家，如非被需求，陆翊坤对于涉及关键案情的事物，从来都自觉回避，就陪童欢等在了河这边。

自从知道苏睿和童欢在一起后，陆翊坤内心颇有种大家长般欣慰又失落的复杂，不过两个他重视又关爱的人能在一起，还是个值得庆祝的好消息。

"陆哥，听说我们去盈城的时候你又进了一次山？"

"我闲着没事，就去交火的地方再找了一遍，看有没有遗落的线索，可惜这两天雨太大了，除了弹道，痕迹基本都被冲掉了，"陆翊坤思索了片刻，还是诚恳地把疑问提了出来，"就当初的现场来看，疑点太多，康山一路被人押解着前进，到了交火地带，偏偏不要说被胁迫，连离开的痕迹都没有，好像在木也的人手撤退前，他已经消失得无声无息了。"

在丛林里，王德正的人手远远不及木也的部下行动迅捷，除了被击毙的一个和重点盯防的岩路，木也的人全逃了，可惜受伤被捕的嫌犯直接上司都是"畏罪自杀"的杏林春老板李平，没有人能拿出有力的证据指认是在为王德正在做事。

狼牙的人和陆翊坤都继续搜查过，逃跑的人路线延续了七八里，才在水路失去了行踪，但是人数、身高、体重，乃至行进方向都有迹可循，唯独找不到康山的踪影，也再没有其他人马入山的迹象。

"就像他是乘乱主动离开……"

陆翊坤看了一眼童欢难看的脸色，没有继续说下去，可童欢知道他没说出口的话，康山像是成了木也那伙人的同党，他们宁可让他先独自撤退，再替他扫尾后离开。

这个观点苏睿一早已经说过，但童欢绝不接受。

如今自丛林作战经验更为老到的陆翊坤口中说出来，她依然不相信。

不过让王德正损兵折将的原始森林，进去一趟哪像陆翊坤说的那样轻松，童欢知道他是为了自己再闯一次的。从认识陆翊坤第一天起，他就踏实得仿佛无所畏惧的山冈，遮天蔽日的丛林、危机四伏的山地，在他口中都成了轻描淡写的一句话，童欢忽然发现，她好像从来没有见过陆哥受惊的样子，他永远都处变不惊，稳如磐石。

"陆哥，像你这样的人，还会有怕的东西吗？"

陆翊坤没料到她会问这个问题，略加思索，答道："称不上害怕，但是有不喜欢的，譬如潜水。"

童欢不解地望着他，作为出生在沿海地带的孩子，她天然亲水，而且因为酷爱运动，她游泳是把好手，还学习了冲浪，考了潜水证。

"我十二岁的时候，养父母生意失败，珊珊去世后还发生了一些事，我就离开了家到处流浪，直到一个采珠场把我抓了进去。现在各国都看不到那种滥用童工的采珠场了，当年他们抓的基本都是无家可归的流浪儿，每天给我们耳朵里塞点棉花，手指脚趾裹一点，脚上系一筐石头就跳下海，把牡蛎从岩石上撬下来，喘不过气了扯绳子拉上去，休息一会儿再下，每天反反复复几十次，采不够数量没有饭吃，丰产期每天要在水里泡十几个小时。场里基本的安全设施都没有，更不要说提供纯氧、高压舱，潜水事故频繁得像吃饭一样，皮肤病、晕沉、呕吐都是小事，因为氮气泡剧痛到宁可跳海的，直接肺部破裂的、四肢瘫痪的，出了事场里就把人拉到近海一抛，因为会水缺食的孩子抓不尽。"

陆翊坤眉头紧锁，显然对他而言，那是段很糟糕的日子，童欢意识到了自己的冒犯，说出了夏虫语冰的愚蠢话语，连忙道歉。

"对不起，我不是故意要你想起不好的事。"

"不用道歉，三三，再大的苦难对我来说，都已经是跨过去的坎了。"

童欢看着他已然云淡风轻的脸，仿佛那些风霜在他生命里只是一笔带过，可她知道不是的，就像那个和她相像的小珊珊，不过和他相处三四年，就刻在了他记忆深处最柔软的地方。

陆翊坤并不想看她愧疚的样子，语气轻快地调侃起来："放到现在，我们那群孩子可个个都是自由潜水的高手，我十八岁进猎鹰，到现在依然是深潜纪录保持者，不过坦白讲，我自此很讨厌待在海里的感觉，比第一次端枪射击时还要厌恶。"

那种日暖都被海水隔绝，阳光照射不到的灰暗，随时有游走的危险生物，如果同时拉绳的人太多，憋到快窒息也只能自己攀扯着绳索往上游，哪怕很久以后他依然做过相似的噩梦，连着数条麻绳的大船像多足怪兽，昏暝的水波光影里漂浮的，是被丢弃的骨瘦如柴的尸体。

"陆哥，我有个问题，不过你可以不回答。"

童欢认真地望着陆翊坤，圆滚滚的眼珠子带着迷惘和纠结，其实无论是她自己，还是童彦伟、苏睿，他们对于贫困都没有过切身体会，至多不过是试图感同身受的旁观者罢了。只有陆翊坤，童年颠沛流离，少年漂泊流浪，他才真正会懂河岸那片遗弃之地的人在怎样挣扎着生活。

陆翊坤看着她面有难色的样子，已经猜到她想问什么，爽快地说道："我做过，为了生存，我当然做过违法违纪的事情。傻丫头，我在佣兵队伍里待了好几年，没什么好回避的。"

他懂她为什么要问如此失礼的问题，拍了拍童欢愧疚垂下的脑袋瓜子，笑容里有了无奈："三三，像康山这样的孩子，活下去，对他来说可能才是最重要的事。"

童欢的脑袋垂得更低了，她少年时曾听过一个可怕的命题，"杀一人，还是杀百人"，依然如此难解。

沉默中，苏睿和彦伟取了白秀云要的窗帘，从对河回来，送走坚持要骑车回去的古老师，童欢的情绪依然没缓过来，陆翊坤不知道自己能说些什么，干脆把人交到苏睿手中，去停车场开车去了。

苏睿牵着童欢冰凉的手，他不知她和陆翊坤聊了什么，总不会是什么美妙的话题，最近发生了太多事情，她都不怎么爱笑了，他想念初相见时那个脏兮兮瞎嘚瑟的家伙。

"灯泡先生"童彦伟视线乱飘了一会儿，开始汇报起情况来："我们没找到康医生的手写笔记，那么重要的东西，康家母子应该是随身带着了，不过听说康山不见了，她大老远地要这么个窗帘……"

天色已暗，路灯刚亮，童欢忽然死死盯住童彦伟手中的勾花窗帘，雪白的底色在灯光下仿佛透明，那一片片用很淡的米黄勾出的细碎隐花手工极为精巧，细看每一朵花中甚至都点出了嫩黄花蕊。童欢开始一点点回想，当初她透过望远镜看了许久的小伊窗上的同款，越想心跳越快，这世上多的是相似款，可是这种纯手工的制品每一朵花的位置似乎都一样，也太难了，难到你不得不怀疑是编织者有意为之。

童欢抢过了窗帘，问道："算命的，我记得你把康山画的地图扫进电脑了对不对？手机里有吗？"

"有。"

苏睿把图片调出来后，童欢左右拨动开始搜寻，确定位置后开始不停放大缩小，终于在某一个比例时，童欢最眼熟的那一片花蕊与地图上开端的某段路线重叠了，其后却渐渐与已知的地图错开。

童彦伟激动得一拍大腿："哎呀妈呀，童三三，也只有你能记到这个程度。"

"我就知道，他不会去做他父亲绝不肯做的事。"童欢又是激动又是悲伤，这么重要的东西当初留了下来，一定是康山怕自己万一因为假地图出事，特意给他们留下的，"还有，小伊……小伊的窗上有一副一模一样的。"

"所以王德正梦寐以求的地图，就挂在他的眼皮子底下？"

这样的机巧和讽刺，连苏睿都不得不叹息，童欢回望康家再无纯白亮色的小屋，仿佛要被在风中飘摇的棚屋区推挤进看不到一点光亮的乌云里，兀兀穷年，有冲不破的百味疾苦，有看不见的挣扎在寻求救赎。

"我们之前都以为窗帘是王伊纹送给康山的，原来却是康山送给她的保命符，你说，小伊知道吗？"童彦伟挠了挠乱发，看着苏睿，"还有，苏大教授，我觉得我需要私下和你探讨一下我家小堂妹的情绪问题。"

夜风里，王伊纹看着窗外的星空发呆，她的少年曾经和她说，他会是最亮的那颗星，陪她过每一个难熬的夜，现在她的星星呢？

王伊纹手里的铁钳无意识地拨弄着火盆里烧得通红的炭，虽然夏天要炭盆这种事很奇怪，不过只要她不想着反抗，再任性的要求王德正都是应允的。玩了一会儿炭，她拿起金箔纸又折起了元宝，临近中元节，每年她都要亲手折些元宝烧给爷爷奶奶，王德正并没有在意。

他在外头忙了几天，这会儿才进屋，坐在她身边，看她微垂着头，一条松松垮垮编出的长发辫在鬓边弯出圆润的弧线，侧颜娴静又清冷，他内心一片宁静，像是又回到了他十几岁的少年，他高攀不起也从未正眼看过他的那些少女，已经来到他的身边。

最初，不过是他在孟阿婆惊鸿一瞥，或许是王伊纹身上太过干净又青涩的少女气息，让他想起少年时那些仿佛远在云端的女孩，还有他鼓起勇气告白却被狠狠奚落的糟糕记忆。

其实王伊纹长得并没有特别像谁，她只是好看，怯薄又纯净地好看，因为幼时宽裕之后破败的家境和被古板老人抚养长大的经历，有种脱离了时代的旧式少女神韵，尤其垂着发辫挑选东西的模样，和记忆里那些二三十年前的影子重叠在一起。

王德正沽名钓誉，在男女一事上向来洁身自好，偏偏少女的影子莫名就扎进了他心里，后来拐着弯地将人弄到了手，而且他按照回忆里不断美化过的少女调教着她，又要她冷淡疏离，又要在他怀中恭顺驯良，万不料最后吸毒般上瘾的人成了他，人到中年，栽在自己一手调教出来的梦境里。

事实上，他后来聚会时遇见过当初告白被拒的人，富贵人家自然也嫁了富贵人家，在沿海城市过得富足却不安稳，发福的中年妇人担忧着丈夫会出轨、孩子太叛逆，哪里比得上玉雪般的王伊纹，向来锱铢必较的他甚至连报复的心都生不起，王伊纹才是他自少年时起就幻想出的模样。

小伊早知道自己不过是王德正为少年缺失而造的一个幻影，她此刻穿的衣服、坐的角度、长长的发辫都是他最爱的样子，她漫不经心地把折好的元宝丢进炭盆，火光一腾，冒着青烟化为灰烬。

"你把他杀了，对不对？"

她的声音很平静，手中依然有条不紊地折着祭奠的元宝，王德正着迷地看着她寡情的面孔，越是清冷他越爱。

"路还没找到，我怎么会杀他？我也在派人找。"

"是吗？"小伊忽然抿嘴一笑，冰凉而纤细的手腕搭在了他的颈侧，"帮我把窗帘取下来吧，我不喜欢了。"

"不是才挂了两个月吗？你以前最不喜欢别人碰你的窗帘。"

小伊眼波流转，笑出她这个年龄远不该有的媚态，她的手肘贴着他颈部突突跳动的动脉，暧昧地摩挲着："就是不喜欢了，一分钟都不想多看，帮我取下来吧？"

"喊拿婶……"

"想要你取。"

她语气又娇又软，王德正很受用她的撒娇，卷着袖子站在凳子上很轻松就把窗帘取了："可以了？"

小伊把桌上早前折的元宝全往盆里一丢："烧了。"

王德正狐疑地看着她："烧一屋子烟做什么？"

他敏感地察觉到了反常，半眯着眼死盯住王伊纹，可是她已经再不会害怕了，无畏地迎上了他的注视，脚一跺，嗔怒地指着火盆："我偏要烧了！"

　　火光里，她身上的白纱裙被映得半透，美好的身段若隐若现，王德正看着她亦嗔亦怒亦娇亦冷的模样，心中一荡，被她手带着茫然不觉地，将他一直苦求不得的真地图丢进了火堆。

　　青烟滚滚里，王伊纹被呛得直咳，屋里的消防警报系统也开始狂啸，楼上楼下一片慌乱，她抱着被烟熏得满脸狼狈的王德正大笑起来，笑到后来连腰都直不起，半弯着蹲在地上，疯笑着，泪流满面。

Chapter 58
出国

　　自从苏睿在童欢床上一觉到天亮后，他就打着安全考虑的旗号，让两间房相连的门再没合上。陆翊坤也是习惯独居的人，所以在隔壁电脑房打的地铺，于是就有两人住在了一套房子里过日子的错觉。童欢把原本靠木门的床往前挪了一米，从苏睿现在坐的角度，正好能看见咕咚在她被角拱啊拱，拱出她一只脚丫子。

　　小奶猫回来后被 Dirac 和追风两头大犬吓得门都不敢出，好不容易等到她回来，当然要求陪伴求抚摸，她被咕咚扎得发痒后，哼了两声，脚指头灵活地调戏起咕咚的小脑袋。

　　此时夜阑人静，窝在懒人沙发里查邮件的苏睿顺便翻找了一些关于心理健康的资料，他听得到童欢很轻的呼吸声，偶尔她被咕咚舔得一声吃笑，他也会忍不住跟着笑起来，听着听着他就有点困了。

　　童彦伟已经和组员护送窗帘去盈城了，留在王家附近监视的队员晚上被火警惊动后，把消息传回了组里，他又立刻告诉了苏睿，苏睿看着那只和咕咚嬉戏的脚丫子，决定先不告诉她这件事了。

　　被童彦伟这种正常心性、正常接受力的人士发现童欢情绪过度低落后，在他的提示下，苏睿和陆翊坤这二位大神才意识到他们都忽略了一个巨大问题，初次介入案情侦破，尤其富有同理心的童欢并没有他们天生强悍的意志力，仅仅是记忆力优于常人罢了，所以她需要心理疏导。

　　就像童彦伟他们初出茅庐，甚至远在警校入学时，就会开设相关的心理课程，办案之后也有前辈和甚至更为专业的心理医生来做引导。

　　"童欢。"

　　"嗯？"她声音懒洋洋地，像猫爪子在他心上挠了一把。

　　"你护照在吗？"

　　"在，干吗？"

　　"请你去皮岛玩几天。"

童欢坐了起来，提着咕咚噜噜噜趴到床尾，门洞那里露出她睡得乱发飞舞的脑袋："苏教授，你这是要和我约会？"

有钱人开口就是出国海岛度假，这逼格她有点跟不上啊！

苏睿看着她骨碌碌乱转的眼珠子，失笑，拍了拍脚边她总在垂涎的短绒地毯，勾了勾手指头，童欢大大方方地抱着猫跑了过来。

苏睿叹口气："你的鞋。"

童欢抬脚看了一眼："不脏啊，你屋里简直不要太干净！"

平常苏睿进屋都会换那双很骚包的穆勒拖鞋，对于旧教室的地面最终被他打理得如此干净，她不知道感叹过多少次了，害她和彦伟每次进他房间都想踮着脚尖走路。

"会凉。"

苏睿看她盘腿坐下，就把她的冰凉脚丫子放到了他的脚背上，又随手取了床上的薄毯子盖上。童欢脚先是被暖得一哆嗦，跟着嘴角都抽起来："算命的，你走温情风，我……我不大习惯，你还是像以前那样比较好。"

苏睿抿紧了嘴，望着她，不知为何，童欢觉得一个大男人竟显出了几分委屈之意来，又赶紧补充道："当然，你这么体贴我很喜欢，真的！我就是还没适应。"

"童欢。"

"嗯？"

"我们是男女朋友了吧？"

童大小姐被他过于正式的语气搞得心里惴惴的，慌忙垂下头去摸咕咚，挠得小奶猫敞开肚皮直哼哼。

"童欢？"

"是，当然是。"

"那你以后可不可以好好喊我名字？"

哪家女朋友会每天"算命的"来"苏教授"去，活像他是在开张做骗子生意，哪有半点恋爱中的味道？

童欢大出一口气："这个啊，可以！当然可以！"

她抬头张口要喊，可是对上他那双幽深又含着期待的眼，忽然脸就有点发烫："那个，苏……苏睿，苏睿。"

他笑着看她小颗的牙齿在红润的下唇上咬出几个凹印，然后期期艾艾地吐出他的名字，就像有一簇羽毛拨弄过他的耳朵，痒痒地，又格外舒服。

他把电脑放在了地上，连人带猫一把提到腿上，抵着她额头说了声："乖。"

童欢咽了咽口水，好大一声，逗得苏睿笑得眼角都弯成了弧线，她整个人从脚指头一路红到了耳朵根，呼呼地喘出两口大气。

难怪古人说美人是祸水，她在他跟前没有半点招架之力啊！童欢自觉前途一片灰暗，会被苏大教授，啊不，苏睿用一张脸就吃得死死的。

"你这脑瓜子里每天放那么多人那么多事，什么时候能学着把我放在第一位？在山上认植物学防身术，下了山围着陆翊坤转，帮他打了铺就直接洗漱睡觉，都不留一点时间给我，有没有当女朋友的自觉？"

"我就是觉得连名带姓地叫人，尤其很熟的人，有点怪怪的。"

这样说起来，童欢才发现苏睿不要说外号，连对陆哥他们都从来是一本正经叫全名，不像她这种自来熟，一两天都能跟人称兄道弟、呼朋引伴。

苏睿眼中闪过一道精光："照你的意思，我该喊你欢欢？"

对于莫名讨厌"三"这个数字的苏睿，当然指望不上他像彦伟他们一样喊她三三，可是"欢欢"，童欢忍不住抖出一身鸡皮疙瘩，再一想如果她喊他"睿睿"，更是恶得浑身上下一激灵。

"叫童欢挺好！真的，挺好！"

调笑完了，苏睿说回了正事，岩路身上的佛牌果然成了线索，百年老牌，由圣僧龙普贵督制，背后有大师符文，神佛之事苏睿信与不信是一回事，但是岩路这张老牌的价格懂行的一看就知道是好几十万往上走的，很快就有了购买信息。

"啧啧，你怎么到处有朋友，什么都能打听到，比警方还快。"

"我直接找了几个琅国那边专做高价老牌的，放出消息说要买同一批次的佛牌，很快信息就源源不断来了。"

童欢没料到居然是这种骚操作，张大了嘴半天，只能叹一句："毫无人性。"

岩路这块老牌是去年一位翡国商人自帕姆寺恭请，供金近百万，据说神迹无数，上一任收藏转手后又在正庙加持了五年，而那位商人将佛牌请回后，还请大师做了十天法事。

"你猜那位商人做法事的海岛别墅在谁的公司名下？"

"登强？"

"对，就是登强能见光的手下注册的公司，叫蓝艾珍宝，主营珠宝玉石。更巧的是，孟东勒和谭群所谓去做人工授精的杰特宁医院有合作的疗养院，以及做法事的别墅都在皮岛上。"

"我现在就去找护照。"

童欢立刻起身，又被苏睿搂着腰按了下来，他惬意地搂住她柔软而有韧度的身体："陪我睡一会儿。"

苏睿之前日常坐的躺椅被童欢看上后，他就留在了走廊，又新入了这个超大号的懒人沙发，每次童欢扑进去都舒服得想呻吟，现在两个人抱着躺在上头，恰好被紧紧包裹住半边身体往下陷，像是有数双手在推挤着肩背，让他们挨得更紧密些。

被挤得无处安身的咕咚无奈地喵呜一声，跳下了沙发，探头看看那两只可怕的大狗不在，安心地在苏睿的脚边开始练习爬行。

童欢不安地扭动两下，沙发对腰部良好的承托力让她落入更尴尬的肢体状态，就再不敢动了，她半趴着看一眼苏睿含笑的面孔，有种过电的触感自两人紧贴的身体蹿过，苏睿情不自禁地吻住了看上去有点可怜巴巴的她。

童欢自暴自弃地闭上了眼睛，在一片迷乱里，悲愤地闪过一丝清明，明明如今都流行禁欲系大叔或者忠犬正太，她怎么就碰上了这么个人！两人只要碰在一起，看他一眼，都有种色气满满的诱惑感，她现在就像被曝晒在沙漠里两天两夜的人，只想大口大口地往身体里灌冰凉的水。

苏睿原本是因为听童欢念过一两次，才买的这个新沙发，买后觉得软趴趴的并不太合他的心意，现在却感觉甚好，甚好。

他低头亲吻着怀里的人，将人招惹得面泛桃花，终于不再是之前那副唉声叹气的模样，才在全面失控前勉强刹住了车，满意地搂紧她闭上了眼睛。

有时候连苏睿自己都诧异，他居然会像个毛头小子一样，控制不住自己想去看她，亲近她，甚至充满更邪恶的念头，最终他理性地将之归结为单身太久的缘故。

暑假开始前，童欢就答应过自家母上大人，完成小学期后会回家待段时间，结果没想到事情一桩接一桩，现在还要飞去琅国海岛，本来以为批假时会面对狂风暴雨，她决定先斩后奏，待飞机落地过了海关后才通知家里，没想到在得知有彦伟陪伴出国"度假"后，安念青和风细雨地叮嘱她注意安全，末了还加了句，和小苏玩得开心。

童欢挂掉视频，吹着热带海岛的夏风，依然觉得自己是不是梦游了，十几天前她还没正式谈上呢，被爸妈好一通教育，现在怎么忽然就变天了？

她狐疑地看向正在和陆翊坤取行李的彦伟，感受到杀气的童彦伟立刻举手表示无辜，还好心地用手指偷偷做了提示。

这次出门童家兄妹难得傲娇到了一处，坚持自己买的经济舱，还非让两位长手长脚的款爷保持自己的消费习惯坐头等舱，又拒绝他们帮忙补差价换票。其间苏睿曾经试图和童彦伟换座位，结果童警官前一晚为了释放压力，坐车途中和他打了两局吃鸡被虐得很惨，兼之小羽毛走后，孤家寡人地被秀恩爱秀得很不爽，居然顶住了压力坚决不换，还故意把童欢一直卡在靠窗的位置，让苏睿想和别人换都不行。虽然事后童彦伟又觍着脸去求饶，不过难得在苏睿跟前占次上风，还是把他给爽到了。

第一次出远门就被分开的苏睿一路黑着脸，三次把试图搭讪的前座女士怼到恨不得跳飞机，童欢这会儿不敢触霉头，到底还是苏睿自己没扛过她亮汪汪地瞅着自己的大眼睛，且想表功，弹了她脑门两下勉强结束了冷战。

"我已经过了你家三堂会审,你可以放心。"

"什么时候的事?"

"从香港回来。"

童欢和父母视频时,陆翊坤虽然不是故意偷听,鉴于她的大嗓门,还是都听到了。苏睿听说发生家庭阻力这种事,当然不能让女朋友劳神,恰好之前陆翊坤为了调查童欢身世,童家上下的资料都是现成的,由陆翊坤主持搜集的资料,里面当然不止普通信息,还包括童家诸人的经历、爱好,他拿出科研的精神来对症下药,主动联系逐个击破,在保证"健康交往"的前提下,荣获追求权,只是童父童母还不知道两人进度飞快而已。

对于苏大教授积极主动出击的态度,在情事上始终畏缩的童彦伟由衷地钦佩,冲他比了个拇指。

"等等,三堂会审……"

女朋友反应越来越快,变更聪明这种事真是令人欣慰,苏睿点头:"你爷爷那里也顺利过关,不过他们有三个月考察期,所以记得多帮我说点好话。"

所以他们这是认识不到两个月就交往,交往不到两星期就视频见家长的节奏?童欢再次控制不住自己抽搐的嘴角:"我们进展会不会太快了?"

"我父亲当年见我母亲第一眼就认定了她,两个月以后成为合法夫妻,第二年我出生,我觉得他如果听到我的进度会很不以为意。"

童欢的嘴张得大大的,被苏睿用手指勾着合上了:"怎么了?"

怎么了?难道要她说听他的意思两人是要奔着结婚去了?她才二十五,两个月前还和他隔着大洲大洋,在截然不同的两个世界长大,连和他谈恋爱她都还没有真实感,哪里会想得那么长远?

不过显然童欢这点小心思,在苏大教授那里是不够瞧的,他故作伤感地说道:"你们不是常有句话,叫不以婚姻为前提的交往是耍流氓吗?你想对我耍流氓?"

在感情问题上,苏睿和父亲的快狠准是一脉相承的,他精于计算的脑袋在最初心动时就已经估算过两人相处的优缺点,感觉在能接受所有差异的情况下,他依然控制不住对童欢的向往,他从来就不是会压抑自己情感欲望的人,自然立即付诸行动,而目标达成以后感觉越来越好,当然就要做更长远的计划。

童欢被他调戏得头顶直冒烟,自从袒露心迹以后,苏大教授整个人画风都变了,不过他本来就不是闷骚型,对,还是明骚,火力全开后真是叫人防不胜防。

可是童欢还是忍不住蹭到苏睿跟前问:"你到底是怎么做到的?"

从安女士到童老爷子,没有一个吃素的,他居然背着她就全搞定了,她要是能学着点,是不是以后也不用再被催婚、催回家,逼这逼那了?

苏睿冲她眨了眨眼:"个人魅力,你学不了的。"

童欢狠狠地回他一个白眼。

因为Y省地理位置和跨国办案的必要性，童彦伟的公务护照当初借调时也转到了盈城，琅国对公务护照可免签，不过等他在盈城办完手续，四人留市会合再飞昆市，然后辗转抵达皮岛，两天的海陆空倒腾，除了陆翊坤这种铁打的汉子，其他几个都筋疲力尽。

走出机场将近黄昏，有一个肌肉虬结的壮汉雅克开了辆很彪悍的卡其色悍马过来，叽里咕噜和陆翊坤击拳说了几句非英语系的外语，童欢才知道陆翊坤的外文名叫路易，苏睿和雅克也认识，简单介绍过后，雅克载着他们顺着海岛的临海公路一路逐日而行。

海面金光闪烁，橙黄的沙滩上长椅雪白，晚霞依恋在远方的海天一线，孩子嬉闹声声，海浪如踏板行歌，云灿风暖，童欢伸了一个大大的懒腰，真有种出门度假的错觉，重重心事面对着辽阔海面也觉得豁然开朗几分。

这两日在苏、陆二人的引导下，童欢已经开始懂得适度调整情绪。她天性就乐观，如果白秀云都相信康山能回来，她也要坚定地说服自己康山能平安归来，所以需要更努力地帮忙扳倒王德正，到时候再救出小伊帮她戒毒，她和康山还那么年轻，人生会有无限的可能。

如果木也的案子处理了，陶老大是不是也能回来，以他真实的身份和斐然姐一家团聚？这样想想童欢觉得未来还是充满了希望。

美景当前，云灿风软，面对着辽阔的海面，心中更是豁达开阔，跟陆总、苏二代出门的好处是，一天的准备时间，也足够他们以爷不差钱的魄力租下了一栋有庭院有泳池的临海别墅，还带一大片仅有十六栋别墅群共享的私家沙滩。

雅克将人送到后，又载着陆翊坤出去采购，等陆翊坤提了三大袋食物进门时，看到人少了一个，愣了一下："彦伟呢？"

童欢忧愁地答道："放下行李，忽然就说要走，好像还没有回来过夜的打算。"

苏睿好整以暇地坐在落地窗前，端了杯喝的，在那儿看风景："你别多想，也不要多问。"

"我知道。"

虽然苏睿已经告诉她专案组这两天陆续还有人会到，但阵仗越大越让人不心安，为什么苏睿可以自如打开度假模式？果然还是她太没见过世面了。

"别担心，他们可能有自己的线人要联系，我买了很多新鲜海鲜，让苏给你做好吃的。"陆翊坤毫不客气地把手艺非凡的大厨从窗边的沙发上请起来，连食材一起推进了厨房。

苏睿单手提着食材，向厨艺其实也不错的陆翊坤抗议："我倒了三趟飞机、半小时船，很累。"

陆翊坤手一摊："你的小女朋友心情不好。"

苏睿掂了掂食品袋，吐出一口疲倦的长气，转身进了厨房："怎么谈恋爱谈成了二等公民？连童彦伟都敢挑衅我。"

"怪谁？你乐意啊。"

苏睿笑："是，我乐意。"

现开的椰子取汁炖鸡汤，柠檬草调味，咖喱炒红蟹，汁浓肉厚膏黄，新鲜的龙虾、青口、白贝开边刷酱，现烤到外壳微焦，肉外沿刚开始脱壳吸汁，知道童欢爱吃甜食，苏睿还现查着食谱应景地做了芒果椰汁糯米饭，晚餐如此丰盛，心神不宁的童欢也被勾起了食欲，很给面子地吃到打饱嗝。

苏睿和童欢喝过酒，知道她酒量还可以，就劝她配着海鲜喝了几杯白诗南，想让她晚上好睡一点。童欢心里清楚这并不是真正的度假，喝到微醺就不肯再碰了，帮陆翊坤收完碗被他从厨房赶出来后，蜷在沙发上看着海面发呆。

"想什么呢？"

苏睿坐到她身边，很自然地扶着她头躺到自己腿上，替她揉着发胀的太阳穴。

"想你下午在看什么。"

"想到了吗？"

童欢用脚趾勾起沙发垫下的小型望远镜，指了指海湾对角那栋位置最好，且没有一扇窗户能让人看清内里的白色别墅："那是登强的房子吧？"

苏睿捏了捏她软乎乎的脸颊，酒后偏高的体温烫着他的指尖，还带着她呼吸之间酒酿里淡淡的苹果清香："进步很大。"

"我们租得这么近，会不会不安全？不过陆哥都没有不离身地跟着我俩，应该还好吧？"

"继续。"

"所以登强不在这里，房子是空的，不对，如果空着我们就没有过来的必要，房子有住人的迹象，但是一定不是登强和他手下。"

"孺子可教。"

"而且我们周围是不是也有人在保护？不然陆哥和你也太放松了。"

"很好，再继续。"

童欢被他按得很舒服，半眯上了眼睛："只想得到这些了，你不该让我喝那么多的。"

"好好睡一觉，明天还有很多事要做。"

苏睿的声音轻柔而温和，像首好听的小夜曲，他有一搭没一搭和她说着话，童欢被他按得放松地睡过去了。

Chapter 59
七星斗柜

再睁开眼,是飘着白纱的窗外退潮后一弯颜色分层的细沙滩,童欢闻着微咸的海风,恍惚了一会儿才想起自己在哪里,穿着睡衣跑出去,意外地发现夜猫子苏睿居然在准备早餐。

鲜红的老虎奶油虾,白玉翡翠般的贝肉蔬菜汤,加一盘咖喱蟹肉炒粉,味先不说,颜色已经漂亮得让人食指大动。

不过吃到肚子圆鼓鼓的童欢万万没想到,餐后休息不到十分钟,做的第一件事居然是翻垃圾,而且还是和苏睿一起翻垃圾。

童欢幽怨地瞪了一眼刚才始终坚持说自己不饿,一口都没吃的苏睿,提着垃圾袋在屋里转了一圈,终于扯了个蒲团在客厅错层的台阶上坐下,把垃圾倒在了铺开的报纸上。

"为什么收垃圾的大姐会把袋子送来给你?"

有钱人的住宅区不是最注重隐私吗?虽然这里的住户大多只是偶尔来度个假。

"因为,"苏睿笑得有点坏,"有钱能使鬼推磨啊。"

"切——"

翻垃圾这种事童彦伟做起来大概毫不违和,但看苏睿戴着手套拿小镊子翻找的画面,真是要多古怪有多古怪,因为温度偏高,童欢都被袋中的味道熏得有点反胃,苏睿倒还算镇定,只是呼吸发紧,童欢只能和他聊着天分散彼此注意力。

"陆哥呢?"

"打家劫舍。"

"啊?"童欢吓得立刻往白色别墅看去,"他再厉害,这样贸然冲进去,万一有危险了怎么办?"

"开个玩笑,虽然我认为陆翊坤进去一圈不惊动任何人没问题,不过临时和他说要来皮岛,他装备都没准备,很多事做起来还是不方便。"

童欢嘅了嘅嘴:"一点都不好笑。"

"放心吧,有两组猎鹰的人在轮班,其他人也住在院子的工作间里,陆翊坤昨晚已经接过头,早上应该是给我们去搞装备,也算是打家劫舍了。"

苏睿自己因为去过多趟战乱国,对于由"国际军事安保公司"保护已经很有经验,但是怕阵仗大了童欢精神过度紧张,而且房东屋内本身的安保设施非常到位,再加上有陆翊坤在,他们最后选择了让猎鹰的人采取隐蔽保护,尽量不打扰到正常生活。

"两组?你怎么做到的!"童欢很不想表现得自己太没见过世面,但还是被震惊了。苏睿看一眼她的呆相,咧嘴笑得有点坏,两人异口同声说道:

"因为,有钱能使鬼推磨。"

苏睿哈哈大笑起来,童欢很少见他笑得如此开怀,整个人在晨光里熠熠生辉,不过这种心有灵犀的感觉真的很好。

"我怎么觉得你这两天特别喜欢炫富?"

苏睿深深地看了她一眼,嘴里的话却没点正形:"因为我发现靠钱好像收买不了某个笨蛋的心,会出现这个结果,要么是做得不对,要么就是花得不够。前者要解决显然难度系数比较高,所以我决定先实验后者,准备这一路都做散财童子,再多拿钱砸她试试看。"

虽然明知道他在调侃,童欢心里还是有点甜滋滋的,她知道苏睿对于一路飞机分开坐耿耿于怀,小声地嘀咕道:"你怎么知道没收买到?"

童欢家境算小富了,打小也是金娇玉贵养大的,闺密还是衿羽这种千金小姐,到底还是接触到家里很有钱又会享受的苏睿之后,才切身感受到"有钱人的快乐真是万万想象不到"。何况苏睿在大处为安全问题费了颇多心力不说,小到她随口提过的用的、吃的都一一记着,这份用心她当然感受得到。

苏睿看着她有点羞涩的小模样,嘴角上扬,故意凑到她跟前,压低了声音缓缓地、极富诱惑地说道:"我怎么知道?因为她没有任何表示呀!"

童欢被他的桃花眼勾得心脏扑通乱跳,忽然生出点傲娇的王霸之气来,恋爱嘛,当谁没谈过,不能总是被压制吧?

她目光炯炯地把手套一甩,憋着股视死如归的狠劲,扯住苏睿的衣领就亲了上去。

苏睿先是接住了她因为用力过猛而失去平衡的身体,然后含混地叹道:"童欢,旁边是垃圾。"

童欢更含混地顶回去:"那又怎样?"

苏睿笑着把手肘伸到她腿下,半抬着抱住她往旁边移了两米:"不怎么样,你继续。"

煞风景的击门声打断了两人的浓情蜜意,陆翊坤大喇喇地站在门口:"抱歉,东西比较多,所以不方便无声无息地消失。"

他体格壮硕,换上作战背心、高筒靴后更显得八面威风、英姿勃勃,除了背上鼓鼓囊囊的大包,他两手还各提了一个包,以陆翊坤的臂力,靠在门边还把胳膊肘放在护栏上借力,可见是真的很重。童欢面红耳赤地从苏睿怀里一跃而起,跑过去帮忙。

拉上百叶窗后,陆翊坤才把包里的东西摊了一地,除了作战服、防弹背心、信号枪、护目镜等一应俱全,他还坐着简单耍了一手甩棍,帅得童欢直发花痴。因为管制刀具不能过海关,童欢出门时把"山鬼"留下了,陆翊坤挑挑拣拣,丢了把打开后比"山鬼"长半寸的折刀给她。

"这把折起来更小巧,但是手感和'山鬼'相近,我给你换了软皮刀鞘,你可以贴身放着。"

童欢力图保持平静,看陆翊坤把一堆武器装备像摆地摊一样倒了一地,最后还是在他掏出两个盒子递给苏睿时破了功。

"你们别告诉我这里头是……"

苏睿淡然地打开其中一个,取出一把枪:"P14?"

"我觉得眼下你会倾向弹夹容量大的,就选了帕拉,还有一把袖珍型P10,"陆翊坤停了一秒,扫一眼已经呆滞的童欢,苏睿微摇了摇头,他继续说了下去,"P10更紧凑便携,不过少四发子弹,你自己选吧。"

"P14吧,那把留给童彦伟,不过45的我还是比较习惯用柯尔特。"

陆翊坤没好气地在他肩头捶了一拳:"到这里你还挑食!"

虽然知道琅国可以合法持枪,但是看苏睿和陆翊坤两个应该没有琅国持枪证的人,用讨论白菜的语气讨论起了手枪,童欢还是觉得很魔幻,大概他俩语气太稀松平常,她听来听去,也好像有了种没什么大不了的错觉。

另一把枪型小巧的P10其实是陆翊坤给童欢准备的,不过看苏睿的神色并不赞同,当初给童欢特训的时候他也询问过,她只有学校军训打靶的实弹经验,然后他用模型简单教了她一些射击原理和技巧,如果苏睿不允许他这几天装消音器带她实弹训练的话,就还不到给她随身配枪的时候。

"你们说房东如果知道他的邻居里有贩毒的,而我们又在里面摆弄枪支,是不是以后都吓得不敢来住了?"

苏睿和陆翊坤神情古怪地对望了一眼,答道:"也许。"

两人当然不会告诉她能把房子买到这片地区的都不是普通人,譬如他们这家房主就是个军火商,苏睿查到登强的别墅地址后,第一时间联系猎鹰的人,因为要得急,最后只有这栋的主人和猎鹰下属子公司有过合作,并看在过往交情的面上愿意租借,虽然位置不甚好,也只能将就了。

"你们俩有什么发现?"

陆翊坤把东西简单收拾了，指着地上的垃圾问，看来苏睿是真的急于要结案，居然连翻垃圾这种平时不屑做的事都上手了。

苏睿冲童欢抬了抬下巴："你先说？"

"我先说就我先说，别墅住过一男一女，昨天到今早应该只有一个人在了，男的食量不大，吃东西挑，女的这几天还染了头发，"童欢把自觉最关键的一袋提了出来，"他们两人有一个腰不好，贴了膏药，还在吃中药，中药和膏药都用的琅国产的牛皮纸包装，应该是琅国中医馆开的，但不知道是不是岛上的。"

"还凑合，找到了关键信息。"

苏睿臭屁的样子让童欢冲他做了个鬼脸，他伸手在她头顶弹了个轻栗子："药就是岛上买的，你仔细闻，纸张和药材都有一丝在海边长期晾晒才会有的气味，而且这张药包里标写蓝色数字的墨汁，是这边很多本地人用的叫 sokka 的草汁。"

"万一是住户买回来以后自己写的呢？"

"那会在包装外侧，而不是内页，小岛上中药铺应该只有一两家，很好查。"

陆翊坤眉心紧锁："指向性这么明显，会不会是陷阱？"

"就算是陷阱，也代表线索，而且我怀疑男的是孟东勒。"

自童欢在王宅后院见过孟东勒后，他就失去了踪影，连巴兰替他顶罪他都没有任何反应。

"登强会这么大胆，把人直接安置在公司名下的别墅里？"

"没料到我们这么快追查到皮岛吧，染发剂是男的用的，从其他垃圾看别墅里的女人年纪很轻，如果染发也该是上色，只有中老年人才会选择把白发染黑，譬如有白头的孟东勒，而且从他之前照片里的站姿看，他腰的毛病比较严重，还有性功能障碍，这副药渣我刚才发消息询问过国内的专业人士，他们判断是调理腰肾的。"

说到中药，童欢难以避免地想到了康山，又是几天过去，他依然没有一点消息，狼牙的人也准备全部撤回了，照苏睿的意思，只要他还有利用价值，暂时就不会有生命危险。论丛林追踪陆翊坤已经是顶级专家，他都找不到线索，实在叫人一点头绪都没有。

皮岛上调查的进展就只能用神速来形容，不到二十分钟，猎鹰的人已经回复整个皮岛上只有一家叫回春堂的中医馆，而且距离杰特宁合作的疗养院只有不到一公里。

童欢对于和苏睿假装成游客去探虚实跃跃欲试，陆翊坤看她兴致高就随她了，还配合地准备了一些换装的道具。童欢一眼就相中了一顶能多遮面孔的蓬松大卷发，再架上墨镜、太阳帽，度假风的吊带连体短装很适合她玲珑的身段，从后面看去，肩削背薄，卷发拂过盈盈一握的细腰，两条紧致的腿因为常运动线条极为漂亮，堪称背影杀手。

不过正面看，童欢显嫩的圆脸被妩媚的卷发衬得像想装大人的未成年，不过她毫不在意，长到二十来岁从来没试过留这么长的头发，新奇地对着镜子左扭右扭，那发尾扫过她挺翘的臀部，就像在苏睿的心尖挠痒。

一件中长款的薄纱衣搭在了童欢身上，苏睿很淡定地表示自己的善意："会晒伤。"

"你不是BBC吗？怎么这么封建！"

"这不叫封建，这叫维护主权。"

童欢脸红红地踢了他一脚，跑了。

回春堂坐落在一个僻静的拐角，从外观上看就像国外的许多中医馆一样，门脸很窄，打着半帘的室内灯光昏暗，除了齐整的药斗，看不出内里乾坤，不过门边供了尊佛像，在幽暗的堂前青烟袅袅，有种故弄玄虚的伪神秘感。

一个上了年纪貌似老眼昏花的奶奶坐在柜台里，透过半掉不掉的眼镜看着两人："看病？抓药？"

她的中文带着长居东南亚的口音，声音嘶哑，有金属磨砺的颗粒感，脸上表情古怪，在昏暗的房间里，像恐怖片里养了小鬼的神婆。

童欢才往里走了两步，就定住了，目光像扫描仪一样扫过盛药的斗柜，然后做出怕怕的样子拉了拉苏睿的衣袖。

"老公，我不想在这里，人家怕。"

她嗲嗲地依偎在了苏睿怀里，那声"老公"喊得他内心一片荡漾，连思考的念头都没有就任由她拽了出来。

走出数米远后，童欢才压低声音说道："直接让他们查吧！里面七星斗柜的布局和杏林春的一模一样，用巧合来解释未免太牵强。"

向来对自己记忆力引以为豪的童欢对于自己没有记住杏林春的中药柜排列耿耿于怀，之后警方搜查取证后，她特意去看了现场，绝不会再记错了。

第一次比苏睿还要快做出判断，而且是必然正确的判断，童欢嘚瑟得不行，苏睿看她心情大好，就带着她像游客一样闲逛了半个钟头，缀在后面的陆翊坤确定没有跟踪后，两人才上了雅克的车。

神出鬼没消失了近一天的童彦伟中午时联系了苏睿，视频里一副胡子拉碴的模样，累得仿佛三天三夜没睡过觉。他和苏睿交换了一下手头的消息，表示回春堂那边他们会有专人去查，让苏睿一定保护好童欢的安全，最好不要再带她去亲身犯险，遭到了才嘚瑟完的童欢激烈反驳。

傍晚，烟霞似锦，沙暖风轻，别墅里的三人正在讨论是否需要由谁摸进登强的别墅时，陆翊坤腰间的接收器开始振动报警，他神色一凛按掉了接收器，冲童欢二人做了个趴下的姿势，苏睿取枪，童欢抽出绑在腿上的匕首，两人几乎同步翻移到了沙发后面。

陆翊坤看着自己调教出来的两个徒弟，尤其是童欢的敏捷身手，表示很欣慰。比起苏睿这种喜欢动脑胜过动手的人，童彦伟长期教导过而且运动神经发达的童欢显得有天赋多了，假以时日，童欢怕是能靠武力压制苏睿。

待屋外猎鹰的人发现警报进大厅接手防卫后，陆翊坤用一种类似跑酷的画面轻松蹬着廊柱攀上了二楼，往惊动了警报的苏睿房间摸去，帅得童欢两眼直放光，苏睿很不爽地看着她一脸崇拜的样子，伸手盖住了她的眼睛。

待童欢好不容易硬扯下苏睿捂眼的手后，正好看到陆翊坤随便带了条绳子从二楼跳下，然后和一队人往海边悬崖追去，她又忍不住"哇哦"一声。

苏睿看到陆翊坤比的手势后，全身放松下来，躺回沙发："歇会儿吧，人跑了。"

童欢探头看了一会儿，不得不承认自己去帮忙也是捣乱，就学苏睿在沙发上找个舒适的位置坐好等消息。顺便扫视着刚才两分钟不到，空荡荡的仿佛只有三个人的别墅前前后后冒出来的十余号人，现在正用手语比画着分派去守别墅各个方位。

童欢以前觉得陆哥和陶老大已经是身边的大块头了，没想到这些大汉外形一个比一个刚猛，苏睿和其中几位貌似也熟，用外语简单交流了两句，不过在这伙虎背熊腰的大汉包围下，一米八的苏睿简直被衬托出瘦弱的假象。

时间一分一秒过去了，连老神在在的苏睿都没料到，陆翊坤这一去，居然近两个小时都没返回一点消息，直至天完全黑下来，猎鹰的人才收到信息，众人一片哗然，童欢以为出了大事，结果最先收到回复的人像发现新大陆一样，开始在通信器里以颇为惊奇的语气传递起了消息，偏偏苏睿又去了厕所，童欢对非英语系的外语一窍不通，正焦急着，陆翊坤被一个人搀扶着回来了。

童欢连忙迎上去，只见陆翊坤浑身湿漉漉的，右手完全不能动弹，痛得脸色发白，却不知道到底伤了哪里，不过看猎鹰的人居然围拢过来取笑，应该不是大问题。

自洗手间出来的苏睿看到陆翊坤手臂上的红疹，还有肘关节的鼓包后，立刻明白过来，问道："最近的高压氧舱在哪里？"

陆翊坤苦笑："附近海域不适合深潜，所以没有相应设备，等直升机飞来再飞去M市，至少三个小时。"

苏睿拿起笔，飞快地算起来："你刚才下潜到多少米？上升速度？"

"我下潜了两次，第一次十几米，第二次估计二十五米到三十米左右，抓到人以后在上升过程里被他扭开，我追急了没控制好升速，出水后追了一阵就发作了，不过那家伙现在一定比我还难受。"

也亏陆翊坤痛得五官扭曲还能开得起玩笑，苏睿对照着医用潜水表列完式子，又重新推算了两遍，递给了陆翊坤。

接过苏睿的算式扫了一眼，陆翊坤笑得力不从心："我估计也是这个深度左右，容我考虑一下。"

"考虑什么？"童欢看着苏睿计算的纸张，"三十八米，这是什么？"

"考虑我是重新跳回水下三十八米待一段时间，还是忍几个小时痛坐飞机去 M 市。"

Chapter 60
孤独深海

减压症，Decompression sickness，俗称潜水夫病或沉箱病，是高压环境作业后减压不当，体内原已溶解的气体超过了过饱和界限，在血管内外及组织中形成气泡所致的全身性疾病，多发于潜水员和从事水产捕捞的渔民，如果处理不及时或者方法不对，轻则疼痛加剧，重则致残、丧命。

万幸陆翊坤的氮气泡卡在了右上肢，而不是更为危险的脏腑、脊椎甚至头部，而且他作为猎鹰曾经自由下潜纪录的保持者，雅克等人更多是对他阴沟里翻船的取笑态度。

可是陆翊坤内心是憎恶乃至惧怕深海的，尤其是漆黑一片的夜海，与追捕时的精神高度集中不同，晚间潜入海中疗伤会让他回到不够强大的十几岁，在采珠场活得几乎不算是个人的那些年，为了活下去，为了多一点食物，他需要比别人潜得更深，手脚更利索，在水底待得更久。

当初不是没有依靠再次下潜这种原始方法来治疗潜水病的，冰冷，没有光，死一样的寂静，害怕着潜在的攻击性生物，却只敢一拳拳往上浮，唯恐隔日就变成被弃在海中的一具浮尸。

所以即使痛到五官扭曲，他还是让人把自己扛了回来，哪怕那些年轻人以为向来漠视女人的他喜欢上了苏的女朋友，是要借机玩个苦肉计，哪怕最理智的处理结果一定是回到海里，而水只会更冷更黑。

幸好还有童欢围在身边，忧心忡忡，左右转悠，想替他缓解疼痛又不知从何做起的样子，让陆翊坤好歹舒服一点。

他身边的人都习惯了他的过于强大，只有童欢会像只小母鸡一样，替他张罗担心，开过无数次的夜车会不会不安全，在他经验里难度系数排倒数的边境山脉可能很危险，远强于山洞树杈的地铺也会硌人，啃干粮太伤肠胃。有童欢在，每次都有热水软床，到了要发信息报平安，怕他累会在驾驶位偷偷加一个垫腰的小枕头。

所以雅克开船把他送去近海时，她满脸担忧地拉着苏睿跟了过来，陆翊坤顺便给她指了指自己刚才跳下的矮崖，看到她瞪得圆鼓鼓的眼睛，就像看到那只她和苏睿从山里带出来的奶猫，让他很想伸手去顺一顺毛。

"你一个人下水呀？"

童欢看陆翊坤僵直着手臂痛得脸部肌肉都在抽搐，雅克还兴致勃勃地在拉他留影纪念，她很不满又很自然地蹲下开始帮他穿戴装备，陆翊坤忍不住伸出左手摸了摸她蹲下的脑瓜子，心底翻涌的温柔缓解了即将下水的郁闷。雅克发出暧昧的吆喝，还坏心地在苏睿跟前挑拨离间，让他当心被挖墙脚，苏睿坐在甲板最干净的一条长凳上冲他们手一摊，示意自己不参与乱局。

到达下潜地点时，童欢正在船舱内不知捣鼓着什么，陆翊坤不想看她担忧的小脸，更懒得和雅克啰唆，和苏睿交代了两句，干脆地跳进了海里。

熟悉却依然叫人厌恶的寂静席卷了感官，光亮随着下潜后缓解的疼痛在消失，温度也在逐渐下降，陆翊坤听到了自己粗浅的呼吸声，还有仿佛在重捶胸腔的心脏搏动。

猎鹰的人仗着他艺高人胆大，也来不及准备多专业的装备，不过放下了一条按米打结作为标尺的信号缆，让陆翊坤配合腕表自己控制速度，在他几乎放空的脑海里，糟糕的回忆不受控制地开始闪回。

那日复一日，年复一年，从没有健康过的皮肤，伤痕累累的四肢，像对牲畜一样的饮食住所，还有不知道明天又有谁会死去，什么时候会轮到自己的惶恐。

尽管陆翊坤熬过无数的难关，这场带有设备、没有难度的潜水对他依然是煎熬。他可以轻而易举地完成，可就像再强大的龙也有不愿被触碰的逆鳞，再坚韧的内心也有不愿回首的脆弱，在寂冷的海水里，他捏紧了拳头，克制想要加速的本能。

忽然头顶传来了隐约破水的声音，此时陆翊坤离海面还不过十余米，依稀能看到一个人影正努力向他游来，他放慢了速度，等待片刻，然后有一双小手拉住了他。

为了避免遭受海生物攻击，陆翊坤没有使用照明，不过牵手的第一秒他已经知道是童欢，她紧紧抓住了他发出上浮指令的拇指，一笔一画地在他手心写着字，水流和手套模糊了触感，他依然辨认出她执拗的"一起"两个字。

那一瞬间陆翊坤觉得自己的胸口像是被什么击中了，他呆呆地任由那双手拉着自己手腕往下沉去，纤细身影渐渐被黑暗模糊，只有她的手像是含着光，炙热地、柔软地温暖过他曾经在死神鼻息之下挣扎求生的残缺回忆。

到达三十八米的停留深度后，陆翊坤摸索着检查了童欢的背飞，以极其缓慢的安全速度开始上浮。他臆想中冗烦至极的过程因为她无声的陪伴，变得平和放松，心底最初的惊涛骇浪已经随着时间的流淌静了下来，那是陆翊坤在水下从未感受过的宁静。

他没有想到，自己有一天居然会在海里有了宛如来自灵魂深处的归属感，仿佛生命里所有痛苦熬过去的波折，都在童欢的掌心被抚平了。

　　大约二十分钟后，他们重回到十五米附近，陆翊坤需要再停留一小段时间完成减压，他不清楚童欢的潜水能力，再次发出上浮指令，童欢松开他的手，灵活地绕着他转了几圈以示自己一切安好。

　　最终两人是一起回到海面的，陆翊坤摘掉面罩就要开骂，结果面黑如墨的苏睿已经率先一步把累到筋疲力尽的童欢提溜走了，倒是雅克一脸不得了的表情跟他报告了他刚下水，童欢已经换了装备出来，并和苏睿起了争执的事。

　　"路易，没看出来啊，那个小姑娘，连苏睿都倔不过她。"

　　陆翊坤瘫倒在甲板上，心却像是依然浸在那片海水里浮浮沉沉，有令人窒息的挣扎渴望，更有不可名状的满足，他把手搭在胸口，隔着湿冷的潜水服，心脏在激烈地跳动着。

　　"一再和她解释了这对你是小意思，哎，可怜我那点英语水平，她还是坚持要下去陪你，我本来想当好人替她下去算了，可转念一想，你应该更愿意她陪，就不坏你的好事了。"

　　雅克邀功自己的善解人意，换来陆翊坤凶狠的一瞪："对她来说太危险了。"

　　"她说她有潜水证，以前有过深潜经验，而且最深下到过四十米左右，苏追问了她一些常识和突发状况处理方法，她也对答如流，这样说来也不算太危险，苏都拗不过她，何况我！"他摸摸鼻子，笑嘻嘻地问道，"老哥，这回是真动心了吧？"

　　雅克和苏睿虽见过几次，但脑袋太聪明的富二代显然跟他们不是一路人，而路易这棵万年铁树开花才是更大的喜讯，路易在猎鹰是前辈、大牛，至今依然保持着数项纪录无人打破，他们做着拿人钱财与人消灾的营生，谈不上什么是非道德观，当然只论亲疏。

　　陆翊坤望着深蓝夜空里的满天星辰，闪烁着与尘世无关的点点光辉，轻轻吐出一口气："你不懂，我对她，不是那种心思。"

　　"男女之间，除了那种心思，还有哪种心思？"

　　陆翊坤抬起自己酸软的手臂，之前的剧痛已经消失了，只有手腕那里仿佛还保留着童欢手牵上来那一刻的悸动，他没有办法和雅克去解释自己澎湃却复杂的内心。

　　哪种心思？是那种想替她遮风挡雨，盼她无忧无虑，以及刚才在海底那一刹，发誓以后要把最好的全给她，要她这辈子都平安顺遂的心，是能超乎男女之情，更为深切热忱的心。

　　回到船舱，已经换好衣服的童欢蜷在沙发里，可怜巴巴的一小团，苏睿手上虽然替她按摩着手脚，但低气压覆盖全舱。

　　"陆哥——"

童欢发射出强烈的求救信号,在苏睿轻描淡写的一瞥里又垂下了头,再次摆出痛心疾首深刻忏悔的模样。

"你确实太乱来了,"陆翊坤火上浇油,还冲苏睿说道,"你不该同意的。"

童欢瞬间把头垂得更低,语气却很是委屈:"不是都安全回来了吗?证明我确实是有这个能力的,而且我看陆哥好像很讨厌潜水,我做不喜欢的事情的话,尤其不喜欢一个人。"

她偷偷自湿答答垂下的刘海间隙里冲陆翊坤做了个鬼脸,浑然不知陆翊坤内心远不如他表现的那样平静,然后被苏睿加重的手劲揉得"哎哟"大叫了两声,苏睿虽然明知道她是故意的,而且也已经被专以出卖小堂妹为乐的彦伟告诫过,关于童欢和她貌似大大咧咧性子完全不搭的发达泪腺,到底还是在她故意泛起泪花的眼波里软了下来。

"下次你再敢胡来!"

虽然看到她偷偷换了装备出来,而且还穿着很正规,又一副天塌下来都别想拦住我的样子,苏睿就知道她下水下定了,可是看到她为了另一个男人义无反顾去冒险,哪怕他很清楚这两人之间绝无暧昧,他还是担忧又不爽。

"苏教授,别人都说刚恋爱的时候是女生地位最高的时期,你这样,我家庭地位堪忧啊!"好在童欢被他撩着撩着,抵抗力也触底反弹了,小小反撩一把,苏睿到底还是被她扯着自己衣袖的小模样和"家庭地位"几个字取悦到,用力在她额头弹了两个栗子,决定放她一马。

眼看着小两口往打情骂俏上走了,陆翊坤也没法厚着脸皮做电灯泡,笑着边摇头边退出船舱,还体贴地替两人关上了门。

因为出现了能闯进屋的不速之客,回到别墅后,陆翊坤把房间重新安排了一下。童欢睡在了他的卧室,而他坚持挪到了正对房门的沙发上,连接卧室的那间工作室在几人回来前清理了一番,成了苏睿的房间,陆翊坤在卧室门窗上又各加了一套感应式警报才罢休。

童欢探头看了看窄小无窗的工作间,光床就占去了一大半,不好意思地搓着手指回到正交叠着双腿躺在她床上养神的苏睿跟前:"要不我俩换一下?"

"陆翊坤都去睡沙发了,我要占着好房间,岂不是被比下去?"

童欢被他说得哭笑不得:"你怎么今天老是和陆哥别苗头啊!"

苏睿一把把她拉进了怀里,少女色的床单映在他水波荡漾的眼里,像浮着胭脂色的云烟,他坦荡荡又骚气地和女朋友撒着娇:"因为吃醋啊,要好好哄才能好。"

被他勾得口干舌燥的童欢扫一眼敞开的房门,把他凑过来的俊脸推到变形,在他腰上用力掐了一把就跳下来跑了:"那你慢慢吃,我先去拿点喝的。"

灌了一大杯冰椰子汁的童欢也不敢回房,给留守客厅的雅克等人都端了喝的出来,绕了一圈,才看到坐在窗边出神的陆翊坤。童欢走近了,看到他手中拿了一个雕着极富民族特色纹路的竹筒在把玩,竹筒上端中空镶嵌了片状物,下端吊着打了穗子的玉饰,纹路繁复,竹筒油润发紫,玉饰通透,做工精细堪比工艺品。

"陆哥,这是……口弦?你会吹?"

童欢在少数民族汇集地待了三年,自然见过口弦,但年轻人除了工作需要,还愿意吹这些老把式的不多了,更别提如此精雕细琢的藏品。

"很久以前,一个彝族朋友送的,出门前收拾行李顺手装进来了,我也很多年没吹过了。"

在童欢期待的目光里,陆翊坤笑笑,倒出了四叶竹片,放在唇边,简单地吹出几个音熟悉之后,给她吹起了一首小曲,初时还有些生涩,很快就流畅起来,乐声低回舒缓,如泣如诉,陆翊坤的目光渐远,像是又去到了过往昨天。

童欢偏着头,听得很认真,她总觉得曲调似曾相识。别人的似曾相识或许是错觉,但童欢觉得耳熟就一定是在哪里听过,也许是经过某个路边小店的半截旋律,也许是曲有相似,待陆翊坤吹了几遍慢慢收音后,她才两眼亮晶晶地问道:"陆哥,这首曲子叫什么呀?"

"我养母有时会哼着哄珊珊睡觉,她家乡的摇篮曲吧,具体叫什么我也不清楚。"

而自训练场下来皮酸骨痛的少年,偶尔碰到了,就会站在屋檐下,偷听着他从未享受过的睡前亲昵和小妹妹的呢喃细语,如果珊珊睡得快,养母合上房门看到他,会比一个小声的"嘘",很温柔地摸摸他的头,让他也早点休息,落在平头上那点指尖的微温,大概就是他少年时拥有过的,最接近母爱的温存。

"我好像在哪里听过呢!"

童欢用力地回忆着,带上自己多年弹钢琴的功底,自满满当当的音乐存储里搜刮来去,就是没有找到"似曾相识"的由来,以至于她都怀疑起难道自己真的是陆哥口中的珊珊妹妹魂穿?那还得两魂并行,才能解释她清晰而富有条理的关于童三三的记忆。

"我这种大老粗不善音律,曲子也只是小时候断断续续听过十来次,又被记忆加工过了,可能和别的曲子弄混了。"

陆翊坤摩挲着竹筒,自今夜水下之后,他已经不再执着于童欢与珊珊的相似了,他只是想把它吹给童欢听,让她听一听二十余年前的小男孩内心渴望又明知得不到的遗憾罢了。

"三三,今天晚上我特别感谢你,不管怎么样,你以后都是我妹子,亲的。"

陆翊坤伸出了碗口大的拳头,童欢笑嘻嘻地把自己小拳头抵上去:"那当然,亲的。"

"所以你不用因为我要睡沙发不好意思,自己哥哥保护妹妹安全,睡个沙发算什

?"陆翙坤当然不是会沉溺往事伤春悲秋的人,已经迅速地收拾了情绪,还指了指不知……身气质很不符的"听墙根"行为的苏睿,"而且,我和雅克……得尤其贵。"

……没想到还有这一出,她一直觉得陆翙坤对苏睿实在太够意……好得没话说,毕竟以陆总的身家,哪是钱就能买得动的?

……你去吃喝玩乐一条龙。"

……得楼下那位款爷射出了目箭:"拿我的钱讨好我女朋友,你

Chapter 61
MORS

"童三三,你又在吃什么!不,你别和我说!你要敢给我看图我和你友尽。"视频刚连上,正在欧洲吃西餐吃到厌烦的于衿羽就哎哟一声叫唤起来,童欢完全没有理会她的威胁,把摄像头对上了满满一大盆美食:"这么巧呀,小羽毛,正好是你爱的口味鸡,苏睿居然找到家中餐厅送了茶油和调料来……"

"童三三!我要和你绝交!你还秀恩爱!我诅咒你吃成一百六十斤的大胖子!"

衿羽咽了口口水,把牙磨得咯吱咯吱响,可惜她天生一副软嗓子,喊起来一点威胁力都没有,连一旁的苏睿都听笑了,心情非常愉悦地补了一刀:"没关系,我不介意她被我喂胖。"

"苏教授,你是不是感受到了来自陆哥的巨大威胁,故意卖力讨好啊?哎,对呀,陆哥呢?刚看你转一圈好像不见他,你吃独食呀。"

"他中午出门办事去了,哎,我人虽然来了,被关在屋子里哪儿都不给去,除了吃还能做什么?"

原本苏睿是担心她吃偏酸的东南亚菜系吃腻,想给她做个麻辣小龙虾,打电话去中餐厅买材料时居然听见有现送的鸡,立刻改做新鲜的口味鸡,这才勉强安抚下她那颗急于帮忙而躁动的心。

"我跟你说,以我这么多年经验,男女之间就没有什么纯洁的友谊,什么哥哥妹妹啊都是在明修栈道暗度陈仓,三三,你可长点心吧。"

童欢嘴角一抽,什么时候轮到小羽毛来给她科普恋爱知识了?这是自己谈不成,赤裸裸地挑拨离间吗?不过童欢这两天确实发现自己小小的下海之举好像把陆哥给感动坏了,虽然他之前就对她很好,现在简直是好到令人惊叹,以至于苏睿这个正牌男友都被比了下去,所以于衿羽这话是诛心啊!不过要比坑人怼人,童大小姐倒也没怕过谁。

"你多年经验?你哪来的经验?一个童彦伟攻克了N年都没攻克下来,你怎么好意思在这里指点江山?"

"哼!我追人虽然失败,被追经验丰富啊!苏教授,我跟你说啊……"

童欢敲了一下餐桌,摆出张苏睿式臭脸:"说正事,不然我挂啦!"

"三三——"

"一,二……"

"我想彦伟了,电话关机,微信邮件全都不回,我找不到他人。"

于衿羽活泼的声音忽然低了下去,隔着千山万水从电波里传出来,像是一道思念的长叹,童欢瞬间嚣张不起来了,讷讷地望向苏睿求助。

在苏睿爱莫能助的目光里,大门忽然被推开了,就好像听见了召唤般,消失了几天的童彦伟满脸憔悴地踏了进来,同行的还有电脑高手小于,童欢简直想三呼万岁,把烫手山芋般的手机丢给了神都没缓过来的彦伟。

在彦伟开口之前衿羽已经乖巧地打完了招呼:"我知道你有事,我就是想看看你,现在看到你好好的,我就满足了,你忙你的,我不打扰你。"

彦伟看着屏幕里于衿羽美好的面孔,隔着七个小时的时差,她窗外的深夜如墨,她却笑靥如花,掌心的手机仿佛有千钧重,莫名地,在极度紧张的时机里他居然阻止了衿羽关视频的手。

"你最近好吗?"

衿羽被他忽然不再闪避的态度搞得受宠若惊,连忙点头:"我买了很多喜欢的东西,还给你买了衣服,你穿上一定很帅,不过只能穿给我看。"

她笑得彦伟心软软地,点了点头:"好。"

衿羽皱了皱眉,看着彦伟颓累的模样,还有他忽然的软化,心里反而惴惴不安起来:"彦伟,你还好吧?"

"我这边还有些急事,先不和你说了啊。"

童彦伟留恋地看了一眼衿羽的娇颜,匆匆挂断了视频,小于已经从背包里掏出了手提电脑,又从箱子里取出数台仪器,苏睿警醒地让室内的猎鹰成员都去了屋外,关掉了客厅内的摄像头,冲彦伟点了点头。

童彦伟人还没坐下,已经问道:"你们这边有什么进展?"

"不多,整合了你们调查的回春堂出入人员后,确认了一个二十五岁左右的年轻女人住在那栋别墅里,而根据女子以前和别墅区工作人员的聊天,她丈夫姓孟。"

苏睿把照片调出来给童彦伟看,虽然女人出门做了掩饰,但在猎鹰这些偷拍高手的镜头里依然能看出那是个青春貌美的女子,身段妖娆,颇有风情。童欢冷哼一声,巴兰在国内替孟东勒顶下了所有罪名,他却在异国他乡住着大别墅,喝着调理腰肾的中药,养着年轻的小三,没有一丝情义可言。

"在我们来之前,'山狼'已经和琅国警方的联络人接上头了。"

山狼就是陶金，孩子是没运出来，但有王德正的明争暗斗背锅，陶金又拿出了半份真实地图，岩路被灭口不仅有王艳云的手笔，他也出了力，乃至王艳云成功越境出逃都是他搭的手，所以他凭借在 Y 省南部地区偷天换日的能力，还是得到了木也的初步认可。

童彦伟在小于的帮助下连着电脑，嘴里小声又飞快地说着："木也一时半会儿不会让山狼接触青寨内部，反而指派他绕着弯地到琅国和登强谈合作事宜，不过也间接证明，琅国这边的新地盘对木也即使重要，也是可以割舍的，登强虽然已经是木也的人，但不是最重要的人员，所以登强急于证明自己的能力给木也看。"

"你们抓到他尾巴了？"

对于惊喜整个专案组的重大收获，童彦伟忍不住卖了个小关子，可惜和自带读心术技能的苏睿玩小把戏实在一点乐趣都没有，他只能很没有成就感地点头。

"杰特宁已经确定是琅国毒贩巢穴之一，后续由琅国进，我们圈定了登强的位置，不过为了能把山狼摘出去，也为了钓大鱼，没有直接对他老巢出手，而是由琅国警方出面在外围小打小闹，分散他的注意力。"

所以猎鹰上手监视白楼查孟东勒时，除了那晚的入侵者，其他时候风平浪静，并不是他们高明到完全不露痕迹，而是登强也被绊住了脚。琅国警方自木也势力入侵后就厉兵秣马地候着，还有谨防登强扩张的其他团伙暗地使绊子，并不时地给警方透底，所以在中、翡、琅三国合作意向达成，并同步收紧监管后，琅国警方启用了自己的线人和情报网，隔三岔五突袭登强的下线散货地及运输线，位置离他几处老巢不远不近，损失不大不小，就像落了一头的虱子，虽然不致命，却蹦跶得人焦躁不耐，几乎没法冷静思考。

琅国这边走货不顺，陶金背后代表的中国市场对需要做出成绩的登强来说就更重要了，所以拥有自己完整跨境运输线的陶金到来后，得到了远比王德正规格高的接待。

"山狼两天前曾经传出过一次消息，你先看这个游戏 APP，是山狼第二次传递出信息时给出的，登强和他的人都在玩，但只有亲随才有氪金途径。我们设备有限，查不到服务器的位置，也不敢大举追索，只查到游戏的投资方在不久前易主，买方是一家登记在海岛的皮包公司。"

对游戏一窍不通的童欢看了一眼名字，MORS，她眉心一跳，作为一个记忆强大的存储器，她记得这是罗马神话体系里死神的名字。

电脑和反追踪的设备终于接好了，童彦伟叹口气："这么紧张的时候，我们组里居然几乎全员在打游戏，可惜不氪金没有人能通关，只能来找你了。"

苏睿看着图标上那把挑着血人的长剑，感受到了明确的挑衅意图，若有所思："木也的作风时而残暴彪悍，时而细致严谨，我觉得黄钟他们提过的关于亲密爱人的说法有很大可信度。"

"我正要和你说这个，山狼上次还提供了一个很重要的信息，登强曾经收到过一个人的指令,是一串英文名,他只能扫到最后三个字母好像是 hos,他可以直接给登强下达指令,而且登强不用请示会直接执行,这个人可能就是黄钟他们所说的木也的同性爱人。"

苏睿略一沉吟,看着游戏图标下血色的 MORS,点点头:"可能,hos……会不会他没有看全,不是 hos 而是 nos,Hypnos。"

修普诺斯,希腊神话里的睡眠之神,居住在黑海边一个终年照耀不到阳光的山洞,门前长满了大片的罂粟花,神力在诸神之上,连宙斯都抵挡不住他的催眠。而他的孪生兄弟就是死亡之神 Thanatos,也是罗马神话里的 Mors。

"难道说木也有个孪生兄弟?所以明明残暴成性的人,制定起青寨的管理体系却赏罚分明,还是说他根本就是自恋到人格分裂,给自己分裂出一个双生爱人来?"

童欢瞬间脑补出一堆替身、影子、人格分裂的剧情,脑洞大到小于都惊叹地看了她一眼:"小童老师,你有没有考虑过改行去写小说?"

童欢才摸摸鼻子好奇地说道:"不过,大毒枭的代号有浓浓的中二风啊。"

这么傻的代号像是十几岁少年起的网名,和嗜血成性的大毒枭画风不太搭。

"可以了。"

埋头做事的小于吐出一口长气,推开了椅子,让出了两台联网的电脑:"双排的游戏,类似吃鸡的山寨版,但包少无安全圈,增加了威力很猛的炸药,游戏地图很小,坐标系却不像《绝地求生》,而和《魔兽》那些大型在线升级网游一样。我们从头到尾没捡到过八倍镜,但是游戏里高排位的玩家几乎都有,应该是充值才能到手。"

苏睿和童彦伟坐了下来,两人从背后看去一般高瘦,只是一个颓废邋遢些,一个优雅慵懒点,坐在一起画面出奇地和谐,童欢想起初见面时觉得他二人和陆哥加起来,两两搭配随时逆 CP 的念头,恍若隔世。

正想着,外出办事的陆翊坤也回来了,还提了一大袋吃的,顺手塞了现炸的肉皮和冰镇花生奶在童欢手里,扬手和童彦伟打招呼。

"回来啦?"

"陆哥,这我朋友小于,过来帮忙装一下游戏,你也一起吧?"

"我不会玩游戏,"陆翊坤好笑地看着两人目露精光等进度条的模样,"今天这么有空,都打上游戏了?"

他虽然知道这两人是游戏里建立的情谊,但眼下绝没有空闲到玩游戏的地步,彦伟像是要开口,看看跟在陆翊坤身后的猎鹰的人,耸耸肩:"晚点苏睿和你说。"

"好。"

进度条读完,苏睿的加入让童彦伟摩拳擦掌:"大教授,我记得我第一次和你联网打游戏,才十五岁,时光如流水啊。"

苏睿倒没他那么多感叹，可有可无地应了一声，想了想，又丢出句："你应该反省自己多年以后依然是黑洞的事实。"

绝色跳机后，苏睿并没有急着开刚，而是让童彦伟抢车带他先跑了跑地图，其间彦伟送了两次人头，苏睿被爆头一次，在彦伟再抢到一辆车报出坐标后，他松开了键盘，手指开始沿着桌边抚摸起来。

"发现啦？地图是不是很奇怪，我方向感算不错的，可是坐标按比例尺算有部分地方是乱的。"

"不是所有地方都乱，只有一些特殊位置。"

摸清套路后，苏睿不再苟了，报坐标让彦伟来会合，并利落地干掉了一人开始捡包："107，86，有两个傻子准备送外卖，你去高塔二楼架炸药，我试一下炸药的威……这个坐标是什么鬼？怎么会从104、92直接跳到127、65？"

童欢以前虽然看过苏睿被彦伟缠着帮忙刷过《王者荣耀》的号，但对于已经完全上手的大神来说，那已经没有任何难度了，现在头回见他联网打新游戏，原来他也会有一本正经想要骂脏话的时候呀。

游戏里的炸弹可以延时十秒，威力比苏睿想象的还要猛，不仅直接收割了三个人头，连躲到墙后的苏睿都掀翻，留下一层血皮，他只能踢了一脚等着看笑话故意没告诉他的童彦伟，大口灌药。

"操，外卖灰飞烟灭啊，苏教授，注意看屏幕。"

童彦伟用胳膊肘撞了一下苏睿，苏睿下意识躲开，不过领会他的意思将音量调大，硝烟散尽后一个死神的画面一闪而过，颜色血腥可怖，背景音乐里还滑过一声碌碌怪笑，被高价的音响外放出来，仿佛自白骨森森的地底传来，在每个人的耳边吹过一股阴风，童欢不由自主地抱着胳膊抹了抹鸡皮疙瘩，心头涌起浓浓的不适感。

"闪屏画面有留吗？"

苏睿一面问着，一面悄悄在女朋友的手上拍了两下，他的掌心虽然一如既往地冰凉，但是却让童欢被冲击的心稍微落到了实处。

"有，而且发现以后每炸一次都留了，小于已经翻来覆去分析过无数遍，一模一样，没找到线索。"

"我一会儿看看。"

游戏地图不大，同地图在线双排的人数也不多，被虐了两天的童彦伟在苏睿的带领下居然苟到了对手只剩下十几个队伍，架第三个炸药时，苏睿已经能估算出准确的安全距离，并且对上了另两队成员，一打三，顺便把另一个送到了童彦伟手上。

"等会儿再引爆。"

苏睿一面刚枪一面看炸点坐标，越看越古怪，每次适合架炸药的地方恰好就是坐标混乱的地段，这是游戏 bug 还是线索？

"之前我们架炸药并没有出现这个情况。"

"那是因为我选的一定是整片战区最佳设伏地。"

这点彦伟倒是毫不怀疑，不过眼看着其他人也循声摸了过来，自己要被收进包围圈，他问道："那我还炸不炸？"

"炸吧，我再看一次，童欢也注意一下有没有不同。"

一样的死神，一样的怪笑，直面着屏幕，童欢被笑得汗毛都竖了起来，连陆翊坤都被笑声引了过来，皱着眉看两人打游戏。

童欢用笔把两次坐标都记了下来，咬着笔头也研究不出个所以然，而游戏里童彦伟一不小心又被人打倒，苏睿颇为无奈地冒险将人拖了回来。

童欢连连摇头："你还真是立志于拖后腿啊。"

"没事，有你家苏教授在，我死不了。"

"这一局他都救你三次了。"

童欢对彦伟始终如一的游戏水平也是服气，也亏这么多年两人搭档下来了。

"那是，我这条命要不是苏睿，早死去活来多少回了。"

童彦伟心安理得地喝下苏睿递来的药，一副小人得志的贱样。

不过两人还是没能走到最后，随着战圈缩小，苏睿在离胜利还差七个人的时候被爆头了，他一挂童彦伟不到一分钟就送了人头，不过童警官斗志昂扬，比起前两天的战局，苏睿已经非常牛掰了，这人打游戏真的像背后都长满了瞄准镜一样，强到可怕。

苏睿在心中飞快地复了一遍盘，冷声道："再来。"

"啧啧，难得见你被激起斗志，我感觉我吃鸡有望啊，不知道这个山寨版吃鸡的时候是什么画面。"

累到萎靡的童彦伟也精神起来，他们都坚信取胜之后一定会得到线索，否则陶金何苦要冒着巨大风险就传出一个 APP 来，没想到苏睿坚定地摇了摇头："这次跑图，不打。"

"啊？"

再次进入游戏后，除非有对手撞上来，否则苏睿只是以适合设伏为方向，开始在地图上寻找所有坐标紊乱的点，并报给童欢，几串数字并列排下来，童欢咬着笔头看来看去，怎么都看不出什么玄机，就在白纸最下端写下了她唯一一次接触过和坐标有关的数据，永南卫生所。

苏睿扫了一眼她写下的 97.70806、24.94642，微微一愣，在地图上又跑了几个点，忽然他的手僵住了。

806，642。

耳边仿佛回响起那声带着阴风鬼影的冷笑，苏睿在时隔十六年以后，又一次感受到了彻骨的寒意,他抓起童彦伟摆在桌上的手机想拨号,发现手机信号不知什么时候起已经消失了。

"电话!童彦伟,赶紧给你们的人电话!问国内的情况!"

皮岛再往东十几公里,一片无人小岛星罗棋布,植被最茂密的一个岛上树木遮天蔽日,低矮处杂草荆棘丛生,裸露的礁石被海浪拍打得乌黑锃亮,一些不知通往何处的溶洞像蛰伏的怪兽张大了捕食的巨嘴,被冲上海滩的藻类、鱼蟹发出腥臭的酸腐味。

几艘挂了琅国国旗的游艇随意地随海浪漂浮着,它看上去和琅国其他富豪的私家游艇没有什么区别,只是船舱都是深色的厚玻璃,看上去主人家平时不怎么喜欢阳光。

最靠里的那艘船舱里灯光阴暗,恍若外面的光线是照在另一个世界,菱花枝的灯罩在地面上投下一个巨大的虚影,随着游艇的摇晃而摆动着,不时晃过红柚地板上沁出的血色,像一群要破地而出的鬼影。

舱内外站了不少人,没有发出一丝声音,所以从室内传出的时断时续的痛苦呻吟变得很清晰,受刑者已经极力忍耐,可越是强忍之下泄出的声音越像游丝般往人耳朵里钻,伴着施刑者偶尔惬意的笑声,听得人骨冷毛森。

"好了,阿强,去吧,陪他们好好玩玩。"

说话的人有把好听的声音,还带了点笑意,却依然酽冷透骨,像是生活在万丈寒渊之下的人,呵出的气都冻地三尺。

登强拖着一个血人走了出来,开门的瞬间,有光晃过室内那人线条冷硬的半张脸,一道长疤划过他锐利的右眼。

谁都没料到,三国合力抓捕的重犯就这样堂而皇之地待在船上,木也摸着手中饮血多年已经泛出铁红色的刀刃,咧嘴一笑,轻声说道:"该回来了,你的世界里还是不要住进太多人,我不喜欢。"

他笑着,却有满天血雨扑面而来的杀意。

Chapter 62
你的世界里只能有我

这是童欢自认识苏睿以来，第一次在他身上看到彻底的失态，屋内所有人的注意力几乎都在游戏上，猎鹰的人在轮班时间也是不看手机的，没有人发现手机信号什么时候被断掉了。

好在苏睿迅速平复下来，和陆翊坤一前一后自两个猎鹰队员的身上取下了卫星电话，丢给了童彦伟和小于，待猎鹰所有人员进入备战状态后，苏睿坐回电脑前，开始输入数个地址查经纬度，而童欢在他输入昔云镇第七小学并看到数据的后三位和她手抄的第一列163、405完全吻合后，腿开始发软。

挂掉报警电话的陆翊坤一把扶住了她，把人带到沙发上，塞了一杯水在她手里，然后紧紧地握住了她的手。

"陆哥，不是、不是我想的那样，对不对？"

童欢的下嘴唇都在发抖，目光不受控制地看向接通电话后脸色越来越苍白的童彦伟，以及电话那头隐约听得见的怒吼。

陆翊坤的脸色也很难看，但他并不想骗童欢，只能任由她看着苏睿在沉吟过后，又陆续输入了如意小馆、孟阿婆、昔云的果蔬批发市场、盈城第二医院等名称，有些对上了，有些没对上。

终于打完电话的小于觉得有一团气堵在了喉头，让他说出每一个字都变得很艰难："盈城和昔云发生了连环爆炸，爆炸地点有：七小门口、如意小馆、杏林春对面的天华酒店，伤……伤亡情况还在统计。皮岛上的通讯基站刚才也发生了连续爆炸，所以全岛的通信网络暂时都瘫痪了……"

国内爆炸的三处地点，恰好对应的就是他和苏睿在MORS架设炸药包的坐标，当他们收割着游戏里的人头时，浑然不知死神的长剑已经挥向了现实世界里鲜活的生命。

童欢的手抖到握不住杯子，极度的惊慌里，她脑海反而闪过了一丝清明："今天周三对不对？如意小馆休息，对吗？七小、七小也在放假……"

在小于接通琅国境内组员电话的同时，彦伟打去了盈城缉毒队，虽然慢一点，但是他收到的消息更多，挂掉电话后他先深深地看了一眼童欢，那一眼看得童欢整个人都木了，像是有一只手在一点点抽走她周围的空气，她无助地看着彦伟，想他快说，又怕他开口。

"如意今天没开门，老板娘带着乐平去买菜了，我们的人已经联系上她，会把她们母女和阿赵转移到安全地区。目前爆炸影响最大的是酒店，被炸毁的房间是价格最贵的行政套房，同层只入住了三间，搜救人员刚刚进场，具体情况还不清楚。七小……七小今天有教育局的领导来检查，幸亏碰见追风和滴答出门，否则……"

"你说幸亏，所以大家都没事，对不对？"

童欢抱着最后一丝希望，等着彦伟说完他难以启齿的话。彦伟不敢看她的眼睛，把心一横，说道："张校长和教育局两个领导重伤，正送往医院抢救，王叔……王叔和一个随行秘书当场、当场……"

童欢捂住了脸，喉间发出难抑的呜咽，胆子不大老被丁老师笑话的王叔，每年撒着种子憨笑着给孩子补贴伙食的王叔，他说自己以前上不起学，当年多亏七小收下他连学费都凑不齐的儿子，这几年儿子三请四请他都不走，还骂儿子忘本，却总是找的儿子爱吃的往留市捎，童欢的茶几上还留着他偷偷听课后写下的粗糙笔记，他有点害羞又有点骄傲地和她说已经学到五年级的样子都历历在目。

苏睿把人抱进了怀里，嘴张了半天，眼前浮现出被打理得井井有条的厨房和菜地，还有每次他们离开都像照顾孩子一样照顾滴答的大叔，他叹口气，轻轻地摸着童欢的头安抚。

"追风也受了伤，但伤口不深，正在做处理。"

最初的震惊过后，苏睿整理了一下思路，立刻意识到了一件更糟糕的事："童彦伟，赶快通知龚队和琅国同山狼接头的联络人，山狼有危险。"

对于苏睿的提示，童彦伟向来是毫不犹豫地先执行，在电话接通过程中他才想明白，就算陶金和林斐然分了手，如果木也信任他的话，就不该对如意动手，童彦伟背后的冷汗也涔涔地往下落。

在听闻爆炸的第一时间，陆翊坤就想过是否要立刻撤离，可是撤去哪里？路上会不会更危险？他和猎鹰的人简单交流过后，还是选择留在安保措施严密的屋内等警方接应。

他把枪给了苏睿和童彦伟，又让所有人换上防弹衣，沙发挪开后，陆翊坤在地面按捏几下，地板沿着瓷砖正中的线缝裂开了，露出仅容一人通过的狭窄楼梯："苏，带她下去。"

房主在买下别墅之后，就建下了这个能扛烈性爆炸的地下室，虽然陆翊坤觉得对方应该不会直接使用远程重武器，不过保险起见，还是把人转移的好。

"你们呢？"

透过昏暗的光线，童欢隐约能看到楼梯尽头一道沉重的暗门正在缓慢开启，露出内里的狭小空间，那里显然待不了几个人。

童彦伟上前扭着童欢的脑袋就往下推："三三，乖，先下去。"

出乎意料地，苏睿和童欢一样没有动："我俩不能走。"

"都什么时候了，你居然带头在这里闹少爷脾气？"

"他需要观众，我们可能是他的目的。"

苏睿把童欢写下坐标的白纸铺在了茶几上，平静地解释道："网上临时搜到的坐标只能精确到方圆一公里左右，不过被圈定的范围里有七小、如意小馆、曙光医院、天华酒店、永南卫生所、我们曾经被关押的平房，连王德正的宅子和盈城缉毒大队都在。"

童彦伟失神片刻，狠狠骂了句"疯子"。童欢扫过那张触目惊心的纸，意识到所有的地点都是她和苏睿有过亲密接触、感情升温的地方。

"监控不严的地区他事先已经备好了炸弹，而王宅、缉毒队可能会采取人体投弹的方式。"苏睿的话音才落，童彦伟和小于已经分别又拨打了国内的电话，通知自己人去排查炸弹。苏睿自顾自地说下去："他这么自负又耗费心力、金钱，甚至买下游戏来引我们入局，玩一场线上线下同步进行的游戏，表演型人格已经非常突出，当然会要唱好一出完整的戏，而我俩就是最好的观众，他断掉手机信号，却没有切断网络，一定还有下文。"

仿佛是在回应他的说法，门外有近在咫尺的枪声响起，与此同时，没有关闭的游戏自动弹出了窗口，上面写着一行翡国文字，像是生怕别人看不懂，很快又刷出一行中文。

"欢迎回家。"

而一直站在大厅门口排兵布阵的雅克忽然击倒了站在身前的两名队友，关上大门，转身的同时按下了手中的压力管，众人才看到他掀开外套后，腰间缠的竟然不是弹药，而是一排炸药。

"各位，我也不想死，你们也别乱动，这一圈足够把屋子炸成灰了，"雅克笑得痞痞地，浑然不在乎自己刚亲手送走了两个同伴，还瞅了一眼密道开起了玩笑，"可惜，刚才你俩要是下去，也许能躲得过。"

苏睿和陆翊坤几乎是同步地，将童欢护到了身后，苏睿语气貌似很轻松："哎，我就说出钱请的人还是靠不住。"

"那自然，我们都是看价码办事的。"

"他给你多少，我翻三番。"

"大少爷的口气就是大，不过眼下没得改了，不如我们敞开门把客人迎进来，免得我同事再受无谓的伤，我也不怎么想死的。"

童欢听苏睿、陆翊坤和雅克呜里哇啦说了半天,虽然听不懂,也知道形势不妙。陆翊坤不知在对讲里喊了什么,外面的枪声慢慢停了,然后登强带了一堆人大摇大摆地走了进来,在王宅后院和童欢有过一面之缘的孟东勒也在,身后还跟了两个他的人,孟东勒推的轮椅上绑着一个血肉模糊的大个子,童欢定睛一看,惊呼出来。

"陶老大!"

意识已经恍惚的陶金扯了扯嘴角,像是努力想和苏睿他们说什么,在苏睿用口型回了他几个字后,他才无力地耷拉下了头。

笑嘻嘻的登强将一管液体递到他眼皮下:"怎么样?只要这一管打下去,什么痛苦都会消失,而且以后只要你想要,应有尽有!"

登强是个黄白脸的矮个子,额头扁平,因为颧骨高、金鱼眼,笑起来有种后继无力的疲懒感,看上去不怎么精干。但和他打过交道的人,几乎没谁占到过便宜,就连胡益民之前交代的时候提起前任老板,都是心有余悸的样子。他中国话说得还可以,虽然腔调怪怪地,囫囵着听基本上都能听得懂。

陶金从口中啐出一团血沫,吐在登强手背上,被反手抽了两巴掌,阴沉沉的孟东勒把人推到最前面:"用他,换巴兰,半个小时,我要看到巴兰坐上四点那趟直飞翡国的飞机。我知道她已经被移交到留市,省禁毒局的彭鑫鹏都下来了,在你们大后方镇场子,龚长海做不了主让他做。"

岛上的手机通信瘫痪,四处乱成一团,警察也不知道什么时候能赶到,半个小时,足够登强他们跑了。

"我孟老弟就是个痴情种子,要我说以后什么样的女人会没有?何苦要守着个老女人。"

"强哥,我们说好的!"

陶金被揪出来以后,王德正就成了木也在Y省西南地区的不二选择,而且登强之前和孟东勒就合作得不错,所以对着王德正手下这号大将还算客气:"自然,你继续,本来是要请大家直接上船的,不过正好老大也想和你们聊两句,我就陪陪我孟老弟。"

登强示意手下去接手小于的设备,缴了苏睿他们的枪,出于礼貌他们并没有搜童欢的身,他好整以暇地在沙发上坐下了,还找起了暗道的开关。孟东勒看向童彦伟和小于:"半个小时,否则我把三管药全送给陶老大,他会走得很快乐。"

"你敢!"

童彦伟的牙都要咬碎了,作势要扑,被苏睿压着手臂按下去了:"半个小时没有办法提出要犯再送去机场。"

"我不管,我只给半个小时,半小时你们放了巴兰,我们可以把陶金、两个小警察、外面那些保镖都放了,这已经很划算了!至于你们,"孟东勒眼下那颗泪痣在他寒凛凛的笑容里显得格外邪气，"不归我管，大人物要见你们。"

巴兰主动冲到曙光医院那一刻，孟东勒已经只差半条街就到了，听到那个蠢女人在那里大喊大叫，被按倒在地，他撑着伞付了油饼的钱，神情冷漠地转身就走了。

那个女人嫁给他，除了钱够用了，没过什么好日子，他没好好喜欢过她，不行了以后还经常动手打人，借她偷人的幌子做掩饰办事，后来她跟着做了很多不愿意做的坏事，心里的煎熬他都当没看见，她真的偷人了他也没说什么，荒久了看上个把汉子发泄一下需求而已，除了店里那个年轻的小男孩，也没见她对谁上过心。

可是她就这样蠢里蠢气地冲出去了，应该是蹲守到他以后才出去的吧？只有她知道他喜欢在天青灰得像病人脸的雨天去医院，也只有她知道他喜欢睡到十点，喜欢在看病前吃这家和老娘做的味道很像的肉饼。

就是蠢，明明之前已经替她安排好了接应的人，明明可以直接拦住他，两人再商量下一步怎么走，就算需要一个更重要的人去顶罪，也不一定是她。她在那里和警察大呼小叫着，每一声其实都在喊他走，再也不要回来，所有的事她都会担下来，他就真的走了，走的每一步都在告诉自己，等着，一定要把她接出来，接出来以后一定要对她好一点。

孟东勒给的条件确实很诱人，童彦伟被孟东勒的人用枪抵着，给镇守大后方的龚长海打电话，连串的混乱里盈城警方已经乱成了一锅粥，现在童彦伟又往粥里加了个炸弹。

"你先确认陶金的生命体征，这边彭局和我会安排。"

龚长海的声音沉痛，但很理智，童彦伟因为终于触及木也而狂跳的心也跟着缓和下来："龚队，我一定把陶老大带回来。"

"注意安全。"

"是。"

登强挺客气地等他们聊完了才走过来，又客客气气地把苏睿三人请到了电脑前，苏睿轻轻拉了一下童欢冰凉的手，童欢却很认真地抓紧了他的手，一根一根手指和他的交缠，陆翊坤站在两人的身后，重重地按了按他们的肩膀。

"我在。"

童欢轻声地应了一声，也说道："我也在。"

终于看到了杜瓦·木也，这个在翡国北部地区呼风唤雨的大毒枭坐在一张看起来很舒服的沙发椅上，惬意地同三人打了声招呼，他中文说得比登强还要好，字正腔圆，然后他定定地看向苏睿。显示屏里木也的脸有点变形，可是被他盯住的苏睿依然有种毒蛇芯子从脊背滑过的战栗。

"好久不见，苏先生。"

"我不认识你。"

"不巧，我认识你十六年了。"

他吐出的数字让苏睿瞳孔一缩，童欢紧紧地掐住了他的手，苏睿笑了笑，毫不客气地不再理视频里的人，而看向陆翊坤："我当年被绑架，你说那个华裔老大的房间里贴满了我的照片，你确定是为他自己拍的？"

陆翊坤苦笑："我只能说供词是这样，那个家伙被送进牢里以后，现在还老老实实待着，回头你自己去问问？"

木也是个享有绝对权威的人，现在被苏睿旁若无人地撂在了一边，看他聊天，木也的眼睛危险地眯了起来。

"强子，把他们三个给我分开，连体婴似的，看着碍眼。"

童欢不知道苏睿是为了什么，但是已经察觉到他想激怒木也并拖延时间的意图，就对着登强漆黑的枪管"扑哧"一声笑了："这位大哥，你们那边有没有《熊出没》这部动画片啊？我每次听他喊强子，总觉得旁边要冒出个光头来，对不起，实在忍不住。"

苏睿看了看已经越来越机敏的童欢，还有藏在她几乎没有破绽的笑意里，在衣袖下怕得发抖的手指，他坚定地告诉自己，这场仗一定要打赢。

"敲晕她拉下去，再不老实就毙了。"

木也随意地挥了挥手，仿佛童欢不过是指间一只蝼蚁。

"别动她，不然游戏没人玩了，"苏睿晏然而笑，好像对面坐着的真是相交多年的朋友，讨论的也不是女友的生死，他指着另一个显示屏上没有退出的界面，"游戏还没结束吧？"

陆翊坤则更直接一点，把童欢拉到了身后，瞪住登强，一字一句说道："动她，我会要你的命。"

站在他宽阔的脊背之后，童欢也感受到了陆翊坤身上霎时涌出的杀气，她第一次真实而清晰地意识到，陆翊坤曾经也是和雅克他们一样刀尖舔血的佣兵，和木也血雨腥风的残暴不同，他的杀气是见血封喉的凌厉，在他的逼视之下，登强竟然讪笑着退开了，显然他相信即使是枪支环绕之下，陆翊坤一样有同归于尽的能力。

木也的情绪也急转直下，有肉眼可见的不耐烦："不想我动她，就听话，已经结束了，我是来接你的。"

苏睿一直看着视频里的木也，像是要从模糊的镜头里研究出什么，木也把玩着手中的刀，偶尔看一眼镜头，肢体非常放松。

"还没结束，不到最后一秒谁都定不了输赢。"

"苏先生，我很欣赏你这股韧劲，你要知道，我欣赏的人并不多。"

"所以我要表示我的感谢吗？"

"不用，你可以把藏在肚子里的话都骂出来，我依然准备了很丰盛的晚宴，"说到这里，木也笑了，他定定地看着镜头，笑得露出了满口白牙，浑身血气都消敛，茶色的瞳孔里都有了温度，"欢迎回家。"

与此同时，孟东勒接到了巴兰打来的电话，就打在童彦伟之前联系的卫星电话上，她的声音很憔悴，开口并不是感谢，反而怪他多此一举。

"少啰唆，出来了吗？"

电话那头顿了几秒，巴兰的声音带上点哭腔："在去机场的路上了。"

孟东勒言简意赅地和她交代了两句，用之前约定的暗语确认巴兰说的是真话，就挂掉了电话，一直捏着开关在旁观战的雅克走过来，先向视频里的木也致敬，然后通知登强船已经准备好了。

"很好。为了表示我们的诚意，外面一院子的人还有这个小警察我们先放了，你们四个还有陶老大，哎呀，陶先生，你可得撑着这口气再跟我们跑一趟，等确定我孟老弟的老婆上飞机过了边境线，我就把你放了。"

登强果然没有为难猎鹰的人和小于，哪怕他们都缀在后头都没有阻止，双方人数都差不多，但是识货的行家都知道雅克那一身炸药的威力，猎鹰的人不过都是收钱办事，犯不着把所有成员的命都搭上。

依然是那条送陆翊坤下海的船，苏睿是最先被请上船的，确实是请，所有人都客客气气，连防弹衣都没要求他们脱下，陆翊坤护在童欢身后，童彦伟和陶金在最后。

今天的天气一般，阴沉、薄雾，海面能见度不高，有船员在检查桅灯和环照灯，雅克站在船舷和登强正说着什么，他比登强足足高出一个头，所以不得不以一种看上去很可笑的姿势侧弯着说话，按住开关的手自然地与身体分开了一定幅度，变故就在那一刻发生的。

经过雅克身侧时，一直瘫倒在轮椅上的陶金忽然用尽所有力气，挣脱了孟东勒，以同归于尽的架势连带着轮椅向雅克撞去，想带他一起掉下海去同归于尽，而离他最近的童彦伟也扑了出去，两人同时出手反而阻碍了对方，陶金才碰到雅克压在按钮上的手指，枪声响了。

童欢震惊地看着彦伟大叫着倒在了地上，登强没有爆头，也没打有防弹衣的上半身，他精准地击中了童彦伟腿部的大动脉，血是喷出来的，落在甲板上，仿佛失去了真实的颜色。

苏睿在第一时间冲上去脱下衣服按住了伤口，陆翊坤扯下衣服开始包扎，可是血依然在喷涌而出，迅速的失血和剧痛让最初还惨呼了两声的彦伟很快脸色惨白地瘫在了地上，童欢颤抖地按着他的人中，哭喊道：

"救人啊！求求你们，救人！"

登强无所谓地抬着枪："你们中国人有句话，叫杀个猴子给鸡看，对不对？你们太不老实了，不动手吓不住。哎，本来还想藏一藏的，现在也藏不住了，看好了啊！炸弹可不止雅克身上一个，你们陶老大这里还有一个呢，我劝你们不要轻举妄动。"

已经被控制住的陶金被孟东勒压下了身体，瞬间有许多伤口又涌出了鲜血，陶金身体无意识地抽搐了几下，连呻吟的力气都没有了，果然如登强所言，陶金的轮椅上也绑着一个小型的炸弹。

童彦伟的目光开始涣散，他按住了苏睿也在发抖的手，一个小时之前他还打着游戏，叫嚣着有苏教授在他死不了，这次没人能给他一支红药或者急救包补血了，他好像看到了小羽毛哭泣的脸。

"保护……好……三三……救……救陶……"

苏睿看着这个在游戏里被自己救过上千次性命的兄弟，已经走到了命悬一线的边缘，闭了闭眼，他们离木也可能已经很近了……

他和童欢对视了一眼，无声地交流了两秒，童欢忽然拔出了陆翊坤之前亲手教她绑在大腿内侧的折刀，用他曾经演示过哪怕两米壮汉都不能反杀的姿势勒住了他的脖子，而苏睿同步卡住了他的手脚关节。

刀抵在了陆翊坤的颈部动脉上，童欢的身体在剧烈颤抖，手却很稳："让他们立刻救人！"

Chapter 63
死亡和睡眠

陆翊坤的双手原本还在用布条替彦伟绑紧伤口上端的动脉，他顿了一下，因为苏睿的钳制，他只能勉强打好了结。而苏睿熟练地沿着他裤脚一路摸上去，明明已经被搜过身的人，被摸出了三把可当作飞刀用的袖珍匕首，苏睿伸手抛进了海里，用目光很清晰地告诉了陆翊坤，什么都不用解释，已经掩饰不了了，然后接手了急救。

看着压在陆翊坤要害上的刀锋，登强太阳穴突突直跳，他太清楚这个男人对老大来说有多重要，就凭老大交代过他的每句话都和老大亲口吩咐等效，如果他出了事，登强就只能以死谢罪。

可是，陆翊坤已经警告过他，他要是敢动那个女孩，就要他的命。这不是陷入了死循环？登强实在想不通这些上位者的思想，只能离背着浑身炸药还很悠哉地在看戏的雅克再远一点，哎，他觉得自己已经够疯，哪里比得上这些拿自己命都玩得不亦乐乎的大爷。

他想再狡辩几句，陆翊坤用眼神阻止了他的无用功，因为足够了解，陆翊坤知道没有十成的把握，苏睿也绝不会让童欢把匕首架到脖子上，他迅速而平静地接受了自己被看穿的现实。

"小姑娘，你刀拿稳了，请医生我也要请示啊。"

登强话虽然这么说，可是看童彦伟的眼神已经像看一个死人，他开的枪，这个流血量，送到医院也没命了。

"猎鹰有随行的队医，让他先来做紧急处理，然后送医院。"

苏睿因为很早之前就已经开始怀疑，比童欢镇定许多，处理完童彦伟的伤口，熟练地用绷带开始绑缚陆翊坤的手脚。

"我记得，这个绳结还是我教你的，真是教会徒弟，饿死师傅。"

苏睿并不理会他仿佛还恋旧的语气："通知医生救人！"

陆翊坤很配合地按了肩头的通信设备，很快同样三观被击垮的猎鹰队医带着急救包和药品，穿过船下同伴的枪，经过搜身，顶着登强手下一圈黑洞洞的枪口上了船，然后和队友用担架把已经陷入昏迷的童彦伟抬走了。

童欢目送他们离开，内心开始祈祷，陆翊坤听着她口中念念有词，问道："苏应该是早知道了，你什么时候知道的？"

以陆翊坤对童欢的了解，她演不了太长又不露破绽的戏，今早出门前，她追上来让他要穿防弹衣的样子都没有一丝作伪。

"刚刚，游戏说'欢迎回家'以后。"

在看到游戏界面里跳出的那行中文以后，童欢忽然意识到不对，如果木也要接回的人是苏睿，怎么会给一个有中文阅读障碍的人写下只有翡国文字和汉字的信息，她意识到那行字不是给她和苏睿看的，那么屏幕前只剩下一个人……

最关键的点想通以后，所有的碎片全都接起来了。

资料里说，木也的母亲沙依是彝族人，据她所知，彝族人是不吃蛇肉和猫肉的，以前有昔云本地学生家长送蛇肉当特长，她和苏睿不吃野味，陆哥也从来不碰。

陆翊坤用口弦吹的似曾相识的曲子，他说是养母家乡的摇篮曲，就是曙光医院里同为彝族人的白秀云给康山唱过的那首歌。只是陆翊坤因为不通音律，又时隔多年，曲调里很多地方都出现了偏差，而多年练琴习惯了一音不差的童欢一时没想到那首自己也只听过一次的歌。

荣温被夺权那年，妻女被杀。他说十二岁那年，养父母生意失败，珊珊去世，他四处流浪。

他说他七八岁才被捡回去收养，养父严厉，养母和气，那家大儿子看他不顺眼，整个家里只有珊珊对她好。后来呢？那个唯一从劫难里逃出的大儿子，和可能也是唯一逃出去的养子，是不是相依为命成了彼此的依靠？

这些可怕的念头一旦出现，又一一印证之后，就能够听懂，发出"欢迎回家"信号的木也之后视频里的每一句话，全都是越过她和苏睿，说给陆翊坤听的。而对上苏睿写下坐标的地址，关联的也不是她和苏睿，而是陆翊坤参与进她生活里的每一个地点。

陆翊坤想就着童欢的刀锋慢慢站起来，童欢的刀抵得更紧了，有血丝沿着刀刃渗出，她又赶紧往外撤了几毫："别再动了，我不想高过船舷被狙。"

陆翊坤冰冷的眼神因为她后撤的动作软下来几分，他叹了口气，倒真的没动了："丫头，我把你教得太好了，不过你有没有想过，我不会伤害你，更不会允许狙击手对付你。"

在她随他跳下海那一刻，他所有的誓言都是真的，此生此世，包括他自己，谁都不能伤害她。

童欢的身体又抖了一下，觉得自己快要喘不过气了，事实上从她堪破迷局之后，她多希望自己只是踏进了一个残忍的梦境。

"真的是你？"

虽然已经在和苏睿牵手时偷偷确认过，可是她还是难以置信，就在十分钟前，他还挡在登强的枪前，告诫所有人，谁碰她，他就和谁拼命。

在她颤抖不稳的声音里，陆翊坤慢慢撇开了头，仿佛情非得已的模样，童欢想起他对自己所有的好，内心揪成一团。

苏睿冷笑出声："童彦伟不是冲动的人，刚才他是被你推出去阻挡陶金的吧？"

童欢瞪大了眼睛，她在他的身后，看不到被彻底拆穿的陆翊坤目光渐冷，像是变成了另一个人，眼中的温度潮水般地退了下去，开始闪烁出和木也目光类似的野兽光芒。

其实陆翊坤和木也在骨子里有些地方是相似的，他们本身情感都非常薄弱，除了少数几个放在心上的人，其他的只分能利用或者废人，也正因为他们情感能依托的对象太少，所以一旦放在心上了，他就会倾其所有地给予，有时候甚至会产生独占欲。

一如木也和陆翊坤对彼此，一如陆翊坤对当年的珊珊，对现在的苏睿和童欢，所以他对"真哥哥"的童彦伟早起了恶意。

"现在想想，你已经很久没有让我和三三独处了，哪怕打着吃醋的旗号。你查了多久？藏得不错。"

苏睿知道自己和童欢远不是陆翊坤的对手，所以神经绷得紧紧地，不敢松懈半分，他看着眼前亦师亦兄的男人，目光也很复杂。

什么时候开始怀疑的？于衿羽被绑架，他等在国道的路口，那煲提神的药粥按口感已经熬了数个小时，就像他早知道出了大事，他们会精疲力竭地赶过来。不过那个时候，苏睿自己替他解释了，应该是从哪家老火粥店打的包。

可是开着搬家公司的车，靠童欢的记忆去找嫌犯窝藏点，突然被发现时，从来对童欢都很温柔的他居然会在她向理发店冲去时，直接将人摔在地上，就像知道前方要爆炸一样。

第一次是碰巧，第二次苏睿不会再相信这样的巧合，而且查王德正总是顺风顺水，一旦攀扯到青寨就处处掣肘，还有当初七小门口到底是谁丢下手雷的悬案，于是他私下里开始循着陆翊坤当初让他查童欢时给出的个人资料查了下去。

那是一份完美无缺的背景资料，自采珠场逃出后能摆在明面上的经历都是真实的，而被简单带过的童年他大概盗用了采珠场里某个孤儿的身份，那个真正的"陆翊坤"和他一起出逃，却死在了路上，因为年代久远又过于贫穷，没有照片可追，苏睿再往下挖也只能是查有此人。

他顶着这个属于五六岁就离乡背井的孤儿名字在时隔十余年后回去过数次，留下了足够多真实的痕迹，如果有那么一两个人残留有多年前的印象，觉得"陆翊坤"变化太大，自然也已经出了"意外",他积累下能见光的财产后,更是在"家乡"捐钱修路盖学校,加深乡邻的记忆,彻底取代了那个多年前已经无声无息离开的孩子。

所以无论苏睿怎么去挖,他都没有破绽,对于苏睿来说,所有的猜测在没有实证之前都不能当作有效推断,所以他只能悄悄告诉童彦伟,让他小心戒备。

"我前几天的病是你动的手脚吧?关键时候你怕我碍事。"

陆翊坤替他买来的感冒药里是被替换了的降压药,再加上康山的夜来香,才会让苏睿每日昏昏沉沉,无力关注案情。不过也因此,彦伟在药片上查到了陆翊坤不小心蹭上的半个指纹,可惜时间太短来不及周密安排,他们来皮岛的原意是抓登强和引陆翊坤出洞,万万没料到居然直接引来了木也,还被他安排的自杀式炸弹打了个措手不及。

"不管你信不信,我虽然不是什么好人,却从没想过动你和童欢。"

"我信,你有无数种方法可以让我没法查案,却只是让我病了一场,而且在监控下行动不便,才留下了证据。"

"这么多年我一直把你当自己人看。"

二十二岁的陆翊坤救下十六岁的少年时,刚刚和木也携手,一明一暗,报完了养母和珊珊的血仇,十年舔血生涯建立起同生共死的情谊,在初建的青寨只适合有一个铁血的声音时,他选择隐在幕后。

猎鹰和苏家都是陆翊坤掩盖身份的最佳保护伞,最初对苏睿的照顾和教导是基于苏家的高价,但聪明绝顶又受到巨大心理创伤的傲娇少年在恢复期曾经深深依赖过他,枪林弹雨的佣兵生涯也渐渐被苏家的温馨氛围打败,他的人生开始分裂成两个极端,一面是踩着毒品和累累白骨越来越强大的青寨,一面是对他敞开心扉的少年跟前兄长般的自己。

他小心地隔绝着两个人生,避免他们出现任何交集,甚至将苏睿和自己的关系维持在亲近却不亲密的安全距离里,所以连苏睿都始终没发现,在距离他万里之遥的另一个国度,他是藏在毒枭背后的另一双血手。

这几年随着青寨的有序发展,他一直降低自己的存在感,木也却始终希望他能回去,陆翊坤自由惯了,更愿意以已有的身份光明正大地行走,尤其在遇到童欢以后,他越发贪恋普通的人生,没想到反而激得木也步步紧逼。

其实知道苏睿来查拐卖案后,陆翊坤心里隐约预感会有对峙的一日了,所以一直想把王德正的拐卖团伙推出去好尽快结案,他只是没料到从一开始,苏睿就是奔着青寨来的,而童欢顾忌着童彦伟的身份和安全,对缉毒一事守口如瓶,到他们追捕岩路时,情形已经失控,他不得不亲自出手掳走了康山,又下令杀掉岩路灭口。

童欢的刀锋抵上要害那一刻，木也的话在他耳边响起："你对他们而言始终是外人，别被表面的温情骗了，只有我才是你真正的家人。"

显然，以童欢的身高要钳制陆翊坤是件非常艰难的事情，苏睿接过了利刃，钳制着陆翊坤慢慢挪到陶金的身边。陆翊坤冲蠢蠢欲动的登强做了个少安毋躁的手势，而一直在等待巴兰下一步消息的孟东勒也向后退了几步，站到了登强身后。

陶金的生命体征已经很弱了，童欢看着他身后露出的线圈，想起之前苏睿说过，真正的炸弹有一百种办法，让你剪哪根线都爆炸，感觉走入了死局，她只能在苏睿依然冷静的态度下寻求些她可能未知的依仗。

"我知道你在考虑什么，你觉得以我对木也的重要性，他可能不会把真的烈性炸药放在我身边？很遗憾，他会，因为他相信我绝不会被任何人一把制住并且逃不掉。"

事实上，如果突袭的人不是童欢和苏睿，不可能轻易制住他的要害。

"和太了解自己的人做敌人，真的是很糟糕的感觉，"苏睿笑了笑，"所以，看在这么多年的情分上，你介不介意回答我几个问题？"

"你问。"

"那个所谓的爱人阿加是你，Hypnos？冲锋陷阵血债累累的是木也，在背后筹谋划策，帮他建立起青寨制度的人是你？"

"是，不过爱人一说是以讹传讹。"陆翊坤看向童欢，声音带着不易察觉的诱哄，"你看过木也的资料，想想当年我们经历了什么，难道我们不该杀回去吗？而且青寨不是你想象的魔窟，在我们回去前他们很多人都风餐露宿、流离失所，现在那里有工厂，有学校，有医院，老有所依幼有所养，我们并不是都在作恶。"

童欢咬住颤抖的下唇，是的，她看过，她知道荣温被夺权后，中风全瘫，妻子沙依和小女儿诺雅，就是陆哥口中的珊珊，受尽凌辱，被吊在树上三天三夜，引出木也另两个兄弟及荣温的残部，被集体射杀。

童欢心里发堵地想起自己之前说两个代号太过中二，像中学生起的名字，现在想想当年逃出的木也十四岁，陆翊坤应该只有十二，从此一个把自己当成了杀器，立在死地满手血腥，而他最后的兄弟就像故事里的睡眠之神一样，相对温和，站在明处，受到人们的喜爱。

现在，他要他兄弟回去了，一起站到地狱深处。

"不是这样的，陆哥，不是的。"童欢的眼泪大颗大颗往下落，她不敢腾出手去抹，用力眨着，防止视线模糊被人钻了苏睿后方的空，"我知道我是站着说话不腰疼，可我觉得那不能成为犯罪的理由，如果所有的恶都要用更大的恶来惩戒，这个世界最后就彻底失序了。"

童彦伟倒下的那一幕在童欢眼前回放着，让她更痛恨依然对陆翊坤不能彻底狠下心来的自己，她说着大段的道理，仿佛在说给陆翊坤听，更是在告诫自己。

"那更不能成为贩毒的理由，我听说过青寨的管理机制，也知道青寨很多人对木也感恩戴德，可是你们把他们的天堂建在了许多人的地狱上。毒品的可怕不仅是上瘾，它太容易让人陷于贪婪，失去人性的底线，我在这里三年，见过有人听信孕妇运毒被抓后会轻判，逼妻女反复怀孕流产，听说过往没满周岁的孩子肛门里藏毒……"

原本担心童欢会心软的苏睿看着她哭到稀里哗啦，却依然把每个字都说得掷地有声、坚定无比，他感觉有点骄傲，如果不是情况不允许，他很想好好抱抱她。

"小伊、康山，还有河边棚屋里……"

童欢忽然卡住了，她想起大家曾百思不得其解的关于康山失踪的推测，她的身体颤抖得更厉害了："是你把康山掳走的，对不对？"

对着她澄净的眼睛，陆翊坤有了片刻迟疑，然后苦笑着点了点头。由于寻路一再失败导致木也丧失耐心，在康山一行入山后他就缀在后面，早一步发现有持重武的特战队在围拢，而且对方手中可能有一样的地图。于是他潜到了康山身边，告诉他是苏睿委托他来救人，康山主动跟他离开了，青寨的人自然按指令替他掩护、扫尾，所以王德正的人没逃掉，而青寨方面的人手基本顺利撤出，除了被击毙的一个和岩路那个胆小的孬货。

"他还活着吗？"

"还活着，暂时……不会杀他。"

童欢陡然松下半口吊了数日的气，苏睿见话都挑破，陆翊坤已经一派坦然，紧接着问道："把陶金派到琅国来的人也是你？"

"我一直都看不上王德正，陶金才是我首选的目标。"

以贩卖人口和走散货起家的王德正在他眼里根本不入流，他更欣赏有原则又硬气的陶金，恰好登强这种靠媚上欺下上位的人他也不喜欢，才把人先丢到琅国来试一试，结果真试出了问题。

苏睿还想再多问几句，登强看着危危险险在陆翊坤颈部挪动的利刃，插嘴说道："怎么，大家还预备聊上天了？你不要试图拖延时间，等巴兰那边……"

"你闭嘴！"

陆翊坤的心情恶劣透了，扫向登强的目光煞气毕露，登强背上猛蹿起一股寒意，陆翊坤被他一插话，倒想起还有一笔账。

"我一早下过令，他们的亲友和七小的人一概不许动，怎么会有爆炸案发生在七小？"

"是老大想和他们玩个同步的游戏，还顾忌您的命令，炸药都装在七小外面，谁知道那些人撞上了。"在陆翊坤严厉的目光里，登强的语气越来越虚，他觉得自己有点冤，老大干的事，为什么偏偏要他解释？他还想再找补两句，忽然摘下耳边的通信设备，恭恭敬敬递出来："老大想和您说话。"

陆翊坤举着被绑的双手，看向童欢，童欢待苏睿点头后才对登强说道："丢过来，丢准一点，别搞小动作。"

当童欢把耳机塞进陆翊坤耳中时，木也先笑了："看你们有很多话要聊，我就先没打扰了，怎么样，阿加，聊得差不多了吧？"

陆翊坤看一眼苏睿，说道："我知道他们想拖延时间，不过没有意义。"

"不就是喜欢拿那个小姑娘当诺雅吗？你喜欢就一起带回来，我不动她。那小子都可以带上，他确实够聪明，我这里有的是药让他们听话，到时候巴着你不放的人是他们。"

"我不可能会在药上留下指纹，你干的？那天闯楼的人也是你安排的？"

"阿加，你该回来了。你看，到最后无条件信任你的人只有我。我想你也不愿意对他俩动手，拖拖拉拉这么长时间，只能忍一会儿痛，我来接你回家。"

他话音刚落，雅克一枪穿透陆翊坤击中了苏睿，而围在船下的猎鹰成员也被一排密集的扫射逼退，一早发动的船立刻驶离了岸边，童欢才刚动已经被枪顶在了后脑勺。

Chapter 64
长夏

虽然在电影里看过无数次，当又冷又硬的枪管真实地抵在头上时，童欢感觉到自己心脏骤然濒临炸裂，手脚一阵一阵发麻发软，她听见了自己咽口水的声音，看见苏睿喘着粗气，按住打在右肩的伤口，倒在了地上。

她看见苏睿的嘴一张一合，过了一秒，反应过来他在说"别怕，过来"。

是的，不能怕，现在只有她是能灵活行动的，如果她再慌，苏睿和陶金都完了，童欢在轰鸣的大脑里寻找着自己气若游丝的冷静，渐渐控制住了发颤的手指。

她仿佛崩溃般扑在了苏睿的身上，却小心地避开了他的伤口，果然他的手指扯开了她的裤头，有两把冷硬的小匕首插进了她内裤的边缘。

她想起他总是勾着嘴角坐在走廊上，和滴答玩抛球的游戏，骗得滴答满院子找球，以他的手法，连受过专门训练的追风都会上当。

刚才她就觉得奇怪，明明缴了匕首不拿着防身，却要丢海里……可是她明明看到他丢了不止一样东西出去，童欢心念一动，看到他空空如也的手腕，想起他平日里所戴腕表的价格，哪怕形势险恶，童欢还是禁不住肉疼地在心里骂了句"败家子"。

有人迅速上来扶走陆翊坤给他处理枪伤，有人控制住他们俩，或许是陆翊坤离开前交代了一句什么让他们很顾忌，满船都是男人，没人上来搜童欢的身。

见过苏、童刚才挟持陆翊坤的敏捷身手，登强没有掉以轻心，两人被绑住了手脚后才用手铐铐在了船尾的旗杆上。两个皮肤黑黄的中年大汉持枪守在旁边，陶金也被推到了船尾。

天色渐渐暗了，没有夕阳的地平线渐渐能看到一些模糊的岛屿轮廓，死气沉沉地盘踞在远处。雅克卸下了身上的炸药，拿着枪过来绕了一圈，面对童欢的咬牙切齿面不改色，还调笑了两句。

苏睿低下头，嘴里艰难地吐出两个字，童欢想了几遍，才混着他痛得不断的抽气声，听明白说的是"延迟"二字。她想了想，再看看苏睿意有所指，在雅克和陶金身上来回扫荡的眼神，明白过来他想告诉她炸弹是真的，但触发以后会延迟爆炸，以木也的恶趣味，或许时间就是游戏里的十秒，否则即使雅克在木也眼里只是人体炸弹，陆翊坤可逃脱的概率也太小了。

苏睿缴来的飞刀小巧轻薄，折起来不到两指长宽，童欢曾经见陆翊坤在攻击素瓦时当飞刀使过，后来特训时陆翊坤也简单地教过她两手，像他那样当飞刀用当然不可能，不过在指间玩点小动作还是可以的。

可是再小巧，两把刀抵在腹部依然让人很不舒服，等等，童欢这才想到怎么会是两把？不应该是三把吗？

她回忆起刚才，挟持的是陆翊坤这种级别的高手，苏睿依然冒险向陶金移动……

而貌似神志不清的陶金不知什么时候起，有一只手已经收到了身体背后，作为一个在登强眼里已经失去行动能力的人，他被绑得相对随意……

童欢的心跳又开始加快了，她哎哟叫了一声，背上的衣服"一不小心"被船沿上突起的钉子划破了一大块，拙劣的演技让正疼痛难耐的苏睿捂住了眼。

不过童欢虽然不是叫人眼前一亮的美女，年轻女孩紧致漂亮的身段怎么也会招人多看几眼。她貌似尴尬地遮挡着，登强虽然摸不清她在陆翊坤心中的具体地位，但肯定很重要，就命人去取件外套给她，一来一回大汉的注意力都被吸引到了她露出的雪背上，陶金偶尔的动静被忽略了，其中一把匕首也早已回到搜过身的苏睿手中。

与此同时，一直在关注陶金的孟东勒收到了巴兰传回的准备登机的电话。

"他们会按照约定放了陶金吗？"

"青寨的人无所谓，但孟东勒是王德正的人，他不会让陶金活着回去。"

送外套过来的登强歪嘴一笑，看上去很同意苏睿的说法："我们已经提前帮你把那个警察送出去了，他一命换一命，很公平。"

"人渣。"

登强刚被木也骂了办事不力，心情很糟糕，他不是老大从建青寨起就跟上来的心腹，虽然这几年老大开始提拔他，也是到去年才知道青寨背后还藏着一号大人物，他对此内心是不感冒的。忽然间头上又多了一个发号施令的人，谁会开心得起来？而且琅国他们并没有完全站稳脚跟，老大却力排众议非要亲自来接人，可见他就是老大的弱点！遇神杀神遇佛杀佛的老大最大的弱点！

登强的脸色阴恻恻地，像要勾魂的野鬼："听说你们和胡益民很熟？要是能有人活着回去，帮我带句话给他，告诉他我很生气，他让我很没面子。"

忍痛的苏睿冷哼一声，他哪怕浑身血污坐在那里，烙在骨子里的傲气还在，横眼扫去，愣是让站着的登强有种低人一等的错觉。登强特别看不惯苏睿这种被踩到泥地里了还摆公子哥谱的派头，忍不住伸脚踢了他右肩一脚。

苏睿痛得蜷缩到了童欢怀里，嘴里骂了句什么，从没听他骂过脏话的童欢愣了一下，忽然觉得手铐一松，听到苏睿在她耳边飞快说道："有动静就准备跳水。"

被骂了的登强喝问："你说什么！"

就在这时，偏东方向的水域传来了爆炸声，影影绰绰的水面仿佛拉开了帷幕，有强光束打过来，数条船只的信号灯遥遥亮起，琅国水警拉长了腔调喊话的声音也传了过来。

苏睿绷紧了肢体，用登强听得见的音量又重复了一遍："我说，靠！这他妈怎么还不动手！我快痛死了！"

头一次爽快地骂出脏话的苏睿向船舷跃去的同时伸手去搂童欢，没想到童欢比他的反应还要快，已经借力将他推到了船舷外，两个看守被连串的变故整蒙了，只有登强反应快一点，他顾忌陆翊坤不敢开枪下杀手，伸手向童欢抓来。

生死关头，童欢爆发出了惊人的求生欲，她手腕上的绳索没解，两手合力抓着匕首往后砍去，没料到她还有武器的登强发出一声号叫，童欢听到了刀刃砍进骨肉的声音，登强的两节手指全飞了出去，血甩在了童欢的脸上，甚至有几滴落在了她嘴上。

童欢外扑的势头被止住了，她抓起登强因为下意识去握断指而掉落的枪，飞快地扫了一眼在他们行动的同时，已经去掉身上绳索摇摇晃晃站起来又跌坐的陶金，把刀向因为要避开她要害而不敢随便开枪的大汉甩去，被她凶神恶煞满脸带血的气势唬住，没有任何准头可言的匕首也将两人逼退了几步。

她借机滚到了陶金的身边，撑住他沉重的身体："我带你游！"

陶金却取过枪，伸手帮她割开了手上的绳索，把人拉到身后。

枪抵在了炸弹上，陶金吐出了两口血沫，身体抖得更厉害了，已经持枪围拢过来的人反而不敢动了，唯恐他一个走火，离得近的都要陪葬，水面上已经逐渐逼近的水警也在考验着众人的神经。

陶金听说过童欢强人一等的记忆力，飞快地报出了一串凌乱的数字字母，童欢知道那是他要她带回给龚队的信息。

童欢急得眉尖直跳，靠最后一丝理智等他说完才慌忙说道："陶老大，你相信我，我带得动你，她们……在等你回家。"

陶金看到登强的人没有拉住心有不甘的孟东勒，他已经抢过手枪不顾一切地向船尾冲来，之前在自己身上缠了炸弹的那个外国大汉正扶着陆翊坤和登强准备上小艇，艇上还备着潜水工具以便顺利出逃，而声势浩大的水警抵达还需要时间。

"没有用的，我被打了药，好姑娘，回去以后别告诉她们我的身份，帮我照顾她们娘俩。"

陶金把匕首塞进她掌中，拼尽力气把人推进了海里，这个连真名都没来得及告诉爱人的汉子留给她的最后一幕，是撑在轮椅上鲜血淋漓却依然用力站直的脊背，和侧脸那点模糊却温柔的笑。

"小童老师，游远一点。"

童欢直直地坠了下去，呼啸的风声自两耳擦过，倒流的眼泪和血和在一起，像是行行血泪，她大吸了一口气，甫一沉入水里，隔着水波看到苏睿甩着单臂向她游来，她疯狂地冲他比了个往外的手势，心中默背着陶金报出的数字字母，挑开自己脚上的绳索，用力向斜下方游去，了然的苏睿眼中瞬间露出哀意，也飞快地游开了。

隔着水面，童欢听见几声沉闷的枪响，船面上轰的一声爆炸了，海水缓和了冲击，童欢依然被涌动的水卷得凌乱了方向，她闭上眼，大颗的眼泪全融在了海水里。

她想起斐然姐媚眼如丝和陶金调情的样子。

想起陶金提着乐平粉色的小书包，让她吊着膀子一起回家的背影。

还有斐然姐泼出那壶滚茶，说她这辈子从不走回头路，也没有舍不下的男人。

小乐平抱住陶金的胳膊，哭喊着，陶叔叔，你别和妈妈生气，陶叔叔，我以后一定好好练字……

被水警从海里捞起来时，童欢已经筋疲力尽了，连串的变故之后她的脑海出现了彻底的空白。她眼神空洞地看着那些警察拼命和她说着什么，一个字都听不懂，忽然疯了一样指着海面喊起来："还有一个人！Another one, a man…"

她努力想表达，越急越连最简单的英文都说不清，哭到像是会背过气去，然后被抱进了一个湿漉漉的怀里，苏睿摸着她的头，很温柔很温柔地说着："我在这里，我在，乖，都过去了。"

她愣了一会儿，抓着他的衣襟号啕大哭起来，想起他的枪伤又赶紧退开，被苏睿再次拉了回来："嘘，让我抱会儿。"

在熟悉的怀抱里，童欢绷紧的神经骤然松懈，人差点晕了过去，到这一刻她都没有真实感。明明三天前，她还拉着陆哥的手在海水里静等他的疼痛过去，明明中午她还抱着苏睿做的口味鸡吃得不亦乐乎，几个小时过去，苏睿中枪，彦伟生命垂危，陶老大没了，陆哥变成了敌人。

她靠着最后的意志把陶金背给她的那段话写下来交给苏睿后，就一直在哭，医生检查的时候在哭，警察询问的时候也在哭，最后苏睿不得不让人给她打了镇静剂，才强行让她睡着了。

再睁开眼睛的时候，人已经都在医院了，苏睿带着她去看了进到ICU依然没有脱离危险的童彦伟，在走廊里给她说了关于陆翊坤身份疑问的始末。

"对不起，一直瞒着你。"

童欢的嗓子因为之前哭得太凶几乎发不出声音了，连眼皮都肿得只能睁开一半，她趴在玻璃上看着浑身插满管子的彦伟，刚回过神来的时候她是怨过的，可她知道他们的选择是对的，如果一早就把怀疑告诉了她，她一定藏不住，会酿出大祸事来。

"陶金最后是推着轮椅往逃生艇方向冲时引爆的炸弹，孟东勒和登强被炸死了，陆翊坤……受了重伤，被抓。不过他多年以前就顶替了别人的身份，真实国籍是哪里都不清楚，琅国、翡国都在抢人，引渡会有争议，这个不是我们的事了。"

"陶老大的……找到了吗？"

"不好找，可能……找不到。"

"木也呢？"

"逃了，我俩一动手，他知道我们识破了陆翊坤的身份，立刻离开了，水警虽然锁定了他的船的位置，却只抓到了一些喽啰。还有一件事，王德正亲自来报的警，说王伊纹失踪了。"

屋外艳阳耀火，满树的金链花仿佛洒下一片黄金急雨，要用泼天的富贵色把人眼迷醉，童欢把头抵在了冰凉的玻璃上，连呼吸都失去了力气。

"快开学了呢，"她轻轻地说着，声音粗哑得像是喉间灌满了沙砾，每一个字都是磨出来的，"这个暑假好长啊，像是过了一个世纪。"

哪里是日光底下并无新事？明明是世事无常，生命单薄如纸，夏花还没开败呢，许多人就这样无声无息地消失了。

"童欢，你已经做得很好了，别太勉强自己。"

他抱着她，童欢小心地让开伤口，靠在了他的左肩，吸了吸发酸的鼻子："没事，我再难过一下子就能行，为了彦伟，为了陶老大和王叔，我们一定要抓到木也这个王八蛋。"

第一次她骂脏话，苏睿连眉毛都没抬一下，他只是抱着她依旧疲软的娇小身体，用力地想给她一些温暖和力气。

是的，再难都要走下去，比起在险象环生的危路上踽踽而行的陶金和童彦伟，他们有彼此相陪都很幸运。

盈城范围内三起恶性连环爆炸案，最终导致五死七伤，引起Y省公安厅的高度重视，龚长海顶住上层压力组建的专案组自此得到了支持，增派人手进行大力侦破，五日内抓捕了境内七名嫌犯，并在省禁毒局彭鑫鹏局长的直接领导下开始针对木也展开全面侦察工作。

依靠陶金传递出来的信息，登强在琅国的窝点基本被连根拔起，并由杰特宁带出了几路隐藏极深的当地与境内相连的毒品产业链。

童欢能理解陶金不想林斐然终生活在后悔和怀念里的心，而且木也尚未归案，在彭局和龚队商量过后，大家暂时对陶金的身份保持了沉默。

直到冬天，整个盈城最大的八卦依然是黑老大陶金因为涉毒在琅国被黑吃黑，其间普罗大众编造出了堪比影视剧的精彩情节，远超盈城原公安局长蔡归老婆被通缉的故事，没有人知道在他们津津乐道的谣言背后，掩盖了一个卧底警察十余年暗夜独行的钢索险路。

王德正虽然失去了孟阿婆、群英、杏林春三个至关重要的窝点，但是孟东勒丧命，谭群逃亡，李平被灭口，这意味着和他有直接接触的关键人物都没了。巴兰判刑了，无论孟东勒的初衷是保护还是担心她做事不够牢靠，她知道得很有限，群英已废，她能供出的只是人贩子集团的一些下线及宋民生，并没有与王德正有关的直接证据。而宋民生狡猾地只认下男欢女爱，还再三强调是巴兰主动勾搭。

缉毒队几轮审讯王德正都应付得滴水不漏，然后恬不知耻地标榜着自己当年和陶金在盈城携手起家的情义，在陶金去世两个月后买下了江湾酒店，接手群龙无首的车队，甚至为了显示自己重情重义，给不愿追随他的人和陶金名义上的女人都支付了大笔的遣散费，其中包括林斐然。

买下江湾的"友情价"依然是笔巨款，陶金无妻无子，已经老年痴呆的陶家阿姆成了唯一法定的继承人，知晓陶金身份的彭局等人也商量不出在不曝光他身份的前提下，如何自陶金"亲信"、女人的虎视眈眈里处置这笔巨额黑色收入，直到林斐然收到了一份任由她选择销毁还是公开的遗嘱，里面附上了所有的法律文件和律师联系方式，以及为母女俩、陶家阿姆在国外安排的新身份和新生活。

没有人知道木也这样的疯子会做出什么样的事，所以不仅是童欢和苏睿，林斐然母女家人、阿赵还有胡益民的家人都被纳入了保护计划。林斐然或许猜到了什么，可她什么都没问，只是在离开前把遗嘱交到了童彦伟手中，表示自己有手有脚，能够照顾好乐平和陶家阿姆，请他们设法处理。

七小校门外连续两次爆炸案，尤其是有伤亡的后一次，导致了开学后生源的流失，童欢害怕连累学校不敢回，古老师、方老师一户户家访，最终返校率依然不到七成。

张春山回学校了，但是右腿瘸着，厨房里是新请的一个困难户学生家长，再看不到王叔扯着扫帚撵偷洋芋烤着吃的小屁孩的身影。

最终江湾的购买款再加上 EOS 公司预备推进的援建项目资金，由苏睿带领专业团队运作成了专项基金，除了有款项保障陶家阿姆的医疗费用，主要用来救助被拐卖的妇女、儿童，扶持盈城家境困难的孩子上中学大学，接受资助的孩子在毕业后需要回到七小做三到五年的教师，这也解决了教师严重老龄化的七小未来的师资问题，同时山中数个老寨的自净水发电系统开始启动建设。

失踪的康山和王伊纹依然没有任何消息，白秀云经过两期的治疗病情好转并且情况稳定，虽然苏睿一再让她不用担心费用问题，但在深秋时节，她坚持携带后续治疗方案转回Y省，她要在离家近的地方等着两个孩子回来。

天高云冻，叶落山萧，时间毫无征兆地走到了十一月，仿佛有双手在冷漠地催着人向前走，生活渐渐恢复了表面的平静。

那些曾经掩饰在温情下的冰冷算计，隐藏在钱权毒品交易里对生命的无情漠视和抹杀，掩埋在边境深山中的残酷法则，也有了日益遥远的假象，而消逝掉的生命成了光阴流转里一声长叹。

Chapter 65
时光长

琅国最负盛名的某医院，院方专辟了一个院落，用来安置据说是青寨二把手的大人物，警方重重关卡重兵把守。

虽然陆翊坤当年受过专门针对刑讯的训练，也完全不惧警方的手段，他被捕后木也依然非常嚣张地把威胁函直接寄到了警署，号称谁敢动陆翊坤一根手指头他就血洗谁全家。琅国警方明面上说绝不向恶势力屈服，到底也没人为难陆翊坤，更别提对重伤在身的人逼供了。

凡是参加会诊的医生，家庭都受到了木也的"照拂"，有寄到家门口的子弹壳和子女上学的照片做威胁，也有令那些颇见过世面的名医家属都咋舌的昂贵礼物，而且显然是经过调查的，礼物选得由老到小都极合心意。

其中一个骨科圣手很有骨气地将礼物送到警局后，十一岁的儿子就失踪了，他战战兢兢地取回礼物，玩得兴奋不已的儿子当晚就拿着漂亮阿姨送的"模型手枪"回到了家，第二天全家都恨不得把木也送上门的礼物全挂在身上出门。

自此，医院方面恨不得把陆翊坤当菩萨供起来，连护士进门换药脚步重一点，都立马回头去换软底鞋。在众人的悉心照料下，重伤的陆翊坤身体逐渐恢复，而且他恢复意识后待人接物客客气气，每天看书读报积极复健，偶尔很和气地同会英文的医护人员聊聊家常，从不提过分要求，也看不出任何出逃的意图，好像真是个普通生意人的样子。

琅国警方咬着这块啃不下、放不掉还暂时身体脆弱的骨头，也颇为头痛，终于挨到陆翊坤能出院，上上下下都如临大敌，把陆翊坤押解上车的警员动作急了些，陆翊坤笑着扫了他一眼。

"看什么！老实点！"

并不是太有底气的警员虚吼了一嗓子，想起他不懂琅国话，怏怏地坐下，愤愤不平地和同车的几人吐槽道："我妹拿了校际赛的金奖，说好了出席她颁奖礼的，结果昨晚把人都拉回去才通知有任务,全队都不批假,希望中午人送到了,还来得及赶去她学校。"

同车的其他人显然没他心大,紧张而严肃地高度戒备着,他整了整穿在外套下被防弹背心压得过于硬括的新衬衣领,看了两眼手表。

陆翊坤忽然用还算流利的琅国话问道:"你和你妹妹感情不错?"

今天跟车的人都是这几个月在医院轮值过的熟手,头一次听到他开口说琅国话,都愣了一下,几人互看了一眼,那人看他神色淡定又和气,平时也见过他和医护人员聊天,顺口答道:"当然关系好,爸妈死得早,我和妹妹……哎,和你说这个干什么。"

"可惜了。"

"可惜什么?"

陆翊坤不知想到什么,笑了笑,过一会儿才漫不经心地答道:"里面的衬衣,花了不少钱吧?"

那人不接话了,扯了扯衣领,又忍不住嘟囔两句,妹妹头一次拿全国大奖,就他一个亲人都没去一定很失望,被同事撞了两下才收口。

陆翊坤看了看明显是个鲁莽脾气的警察,说起妹妹时变得软和的眉眼,忽然抬脚将人直接踢了出去。没人料到他忽然发难,把人按倒在地枪顶上头后,那个被踢飞的警员倒在地上已经吐出两大口血来,警车就停在医院的后院,立刻有医生上前来查看,胆战心惊地发现陆翊坤一脚居然直接踢断了那人两根肋骨,立刻将人推去了急诊。

又是一通折腾,陆翊坤被押进了后车厢,车门关上前其他警察同情地说起莫名其妙得罪他被踢伤的同事,带着愤怒的惋惜。车窗上粗密的钢丝格被兜头罩下的太阳光打成一张交错的网,一半落在车厢内微微凸起的地面上,一半落在陆翊坤忽然笑得邪气森森的脸上,依稀有了和木也一样恶魔般可怕的模样。

当天琅国警方押解途中遭遇车祸,其后被强火力围攻,六死二十一伤,重犯逃逸。

一个月后。

距离昆市省人民医院不远处,某公安局家属楼套房内,童欢一脸视死如归的表情举起了刀,可是半分钟过去,她依然连正视砧板上那片排骨的勇气都没攒够。一旦她强迫自己靠近,登强手指随着她匕首四飞的画面就会不断浮现在眼前,伴随着根本就不存在的血雾,连嘴里都会再次出现血腥味,仿佛当时的鲜血又一次溅到了唇上,整个人重新陷入无比真实的恐慌。

"PTSD侵入式症状之一,是会导致持续记忆闪回的分离性反应,你现在除了难以用刀,不能切肉以外,并没有出现情感麻痹、重度睡眠障碍等情况,其实不用急于去克服,以免适得其反。"

靠在料理台边的苏睿话说得一本正经,手指却亲昵地揉着她肉肉的耳垂,他的靠近打破了童欢的恍惚，她有点丧气地垂下了拿刀的手。

"你当年是怎么熬过来的？"

听他语气平淡地说着更为严重的症状，她知道其实那都是他亲身经历过的。

苏睿耸耸肩："服药、心理辅助，当然还有时间，我到现在虽然还没有完全恢复，但并不影响我的日常生活，而且……因为不能看中文拐到了一个女朋友。"

有粉粉的红涌上了童欢的脸，苏睿看着她耳后的细汗毛在灯光下茸茸地立着，心痒得就像有只奶猫在五脏六腑里打滚，他的头缓缓低了下去，正在此时，曾经的小奶猫咕咚自橱柜上跳到了童欢的肩膀上，日益肥硕的身躯挤得苏睿头往旁边一偏。

"Dirac！"

"滴答！"

两人异口同声喝道，身后一脸傲娇的阿富汗犬收起了撑猫的爪子，甩了甩飘逸的长发，回去找伤愈后变得不太爱动的追风。

童欢一直紧绷的身体松懈下来，可是情绪还是有点沮丧，她甚至避开了苏睿的怀抱，却被他一把拉回怀里。因为个头娇小，苏睿堪堪能把下巴搁在她头顶上，再一掌拍开了争宠的咕咚，轻轻叹了口气。

"三个月了，你连和我亲近都会有罪恶感吗？"

童欢苦笑道："想到离乡背井的斐然姐，守在医院的袊羽，还有小伊她们，会觉得自己太幸福是种罪过。是我矫情了，对吧？"

"有点，不过……这点小矫情我能接受，但别持续太久。"

"我想去看看校长他们，还有班上的孩子……"

"我说过，陆翊坤骨子里是个极其骄傲的人，他不会允许自己迁怒，更不会用威胁我们身边的人的人身安全来做要挟，所以你想回七小看看，回家陪陪爸妈都可以放心去做。"

以苏睿对陆翊坤的了解，连环爆炸案绝不是他的手笔，他在他们身边唯一的一次行凶，应该就是三人初见那日炸了胡益民的奥迪车。

彼时陆翊坤相信他是来查绑架案，没料到他所去的七小有胡益民这号家长，而对胡益民车子动了手脚的素瓦和芝苗虽然不认识待在幕后的陆翊坤，但他立刻意识到胡益民与青寨或许有间接关系，为了避免苏睿再往下深查，他选择了出手，可惜被早几秒喝破了车下的炸弹，胡益民命硬只是被炸晕，证物销毁，如果不是现场再没有机会，胡益民早被灭口。

"我就算相信陆哥，也不相信木也。"

想起在船上听到陆翊坤曾亲口说起下过不许动他们身边人的命令，童欢依然心情复杂，她是真的下过决心要把他当作家人来亲近的。

"显然在小事情上，木也不会拂逆陆翊坤的意思。"

两天前苏睿已经收到关于陆翊坤被劫走的消息，对于陆翊坤，虽然他起疑比童欢要早得多，但陆翊坤在他人生里所留下的痕迹也要深远得多，所以他也是百感交集。

"国内枪支弹药管理远远严过琅国，木也想无声无息捣鼓出琅国那样的袭击基本不可能，事实上我相信如果陆翊坤知情的话，不会允许木也在国内做出连环爆炸这样的挑衅。"

想起离开的王叔，童欢的头垂得更低了，她从小都觉得自己是个非常幸运的人，家庭和睦，亲友关爱，哪怕发生了这么大的事情，也在陆翊坤的照拂之下，并没有受到实质伤害。但是比起牵连了身边一众人，她宁可受伤的是自己。

事发后童欢有一段时间把自己关在这个套间里谁都不敢见，幸亏有过类似经历的苏睿陪在身边，帮助她一点点走出来。

"童欢，你其实比我做得要好，知道吗？当年我父母花了一年时间，才能进我房间，陆翊坤试图教我任何东西我都从抵抗开始，完全不能和陌生人面对面接触，到现在我对绝大部分事物都情感淡漠，在遇见你之前我还是一个重度失眠患者，而你除了最开始两个星期，却能以积极的态度去面对自己的症状。"

在苏睿的人生里，除了走出当年的阴影还费了些力气，他几乎没有尝试过为什么事发奋过。而身陷 PTSD 的童欢让他很佩服，初期失眠时她也没有沉溺在焦虑里，睡不着就起来给七小新上任的老师整理班级日志和教案，给再次受伤的追风做暖垫，因为英文能力太弱在船上无法准确表达求救，她每天拉他苦练英语，满屋子都是她贴的单词标签，她继续学防身术，恶补医药常识，用不了刀就苦练射击，她把自己的悲伤和追悔都消化成了更积极的努力，而这样努力的童欢让他更加珍惜。

童欢撇撇嘴："你别又准备给我灌鸡汤。"

苏睿哈哈大笑起来，把人抱上料理台用力亲了两口："要不晚上做个三菌鸡汤？"

"这个提议好，衿羽也要好好补一补。"

童彦伟因为失血过多导致大脑供血不足，在琅国 ICU 待了近一个月才转移回国，又昏迷了近三个月后终于醒了过来，但脑部受损需要长期的康复治疗。

于衿羽当初几乎是和彦伟父母同时赶到琅国，陪着二老和童欢熬过了彦伟的五次病危通知，回到昆市后也一直贴身陪护。童欢的二伯家家境很好，但和于衿羽这种真正的富家千金比不了，老两口过去再担心儿子的婚姻问题，本着娶媳不高娶的心理，并没有看好过于衿羽。不过四个月守着彦伟生死一线相处下来，于衿羽现在已经是童欢二伯和二伯母眼里儿媳妇的不二人选，童彦伟人虽然还在床上，已经要面对被集体催婚的困境。

两人聊着童彦伟康复中的身体状况，竖在水槽边的手机忽然响了，苏睿看一眼正洗着牛肝菌的童欢，点开了视频，待童欢反应过来，自己已经正对上了舒兰女士的脸，唬得手里的菌筐都砸在水槽里，溅了自己一身水。

找儿子却忽然看到个女孩子，舒兰也小惊了一下，不过立刻意识到这就是儿子一直藏着不给看的女朋友，立刻调动出最和气的笑容先打起了招呼。

"欢欢是吧？我是苏睿的妈妈，你可以叫我舒阿姨。"

舒女士唱青衣出身，苏睿相貌里有七成继承自她，模样身段都不同凡响，否则当年哪能一个照面，就把身为富商阅尽美人的苏父迷得神魂颠倒。她现在虽然上了年纪，不过日子过得精致又舒坦，不像那些越是美丽就越发恐惧衰老的人，急吼吼靠针剂维持的妆容吊住一口早不符年龄的气，眉目里有坦然老去的从容，极为优雅雍容。

因为视频里大头容易显得人面部变形，为了给未来儿媳妇留下好印象，舒兰放好手机退后两步的空当，还不着痕迹地又抿了抿妆发，多年戏剧功底让她一退一坐的姿态里都自有一番风流韵致，那气派其实唬得没有一点见家长心理准备的童欢更是战战兢兢，觉得自己一身松松垮垮的家居服简直上不了台面，想掉头就跑。

不过窥知她内心的苏睿很不识相地把手按在了她肩头，稍稍加了两成力，童欢偷偷瞪了一眼他，才赶紧笑着看向手机打招呼。

"阿姨好。"

"乖，"舒兰的声音清亮，笑得不知多和善，"你在做饭呀？"

童欢尴尬地看了看水槽里的筛子，寻思是不是该给自己塑造个虽然不漂亮但好歹贤良淑德的假象，苏母已经不满地皱起了眉："让苏睿做，女孩子沾什么油烟？我儿子做饭很好的，中餐西餐都会，值得嫁的。"

不知怎的，童欢有种对方过于热忱急于推销的错觉，她转头看了眼正用目光在和母亲打机锋的苏睿，决定做个诚实的好孩子："是他做饭，有时候也有阿姨来做，不过他做的更好吃，我就是打打下手。"

"那还差不多，欢欢，你让他多做，不然找阿姨做也行，我们苏家媳妇好当的，明……"

"妈！"

担心母亲过于急切把童欢吓到，苏睿把人拉到了身后，舒兰像嫌狗屎一样挥挥手："谁爱看你这张臭脸，喊我欢欢出来，臭小子你可别欺负人小姑娘，要是让我知道了……"

"妈，你找我干吗？"

童欢头一次在苏睿脸上看到头痛又无可奈何的表情，捂着嘴在后头偷偷笑，被他反手敲了个栗子，童欢还没吭气，苏母先提高了音量："苏睿，你做什么！"

现在童欢可以大胆猜测，"苏睿女朋友"在舒阿姨的眼中是很珍贵的，进而推断在自己出现之前，外人眼中的钻石单身汉苏睿在苏阿姨眼里是会娶不到老婆的。童欢用只有两人听得见的音量，躲在苏睿身后把自己的揣测偷笑着嘀咕完，从相识后一直"劝"她多用脑想问题的苏睿有种搬起石头砸了自己脚的郁闷。

"恭喜你，猜对了。"

在过于了解儿子恶劣程度的舒兰眼里，苏睿嘴狠心冷，矫情的臭毛病一堆，一般人他看不上，看得上的基本上受不了他的性格脾气，而且成年后几乎没有对女生动过心，舒兰和丈夫一度已经开始猜测儿子的性取向问题，并试图做宽容大度的父母接受下来，忽然从天而降一个儿子张口就想娶的女朋友，舒兰真是唯恐人跑了。

"也就是说，嫁到我家你基本不用担心婆媳问题，因为我妈从听说我交了女朋友以后，就恨不得把人供起来。"

舒兰笑盈盈地看着儿子把童欢调侃得面红耳赤，心怀甚慰，她本来都觉得这辈子看不到自家孩子正常点的样子了，而且人家小姑娘长得大大方方的，她还有什么可挑的？不过想到自己找来的原因，舒兰神色为难起来。

"苏睿，过两天不是我生日吗？陆翊坤寄了包裹过来，都是我家乡的特产。"

空气里那点粉红的气泡被戳破了，苏睿垂下的眼帘里敛去的是颇为复杂的光。

"陆翊坤他真的是……"

舒兰第一次听儿子说起的时候，花了很长时间去消化陆翊坤的真实身份，因为他在苏氏夫妻眼里就是苏睿亦师亦友的救命恩人，而且当年教导苏睿的时候，陆翊坤曾经在苏家住过两年，舒兰和丈夫对踏实少言的他印象很好，才会力劝他退出佣兵团，还掏本钱帮他起家做生意。

这么多年，陆翊坤逢年节必有问候和礼物，如果苏父和苏睿去战乱地区，他大多会赶来贴身保护，如果实在忙不过来，也会远程参与安保工作的布置，舒兰是打心眼里感谢他的。而且自己家的儿子千好万好，在情感上一贯显得太淡漠了，舒兰觉得陆翊坤的事自己至今都没缓过劲来，苏睿怎么会连为难、懊恼的痕迹都找不到，也正是因为这样，让儿子"神仙下凡"的童欢就显得更珍贵了。

"我知道你认为我对陆翊坤的态度太狠了，可是贩毒这件事，他不是刚刚参与，十几年前青寨建立的时候，他就是决策者之一。"

苏睿甚至怀疑在木也和陆翊坤的原始积累里，就有苏家被蒙蔽后添的一桶金，当然这种揣测他不忍心让母亲知道。

"他对你还是很好的。"

"这么多年的情分我当然认，但是情义之上有伦常律法，有不能退让的底线。"

从头到尾，苏睿语调平缓得没有一丝起伏，仿佛只是在做科研项目的陈述，不带任何感情色彩，可是有软软的手指忽然插进了他捏紧的掌心之中，他低头，看见童欢七情上面，好像把他压在心头的情绪都接了过去，他捏了捏她肉乎乎的手，觉得有人能够共享分担的感觉真的不错。

"哎，真的没有别的……算啦，毒品啊，沾上了都没得回头。"

舒兰愁绪满怀地坐在那里，宛如一幅充满忧郁气息的古典画，有秋叶落地的静美，苏宏宇端着茶点过来，看见夫人秀眉深锁的模样，人还没入镜嗓门先吼到。

"小子，你又怎么我老婆了？"

童欢实在不想一口气隔着视频就把男朋友的父母给见了，赶紧和舒兰道了声别，趁苏睿分神就猫腰溜了，关房门前听见苏父大叫着要带 Kaley 来教育教育不孝子。

Kaley？不就是苏睿过去的绯闻女友？原本还担心自己行为太没有礼貌的童欢瞬间觉得头更大了。

Chapter 66
戏精

　　白秀云一个月前回到 Y 省，因为香港养心医院的治疗方案极具参考价值，同时养心提出了与接手医院针对白秀云病情做后续的医疗合作，所以省人民医院由肾内科和风湿免疫科组成了专门的会诊团队，并在费用上给出了非常实在的减免，最终打消了白秀云要回昔云养病的念头。

　　康山与小伊失踪后，白秀云反而看开了，人一旦豁出去了，连生死都不在意，更不理会童欢害怕连累她那套。这么多年，白秀云经历过中年丧夫、疾病、车祸，还能把康山教得那样好，童欢相信在她脆弱的身躯里藏着一个异常强大的灵魂，明着是康山在勉力支撑家，其实是她在支撑着康山，渐渐地童欢也养成了每次看完彦伟，都去白秀云病房坐一坐的习惯。

　　白秀云更瘦了，生活的磨砺和病痛摧残着她枯槁的面孔，哪怕勉强的笑意都要很艰难才能从她千沟万壑的脸上支离破碎地浮出来，可是她依然没有倒下。

　　"苏教授，那个窗帘如果用完了，能还给我吗？我现在关节这样也绣不了东西，留个纪念。"

　　坐在一旁看手机的苏睿愣了愣，然后点头："等事情完了我去取，谢谢你们的地图。"

　　"是你们聪明，猜到了窗帘的用处。"

　　白秀云并不点破自己在儿子失踪后，特意让苏教授他们去取一副貌似无关紧要的窗帘的用意，既然阿山当初没有直接交出去，那么他们发现与否，她也听天由命。

　　本月初开始，有高纯度的新货流入德漂州各个县市，专案组推断，康山带领王德正和青寨的人只走了一半的老道已经被打通。不过木也并不知道，康山早留下了真图，龚长海的人最终在四条暗道中的一处缀上了毒贩。

　　为了避免木也知悉警方已经掌握地图，也为了放长线钓鱼并降低对方警惕，他们刻意放走了运输队伍，现在跟上了王德正的下线，并追踪到临近三省的运输网。

　　"阿山不会告诉他们真的。"

白秀云微喘着，显得有些激动，苏睿镇定地安抚："我们都相信他，探路的人应该是陆翊坤。"

以陆翊坤的能力，有大致方向，哪怕图只有一半是真的，只要给他时间就不是问题，只是他被劫走才不久，效率实在太高了。

不过连童欢都相信着陆翊坤在船上说的康山还活着的消息，并且一再强调给白秀云听，他不忍心告诉她们，陆翊坤说的暂时不杀他，是代表康山还有价值，现在路已通，康山遇害的可能性很高。

中央空调沉闷的暖风撩动着窗纱，头顶管道里有经年使用过后霍霍的异响，像是残喘的病人喉间挣扎的喘息。白秀云摸了摸童欢的头，和她说起了那首陆翊坤曾用口弦吹过的摇篮曲，她最近听苏睿提及部分可告知的案情后，把歌词翻成了汉语，唱给童欢听。

小星星，挂天边
阿姆的大儿哟，背上行囊要去远方
小阿妹，快快睡着了
风轻轻，雨别来，
阿姆的大儿哟，背上行囊要去远方
小阿妹，快快睡着了

歌词虽然翻得很简单，白秀云的声音沙哑却温柔，有熬过岁月的沧桑。童欢替她按摩着逐渐萎缩的断腿，想着听过这首歌的康山坐在月光如银的走廊里问，小童老师，你知道什么叫穷途末路吗？她垂下眼帘，藏住眼底的泪意。

走出住院部，童欢的情绪还有点低迷，不过还是抓着苏睿的手一甩一甩的，像是想把那些坏情绪都甩光，苏睿笑着看她有点夸张的行为，还坏心眼地往她手心里挠着痒。走出医院大门时，童欢察觉到苏睿的手臂忽然一僵，她看见一位穿着有型的中年男士，用含蓄却依然带着评估意味的目光飞快地打量着自己。

"爸，你什么时候来的？"

"刚到。"

苏父有一个很像土生土长的中国人的名字——苏宏宇，却是长相上更偏西式的中英混血，深眼窝高鼻梁的硬朗，他受祖辈影响，自幼喜爱中国文化，结婚之后更是痴迷，现在虽然已经年过六十，但因为娶个小八岁的美女做老婆是有压力的，所以历来严格把控自己的体形和状态，看上去更像是位风度翩翩的绅士，和容色摄人的苏睿并不是一个风格。

童欢赶紧松开自己"钳制"苏睿的手，礼貌地弯了弯腰："叔叔好。"

"你好。"

苏父貌似有礼地颔首回应,其实内心在挑剔,实在看不出来眼前这个大咧咧的小矮个是苏睿口中那个临危不惧、心性强大又善良的女孩子。

不过已经在视频里听过身为老婆奴的苏宏宇夸张的言辞,机灵的童欢并没有被他的高姿态吓到,同时,警方安排的便衣并不认识苏宏宇,很自然地围了上来,苏宏宇只当是儿子找来的保镖,眉头一挑:"人还没嫁过来,派头倒是挺大。"

童欢想要解释,苏睿先毫不客气地怼了回去:"你来之前舒女士没有警告过你,千万别把她好不容易等到的儿媳妇给吓走了?"

没来得及摆谱的苏宏宇被儿子不幸言中,气势弱了一大半,挥挥手:"别都在这里站着了,先走吧。"

路上因为对父亲忽然造访不满的苏睿刻意沉默,气氛一时有点尴尬,还好住处离医院很近,走到两人居住的居民楼前,苏宏宇看了看老式的外观,皱眉看向儿子:"你就住在这里?去换个好一点的地方。"

童欢见苏睿懒得搭理,只能答话:"叔叔,刚才过岗亭你可能看手机没留意,这里是公安局的家属区,房子是彭局找人特意腾出来的,楼上楼下住的都是警察,监控也严密,歹徒再嚣张应该也不会找这种地方刻意挑衅,而且跟着我们的便衣换班回家也方便。"

"这样啊。"

苏父的态度很客气,但童欢能察觉他刻意保持的距离感,不过她和苏睿的关系才开始不久,两人之间横亘的问题多的是,一时半会儿还走不到谈婚论嫁的家长关,所以她心态放得很平,言行之中也并没有特意讨好的意味。

"听说你换工作了?"

苏宏宇横了童欢一眼,横得童欢莫名其妙,并不明白他的意思,苏睿却深恨自己准备的惊喜还没完成,就这样被道破,冷哼一声不搭话。

"好好的教授不当,到这边大学来求职,看不出来你还能当情圣呀。"

听懂了的童欢心里一阵热乎乎的,异地甚至异国恋一直是梗在她心头的鸿沟,只是在案情的高压下暂时被搁置一边,她没想到苏睿已经偷偷在解决问题,她当然欣喜,但眼下苏睿爸爸明显瞧不上自己,苏睿再把英国名校的教职辞了,她岂不是更把家长得罪狠了?

无论怎样,男朋友的心意还是要领的,在楼道的拐角,童欢加快了脚步,偷偷拉了拉苏睿的手,却被他一把拽住,扣在了掌心里。

"不表扬一下,嗯?"

他刻意放轻的声音像缓缓拉动的大提琴,撩拨得童欢心尖都发麻,苏父听着儿子骚气的挑逗,冷着脸又哼了一声。

一行人进门，率先听到动静的追风已经先一步逼停了苏宏宇，然后苏父看着自家儿子那条素来眼高于顶的狗亲昵地去嗅了嗅童欢的手，叼着童欢带回的零食咿唔几声，又到自己跟前意思了一下，童欢这才喊回了喉间一直发出威胁嘶吼的黑背。

　　另一只看起来过胖的杂交猫在抢了一波零食后，挑衅地跳上了苏睿的肩头，苏睿拉扯了两下不成功后，居然就顶着那只在乱拨弄他头发的猫去厨房倒水了。

　　房屋在苏睿入住后已经捯饬过了，室内布置得很有格调，但是家属楼本身上了年份，两室一厅的小户型尽量把空间留在了客厅和主卧，其他空间都异常狭窄，厨房里瘦高个的苏睿加上跟进去的 Dirac 显得特别局促。

　　"你怎么忍心让他住在这种地方？"

　　在苏父的惊呼里，童欢忍不住挑了挑眉，想，怎么听起来有苦情剧的味道，说话跟唱戏似的？

　　而且房子怎么了？童欢看着通透明亮的小套间，有苏睿淘的坐下就会舒服得想哼出声的沙发，康山妈妈送的小花窗帘，打理得生机勃勃的盆栽，足够两狗一猫打滚打架的地毯，小羽毛精心挑选的茶具，房间虽然不大，但是窗明几净又温馨，他们住得挺舒服的。

　　苏宏宇进门精准地在被衿羽标定过此房格调最高的椅子上坐下了，神情还算温和，但就是有种与环境格格不入的矜持气息，乍看过去就像那些庄园剧里的绅士，P 根雪茄拐杖毫不违和，他打量完房屋，眉宇间有委婉的不满。

　　童欢偷偷看了看他，忍不住想起苏睿刚到七小时的样子，有种恍如隔世的错觉。如果这个房子都嫌弃，苏爸爸看到七小当初那间四面漏风的破教室是不是会崩溃？这样说起来，哪怕是为了彦伟和陆翊坤，矫情龟毛如苏睿那时肯住下也确实不容易，而且还迅速调整了心态，把那间破教室打造成了星级住房。

　　"叔叔，我……我给你端茶。"

　　眼尖地看到端了茶点过来的苏睿，童欢赶紧接了过来，苏睿泡的达曼的博士茶，而且是果香极为浓郁的一款，一般来说更合女士口味，童欢略惊讶地扫了他一眼。

　　童欢两兄妹喝茶虽然常被苏睿笑是牛嚼牡丹，但现在看男友喝得多了，童欢摆盘的讲究、简单询问口味后加奶、加柠檬的手势都挺能唬人，而且她原本就是张圆眼圆鼻头笑起来特别讨喜的脸，苏宏宇喝一口颇合心意的茶，在她的笑脸里气势有点 hold 不住，对上儿子揶揄的目光勉强"嗯"了一声。

　　"苏睿，Dirac 要出门了。"

　　童欢和苏睿互看一眼，再看看陪着追风完全没有下楼意思的滴答，知道苏宏宇是要把人支开说话了。

　　苏睿想说什么，被童欢拦住了，连人带狗推到门口，童欢才踮起脚凑到他耳朵边说："你爸如果开支票请我走人，我接还是不接？"

苏睿在她头上弹了两个栗子:"你实在是乱七八糟的电视剧看得太多了。"

"你家不是豪门吗?豪门一般不都这么打发想飞上枝头的麻雀的?"

"正好让你这只小麻雀拿去翻新七小?"

被猜中心思的童欢笑得肩膀直抖:"知我莫若苏呀!还是说,你爸会阔绰到直接开张足够建所新学校的支票来?"

"你的脑洞啊,该堵一堵了!"

见小两口在门边还有来有往地聊上了,苏宏宇咳嗽两声,苏睿扯嘴笑了笑,牵着狗下楼了。

门才关上,童欢都还没考虑好在哪儿坐合适,苏宏宇长辈的架子也不摆了,开门见山地说道:"你要怎么样才肯离开我儿子?"

童欢哭笑不得,瞧瞧!豪门的开场白都一样,她未雨绸缪地抽出脚边的垫子抱在胸前,照电视剧的套路一会儿她还可能被茶泼,得提前把脸护好了。

"我为什么要离开他?"

"因为不配。"如果之前苏宏宇在儿子跟前还维持了风度,现在就直接而刻薄了,他高坐在一端,侧脸透着冷意,"你们两个人从成长环境、教育程度、生活习惯全都不配,他现在一时新鲜,愿意陪你吃苦,日子长了一定受不了,如果我再断掉他的经济来源,他还是会回家的,你不如趁现在还喊得起价,开个合适的价码出来。"

童欢现在很想扯苏睿来听一听,哪里是她脑洞大,戏文里不都是这个套路?因为不想无礼地顶嘴,童欢无奈地玩起了抱枕的流苏。

"他是大学教授,带的学生都是一流人才,你们那个小学校,都没几个想读书的人……"

苏宏宇言语里流露出久居高位的人惯有的优越感,不知是不是太过拿腔拿调,很像夸张演绎的舞台剧,冷漠得同方才判若两人,言辞间对七小很是看不上。

如果同样踩过炸药包的苏睿在这里,看着亲爹越说越 high 的样子,一定会阻止他去碰童欢的逆鳞。童大小姐什么无没所谓,哪怕他直言不讳两人不合适,她也只是笑笑听着,唯独容不得别人贬低自己的学校,何况四个月没回学校的她原本就牵肠挂肚,闻言神情一敛,正色道:

"叔叔,我听苏睿说你们公司之前在很多地区都做过援建项目,这次盈城山区里的净水发电项目也是你们公司主导推进的,我一直觉得,你一定是个心地很善良的人。我没有想到你会是这样的,你可以不喜欢我,但在不了解实际情况的时候,请不要随便批评我们学校。"

苏父被说翻脸就翻脸的童欢说得有点蒙,还不待他反应,童欢已经噼里啪啦倒豆子一样大说特说起来，他像是被她的振振有词惹恼了，态度越发恶劣。

"亏你说得出口，你从头到脚哪里比得上苏睿？"

被激怒的童欢并没有意识到话题已经被苏父从学校扯到了两人感情上，她口才向来不错，一旦开闸就滔滔不绝起来："我从来没有觉得自己配不上苏睿，我有一份很喜欢而且想坚持做下去的工作，有虽然不忍心还是愿意让我留下来的爸妈，有快一学期没等到我回去上课还在坚持写日记给我看的学生……"

苏宏宇不屑地打断了她："所以你就要他为了你牺牲自己在英国的一切？"

"我很感谢他做了这样的决定，不过他肯这样做，一定是觉得我值得，他相信自己留下后得到的会比失去的多。"

牵着 Dirac 在楼下散步的苏睿开了视频看现场直播，眼见苏老先生被堵得无话可说，得意地拍了拍 Dirac 的头："看来有人来之前功课做得不够呀。"

苏宏宇冷笑，抛出了自己的手机："你巧舌如簧也没有用，我们有合意的儿媳妇人选。"

他放下的手机里是 Kaley 的照片，那张叫人眼前一亮的脸，棕发如缎，眸似翡翠，加上眉边那颗小痣，万种风情难以言喻。

"她对我儿子来说是特别的。"

苏父故作神秘，童欢却耸耸肩，很无所谓地一笑："我知道，她是 Adam 的姐姐。"

早在两人恋爱后，苏睿就把 Kaley 的身份和童欢报备过了，听过他过往的故事，童欢当然能懂十六年前绑架案的遇害者 Adam 是苏睿这辈子最愧对的人，那么他一直照顾 Adam 的姐姐，并且容忍她跨过他的安全区就很好理解了。

苏宏宇炫耀的手指顿住了，过了一会儿，才干笑着说："你知道得不少。"

他喝了口茶，扫了扫两人的蜗居，目光虽然还算克制，话却说得毫不留情："你知道苏睿从小到大过的是什么样的生活吗？你和他在一起到底图什么？怪不得说现在的女孩子厉害，才几个月，我好好的一个儿子家庭工作都不要了，日子过得一塌糊涂！"

"我是不知道他以前的生活是什么样的，但我同样不理解，为什么他吃住的条件差一点你会排斥成这样？你没有去过我们学校，就随意评价，你没看到苏睿的改变，就断言他现在过得一塌糊涂。你没看到苏睿不再带着防备去看所有人，没看到他愿意坐在没擦过的石凳上和白阿姨聊天，愿意教连 ABC 都会念成阿波册的老老师学英文，在我眼里，现在的他比以前可爱多了！"

追风因为二度受伤，现在身体还在将养，最近降温后童欢没让它下楼，它趴在童欢亲手做的睡垫上，听到女主人越说越激动，立刻站了起来摆出预备攻击的姿势，童欢连忙起身去安抚它，留下苏宏宇望着她小巧的背影若有所思。

Chapter 67
好久不见

因为发生了太多的事情，在今天之前，童欢从来没有和人深谈，也没有细想过这段感情，就在来势汹汹的苏睿父亲面前，她忽然意识到，两个人能在一起有多难能可贵。

感情没有什么大道理可言，不过是有洁癖的苏睿愿意在开洗衣机的时候把她的臭袜子丢进去，而不是捏着鼻子丢进垃圾桶里，是她开始学着把自己拾掇得像样点，再累也会收拾一下屋子。

是他已经能操着带Y省口音的普通话，熟练地在菜市场翻找辨认各种沾着泥的野菌，是她学着去做牛排和罗宋汤，能用英语简单地交流。

她的生活习惯成了无伤大雅的小毛病，他的龟毛挑剔在她眼里开始变得有点小可爱，爱情，大概就是一切不可能里那唯一的意外吧？他们都在改变，在为了彼此试着变成更好的人。

童欢按摩着追风伤后瘸得更厉害的腿，新生的毛发扎得她手心痒痒的，就像她此刻的心也痒痒的，如果不是家中有客，她很想飞奔下楼用力抱一抱苏睿。

苏宏宇站到了童欢身后，不足三平方米密闭的阳台上密密麻麻晾晒了许多东西，地面基本被两个狗窝占据，只能容一个人勉强立足，她蹲在那里用很轻柔的声音安抚着那只大黑背，满身阳光，笑得甜如蜜糖，完全没有被他的苛刻言辞打击到。

"你是心真大呀？"

越是这样，越是能激发苏老先生的战斗欲，他摩拳擦掌筹谋再战，遛狗归来的儿子已经施施然靠在门边拆起了台。

"好了，苏先生，这种恶婆婆的戏码不适合你，知道你表演欲旺盛，就让你在未来儿媳妇面前满足一下，你也适可而止，再玩下去我只能找舒女士来治你了。"

伴随着苏睿的话，苏宏宇又恢复了刚见面时风度翩翩的模样，童欢诧异地看着仿佛被一把扯掉了面具的苏父，终于发现他目光里隐隐闪烁着老小孩恶作剧似的光芒。

"你终于找到了女朋友，我当然要考验一下。"

苏睿毫不客气地戳穿了他："你纯粹是看热闹不嫌事大，才故意来闹场。"

苏老先生年轻的时候一度沉迷于要成为舞台剧演员的梦想，并在伦敦西区混了数年，奈何天分太有限靠努力弥补不了，最终被逼回家继承家业，但本着不忘初心的原则，时不时就会戏精上身演一段。苏睿知道他面对童欢这种完全不知他深浅的新成员，戏瘾是刹不住的，干脆放手让他玩一次，也好过童欢初见面被他的表象哄住，以后高开低走反而吓到。

显然苏老先生本次演得很欢且意犹未尽，深觉自己表现出了一个封建大家长的精髓，虽然对手不够配合没有照剧本走，不过在苏父看来这更考验了自己临场发挥的能力，所以他对自己的"演出"相当满意。

对上儿子投诉的目光，苏宏宇摸了摸修剪整齐的胡茬，晃了晃手机里的 Kaley，压低声音说道："她总找你妈哭诉，一待就是一两个小时，烦人得很！你感情的问题为什么要占用我老婆的时间？"

看苏父能一派潇洒又理直气壮地说着小无赖的话，童欢终于看到两父子相似的影子，她敲敲蹲得发麻的腿站起来，苏父忽然浮夸地拉住了她的手。

"欢欢啊，我刚才都是和你开个玩笑，其实我们对你非常满意，感谢你把这个败家子给接手了，让我和你舒阿姨可以好好享受一下晚年生活。当然，你放心，我们家轻易也是败不光的，我和你舒阿姨还攒了好多宝贝，等你们结婚的时候都送你。"

他修剪整齐的手指温厚有力，常年在非中文环境里练出来的腔调因为发音过于饱满，像是适度夸张了的话剧腔，他虽然笑得很是和蔼可亲，童欢还是把他的形象和视频里那个戏谑的声音给对上了。

"那他工作的事……"

童欢知道苏睿是家中独子，离乡背井换工作这样的大事对于单传的家庭来说还是挺严重的，她虽然感动于苏睿的付出，对家长却充满了愧疚。

不料苏父随意地挥挥手："小事！他也没有多喜欢原来的工作，当初他选理工学院而不是剑桥，不过是因为理工学院旁边有两家餐厅的饭菜更合他胃口，现在为了老婆换个工作环境算什么？"

童欢不由得被苏家人打破常规的脑回路折服了，然后懵懵懂懂被苏父拉出了门，看他一脸嫌弃地踢走了欲跟随的儿子，然后被逼带上了一脸傲娇的 Dirac，听他说着苏睿的各种奇事，开着苏睿的车去了昆市以贵著称的商场，在苏父土豪般表示要送见面礼，让她随便挑、多多挑的时候才彻底回过神来。

"你舒阿姨本来让我把苏家传媳妇的镯子拿过来的，我怕吓到你，你们小年轻喜欢什么我们老人家也不清楚，不如让你自己来选。"

"叔叔，我真的不用。"

"衣服要是不喜欢，包包可以吗？还是你不喜欢这些牌子？你舒阿姨有几个相熟的做定制的店子，可惜都在英国，要不明天我们飞英国玩几天？"

"叔叔，谢谢你的好意，但是我不缺什么。"

"首饰总可以吧？女孩子年纪轻轻的，不用这么素，闪闪亮亮的多好！你舒阿姨年轻的时候最喜欢的牌子现在国内很难找到了，你平时喜欢什么？"

童欢终于知道为什么最初苏睿对于话痨的自己表现出了极度的不适，有这样一个完全活在自己世界里自说自话的爹，而且句句不离老婆，显而易见，他的成长里处处有坑。

"我昨天来之前给你们学校的孩子订了一千册图书，还有毕业班的一些教辅资料，过两天应该就送到学校了，你舒阿姨说这个礼你一定喜欢。"

童欢立刻咽回内心前一秒关于苏父的吐槽，冲那一千册图书，她也能一直保持花儿一样的笑容，任苏宏宇拿着各种衣服、鞋子在她身上比画，顺便听他把苏睿未成年前的糗事卖得精光。

"你舒阿姨当年唱《玉堂春》，眼波往我那儿一扫，我整个人就像被定住了，魂都跟着她指尖在飞。我那时就想要个女儿呀，长得像妈妈，母女俩扮上相……"说起曾经的憧憬，苏父依然一派心驰神往的模样，然后又被现实残酷拉回，"结果生出来是个臭小子，好在和妈妈长得像，苏三那是我和他妈妈的定情作呀，他小时候我就哄着他也装扮上，家里还有照片，下次我偷偷发给你看。"

随着苏父的描述童欢想象得忍俊不禁，见她听得开心，苏宏宇卖儿子就卖得更开心："他本来中文名叫苏思睿，正好合了'三'的英文，多好听？他偏偏听不得'三'字，大了非得要改，好不容易才留下一个字来，你说是不是不孝？"

童欢万万没想到，苏睿一直对她的小名"三三"极度抗拒的原因，忽然就这样被苏父给捅了出来，亏他扯出那一堆什么素数什么元素的大道理，原来不过是自己童年被父亲骗着穿女戏服留下的阴影。

这样想想，还真是有点二啊！

童欢捧着肚子暗笑到内伤，好不容易把想撒钱的苏父扯出了商场，去苏睿鉴定过的餐厅吃了顿好的，顺便让苏宏宇把儿子的形象从里到外摧毁了个精光，苏父一听童欢小名居然叫三三，乐得拍桌大笑叫妙，两人一时间更是相处得无比和乐，饭后童欢给随行的便衣打包了美食，才将苏父送回了酒店。

"欢欢，我今天吃了酒店赠送的甜点，味道很不错，替你叫了一盒，你带回去慢慢吃。"

被过于热情的苏父带着转了半日，又被灌输了大量苏睿黑料的童欢晕头转向地提着包装盒离开了，苏宏宇看着她临进电梯前回头时洋溢的笑脸，再次满意地点了点头。

他以前常和妻子聊天，什么样的姑娘才收服得了自己家儿子，两人猜来猜去也没想到会是童欢这样的。他人虽然戏多了点，但生意场里几十年磨出来的眼光很是毒辣，刚来时和童欢一通对峙，许多话是说得难听的，但说破之后小姑娘完全没留下芥蒂，绝不是装出来的大方，是真的开阔舒朗的性子，尤其适合他家那个凡事复杂化、条理化的臭小子。

　　懵里懵懂下了楼的童欢并不知道自己已经顺利通过终极面试，而是开心地扬了扬手中精致的包装盒，想起同样爱吃甜点的衿羽，摸摸跟着走了半天的滴答："我们再去趟医院吧。"

　　滴答从鼻腔哼了口气，甩着"长发"走在了前面。

　　暮色下的住院部显得更老旧了，楼上规则排列的窗户外晒着参差不齐的衣服，在带着凉意的风里东摇西摆着，不时会有痛苦的呻吟和哀号回荡在走廊内。正是送餐的高峰期，四路电梯都排着长队，站着一溜溜提着饭盒神情麻木的人。

　　他们斜眼看了看已经被保安熟识，特批可以进楼的滴答，发出一些不满的低语，因为童彦伟的病房就在二楼，准备走楼梯的童欢拍了拍滴答的头，想把它留在楼外，忽然被一个冲出来的女人拦住了。

　　滴答立刻扑到女人跟前，跟随的便衣警惕地围过去，童欢认出了眼前这个把帽檐压得很低极度紧张的女人是张悦莉，防范地退了两步。

　　张悦莉抓着手袋的指头因为用力泛着青白色，她左右看看，战战兢兢地小声说道："童……童小姐，我有事……有小伊的消息告诉你，只能……只能告诉你一个人。"

　　童欢将信将疑地看着她，她急得眼泪都要流出来："童老师，我再坏也是当妈的人，我……我求求你救救我女儿。"

　　"我并不相信你。"

　　毕竟这个妈包庇着侵犯自己女儿的丈夫，而且还帮他在外演着夫妻恩爱的戏码，张悦莉闻言眼泪都下来了，那哀伤不似作伪。

　　童欢皱眉："你怎么知道我在这里？"

　　"我知道你每天都会来医院，我已经等了你一个下午，中午的时候我看见你和苏教授两个人就想出来的，可是另一个男的我不认识，我怕……"

　　"我把我手机号给你吧，有什么事电话里说。"

　　"我不方便……童老师，我好不容易跑出来一次，再回去我……我……我们家，我没有什么说话的自由……童老师，我听到了王德正和青寨的人打电话，他……"

　　张悦莉看着人来人往的四周，欲言又止，目光里流露出了绝望，童欢动摇了，她把人带进了童彦伟的病房。

　　衿羽和彦伟都没在房间，童欢算算时间，正是小羽毛推彦伟去散步的点，手一摊："现在可以说了吗?"

张悦莉看着随行的便衣,紧抿着嘴唇,童欢叹口气,虽然她和苏睿一直有留意绝不放单,不过今天来医院是临时起意,又是在彦伟的病房,还有警惕性极高的滴答坐镇,警察在张悦莉配合地交出手袋检查又搜身后,退到了病房外面。

"说吧,小伊到底怎么了?"

卫生间内传来一阵异响,童欢警惕地叫了声"滴答",有人捂住她的嘴制住了她,童欢回头,对上了一双熟悉的眼。

"三三,好久不见。"

滴答才转身,就听到了熟悉的指令"Dirac, sit",它再聪明也不会明白,那个在他面前颇有权威的男人已经不是主人的朋友,它乖乖地坐好了。

张悦莉羞愧地垂下了头:"童老师,对不起,王德正说我听他的,他就把小伊带回来,不然就拿我们试针。"

童欢想再弄出声响来警醒滴答,陆翊坤把手机里的图片递到了她面前,是正推着彦伟去做检查的衿羽,她霎时安静了。

"放心,现在于衿羽只是推童彦伟去做检查了,不过三三,"陆翊坤松开了控制她的手,凑到了她耳边低声说道,"我在帮忙检查七小电路和监控的时候埋下了四处火点,整所学校电路即刻起火意味着什么?你乖乖的。"

他的声音依然温柔,甚至还带了笑,还在盘算在医院对有专人保护的彦伟动手可能性的童欢浑身一震,她侧过头去,对上了陆翊坤依然笑着的眼,那双眼里仿佛收进了万年寒冰,再笑都没有了曾经的温度,也不知是他过往伪装得太好,还是物是人非。

苏睿一直说陆翊坤心思缜密,可是她记着的总是他在她面前宽厚和善的模样,现在想来,酒店赠送的蛋糕应该是他布置的,而且他还算定苏父会买给爱吃甜点的她,而她会拿来和衿羽分享,让被逼得都不用演绝望的张悦莉堵在楼下。

当然,赠送蛋糕、精准地遣走彦伟二人,这里面都离不开地头蛇王德正的帮助,而她就这样一步一步钻进了因为对她、对苏家都了然于胸而设下的陷阱。

张悦莉在一旁畏缩地站着,童欢冷冷地扫了她一眼:"小伊碰到你这样的母亲真的是她最大的不幸。"

"对不起,对不起。"

因为怕惊动了外面的警察,泪流满面的张悦莉只敢小声地一遍一遍重复着自己的歉意,可童欢懒得再看她一眼,顺从地接过了陆翊坤带来的衣服,进了卫生间。

因为知道童欢身手日益精进,陆翊坤全程盯着她,童欢坦然地当他面换好了衣裤,戴上假发,她的合作让陆翊坤很满意,但是他并不希望看到她总是笑眯眯的眸子盛满了戒备,开口简单解释了两句。

"我不会伤害你们，只是要带你离开，等苏追过来。"

童欢抬头研究着被陆翊坤拆下的通风管道，敏锐地抓到了重点："你们最近有大动作？"

陆翊坤并不瞒她，点了点头："我不希望你和苏参与到警方行动里，麻烦，也免得误伤。"

青寨近几月损失太重，琅国买卖链几乎被摧毁殆尽，翡国政府军虽然没有明着硬杠，但和另一派势力展开合作，在交易链外围开始不动声色地围堵，即使因为连环爆炸案，木也成了重大嫌疑犯，庞大的中国市场依然诱人到不能暂缓步伐。

在陆翊坤探究的审视下，童欢感谢自己被磨炼得强大了的心脏，立刻做出了正确的回应，佯作不知地问道："你们把路打通了？"

她仿佛从没听过地图有真假，只是害怕又试探地追问："路通了，那康山呢？"

陆翊坤可有可无地耸了耸肩，他已经不做他行走于红尘的陆总，不再掩盖内心深处对于生命的漠视。

皮岛事发后，童欢就想过，其实陆翊坤本质上从来不是善良的人，否则当年怎会因为一点吃食就逞凶斗勇被荣温看中，能在吃人的采珠场存活出逃，他加入佣兵团做的是只看金钱的工作，练的也是实用杀招，最后才帮助木也重建了青寨，可能在他的世界里是非善恶都是模糊的，他只分在乎的和不在乎的人。

"也许还活着吧。"

陆翊坤答得不甚在意，童欢想着还在医院里等待的白秀云，不敢问什么叫"也许"。

气味太过刻意的香薰混合了卫生间内无论怎样都有迹可循的异味，空气里的潮气重得像要凝成水珠往下坠，童欢手心也黏糊糊的，她看着滴答毫无防备地被陆翊坤用麻醉针放倒，她想着照片里的衿羽、彦伟，还有七小的孩子，拉了拉陆翊坤衣袖。

"陆哥，我跟你走，你们不要伤害其他人。"

他面容柔软下来："你乖，我就不会动你身边的人。"

Chapter 68
杜瓦·木也

从医院出来后，童欢服下陆翊坤给的药过得迷迷瞪瞪，为了预防她提前清醒，凭着惊人记忆力再上演"听力记路"，还一直给她塞着耳机放音乐。

所以童欢只知道在赶路，有时候是车里，有时候是陆翊坤背着她在丛林里穿梭，坐过鱼腥味很重的船，住过山洞，等到被喂了第十餐饭，陆翊坤愿意让她保持彻底清醒时，身边已经全都是翡国话，显然已经被成功带出境了，不过童欢依然没料到，陆翊坤会把她带回青寨。

青寨，整个翡国北部山区最大的毒窟，童欢曾听说过无数次的青寨，在想象里应该是像电影里竹制排楼重兵把守，或者是岗哨密布的军事据点，没想到它就坐落在离边境线十余小时车程的山边，看上去像是座较为富庶的山间乡镇，有书声琅琅的校园，沿街叫卖的商贩，山间有楼，山下有田，阡陌交通，鸡犬相闻。

但仔细观察，就会发现许多人都佩着武器，全民皆兵，这里已经地处回归线以南，冬季里依然暖如春末，田间种植的全是罂粟，带着浑然不知的罪恶，茎叶舒展地向阳奋力生长着，一大片一大片，仿佛无边无际地在往远处蔓延。

看到陆翊坤开的车辆牌照，路上常有行人挥手致意，在车辆驶进一栋风格粗犷的大房子前，童欢还看到了一个守卫森严的停机坪，里面停着三架军用直升机，机翼在阳光下泛着冰冷的金属光泽。

驶入宅院时，陆翊坤摇下车窗和大门口一个穿着迷彩装在擦枪的大汉击了下拳，那人抬了下盖住了半张脸的大帽檐，扯嘴笑了笑，像是和副驾驶上被缚了手脚的童欢打了个招呼，他感觉上不是好相处的人，平时也不怎么笑，乍一笑看起来说不上哪儿别扭，而且童欢明摆着是被掳来的，他偏偏特意招呼一下，就更叫人别扭。

不过三人打照面也就是一两秒的事，因为照面打得太过随意，纵使童欢记忆力一流，也等车子开到屋门口才意识到，刚才那个跨坐在石墩上叼着烟擦枪的壮汉就是木也，整个西南地区缉毒战线里通认的"一号"。

童欢回头看了一眼因为距离太远而显得模糊的背影，没想到照片中杀气腾腾的木也私下里是这样的，或者说他在陆翊坤跟前是这个样子，不凶神恶煞也不像大佬，反而像个不善言辞的兵头。

给童欢松绑后，陆翊坤给她揉了一阵手脚活血，然后带她径直去了后院，院内建了一排风格老旧的小竹楼，楼边还种了几棵芭蕉，童欢记得陆翊坤曾给她看的那张黑白照背景里，有相同品种的植物。

竹楼的风格虽然像八九十年代建筑，但能看得出来建成时间不长，连那几棵芭蕉外侧枝叶都被修剪了，像是从别处移植过来。不难猜测这是木也专为陆翊坤搭建的住处，如此用心，陆翊坤对他的重要性可见一斑。

竹楼依着看不出是否藏了重重哨卡的青山，楼下还圈养了几只小兔、幼鹿和一群散养的鸡鸭，蕉绿日暖，一派田园牧歌的景象。

"本来没想带你来这里，但是苏追得太紧，只有青寨我才确信他跟不进来，而且我也想让你看看，青寨并不是你想的那样。"

童欢木然地听着他仿佛只是一门普通生意的口气，哪怕眼前美如世外桃源，也改变不了其凌驾于法律、道德甚至人性底线之上的本质。

陆翊坤依然是初相识的那张安稳如磐石的脸，他带着心目中宛如珊珊重生的童欢站在一如当年的小竹楼前，目光里有悠长而模糊的温柔。可是童欢再也找不到那个笑着在七小灶前煮粥烙饼，为苏睿和她忙前忙后的大哥的影子，也许她从未认识过陆翊坤，她曾经看到的，只是他希望她认识的样子。

不过总有一些是真的吧？譬如他待她还是那样好，一路奔波，他都尽量寻干净美味的吃食来照顾素来爱吃的她，入境翡国后，更是在车内替她准备了两大袋零嘴，耳塞里放的一直都是她喜爱的音乐。

"陆哥，其实你没有在七小的电路上动手脚，对不对？"

陆翊坤深深地看了她一眼，没有解释，只是眼底更为和暖了。

"你以前就下过不能动七小众人的命令，当然不会把这么危险的东西留在我和苏睿的脚下。"可惜她当时甫一打照面吓蒙了，被他三言两语唬住，如果是苏睿，一定不会轻易被他骗过主动跟随离开。

"这么长时间木也没有再对我们这群人动手，应该也是你拦住了吧？"

有一说一，时至今日陆翊坤还在维护他们，童欢是感激的，这也让沿途一直试图逃跑，抵达青寨后又动了各种念头的童欢内心很复杂。

陆翊坤叹了口气，摸了摸她已经留到齐耳的头发："苏把你教得越来越聪明了。"

他能骗到她，是因为对她足够了解。

而她能猜到真相，也是因为心底对他原不该再有的一点信任。

不过还是与陆翊坤相处多年的苏睿更了解他，刚在海上获救的童欢曾经草木皆兵，恨不得让家人全藏到国外去，是苏睿一口断言陆翊坤绝不会做这样的事，就像他一早断言琅国的看守圈不住陆翊坤，他一定早已和木也联系上，在养精蓄锐伺机逃脱。

可惜人不在自己手头，哪怕龚队完全同意苏睿的看法，中方这边的手也伸不了那么长，最后木也还是顺利劫狱。

两人各有所思，一时间，就算他有心缓解关系，她又想刻意亲近，也都陷入了无话可说的境地。只有一两只兔子蹦跳着，如团团白雪般无瑕，一旁啃咬青草的幼鹿睁着纯良无辜的大眼，偶尔仰头看看二人，暖风轻拂，空气中有热带常有的果木香和湿土气，一切仿佛都很宁静。

忽然一声震天枪响，最靠里的一只小鹿被精准爆头，顷刻间宁馨的后院就几处血迹斑斑，场面凶残得很，但看准头是不逊于童欢身边已知枪法最好的苏睿。

陆翊坤第一时间把童欢拉到了身后，却没有找地隐蔽，并按住了欲动的童欢，显然他知道是谁出的手。

童欢在数月的枪击训练后对枪声免疫了，只是不忍去看血腥的地面，只见木也单手举着柄枪，大跨步走过来："我听说阿加教过你，试试你的反应，小姑娘挺镇定，一会儿加餐给你们接风。"

木也的中文听不出任何口音，他摘掉了帽子，露出一双血海里浸泡出来的眼，和眼上醒目的刀疤，为了震慑童欢，他没有收敛眼中的戾气，被那双阴鸷的眸子盯住，晴天白日里童欢觉得自己像是被推到了寒风凛冽的峭壁边，要用力克制才能不发抖。

"不错，女孩子头回和我对视，还能站直了的不多。"

木也行走间都透着军人的气势，步伐又大又稳，走到跟前来想用枪去挑童欢的下巴，童欢下意识去躲黑洞洞的枪口，然后陆翊坤伸手把他俩隔开了。

木也似笑非笑："怎么？怕我枪走火？"

陆翊坤不满地瞪着他，他俩一般高大强健，气势慑人，都穿着迷彩服长靴，明明没有血缘关系却让人有双生的错觉，只是陆翊坤从容刚毅，而木也匪气更重。

木也冷哼一声，收了枪，也收起了浑身的悍劲，语气轻松地说道："晚上吃烤鹿肉吧，阿加，你烤。"

"好。"

他绕到了陆翊坤身后，打量得童欢背上汗毛都竖起来，倒不是他目光有多凶狠，而是童欢一想到面前这个人就是东南亚地区数得上的大毒枭，腿肚子很没出息地在发软。

"是和诺雅像。"

木也和亲缘稀薄的陆翊坤不一样，他兄弟有六个，姊妹五个，其中同父同母的也有两弟两妹。他自幼被荣温当继承人培养，常年受训，小诺雅在忙碌少年的记忆里不过是个喜欢黏着母亲的麻烦精，感情当然有，却不像珊珊之于陆翊坤那份唯一来得深刻。

而且木也现在还有两个苟活下来的异母兄弟和亲妹子自立了山头，处处和他不对付，论感情亲兄妹在他心里都比不上同生共死的阿加，何况只是长相相似。

"你喜欢，留下没问题。"他忽然阴森森地扫了童欢一眼，凑到她耳边用只有两人听得到的声音说，"管好你的腿和眼睛，不然阿加也保不住你。"

在他警告的目光里，童欢表情管理再次软弱地濒临失控，半天挤出点笑容，如果她相貌和珊珊只有七分像，笑起来眉眼弯弯脸颊肉圆的模样就像极了，尤其还带着胆怯，活脱脱诺雅小时候一见他这个"凶凶"的大哥就躲在母亲身后的样子。

"确实像。"

他脸色缓和下来，眼上那道长疤也不显得那么可怖了，依稀还能感受到点善意，童欢觉得他们这些人都有两张甚至更多的面孔，拿来面对不同的人，她不知道哪个是真的，就像她已经分不清到底哪个才是真正的陆翊坤。

木也的威慑当然是有作用的，一整个下午童欢窝在陆翊坤安排给她的房间里，脚都没敢迈出去。傍晚时分，陆翊坤出门去办事，她趴在窗边，忽然看见木也拖了一团血肉模糊的东西，特意自她窗下经过。

他略抬了抬帽檐，手上的血沾在了额发上："晚上好，小诺雅。"

他喊的虽然是昵称，可童欢感觉不到一丝亲昵，反而遍体生寒，因为她后知后觉地发现那一团几乎不成形的"东西"是受刑后只余一口残气的人，显然木也在用实例再次发出警告。

察觉到她惧怕的目光，木也很高兴："吓到了？就是处理个不听话的，和你们那个……陶什么来着，在皮岛被炸得粉身碎骨的家伙一样的人，做卧底做到我头上来，死都别想轻松死。"

怕威慑还不够的木也随手自身上摸出把匕首，扔出去的姿势和陆翊坤十足相像，刀锋削过那人的腰侧，带起一片皮肉，那人却动都没动弹一下。童欢仿佛又看见了血雾，听见了刀刃切过骨肉的声音，口腔内泛起血锈味，忍不住吐了出来，而楼下的木也却满意地叉着腰哈哈大笑，将那人像一坨烂肉般甩了出去，命令人丢进"猎场"。

童欢看过青寨的资料，当然知道木也为了满足自己的恶趣味建起来的猎场是什么样的，虽然只是在青寨外围用高压电圈出了一片山头，但里面有猛兽，有雷区，遍布陷阱，还有进山训练抓捕的队伍，据说这些年被抓进去的人活着出来的只有三个。

童欢捂着嘴痛哭起来，这里是金三角，每一天都在上演着对金钱的无底线追逐，和对生命的残忍漠视，她觉得自己就像一只蚂蚁，撼不动这座邪恶肮脏的山。

"小诺雅,自己把吐的清了,别让阿加发现,否则……"

木也冷笑两声,童欢浑身发抖地缩回了被窝。

半年以前,她还不过是边陲小镇一个普通的小学老师,现在她身在青寨,住在毒枭家的后院,苏睿现在怎么样了?她已经被掳走三天了,他应该都急疯了吧,她好想他,特别特别想。

夜幕降临时,提前升起的篝火已经烧得很旺了,那头小鹿被卸成了四腿,陆翊坤亲自取当地的香料腌了,串到架子去烤,野得原汁原味。来了一些女的,长相各有千秋,共同点就是都年轻又貌美,不少说着字正腔圆的中国话,童欢想起岩路历年拐卖训练并四处进贡美女的事,心情复杂。

女孩们抬来了大桶的酒,在其他火堆上烤着鹿排、羊排和鸡鸭鱼,一时间院中肉香四溢。又陆续来了些人,看上去在寨中也颇有地位,那些女孩都千依百顺甚至主动投怀送抱,唯独陆翊坤烤动的那个火堆没人过去,连送个秋波的人都没有。

陆翊坤如同老僧入定般坐在火边,偶尔转动一下架上的鹿肉,直到木也过来和他并肩坐下了,他才卸下了生人勿近的面孔,两人大口干着烈酒,不时转动一下烤架,用随身的匕首现切一块肉下来吃,旁边架子也围坐着几伙人,搂着姑娘玩到放浪形骸,没人凑到他俩跟前来。

直到这一刻,童欢才深刻地认识到,杜瓦·木也是陆翊坤的兄弟,能玩闹着从他手中夺过刀,能搂着他肩膀灌酒的兄弟,他们在彼此身边很放松,很肆意,和他仿佛大哥般照顾她和苏睿时是不一样的。

院中吃喝得热火朝天,被喊下楼的童欢却没有一点胃口,她记得被枪击前那双无辜的鹿眼,更记得下午的"警告",在喜怒难测的木也手下,生命不堪一击。

现在她坐在这堆火边,有无数的目光投在自己背上,她懂陆翊坤坚持要她下来的意思,她只消往这里一坐,今后哪怕他出门了,其他人也不敢找她麻烦。

递到她手中的肉都是陆翊坤选过烤得皮酥肉嫩的部位,她用叉子一点点戳着,在木也时不时瞥来的目光里,都不敢露出食之无味的表情,只能压抑着反胃,小口吃着。

然后隔着熊熊篝火,童欢看到了两个女孩走到木也身边,她不敢置信地揉了揉眼睛,发现身形偏瘦那个真的是小伊。

她们都穿着素色的纱笼,梳了偏马尾,别了支同款的水滴状玉簪,看上去成色、水头都极好,衬得眉黛目乌,微微一笑,雪白的面孔纯净如晨曦清露,最少女的模样。

另一个女孩木也喊她阿然,随手将人拉进怀里灌酒,却把匕首递给了小伊,示意她自己去取肉吃。小伊抿着薄薄的嘴唇,小心地片着肉,她冲童欢轻点了下头,算是打了招呼。

"你们认识?"

木也的手没轻没重地在她脸颊上捏了两把，说不上多喜欢，但看周围那些女人都不敢过来，也知道她们两个在木也跟前暂时还算是讨欢心的了。

"认识，见过几次。"

火光把小伊向来没什么血色的脸映得微红，平添了几分生气，她颔首低眉，有浑然天成又恰到好处的羞涩，望而生怜。

"你平时也不爱说话，难得见个熟人，去聊聊天吧。"

小伊乖巧地坐到了童欢身边："小童老师，又见面了。"

"我们找了你好久。"

她罩衫菲薄，手臂和胸前有几道遮不住的瘀青，童欢觉得自己的嗓子被什么堵住了，小伊却罕见热情地笑着拉住了童欢的手，这么温暖的温度，又坐在火边，她的身体依然是冰凉的，她知道童欢在想什么，诚恳地说道：

"是我自己愿意来的。"

芝苗当初为了素瓦要报复王德正，把王伊纹的照片夹在了她们搜罗的女孩照片里，又托了熟人特意送到木也跟前，只说是王德正照他喜好挑选的。木也因为要和王德正合作，收下他送的女孩是表个态，反正他这里有的是漂亮女孩，多几个无所谓，送来的照片里王伊纹相貌虽然不算最好，但气质韵味都不是那些还没有下狠手驯过的女孩能比的，木也自然挑中了她。

王德正再喜欢小伊，木也相中的人也不敢不送，他还在纠结，小伊为了找到康山，自己跟青寨来接头的人走了。初到青寨，她并没有脱颖而出，木也这里养了许多花枝招展的女孩子，大多连"大宅"都进不去，见不到木也就被分发给他手下了。直到小伊狠下心来做了件大事，才被"召见"，然后她自己也没料到，她因为挂念康山，有时哼几句在白姨那里听惯的摇篮曲，会让她得了木也的青睐，现在也算受宠。

童欢急切地握紧了她的手腕，压低嗓子说："你疯了！他只喜欢少女，超过二十都留不住，你这……你以后要怎么办……"

"没关系，我应该活不到二十吧，"她看了一眼在木也怀中讨巧娇笑的阿然，笑得有些虚无缥缈，"我们这样人活着和死了差不多，你看阿然笑得多好看，其实她比我还不想活，我还有一点点盼头，她两姐妹都是被亲爸妈卖给岩路的，她姐姐前几天刚被木也送给了手下。"

只可惜新型的合成品太厉害，竟然连人求死的意志都能消磨掉，她们都像行尸走肉般地活着，残喘在这个对她们格外残忍又了无生趣的世界。

童欢假装自己是被烟迷了眼，把脸偏去了一边，小伊的罩衫有意无意地盖住了两人交握的手，她嘴里还和童欢说着一些无关紧要的话，手指在她掌心飞快地写下"山"字。

童欢对上了她哀求的眼睛，只有一瞬，很快她就微笑着起身去给木也倒酒了，木也把她也拉到腿上坐着,胡乱揉了两把,语带威胁地说:"阿加很紧张她,你别去招惹他的心肝宝贝。"

"我不敢的。"

小伊柔顺地靠在他胸口,隔着篝火蒸腾而起的热雾,她和那个叫阿然的女孩单薄的身体就像烟雨里飘摇的垂柳,连笑容都模糊难辨。

是夜,陆翊坤把童欢送回房间,院中有人在轻手轻脚地收拾残局,空气里还有残留的烟熏火燎的味道,浅淡的月色透过云影树梢,一片片落在竹篱之上。

"王伊纹的事你不要太记挂,"陆翊坤顿了顿,像在考虑劝解的话能说到几成,"她不是什么好的。"

童欢并不意外他的说法,苏睿也曾经讲过,王德正的生意她是有参与的,最起码是完全知道内情的,否则当初像永南街卫生所那些转移点她怎么会那么熟悉。

"你只想一想,她凭什么引起了木也的注意。"

陆翊坤关上了门,童欢看着清凉月色从窗台滑落一地,手掌里小伊曾写字的地方仿佛还在发烫,那副曾经挂在小伊窗边的勾花窗帘飘在了童欢的眼前,还有十九岁少年瘦削微佝的身影,她脑中忽然劈进一道闪雷。

白姨说,康山绝不会说出真地图。

苏睿说,就算陆翊坤再厉害,才被劫走断崖路就打通了,速度也太快了。

小伊说,她是自愿的。

如果康山始终守口如瓶,青寨的人耐心被磨光后,他哪里还来的陆翊坤口中"也许"的生机?是小伊用真图换下了康山,只可惜小伊还是太天真,他们饶了康山一时,却绝不会把活地图放走,那现在康山人在哪里?

童欢看看月光下一如寻常富商的大宅院,眉头紧锁,如果苏睿在这里就好了,他一定能知道……童欢痛苦地把头埋入了膝间,她既盼着见他,又唯恐他来……

Chapter 69
谢谢你

　　山区清冷,有雨前的闷雷在头顶上压着滚,某边防站位于 G 省和 Y 省交界处,跨过百米外的界碑,那头就是翡国的地界了,而顺着奔腾的江水去到下游,就是大名鼎鼎的金三角地区。

　　因为各种原因,金三角曾经一度被金新月等地区的声势赶上,可是随着新一批势力的兴起,尤其进入二十一世纪后,金三角的生产销售反超了自己曾经的最高纪录,再次成为世界头号毒品生产基地。

　　近年来琅国政府加大了禁毒力度,青奈地区大量的种植地转移到了翡国境内,青寨顺势扩张,这些年发展迅猛又进退有度,琅国这一役已经是青寨站稳脚跟后最大一次败绩。

　　收到童欢已经被带进青寨的消息后,苏睿已经有半个小时没有说话了,一直坐在地图前思考着什么,他眉眼生得飞扬,现在沉敛下来,忽然有了凌厉的气势。

　　伤未痊愈的童彦伟也坚持跟了过来,龚长海自己走不开,匀了一组人手给彦伟,连唯一进过青寨外围的胡益民都被提了过来帮手,可是他们一路紧赶慢赶,永远比陆翊坤晚了一步,还是被他跨省从 L 国边境将人带走了。

　　也幸亏彦伟跟过来了,到傍晚还有人敢过去喊苏睿吃饭,饭桌上他的脸依然沉如墨,童彦伟也是忧心得食不下咽。

　　"所有的消息全都断了?"

　　于衿羽小心地问着,她瘦了很多,那张没被生活欺负过的俏脸渐渐抽出了坚韧的线条,她不再是那个喊着为了爱情什么都不怕的娇小姐了,靠着打小就好的语言天分,衿羽在陪护这几个月里还自学了翡国语,虽然还不够流利,好歹也能沟通,勉强能看懂部分文字,以至于彦伟着急要跟组员走时,竟然因为语言问题和需要继续用药没法拒绝她,让她背着针剂、药物跟了过来。

　　"从进青寨地界以后就再也没有线索了。"

　　彦伟咳嗽着,小声答道。

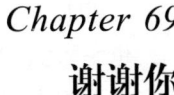

更讽刺的是，苏睿想来想去，他所认识的有能力闯一闯青寨，还可能全身而退的，也只有陆翊坤。

也许警方还有埋伏在这条线上的卧底，可是在即将有抓捕行动的关键时刻，苏睿和童彦伟不能因为童欢一个人就去动用至关紧要的棋子，陶金的离开已经留下太多遗憾和悲伤，所以苏睿再心急如焚，也没有强人所难。

放在桌上的手机又在振了，苏睿看都没看一眼，从童欢被带走后，他连苏父的电话都没有接过，他实在是气狠了，气带童欢出门的苏父，更气疏忽的自己。

"吃完饭回盈城吧。"

下定了决心，苏睿很平静地宣布了自己的决定，童彦伟猛地抬头。

"你要去哪里？"

"我去青寨，他可以利用童欢引走我，我也能利用别的把木也引来，让龚队他们准备收网了。"

他们虽然有地图，却不是贯通了翡国境的完整版，只能在已确认线路上守株待兔，还是太被动了，不如先下手为强。

"你怎么保证木也会照你的计划走？"

"以前我们总觉得木也行事变化多端，现在很明显，谨慎周密的是陆翊坤，乖戾跋扈的是木也。根据资料显示，木也少年时期就是很刚强火爆的性格，为了复仇却能蛰伏多年，顺境之后再发作起来，更加暴虐跋扈，所以青寨运营方向的实际把控者其实是陆翊坤，木也更多的是冲锋陷阵和震慑御下的作用。"

苏睿用手指沾水，在桌上写下了一个大大的"T"："木也是典型的'T'人格，他胜负欲强，在琅国的联系网络居然托生于一个游戏，还在游戏里给我们下了套，陆翊坤在住院的时候，他一定有机会把人弄走，非要大张旗鼓在押送途中动手，可见他本人一定是专横自负，而且睚眦必报。"

"陆翊坤在，他不会任由他冲动行事。"

"他们俩有理念上的矛盾，那些跟在他身边的亲信心腹和浮出水面的幕后功臣也会有矛盾，感情再好，有矛盾就有可以利用的地方，现在希望童欢能沉得住气，在青寨不要轻举妄动。"

苏睿说得很冷静，但是童彦伟还是抓到了他眼中一丝不确定，撑着桌子站了起来，望着他的眼睛一字一句问道："你保证，你的计划是安全的？"

"保证不了，只能搏一搏，不过木也性情暴躁，被引来的可能性很高。"

"你呢？救了人怎么离开？"

苏睿实话实说："现在还不知道。"

彦伟颓然坐了回去，捏着眉心一言不发，青寨现在就是一张易进难出的网，陆翊坤摆明了就在等苏睿入瓮，一边是小堂妹，一边是老友，他不希望任何一个人出事。

王德正在踏上青寨的土地时，是踌躇满志的，他畅想着自己最终成为南部地区地下霸主的将来，再不用左右逢源，再没有人能轻视他说的任何一个字。

然后他看到眉眼素净的少女在院中晾晒着艳色的长纱，风把薄纱卷到了她的身后，飞舞着，恍若云霞羽翼。

他目光里夹杂着欲望、不舍还有愤怒，扭曲了他的面孔，但很快又收了回去，恢复了往常一派儒雅的样子，示意跟在身后的宋民生眼睛不要乱看。

安排了这一幕的陆翊坤很满意看到的结果，还取笑地撞了撞木也："中国有句老话，叫君子不夺人所好。"

木也冷笑："他自己送上来的，我用得还不错而已，他要舍不得就带回去。"

王伊纹在奉上地图时，并没有隐瞒自己的身份，并言明不愿再回到王家，要用地图换康山一命。木也这个人没什么言出必行的节操，女人在他人生里就是无关紧要的点缀，地图已经到手，王伊纹对他而言，不过是像阿猫阿狗一样的玩意儿罢了。

看到代替木也来接见的"陆先生"，王德正的脸色堪用精彩来形容，关于空降部队他刚有耳闻，只知道是幕后军师直接上位二把手，万万没料到竟是熟人。他快速地回想了一下两人之间的交往，确定自己没有得罪过陆翊坤，唯一的困住童欢那次，他打上门来，自己也忍过去了，事后在主动再次致歉的基础上，两人在电话里还友好交谈了一番。

早知道有这么个大神在身边，他何苦千方百计靠岩路靠登强来搭上青寨的线？王德正热情地与陆翊坤寒暄起来，但是他闪烁的目光没有逃过陆翊坤的眼睛。

自青寨在德溧州的据点被端掉以后，木也一直在物色新的人选来组建西南省份的转销网络，最后选择做人口买卖多年却只走过少量散货的王德正，就是相中他与势力不匹配的野心，贪婪的毒蛇若拿得住他的七寸，会是个好控制的合作对象，如果王德正够听话，花点心力扶持一下也是值得的。

可是陆翊坤当初看不上这种两面三刀的小人，更倾向于有运输能力而且势力稳固的陶金，只是他也没想到已经混成一方老大的陶金居然会是卧底，这应该是他成年后所做决策里最大的一次失误，即使因为不够信任让陶金先去和登强接触，也害青寨失去了在琅国青奈地区好不容易建下的山头。

隔着百叶窗，木也听着阿加与王德正客套地寒暄，这是阿加第一次以青寨管理者的身份直接面对外人。多年以前，阿加只是父亲随母亲回家时一时兴起带回的把戏，父亲喜欢他有狠劲又知感恩，就把人划入了替他预备的队伍里，木也还曾因为看不惯他接近母亲和诺雅，狠狠教训过他几次。

但是为了母亲和珊珊临终前的嘱托，当年木也像丧家之犬一样四处逃亡时，是阿加顶替了他的身份引走了大部分追杀。他重建队伍时，阿加拿出了全副身家。他多次涉险，又是阿加舍命救他。整个青寨都是两人携手打出来的，对于木也来说，新建的地盘和才收入麾下不久的登强没了，是有点可惜，但能把隐身人群的兄弟拉回家，损失掉一个琅国市场不算什么。

　　童欢并不知道王德正也到了青寨，她在屋里干坐着，陆翊坤找了一些书她也没有兴趣去翻，昨晚她翻来覆去难以入眠，到临近天亮时才眯了会儿眼，迷迷糊糊全是木也那双肃杀的眸子，又吓醒来了。

　　所以明明门没有从外面被锁上，她却自己扣上了搭扣，连踏出去的勇气都没有，她知道那座大房子绝不像看上去那么普通，暗处还有无数双眼睛在盯着，木也的下马威下得很好，她总觉得自己乱走一步，也许下一刻就被爆头了。

　　有人轻轻敲门："童老师，我可以进来吗？"

　　童欢起身，开锁，把人拉进门，反锁，动作一气呵成，临了还凑到门缝处张望有没有别的人看到。

　　王伊纹笑着放下手中的餐盘："我不是偷偷来的，陆先生说你胃口不好，让我过来陪陪你。"

　　童欢这才松了口气，坐回床上安抚自己刚才一瞬间吊到嗓子眼的心，小伊倒很大方地走到窗边，帮她把帘子拉开，明媚的阳光照耀进来，屋子瞬间亮堂了许多。

　　童欢看着小伊那张沐浴在阳光下依然凉薄的面孔，不知该说什么。

　　谁都没想到中翡边境毒贩们肖想了多年的断崖路，康家父子宁死也要保密的地图，最后是这个高二的少女双手奉上。

　　当然是错，仅十一月就有四百公斤高纯度的新型毒品涌入了Y省，然后迅速散去内地及沿海，如果不是龚队埋下的哨岗缀上了第二梯队的运输队伍，十二月的输送量将会翻倍。

　　可是就像康山能拼死把探路队伍往错路上带，却又矛盾地把地图留给了小伊来做护身符，童欢知道这个女孩为了恋人已经连自己都舍弃了。她生来平顺，家人疼爱，朋友知心，恋人相亲，就连到了魔窟都还有陆翊坤护着，凭什么站在道德的制高点，去责问一个对生命已经再无期待的少女？

　　把童欢拉进卫生间后，小伊又仔细查看了四周，觉得以陆总对自己隐私的保护和对童欢的爱护，不会在淋浴间里装摄像头，她才掀开衣服，自内衣里取出一张纸："我听说童老师你记忆力特别好，这张图你能记住吗？"

　　终于看到了完整的地图，童欢的内心一时竟不知是喜是悲，小伊拿来的图分为四小块，恰好补的就是他们通过窗帘得到的地图里位置不明的四个部分，虽然图是以复杂的地下暗道为主，地面入口标识在简单的地形图上，没有具体的坐标，但是每个入口的搜索范围已经缩小到几平方公里以内，难怪陆翊坤能够在那么短的时间内把路一一打通。

同样的，范围精确到这个程度，对警方才有意义，之前那张近二十公里的图，明知地下有密道，边境线上也绝对拿不出足够的人手来蹲守，只能像龚队之前碰着运气布几个岗哨，逮到哪批算哪批。

"其实康叔叔当年是留下了密道图的，他画成了迷宫游戏给阿山做着玩，阿山没有童老师你的好记性，所以印象模糊了。这些年阿山采药时，一直在探路，他想找齐康叔叔的骸骨……被抓的时候他已经进行到最后阶段了。阿山说这个太重要，只能记在脑子里，不过……"小伊笑得有点讽刺，"被我交出去了。"

童欢不知能说些什么，低头全神贯注记地图，在确定她记下后，小伊把纸撕得粉碎冲进了下水道，两人回到了房间，童欢替她倒了杯茶。

"童老师，你不骂我？"

"骂你什么？"

"我交图。"

童欢勉强笑了笑："我问过我自己，如果木也抓走了我爸妈，逼我交出地图，我是交还是不交？"

"我有时候特别嫉妒你们能一直善良的人，好得让人自惭形秽。"小伊塌腰坐到了窗边，明明是颓然的姿势，却被她坐出丝超龄的韵味来，她托着腮，怔怔地看着大山，清水般的眼眸里是不该有的苍凉，她悠悠地说道，"阿山被木也丢进猎场了。"

"猎场！"童欢倒抽一口冷气，"他进去多久了？"

"半个月。"小伊忽然紧紧扣住了童欢的手腕，"童老师，你帮我去求求陆先生，哪怕阿山是死了，也把他的尸骨带出来，送他回乡。"

按昔云镇老一辈的说法，如果客死他乡，会永世做一只飘在异地的孤魂野鬼，不得超生。

当初陆翊坤赶在狼牙追捕上之前把康山骗走，并没来得及把人送出境，迷晕了丢在后备厢就又急匆匆赶去了大梁寨。其后青寨顺利撤退的人接手了关押事宜，陆翊坤跟着苏睿等人分身乏术，他当时并不知道苏睿已经开始怀疑自己了，康山所知的地图太重要，他准备自皮岛回来后，亲自把人送回青寨，于是下达了"严加看管不许采取措施"的指令。

之后琅国一系列的变故，木也一边应付因为陶金而全面溃败的琅国贩运网，一边策划着救人，陆翊坤在医院能传递的消息有限，就把康山的事先丢开了，直到陆翊坤获救，为了弥补琅国的损失，他第一时间找上了康山，康山当然是宁死不肯说的，木也连刑都懒得上，准备直接给他打针。

王伊纹觉得康山宁可死，都不会愿意成为一个瘾君子，她也还有要接近木也的原因，就把地图交了出去，只是她没想到，那张地图不过替被丢进猎场的康山换了一点食物和一把匕首。

结合小伊所知，还有几个月前的变故，童欢把经过猜了个七七八八，她没有追问小伊主动进入青寨并求宠的原因。

"我不怕他先走，等我把我要做的事做完，我就去陪他。"

小伊很平静地叙述着，这么多天过去了，她心里已经猜到了结果，她堵住了童欢无力却又试图劝解的话头，笑着抱了抱童欢："童老师，你和我还有阿山非亲非故，却和苏教授为我们做了许多，这个世界上真心实意待我们好的人没几个，能在这里再见你一面，我挺高兴的，如果……我们回不去了，请你们照顾好秀云姨。"

"小伊，我们想办法逃，现在医疗技术高了，国内不行我们就去国外，总能戒得掉……"

小伊掀开了纱笼裙，大腿根部的青紫和针眼触目惊心："陆先生回来后，青寨又研发出了新型高纯度的合成毒品，只要给上两次，神仙都别想戒掉，我试过药了，你不会想看到我发作的样子，只要能给我一针，表演吃屎我都愿意。"

"小伊……"

"我现在连块腐肉都不如，你不用劝我啦，童老师，我已经活得太辛苦了。"

十几岁的女孩把心如槁木说得那样轻描淡写，可童欢知道她字字血泪，她坐到小伊的身边，轻轻抱住了她瘦削如纸片的肩。

"康山妈妈一直在等你们回去，她说哪怕只有一点点希望，她也要等下去，再难的时候，想想她还在等你们回家。"

小伊眼里泛起点泪意："秀云姨人好，你们都太好了，童老师，你说好人为什么就没有好报呢？老天爷为什么要对我们这么不公平？"

小伊放松了身体，靠进了童欢的怀里，像个汲取温暖的孩子，她轻声叹息："好久没人这样抱过我了，真舒服呀！我从小就没什么好运气，怕是等不到了，我想，我这辈子最好的运气大概就是遇见了阿山，而阿山又遇见了你们七小这些老师。"

有温热的水滴落在了小伊的手背上，童欢连忙道歉，小伊笑了："童老师，你被我惹哭了，为什么还要和我说对不起？陆先生是让我来陪你说说话，现在反而让你听我说了。"

"你说，我喜欢听。"

就在那个阳光满地的窗边，小伊说了她有爷爷奶奶疼爱的童年，说了那个告白时小心翼翼的少年，说着她有多喜欢他，说着她有多不舍得。

她说，童老师，下辈子我和阿山都来当你的学生，其实我们俩的成绩都可好了。

第二日，陆翊坤告诉童欢，木也把王伊纹送回了王德正，王德正一行三人已经离开了青寨。

Chapter 70
落网

青寨的人将王德正送到了翡国边境，横亘在边境线上的哲龙山脉，是两国之间的天然屏障，也是边境战士、缉毒队员与毒贩们斗智斗勇、浴血奋战的场所。

宋民生的背包内放着陆翊坤勘探后亲手绘制的地图，根据双方协商的结果，前期跨境运输基本由青寨负责，地图只是他们合作的诚意。或许是了解王德正的为人，临行前，陆翊坤曾提出如果王德正需要的话，随时可以由专人带他的人马走一遍。

不过王德正从来不会完全相信一个外人，所以在山边一处茶室休整时，他避开耳目，自王伊纹手中接过了复制的地图，粗略扫了一遍，递给了一旁的宋民生。

宋民生是在山边长大的，也是王德正几次组建探路队伍的接头人，因为数次组织队伍，其中还跟队了两次，他对昔云与翡国接壤的部分地区地形相对熟悉，比对着两幅图仔细看了几遍，冲王德正点了点头。

"图是一样的，只是小伊姑娘给的这份在边境地区有四处没有完全确定盲区，而青寨给的地图里只探通了两处。"

这很符合康山当初也没有走通全部线路的说法，但是也代表最关键的跨境部分，他们只能相信青寨给出的地图。

"可以把我爷爷奶奶的骨灰还给我了吗？"

王伊纹在王德正面前已经不肯再做出温顺的模样，当王德正知道地形图居然就在眼皮底下，而且还是自己亲手递给王伊纹烧掉的，他气到疯狂，连宋民生都没有料到，王德正居然会做出掘人祖坟的阴损事，已经进入青寨的王伊纹不得不再次成为他的内应。

"我怎么确保图的真假？"

"难道还要我和你走一遍？"

王伊纹赌气的话反而触动了王德正，他若有所思地摸了摸手上的珠串，沉吟半晌，又看了看跟在身后的宋民生，说："也不是不可以。"

他从陶金手中接过的运输队并没有什么忠诚度可言，与其相信感情、义气这种虚无缥绺的东西，王德正更愿意多一些像宋民生这种既有所求又暴露了弱点的人。

"你能在我眼前把地图藏那么久，说不定你那个小情人早就把线路都和你交代清楚了。"

对于王德正来说，如此隐蔽又四通八达的暗道网，没有什么比记在自己脑袋里更保险了，何况还有青寨的人护航。

当然，他今天只准备走一走康家地图上没有标注出来的翡国地段，王德正活到现在，依然是警方手中一条滑不留手的泥鳅，靠的就是万事小心，任何能被抓住把柄的危险他都不亲自参与，只要他人在翡国境内，青寨是一定能罩得住的。

有陆翊坤交代在前，青寨负责护送的人很大方地安排了四个持械队员，带领三人进山。新路目前还在维修拓展阶段，因为对Y省市场重建的重视，青寨内允许接触新路的人手俱是心腹。不同于王德正只能简单交流，宋民生的翡国语已经熟练得犹如第二母语，而且他相貌可亲，在将王德正的意图仔细解释给四人听的同时，已经能宛如熟人般与他们谈笑风生。

任选了一个极为隐蔽且有数个暗哨看管的入口进入光线幽暗的通道后，四周弥漫着一股难闻的味道，像下水道的生物散发出来的霉湿气，烂木腐败，新搭的支撑框架又散发着新木和钢材的防腐漆味，偶尔有不明生物窸窸窣窣而过的声音，所有这些混杂在一起，恶心得叫人恨不得把眼耳口鼻全都掩住。

"这是离边境最近的入口，往前走三公里左右，就是边境线。"

或许是知道王德正是以后长期的合作方，青寨的人态度倒很好，三人在前一人压后，因为没有带货，四人走得很放松，显然对路途也很熟悉，在可视范围不到五米的暗道里健步如飞，遇见两次巡走的同伙还聊了几句天，等待步伐缓慢的王德正。

王德正自进洞后，就戴上了手套，然后才自宋民生手中接过两套地图，借头灯的光一一对照勾画，专注而慎重得仿佛脚下走的是一条通往名利场的康庄大道。

路越走越深，因为他时走时停，与前面三人拉开了小段距离，光线昏暗处只看得到影影绰绰几个背影。而王伊纹也不知和压尾的人在聊着什么，在讨男人欢心这件事上小姑娘着实有天分，她扎着当地的盘发，那支常戴的水滴状簪子斜插在发髻上，露出修长的天鹅颈，纯真里又透着丝媚意，要不是碍于她是王德正的人，那人的嘴都要贴到她脸上去了。

王德正在心中暗骂了几句，不过不欲为这点事在此时此地闹僵，回去之后他自然有无数手段让王伊纹跪在地上求他，这会儿眼不见心不烦，他加快了步伐。

"快到边界了吧？"

"我去问问。"

宋民生与前方三人沟通过后跑了回来："王总，大概还要走一刻钟，他们问你需不需要原地休息一下？"

"不用了，我们跟上去。"

王德正看图上所标，前方以一道山崖为界，大约就是被传了数年的断崖了，想到这条边民毒贩肖想了多年的山路终于还是落到了自己手中，王德正还是情不自禁浮上了喜色，很会看脸色的宋民生在一旁说着恭维的话。

王德正勾了勾嘴角，回想起自己卑微的少年，和陶金携手起家的青年，两人分道扬镳后又被压制多年，现在江湾是他的了，盈城的老大必定是他，未来整个南部地区他也会是那匹领头的狼。

就在这样满腹的畅想里，王德正钻出了山洞，出乎意料地，那道传说中的断崖竟然隔着几排丛密如天然屏障的灌木，被抛在了身后。前方繁茂的森林有种诡异的安静，他察觉到了不对，当机立断掏出怀中的枪用力抛往崖下，就被埋伏已久的龚长海等人压倒在地。

王德正这才看清前方领路的三人不知何时借着光线和距离的掩护被调包了，而身后的人也不见了，只有王伊纹似笑非笑地站在洞口，她的头发散掉了，垂下的长发乌如墨，雪白的面孔因为不健康的底色，就像上等的瓷器，泛着坚硬又脆弱的青光，有冰冷的凛然。

"你们凭什么抓人！还跨境执法！我要投诉……"

话没说完，狼牙的人塞住了他的嘴，并且借着队员的遮挡干净利落地卸掉了他的下巴，龚长海踩在他的肩头，掐住了他的咽喉，想到徐刚被废的手臂，又多施了几成力，呻吟被堵在喉间的王德正痛得两眼翻白。

"王总，欢迎回到中国。"

王德正身体一僵，看见宋民生和王伊纹并肩站到了一起，两人脸上还有着相似的痛快表情。

"你们……你们……"王德正含混地吼着。

"王总，对不住了。"

宋民生搓着手，这样的情形之下，他依然是毕恭毕敬的样子。

事实上更早于王德正收买黄钟，陶金就接触了宋民生，而在他去世之后，宋民生又收到过一封邮件，里面有陶金亲录的视频，交代自己一旦发生意外，谁能够扳倒王德正，谁就是江湾车队的继承人，视频用以服众，另有法律文书确保合法，还附上了龚长海与线人联系的安全屋及接头方式。

自赵颖一事后，宋民生已经彻底寒了心，他当然不愿兄妹两人毕生受控于冷酷的王德正，何况扳倒王德正再坐拥车队，也就代表他自己可以称霸一方，内起反心外有重利之下，当王伊纹去往青寨前夕找上门来建议联手后，宋民生成为陶金预埋在王德正身边的致命一击。

被捕已成定局，王德正安静下来，忍住下颌的疼痛他迅速地盘算了一下眼前的局面，龚长海不至于布下这么大的场面来抓他一个非法入境和非法持械，这还得找到已经被抛下山崖的枪支……难道宋民生的背包里有栽赃的东西？

那也不怕，他向来小心，全程戴了手套，手枪、地图、背包应该都没有留下指纹，除非是宋民生刻意造假，那就会有漏洞可驳……

明显放弃抵抗的王德正被移交到了龚长海队员手中，铐上了手铐，王伊纹把童欢的情况和龚队细说后，轻盈地走到了他面前，摸着他的手铐浅笑如烟，因为知道她是内应，年轻的干警并未阻止她与王德正接近。

"龚队长，我可不可以单独和他谈几分钟？"

王伊纹看了一眼警方的执法记录仪拍摄方位，轻声问道。龚长海略加思索同意了，让队员退开数米，把两人围在中间。

当初在安全屋内，龚长海看到不仅有宋民生，还有被王德正一直护得严严实实的女孩时，充满了惊喜，又担心是王德正布下的局。不久，王德正前来报案她失踪，龚长海一时也不知真假，宋民生再传递来消息，她已经身在青寨。

小伊蹲了下来，轻佻地在王德正脸上拍了两下："你在想没有指纹要怎么脱罪对不对？放心，不光是指纹，皮肤、毛发都有，背包里三公斤的新型毒品，是用你昨晚扯掉的我那件衣服包着的。"

王德正目光一缩，继续沉默。

"想要推给我？你没这个机会。昨晚宋民生告诉我，他打听过了，阿山早就死在猎场里了，而我爷爷奶奶的骨灰他也帮我安置好了。"小伊的目光里有面对现实的坦然，也有万念俱灰后反常的狂热，"我已经受够了自己毒瘾发作时的丑态，而且你碰我的每一下我都恶心无比，我没有一天不在盼着你死！"

王德正的气喘粗了，他不知道王伊纹想干什么，但是此时此刻他要保持冷静，可是王伊纹不给他调整情绪的机会："今天离开前，我留了告密信给木也，告诉他地图早就泄露了，而且是从你这里透出去的，我想那几个特战队员现在已经进去设炸点，青寨费尽心力重建的路废了，你猜他们还会不会和你合作？"

"贱货！"

王德正发出模糊的怒骂，舞着手铐扑了上来，王伊纹激怒他的目的达到，避开镜头悄然自袖中滑下一支发簪。

众人见王德正忽然有动作后迅速上前，都没看清到底发生了什么，只见王德正同王伊纹缠斗了两秒，然后王伊纹发出一声惨呼，捂住胸口倒在了地上，王德正茫然地拿着被塞到掌心的发簪，望着倒在血泊中的女孩。

龚长海都没有想到，王德正居然会"拒捕行凶"，有人冲上去扑倒了手持凶器的王德正，王德正按住王伊纹胸前的伤口，奈何发簪扎得又深又准，王伊纹的目光很快就涣散了。

　　她盛满了话语的泪眼望着龚长海，却什么都没说出来，龚长海抱住了女孩瘦削的身子，诚恳而坚决地说："我知道你要什么，我们会做到，他休想脱罪。"

　　王伊纹，不，刘伊纹开心地笑了，笑得就像月光下的冰雪一般，纯净无瑕闪闪发亮。

　　她感觉不到胸口的疼痛了，倒像回到了多年以前的清晨，腾腾的蒸汽里奶奶烫着米粉，爷爷在一旁摆着青花的大碗，两人都带着笑听她坐在门边读着书，还健康的秀云姨牵着阿山走来，奶奶就悄悄多烫半份粉，把碗装得满满的，爷爷再加上两勺扎扎实实的肉酱，秀云姨粗糙而温柔的手掌摸着她的头顶，说我们伊纹越长越好看了，以后到我家来做媳妇呀？她的男孩在一旁腼腆地笑着，就像山间的清泉水一样澄亮。

　　阿山，如果有下辈子，我一定生在一个没有毒品的地方，做个干干净净的女孩，好好爱你。

　　王德正木然地看着含笑而逝的女孩，她到最后都没有再看他一眼，他的胸口好像也有一个伤口在汩汩地淌着血，不是疼痛而是比痛更大的空虚，让他眼前一片灰暗。

　　他想过去摸一摸女孩，被人按倒在地，所有的人都嫌恶地看着他欲触碰的手，他的脸在泥土上摩擦着，喉间发出嘶哑的哀吼。

　　宋民生也内心复杂地蹲了下来，替小伊弹了弹纱笼上的尘土，他还记得第一天接手开车的活，那个坐在后座文静娟秀笑起来有点羞涩的女孩子，每次都细声细气和他道着谢，后来她就那样一点点枯萎了。

　　是太恨了又再无留恋，她才会在昨夜主动提出最万无一失的方案，不只是越境贩毒，还有众人眼前铁证如山的凶杀。他敬佩又怜悯，不过不会拒绝，如果此番钉不死王德正，他和赵颖绝无生路，而一旦成功，就是他崛起的开端。

　　狼牙放置的烈性炸药轰得整个山体都在颤抖，王德正的脸色发青，押着他的年轻队员轻轻说了句："四分之一。"

　　龚长海表情沉重地点点头："对，还有三条。"

Chapter 71
营救

知悉小伊被王德正带走后,童欢默不作声地躺回了床上,她沉浸在巨大的悲伤里,她总觉得小伊昨天的话语里藏着诀别。

小伊留下了一瓶饮料,交代要趁陆翊坤上午在的时候喝掉,童欢猜是准备要救她了,只是为了她的安全不让她知道太多,二十五岁的成年人还不如一个高中女生,她为自己进寨后的恐惧和退缩感到可耻。

不到昔云,她体会不到一餐一饭有多可贵,支教的伙伴陆续离开,她留了下来,固然有她的坚持,内心未尝没有觉得自己挺有觉悟的沾沾自喜,直到遇到龚队、陶老大他们,她才知道自己的浅薄。

她躺在那里,眼前全是陶金最后坚毅又温柔的血脸,还有木也手里那个她连姓名长相都不知道的卧底。那些光明之下的安稳生活从来都不是稀松平常的,是一群又一群无私的人用血肉之躯竖起了难以逾越的城墙,才把黑暗挡在了高墙之外。

现在她已经站在墙外了,一定能做点什么。

为了确保童欢的安全,陆翊坤安排她住在了自己房屋的里间,他向来不爱别人进他的地盘,只要有空,童欢的三餐都是他亲自送的。

虽然没有明令说童欢不许出门,她来后也很乖地一直窝在屋子里,鉴于她摄像机一般的记忆力,陆翊坤觉得这样也好。安抚了看过王伊纹"告密信"后暴跳如雷的木也,陆翊坤通知人去联系护送王德正的人,不过密道里部分路段没有通信信号,一时半刻不会有消息传回来,他担心一会儿忙起来没有时间,提前把中饭端回了房。

推开房门,陆翊坤立刻嗅到了异常,童欢房间的门被推开了一条小缝,里面有细微声响。

"三三?"

陆翊坤把手中的餐点放下,悄然挪到门边,将门再推开一点:"苏?是你吗?"

房间里传来靠背椅被踢翻的巨响，显然有心藏匿的人不会故意发出更大声音，陆翊坤冲进了房内，只见童欢痛苦地倒在地上，身上起了大块皮疹，张着肿胀的嘴唇，费力地喘着粗气。

　　"三三！"

　　陆翊坤冲上前查看她的体征，发现不是中毒而是过敏后，望向桌上很常见的混合果汁罐，立刻想起了她对木瓜过敏。

　　"里面有木瓜汁？"

　　童欢艰难地喘息着，她也没想到过敏症状会这么严重，想来应该是不了解她体质的小伊为了更保险起见，自作主张加重了剂量。

　　陆翊坤有片刻想说服自己她是误饮，但是以她症状发作的猛烈程度来看，绝不是混合果汁里可能掺杂的一点木瓜汁能做到的。

　　"苏来了？"

　　童欢扯着衣领发出难听的喉鸣音，目光却没有一丝闪避，陆翊坤很快意识到苏睿不会舍得冒童欢可能窒息的危险来调虎离山，他急忙把人抱起来到医护室先打了两针抗过敏的激素缓解症状。

　　大宅虽然配有设备顶级的手术室和技术过硬的外科医生，平时擅长处理的却是伤口，医务室也就看个感冒伤风，童欢过敏症状太严重，陆翊坤征求过医生意见，准备前往医院。

　　这么大的动静木也当然被惊动了，陆翊坤一面跑向车子一面安排院内加派人手，木也满不在乎地打量着艰难呼吸的童欢，毒蛇般的眼睛就像一双冰凉的手在童欢皮肤上滑过，引起她更深的战栗。

　　"连我这种莽夫都看得出来这是在调虎离山，阿加，别告诉我你不知道。"

　　木也刻意用翡国话说道，不过在陆翊坤目光的示意下，依然帮他放倒了副驾驶的椅背。

　　把人安置好绑上安全带后，陆翊坤伸手去试了试童欢的体温，童欢打过针后稍微舒服了一点，她虚弱地拉住了陆翊坤的手，热乎乎的吐息喷在他的掌心，就像在幽深海水里她稳稳拉住他的手那样，有直达心口的暖意。

　　"她一直诚心对我，是我骗她利用她，现在被骗也是活该。"陆翊坤发动了车子，然后伸出手臂搭在木也肩膀上，用力按了按，"我马上回来，在那之前有任何情况你先通知我，我们商量以后再行动。"

　　车子开出去五米了，陆翊坤又倒了回来："千万别冲动！"

　　木也笑着在他车门上踢了一脚："我让二队跟着你，少啰唆！快滚！"

为了寨中的人就医方便，青寨最大的全科医院地理位置相对外围，提前接到通知的医院上下在陆翊坤抵达前已经自查过一遍，接过童欢后，随陆翊坤而来的荷枪实弹队员又开始仔细搜检。

青寨的人奉木也如神明，对于随木也回国并昭告全寨地位等同于他本人的陆先生，大家都知道他对老大有多重要，所以只是为了一个过敏病人如此折腾，医生到病人都没人抱怨，甚至自发地留意身边有何异常。

童欢不知道苏睿要怎样才能从这样重重关卡里救自己，陆翊坤看着她眼中的纠结担忧，确定她不知情，心中倒好过一点了。在急救室外坐下后，他想了想，把苏睿的相貌大概描述了一下，让二队见了不要直接下杀手，留活口。

就在这时，护送人员失联和密道被炸的消息陆续传来，陆翊坤按掉通信设备后，立刻联系木也，信号一接通入耳全是直升机螺旋桨的轰鸣，夹杂着木也一长串火冒三丈的怒骂，熟知他脾性的陆翊坤耐着性子等他发泄完才发问。

"你在过去的路上了？"

木也一顿，用大骂来掩饰自己没有遵守承诺："王伊纹都说王德正个狗日的把我们给卖了，你还说他不会！"

"他卖给警方能得到什么？和我们合作又能得到多少？"

陆翊坤的语气是一如既往的冷静，他看了一眼还在救治的童欢，沉吟几秒立刻起身往大门走去："你等我过来。"

"我们给的地图上只有两条贯通线路，他前脚拿到图，后脚我们的人就中了埋伏，山都炸塌一片，现在还在往外挖人，阿加，我必须过去，这周还有货要走。"

"不过三百公斤而已，而且还有路，你急什么？"

陆翊坤交代二队队长尕伦带一半人守好医院，另一半立刻随他出发，木也听见他即刻选择离开医院来找自己，心情不错，机上被他凶神恶煞的脸吓得大气不敢出的队员暗自松了一口气。

"剩下的路还没修好，载重货没多少人能过。"

"我去。"

"不行。"木也回绝得极为干脆，"我手下的人死绝了吗，需要你亲自涉险？"

"你手下的人死绝了，非得你亲自进哲龙山？"

见他不听劝，陆翊坤的语气也加重了，因他难得怒了，木也态度软了几分。

"那不一样，这样炸路伤人，我要是找不回场子，还有什么脸带队伍？而且还有什么阵仗是我没看过的？"

"你不要拿之前在琅国的做派来对付公安和特警！连环爆炸案影响太坏，风口浪尖上别再惹事，生意要紧。"

"放心，我在边境打这么多年交道，当然知道什么能惹什么该忍。"

木也话说得明白，态度却满不在乎，这五六年青寨发展得顺风顺水，他横行霸道惯了，早就不是当年背着血海深仇咬牙隐忍的少年，只讲究睚眦必报。

"我知道因为那邦的事，整个德漂的大据点都被捣了你憋着气，但是这么多年中国缉毒的力度你还不清楚？我如果在，上次的连环爆炸都不会发生，伤亡那么大，现在整个Y省的公安战线都等着揪你出来，你再不能乱来！"

能跟机的队员全是木也心腹，之前就有部分人知道他背后还有一个心思缜密办事牢靠的军师，陆先生回来后更是地位超然，现在听着向来暴虐的老大被人一再阻拦，说到最后甚至有点呵斥的意思，每个人的皮不禁绷紧了，没想到木也反而哈哈大笑起来。

"早让你回来，你自己不回，现在别放马后炮！进山了，不讲了！"挂掉通讯器，木也状似不满地骂了两句，"看见没，老子都敢训！等人来了先给我按住打一顿！"

全机人在心中对于陆先生的地位又有了新的认知，傻子都不敢去附和木也的话。

当木也看向直升机前方郁郁葱葱的哲龙山脉，他的目光变得残酷冰冷："看来之前的教训还没让他们学乖，一会儿都警醒点，好好给他们再放放血，不然不长记性。"

另一边，眼见劝服不了木也的陆翊坤把车停在了路边，登上了二队的车辆后座，边看地图边用手机下达了一连串的调派指令。

和暴躁易怒的木也不同，王伊纹留下的信他一个字都不信，哲龙山里闹出这么大的动静，王德正恐怕已经被抓了，不过那点小可惜，与他确定陶金是卧底后的惋惜截然不同。

有时候陆翊坤觉得自己一直看重陶金，可能是感受到骨子里的相似，撇开立场不谈，他们都在对立的位置伪装着自己，过着认真却虚假的人生，不知何时何处是尽头。

已经缓过劲来的童欢在确认陆翊坤离开后，取出在急救室里偷拿的一瓶生理盐水，趁着尕伦和医生沟通的空当，迅速地灌了下去，等医生再返回的时候，她已经伏在床边吐了一身一床。

尕伦是第一次接触童欢，只知道是不近女色的陆先生放在屋内的女人，而且陆翊坤走前交代了除了限制行动什么都顺着她，他见童欢身材娇小，虚弱到走路都快没力气了，检查完VIP病房的卫生间后，就让两个膀大腰粗的护士扶她进去擦洗换衣。

进卫生间后，童欢脱下裤子，让那个明显更会察言观色的胖护士去试水温，在她转身的瞬间用输液的玻璃瓶敲晕了另一个，然后干净利落地在胖护士欲呼之前用裤子勒住了她脖子，捡起一片尖锐的玻璃片准确地抵在了她的颈动脉上。

"和外面说，只是我摔了，我没穿衣服，别进来。"为了方便童欢沟通，二队的副队长特意挑选的是两个会中文的护士，童欢发狠话威胁，"别乱讲话，我不会说翡国语，但是我听得懂，说错一个字我就割了你的喉咙。"

胖护士吓得面无人色，老老实实打发了听见动静过来询问的尕伦，童欢脱下她的衣服将人绑得结结实实，再堵住了嘴。

她紧张地去探了探瘫倒在地的护士的鼻息，确定没有误杀人命，替她简单包扎止血，和清醒的胖护士绑到了一起。

虽然在被扶过来的路上，童欢在脑海里演练了N遍，这也是她砍断登强手指后第一次出手，她以为自己会吓得手软，没想到比预想的还要顺利。再想想数月前的自己，感觉恍若隔世，偏偏这些伤人不伤命的手段、绑人的手法大多是陆翊坤教的，她怔忡片刻，用力甩头甩掉心中那些唏嘘。

"惊动任何人，回来我就杀了你。"

威胁完瑟瑟发抖的胖护士，童欢蒙上了她的眼睛，进来前童欢已经观察过地形了，以她在昔云几年爬树的身手，她完全可以轻松地跳上窗外的大树。

胖护士听见她开了窗，一阵窸窸窣窣的声音后，传来了几声树枝的轻响，她又等了两分钟，然后凭记忆拖动同事蠕动到了卫生间的门边，用身体用力撞向门板。

尕伦带人闯了进来，见状倒是小吃了一惊，他没想到看起来个头娇小的童欢居然真的搞定了两个壮实的妇人，他辨认过挂在树枝上的几缕布条，取出对讲机吩咐守在监控室的队员排查童欢的踪影，顺着她一定能找到陆先生要他们抓的苏睿，然后留下了一个人守在病房就离开了。

仗着身量小柔韧性又好的童欢屏息趴在通风管道内，注视着一切，她虽然听不懂尕伦说什么，但间或听到了苏睿的名字，暗自庆幸。

就在她踩上窗台那一刻，过度的顺利让她忽然警醒，最终她只是推开了窗，然后现学现用了上回陆翊坤来掳她时学到的撬装通风口的办法，藏进通风口后用布条裹了窗台上的石子掷出去，然后耐心地等到胖护士挪动时制造出了声响，才悄无声息地把通风口的百叶窗挪回了原位。

果然，他们是有心让她逃，再把苏睿引出来，只是陆翊坤带着她飙车来医院时的焦急到底是真是假，她分辨不出了……

如果苏睿来了，她应该要帮他们把人引开，但自己也不能到处乱跑，彼此错过更麻烦，至于苏睿怎么找到她……让福尔摩苏自己想办法去吧。

她静静地待在通风管道里，听见留在病房的守卫对讲机一阵一阵在响，却什么都听不懂，这时候特别后悔没有跟着矜羽学翡国语，在语言天分上她真是远远不及小羽毛。

童欢一面祈祷这里的建材质量要够好，不要害她掉下去被逮个现场，一面盼望着苏睿的速度稍微快一点，等尕伦把医院都翻一遍以后，可能就会意识到她根本就没有走。

就在她满脑子胡思乱想的时候，整个医院忽然断电了，与此同时后院发出了巨大的爆炸声，她透过百叶窗只能看到守卫的腿，那人走到门边不知看到了什么停了片刻，然后就软软地倒在了地上。

　　一个长发长裙坐在轮椅里的美女进来了，她灵巧地在病房里绕了一圈，就进了卫生间，看了一眼窗台，四面转了一圈，然后抬头望向了通风口，张开了双臂。

　　"下来吧！"

　　童欢的嘴张成了一个圆，惊讶得眼珠子都要掉下来了，苏睿的女装美得惊人，长发逶迤，还上了点淡妆，翠眉入鬓秋波潋滟，眉宇间满是生人勿近的冷意，艳若桃李又冷若冰霜。

　　虽然苏睿极其讨厌照相，但是童欢相信陆翊坤一定把苏睿的相貌给人看过了，别人来营救都是想尽办法不惹人注目，他偏偏醒目到打那些人面前走过都叫人惊艳，决计想不到他并不是女人。他坐在轮椅里搭着毯子，也显不出一米八的身高，腿上还很逼真地套了个石膏，很不耐烦地从鼻腔哼出口气："看够了吗？还不下来？"

　　童欢挪开百叶窗，灰扑扑的小脸忍笑忍得很辛苦："你怎么知道我没走？"

　　"你都不知道我在哪里，怎么会乱走？"

　　"那你怎么知道我躲在这里？"

　　"你到底下不下来？"

　　陪童欢训练了这么久，苏睿对她的跳跃能力是很熟悉的，挂布条附近的树枝凡是能承受童欢重量的，都超出了她的能力范围，窗台上的脚印也没有向前跳时摩擦的划痕，反而前轻后重且后跟有挪移的痕迹，一看就是用手拿着鞋印下来的，他怎么可能猜不到？

　　苏睿显得更不耐烦了，童欢却咧开嘴无声笑得很欢，她抓着鞋扑进了他的怀里，紧紧地搂住了他的脖子："苏睿，我可想你了！"

　　推开她快甩到脸上来的鞋，因穿了女装而满腹不爽的苏睿一瞬间柔软了目光，用力地回抱了她："吓坏了吧？"

　　"一点点。"

　　童欢乖乖换上苏睿从轮椅下方掏出来的男孩校服，他惋惜了一秒她好不容易留长的头发，掏出一把剪刀咔嚓几下又给她绞成了乱糟糟的短发，藏了一个联系用的耳麦在她耳后的头发里，然后和童欢一前一后往外走。

　　"十分钟后，胡益民会开一辆白色凯美瑞，经过对街红色招牌的超市，狼牙的人开黑色路虎，停在加油站厕所边，两辆车车牌尾号都是33，如果走散，哪边更安全就往哪里跑。"

　　童欢偷瞄一眼坐在轮椅里的苏睿，他明明最恨别人说他有女相，最讨厌数字3，却为了她全破了例，感动挤在喉间说不出，却听见他抱怨："头发丑死了，回去赶紧留长。"

　　"直男癌，还不是你剪的。"

童欢嘀咕着，只见走廊四处都是往外走的人，其中还有十来个和她穿着一样校服的少年。

"你做了什么？"

"往旁边中学某个班的牛奶里加了点东西，只是拉两天肚子，对身体影响不大，还有，别再说中文了。"

院内又连续炸了两声，青寨的人经事多，勉强在尕伦等人的威慑下维持了有序的撤离，并且都聚在大门外的前坪里没有离开，以便二队的队员一一辨认。

就在此时，人群中忽然有人大喊了几声"手雷"，最先散开的地面真的滚出了两个制式手雷，所有人再不受控地向四周散去，童欢也跟着人流顺利转移到了路边，看见车牌尾号33的白色凯美瑞立刻拉开门钻了进去。

"童老师。"

胡老虎瘦了一点，冒出青茬的头发硬邦邦的，皮肤泛着健康的黑红，还是那副混不吝的样子，副驾驶坐了一个皮肤棕黑的年轻人，正和另一辆车的副队联系着，胡益民已经加大油门把车开远了。

"苏睿还没上车！"

"我只负责接到你就走，童老师，你抓稳啦，我靠你戴罪立功呢！我婆娘生娃的时候我能不能去看她可就靠你了！"

胡益民这个人向来信奉的就是"你砍我一刀我一定要还回去两刀"，青寨的人炸飞了他的车，王德正连他家里人都一而再地动，他在看守所里早就憋了一肚子火，何况王德正一天不倒他家人一天安全没有保障，所以苏睿因为他曾经进过青寨外围求助的时候，他虽然摆了点谱，还是很快答应了。

车子开远后，副驾驶座的年轻人才回头冲童欢一笑："童老师，你好，我是许杨，这次由我和我们政委聂敬亮配合苏教授行动，我们还有一队人潜在青寨外等待接应，你放心，苏教授已经上了老聂的车。"

童欢目光一动，试探地说道："你们是狼牙的人？"

许杨一愣："童老师见过我？"

"我听过你的声音。"

之前狼牙分队找康山的时候，她听见过这个声音向孙队汇报情况，有一点河南口音，而且总把in、ing不分，作为一个天天在和一二年级孩子拼音做斗争的老师，童欢印象还是比较深的。

"童老师果然是好记性。"

许杨笑了，露出一排雪白的大牙，青春无敌又生猛的模样。

Chapter 72
命运无常

　　植被茂密的哲龙山顶上积着经年的云雾，仿佛从不曾散去，没有人知道这片土地里埋藏过多少忠诚、惨烈、生死、罪恶，青山如故，许多看过、走过的人却已经不在了。

　　整齐划一的丛林吉普在林间小道疾速穿过，嚣张地扬起满地黄土，木也穿着染血的迷彩坐在领头的车里，面色阴沉。

　　当他看到密道内挖出来的尸体，神经被彻底戳疼，他手下没有弱将，却在自家地盘上被人清了场子，而且都是无比利落的杀手，显然这次来的不是一般警察。

　　阿加一再警告他不要在中国境内挑衅，可他身后的队伍不是吃素的，他一直觉得阿加行事太过谨慎，以他手中的武装力量，只要进了北部山区，什么神魔鬼怪都是他叼在口中的肉。

　　有属下来报告，在丛林西北侧发现携带武器人员的活动痕迹，西北方向恰好有给王德正的地图里第二条在建线路，木也狠狠地咒骂了两句王德正这个叛徒，心里盘算着，如果今天再被人端掉一个场子，他哪还有脸在北部混下去。

　　"老大，陆先生派了附近的一团过来，让我们等一等。"

　　木也迟疑了片刻，阿加的话他还是听的，于是下令全队原地休整，不过休息时寨中医院发生爆炸的消息也传来了，他的靴子一脚踹上车门："敢炸到老子家门口来，这是照着样子在报复！我上百号人难道还围不住十几只小猫小狗？不等了，敢在老子地头上撒野，把人给我包圆了，带回去好好招呼。"

　　衣服上的血迹刺激着木也嗜血的心，而亲随里几个内心对陆翊坤空降埋着不满的人趁机暗撮了几把火，木也亲自把住头车上架的机枪，笑容冷酷地冲后方队伍一扬手，命令车队加速。

　　车队顺利地开到了西北方向的峡谷地带，此处地形狭长，高木森立，据传谷中战乱时期曾经坑杀过上千战俘，大风凌虐时风声鬼哭狼嚎，当地人又爱把这里叫作鬼峡。

　　木也蛮横却不莽撞，虽然他不相信中国警方会派出大量部队过境抓人，引发纠纷，不过经过容易设伏的低洼地带，他还是先派出了经验丰富的老手潜进峡谷两侧的树林摸底，就在这时第二条密道的方向传来了巨大的爆炸声，木也脸色一沉，下令车队全员戒备，然后加速前进。

第一声枪响时，车队恰好走到半程，密集的火力呼啸而来，潜入林中的人员也瞬间失去了联系。头车的司机被崩掉了半个头，满脸染血的木也仿佛地狱走出的恶鬼，机枪突突吐着火舌往林中火力最盛处射去。

木也手下全是悍将，很快摸清了对方底细："是伏恩那个狗日的！他哪儿来的胆子！"

准确来说，伏恩才是木也的兄弟，同父异母的亲兄弟，当年阿加受母亲所托带走他时，伏恩被抓后反而和父亲圈禁在一处，最后虽然腿瘸了，命不知怎么保住了。也因为如此，在木也召集父亲旧部重建青寨时，伏恩一直宣称父亲最后是选择了他继承家当，而不是木也这个"逃兵"。

因为伏恩和军方关系不错，这些年北部山区虽然是青寨一家独大，伏恩还是领了一群因利益分配不均而对他不满的老人勉强站住了脚，圈下一块不大不小的地盘，时不时给他找点不痛快。

双方实力悬殊，伏恩两千人不到的队伍木也完全不看在眼里，如果不是做得太过火，阿加也让他睁只眼闭只眼，无谓过早去杠上因为他近年扩张太快早已不满的军方势力，不过木也绝没料到伏恩敢对自己设伏下杀手。

队伍被埋伏迅速冲断成了两截，第一波激战下来，木也这一部分还有四十来号人，他推开司机，轰着油门带队往丛林植被更茂密的地带碾去。

"一团四十分钟内能赶到，给我撑住了！"

看火力伏恩带来的也不过三四百号人，被陷入包围圈的后方队伍牵制了大半，木也进入丛林稍有遮蔽后，且战且退并联系上了阿加，战斗经验丰富的队员一半顶在前方为撤退争取时间，一半随木也潜入山林。

同一时间，确认木也位置的狼牙分队开始悄然收拢包围圈，已经就位的狼牙队员抱着殊死一战的心而来，面对的是在中翡边境穷凶极恶的"一号"，仅四个月前就炮制了Y省三起重大伤亡事件，此战不容有失。

孙队通知所有人最后检查自身装备，确定没有任何能联系上真实身份的物件，现在他们只是伏恩高价聘请的雇佣兵。

他们趴伏在遮蔽物后屏息以待，任四周硝烟弥漫子弹破空，依然像最有耐心的猎豹般蛰伏着，每一块肌肉都蓄势待发，每一丝呼吸都融着大战前沸腾的热血。

坐在指挥车里的伏恩现在也是满头大汗，三天前有人密报会有一批大货经过鬼峡，借那条传言已经被青寨发现的密道过境，军方高层起了黑吃黑的心，这些年他打着军方的旗帜偶尔截和一两批货，木也看在他后台的面子上也没计较，偶尔两人还面和心不和地会个面，分一下北部山区这块大饼。

当他发现围剿的队伍领头的是木也本人，已经当即下令放弃，结果那群雇佣兵里的愣头青直接开了火，局面很快失控。现在的局面他骑虎难下，放走木也，他浑身是嘴也解释不清，必将承受木也疯狂的报复。另一方面，敌寡我众，那伙闯下大祸的佣兵更是神勇，居然对上木也战斗力彪悍、号称能以一顶十的亲随部队都毫不逊色，他被压抑了许久的野心随着木也人员的减少而蠢蠢欲动。

如果能速战速决解决了木也……

伏恩的眼里流露出下定决心后的凶光，忽然手下拿着无线电跑了过来："老大，老……大……陆先生找你。"

直到上个月木也大动干戈把陆翊坤从琅国救出，伏恩才知道，当年父亲豢养的那一群狗崽子里居然有一个和木也一起逃了出去，而且这么多年都藏在他背后出谋划策，怪不得勇而无谋的木也能把青寨打造得滴水不漏。

"我和他有什么好说的？"

手下面露难色："老大，你还是听一下吧，家里被围住了……"

伏恩夺过了通信设备，还没开口，陆翊坤沉稳而冰冷的声音传了过来："你有五分钟时间撤退，我保证今天的事青寨会当没发生过，否则我轰平你的山头！还有，你养在外头的那些女人孩子一个都别想留下。"

他淡定地开始报着伏恩养的外室们的具体地址，以及几个孩子上学的学校，报得伏恩脸色发青。

"你敢！"

陆翊坤嗤笑，轻飘飘地答："我当然敢。"

一听说木也遇伏，陆翊坤命令附近的一、六团加快速度支援，自己却果断折回，集结伏恩地盘附近所有的主力去围攻他的老巢，同时自己乘直升机前往。

陆翊坤经历过少年的家破人亡颠沛流离，查任何人底细都习惯把那人的妻儿老小查清，何况是盘踞在青寨范围内一块惹人烦的心病，他连伏恩养在首府和美国的外室都查得清清楚楚，既然撕破脸，陆翊坤把能够得着的都拿下了。

伏恩并不是多有魄力的人，心也不够狠，否则不会一直被木也压制，耽于自己一片小地盘捡点漏。阴差阳错伏击了木也已经够让他心惊，陆翊坤说完就挂掉了电话，紧接着家中护卫来电大吼着求救，说家门外被青寨重兵包围，陆翊坤那个疯子拉来了二十几门榴弹炮把四面八方团团围住，远在首府的小老婆打电话哭得撕心裂肺，小儿子的惨呼让他心理防线全线溃败，在对讲机里大喊着："撤！都他娘的给我赶紧撤！"

虽然不明所以，伏恩的手下还是听从命令停火了，但是已经和木也亲卫短兵相接的狼牙队员却置若罔闻，伏恩带着自己的人马退出了峡谷，大喊山中血拼的不是他的人，那头陆翊坤面无表情地下令，手起刀落。

"陆先生，二队报告，出寨沿途的哨卡都没有发现童小姐一行人。"

他略加思索，苏睿为人最是胆大刁钻，所有人都以为他救了人就会赶紧走，怕是方才大宅内调派人手一时混乱，被他趁浑水摸了鱼。主屋守卫森严肯定混不进，倒是他平时不爱别人靠近自己房间——

"去搜我屋子，然后把去的路堵上。"

十余年的相交不是虚的，一如苏睿猜到了陆翊坤在送童欢就医的同时，已在出寨路上布下天罗地网，此刻二队遍搜不着的童欢一行人正在往大寨去。

童欢认出了陆翊坤停在路边的车，苏睿毫不客气地征用了，他已经换下行动不便的女装，只留了一顶假发掩人耳目，正在整理自己之前放在车里的背包。

孙队虽然只派了两名队员给苏睿，却是绝对的精英，许杨虽然年轻，动起手来却勇猛无敌，聂敬亮一口翡国语说得地道无比，枪法更是好到连苏睿都另眼相看。

胡益民四处摸摸看看，保持了旺盛的好奇心："娘的，我居然坐着青寨二把手的车子，混进了青寨的核心地区，二把手呀！老子当初打不过他不冤！"

"抓紧时间休息，他很快会猜到我们的踪迹。"

胡益民摸着自己的鼻头，倒也不怎么怕，实事求是地问道："那我们往大宅去岂不是自投罗网？刚才是他们调派人手我们乘乱混了进来，现在外面都已经重新部署完毕，我们再往前开，不用几分钟就会被打成筛子。"

直到这会儿，童欢才有空隙能听大家说两句话，然后她在他们的对话里意识到了一件可怕的事情，惊讶地抓紧了苏睿的手："你不要告诉我，你们来之前并没有制订好计划？"

苏睿还没答，直肠子的胡老虎先吵上了："哪来的计划？老子还在睡大觉就被人提了出来，结果我还是这里头唯一进过青寨的人，我问有什么打算，说是救了你以后见机行事！"

看他们有条不紊地会合，许杨干净利落地敲人夺装，然后换上陆翊坤的车子往大宅摸进，童欢还以为所有行动都是计划的一部分，现在告诉她居然只有"见机行事"四个字，她瞬间炸了，揪着苏睿的衣领低声吼着：

"没有把握你跑来做什么？你的理智呢？彦伟怎么会答应你来？为我一个人拖累这么多人不值得！"

她又气又恼，怕被外面的人发现，压低的声音软软的，一点气势都没有，反而像只拿毛的猫，挥着肉爪子喵呜两声。

苏睿笑着按住了她的手，点了点自己显而易见的黑眼圈："我再不来都没法睡觉了，关心则乱，我也会胡思乱想的，小童老师！恭喜你，让我轻而易举的人生充满了挑战。"

他轻松而调侃的语调把童欢拉回了彼此还在针锋相对时的那个午后，他教育着她做人要懂得量力而行，她讽刺着他轻易又寡淡的人生，那时的他们都不知道，眼前的人会成为彼此生命里多么重要的存在。

自回忆里拉回理智的童欢觉得自己好似塞了一口才起锅的糖油粑，烫得吞不落，偏偏有甜味在往喉间心口钻，不过到底还是渐渐冷静下来了。

苏睿替自家小女友顺了顺毛，想起出发前收到龚队发来的关于王伊纹的事，犹豫了一下决定先不告诉童欢，只问她王伊纹走前有没有和她说过什么。

童欢一拍脑袋，赶紧摸出苏睿身上的笔，又在陆翊坤车上翻出几张纸，开始画小伊让她记下的地图，只可惜图虽然在她脑子里，她绘画却是手残级别的，这种路线图一笔落错都会导致偏差，急得她大汗淋漓。

苏睿替她擦着汗："你别急，越急越容易乱，等有能静下来的地方了再好好画。"

"不行，我们能不能全身而退还是未知数，我把图画出来，你们手机拍着发出去。"

聂敬亮和许杨对视了一眼，除了已经被炸除的，三条依然掩盖在莽莽丛林地下的暗道，就是源源不断会涌进国内的毒品线，时间拖得越长，祸害越大，青寨进一步开拓和修建新线路的可能性就越高。他们出发前接到的任务除了解救童欢，还要争取找出暗道地图，没有想到才和童欢碰头就有惊喜。

"童老师，你放心，我们一定会把你平安地送回去。"

关于童欢的记忆力他俩都听苏睿提过，与其让童欢急急忙忙画出几份草图，不如把人送回去在电脑上一点点修正，她脑子里有图，记性又好，一定能完成。

"对，我和老聂拼老命都会把你送回家。"

"呸呸呸！"童欢两眼赤红地瞪着说话大喇喇的许杨，"我不要你们拼命，我要大家都活着！"

她已经看过听过太多牺牲，哪怕他们有视死如归的勇气，她也不想再面对任何无可奈何的离别。

许杨看她无比认真的模样，扑哧笑了："童老师，你别太紧张，我们人粗话糙，不过你放心，我才二十七，老婆都还没娶上呢，不舍得死！"

青寨的人一时没料到他们不退反进，陆翊坤的车和护卫队的服装提供了很好的掩护，一路上他们并没有遭遇什么正面冲突，许杨的车开得很稳，只是在经过两处营地时，眼底露出压抑的凶光。

"我六年前进的狼牙，六年……我们中队在边境线上折了四个人，三个和青寨有关，我们平时练飞镖都用木也的头像贴着练，我恨不得把他们全扫平了。"

许杨年轻的眼睛里燃着熊熊怒火，当年他一个宿舍的师兄就是死在哲龙山里，还被木也把遗体挑起来挂在一团大门上。

年长一些的聂敬亮也一脸沉重："希望孙队长那边顺利。"

后座上争分夺秒画着地图的童欢汗淌得更厉害了，她不停地涂改修正着，情绪明显又焦躁起来，苏睿摸了摸她汗津津的头，接过她手中的铅笔，陪她一起画起来。

"往左还是右？多长？"

"右，30度角，两厘米的样子。"

"几条分支？"

"三条，第三条再靠左一点。"

"一点是多少？"

"十一点钟方向。"

车子慢慢开到了山边，隐约已经能看到大宅的屋角，苏睿迅速锁定了远处的停机坪，里头还停着一架直升机，他打量了一下守卫的人数，目露精光："你们觉得有希望冲到停机坪吗？"

"没有。"

"如果所有守卫有接到命令，不许对我和童欢下杀手呢？"

苏睿话虽然说得轻巧，可是念及陆翊坤一再对他们手下留情，神情还是一黯，其实没有谁比他更不愿走到和陆翊坤彼此算计甚至以命相搏的地步。

聂敬亮沉默了半响，皱眉答道："可以试试。"

苏睿停下笔，伸了个大大的懒腰："你们去后座，换我俩到前面。"

"等我画完。"

童欢看着已经初步成形的地图，急得直跺脚。聂敬亮看着自大宅内鱼贯驶出的车队，目光一凛："来不及了，抓紧时间。"

童欢摸出苏睿的手机，把只完成了大致轮廓的图迅速拍照发送给了彦伟和龚队，换到驾驶座的苏睿替她整了整防弹衣，在她鬓边印下一个吻："小心点。"

"你也是。"

童欢觉得自己被他的镇定感染了，两人大摇大摆地开着车往停机坪驶去，高处哨岗的守卫首先发现了他们，鸣枪示警。所幸车辆有防弹性能，苏睿一脚把油门轰到底，往停机坪前的路障撞去。

子弹警告性地扫射过车前的地面，噼里啪啦直响，但是最易攻击的风挡玻璃和前窗被避开了，后座因为距离油箱近也没有直接射击。

这其实是童欢第一次遭受枪林弹雨，或许是那四个男人都太镇定，连满口骂着脏话的胡益民枪都端得无比稳定，她发现自己已经比在皮岛时镇定很多了。

震耳的枪声环绕着，冰凉的手枪握在手里，童欢心却静了下来，这个时候她不能拖后腿，知道自己在车辆行进中的射击准度还远赶不上苏睿他们，她为了不浪费子弹，每一枪都开得很谨慎，基本都是瞄准架着枪围拢过来的边三轮，目标大，防护弱，又明显避开了对前座直接射击，还真让她打翻了一辆。

"现在教书的都抢我们饭碗啦？苏教授这手枪法比我还好，童老师还能打辅助！"

虽然是在紧张的突围中，许杨还是大笑着开了句玩笑，不过他手下和聂敬亮却配合得极为默契，车轮被连击打爆两只后，在激烈颠簸中失去了控制，苏睿靠着强大的驾驶能力居然硬是拉着车身转了两个圈后，甩到了停机坪附近。

许杨在其他人密集扫射的掩护下蹬住打开的车门，飞蹿到了直升机机腹下方，聂敬亮一枪打爆了机舱门的锁，他勾脚蹿进了驾驶舱。

"童欢，和胡益民上。"

高处的两个射击点被苏睿和聂敬亮一左一右逼射得无法瞄准，关键时候，童欢没有和显然准备压尾的苏睿磨叽半句，被胡益民托着爬了上去，胡益民的腿却被子弹扫中，他也是条硬汉，看都没看一眼，爬进机舱就端枪继续冲高处塔哨射击。

已经顺利发动了直升机的许杨大吼，苏睿看着逐渐逼近直升机的守卫队，再次发动了车子，用聂敬亮丢来的枪托抵住了油门，金属轮毂在地面划出连串的火花，忽然歪歪扭扭冲出的车辆吸引了大部分注意力，他和聂敬亮在跳车飞奔的同时，许杨已经默契地喊话童欢扫射车辆，最终两人在车辆爆炸的巨大火光掩护下冲进了机舱。

"卧槽，我们五个人从青寨大本营里抢出一架直升机呀！"

很见过一些世面的胡益民被炸得也直发愣，因为狂风灌入，他伸手想去拉一把被击中后勉强吊住的机舱门，许杨怒吼了句"小心"，飞身把露出了半截身体的胡益民推开，胡益民躲过了爆头的一枪，许杨却被子弹击中了肩膀。

胡益民狠狠扇了自己一耳光，聂敬亮把许杨的枪丢给他："集中注意力！"

"老子欠你们一条命！"

同一时间苏睿接替了他的驾驶位，开始拉着飞机上升，枪法最差的童欢果断翻出机上的急救箱开始替许杨包扎，还偷偷投去了"你竟然连飞机都会开"的崇拜目光，他也没时间回应，虽然他很想摸一把她瞪大了眼后显得更圆的脸蛋。

眼看着人要从手里逃脱，青寨的人只能火速联系上了赶路的陆翊坤，而已经完全和木也断了联系的陆翊坤刚接到一团发来的消息，他们赶到鬼峡已经没有活口，看现场痕迹木也是被逼着往边境线退了，生死未卜。

"陆先生，童小姐他们抢了直升机起飞了！"

"您交代要留活口，尽量不伤人，大家没法动手啊！"

机舱内巨大的杂音透过耳机在敲打着陆翊坤的耳膜，他掌心仿佛残留着那双柔软的小肉手牵来的悸动,更早一些,那个还不知道收敛自己眼高于顶的傲娇的少年,他们都曾给过他类似亲情的温暖,那种和木也之间生死相依的情感截然不同,最寻常世俗却又无比真实的温暖。

陆翊坤轻声说道:"打下来吧。"

他第一声轻得好似是在对自己说,闭了闭眼,周身冷冽:"打!打下来!"

陆翊坤从来没有想过他们会在他的手中变成冰凉的尸体,就在这一刻,他对眼下的生活产生了浓浓的疲倦,又与焦急营救木也的心拉锯着,仿佛灵魂都被劈成了两半。

"我操他奶奶的,老子的命今天怕是要交待在这里了!"

胡益民还没从自责里缓过来,发现地面的哨楼有人扛出了火箭筒。

苏睿镇定地加速拔高,眼前却不禁浮现他人生最为惨痛那一日,从天而降的大汉脱下自己身上的防弹衣罩在他身上,然后杀神般领队冲了出去,最后单手把他扛上了绳梯。坐进直升机后,陆翊坤才露出了当年那张还很年轻又意气风发的脸,他说:"苏睿你好,我是陆翊坤,你父亲找我来带你回家。"

谁都没想到十六年后,陆翊坤的炮筒对向了他开的直升机,命运真的跟他们开了一个荒诞无稽的玩笑。

"做跳伞准备!"

一直在持枪扫射的聂敬亮大声喊道,声音被螺旋桨的巨响冲得支离破碎。

苏睿回头看了一眼童欢,她的手虽然在微微颤抖,小圆脸因为过于紧张绷出了方正的下颌,依然倔强地抓过手臂受伤的许杨,替他先系好了伞包,乱风把她的衣袖领口吹得膨胀到夸张,只有身体被防弹衣束着,小小一团,好像能被狂风刮跑。

大概是心有灵犀,两人的目光在空中相遇了,她不说对不起连累了大家,只是用力笑了笑,眼睛弯成了他喜爱的月牙:"我不怕。"

苏睿笑着冲她比了个拇指,操控着直升机避过了一发弹后系好了装备。

即将抵达鬼峡的陆翊坤在三分钟后接到汇报,童欢等人乘坐的直升机被击中,往猎场方向坠落了。他看着脚下的树冠因为机翼劲风被吹出起伏波浪,突突的螺旋像是搅进了他的五脏六腑,蛮横无理地自身体里割裂了什么,最后眼前只余一片沁着血色的荒芜。

"陆先生,二队已经先进猎场去确认生死,我们还需要加派人手吗?"

陆翊坤用力抹了一把脸,说:"二队进去就可以了,其他除了留守人员,所有人都往哲龙山开进,就是把山给推了也要把那伙人拦住,绝不能让他们过境,任何可疑人士——格杀勿论!"

他猩红的眼像是渗出了血光,声音里已经没有一丝情感,仿佛另一个杜瓦·木也,站在锁魂夺命的地狱永夜。

Chapter 73
重逢

最先的知觉是周身火辣辣的疼痛，眼前漆黑一片，隐隐还有恶臭，童欢以为自己死掉了，然后她听见了水滴声，感觉到自己心脏依然有力的跳动，身下还铺着的干燥草叶，她才意识到自己只是在一个极黑的环境里，身边还有一个很浅的呼吸声。

"苏睿。"

她沙哑的声音在黑暗里显得突兀又空洞，身旁那人取出打火机，一小簇泛着蓝光的火苗亮了起来。

"童老师，你醒了？"

就着那点微弱的光，童欢看到了一个瘦得已经脱了形的少年，他骷髅般嶙峋的脸惨白得吓人，眼珠子都像要从凹陷的眼眶里掉出来，可她一把就抱住了那人，激动得眼泪都流了下来。

"康山，我就知道你会活着！"

康山连忙捂住了她的嘴，捂住她因为激动而变大的声音："嘘！"

半个月前康山被丢进猎场后，前几波围捕他都靠着多年在山里穿行采药积攒的经验躲开了，却也身心俱疲，浑身是伤。这日傍晚他来到这片猴群活动区域，攀着藤萝往岩壁上爬时，机缘巧合发现了一道遮在枝叶后的石缝，他仗着身形瘦削勉强挤进来后，石缝却越来越窄，最后人被卡在了半道。

他当时已经放弃在等死了，就算追捕的队员没发现，迟早也会有野兽猛禽断他生路，他一个人走不出这片遍布杀机的丛林。

可是那晚的星空格外好，他看见石缝外的藤蔓上开出的星星点点几朵米白小花，忽然就想起童欢站在那一箱花前，笑得璀璨如星。

她说，等花都开好了，妈妈病也好了，日子会越来越好。

他想起他答应了小伊一定会活下去，想起在等他回家的阿妈，他又奋力挣扎起来，最后踢动了岩壁内一块大石，发现了这个不及一张床大小的洞穴。

这个洞穴应该是过去被围猎的人留下保命的，因为附近有猴群活动能够掩盖攀爬痕迹，洞顶有几处滴水的石笋，每天能攒下两捧水，推回堵住洞口的石头，是绝妙的藏身地，可是无光无食物，难以长待。

每天躺在泛着潮气的地面，每一口呼吸都夹杂着铺天盖地的黑暗，康山不知道这个山洞的上一任"住客"最后怎么样了，也许在外出觅食时被捕杀了，也许憋屈到发狂后自投罗网了，他也不知道自己能熬多久。

但在最绝望灰心的时候，他总会想起那些在等着他回去的花，恍若看到一丝光。他想着哲龙山脉里，埋葬了阿爸身躯的不知名处，他不能也一样无声无息地死在她们不知道的地方，他要回到小童老师许诺鲜花满地的故土，回到阿妈的身边。

他抱着这样的信念，在这个连腿都伸不直的洞里足足熬过了两个星期，成功躲过了数波追捕。

今天直升机坠落的巨响惊动了他，他趴在岩缝偷看时发现了挂在树上的童欢，赶紧爬了下去，救人时遇见了一路寻来的苏睿四人，在听过他的藏身处后，四人果断把体形唯一可能通过岩壁的童欢留了下来。

"现在搜捕的人一定已经到附近了，苏教授说他们会负责清理痕迹并且探路，猎场不算太大，他们争取明天返回，让我们在他们回来前留在洞里不要出去。"

康山用耳语交代着，唯恐声音大一点惊动了什么。他把苏教授四人留下的东西都摸了出来，有两包压缩饼干，一包巧克力，一瓶水，一把刀，一把枪，十发子弹。

他努力克制着自己对食物的渴望，可是他差不多五六天才敢出去一次，靠着对植物的了解采一些勉强能果腹的东西，生火就更不可能，他已经有十来天没有吃过像样的食物了，应该不存在的饼干香气透过严实的包装在灼烫着他空虚的胃。

"你饿不饿？"

童欢小心剥开一包巧克力，凭着感觉递到康山眼前，浓郁的香气引得他贪婪地深呼吸着，可是他还是推了回来。

"童老师，你吃吧。"

童欢不由分说摸索着把巧克力塞进了他的嘴里："快吃，吃饱了才有力气探路。"

"探路？我们？可是苏教授他们……"

康山确定单靠自己没有能力走出这片杀机重重的丛林。

"我可能知道出去的路，如果我的猜测没错的话，苏睿很快会回来找我。"

黑暗中康山看不到童欢复杂的表情，是的，她见过猎场的地图。

在直升机飞过猎场上方和坠落时，自她眼前一闪而过的每一片地形都似曾相识，感谢她的过目难忘，也感谢这几个月从未间断的各种训练，此刻逐渐清醒的童欢很快把它们和脑海中的地图对等了起来。她已经不是那个看地图如看天书的菜鸟，那些曾经在陆翊坤对她特训的时候，貌似随手画出的沙盘、地图，应该都取自于猎场。

在许杨他们为了夺车、灭暗哨杀人时，童欢出乎所有人意料地维持了表面的镇定，即使那是她第一次亲身经历杀人事件，即使她怕得腿肚子都在抖，但她很清楚面前的每一个都是恶贯满盈的毒贩。

可这一切放到陆翊坤身上时，她就错乱了，她需要不断地说服自己，陆翊坤是一手缔造了青寨的毒贩头目，可是他也是明知她的天赋，依然给她和苏睿留下了后路的人。

"他应该是怕我们万一落到木也手中，会被丢进猎场……"

童欢把脸埋进了膝盖，心中酸涩难言，造化弄人，连陆翊坤自己都没料到，最后他才是那个把他们击落进猎场的人。

不过现在不是沉溺情绪的时候，说起地图童欢想起了更重要的事："对了，小伊把图给我了，但我手笨画得慢，等你恢复一点体力了……"

正说着，外面林中传来了几声枪响，每一声都让童欢的身体不由自主颤抖一下，康山也因为小伊的事陷入了矛盾和自责，再过了一会儿，他听见了苏教授他们离开前约定好的信号声。

童欢坚持自己走前面，自岩壁挤出去时，她才意识到自己浑身火辣的疼痛并不是坠机造成的，康山羞愧地挠着头："童老师，对不起，我……我只能半拖着把你拉进来。"

童欢闻言更心痛，康山虽然还是少年骨架，但是要瘦成什么样，才能通过连她行动都吃力的通道。

两人藏身的岩缝离地面六七米高，被遮挡在一片茂密的藤蔓枝叶后，童欢顶了几片树叶自藤萝后探出一点头，看见聂敬亮、许杨和胡益民一明两暗戒备着，苏睿就站在正下方，他右胸应该受了伤，整个身体向左倾斜佝偻着。

"附近我们已经清了，童欢，你认路吗？"

童欢笑着，笑容轻飘得像一抹缎边流苏，锁着心头繁复的纹路，摇摇欲坠。

"我认得。"

苏睿的笑也有点苦，他不是一个心软的人，可是在狼牙队员口中十恶不赦的陆翊坤偏偏对他俩处处手下留情，处处都在彰显着情非得已。

在彼此的对望中，童欢忽然意识到苏睿其实比自己更矛盾，更痛苦，他和陆翊坤之间有着更深的羁绊，那是用救命恩情铺垫出来的，足足十六年的情分。

落地之后童欢先查看了四人的伤势，许杨的枪伤最重，而且在坠机时又伤了肋骨，现在靠药物镇痛勉力支撑。聂敬亮在近身搏斗中被刺中了手臂，最强的射击能力严重打折扣，却还是靠着过硬的专业素养画下了所经路途的简略地图。苏睿伤在左胸，童欢自己因为跳伞经验不足，撞伤了脑部，身体也有多处擦伤，再加上一个极度虚弱的康山，腿上受伤的胡益民居然成了最大的战斗力。

不过童欢还是冷静下来，开始查看聂敬亮画下的简略地图，她努力回忆着陆翊坤训练时曾经说过的话，什么地方适合设陷阱，什么地方容易中埋伏，哪里可以做相对安全的休息区域，假设哪边会有吞人的沼泽地和蚂蟥林，很快眼前的景象、聂敬亮的图都和陆翊坤画过的图一一对应上了，她的笔越下越快，忽然没头没脑说道：

"要不……算了吧。"

聂敬亮以为她是画不出地图，只有苏睿立刻反应过来她是在指陆翊坤，苦笑着在她头上用力揉了一把："你哥要是在这里，听到你这句话会吐血。"

童欢想起差点把命都丢在琅国的彦伟，叹了口气，耷下了肩。

"陶老大也会恨不得崩了我吧？"

苏睿把她的头按在胸口揉了两把，宽慰着她，更像是宽慰自己："别胡思乱想了，我们得先走出这片丛林，他……早就回不了头了。"

童欢看看一旁抖着手用力吞咽着食物的康山，也深吸一口气："嗯，我们得先走出去。"

木也自重整父亲旧部，打下青寨的山头后，经历过无数次生死一线，但是从来没有想过有一日自己会被一支十余人的小分队逼得且战且退，眼见就要跨过边境线。

"老大，前面就是界山了，他们是想把我们赶过境再围剿。"

木也阴沉地看了一眼四周，和突围数次之后身边最后剩下的七八个亲卫，个个狼狈不堪。现在想想，他都难以相信自己钻进了这么简单的局，也终于明白阿加为何总不愿意站到明处来。

他逼阿加见光，也就等于把行事莫测的木也直接分裂成了两个人，死咬他不放查他多年的龚长海，加上熟知阿加性格的那个教授，才能赶在青寨众人都还没适应阿加直接参与管理的当口，利用王德正迅速制定了简单却极有针对性的圈套，两边牵制逐个击破。

木也知道阿加一定在设法营救，是他过于自负，往边境山区挺进太深，但已经来不及了。

更重要的是，警方既然已经知道阿加是青寨的实际决策者，他们不会单抓自己，留下更理性冷静的阿加。

"通知陆先生，让他不要过来了！"

赶往边境的陆翊坤听着木也的咆哮，唇角扬起了一点弧度，他伸出手像是想抓一把穿指而过的罡风，却满手满眼都是空。

"我知道他们想抓我。"

"知道你还往哲龙山赶！给老子滚回去坐镇！"

"我不来，你就要被抓走了。"

"让他抓！老子这条命二十六年前就是赚来的，这辈子活成这样不亏了！你给我回去，他们敢抓我，你给我把龚长海的老婆儿子全逮了，挫骨扬灰……不，全跟他那个废人弟弟一样，打了针再丢窑子里去！"

"我今天心情很糟糕，你别再添乱了。"

满脸戾气的木也态度软化下来，他嗤笑一声，知道那两个总在夺去阿加关注的人恐怕已经被"处理"了，他心情大好，碍于阿加的心情也不想表现得太明显，只信誓旦旦说道："他们不重要，我才是你真正的兄弟。"

在木也看不到的地方，陆翊坤充血的眼眸里有无尽的疲惫。

二十六年前，只余一口气的沙依阿妈抱着已经咽了气的小诺雅，要了他一句承诺，从此木也生他生，木也死他能替他去死，木也嗜血成魔他随他身在地狱，可是也只有在木也面前，他才是真正的、没有一丝伪装的陆阿加，那个除了知道自己姓陆，没有来路也不见去路，为了一口吃的可以去杀人放火的彝族野小子。

"是，我们是兄弟。"

昔云在夜幕降临前下起了急雨，雨势又大又急，连成一股细绳的水线甩在玻璃窗上，盖成一片雨幕。童彦伟伤后的身体还很虚，抱着衿羽灌来的热水袋发愣，龚队在逮捕了王德正后带队赶去接应狼牙，交代由他和老樊负责同坐镇大后方的彭局联络。就在三分钟前，前线传来消息，木也被狼牙小分队逼入境内，即刻准备逮捕，而陆翊坤也在乘机赶来的路上。

几乎是同一时间，一直快追到边境的陆翊坤知道再赶也来不及了，直接打到了他手机里："童警官果然留在后方支援，手机还能接通，是在镇上吗？"

彦伟示意老樊，陆翊坤的话筒里并没有杂音，他应该已经不在直升机上了，老樊立刻把消息传往前线。

"我记得童警官当初来昔云的时候就说过，你是找苏来帮忙破拐卖案的吧？"陆翊坤还带了点笑意的声音透过电波渗着寒意，是那种仿佛从地底深处蹿出来的冰寒，"不知道比起抓到Y省禁毒局的'一号'重犯，你们还有没有兴趣再查小小的拐卖案？"

"你什么意思？"

"岩路是栽你们手里了，不过他收的那些女孩子都在，如果我没记错的话，没被送走的还有四十三个，青寨这几年和岩路合作得很愉快，我们就顺手接下了。现在我的人正带着她们赶过来，照片、视频我也让他们发邮件到你邮箱了，你们可以确认一下我说的真假。你们放木也回来，我会亲自送这批女孩过去。"

"这么大事我做不了主。"

"当然，你先去请示，我给你们把时间留宽裕点，两个小时吧。两个小时那些女孩子也差不多可以送到我身边了，那时候你们再不同意，每过五分钟我砍个漂亮的小脑瓜玩。对了，现在国内直播很火，或许我们可以线上直播，会不会给你们公安部门太大压力？"

他轻言细语，仿佛有商有量，可是吐出的每一个字都冷酷得令人心惊，整个专案组里的空气都凝固了，陆翊坤像是很欣赏这种死寂，笑出了声。

"严格来说，我算是青寨半个决策者，再加四十三个女孩，换木也一个人，这笔买卖还是划算的，不知道童警官介不介意过来接个头。"

陆翊坤当然知道童彦伟现在虚弱的身体状况，他也正是相中了彦伟的体弱，才会提出要求。

衿羽脸色一白："不要去！"

"于小姐也在？你放心，我答应过三三不会再动彦伟，我说话算话，只是我也信不过别人，所以得麻烦你家彦伟跑一趟。"

"三三呢？你把她怎么样了？"

陆翊坤陷入了短暂的沉默，彦伟的冷汗在他的沉默中滴了下来，他已经几个小时没收到苏睿的消息了，以他对苏睿的了解，他们营救队伍一定是陷入了困境。

念及坠机的两人，陆翊坤胸口抽痛了一下，他潜意识里是宁可二队三队没有消息传来。

不过现在要救的人是木也，陆翊坤内心的波澜丝毫不显，滴水不漏地回答着："你们双管齐下配合着救她，现在问我人去哪儿了？"

衿羽因为紧张搭在彦伟肩上的手掌不禁松了几分，不过彦伟没有她乐观，作为一个连苏睿都骗了十六年的人，陆翊坤在他这里已经没有信用可言，同样，他也不相信陆翊坤会用自己加那些可怜的女孩来换木也。

Chapter 74
燎原

龚长海踩过腐叶泥里积着的酸臭死水，每一步都像有地底深处的手在把脚往下扯，他用力抹了两把脸上的水，站到木也面前，经历了数个小时枪战和搏杀的木也已经是强弩之末，不再有往日的威势，半身血污地靠在一棵早被雷劈开的残树上，粗重地喘息着。

一瞬间亲人、挚友、同事、晚辈，一张张脸从龚长海眼前闪过，他咬了咬牙，还是一拳挥了过去。木也被他拳头直接打翻在地，连嘴角的血迹都没擦，倒在泥水里磔磔怪笑起来，那笑声被乱雨敲打着，在夜里极为瘆人。

狼牙的孙队拉住了龚长海："龚队长，你也是老同志了，冷静点！"

龚长海下垂的拳头在隐隐作痛，如果可以，他此刻就想把人千刀万剐了，可是最终还是敛下怒焰，拽住木也的衣领，把人拎了起来。

"我不甘心。"

木也得意地笑了起来，眉间那道疤狰狞地堆挤着，脸凶似恶鬼。

"听龚队长的意思，这是不准备逮我归案了？"

"闭嘴。"龚长海没有让他嚣张下去，准确地抓住了他的命门，"你该庆幸你有个好兄弟，愿意拿自己加码来换你。"

"你什么意思！"

激动的木也被按翻在地，他用拳头砸着地面，手铐哗哗作响，龚长海却故意一言不发，所有军警都保持了一致的沉默，木也明显焦躁起来，仿佛有把烈火在舔食着他的身体，他眼底暗潮汹涌，鼻翼翕动着，喉间都发出咯吱咯吱的异响。

龚长海这才通知因为痛下决心更焦头烂额的彭局，嫌犯已经被捕，可以和陆翊坤商议交换的时间地点了。

隔着哲龙山脉的另一边，猎场内也是大雨如注，狂风拉扯着密林的枝叶，到处挂着枯枝残根，借着夜色和大雨的掩护，苏睿等人靠着地图和聂敬亮、许杨过硬的能力，躲过了雷区、沼泽、数个陷阱，抵达一处流水地带。

这里应该离猎场的边缘地带很近了，不过近期雨水太多，溪水暴涨，该有的木桥已被冲毁，地形在夜里也难以分辨，六人只能寻了一处山洞稍作休整，不过对于全员伤残的队伍，这已经是个奇迹。

他们找到的是处狭长的口袋型山洞，洞口狭窄，前方视野相对开阔，容易防守。胡益民自觉地担负起了放哨的职责，余下的人也不能生火，他们准备的装备虽然专业，但经历了跳伞和之前的反击后都有破损，一场暴雨下来，湿漉漉的衣服贴在身上，不是好受的体验。

叼了根不能抽的烟，被许杨救后一直陷入自责的胡益民显得很颓丧，康山掏出童欢硬塞给他的最后一颗巧克力，走过去递给了他。

"小孩，你几岁了？"

"十九。"

"十九岁，不错呀！中、翡的毒贩子都想着你，你脑袋里那几条路价值千金，居然一直都没讲出来。"

胡益民忘记了自己也曾经是贩毒人员，眼前的男孩单薄得风吹就倒，一副上不得台面的胆小样，没想到藏了副看不出的硬骨头，连青寨的人都没啃下来。

"我恨毒品，我也恨所谓的密道。"

康山说话总是很没有底气的样子，若是别人大声点，他就恨不得有个壳能把头缩起来，可是这几句话他说得很坚决，每个字都透着他打心底而来的厌恶和恨意。

他幸福安稳的家毁了，阿妈饮鸩止渴差点丢了命，他心爱的人不知道还能活多久，那些多年前战时用来保命的暗道成了杀人的刀，让他看透了人间丑态，看尽了人心险恶。

两人的对话迎风吹进了洞中几人的耳中，苏睿想起在医院动手前已经收到的王伊纹的死讯，这个消息他没敢告诉童欢，更不忍心告诉康山。

风折断树枝的声音把胡益民吓了一跳，确定没问题后才咒骂道："这鬼天气，雨打得什么声音都听不清了，不过，这猎场感觉没有传言那么恐怖？"

康山望向幽黑树林深处的眼也充满困惑："平时只要进了人，起码有四五队人马在'狩猎'，今天太安静了。"

山洞内因为疼痛只能浅浅眯一下眼的许杨闻言也点了点头："除了下午清掉的几个人，好像没有抓捕的人了。"

以他和老聂的经验来看，附近确实没有什么人员活动的痕迹，也因为这样，大家才相对比较放松。不过大家都明白，如果没有童欢的地图，哪怕没有追捕人员，密集的雷区和陷阱就可以要了他们的性命。

苏睿停下了挤水的手："可能孙队他们得手了，一旦青寨确定木也被捕，我们的情况会更危险，因为他们需要更多的筹码来谈条件。"

他把拧干了水的外套罩在童欢头上，轻轻擦了起来，黑暗中虽然看不清彼此，不过童欢静静地依偎在他怀里，鲜见地温顺，只可惜咕噜叫的肚子破坏了此刻的宁静。

因为随身携带的食物不多了，他们只能有计划地分配，雨夜又极其消耗热量，走到这里所有人都是又累又饿了。

"等出去了，我给你做一大份麻辣火锅，再加小龙虾。"

"好，说话算话。"

童欢垂下的手指碰到了苏睿硬邦邦的裤脚，她能想象得到他满脚污泥的样子，想想他平日里总是一副浊世贵公子的模样，才半年时间，他们都变了好多。

苏睿就像能读心般，凑到她耳边说道："你如果是在懊恼害我受罪就不必了，没有我，你根本不会认识陆翊坤，更不会被抓到青寨来，难道我该先向你谢罪？"

耳朵被他喷得痒痒地，童欢抿嘴笑出了小月牙："这样说起来，火锅和小龙虾不够了，怕是要上满汉全席。"

虽然身处险境，苏睿还是被逗笑了，他摸着她茸茸的短发，视线越过幽黑的树林，看向一片漆黑的远方。这样的雨夜实在太危险，可是全员不得不休整，尤其是许杨，体力基本已经透支。

受伤最重的许杨显然也不想气氛太沉闷，笑了两声："苏教授，这当口说吃的有点太残忍啦！哎，我出门前才收到我妈寄来的一箱胡辣汤，还是我自己开车去市里取的，没吃进口就被派出来了。"

"你小子！现在提胡辣汤安的什么心？"

同是河南人的聂敬亮在Y省待的时间更长，除了休探亲假回家，没吃上过一口正宗的家乡饮食，现在被说得也耐不住了，许杨反而越说越带劲。

"现在给上我一碗熬得浓浓稠稠的胡辣汤，大片肉就着木耳、面筋、黄花菜，呼噜呼噜喝下去，一股热辣气从喉咙烧到胸口，冷雨夜算什么？"

他这样一说，连童欢都有点坐不住了，聂敬亮没好气地伸腿踢了踢他。

这样的雨夜，谁也不敢真的睡着，只能勉强眯一下眼。紧绷的精神稍微放松后，身上的伤痛反而更难耐了，更糟糕的是重伤的许杨和原本就很虚弱的康山陆续发起了高烧，众人随身携带的药品已经用完，童欢用刀划下两片衣服摸索着替他们做物理降温，小口小口地喂着所剩不多的净水。

眼下的情形，聂敬亮和苏睿商量后决定先行出去探路，他们都清楚，哪怕已经是人体最困乏的夜半，这个能遮挡点风雨的山洞也不能久待。一旦木也被捕，他们必将面临更为猛烈的围捕，"狩猎"的人比他们更熟悉地形，首先就会搜索林中能避雨的地方，就算对方不清楚他们已知路线，错误估计了他们的行进速度，也只能争取到有限的时间。

通信设备经过这一天的折腾基本都废了，手机更是一丝信号都没有，聂敬亮把身上剩余的水和食物都留了下来，又把最后两个手雷也塞到了许杨手中，许杨塞回一个给他。

"臭小子，别挂了，我还等你回去分我半箱胡辣汤！"

"做梦！"

苏睿从包里掏出了一把匕首，塞在了童欢的手里："我把'山鬼'给你带过来了，万一要近身……还是用你练熟手的好。"

虽然童欢还有心理障碍，他依然存了份私心，万一童欢被抓，陆翊坤看到自己当初送出的这把匕首能不下狠手："如果……我们会尽量把人引开，你们立刻转移。"

"没有如果，我等你。"

童欢不是拖拖拉拉话别的性格，只是紧紧拉住了苏睿，黑暗模糊了他的眉眼，描出剪影般高鼻深目的轮廓，他细心地站在风口，替她挡住了灌入的冷风。

她听人说，每个人都有属于自己的守护星，能够在万千人海里相逢，就是最大的幸运。这个男人自去年夏天声势浩大地闯入她的世界，她从未像此刻一样不愿和他分开一秒，也从未像此刻深深体会到自己有多爱他。

她有一肚子山盟海誓的话想全倒出来，最后只是强忍着眼中的水雾，把他的手拉到脸颊边蹭了蹭，用少有的温柔说着："你要当心，我还等你的小龙虾和满汉全席。"

苏睿很轻柔地摩挲着她同样冰凉的脸庞，然后低头吻了她一下，炽热的呼吸喷在她的耳侧，他很坚定地、一字一句地说："有情况你们立刻转移，听见没？"

童欢很想学电视里的人那样歇斯底里地大喊，我不走，不管怎么样我都要和你在一起，可这不是可以大喊哭泣的地方，所以只能战栗着无声地、用力地点头。

"乖。"

童欢吸了吸发堵的鼻子，踮起脚，用最轻松的声音攀在他耳边说道："我知道你长得好，不过还是要说，认识你这么久，现在的你最帅！"

"废话！"

苏睿笑了，干脆地转身，和聂敬亮钻出了山洞，与洞口的胡益民擦身而过时，他停了一秒。

"我会保护他们。"

胡老虎啐出一口带血的痰，先行说道。

"谢谢。"

"想当初，老子还是你们送进去的，"胡老虎笑得痞里痞气，"不过就冲我这条烂命是许杨救的，只有我还有一口气在，就不会让他们有事。"

下了半夜的雨并没有变小的趋势，小山洞在风雨里像一叶孤渺飘摇的舟，给不了人庇护的安全感。虽然童欢一直在默默祈祷，但是苏睿他们离开一段时间后，远处传来了连续的枪声，童欢替许杨擦拭的手一抖，按住了别在腰间的"山鬼"。

　　胡益民钻进了洞里："听枪声是往这边来了，许杨，你还能站起来吗？"

　　"可以。"

　　许杨干裂的嘴皮划过了童欢的手指，刮得刺痛，他的声音已经很虚弱了，还是迅速扶着童欢的肩膀站了起来，童欢奋力架住了他半边身体，想替他省点力气。

　　胡益民把防弹衣套在了高烧后已经迷糊了的康山身上，背着他走在前面，骨瘦如柴的少年并没有太影响他的速度，许杨留下了事先约定的方向信息，靠着他战斗多年近乎本能的直觉指路前行。雨劈头盖脸地抽打着，他们深一脚浅一脚地在树林里穿行，坚韧的枝条划刮着身体，四面八方裹来的黑暗里都是未知的险境，所有人都狼狈不已。

　　身后的枪声渐远，被风雨声破成一些似有似无的残声，童欢不敢去想那里发生了什么，她努力地支撑着许杨越来越沉重的身体，他紧挨着她后背的体温已经烫得吓人，有温热的液体滴在了她的后颈，她想停下来查看，许杨坚定地压住了她的动作。

　　"往前走，他们很快会追上来。"

　　可是重负之下，行进的速度还是太慢了，第一波子弹打过来的时候，最近的一颗离童欢的手臂不到二十厘米，她身畔那些小臂粗的树枝瞬间炸开，粗粝的碎片在她脸上留下道道血痕。

　　幸运的是，一直借她力在支撑的许杨在那一瞬间和她选择了同一个方向躲避，童欢替他带了半边力，两人连滚带翻滑下了山坡，然后缩进了一块巨石下方的凹地，十余秒后，半身浴血的胡益民拖着康山也滑了下来。

　　"小虎爸爸！"

　　胡益民的脸色很难看："不是我，是他！"

　　枪响时背在他背后的康山被动地替他挡了一枪，万幸在防弹衣的保护下击中的不是要害，但是康山的身体经过几个月的折磨早就已经垮了，大量失血比常人要危险得多，胡益民狠狠地甩了自己一耳光。

　　"老子这条烂命，害了你们两个！太不值了！"

　　康山因为剧痛反而恢复了片刻的意识，他眼神有点涣散地挣扎着："别管我了！"

　　许杨按住了他，枪声在头顶激烈而密集地响着，人只要露面就会被打成筛子，他的脸色惨白得像纸，声音却很平稳，他脱下了防弹衣推给胡益民。

　　"他们人不多，这样无节制地扫射，是想把我们逼在这个角落，可能想活捉！所以会有一个围拢的空当，我会想办法挡住他们，胡益民，我把他们两个交给你，你带他们走。"

　　童欢和胡益民瞬间都听懂了他的意思，同时摇头。

"我不同意!"

"我留下,你带他俩走!"

"我走不掉了!"

许杨大喝一句,掀开了衣服,然后喘着粗气靠在泥墙上,他的右侧大腿刚才居然也中了一枪,显然连站立都做不到了。

"我比康山重,背上我谁都逃不掉,就算老聂回来了,他也带不走我!你们走还有一线生机!"

胡益民满身的横肉都在颤抖,他哆嗦着说着什么,在巨大的枪声中童欢听了几遍才听明白:"要死也是死老子这种作恶多端的!不该是你!不该是你!"

"我是军人!我收到的命令是保护你们,无论你是什么人,保护你都是我的职责!胡益民,你听好!康山和童老师都是记得暗道的人,你一定要把他们带出猎场!带回国!"

"不,康山比我知道得更清楚,小虎爸爸带他走,我不能把你丢在这里!"

已经泣不成声的童欢慌乱地检查着手枪内剩余的子弹,还有腰间的匕首,拼命地摇着头。

"童老师,我不确定康山的身体状况,所以你也必须走!青寨靠一条密道,一个月就送出了几百斤纯货,没有图,毒贩会更猖狂,到时候会有更多的牺牲,更多的受害者!童老师!"

许杨颓然地瘫倒了,他显然在忍受巨大的痛苦,每说一句话脸色都更苍白一点,童欢低头替他扎着腿部的创口,可是更多的血从他肩部和腿部的伤口涌出来,年轻的战士抬起和着泥水和血的手指,替童欢擦了擦眼泪,笑得仿佛少年。

"还没女孩子为我流这么多眼泪呢,我能吹好久牛皮了。"

疯狂的枪声果然如许杨所猜测的缓了下来,他坐在一片血泊中,苍白的面孔上沾着污泥,两只眼睛却燃烧着熊熊的火,笑得露出雪白的牙齿。

"都走!告诉老聂,我的胡辣汤都便宜他了!"

三人依然不动。

"快走啊!不要浪费时间!"

童欢把手背咬出了血,才止住了模糊视线的泪水,她把防弹衣套在了还在抗拒的胡益民身上:"如果要活捉,我比你有价值,你背康山走前面,我殿后。"

胡益民用力抹了一把脸,回头深深地看着许杨:"兄弟,我是要坐牢的,不过我会让我婆娘带着俩娃娃回你老家,以后你娘老子就是我娘老子,我娃娃就是你娃娃!"

他一把扛起康山,在许杨的枪响后,在树林中腾挪着往西边狂奔而去,童欢也拼尽全力地跑着,雨水和着眼泪淌过嘴角,又咸又涩。许杨说得没错,她脑海里有密道,有整个青寨她去过的地方、见过的人,她不能意气用事,要把这些都带回去,一点不差地交给龚队。

身后激烈的枪战短暂停了两秒，一声巨大的爆炸带着冲天的火舌响起，童欢呜咽着继续狂奔，眼前闪过那个被木也丢进猎场的卧底，闪过陶老大最后的一面，定格在昨天初见时许杨英姿勃发的笑脸。

天渐渐亮了，树林里只有一点微光，雨仍然下得疯狂，仿佛这一天一地都要倾覆在这狂风暴雨里。童欢从未试过跑到仿佛心肺都要炸裂，她浑身都在痛，可是身体里有一团火在支撑着她，那团火也支撑着同样疲惫不堪的胡益民。

他们疾行一段后，身后还是传来了威慑的枪声，就像死神的鼓点在步步紧逼，他们甚至感受不到一丝恐惧，在脚步逼近时，胡益民猛地回头，发现率先追上来的只有两个人，其一正是二队的队长尕伦，当机立断回头一阵逼射后，他丢下康山豹子般蹿了上去。

追捕者显然没想到他们伤兵残将居然还敢折返还击，一时不察，被胡益民踢掉了其中一人的枪，然后扣住尕伦持枪的手，两人缠斗着倒在地上。

没有思考的余地，童欢立刻抬枪射向了掉枪的大汉，这么近的距离足够她一枪命中，大汉应声倒地，她又干脆地补了一枪。有什么东西溅到了她的脸上，她狠狠地一把抹去，然后捡起了掉落在地的另一把枪。

泥泞里的两人滚成一团，童欢没法瞄准，枪在她手里摇摆着，每浪费一秒钟，余下追逐的人就离得更近了。

"童老师，开枪啊！后面的人追上来，许杨就白牺牲了！"

胡益民怒吼道，童欢眼一闭，抽出了腰间的"山鬼"扑了上去："没有你，我和康山也走不了。"

她脑海中浮现出陆翊坤的声音，三三，你记住，你足够敏捷但力量有限，一击不中就会给对方留出反击的空间，所以一定要稳狠准！

她再一次听见了刀锋划开骨肉的声音，眼前又现出那片根本不存在的血雾，还有登强横飞的手指，她恶心地吐了出来，可是手下没有卸力半分，削铁如泥的匕首从尕伦背部左上方一直划到腰部，他痛苦地惨号，连带胡益民翻滚着把童欢压倒在地。

童欢整个人"嗡"的一声，胸腔像被重锤击中，空气瞬间被挤压殆尽，却依然按照陆翊坤所教的，双腿紧紧绞住了尕伦因为剧痛而蹬直的一条腿，她的手陷进了滚烫的、蠕动的血肉里，她想着牺牲的许杨和危在旦夕的康山，忽视了可怕的触感，目眦欲裂地借着两个大汉压下的力气把匕首捅得更深，然后在她窒息的前一刻，尕伦终于被胡益民勒断了气。

童欢剧烈地咳嗽着，右手臂上还带着余温的血被大雨瞬间冲淡，她颤抖着摸到枪，发现右手臂抖得抬不起来，果断地把枪扔给了瘫倒在一旁的胡益民，左手持匕首跑到了已经昏迷的康山身边。

她小小的个子半猫着护在康山前方，仿佛从血海里爬出来的斗士，紧紧拿着手中的"山鬼"准备拼死一搏，穿过雨幕已经能看见逼近的身影，雨声、枪声仿佛都远去了，连应激的呕吐反应都消失了，她只听见自己越来越猛烈的心跳，生出了杀一个赚一个的狠意。

千钧一发之际，连续两声枪响，持枪的追击者被击倒两人，剩余的人被击退到了遮蔽物后，童欢拽起胡老虎，两人一左一右扛着康山往树林深处跑去，神出鬼没的枪声再次响起，逼回试图查看的人头，然后三人和不顾伤口奔袭而来的聂敬亮会合了。

"许杨呢？"

聂敬亮看了一眼他们身后，已经缓过劲来的胡益民低头说道："他腿中了枪，走不动了，掩护我们……"

聂敬亮的瞳孔一缩："刚才的爆炸……是他？"

"我们赶紧回去，也许他还……"

聂敬亮沉重地打断了胡益民的话："立刻走！苏睿脚伤了，不过他得了一把狙，在前面掩护我们会合，我们找到出去的路了。"

"万一许杨……"

"我们带不走他！"聂敬亮近乎冷酷地喝道，"而我必须把知道暗道的人送回去。"

三十几岁的大汉赤红着眼，闷头扛起了康山往约定的地点跑去，在硝烟还未散去的远方留下了他出生入死的战友，那个因为是老乡总是待他格外亲热的大男孩，他那么爱笑，总说今年探亲假要回去相亲，想要结婚生孩子了。他们朝夕相处并肩作战，此刻他的全部理智都在克制自己折返的冲动，必须珍惜许杨用自己的性命换来的逃生时间，他头也不回地走了，没有人看到他黑红脸盘上淌下的眼泪，还有因为强抑悲痛而颤抖的身体。

灰蓝的天幕边际钻出了青光，有启明星亮起，一点点破开笼在吃人猎场上的雨幕，就像这片土地再有滔天的黑焰，也有一个个默默守护的战士，无所畏惧，不退一步，燃着燎原的星火，努力破开无尽长夜。

Chapter 75
鹰嘴岩

专案组经过和陆翊坤两轮的交涉,最后双方一致同意把交换的地点定在了鹰嘴岩。鹰嘴岩距离木也遇伏的鬼峡不到二十里地,地势最高处是一片近两百坪视野开阔的平台,中翡两国某号界碑立在正中,因为时常狂风大作,两面斜坡都只长了低矮的灌木草丛,没有高大的遮蔽物,两侧崖下都是湍急的河水,崖边有一块形似鹰嘴的巨石,仿佛随时会俯冲进河谷。

在重兵围守的昔云派出所里,童彦伟把蒙眼塞耳的木也押了出来,衿羽对着木也阴沉到骇人的脸也顾不上怕了,她看了一眼他腰间有冰冷光泽的枪,轻声说:"我答应你不去,你也答应我会平安回来。"

"我说话算话,你开视频看三场大秀,我就回来了。"

忧心忡忡的衿羽笑了两声,眼泪却掉了下来,她泪眼蒙眬地笑着:"网络这么差怎么看?我给你煲汤吧,正好给滴答和追风也补一补,滴答已经几天没好好吃饭了。"

"我们刚才收到消息,苏睿和三三他们从猎场逃出来,和自己人碰头了。"

于衿羽的眼中迸出闪亮的光芒:"真的吗?太好了!"

专案组里最年轻力壮的小于拍了拍胸脯:"于美女你放心,龚队交代过我了,要寸步不离地陪着彦伟,绝不让他累到。"

"辛苦你了,你一定要留意他的腿,还没有完全恢复,不能久站……"

只能模糊听到几丝声响的木也见半晌没有动静,沉声问:"到底走不走?站这里没完没了了?"

童彦伟还没出声,喜忧参半的于衿羽居然骂了回去:"没完!没完!就是你们这些坏人,害我们每次送出门都怕是生离死别,你还催!"

当然这些木也都听不到,童彦伟看着在大毒枭面前怒成一只护崽小母鸡般的衿羽,心忽然软得一塌糊涂:"小羽毛,等我回来,我们就结婚吧。"

没有想象中的惊喜万分,也没有娇羞,于衿羽惶恐地捂住了他的嘴:"呸呸呸,别说这种话，电视里书上只要一许重诺，就会出事，你赶紧把话呸回去。"

她焦急地求着各路神仙，刚才的话不算数，童彦伟看着她唠唠叨叨的小模样，顾不上可怜的单身狗小于就在旁边，飞快地在她唇上亲了一口，在衿羽的娇羞里，他垂下的眼帘却掩去了一股执拗的决绝，无论如何他不会让木也从他手里逃掉。

同一时间，在离青寨十公里外的某处山腰，苏睿等人已经与狼牙的人碰面了，聂敬亮在带领几人逃出猎场后，居然发现了自己人留下的标识。原来自定下了人质交换后，青寨频繁大规模地调动兵力，当初留在青寨外等待接应聂敬亮等人的小分队试图绕过猎场，潜入内部查探，双方幸运地遇上了。

得知木也被捕前后的细节，在车内稍事休息的聂敬亮边处理伤势边听着队友在地图上比画，情绪都掩盖在了他专业的态度之下，只有沿着颧骨和鼻梁之间两道加深的括纹里，藏着紧绷又来不及的悲伤，反而是一旁年轻的队员听过许杨的事后还红着眼圈。

"往北边走两小时车程，就是青寨六团驻扎的位置，从那里直到鹰嘴岩，沿线全都是青寨的哨卡。"

"陆翊坤为什么选择鹰嘴岩交换人质？这里对他有什么益处？"

苏睿眉心一动，调取了鹰嘴岩地区的地图，拖着伤腿走到已经准备出发的另一辆车前，注射了强心剂的康山刚恢复了一点意识，苏睿附在他耳边问："康山，鹰嘴岩附近是不是有路？"

康山勉强撑开了颤抖的眼皮，艰难地望着他眨了眨眼，想去够屏幕里的地图，可是手指却似有千斤重，抬都抬不起。

苏睿把电脑上的图片放到最大后，挪到了他的指边，带着他的手指挪动，他在标识了鹰嘴岩为红点旁三四厘米处手微抖了一下，然后痛苦地看着苏睿，有无数的话想说，却没法说出口。

"别急。"

苏睿掏出纸笔摹下他手指附近的地图，把图上的等高线、坐标系、地貌等标识略去，只简单地勾勒出地形，然后唤来低头擦拭脸上血迹的童欢："王伊纹给的地图里有这张吗？"

童欢一看，立刻与她脑海中的某处轮廓相重叠，这是小伊给出的暗道地图里唯一出现了一把"×"的部分，代表有部分路段是不通的，她后知后觉地意识到了苏睿的猜测，脸色变得很糟。

大梁寨一案时精确修订的地形图她作为编外人员不方便看，但根据窗帘绘制的地图尤其是几个盲区，她通过电脑和市面上能找得到的哲龙山地区的图刻意反复记忆过，在看过小伊给的图后她多次回想，依然有一些部分没能与准确地域对应上，而鹰嘴岩的暗道因为康山得出了不通的结论，她对这片区域不过一扫而过，没有太放在心上。

苏睿第一天见面时对她说过的话一点都没错，她的大脑更像一个摄像机，只会刻板地存储，却提炼不出关键信息。

"还能想得起吗？"

"整片区域我虽然没有重点记，图纸看过的时间还不长，应该可以想起来，但是康山画×的部分我也没有办法。"

童欢答得瓮声瓮气，苏睿迅速和聂敬亮说明了情况后，察觉到她的失落，把垂头丧气的小脑瓜搂进了怀里，替她揉着因为凌晨用力过度依然在发抖的双臂。

"几个盲区放大到一比一百左右的比例是很大的数据，而你记下的是手绘图，经过康山和王伊纹两次转手，不仅存在误差，还以地下暗道为主，你是人脑，不是电脑，地面区域标注得非常简略，更没去实地勘探，自责什么？"

"如果我能像你一样敏锐，是不是可以避免很多事？"

童欢虚靠在他胸口，小心地避开了他的伤处，不把重量往他身上压，她对山洞里生死难料的分别心有余悸，此刻听着他强而有力的心跳都觉得很珍贵，却因为许杨再次湿了眼眶。

苏睿蒙住了她的眼睛，那一点点湿润落在他的掌心，让他不由自主地想把所有他曾以为自己没有的温柔都捧到她面前。

"我只是相信雁过留痕，比别人更关注细节而已，你有这么强的记忆力，再多加练习，将来能比我做得更好。童欢，振作起来！现在还不是悲痛的时候，我们不能让木也再逃掉，还有，你今天很棒！"

他的赞赏绝不是为了安慰，作为一个历时十余年依然没有完全从过往阴影里走出来的人，也亲眼见过半个月前的童欢仍然无法在厨房使用任何刀具，得知她用"山鬼"和胡益民合作手刃了尕伦，他有油然而生的骄傲。

苏睿镇定的语气安抚了童欢纷乱的情绪，她静下心来略加思索，然后急切地问道："我需要鹰嘴岩附近山区比例尺更大的地图，哎呀，约定什么时候交换人质？我们赶得上吗？"

青寨离边境虽然不远，但显而易见，回程会困难重重，没想到苏睿毫不犹豫地点了点头。原来在苏睿进入青寨的同时，愧疚万分的苏父雇佣了五组"国际军事安保公司"的人员在距离青寨最近的两个城镇随时准备接应，并包下了翡国能做跨境转运且有军方背景的两家公司，确保能随时提供医疗包机救援服务。

"你是说，无论我们到没到，每天都有几批人不定时登机起飞送回国，就为了混淆视线？"

童欢听得直咋舌，果然是贫穷限制了她的想象，在这样危急的关头，她依然被苏家雄厚的财力给震惊了，忍不住在心里算起了这得烧掉多少钱。

可也得益于苏家的万全准备，聂敬亮当下决定兵分两路，情况危急的康山由四名队员及胡益民先护送下山，而他与余下的人送童欢和苏睿回国，并立刻联系国内，告知鹰嘴岩下有暗道的消息。

临走，康山直勾勾地望着童欢，她轻轻地拉住了少年冰凉的手指："阿山，相信我，我一定能找到鹰嘴岩的通道，不会让木也逃掉，那些伤害过你和小伊的人，我们都不放过。"

想起童欢在猎场内靠记在脑海里的图带领大家避过了无数危险，康山紧绷的身体逐渐放松了，他轻轻合上眼，恍惚间像是看见了小伊轻柔又纯真的脸，小伊，我逃出来了……我……活下来了……

虽然木也浑身是伤，去鹰嘴岩的路上却沉沉地睡了一觉，童彦伟都没有料到他在警车内能够睡得那么坦然又扎实，车路驶到尽头，后面只能步行的山路他也不肯自己走了，明摆着养精蓄锐的架势，愣是半耍赖地让人用滑竿抬了上来。龚长海和孙队亲自压阵，随他作妖，戒备森严的一行人在边防战士几乎十米一岗的护送下，攀上了鹰嘴岩。

双方能一致同意这处地点，都是看中它四方开阔不易设伏的地形，平台中央久经风霜的一人高界碑已经失了原色，只有朝向东方通红的"中国"二字依然鲜艳。

天已经放晴了，大雨后的阳光烈得像团火，炙烤着山坡上杂乱生长的灌木丛和野草，蒸腾起沉闷的热风刮过草地，像扯起了一张起伏的大旗。

按照约定，童彦伟站在了界碑前，仅有陪伴的小于护在他旁边，其他人都暂时退开在平台远处，小于牢记着于衿羽的叮嘱，唯恐彦伟累到，竟随身带了折叠马扎要扶他坐下，原本严肃的氛围一时倒变了点画风。

彦伟瘦削的手指抚摸过界碑已经被风霜磨平的棱角，按苏睿他们传回的消息，他们脚下应该就有四通八达的暗道，陆翊坤到底准备怎么逃？

不同于这边的严阵以待，青寨的人押着一群女孩，队伍松松垮垮地往平台处走来，她们每一个人身上都绑着炸药，龚长海面不改色地把情形告知了坡下防爆的专家，并下令熟悉案情的专案组成员辨认女孩身份。

那些女孩原本在枪口的威胁下还勉强保持了队形，待远远看到站得笔挺的军人和熟悉的五星红旗后就渐渐骚动起来，年幼的已经哭出了声。

她们年长一些的也不过十五六岁，长开的眉眼已经有了刻意雕琢后还未流于自然的艳光，小的则懵懵懂懂，大多瘦骨嶙峋，畏首畏尾地跟在几个大姐姐后面。女孩们自被集结到一处，都不知道发生了什么事，尤其是一些早被毒瘾控制得逆来顺受的，乍听到能回家，一时竟不知是喜是悲，度过了饱受惊吓的一夜后，大多哭得红肿憔悴。

"彦伟，苏教授他们已经过境，在赶来鹰嘴岩的路上，我帮你切换。"

龚长海收线后，耳机里略微响过一阵杂音，然后嘈杂的螺旋桨声中，正坐着直升机往鹰嘴岩赶的苏睿疲惫的声音传了过来："童彦伟，拖住时间，我们很快就到，我会先陪童欢去探暗道，你保持联系，见机行事。"

一直在等待的童彦伟身体立刻放松了许多，有苏睿在他底气足了不少，然后看见陆翊坤慢慢悠悠地自女孩后方走过来，在平台远处站定，扬了扬手中的遥控器，问："人呢？"

"在坡下，我们的人确认一下女孩们的身份没问题，就会把他带上来。"

陆翊坤很干脆地让手下送了一份名单到童彦伟手中，然后也依照约定除了女孩只留下了十来号人，其他手持重兵器的队伍准备撤到坡下。

"知道你们会担心我们在女孩子中间动手脚，干脆帮忙清点好了，你们核对就行。"

童彦伟展开名单看了一眼，名单做得很翔实，列表上四十三个女孩，姓名、年龄、籍贯及离家时间都写得清清楚楚，每个人后面都附上了显然是昨晚才拍的寸照，很容易与对面的女孩面孔对应上。

彦伟看到自己曾经经手过的几个名字都在其中，把名单交到了闻讯而来的龚长海手中，冲陆翊坤笑了笑："看来我需要多谢你们的'帮忙'？"

陆翊坤很客套地应着："辛苦身体还没痊愈的童警官走一趟，聊表谢意。"

"你太客气了。"

童彦伟答得嘲讽，却很干脆，陆翊坤狐疑地打量起他过于平静的面孔："你为什么见面不先问我苏和三三的情况？"

彦伟愣了一下，不知他是询问还是试探，陆翊坤看向了一旁的小于，小于心想既然苏睿等人已经由专人护送过境，他们在交易初始就撒谎显得太没有诚意，就没有隐瞒："我们已经收到消息，他们逃出来了。"

"倒没白教。"

陆翊坤目光空蒙地望向寂寂远山，嘴角扯出的那点笑意里有欣慰，有遗憾，有他自己都说不清道不明的矛盾，但终归听到他们活着，他是高兴的。

虽然知道要拖延时间，但是名单核对完，龚长海还是如约把木也送了上来，然后除了精挑出来的十名狼牙队员和专案组成员，孙队带着其他人与青寨的人同步退到了各自坡下。

依然没有等到苏睿的彦伟捏了捏脖子，完全背对陆翊坤接过人后，才在取下了木也的耳塞后，故意对着狼牙的队员"嘀咕"了一句："这样的要犯主动投案，还是第一次吧？陆翊坤是准备把牢底坐穿吗？"

"你说什么？再说一遍。"

木也自诡异的安静里挣脱就听见这样一句话,果然如他所料暴跳如雷,戴着眼罩扑了上来,他狂怒之下力气惊人,用手铐卡住了童彦伟的头把人直接掀翻在地,像是要把人脖子直接撕断,额头淌下的血和着汗水流了满脸,凶残过索命无常,随行的狼牙队员一拥而上,把人按倒在地。

双方人员都紧张地端起了枪,坡下的队伍一见动静也试图冲上来,又在龚长海和陆翊坤陆续举起的手势里缓缓放了下来,木也挣扎良久才在陆翊坤的喝止中屈服,童彦伟取出手铐把他和自己铐在一起,木也粗壮的手腕和彦伟干瘦到血管暴突的手臂形成了鲜明对比。

龚长海和狼牙的队员向后退开几步,并没有走远,木也在压制中伤势更重了,几乎要靠彦伟的支撑才能站直,两人一个瘦弱一个重伤,站在风中颤颤巍巍,不过被于衿羽费尽心思伺候的彦伟状况还是比木也好很多的。

可没有人敢掉以轻心,那是木也,整个西南毒线上的"一号",哪怕是倒下了,都有骇人的威慑。

陆翊坤目光犀利地扫过了木也全身的伤,估算了一下他的行动能力,然后轻抬下巴:"把他布条摘了。"

童彦伟依言做了,木也适应了两秒光线,立刻朝陆翊坤怒目而视,陆翊坤倒很放松地冲他耸了耸肩。两人无声交流了几秒,陆翊坤几不可见地点了一下头,在他安然的神色里,木也收回了对他亲身涉险责问的目光,这么多年,他们携手闯过了无数绝境,只要阿加坚信,他就绝不质疑。

"童警官,你的通信设备也取了。"

陆翊坤说得云淡风轻,却气势逼人,和勉强站立的木也仿佛两把呼应的利刃,有嗜血前令人窒息的平静。

身处其中的童彦伟却不露怯,冷静地回绝掉了:"这不是由你们发号施令的主场。"

陆翊坤没有见过这样的童彦伟,平日里他大多站在苏睿的身后,嬉皮笑脸地替各方说和着,厚着脸皮讨教着。不过他从未轻视过童彦伟,就凭他跨省追查摸到木也都不退却的韧劲,就知道这个年轻的小警察绝不像面上那样容易打发,眼前的童彦伟眼中闪着警惕的光,脸上却有股子死咬不放的狠劲。

陆翊坤笑着扬了扬手中的遥控器:"既然这样,我不介意请你们看烟花。"

听懂他意思的女孩们发出惊恐的尖叫,推搡着,闪躲着,然而在这回家路已经近在咫尺的地方,她们竟无处可去、无路可逃,只能无助地承受随时可能降临的粉身碎骨。

就在陆翊坤按下遥控器前,童彦伟掏出了一把刀,毫不犹豫地扎进了木也还能动弹的右肩,青寨的人齐刷刷地端起了枪,彦伟面不改色地把刀拔了出来。

血迅速浸湿了衣裳,木也硬气地一声没哼,只是缓缓地盯住了童彦伟,那是看将死之人的目光，丝丝缕缕都浸满了寒意。童彦伟迎着他阴恻恻的目光，一字一句说道："那我也不介意帮他松松皮肉。"

"彦伟！"

龚长海高声呼喝，示意他不要做出危及自身又违反规制的事情，童彦伟晃了晃连接两人的手铐，看了一眼对面六神无主的女孩们，是说给龚队也是说给木也和陆翊坤听："我今天就是拼着这身警服不要了，也不会让他们牵着鼻子走。"

陆翊坤冷笑："就凭你？"

"凭我，也凭我身后的每一个人。"

童彦伟说得铿锵有力，他是瘦削的，也是明亮的、正气凛然的，恍若一团拼尽全力燃烧的火，连着坡上坡下星星点点林立的战士，固守在这国境线上的第一战场。

"童警官，我佩服你的勇气，不过容我提醒你一下，还是别逞匹夫之勇，你不怕，那个娇滴滴的于大小姐也不怕？"

童彦伟并没有如陆翊坤所想的气急败坏，他脸上有豁出一切的狠："我敢和她在一起，就不怕你们这套，昨晚来之前她已经和我说过，大不了陪我一起死，我和她谁都不怕。"

陆翊坤笑得高深莫测，听到耳畔传来手下的报告："陆先生，有一架'小羚羊'往山边来了，附近除了鹰嘴岩，只有两公里外有一处具备降落条件的地域，我们需要做什么吗？"

"不用，来的应该是我……是我朋友。"

半人高的草丛被机翼的狂风吹得东倒西歪，再成片成片地荡开，在做最后准备的童欢听闻发生了什么后，紧紧掐住了苏睿的手臂："你直接去上面看着他！不能让他再做违纪的事情！密道有狼牙的人陪我！"

苏睿的眼中写满了挣扎，童欢坚定地望着他："我可以！陆翊坤加木也才可怕，你腿上还有伤，千万小心。"

苏睿也不是拖拖拉拉的性格，用力捏了捏她的手："你也小心。"

两人抓紧了落地这一点时间，十指紧扣，眼中都有一海的情话，一切也都在不言中。

狠话撂下的彦伟记着苏睿拖延时间的叮嘱，放缓了神色，恢复了笑嘻嘻的模样，他伤后消瘦，站在烈日之下还要揆住壮硕的木也，这一会儿就大汗淋漓，也削弱了杀伤力："陆哥，我私人问一句，你会不会派人去拦截三三和苏睿？"

他叫着往日的称呼，仿佛没有自苏睿口中听过陆翊坤曾经对他起的杀意，也没有察觉陆翊坤不准备让他活着离开鹰嘴岩的意图。

这曾经亲密的称呼也让陆翊坤有片刻恍惚，想起当初在七小那些结伴消夜、抬杠调侃的日子,他是苏和三三值得信赖的大哥,是童彦伟想要巴结学艺的高手,他笑了笑:"逃得出猎场是他们的本事。"

听懂了他潜台词的童彦伟长舒一口气,这次很诚恳地说道:"谢谢。"

一直沉默地站在那里调整身体状态的木也冷笑一声:"你不舍得赶尽杀绝,别人可不会领情。"

"我不需要他们领情。"

苏睿一瘸一拐地爬上了平台:"谁说我不领情?"

虽然已经换下了被刮得破破烂烂的外套,苏睿身上脸上都是大大小小的伤口,因为扭伤的脚踝做了处理,只能临时找来了不同码的两只鞋勉强套上,大腿上的伤也只是粗略地包扎,还有渗出的血迹,哪怕是貌若潘安的人在这样的情况下,也很是狼狈。

这是陆翊坤见过苏睿最糟糕的样子,他永远都是俊美的贵公子,即使是十六年前两人第一次见面的时候,他也不过被缚住了手脚,依然是精致又傲气的模样,隔着悠长时光,男孩已经长成了男人,最终站在了他的对面。

"我和童欢都要感谢你的高抬贵手。"

苏睿话说得很客套,客套到讽刺,可是对他太过熟悉的陆翊坤从他的口气里听出了怨气,是曾视他为自己人才会有的怨气。事实上苏睿和童欢内心都明白,能逃出猎场,能顺利地回国,确实是陆翊坤手下一再留情了。

"三三呢?"

"她受伤了,来不了。"

陆翊坤眉头一皱,眼底像是敛去了什么:"伤得重吗?"

话说出口,他自己先觉得讽刺,他的地盘他命人动的手,现在的询问不过是鳄鱼的眼泪。

"不危及生命,要养一段时间,她只是……不想见你。"

苏睿说得真真假假,陆翊坤反倒像是信了,只是他藏在身后的手却猛地捏起了拳头,不过在看过一眼木也后,没有表现出犹豫。

对木也来说,苏睿是熟悉的陌生人,因为阿加,他调查过他人生的每一个细节,他知道他从少年到成年的所有成长,他甚至远远看过阿加在苏睿面前的另一张面孔,不过这是他们彼此间第一次见面。

"苏睿,久仰。"

"久仰。"

在两声含意各不相同的寒暄里,两个男人都在用审视的目光打量彼此,两个截然不同的人生轨迹交汇在了陆翊坤的两面世界里。

Chapter 76
终章

抵达实地的童欢在狼牙队员的陪伴下，很快就找到了鹰嘴岩附近可以进入暗道的点，童欢这才明白康山为什么会在手绘图上打下一个"×"。

此处的暗道居然托生于一个被地下水冲刷出来的溶洞，洞内地形错综复杂，岔路繁多，稍有不慎就会迷失在黑暗的迷宫，最可怕的是一些路段还有战时埋下的地雷，还有一些路段早已被上涨的地下水淹没，哪怕知道路线也要提前背入备用气罐，进行长段的洞潜，试图探路的人能活着折返都算是足够明智肯早早放弃，至于多人携带大量毒品过境是绝不可行的。

因为危险系数太高，已经荒废多年的洞口长出了一两米深的灌木，足有手臂粗的绿萝缠绕着，自洞顶上方被绿苔覆盖的石头上垂挂下来，拨开障碍后，暗黑的洞口就像张嘴吞噬的异兽，伴随着森冷而湿润的风扑面迎来，而洞口已经有狼牙的重兵在把守。

"昨天我们已经对整个山头和附近山林都做了地毯式搜查，老乡们都说这个洞是绝不可能过的，专家的意见也觉得在暴雨过后水位上涨的情况下，洞潜过境的可能性几乎为零，我们与其冒险探洞不如守好入口，因为老乡和常年巡山的武警战士都确定这个洞只有一个洞口。"

协助防卫的武警战士也说道："刚才我们发现有人靠近，正准备派人进去查看，现在有认路的童老师太好了。"

其实战士们对于由个头娇小的童老师带路还是有迟疑，依靠着她的回忆在猎场里躲过无数陷阱、雷区的聂敬亮立刻站了出来。

"童老师，你走中间指路，要小心脚下。"

童欢调整了一下通信设备，跟在几人身后也按亮了头灯，一道道长光束刺进幽黑的洞中，破开了死寂的黑暗，又在远处被吞没，她回头看了一眼耀眼日光下无法直视的山头，怀揣着担忧钻进了山洞。

听到所有人已经进入溶洞，苏睿压下心底的不安，双方在敲定交换的最后流程，所有女孩都被集中到了最前方，苏睿看了看每个女孩身上的炸弹，蹙起了眉头。

陆翊坤人虽然长得粗犷，却是极细致严谨的性格，怎么会带着四十几个炸药包来接木也？不可控的成分太高了，他认真地观察着陆翊坤的每一寸神情，总觉得哪里不对，忽然开口："我来你并不惊讶。"

"还好，只是你们比我想的要来得快。"陆翊坤的声音有些发涩，像是不适应苏睿质问的口气。

彦伟下意识想去挠头，却带动了铐在一起的木也，他把手臂重重地放了下来："刚一打照面，他见我没有先问你们情况就露馅了。"

不对！苏睿心急火燎地大喊起来："让他们撤，赶快撤！"

童彦伟自认识苏睿以来从来没有见他大惊失色到音调都变了，连发现童欢失踪那天他都是立刻镇定地询问起医院的摄像头布置情况，奈何童欢等人已经下到洞穴里面，通信信号极其差劲，前后只发出过两次消息。

一次是说明溶洞直通坡前，却离地面距离较远，并没有发现掘往上方的逃生通道，一次是在其中某条水路附近终于发现了新近行动的痕迹，并找到了潜水设备，要做进一步查看，之后就没联系上了。

出于对苏睿的绝对信任，彦伟没有问原因，立刻请求龚队等人命留守洞口的人员去召回众人，可惜队伍已经进去了一段时间，想追上很困难。

苏睿不敢置信地望着陆翊坤："你到底在洞里做了什么？你居然设陷阱去套童欢！"

童欢说过在青寨时让王伊纹见她是陆翊坤的意思，他既然让王伊纹去了，就能猜到童欢可能会得到地图，才会宁可把直升机打下来，也不让他们离开青寨的地盘。他既然计划利用暗道逃脱的话，又已经知道他们逃了出来，怎么会一点都不担心？

除非从一开始鹰嘴岩下的暗道就是一个陷阱！

脚下忽然传来了一阵震动，苏睿意识到这是斜坡下方的地底发生了爆炸，他在五内俱焚的痛苦中立刻拉住木也往后退，而陆翊坤已经挥手示意身边的人和坡下所有整装待命的人冲上前来。

苏睿终于明白了他的计划，木也被捕后，陆翊坤根本就是立刻利用知晓猎场地图的童欢，演了一场貌似四面楚歌的戏，让他们困难重重却不动疑心地送回地图，所以猎场内围捕的人员才会那么少！所以逃出猎场后他们没有再遭遇追杀！

眼前这四十三个炸弹都是掩护，为了脱身，他命人在中方脚下埋下了足以炸塌斜坡的烈性炸药，那不仅是陷阱，是想断掉他们的后路。一旦将他们和坡下的大队伍暂时断开联系，留在平台上的人手完全不会是他身后队伍的敌手，等他们救下木也退回树林，整个青寨上万的兵力在等候发动，那时候动手就是情节严重的边境纠纷，绝不是龚长海甚至彭局能拿主意的事了。

陆翊坤终于松下了心中绷紧的弦，流露出了明知是童欢去送死依然按捺下的痛意，木也却愉悦地吹了一声口哨，被童彦伟和苏睿齐出的拳头直接打偏了头，吐出几口血沫。

"是童欢在指路！是童欢啊！"

苏睿痛心疾首地吼着，红了眼眶，不是他轻敌，而是他低估了陆翊坤的狠绝，他以为是念及旧情的一再留手，却成了推童欢上绝路的杀手。

然而陆翊坤狠心闭眼等待的地动山摇并没有传来，自那一声爆炸后，地底渐渐平复下来，山坡并没有出现异样，坡下的队伍冲了上来，将木也和童彦伟围在了中间，且观望且退。

与此同时，苏睿听见了切换进来的线路里童欢的呛咳声。

"你怎么样？童欢，回答我！"

"找苏睿！告诉他我没事！我没事！只有耳朵被震得不舒服，我们有三个人受了轻伤，重复，有三个人受了轻伤。"

童欢大约真的是耳朵听不大清楚，说话是用吼的，苏睿双脚发软几乎跪倒在地，没有等到山坡塌陷，失望的陆翊坤却也松开了情不自禁捏紧的拳头。

"苏睿，你听得到吗？我没事，我听你的，注意细节！我想救木也这么重要的事，陆哥怎么会压在自己最讨厌的潜水上呢？上次陆哥的潜水服是我帮他穿的，留在水边的潜水服尺码不对，我没让大家靠近，我们退出来了！只是来找我们的战士不知道路，触发了别的路径里的老地雷。"

那头的童欢还在大喊着，有点骄傲的、求表扬的小语气，说得乱七八糟，苏睿笑着擦去了眼角的泪，既想把这个害他白哭了的家伙拉起来打顿屁股，又想把她用力搂在怀里，可惜还不是谈风月的时候，他站直了身体，看向目光莫测的陆翊坤。

"你足够了解我，而我从头到尾都没看清你。"

陆翊坤没有解释，他原本只是准备弄死几个他觉得无关紧要的人，只要能保证苏和童欢不起疑心地下山，方便他们画出图后传回国内，可是在苏宏宇不计代价砸钱的结果下，苏一行人回来得太快了。

他习惯未雨绸缪，当初探这条死路时他就发现藏了一线生机，敲定下交换地点后，他带着一个洞潜高手亲自在康山地图的尽处布下了足以炸塌斜坡的炸药，然后将人灭口，留下了请君入瓮的潜水服。

大批武警、民防人员被派上山协助，虽然守卫的范围和力度上去了，人员难免良莠不齐，他下了双重保险，挑选了一个家中有重症父亲的孝子，一个胆小怕事又好不容易中年得子的，花重金诱惑的同时抓走了他们全家，要求他们做的事仅仅是在恰好的时间到洞口附近晃一圈，他们并不知道引来人进洞查看后意味着什么，显然屈服了。

直到苏睿独自赶到平台，他心知童欢是去探路时，已经没有选择了，木也就站在这里，丝毫犹豫都可能被苏察觉他的意图，他不能放弃救木也。

陆翊坤挥手示意涌上来的青寨人手退回原地，很平静地说："还是回到原计划吧，劳驾童警官帮我把人送过来，如果她们都跑到了，木也和我还没转手，我的底牌反正也掀了，大家就只能一起看烟花。"

没有时间了，陆翊坤一句场面上的话都不肯再说，也不给交流的机会，更不能给苏睿动脑的时间，他示意手下松开女孩们的桎梏。

上策被破局，他只能走下策把木也先换过来，毕竟直到一个月前他都没有亲自露面参与青寨事务，还有很多法律的空子可钻。

没料到陆翊坤说动就动，龚长海等人也只能略犹豫两秒，对面毕竟是四十三条鲜活的生命，还有青寨的实际操盘人，童彦伟朝苏睿说了句"我会见机行事"，扣住越笑越得意的木也慢慢往对面走去，龚长海把手铐远远地甩给了陆翊坤。

"你们怎么总喜欢用这么老套的招数？下次换个新鲜点的。"

女孩们纷乱的脚步扰乱了童彦伟的喊话，依约把双手铐好的陆翊坤知道他指的是之前琅国自杀式炸弹，大笑起来，只是那笑容显得有点残忍。

"招数老没关系，管用就好。"

饱受惊吓的女孩被驱赶着慌乱地朝界碑方向走来，与闲庭信步般走在她们中间的陆翊坤形成了鲜明对比。没有人知道孩子们在异乡流离的日子里遭了多大的罪，无论年龄大小，她们眼中曾有过的天真都荡然无存，眉目黯淡无光。此刻她们在离故土几步之遥的地方，背着会让她们瞬时粉身碎骨的炸弹，不知脚下被动迈出的每一步是归途还是死路。

她们都刻意与陆翊坤保持了距离，哆哆嗦嗦走了一段后，终于在对家的渴望里满怀恐惧地奔跑起来，木也伤得不轻，行动迟缓，彦伟看看跑得飞快的女孩，不得不托着他助力，只是他体力也有限，浑身都冒出了虚汗。

忽然，有人大喊了一句"我不想回，万一是等我们过境就当人体炸弹炸了呢？就算回去了，没有药我也活不了"，这声呼喊惊住了奔跑的女孩们，大家的脚步又慢了下来。陆翊坤厉目扫过那群女孩，可是一片混乱里他也只听出来了声音来自队伍后方。

一个女孩停了下来，两个，三个，四个……

代表着家的界碑就在那里，万一越过去就被按炸了呢？还有毒瘾发作时万蚁噬心的痛苦，那是世界上最可怕的酷刑，谁都熬不过去，家里又困难，回去了能有什么活路？

女孩们想跑，不能跑，更不知该往哪里跑，甚至因为身上的炸弹都不敢相互依靠，前方还有恶魔一样的木也，她们哆哆嗦嗦地站在界碑附近，就像一群羸弱待宰的羔羊，目露绝望。

终于挪到了界碑边的木也发出了碌碌怪笑："看看你们白费心力，好，好得很！"

木也和绝大部分女孩都走到了界碑边，陆翊坤却还在人群之外，女孩们被吓得哭乱成一团，有些甚至想往回走，场面眼看就要失控，童彦伟二话没说踢中了木也的膝盖。

木也重伤之下骤然被猛击，直接倒在了地上，拉得彦伟也半蹲下来，但是彦伟直视着女孩们，笑得温暖又和气。

"你们看，木也没什么可怕的。"他目光锁定了一对苍白的双胞胎，轻言细语地哄道，"冯若兰，冯若芳，对不对？我是童彦伟，你们童老师的哥哥，童老师说你们最乖了，每周回家还帮爸爸妈妈干活儿，炸的洋芋又焦又软，别怕，我带你们回去找童老师，找爸爸妈妈。"

他带笑的眼眸里仿佛有星光，能破开前路的迷雾，胆大一些的冯若兰先哭了出来，缓缓挪动了步伐，老樊、曾浩、彭铁力，专案组的成员们都迎了上来，岩路这个与青寨息息相关的拐卖组织他们已经跟了两年，许多女孩的资料他们都滚瓜烂熟，他们温和地说着她们家人的名字，说着她们家乡的小吃，那些哭泣的女孩渐渐都迈开了脚步。

冯若芳投进了彦伟的怀抱，喊着"妈妈"哭得要背过气去，彦伟摸着她枯黄的头发，轻轻交给了身后的同事，第二个女孩跑了过来，第三个……专案组的组员毫无芥蒂地抱住了一个个身负炸弹的女孩，迅速向坡下撤离，又有别的战士上前来抱住女孩，彦伟死死盯住越来越近的陆翊坤，戒备着被他踢翻居然都没有还击的木也，在脑中飞快地盘算着自己人的部署，变故就在那一刻发生了。

走在最末尾的一个女孩冲木也跪了下来："老大，我想留下来，我本来就是亲戚卖出来的，回去了也没有活路。"

她的声音娇软，如果童欢在这里，就会认得她是那晚和小伊一起出现的女孩阿然，木也近来还算宠她，见她主动要留，不甚在意地哼了一声。

陆翊坤离两人只有十来米了，他伸长了铐住的双手，准备拥抱虚弱的木也，彦伟经过阿然身边，顺手把她搀了起来："小姑娘，你先回，回到自己的地方，我们会有办法的。"

他一手半扶着木也，一手搀着阿然，女孩借着他身体的遮挡，忽然扯下了头上的发簪，彦伟什么都来不及做，下意识格挡了一下。

对不起，小羽毛，我又要食言了。

意料中的疼痛并没有降临，他身边的木也笑容却凝固在脸上，不敢置信地感受到利器插进喉咙的剧痛，与此同时，发现状况狂奔了两步的陆翊坤把飞刀射进了女孩的胸口，她浑然不觉，一把抽出了发簪。

血喷到了阿然的脸上、身上，她眼里还残留着疯狂的光，抽搐地倒在了地上，笑了。

姐姐被木也送人的当晚就被抬了出去，她在世界上最后一个相依为命的亲人没了，自己活得比死了还要辛苦，怎么能眼见着木也又回到青寨逍遥。

木也轰然倒下了，扬起一片尘土，他喉间发出咯咯的异响，望着几步开外的阿加，却一个字都说不出来了。

杜瓦·木也身边来来去去不知糟蹋过多少美人，好多连名字他都懒得知道，女人在他眼里从来是调剂的玩物，可是他就这样突兀地死在了他向来视如草芥的女孩手里，死不瞑目。

童彦伟在陆翊坤发出飞刀的瞬间已经打开了手铐，飞扑上去撞向陆翊坤拿着遥控器的左手，同一时间苏睿趁小于"不察"顺利"夺"过了他的枪，不顾脚伤飞奔而来，彦伟心知肚明就算陆翊坤戴上手铐自己也绝对打不过，只能拼全身力道一撞，而陆翊坤完全陷在木也被杀的震惊中，遥控器竟真的被他撞飞了出去。

龚长海冲上前来压住了陆翊坤，在童彦伟的配合下三人扭打起来，狼牙的人担心一旦动手，会有人直接枪击女孩们身上的炸弹引爆，青寨的人骤然见老大被人杀死也慌了神，对着一排黑洞洞的枪口也不知下一步怎么走。

女孩们一一被护送下坡，有防爆的专家过来卸除炸弹，却发现她们身上十之八九背的都是空包，但是人手有限，一时也无法确认所有女孩身上炸弹的真假。

戴上手铐的陆翊坤能力被限，龚长海在彦伟的助力下勉强打成平手，肋骨却在陆翊坤的狠手之下被连续重击，剧痛中他死死压住了陆翊坤的手，被缠斗住的陆翊坤哀吼着："炸死他们！炸！"

收到命令的护卫想去捡飞远的遥控器，被苏睿射中了脚踝，下一个试图去捡遥控器的人再次被击中了手腕，巨大的枪响像是拉开了闸门，大战仿佛一触即发。

然而过去数年，青寨内只有木也极少数贴身心腹知道陆翊坤存在，经鬼峡一役已经死伤大半，对绝大多数人而言，陆先生不过就是个被木也看中的空降部队，对他的服从是源自对木也绝对强权的服从。

现在木也已去，心思活络的已经转出了大把主意，呆板的还不知该何去何从，面对着拧成一根麻绳的战士，他们并没有决一死战的心。

狼牙的人更不愿在龚长海和童彦伟都搏命时开启乱战，于是所有的子弹都上膛，却没有人射出第一枪，目光都看向了滚打的三人。

快滚至崖边时，陆翊坤终于踢飞了龚长海，把童彦伟死死压制在身下，他手臂摆出极其扭曲的姿势勒住童彦伟拎了起来，枪抵上了太阳穴。

"陆哥！不要！"

刚赶到了鹰嘴岩的童欢就看到了让她心惊肉跳的一幕，挣脱阻拦跑到了最前沿，可是她的泪眼也打动不了因木也去世而陷入疯狂的陆翊坤。

"别过来！我不想亲手杀了你！"

"陆哥,我求你,我只和你说几句话。"

陆翊坤看了一眼两人身后倒在血泊里的木也,忽然失去了力气,他自八岁起就在为木也而活,做他家养的狗崽,应下养母的承诺和他九死一生地逃亡,携手复仇、建寨、扩张,这二十余年的岁月伴随着他的倒下顷刻间烟消云散。

他柔声问道:"三三,那首歌你学会了没?"

童欢愣了愣,然后猛地点头:"会了,会了,我唱给你听。"

> 小星星,挂天边
> 阿姆的大儿哟,背上行囊要去远方
> 小阿妹,快快睡着了
> 风轻轻,雨别来,
> 阿姆的大儿哟,背上行囊要去远方
> 小阿妹,快快睡着了

童欢流着泪,把还练得不熟的彝族话唱得支离破碎,她想着当年翡国那个和她有着相似面孔的小女孩,还有偷偷站在屋外贪恋那一点温柔的小陆翊坤,边擦眼泪边唱着,丢掉了身上所有的武器,连外套都脱了,只穿着明显藏不下任何凶器的单衣,试着向陆翊坤靠近。

青寨众人见陆翊坤不吭声,也知道这位童小姐不比旁人,无人敢动。

跟上来的苏睿也迅速扔掉了枪,他见陆翊坤笑得很温柔,可是此情此景越是温柔越是令人心惊,他第一次和别人一样,喊了一声:"陆哥,我们谈谈。"

十六岁的少年看着救了自己性命的大汉被父母领进来,倔强地不肯听话喊一声大哥,陆翊坤笑着摆摆手说,那就喊我名字。

这一喊就是十六年,到今天他才喊出了那一声迟到了多年的"哥"。

陆翊坤惨淡地笑了:"苏,你也有打感情牌的一天?"

"那是因为真的有感情。"

否则怎么会"灯下黑"到被瞒了数年,在明知他设下差点害死童欢的陷阱后,见他神色骤然倦怠心知不妙,情不自禁地唤出了那声"哥"。

陆翊坤深深地看了他一眼,哑声说道:"你们别再过来了。"

他手下一用力,彦伟被勒得满脸涨红,两人的脚边就是被彦伟打飞的遥控器,他满脸疲惫地看向已经跑进了警察队伍还没来得及解下炸药包的几个女孩,确定有背着真炸药的,在他脚抬起的那一霎,童欢忽然凄声喊道:"彦伟,不要!"

用口型无声做了告别的彦伟倾尽全身力气向后撞去,陆翊坤被撞得猛退了几步,一脚踏空。

　　苏睿和童欢一前一后扑了上来，抓住了童彦伟的裤脚，两个大汉的重量带着他俩往下坠去，苏睿与童欢竟浑然不顾地又同时抓住了陆翊坤的脚踝，他们两人都是浑身的伤，要抓住两个成年男人力有不逮，眼看四人都要掉落下去。

　　苏睿后知后觉地意识到自己做出了怎样不理智的行为，他甚至在心中光速计算了一下，在明知不可能的情况下，也只是大喊了一句："童欢，松手。"

　　陆翊坤和童彦伟的"放手"几乎是同时喊了出来，有两滴温热的水珠落在了陆翊坤的脸上，那是童欢的眼泪。陆翊坤脑海里有无数的回忆蜂拥而至，其实只有一霎的时间，却仿佛漫长过一生。

　　他这一生颠沛流离，却也活过了别人几辈子的精彩，有绝望，有挣扎，有一诺如山，有生死一线，自他记事后竟只有童欢为他流过眼泪。

　　那些闪回的片段纷飞而来，又潮水般退去，最后定格在了他第一次夜宿七小后的清晨，童欢蹑手蹑脚换来的那壶温开水，然后守在灶边看他刷锅煮粥，烤两根苏想吃的甜玉米，就像家中普通的大哥一样给弟弟妹妹做一顿早餐。

　　陆翊坤再看了一眼天地颠倒的世界，身体比大脑还要快一步做出了选择，松开了钳住童彦伟的手臂……

尾声

春暮，斜阳绕在老榕树的枝头，随晚风掠过墙缝里倔强钻出的几朵不知名的花，七小新建的弧形校门在黄昏里染着橘色的光，像一双温柔合拢的大手，小心呵护着静静的校园。

清明节放假也没回去的豆子、丫丫拉着班上几个同学，调戏完已经成为全校宠儿的咕咚，在校门边拦住了童老师好看过明星的男朋友，终于壮着胆子摸上了他的两条大狗，追风虽然不满，滴答也不耐烦，倒是都没躲开那几只不甚干净的小手。

"苏叔叔，我们又要来一个新老师了，对不对？"

"听说还很帅，像你一样帅吗？"

苏睿给他们一人塞了几块小饼："康老师也是你们学校毕业的，是古老师的学生。"

"对，古老师都说了要我们向他学习，争取考州民。"

"可是童老师说他还要考大学的，那他是不是教一下又走了？"

"不会，他读完大学会回来，"苏睿指了指小卖部隔壁已经装修完毕的那家花店，"那是他家的店子，店主是白妈妈，做饭很好吃，到时候每天饭点也会来学校帮忙，给你们做好吃的。"

"我想王爷爷。"

苏睿想起总是很沉默地在菜园忙前忙后的王叔，也是神色一下子黯淡了，现在他们能做的也只能是替王叔看顾好家人。

暮色中，对面刷得白如雪的小店里摆着整齐的花架，上午陆陆续续有花送了过来，微风拂过手工精致的窗纱，一尘不染的店像朵纯净的云，流动着春天的芬芳。

"夜……夜来……"

更小的孩子艰难地认着店名。

"笨蛋！是夜来香。"

"小卖部的王阿姨说在镇上开这种店子，会赔钱的。"

豆子一本正经的样子逗笑了苏睿，他摇了摇头："有时候开店不为赚钱的。"

康山回来后才在白秀云的行李里发现了两张卡，里面存着小伊留下的钱，密码是他生日。母子俩商量了一下，把大部分钱交给苏睿在七小设立了一个奖学金，余下的开了这家替小伊圆梦的花店。

丫丫看了看并不宽敞的店面，好奇地问："那康老师来了以后也住学校，像童老师一样值夜班吗？"

"应该是。"

"苏叔叔，你怎么当男朋友的？把很帅的康老师放在童老师隔壁，万一，万一……什么水什么月去呢？"

"近水楼台先得月。"

"对，近水楼台先得月了怎么办？"

苏睿看着满脸忧国忧民的小孩，笑了，只是笑得有点涩："不会，康老师有很喜欢的人。"

"他有女朋友呀？那他女朋友漂亮吗？"

"比童老师还好看吗？"

"笨蛋！童老师最好看！"

"他女朋友愿意他来教我们吗？"

苏睿被小朋友的叽叽喳喳吵得太阳穴直跳，却还是温和地摸了摸小豆丁们的头："他女朋友是个好姑娘，不过去了很远的地方，康老师留在这里等她，你们都乖乖地，不要去问他，不然他会伤心的。"

"哦，我知道，这叫异地恋！"

终于把头发留到了肩下的童欢悄悄走过来，一个小脑袋瓜上敲了一个栗子，然后接住了扑上来的滴答。

"你和他们说什么呢？"

"没什么。"

苏睿很自然地伸手揽住了她的腰，冲小朋友们挤挤眼，在他们咯咯的笑声里带着童欢走到了街边，按捺不住的林乐平自车上探出了头，用力冲她挥挥手，又被林斐然按了回去。

去 G 市的路上，乐平一直在给童欢说着新城市新家的点点滴滴，到了公墓山下，已经是夜里，她才发现阿妈这一路都异常地安静，而站在山下等待的童警官也显得很严肃。

她乖巧地帮他们抱着鲜花，陪妈妈走在前面，一直跟到了四个并排的坟墓前，墓地被打理得很好，最靠里的一个像是重新翻整过，显得很新。

"林海生……妈妈，这是谁呀？"

林斐然什么也没说，挨着墓碑坐下，冰凉的石头贴着她的额角，却恍若带了点模糊的温度。乐平看着默默流泪的妈妈，悄悄拉了拉童老师的手，发现童老师也红着眼，她不敢问了。

苏睿蹲下来，指着那个乐平很陌生的名字说："这是一个特别好的人，等你长大了，再让妈妈把他的故事说给你听。"

"苏叔叔，他和我一个姓呢，当初陶叔叔给我们上户口的时候，让我们姓林，我还和他生过气，林乐平，陶乐平，你说哪个好听？"

"当然是林。"

苏睿毫不犹豫地答道，为了不打扰林斐然，三人退开了一些。

"三三，陆翊坤在留市的房子解封了，你要不要取点东西替他也立个……"彦伟指了指陶金的衣冠冢，他已经主动申调到盈城，跟在龚长海手下做事。

苏睿和童欢对视了一眼，良久，才点点头。

有些人刻骨铭心地出现了，又不留痕迹地离开了，想起来会觉得像是做了一场过于真实的梦，无论美梦噩梦。

有时候看着已经敛去了浑身艳光的林斐然，童欢会想，会不会陶金并没有死，只是改头换面有了新的身份，会不会……

知道她在想什么的苏睿捏了捏她的手，阻止了她的胡思乱想，彦伟顺便交代了新的进展："谭群抓到了。"

自群英逃走后，谭群竟然没有如他们所猜出境，而是一路往北，专案组的人最后是在河南追查到他的行踪，又追了近半个月才逮住了人。

"许杨家就在附近，我就去看了一眼，你们猜我在许杨家看到了谁？"

彦伟想卖个关子，苏睿直接答了出来："李红。"

"哎，你真是！算你狠！"提到这件事童彦伟还是心生敬佩的，"虎子奶奶年后不是没了吗？李红办完事就卖了她家的院子，带着小虎子和妞妞去许杨家旁边买了套房子，请了人照顾妞妞，她自己去服侍许杨爸妈。本来胡益民要让小虎子改姓许的，许杨爸妈没同意，不过两个老人和妞妞特别投缘，说是小丫头再哭再闹，一到许爸爸手里就乖得跟小狗崽似的。上个月许妈妈摔了一跤，在医院不肯好好治，李红天天陪在医院忙不过来，结果妞妞在家不肯喝奶，许妈妈一急恨不得立刻好了赶回去。"

"胡益民两口子倒真是……"

童欢一时间也不知该说什么，紧紧拉住了苏睿的手，苏睿轻轻拥抱了她一下，在凉夜里有很柔软的暖意。

看着曾经针锋相对的两人如今都是一切尽在不言中的温存，童彦伟还是开心的，再想想已经挑选好了日子,坚持自己去买婚纱待嫁的衿羽,他的心里充盈着甜。

他们看过了这么多的离别,会更珍惜身边每一点温暖,所有的心意都值得去珍爱,所有的坚持都尤为珍贵,也正是为了他们所热爱的,才能更加坚定地去守护。

"谭群的案子,宋民生和赵颖会出庭作证,确保他翻不了身。"

至此,王德正一案所有要犯全部归案,可是苏睿神色不见一丝松懈,反而吐出一口长气:"扫除掉所有障碍,他就彻底上位了。"

"是呀,龚队已经针对宋民生开始做新的部署,这里总有为了暴利完全放弃了底线的人在前仆后继,不过,"童彦伸了一个大大的懒腰,目光却坚定如星,"我们也不是孤军作战。"

南来的风自林间吹过,碧绿的松针簌簌作响,朦胧的月光在长阶上碎成一片片的白,像是铺上了寄托哀思的霜花,夜正浓,长路漫漫,万家灯火之上有渐渐亮起的星光万点。